Knaur.

Knaur.

Im Knaur Taschenbuch Verlag sind bereits folgende Bücher des Autors erschienen:

Julia-Durant-Krimis:
Jung, blond, tot
Das achte Opfer
Letale Dosis
Der Jäger
Kaltes Blut
Das Verlies
Teuflische Versprechen
Tödliches Lachen
Mörderische Tage

Peter-Brandt-Reihe:
Tod eines Lehrers
Mord auf Raten
Schrei der Nachtigall
Das Todeskreuz
Teufelsleib

Sören-Henning-Krimis:
Unsichtbare Spuren
Spiel der Teufel
Eisige Nähe

Außerdem von Andreas Franz:
Der Finger Gottes
Die Bankerin

Über den Autor:
Andreas Franz' große Leidenschaft war von jeher das Schreiben. Bereits mit seinem ersten Erfolgsroman »Jung, blond, tot« gelang es ihm, unzählige Krimileser in seinen Bann zu ziehen. Seitdem folgte Bestseller auf Bestseller, die ihn zu Deutschlands erfolgreichstem Krimiautor machten. Seinen ausgezeichneten Kontakten zu Polizei und anderen Dienststellen ist die große Authentizität seiner Kriminalromane zu verdanken.
Andreas Franz starb im März 2011. Er war verheiratet und Vater von fünf Kindern.

Andreas Franz

Das Syndikat der Spinne

Roman

Knaur Taschenbuch Verlag

Besuchen Sie uns im Internet:
www.knaur.de

Originalausgabe 2002
Copyright © 2002 bei
Droemersche Verlagsanstalt Th. Knaur Nachf., München
Alle Rechte vorbehalten. Das Werk darf – auch teilweise – nur mit Genehmigung des Verlags wiedergegeben werden.
Redaktion: Dr. Gisela Menza
Umschlaggestaltung: ZERO Werbeagentur, München
Umschlagabbildung: Zefa, Düsseldorf
Satz: Ventura Publisher im Verlag
Druck und Bindung: CPI – Clausen & Bosse, Leck
Printed in Germany
ISBN 978-3-426-61904-9

18 20 21 19 17

Gewidmet allen aufrichtigen Menschen,
die für das Gute eintreten
und sich nicht von einem
trügerischen Schein blenden lassen.

Der Weg zur Wahrheit
führt durch ein dichtes Gestrüpp von Lügen

Freitag, 16. Juni 2000

Die Maschine aus Nizza landete pünktlich am späten Nachmittag auf dem Rhein-Main-Flughafen. Pierre Doux war einer der Letzten, der den riesigen Terminal betrat. Er blickte zur Uhr, kurz nach fünf, und begab sich mit der Reisetasche und dem Aktenkoffer zum Ausgang. Es war schwül, wärmer noch als in Nizza, der Himmel milchig blau, der Taunus versteckte sich hinter einer dichten Dunstwolke. Doux setzte sich in ein Taxi und bat den Fahrer, offensichtlich ein Türke, der sich immer wieder mit der Hand über die schweißüberströmte Stirn fuhr, in akzentfreiem Deutsch, ihn zum Marriott-Hotel zu bringen. Während der Fahrt fiel kein Wort, nur ab und zu waren über Funk Anweisungen der Taxizentrale zu hören. Sie quälten sich durch den Wochenendverkehr, immer wieder lange Wartezeiten vor den Ampeln. Schließlich erreichten sie nach mehr als einer halben Stunde das Hotel. Doux zahlte den geforderten Betrag und gab dem Fahrer noch fünf Mark Trinkgeld. Er nahm seine Reisetasche, stieg aus und ging zur Rezeption, um sich anzumelden.

»Monsieur Doux«, sagte die rotblonde junge Frau hinter dem Schalter mit charmantem Lächeln und blickte ihn aus grünen Augen an und anschließend auf das Reservierungsbuch. »Hier ist Ihre Chipkarte, und dann bekomme ich bitte noch die obligatorische Unterschrift. Alles Weitere brauche ich Ihnen ja nicht mehr zu erklären, Sie kennen sich ja bestens hier aus.«

Doux unterschrieb in dem dafür vorgesehenen Feld, nahm die

Chipkarte, lächelte die junge Frau an und trat in den Aufzug, der ihn in den 43. Stock brachte. Er hatte dasselbe Zimmer wie immer, mit Blick auf die Stadt, in der er des Öfteren geschäftlich zu tun hatte. Die Klimaanlage war eingeschaltet, es war angenehm kühl in dem Raum. Er stellte seine Tasche und den Aktenkoffer auf den Boden, ging kurz zum Fenster und ließ seinen Blick für einen Moment über die imposante Skyline von Frankfurt schweifen. Er kannte viele Großstädte in Europa, doch keine außer Frankfurt besaß in seinen Augen mehr internationales Flair. Er verglich diese Stadt immer wieder mit den großen Städten Amerikas, New York und Chicago, obgleich deren Häuser noch weiter in den Himmel ragten.

Pierre Doux war einsneunundsiebzig, hatte volles, fast schwarzes Haar, dunkle Augen und einen schlanken, fast asketisch wirkenden durchtrainierten Körper. Er hatte ausgeprägte Wangenknochen, schmale, doch wohl geformte Lippen und ein leicht hervorstehendes Kinn, das ihm etwas Markantes verlieh. Aus der Minibar holte er eine Flasche Wasser und schenkte sich ein. Er trank in kleinen Schlucken und setzte sich dabei aufs Bett. Nachdem er ausgetrunken hatte, stellte er das Glas auf den Nachtschrank, entkleidete sich und machte hundert Liegestütze, davon je fünfundzwanzig mit dem rechten und dem linken Arm und anschließend hundert Sit-ups. Die folgenden zwanzig Minuten verbrachte er mit Tai-Chi. Doux beherrschte seinen Körper wie kaum ein anderer, rauchte nicht, trank keinen Alkohol, außer zu besonderen Anlässen in einem seiner beiden Luxusrestaurants in Nizza und Monaco, aber auch dann höchstens ein Glas Champagner. Das einzige Laster, dem er hin und wieder frönte, waren Frauen. Nach den Übungen begab er sich unter die Dusche. Er ließ das abwechselnd warme und kalte Wasser lange über seinen verschwitzten Körper laufen, wusch sich die Haare und trocknete sich danach ab. Er zog eine frische Unterhose an, nahm seinen Aktenkoffer, holte ein Notebook heraus, steckte das Modem in die dafür vorgesehene Buchse, drückte einen Knopf und tippte ein paar Befehle in die Tastatur. Er wartete, bis die Verbindung hergestellt war, und gab eine kurze Nachricht durch. Anschließend schaltete er das Notebook wieder aus und trank ein weiteres Glas Wasser.

Doux war nicht verheiratet. Er hatte nur einmal eine längere Beziehung gehabt, die jedoch von einem Tag auf den andern von der Frau beendet worden war, was zwar schon mehr als zwanzig Jahre zurücklag, woran er aber in manchen Momenten noch immer wehmütig dachte. Er war nicht bindungsfähig, das wusste er, doch es machte ihm nichts aus. Nur einmal hatte es noch eine Frau gegeben, für die er mehr als bloß oberflächliche Gefühle empfunden hatte, aber diese Frau wollte nichts von ihm wissen, was ihn zutiefst getroffen hatte. Dennoch genoss er das Leben, soweit ihm dies möglich war. Er war vermögend, hatte viele Bekannte, darunter einige namhafte Persönlichkeiten aus Wirtschaft und Politik, aber auch Künstler und Sportstars zählten dazu. Das Einzige, was Doux nicht hatte, waren wirkliche Freunde.

Doux zog eine legere Sommerhose und ein kurzärmliges weißes Hemd an, legte einen Hauch Xeryus Rouge Eau de Toilette auf und fuhr mit dem Aufzug nach unten. Er hatte Hunger, wollte eine Kleinigkeit essen und danach ins Westend fahren. Er kannte einige Leute in Frankfurt und hatte sich mit einer Frau verabredet, zu der er schon seit Jahren engen Kontakt hielt. Neben Französisch sprach er fließend Deutsch, Englisch, Italienisch und Hebräisch, denn Doux war ein weit gereister, viel beschäftigter Mann. Und trotzdem fühlte er sich immer häufiger wie ein einsamer, ruhelos durch die Welt streifender Wolf.

Im Restaurant bestellte er ein Steak mit Salat und ein Glas Orangensaft. Er bemerkte, wie eine etwa dreißigjährige Frau ihn immer wieder anblickte, worüber er innerlich lächeln musste. Sie saß mit einem Mann zwei Tische von ihm entfernt, und Doux wusste, dass es ein Leichtes für ihn gewesen wäre, etwas mit ihr anzufangen. Er kannte die Frauen zur Genüge, vor allem konnte er Blicke deuten, eindeutige Blicke. Vermutlich, dachte er, ist sie die Frau eines dieser reichen Männer, die mit nichts anderem beschäftigt waren, als ihr Geld zu zählen und sich um ihr Geschäft zu kümmern, und dabei ihre Frauen vernachlässigten. Nach dem Essen schaute er auf die Uhr, Viertel nach acht, nahm sein Handy aus der Hemdtasche und tippte eine Nummer ein.

»Ja?«, meldete sich eine weibliche Stimme.

»Hier ist Pierre. Bleibt es bei neun Uhr?«

»Natürlich, warum nicht. Ich warte auf dich.«

»Gut, ich mach mich gleich auf den Weg.«

Er ließ das Essen auf seine Rechnung setzen und ging mit langsamen Schritten an der Frau vorbei, deren Augen ihn auch jetzt wieder kurz anblitzten, warf einen Blick auf den Mann, den er bis jetzt nur von hinten gesehen hatte, und stellte fest, dass es eines dieser ungleichen Paare war, die er so oft antraf. Der Mann war mindestens zwanzig Jahre älter, und das einzig Attraktive an ihm war offensichtlich sein Geld. Er war eher klein, höchstens einsfünfundsechzig, leicht untersetzt, und obgleich es kühl in dem Restaurant war, standen dicke Schweißperlen auf seiner Stirn, während er damit beschäftigt war, eine gewaltige Portion Fisch mit Kartoffeln und Salat zu verschlingen. Doux war nicht entgangen, dass die beiden die ganze Zeit über kein Wort miteinander gewechselt hatten, weil es wahrscheinlich nichts gab, worüber sie sich unterhalten konnten. Er hatte seine Interessen, sie ihre. Seine Freunde, ihre Freunde. Er kannte diese Paare zur Genüge.

Er begab sich nach draußen, wo die Schwüle noch immer wie eine riesige Glocke über der Stadt hing. Mit einem Taxi fuhr er zum Kettenhofweg und stieg vor einem alten, sehr gediegen wirkenden Haus aus. Ein Blick auf die Uhr, fünf vor neun. Er drückte auf den Klingelknopf, nur Sekunden später ging die Tür auf, und er stieg in den vierten Stock, wo er bereits erwartet wurde.

Sie legte ihre Arme um seinen Hals und gab Doux einen langen Kuss. Sie war Mitte dreißig, hatte kurzes dunkles Haar und volle Lippen. Ihre tiefblauen Augen bildeten einen interessanten Kontrast zu den dunklen Haaren und der Haut, die einen natürlichen Braunton hatte. Ein laszives Lächeln umspielte ihren Mund, der Blick aus ihren ozeanblauen Augen hatte etwas Herausforderndes. Sie war gut einen halben Kopf kleiner als er, hatte eine ansehnliche Figur, auch wenn er schönere Frauen kannte, aber Sex mit ihr war immer etwas Besonderes. Sie hatte etwas, das andere Frauen nicht hatten. Vielleicht war es ihr Duft, vielleicht ihre sinnliche Stimme mit diesem slawischen Einschlag, vielleicht aber auch ihre überdurchschnittliche Intelligenz, die sie über die meisten anderen Frauen erhob. Sie trug eine weiße, ärmellose Bluse und einen kurzen Rock. Sie war barfuß, die Zehennägel waren in dezentem Rosa lackiert, ebenso wie die Fingernägel. Bis auf die Lippen war sie ungeschminkt, sie hatte Make-up nicht nötig, denn Make-up hätte die Natürlichkeit ihrer fast porenlosen Haut nur zerstört.

Leise Musik spielte im Hintergrund, während sie sich setzten. Sie trank ein Glas Champagner, er begnügte sich mit einem Glas Wasser.

»Stört es dich, wenn ich rauche?«, fragte sie, denn sie wusste, dass er es nicht mochte, wenn in seiner Gegenwart geraucht wurde.

»Nein. Außerdem ist es deine Wohnung und deine Gesundheit.«

»Warum so spöttisch?«, sagte sie und zündete sich eine Zigarette an. »Hab ich dir irgendwas getan? Wir haben uns doch schon lange nicht mehr gesehen.«

»Es ist nur die Hitze.« Er blickte an die Wand und fuhr fort: »Hast du ein neues Bild?«

»Du kennst doch meine Leidenschaft für alte Meister. Man lebt nur einmal. Und ein echter Monet … Aber was erzähle ich dir da, du kannst den schönen Dingen dieses Lebens ja auch nicht widerstehen. Was führt dich eigentlich nach Frankfurt?«

»Morgen treffe ich mich mit einem Makler. Ich will unter Umständen hier ein Restaurant eröffnen.«

»In Frankfurt?«, fragte sie mit skeptischem Blick. »Meinst du, das rentiert sich?«

»Denke schon«, erwiderte er mit diesem ihm eigenen unwiderstehlichen Lächeln und trank einen Schluck. »Soweit ich weiß, gibt es hier noch kein Restaurant mit bester französischer Küche. Aber erst mal abwarten, was morgen ist. Es ist vorerst nur ein Plan.«

»Und was machen wir jetzt?«, fragte sie mit sinnlicher Stimme und ebensolchem Augenaufschlag, nachdem sie ihre Zigarette ausgedrückt hatte, stand auf und ging auf den Balkon. »Komm her zu mir«, sagte sie, als er mit der Antwort zögerte.

Er stellte sich neben sie und schaute hinunter auf den Garten. »Was schlägst du denn vor?«, fragte er zurück und spielte den Ahnungslosen, weil er wusste, wie sehr sie kleine Spielchen *davor* liebte.

»Hm, dies und das. Erst dies und dann das ... Wir sollten die Zeit nutzen. Wer weiß, wann wir uns wiedersehen. Wann fliegst du eigentlich zurück?« Sie legte einen Arm um seine Hüften, fuhr mit der Hand allmählich tiefer und berührte seinen Po.

»Ich nehme die Maschine am Sonntagmorgen. Aber ich komme bestimmt noch einige Male in der nächsten Zeit nach Frankfurt, vorausgesetzt, das mit dem Makler klappt. Doch ich glaube nicht, dass es da Probleme gibt.«

»Dann sehen wir uns ja noch öfter. Schön. Gehen wir rüber?« Sie machte eine Kopfbewegung Richtung Schlafzimmer.

Doux lächelte, nahm sie bei der Hand und ging mit ihr ins Schlafzimmer. Um drei Uhr morgens schliefen sie ein. Er wurde um kurz nach acht von seiner inneren Uhr geweckt, stand leise auf, zog sich an und warf einen letzten Blick auf die Frau, die noch immer friedlich schlief. Er begab sich zu Fuß zurück zum Hotel; die Straßen waren noch relativ leer, die Sonne brannte jedoch schon jetzt unbarmherzig von einem wolkenlosen Himmel.

Er frühstückte auf seinem Zimmer, duschte, zog sich wieder an und fuhr zum Hauptbahnhof. Dort nahm er einen Schlüssel aus seiner Hosentasche und steckte ihn in das Schloss eines Schließfachs. Er holte eine braune Ledertasche heraus, ohne einen Blick hineinzuwerfen. Im Hotel öffnete er die Tasche, legte den Inhalt aufs Bett und betrachtete ihn. Er hatte die Auswahl und entschied sich schließlich nach einigem Überlegen. Pierre Doux würde heute das Geschäft abwickeln. Kühl und emotionslos, wie er das immer zu tun pflegte. Für genau sechzehn Uhr hatten sie sich verabredet. In einem Haus in Niederrad. Der einsame Wolf war vorbereitet.

Sonntag, 18. Juni, 11.30 Uhr

Hauptkommissarin Julia Durant war seit etwa anderthalb Stunden wach, hatte ein paar Seiten in einem Buch von Patricia Cornwell gelesen und danach ihre Morgentoilette erledigt, geduscht, die Haare gewaschen und sich der Witterung entsprechend sommerliche Kleidung angezogen, ein gelbes T-Shirt und blaue Shorts. Dominik Kuhn, den sie auf einer Pressekonferenz kennen gelernt hatte und mit dem sie seit einem halben Jahr eng befreundet war, hatte eigentlich schon längst bei ihr sein wollen, war aber wegen einer dringenden Reportage seit gestern Abend aufgehalten worden, obgleich er nur Bereitschaft für die *Bild am Sonntag* gehabt hätte und sie sich für den gestrigen Abend fürs Kino verabredet hatten. Selbst auf ihr Drängen hin hatte er ihr nicht sagen wollen, um was für eine Reportage es sich handelte.

Sie hatte eine Zigarette geraucht und deckte jetzt den Frühstückstisch mit Graubrot, Toast, Butter, Marmelade und Honig, obwohl, dachte sie schulterzuckend, man könnte auch einen Brunch daraus machen und stellte noch Wurst und Käse dazu. Sie hatte Hunger, und wenn er nicht bald kommen würde, würde sie ohne ihn anfangen. Sie machte das Wohnzimmerfenster auf und gleich wieder zu, als ein Schwall heißer Luft hereinströmte. Durant sah sich um, die Wohnung war einigermaßen aufgeräumt, auch wenn ein Großputz längst überfällig war. Zwei Kippen lagen im Aschenbecher, die sie im Müllbeutel entsorgte. Gerade wollte sie sich eine weitere Zigarette anstecken, als es klingelte. Sie ging zur Tür und öffnete.

»Hi.« Er gab ihr einen Kuss auf den Mund. »Sorry, aber da war 'ne ganz heiße Story, die wir unbedingt morgen bringen müssen. Wir waren natürlich wieder mal die Ersten«, sagte er nicht ohne Stolz.

»Und was war's diesmal?« Sie setzte sich an den Esstisch. »Oder ist das ein Staatsgeheimnis?«, fragte sie unüberhörbar spöttisch.

Er ging nicht darauf ein und sagte: »Gleich. Ich muss mir nur mal schnell die Hände und das Gesicht waschen.« Er ließ die Badezimmertür offen.

»Und diese Geschichte hat von gestern Abend bis heute Morgen gedauert?«, fragte sie zweifelnd.

»Leider ja.«

»Und um was geht's?«

»Tja«, antwortete er süffisant lächelnd, als er aus dem Bad kam, »wenn du Bereitschaft hättest, wüsstest du's.«

»Ha, ha, ha! Jetzt rück schon mit der Sprache raus.«

»Sagt dir der Name Wiesner etwas?«

»Sollte er?«

»Juwelier. Klingelt's jetzt?«, fragte Kuhn und ließ sich auf den Stuhl fallen. Er stöhnte kurz auf und fuhr sich mit der Hand über die Stirn.

»Ach der. Was ist mit ihm?«

»Der hat gestern Nachmittag seine Geliebte und dann sich selbst erschossen.«

»Und das sagst du mir erst jetzt?« Durant sah ihn mit wütendem Blick an. »Dann hätte ich mir die Warterei gestern und heute sparen können. Ich dachte, wir hätten keine Geheimnisse voreinander. Was genau ist passiert?«

Kuhn zuckte mit den Schultern und sagte mit jungenhaftem, entschuldigendem Lächeln: »Na ja, so genau wissen wir's auch nicht, doch der Typ muss irgendwie durchgedreht haben. Weshalb auch immer … Tut mir Leid, aber ich wollte dir das Wochenende nicht vermiesen. Außerdem ist die Sache ganz eindeutig. Du wirst damit jedenfalls nichts zu tun haben.«

»Und wer ist die Frau?«

»Eine gewisse Irina Puschkin. Edelnutte, soweit wir rausgefunden haben. Aber das kannst du dir ja alles von deinen Leuten erzählen lassen. Der Fall ist wie gesagt eindeutig. Wichtig ist die Geschichte.«

»Die Geschichte, die Geschichte! Was geilt euch Reporter eigentlich an solchen Tragödien so auf? Da ist ein Mann, der …«

Kuhn hob die Hand und unterbrach sie. »Stopp, stopp! Das ist nicht irgendein Mann, sondern einer der renommiertesten Juweliere in Deutschland. Ein absoluter Experte für Diamanten. Das Problem ist nur, er ist verheiratet, hält sich aber eine Geliebte …«

»Es gibt verdammt viele Männer, die sich eine Geliebte halten. Was ist daran so besonders?« Julia Durant stand auf und steckte zwei Scheiben Weißbrot in den Toaster. »Nur weil der Mann Wiesner heißt?«

»Sicher, das auch«, erwiderte Kuhn gelassen und lehnte sich zurück. »Aber es sind die Umstände und die Hintergründe, die die Leser interessieren. Warum bringt ein Mann, der alles hat, erst seine Geliebte und dann sich selbst um? Es muss einen Grund geben, sonst hätte er es nicht getan.«

Die Toasts sprangen heraus, Julia Durant gab einen ihrem Freund, legte ihren auf den Teller und steckte noch zwei in den Toaster. Kuhn hatte inzwischen Kaffee eingeschenkt. Die Kommissarin schmierte dünn Butter auf ihren Toast und legte eine Scheibe Gouda und drei Scheiben Salami darauf.

»Und was für einen Grund habt ihr herausgefunden?«, fragte sie mit noch einer Prise mehr Spott als eben schon, doch Kuhn ging wieder nicht darauf ein.

»Vermutlich wollte er sich von seiner Frau trennen, aber sie hat ihm allerhand Steine in den Weg gelegt. Und da hat er keinen Ausweg mehr gesehen.«

»›Vermutlich‹ sagst du. Was, wenn du mit deiner Vermutung völlig danebenliegst?«

»Das ist das Risiko des Journalismus. Es ist immer ein bisschen Fortune dabei. Aber glaub mir, ich habe Recht.«

»Und wenn nicht? Habt ihr mit Frau Wiesner gesprochen?«

»Nein, die hat keinen an sich rangelassen, außer ein paar von deinen Leuten. Wir haben es sogar heute Morgen noch mal probiert, doch sie will partout nicht mit uns sprechen. Und deine werten Kollegen mauern ebenfalls. Das Einzige, was ich aus denen rausgekriegt habe, ist, dass es sich um eine Ehe- und Liebestragödie handelt.«

»Du sagst doch, diese Puschkin sei eine Edelnutte gewesen.

Glaubst du wirklich, ein Mann wie Wiesner hätte eine Liaison mit einer Hure gehabt?«

»Warum sonst hätte er erst sie und dann sich selbst umbringen sollen?«, fragte Kuhn zurück. »Es gibt keine andere Möglichkeit, zumindest sehe ich keine.«

»Was für Informationen hast du noch?« Julia Durant machte sich eine zweite Scheibe Toast, diesmal mit Marmelade.

»Wir haben ein paar Nachbarn befragt und natürlich eine Angestellte von Wiesner.«

»Und?«, fragte Durant, als Kuhn nicht weitersprach, und sah ihn herausfordernd an.

»Die Nachbarn beschreiben ihn als unauffällig und höflich. Die Angestellte auch. Sie sagt sogar, sie könne sich beim besten Willen nicht vorstellen, dass er so was getan haben soll.«

»Jemanden umbringen?«

»Die ganze Geschichte. Sie hat jedenfalls versucht uns weiszumachen, dass Wiesner der perfekte Ehemann schlechthin gewesen war. Was zu beweisen wäre. Ich hab jedenfalls schon mit so genannten ehrenwerten Bürgern zu tun gehabt, die mehr Scheiße an den Händen haben, als man in einer Jauchegrube findet. Deswegen würde ich auch bei Wiesner meine Hand nicht ins Feuer legen.«

»Habt ihr Fotos?«

»Nee, leider nicht. Nur ein älteres Foto von ihm, das uns seine Angestellte gegeben hat. An den Tatort sind wir nicht rangekommen.«

»Wo ist es passiert?«

»Kennedyallee. Nicht weit von der Rechtsmedizin«, fügte Kuhn grinsend hinzu.

»Blödmann. Wie hat man eigentlich davon erfahren? Ich meine, wenn er sich mit seiner Geliebten vergnügt hat, dann …«

»Seine Frau. Sie ist so gegen acht Uhr abends in die Wohnung gefahren und hat die beiden dort gefunden. Na ja, und alles Weitere hat sich dann von selbst ergeben.«

»Und *Bild* war natürlich wieder mal als Erste vor Ort. Wie macht ihr das eigentlich? Ich meine, dass ihr immer die Exklusivstorys habt?«

»Betriebsgeheimnis«, antwortete Kuhn grinsend, nahm eine Scheibe Graubrot vom Teller und legte Wurst darauf. »Wenn wir von der Polizei schon so kurz gehalten werden, müssen wir uns eben selbst helfen.«

»Und jetzt?«, fragte Julia Durant.

»Soll ich ganz ehrlich sein? Ich bin todmüde. Ich könnte hier im Sitzen einschlafen.«

»Warst du die ganze Nacht auf den Beinen?« Durant sah Kuhn zweifelnd an.

»Nicht unbedingt auf den Beinen, aber wir wollten natürlich so schnell und so viel wie möglich über die Vita von Wiesner herauskriegen. Und über die Puschkin auch. Doch das Einzige, was wir von der wissen, ist, dass sie aus Russland kommt, achtundzwanzig Jahre alt und seit Mitte der Neunziger in Deutschland ist. Zumindest muss sie eine gültige Aufenthaltsgenehmigung haben. Sonst gibt es keine Infos über sie. Außer, dass sie eine Nutte war.«

»Und wo bringt ihr die Geschichte? Auf der ersten Seite?«

»Nee, glaub ich nicht. Seite drei, nehm ich an. Für die erste Seite ist Wiesner nun doch nicht prominent genug. Wir müssen halt zusehen, dass wir wenigstens noch ein gescheites Foto bekommen. Könntest du da nicht …«

Julia Durant winkte energisch ab. »Vergiss es! Ich liebe dich, und das weißt du, aber ich kann dir da überhaupt nicht helfen. Außerdem bearbeite ich den Fall ja gar nicht. Entweder ihr kriegt die Informationen von meinen Kollegen, oder ihr habt Pech gehabt. Und wenn, was ich annehme, die Kollegen vom KDD am Tatort waren, dann kannst du's sowieso abhaken. Die sind inzwischen schlafen gegangen und abgelöst worden. Es ist nur zweitrangig ein Fall für die Mordkommission.«

»Na gut, wir werden schon was Gescheites zusammenbasteln. Hast du was dagegen, wenn ich mich für zwei Stunden aufs Ohr haue?«

»Von mir aus. Ich räum hier ein bisschen auf und les noch ein paar

Seiten.« Sie hielt inne und fasste sich mit zwei Fingern an die Nasenspitze. »Sag mal, die beiden wurden doch in einer Wohnung in der Kennedyallee gefunden. Ist das ein Mehrfamilienhaus?«

»Ja, warum?«

»Was ist mit den Nachbarn? Haben die irgendwas gehört oder gesehen?«

»Nee. Wir haben auch nur zwei angetroffen. Die konnten aber überhaupt nichts sagen. Die kannten Wiesner kaum. Behaupten sie zumindest.«

Kuhn stand auf, ging um den Tisch und beugte sich zu Durant hinunter. Er umarmte sie und gab ihr einen langen Kuss. Schließlich sagte er: »Eine Frage hätte ich noch. Hat auch nichts mit dem Fall zu tun. Wir sind jetzt schon seit über einem halben Jahr befreundet … Ich meine, ich will nicht aufdringlich erscheinen, aber könnten wir nicht irgendwann zusammenziehen? Ich weiß ja nicht, ob du dir darüber schon mal Gedanken gemacht hast, aber ich finde die Idee gar nicht so schlecht.«

»Lass uns ein andermal darüber reden, okay? Du bist müde und solltest jetzt erst mal schlafen.«

»Du weichst mir schon wieder aus. Warum hast du solche Angst davor?«

»Geh schlafen. Ich verspreche dir, darüber nachzudenken.«

»Manchmal möchte ich zu gerne wissen, was in deinem hübschen Kopf vorgeht. Du sagst, du liebst mich, aber irgendwie werde ich das Gefühl nicht los, dass du dich nicht binden willst. Ich hab doch nicht die Pest oder die Pocken, bin auch nicht verheiratet, hab nicht einmal eine Freundin, nur eine kleine Tochter, die ich alle zwei Wochen für zwei Tage besuche. Daran kann's doch nicht liegen, oder? Wir haben beide schlechte Erfahrungen gemacht, aber wenn wir uns mögen, dann …«

»Ich sag doch, ich werde drüber nachdenken«, unterbrach sie ihn etwas unwirsch und steckte sich eine Gauloise an. »Aber um dich zu beruhigen, eigentlich wollte ich nach dem letzten Fall für ein bis zwei Jahre nach Südfrankreich gehen, und das habe ich dir auch gesagt. Ich bin aber nicht gegangen, sondern hier geblieben. Und den Grund kennst du, weil du der Grund bist. Zufrieden?«

»Ich liebe dich wirklich, Julia. Und ich könnte mir einfach nichts Schöneres vorstellen, als mit dir zusammenzuwohnen. Aber ich werde dich nicht drängen.«

»Ich weiß. Und jetzt schlaf gut.«

Sie rauchte zu Ende, drückte die Zigarette im Aschenbecher aus, schenkte sich noch eine Tasse Kaffee ein, und wartete, bis Kuhn die Tür zum Schlafzimmer hinter sich zugemacht hatte. Sie ärgerte sich über sich selbst, über ihre Zögerlichkeit, ihre Unentschlossenheit. Seit Jahren wollte sie wieder einen Mann an ihrer Seite haben, und jetzt, wo er da war, verhielt sie sich in bestimmten Situationen dermaßen zurückhaltend, dass es kein Wunder wäre, würde Kuhn eines Tages adieu sagen. Sie musste eine Entscheidung treffen, und zwar bald, denn verlieren wollte sie ihn nicht. Er war der erste Mann seit ewigen Zeiten, der ehrlich zu ihr war, der ihr nicht Gefühle vorgaukelte, die gar nicht vorhanden waren, der ihr ab und zu Blumen mitbrachte, sie zum Essen oder in ein Konzert einlud, der im Prinzip alles für sie tun würde. Aber am wichtigsten war, er war die Schulter, an die sie sich anlehnen konnte. »Julia, du bist verrückt, wenn du das Ding jetzt verbockst«, sagte sie leise zu sich selbst und schloss kurz die Augen.

Sie trank den Kaffee, räumte den Tisch ab und spülte das Geschirr. Die Hitze von draußen war auch in der Wohnung zu spüren, und Julia Durant wünschte sich im Moment nichts sehnlicher als eine Klimaanlage. Sie machte den Fernseher an und blieb wieder einmal bei Viva hängen. Dann setzte sie sich auf die Couch, legte die Beine hoch und nahm das Buch von Cornwell in die Hand. Nach wenigen Minuten aber klappte sie es zu, denn ihre Gedanken kreisten in einem fort um Wiesner und diese Puschkin. Sie überlegte, ob sie im Präsidium anrufen sollte, sagte sich aber, sie würde morgen früh sowieso alles erfahren. Um kurz nach zwei hielt sie es nicht mehr aus, rief doch im Präsidium an und fragte, wer gestern Bereitschaft hatte. Güttler und Wilhelm. Mit Christine Güttler verstand sie sich ganz gut – sie war neben Hellmer die Einzige, mit der sie sich duzte –, und sie beschloss, bei ihr anzurufen. Durant wollte nach dem fünften Läuten schon auflegen, als der Hörer abgenommen wurde.

»Güttler.«

»Hallo, Christine. Hier ist Julia. Hab ich dich aus dem Bett geholt?«

»Nein, ich war im Garten. Was gibt's denn?«

»Ich hab das mit Wiesner erfahren. Du warst doch am Tatort, oder?«

»Ja. Und was willst du wissen?«

»Zum Beispiel was ihr rausgefunden habt …«

»Steht alles im vorläufigen Protokoll.«

»Habt ihr mit Frau Wiesner gesprochen?«

»Wir haben's versucht. Aber die Ärmste steht unter Schock. Ich meine, du musst dir mal vorstellen, du kommst in eine Wohnung, deine Wohnung, und findest deinen Mann und seine Geliebte tot vor. Ich glaube, da würde jeder erst mal einen Arzt brauchen. Sie hat immer nur gestammelt, das kann nicht sein, das kann nicht sein, so was hätte er nie gemacht, und so weiter, und so weiter … Du kennst das ja.«

»Hat sie auch gesagt, warum er so was nie gemacht hätte?«

»Nein, die Frau war völlig weggetreten. Und ich weiß nicht, wie's heute bei ihr aussieht. Willst du etwa mit ihr reden?«

»Vielleicht, ich bin noch am Überlegen. Gib mir doch mal ihre Adresse.«

Und nach einer Weile: »Danke, vielleicht werd ich hinfahren. Wo sind die Leichen jetzt? In der Rechtsmedizin?«

»Die sind noch gestern Abend dorthin gebracht worden.«

»Spurensicherung?«

»War da, ist aber gleich wieder abgezogen, nachdem klar war, dass man dort keine Spuren zu sichern brauchte. Wiesner und diese Puschkin waren beide hackedicht. Die haben sich mit Cognac und Wodka voll geschüttet. Beide waren nackt, nur sie hat ein paar schwarze Strümpfe angehabt.«

»Und die Waffe war in Wiesners Hand?«

»Ja, eine 9 mm Beretta. Er hat Vollmantelgeschosse benutzt.«

»Fotos sind doch aber gemacht worden, oder?«

»Logisch. Spurensicherung nein, Fotos ja …«

»Ist die Wohnung versiegelt worden?«

»Ja, warum?«

»Nur 'ne Frage. Ist irgendwas dort verändert worden?«

»Nein, nicht dass ich wüsste. Sag mal, du willst dich doch jetzt nicht etwa in eine Sache reinhängen, die mehr als eindeutig ist, oder? Julia, lass das bitte sein. Aus welchem Grund auch immer, Wiesner hat womöglich irgendwie Scheiße gebaut, und er wird einen Grund gehabt haben, diese Verzweiflungstat zu begehen. Wenn du gestern da gewesen wärst, dann würdest du mich sicherlich verstehen.«

»Schon gut. Sind die Fotos bereits entwickelt?«

»Julia, bitte, lass es sein.«

»Ich möchte nur die Fotos sehen.«

»Natürlich sind sie entwickelt. Sie liegen, soweit ich weiß, beim KDD. Du kannst ja hinfahren und sie dir anschauen, damit die liebe Seele endlich Ruhe hat.«

»Sorry, wenn ich dich genervt habe. Es gibt halt manchmal Geschichten, die mir ziemlich nahe gehen. Nur noch eine Frage. Die Nachbarn, haben die irgendwas mitbekommen? Ich meine, drei Schüsse sind schlecht zu überhören.«

»Die Kennedyallee ist eine viel befahrene Straße. Wenn du die Fenster aufhast, hörst du nur Autolärm.«

»Also keiner hat etwas gehört, richtig?«

»Ja, zumindest behaupten sie es.«

»Kein Streit, keine Schüsse. Beide nackt, beide betrunken. Bisschen seltsam, bisschen sehr seltsam, findest du nicht?«

»Ich kann deine Gedanken verstehen. Als ich das gestern gesehen habe, da hat sich mir auch der Magen umgedreht, das darfst du mir glauben. Und dann auch noch die Wiesner. Ich hatte Angst, die würde sich am liebsten auch gleich noch umbringen.«

»Danke für die Infos. Ich will dich jetzt nicht länger stören. Wir sehen uns morgen.«

»Keine Ursache. Dann bis morgen. Und glaub mir, das ist zwar eine saublöde Geschichte, aber mit Sicherheit nur sekundär für die Mordkommission. Und jetzt mach dir noch einen schönen Tag. Tschüs.«

Julia Durant legte den Hörer auf den Tisch und öffnete leise die Schlafzimmertür. Dominik Kuhn schlief tief und fest. Sie zog eine Bluse und Jeans an und schlüpfte in ihre Tennisschuhe. Wenn sie sich beeilte, würde sie in einer Stunde wieder da sein. Sie schrieb einen Zettel, falls er wach werden sollte, bevor sie zurück war, und ging zu ihrem Wagen. Sie brauchte nur etwas über zehn Minuten bis zum Präsidium.

Die Fotos waren eindeutig, wie Güttler schon gesagt hatte. Irina Puschkin wurde mit zwei Schüssen getötet, einer in die Brust und einer direkt über der Nasenwurzel. Anschließend hatte Wiesner sich selbst in den Kopf geschossen, die Waffe hielt er noch in der Hand. Eine Autopsie hatte noch nicht stattgefunden.

»Scheißspiel, was?«, sagte einer der Männer vom KDD, der neben Julia Durant stand und ebenfalls die Fotos betrachtete. »Da hat ein Mann alles, was er nur haben kann, und dann gibt es doch irgendwas, was ihn …«

»Ja, es ist ein verdammtes Scheißspiel«, unterbrach ihn die Kommissarin lakonisch. »Wer hat in der Rechtsmedizin Bereitschaft?«

»Keine Ahnung, müsste ich nachschauen.« Nach einer Weile kehrte er zurück und sagte: »Bock.«

Julia Durant nahm den Hörer in die Hand und tippte Bocks Nummer ein. Er meldete sich sofort.

»Hier Durant. Entschuldigen Sie, wenn ich Ihre sonntägliche Ruhe störe. Haben Sie schon die Leichen von Wiesner und dieser Puschkin untersucht?«

»Frau Durant, heute ist in der Tat Sonntag, und wir haben keinen mysteriösen Mordfall zu bearbeiten. Und nein, ich habe die Leichen noch nicht untersucht. Aber ich verspreche Ihnen, das gleich morgen früh zu erledigen.«

»Kann ich die Leichen sehen?«, fragte sie.

»Sicher, morgen früh ab acht«, antwortete Bock barsch.

»Ich würde sie aber am liebsten heute noch sehen. Am besten gleich.«

»Jetzt?!« Bocks Stimme überschlug sich fast.

»Ja, warum nicht?«

»Weil heute verdammt noch mal Sonntag ist!«

»Ich würde sie trotzdem gerne sehen. Sie brauchen doch höchstens eine Viertelstunde, bis Sie dort sind. Sie haben dann auch was gut bei mir.«

»Und was versprechen Sie sich davon, wenn Sie die Leichen sehen? Ich habe sie mir gestern Abend kurz angeschaut, und ich kann Ihnen sagen, ich habe nichts Ungewöhnliches festgestellt.«

»Und wenn ich Sie ganz doll bitte?«, säuselte die Kommissarin in den Hörer.

Und Bock gab tatsächlich nach. »In einer Viertelstunde in der Rechtsmedizin. Und wenn Sie nicht pünktlich sind, bin ich sofort wieder weg.«

»Sie sind ein Schatz«, sagte Durant grinsend, legte auf, nahm ihre Tasche und eilte den Gang hinunter zum Parkplatz. Sie stieg in ihren neuen Corsa und raste los. Knapp fünf Minuten vor Bock war sie da, der ein kurzärmliges blaues Hemd und Jeans trug.

»Sie liegen in der Kühlhalle«, sagte er, schloss die Tür auf und machte das Licht an. Die Neonröhren flackerten kurz auf, bevor alles in ein unwirkliches, dem Tod entsprechendes, bläulich-kaltes Licht getaucht wurde. Hier herrschte der typische Geruch des Todes. Es war sehr kalt. Insgesamt befanden sich vierzehn Leichen in dem Raum, eine davon bis zur Unkenntlichkeit verbrannt.

»Hier hinten sind sie«, sagte Bock und ging vor Durant zu den beiden Bahren, auf denen Wiesner und Puschkin lagen. An ihren großen Zehen hingen die Zettel mit ihren Namen sowie einer Nummer und dem Datum. Irina Puschkin trug noch immer die schwarzen Strümpfe, während Wiesner vollkommen nackt war. Er war schlank und zu Lebzeiten sicher in körperlich guter Verfassung gewesen, wie Durant feststellte. Irina Puschkin hatte eine fast perfekte Figur mit einem großen festen Busen, langen schlanken Beinen und kurzen blonden Haaren. Die Kommissarin trat näher an die Toten heran und ging um sie herum. Die Einschusslöcher waren deutlich zu erkennen, bei Irina Puschkin etwas links vom Brustbein genau ins Herz und ein weiteres Loch in der Stirn direkt über der Nasenwurzel. Bei Wiesner war es anders. Er hatte sich in den Kopf geschossen, etwas unterhalb der Nasenwurzel, leicht rechts von der Nase.

Durant betrachtete noch einmal genau Irina Puschkin, dann Andreas Wiesner. Sie griff sich ans Kinn, überlegte eine Weile und sagte: »Professor Bock, wenn Sie sich in den Kopf schießen würden, wie würden Sie das tun?«

Bock sah die Kommissarin verwundert an, bevor er antwortete: »Die sicherste Methode ist, sich die Waffe in den Mund zu stecken und gegen den Gaumen zu halten. Das ist garantiert tödlich. Gegen die Schläfe kann schief gehen. Manch einer hat das schon versucht und ist jetzt für den Rest seines Lebens ein Pflegefall. Wichtig ist, dass die wesentlichen Teile des Gehirns getroffen werden, also am besten Frontallappen, Parietallappen, Temporallappen und Okzipitallappen. Bei einem Schuss, der genau durch die Nasenwurzel geht und am Hinterkopf genauso gerade wieder austritt, ist der Exitus garantiert. Warum wollen Sie das wissen?«

Sie ließ Bocks Frage unbeantwortet. »Ist den beiden Blut abgenommen worden?«

»Natürlich. Moment, ich muss nur mal schnell nachsehen … Hier hab ich's, Puschkin 2,3 Promille, Wiesner 1,9 Promille. Todeszeitpunkt bei beiden zirka sechzehn Uhr dreißig, plus minus einer Viertelstunde.«

»Kann jemand mit 1,9 Promille so genau schießen?«

»Wenn er Alkoholiker ist, dann sind 1,9 Promille so gut wie gar nichts. Ein richtiger Alkoholiker kann unter Umständen auch mit

2,5 oder sogar 3 Promille noch gut zielen oder Auto fahren. Es kommt auf die Konstitution an …«

»Es lässt sich doch sicherlich bei einer Autopsie feststellen, ob jemand Alkoholiker war. Würden Sie das bitte für mich rausfinden?«

Zum ersten Mal an diesem Nachmittag grinste Bock. »Da brauch ich mir nur die Leber und die Bauchspeicheldrüse anzuschauen, und schon weiß ich, ob jemand über einen längeren Zeitraum hinweg Alkoholmissbrauch betrieben hat. Die Leber lügt nicht. Man kann's übrigens auch am Gehirn riechen, wenn jemand gesoffen hat.«

»Das glaub ich Ihnen sogar. Kommt Ihnen dieser merkwürdige Kopfschuss von Wiesner nicht spanisch vor?«

»Ich weiß nicht, was Sie meinen.«

»Na ja, zum einen ist er nicht besoffen genug, um auf seine Geliebte zwei absolut gezielte und tödliche Schüsse abzufeuern, zum anderen geht er bei sich selbst fast dilettantisch vor. Das hätte ja auch schief gehen können, oder?«

»Schief gehen?«

»Dass er eben nicht tot ist, sondern nur ein Pflegefall, wie Sie gerade so schön gesagt haben.«

Bock schüttelte den Kopf. »Nein, nicht bei den verwendeten Kugeln. Die sind komplett durch den Körper gedrungen. Die Puschkin hat zwei kleine Einschusslöcher vorne und genauso kleine Löcher im Rücken und am Hinterkopf. Und bei Wiesner ist die Kugel ebenfalls am Hinterkopf ausgetreten, ohne große Spuren zu hinterlassen. Wollen Sie's sehen?«, fragte er grinsend.

»Scheiße!«, entfuhr es der Kommissarin. »Da hat er also doch ganze Arbeit geleistet. Nun gut, führen Sie die Autopsie durch und lassen Sie mich wenigstens wissen, ob Wiesner Alkoholprobleme hatte. Wann kann ich den Bericht haben?«

»Morgen Mittag. Aber im Grunde genommen, wenn ich schon mal hier bin … Ich bin sowieso allein zu Hause, meine Frau ist bei ihrer Mutter in Dortmund … Ich kann mir den Wiesner ja gleich mal vornehmen. Vielleicht ruf ich Sie schon in anderthalb oder zwei Stunden an.«

»Ich hab aber heute keinen Dienst. Sie können mich zu Hause erreichen. Vielen Dank, Sie haben wirklich was gut bei mir.«

»In Ordnung. Hier drin ist es wenigstens schön kühl.«

Durant musste unwillkürlich grinsen ob des makabren Humors von Bock. »Dann bis nachher, und erkälten Sie sich nicht.« In der Tür drehte sie sich noch einmal um und sagte: »Hatten die beiden eigentlich Geschlechtsverkehr?«

»Ich nehme an, die haben sich nicht nur wegen der Hitze nackt ausgezogen.«

Julia Durant kam wieder auf Bock zu. »Gut, dann halten wir mal fest: Wiesner hatte 1,9 Promille, die Puschkin 2,3. Ist es da nicht eher wahrscheinlich, dass sie keinen Sex hatten? Ich meine, ich kann mich auch irren, aber Männer haben nach exzessivem Alkoholgenuss oftmals ziemliche Probleme, wenn Sie verstehen, was ich meine. Schauen Sie doch bitte mal nach, ob Sie irgendwelche Spermaspuren finden. Und zwar bei beiden. Ich will vor allem wissen, ob an Wiesners Penis …«

Bock trat dicht vor Durant, die rechte Augenbraue hochgezogen. »Sagen Sie, haben Sie einen Verdacht?«

»Noch nicht. Ich will nur sichergehen, das ist alles. Können Sie mir den Gefallen tun und nach Sperma oder Vaginalsekret an Wiesners kleinem Mann suchen?«

»Ich werde den kleinen Wiesner genauestens inspizieren«, erwiderte Bock erneut grinsend.

»Danke.«

Als sie wieder im Freien war, empfand sie die Hitze als noch erdrückender. Ihr Wagen stand in der prallen Sonne, der Innenraum hatte sich in der kurzen Zeit auf über sechzig Grad aufgeheizt. Sie kurbelte die Fenster herunter, machte die Türen auf und wartete eine Weile. Nach etwa fünf Minuten setzte sie sich auf den glühend heißen Sitz und startete den Motor. Auf der Fahrt nach Hause dachte sie unentwegt an Wiesner und Puschkin. Irgendetwas stimmte nicht, aber sie kam nicht darauf, was es sein konnte.

Als sie zu Hause anlangte, schlief Kuhn noch. Sie zog sich aus und stellte sich zum zweiten Mal an diesem Tag unter die Dusche. Nachdem sie sich abgetrocknet hatte, setzte sie sich bloß mit einem Slip und einem T-Shirt bekleidet auf die Couch. Sie zündete sich eine Zigarette an und überlegte. Es war nur ein vages Gefühl, Intuition, vielleicht auch Instinkt, doch sie spürte, dass irgendetwas an dieser Sache nicht zusammenpasste. Aber sie wusste nicht, woher dieses Gefühl kam. Julia, du verrennst dich da in eine Sache, dachte sie kopfschüttelnd, ging an den Kühlschrank und holte sich eine Dose Bier heraus. Sie öffnete sie, trank einen Schluck und blickte auf den Zettel mit der Adresse von Wiesners Frau. Sie wollte sich mit ihr unterhalten, um herauszufinden, was für ein Mensch ihr Mann gewesen war, und dann alles Weitere den Kollegen überlassen und sich wieder dem drögen Polizeialltag widmen, was nichts anderes hieß, als liegen gebliebene Akten aufzuarbeiten. Nur kurz mit Frau Wiesner sprechen. Nicht mehr. Nur mit ihr sprechen.

Sonntag, 17.45 Uhr 

Das Telefon klingelte, als Julia Durant gerade Dominik Kuhn wecken wollte, weil sie der Meinung war, dass er lange genug geschlafen hatte. Sie hatte schon vor einer Stunde einmal einen kurzen Blick ins Schlafzimmer geworfen, doch da atmete er ruhig und gleichmäßig, und sie brachte es nicht übers Herz, ihn zu wecken. Sie meldete sich nach dem zweiten Läuten.

»Durant.«

»Hier Bock. Lassen Sie's mich ganz kurz machen, denn ich will jetzt wirklich bald nach Hause. Also, Wiesners Leber, Bauchspeicheldrüse und Nieren sind absolut in Ordnung. Für mich gibt es keine Anzeichen, die dafür sprechen, dass er über einen längeren Zeitraum hinweg Alkoholmissbrauch betrieben hat. Es kann natürlich nie ganz ausgeschlossen werden, dass jemand nur hin und wieder einmal kräftig einen über den Durst trinkt, und zwar über ein paar Tage hinweg, aber die gesamte körperliche Konstitution lässt mich bei Wiesner eher daran zweifeln. Tja, und jetzt hab ich den nächsten Punkt – er hatte vor seinem Ableben keinen Geschlechtsverkehr. Ich habe daraufhin die Puschkin untersucht, und auch sie hat zumindest an dem Tag mit keinem Mann geschlafen. Wiesners Penis wurde auch nicht gewaschen, ich habe Urin-, Schweiß- und Faserspuren gefunden, doch nichts, was darauf hindeutet, dass er seinen kleinen Mann für irgendwas anderes benutzt hat als zum Pinkeln. Aber, und das muss ich Ihnen leider auch mitteilen, es gibt Schmauchspuren an seiner rechten Hand. Und das ist der Punkt, der nun mal eindeutig ist.«

»Aber warum waren die beiden dann nackt, als sie gefunden wurden?«, sagte die Kommissarin nachdenklich.

»Fragen Sie mich das etwa?« Bock lachte kurz auf. »Du meine Güte, vielleicht hatten sie sich den Tag auch anders vorgestellt und wollten zur Sache kommen, und da … Ach, was weiß ich! Ich hab in meiner Laufbahn schon die merkwürdigsten Dinge auf den Tisch gekriegt, da ist das hier noch relativ harmlos …«

Durant unterbrach ihn. »Und Sie sind sicher, dass Wiesner kein Alkoholiker war?«

»Hören Sie, das Wort sicher gibt es auch in meinem Beruf nicht. Vielleicht hat er erst seit kurzem getrunken, was natürlich in der Leber und anderen Organen nur schwer nachzuweisen ist. Aber nehmen wir mal an, er hat vor etwa zwei Wochen mit der Trinkerei angefangen und seinen Konsum Tag für Tag ein wenig gesteigert, das heißt, erst ein Glas Bier, dann zwei, dann drei und so weiter. Dazu vielleicht noch den einen oder andern Cognac oder Klaren, und schon wäre er in einer Art Abhängigkeit gewesen. Lassen Sie persönliche Konflikte dazukommen, finanzielle oder geschäftliche Probleme. Mein Gott, es geht schneller, als man denkt, die Sauferei meine ich. Also, um es klarzustellen, ich habe zwar an Wiesners Körper keine Spuren von längerem Alkoholmissbrauch ausmachen können, was jedoch nicht zwangsläufig heißen muss, dass er nicht vielleicht erst vor zwei oder drei Wochen damit angefangen hat.

Aber mancher Körper verträgt schon nach einer relativ kurzen Zeit ziemlich viel. Reicht Ihnen das fürs Erste?«

Julia Durant atmete tief durch. »Ja, Professor. Haben Sie herzlichen Dank für Ihre Mühe. Ich habe mich da wohl doch in etwas verrannt. Wann schicken Sie den kompletten Bericht rüber?«

»Irgendwann morgen Nachmittag. Ich habe noch keine Schädelöffnung vorgenommen, das überlass ich immer gerne unserem kleinen Quasimodo«, sagte er lachend, womit er seinen Gehilfen meinte, der nur selten etwas sagte und seine meist makabre Arbeit mit einer schon fast unnatürlichen Akribie verrichtete. Besondere Freude schien er daran zu haben, Schädelöffnungen vorzunehmen, wobei sein Lieblingsspielzeug die Handkreissäge war. Doch das war nur die Meinung einiger weniger, denn im Grunde gehörte Akribie zu den wesentlichen Eigenschaften eines guten Rechtsmediziners und seiner Gehilfen. »Außerdem haben wir morgen Vormittag wieder ein paar Studenten und Beamte, und da wollen wir denen schon was bieten. Auch wenn die Leiche von Wiesner bereits etwas ramponiert ist. Aber ich habe alles wieder an seinen ursprünglichen Platz zurückgelegt. Tja, wenn's weiter nichts gibt, werde ich mich mal auf den Weg nach Hause machen und mich noch ein wenig ausruhen. Schönen Abend noch. Und dass ich bei Ihnen was gut habe, darauf komme ich bei Gelegenheit zurück.«

»Versprochen ist versprochen. Und nochmals vielen Dank. Und auch Ihnen einen schönen Abend.«

Sie legte auf und bemerkte nicht, dass Dominik Kuhn hinter ihr stand. Er wirkte verschlafen, streckte sich und rieb sich die Augen.

»Es ist ja schon gleich sechs«, sagte er etwas vorwurfsvoll und kam auf Durant zu. »Warum hast du mich so lange schlafen lassen? Ich wollte doch den Nachmittag mit dir verbringen, weil ich heute Abend unbedingt noch mal in die Redaktion muss. Es ist schließlich mein Bericht, und ich will nicht, dass irgendwer darin rumpfuscht. Außerdem könnte es immerhin sein, dass die Polizei inzwischen was gesagt hat.«

»Und wann willst du los?«

»Ich dusch mich nur ganz kurz, düse rüber in die Redaktion und bin spätestens um halb zehn, zehn wieder hier. Nicht sauer sein, okay?«

Julia Durant schüttelte den Kopf. »Es ist dein Job«, erwiderte sie nur und zündete sich eine Zigarette an.

»Was hast du eigentlich heute Nachmittag gemacht?«, fragte Kuhn und schlang seine Arme von hinten um sie.

»Ein bisschen gelesen, ferngesehen, dies und das eben«, schwindelte sie. »Komm, mach dich fertig, sonst schnappt dir am Ende noch einer deine Topstory weg.«

»Geht nicht, ich habe sozusagen ein Copyright darauf. Und sollte mir einer in die Quere kommen, dann, peng, kriegt er gewaltig eins vor den Bug.«

Durant grinste, wand sich aus seiner Umarmung und stellte sich ans Fenster. Die Hitze in der Wohnung war beinahe unerträglich, und der Wetterbericht kündigte für die nächsten Tage sogar noch höhere Temperaturen bis fünfunddreißig Grad an. Fünfunddreißig Grad, die in einer Stadt wie Frankfurt zur Hölle werden konnten. Sie dachte für einen Moment an ihr Büro, das an solchen Tagen zu einem wahren Glutofen wurde. Kuhn war ins Bad gegangen, sie hörte das Wasser in der Dusche laufen.

Warum interessierte sie dieser Fall eigentlich so? Sie hatte keine Antwort darauf. Sie wusste nur, dass sie Frau Wiesner kennen lernen musste. Am besten heute Abend noch. Vielleicht hatte sich ihr Zustand ja inzwischen etwas stabilisiert. Sie würde natürlich Kuhn nichts davon sagen, es ging ihn im Prinzip auch gar nichts an. Aber sobald er das Haus verlassen haben würde, würde auch sie sich in ihr Auto setzen und nach Glashütten fahren, wo Frau Wiesner wohnte. Sie hatte nicht einmal eine Vorstellung von der Frau, konnte sich höchstens in ihre Gefühlswelt hineinversetzen (aber auch das nur vage) in dem Moment, als sie ihren Mann und diese ihr fremde Frau nackt und tot vorgefunden hatte. Sie drückte ihre Zigarette aus, trank den letzten Schluck aus der Dose mit dem nun warmen Bier und warf sie in den Mülleimer. Sie ging ins Schlafzimmer, machte das Bett und öffnete das Fenster. Die Sonne stand jetzt genau links über dem Haus, der am Nachmittag noch böige, heiße Wind ließ allmählich nach. Dominik Kuhn kam aus dem Bad. Er trug Jeans und ein T-Shirt, sein Handy hatte er mit einem Clip am Gürtel befestigt. Der Duft eines herben Deodorants breitete sich im Zimmer aus.

»So, dann werd ich mich mal auf den Weg machen. Sorry, dass das Wochenende so beschissen gelaufen ist. Aber ich hab zum Glück erst wieder in drei Wochen Bereitschaft.«

»Und ich die ganze nächste Woche. Es könnte sein, dass wir uns nur wenig sehen«, erwiderte Julia Durant und gab ihm einen langen Kuss. »Und jetzt verschwinde schon.«

»Bis nachher. Ich bin bestimmt nicht später als zehn zurück. Und denk dran, ich liebe dich.«

»Ich weiß.«

Kuhn verließ die Wohnung. Durant stellte sich ans Fenster und sah ihm nach, wie er in seinen Wagen stieg und losfuhr. Sobald er um die Ecke verschwunden war, zog sie schnell ihre Jeans, die Bluse und die weißen Leinenschuhe an, nahm ihre Tasche, stellte den Anrufbeantworter an und schloss hinter sich ab. Es war Viertel nach sieben, und sie würde mit Sicherheit mindestens eine halbe Stunde bis nach Glashütten brauchen. Sie hoffte auf wenig Verkehr, denn sie wollte vor ihrem Freund wieder zu Hause sein. Während der Fahrt hörte sie Bon Jovi, der Fahrtwind machte die Hitze im Auto einigermaßen erträglich. Sie brauchte fünfunddreißig Minuten, bis sie vor dem riesigen Haus in Glashütten stand. Die vorderen Fenster waren alle mit weißen, schmiedeeisernen Gittern gegen Einbrecher geschützt. Mit geübtem Blick erkannte sie die Alarmanlage und entdeckte auch einen Sensor des Bewegungsmelders. Über dem Eingangstor war eine Videokamera angebracht. Sie drückte auf den Klingelknopf, wartete eine Weile und wollte schon wieder gehen, als sich eine weibliche Stimme meldete.

Sonntag, 19.50 Uhr

Frau Wiesner?«, fragte Durant.

»Ja. Was wollen Sie? Wenn Sie von der Presse sind, können Sie gleich wieder gehen.«

»Ich bin Hauptkommissarin Julia Durant von der Kripo Frankfurt. Hier ist mein Ausweis. Könnten wir uns einen Augenblick unterhalten?«

»Ich komme raus«, antwortete Frau Wiesner mit müder Stimme. Sie war eine jugendlich wirkende Frau, die jetzt tiefe Ringe unter den Augen hatte. Sie bat die Kommissarin noch einmal, den Ausweis sehen zu dürfen, bevor sie die Tür ganz öffnete.

»Wenn Sie mir bitte folgen wollen.«

Sie betraten das Haus, in dem nichts von der Hitze draußen zu spüren war. Es war eine Villa, wie Durant sie bisher nur selten gesehen hatte. Alles war groß, die Eingangshalle, das Wohnzimmer, die Küche, die lang gestreckte Terrasse, der riesige Garten mit den vielen Tannen, die die Grenze des Grundstücks bildeten. Dazu ein Swimmingpool, um den herum ein paar Sonnenschirme aufgespannt standen sowie einige Liegen und Stühle und zwei Tische. Es war ein außerordentlich sauberes, gepflegtes Haus, aber es wirkte im Gegensatz zu einigen anderen Prachtbauten, die sie bisher betreten hatte, nicht steril, sondern strahlte eine ruhige, angenehme Atmosphäre aus.

»Wollen wir nach draußen gehen oder lieber hier drin bleiben?«, fragte Frau Wiesner, die etwas kleiner als Durant war. Sie hatte rötlich braunes, bis leicht über die Ohren fallendes glattes Haar und grüne Augen. Ein paar Sommersprossen auf der Nase und den Armen unterstrichen die jugendliche Ausstrahlung. Die Kommissarin schätzte sie auf höchstens Anfang dreißig. Ihr Gesicht und ihr Hals waren faltenlos, und sie hatte schmale Hände mit langen grazilen Fingern und eine angenehme, warme Stimme. Sie trug ein bis zu den Knöcheln reichendes weit geschnittenes weißes Kleid und war barfuß. Julia Durant ließ ihren Blick schnell durch den Raum gleiten, registrierte die sicherlich kostbaren surrealistischen Gemälde an der Wand, den schwarz glänzenden Flügel mit dem hochgeklappten Tastendeckel, sowie ein paar Noten auf der Ablage. Einige hübsch arrangierte Grünpflanzen rundeten das Bild ab.

»Darf ich Ihnen etwas zu trinken anbieten?«, fragte sie.

»Zu einem Glas Wasser sage ich nicht nein.«

Sie setzten sich auf die schattige Terrasse an einen runden weißen Tisch.

»Was kann ich für Sie tun, Frau …? Jetzt habe ich schon wieder Ihren Namen vergessen.«

»Durant, Julia Durant.«

»Ramona Wiesner«, erwiderte sie mit entschuldigendem Lächeln. »Also …«

»Ich bin zum einen gekommen, um Ihnen mein Beileid auszusprechen, aber ich hätte gleichzeitig ein paar Fragen an Sie. Sind Sie dazu in der Lage?«

Ramona Wiesner seufzte kurz auf, nahm ihr Glas in die Hand und drehte es zwischen den Fingern. »Ich weiß nicht, ob ich überhaupt zu etwas in der Lage bin. Ich weiß nur, dass sich mein Leben seit gestern um hundertachtzig Grad gedreht hat. In eine Richtung, die ich so in meinen schlimmsten Albträumen nicht für möglich gehalten hätte. Ich muss und werde sicherlich irgendwann damit klarkommen, aber im Augenblick ist das alles noch so unwirklich. Wie ein böser Traum, wenn Sie verstehen. Gestern Vormittag hat sich Andreas, mein Mann, von mir verabschiedet wie immer, und dann …« Sie stockte. Ein paar Tränen traten ihr in die Augen. Sie stellte das Glas ab, nahm ein Taschentuch aus dem Päckchen, das auf dem Tisch lag, und tupfte die Tränen weg. »Entschuldigung, aber ich kann immer noch nicht glauben, dass er tot sein soll. Allein der Anblick, er und diese Frau, und beide nackt. Ich werde diesen Anblick wohl nie vergessen. Es war einfach zu schrecklich. Ich weiß nicht einmal mehr, was danach passiert ist.«

»Sie haben die Polizei gerufen«, sagte Durant.

»Ja, natürlich. Aber danach, es ist einfach weg. Ich habe die ganze

Nacht kein Auge zugemacht und kann mich trotzdem an nichts erinnern.«

»Haben Sie Kinder?«

»Ja, zwei. Ich habe sie gleich gestern noch von meinen Eltern abholen lassen. Sie wohnen in Kronberg.«

»Wie alt sind Ihre Kinder, wenn ich fragen darf?«

»Sebastian ist sechs und Tanja vier. Sie sollen diesen ganzen Trubel nicht mitbekommen. Sie sind einfach noch zu klein dafür und würden es auch gar nicht verstehen. Meine Eltern kümmern sich gut um sie.«

»Und Sie sind jetzt ganz allein in diesem großen Haus?«

»Im Moment kann ich keine Menschen um mich herum ertragen. Ich möchte ein paar Tage lang niemanden sehen und sprechen. Ich habe sogar das Telefon ausgeschaltet. Sie glauben gar nicht, was gestern Abend und heute Morgen hier los war. Das Telefon hat ununterbrochen geklingelt, die Presse, mein Schwager, Freunde und Bekannte, ich hatte irgendwann einfach keine Lust mehr.«

»Wenn Sie möchten, gehe ich wieder, und wir unterhalten uns ein andermal«, sagte die Kommissarin.

»Nein, nein, so war das nicht gemeint«, erwiderte Ramona Wiesner müde lächelnd. »Sie stören mich nicht. Außerdem sind Sie doch bestimmt nicht grundlos gekommen.«

»Ich möchte eigentlich nur etwas über Ihren Mann erfahren. Was für ein Mensch war er?«

»Bis gestern habe ich geglaubt, er sei der wunderbarste Mensch der Welt«, antwortete sie mit abwesendem Blick. »Bis gestern habe ich in einer heilen, behüteten Welt gelebt. Warum hat er das getan?« Sie sah die Kommissarin traurig an. »Warum hat er mir und den Kindern das angetan? Was habe ich nur falsch gemacht, dass er mit einer andern Frau … Können Sie es mir sagen?«

Julia Durant schüttelte den Kopf. »Nein, das kann ich leider nicht. Würden Sie mir aber trotzdem ein paar Fragen zu Ihrem Mann beantworten?«

Ramona Wiesner zuckte mit den Schultern. »Natürlich. Es heißt ja, dass man durch Fragen und Antworten selbst oft mehr erfährt als nur durch Grübeln. Fragen Sie.«

»Ihr Mann war zweiundvierzig Jahre alt, richtig?«

»Ja.«

»Würden Sie Ihre Ehe als glücklich bezeichnen?«

Ramona Wiesner lachte bitter auf. »Bis gestern ja. Bis gestern war ich der festen Meinung, den besten Mann der Welt zu haben. Und heute? Mir kommt es fast so vor, als wäre unsere scheinbar so glückliche Ehe nichts als eine Fassade gewesen.«

»Hatten Sie je das Gefühl, dass eine andere Frau im Spiel war?«

»Nein, zu keiner Zeit. Ganz im Gegenteil. Wissen Sie, eine Frau spürt, ob ihr Mann eine andere hat. Es mögen Kleinigkeiten sein, ab und zu später nach Hause kommen, seltsame Blicke, ein paar Bemerkungen, übertriebene Aufmerksamkeit, ein fremder Duft, man schläft kaum noch miteinander ... Aber nichts von dem habe ich jemals bei ihm bemerkt. Wir hatten ein ausgefülltes Sexualleben. Er war nie länger ohne mich weg, außer die zehn- oder zwölfmal im Jahr, wenn er an der Diamantenbörse in Antwerpen zu tun hatte. Aber selbst dorthin hat er mich einige Male mitgenommen. Ich weiß nicht, wie er es angestellt hat, mich so hinters Licht zu führen.«

»Sie sagen, Sie hatten ein ausgefülltes Sexualleben. Ich möchte jetzt nicht zu intim werden, aber was heißt das konkret?«

Ramona Wiesner lächelte still, blickte auf ihre gefalteten Hände und sagte: »Mindestens zweimal in der Woche, manchmal auch öfter. Wir sind seit elf Jahren verheiratet, und bald wären es zwölf gewesen – wir haben am 8.8.88 geheiratet – und ich weiß von andern Ehen, in denen schon nach recht kurzer Zeit die Lust am Partner geschwunden ist. Bei uns war es aber nicht so. Ganz im Gegenteil. Er war vom ersten Tag an immer sehr um mich bemüht, hat mich mindestens zweimal täglich vom Geschäft aus angerufen und hat mir einfach so ab und zu ein Geschenk mitgebracht, aber es waren keine Geschenke nur um des Schenkens willen, er hat sich stets Gedanken gemacht. Ich hatte jedes Mal das Gefühl, er will mich einfach nur glücklich machen. Und das hat er, ich war die glücklichste Frau der

Welt. Er war der Mann, den ich mir immer gewünscht hatte, und ich war sicher, unsere Liebe würde halten, bis wir alt und runzlig sind, und eines Tages würden wir gemeinsam sterben, Hand in Hand. Und jetzt ist er weg, und ich bin noch da.«

»Es gab also zu keiner Zeit Anzeichen dafür, dass er eine Geliebte hatte?«

»Nein, absolut nicht. Ich hätte das gespürt. Allerdings sieht man, wenn man blind vor Liebe ist, vielleicht vieles durch eine rosarote Brille. Womöglich war das mein Fehler. Ich habe einfach die Warnsignale nicht beachtet.«

»Nein, so sollten Sie das nicht betrachten. Aber eine andere Frage – was haben Sie genau gesehen, als Sie gestern in das Zimmer gekommen sind?«

Ramona Wiesner blickte die Kommissarin mit gerunzelter Stirn an. »Ich weiß nicht genau, was Sie meinen.«

Julia Durant schloss für einen Moment die Augen und berührte kurz mit einem Finger ihre Nase. »Lassen Sie mich die Frage anders formulieren. Wie ist Ihr gestriger Tag abgelaufen?«

»Wir sind wie jeden Morgen gegen halb acht aufgestanden, haben gefrühstückt, danach hat sich mein Mann von mir verabschiedet und ist ins Geschäft gefahren.«

»Nach Frankfurt?«

»Ja.«

»Hat er Sie gestern im Laufe des Tages angerufen?«

»Ja, das war gegen Mittag. Er sagte, es würde etwas später werden, er habe noch einen privaten Kundentermin um vier. Er sei aber gegen sechs zu Hause.« Sie lachte erneut bitter auf und fuhr fort: »Wenn ich blöde Kuh nur geahnt hätte, um was für einen Termin es sich gehandelt hat. Ich sag ja, die rosarote Brille …«

»Kam so etwas öfter vor?«, wollte Durant wissen.

»Private Kundentermine?« Ramona Wiesner verzog die Mundwinkel ein wenig und antwortete: »Hin und wieder. Sie müssen wissen, mein Mann war ein Experte für Diamanten. Und er hatte Kunden, die bisweilen recht ausgefallene Wünsche hatten und die es lieber sahen, wenn er zu ihnen nach Hause kam. Oder man hat sich in unserer Wohnung in der Kennedyallee getroffen. Doch das war natürlich nicht die Regel.«

»Und wenn er diese Termine hatte, hat er sich dann an verabredete Zeiten gehalten?«

»Ja.«

»Sie wissen aber nicht, mit wem er sich gestern treffen wollte?«

»Nein, das hat er nicht gesagt. Wir haben uns auch nur selten über das Geschäft unterhalten. Bloß wenn jemand einen wirklich extravaganten Wunsch äußerte, dann hat er es mir natürlich erzählt, und manchmal mussten wir auch darüber lachen. Einmal wollte ein Kunde eine Porzellangans für seine Frau haben, allerdings sollte diese Gans Diamanten in den Augen haben, eine Kette mit Saphiren, Rubinen und Smaragden um den Hals und im Schnabel eine mit Rubinen besetzte Rose. Ich kann mich noch so genau daran erinnern … Wir haben übrigens viel gelacht. Ich werde sein Lachen vermissen, ich werde es sogar sehr vermissen.«

Julia Durant sah die ihr gegenübersitzende Frau an, die ihr von Minute zu Minute mehr gefiel. Sie war keine Schönheit im herkömmlichen Sinn, es war ihre Ausstrahlung, die sie zu etwas Besonderem machte. Eine Frau, in deren Gegenwart sie sich wohl fühlte. Keine von diesen blasierten, überheblichen Neureichen, sondern eine ganz natürliche Frau.

»Gut, kommen wir noch einmal auf gestern zurück. Wann sind Sie stutzig oder unruhig geworden, nachdem Ihr Mann um sechs noch nicht da war?«

»Es war so gegen sieben. Ich habe versucht ihn über sein Handy zu erreichen, aber es hat sich nur die Mailbox gemeldet. Dann habe ich unser Au-pair-Mädchen gebeten, die Kinder zu Bett zu bringen, und bin um halb acht einfach einem Gefühl folgend nach Frankfurt gefahren.«

»In die Kennedyallee?«

»Ja. Ich habe ja schon erwähnt, dass er sich manchmal dort mit Kunden getroffen hat. Es war nur ein Versuch. Und dann habe ich ihn und diese Frau gefunden …« Erneut stahlen sich ein paar Tränen in ihre Augen, die sie sofort wegwischte.

»War die Tür verschlossen?«

»Nein. Sie war zwar zu, aber nicht abgeschlossen.«

»Und was genau haben Sie gesehen, als Sie die Wohnung betreten haben?« Die Kommissarin beobachtete jede Regung in Ramona Wiesners Gesicht.

»Ihn und sie. Mehr nicht. Ich kann mich an nichts weiter erinnern. Aber glauben Sie mir, dieser Anblick allein genügte schon.«

»Ist Ihnen irgendetwas aufgefallen, was ungewöhnlich war?«, hakte Durant nach.

»Was meinen Sie?«

»In der Wohnung. Schaute die Wohnung so aus, wie Sie sie zuletzt gesehen hatten?«

»Ja«, antwortete Ramona Wiesner zögernd. »Aber worauf wollen Sie hinaus?«

»Gleich. Sie sind also gegen acht in die Wohnung gekommen, richtig?«

»Ja.«

»Und Sie haben nur Ihren Mann und diese Frau gesehen. Von wo aus haben Sie die Polizei alarmiert?«

»Ich war erst wie starr vor Schreck, dann bin ich auf die Straße gerannt und habe vom Auto aus die Polizei gerufen. Ich konnte nicht in der Wohnung bleiben.«

»Wann kam die Polizei?«

»Keine Ahnung. Ich sage doch, ich war wie gelähmt. Ich habe jegliches Zeitgefühl verloren. Ich weiß nur, dass kurz nach der Polizei auch noch Reporter ankamen. Diese Schweine! Nur Sensationen, Sensationen, Sensationen! Ich könnte sie alle umbringen.«

Julia Durant atmete tief durch, schloss erneut kurz die Augen und dachte an Dominik Kuhn. Er war einer der Ersten am Tatort gewesen, um die Exklusivstory zu bekommen. Sie würde irgendwann mit ihm darüber sprechen, ihm sagen, dass ihr diese Art von

Sensationsjournalismus nicht gefiel. Und sie erinnerte sich mit einem Mal an einen ihr gut bekannten Mann, der vor nicht allzu langer Zeit von einem so genannten seriösen Nachrichtenmagazin beinahe ruiniert worden wäre, weil man, nur um eine besonders reißerische Story für die TV-Sendung über organisiertes Verbrechen zu bekommen, seine Vita dahin gehend verändert hatte, dass er plötzlich als Krimineller dastand, obgleich er sich nie etwas hatte zuschulden kommen lassen. Weder die Journalisten noch die Chefredaktion hatten es für nötig befunden, sich bei ihm zu entschuldigen, selbst als er nach einem glücklicherweise gescheiterten Selbstmordversuch einige Wochen lang im Krankenhaus lag. Der Chefredakteur Werner Kleist hatte nur abgewunken und gesagt, sie hätten bloß das gesendet, was der Mann den Reportern erzählt habe. Und alle vier Reporter hatten eidesstattlich versichert, dass alles der Wahrheit entspreche, was sie gesendet hätten. Sie wusste, es waren Meineide, jeder wusste es, aber keiner traute sich, etwas gegen dieses übermächtige Nachrichtenmagazin zu unternehmen. Sie hatten das Geld, und sie hatten die Macht, und sie waren in der Lage, Menschen groß herauszubringen oder sie zu ruinieren. Seitdem hatte sie etwas gegen dieses Magazin und dessen unseriöse Berichterstattung.

Sie wandte ihre Gedanken wieder Ramona Wiesner zu.

»Hat sich ein Arzt um Sie gekümmert?«

»Es hat mich jemand nach Hause gefahren, ich habe eine Spritze bekommen, die aber nicht viel geholfen hat. Ich habe meine Eltern angerufen und sie gebeten, die Kinder abzuholen, und ich habe auch dem Au-pair-Mädchen gesagt, dass es heute und in den nächsten Tagen frei hat. Ich wollte nur allein sein.«

»Hat Ihr Mann getrunken?«, fragte die Kommissarin.

Ramona Wiesner sah Durant mit zusammengekniffenen Augen an und schüttelte kaum merklich den Kopf. »Was meinen Sie mit getrunken?«

»Alkohol. Hat Ihr Mann des Öfteren Alkohol getrunken?«

»Wie kommen Sie darauf? Mein Mann war ein überzeugter Abstinenzler. Seit wir uns kennen, habe ich ihn nie auch nur einen Tropfen Alkohol anrühren sehen. Nicht einmal zu Silvester hat er mit Champagner angestoßen, sondern immer mit einem Glas Fruchtsaft. Aber warum fragen Sie?«

»Ihr Mann hat wirklich nie Alkohol getrunken?«, hakte Durant noch einmal nach. Alles in ihr vibrierte, sie wurde immer nervöser, holte die Schachtel Zigaretten aus ihrer Tasche und legte sie auf den Tisch. »Macht es Ihnen etwas aus, wenn ich rauche?«

»Hier draußen können Sie ruhig rauchen. Warten Sie, ich hole Ihnen einen Aschenbecher.« Ramona Wiesner stand auf und kehrte wenig später mit einem Kristallaschenbecher zurück. Sie lehnte sich gegen das Geländer, das an einer Seite der Terrasse angebracht war, und sah die Kommissarin durchdringend an.

»Mein Mann hat, und das schwöre ich bei allem, was mir heilig ist, nie Alkohol getrunken. Das wüsste ich. Er ist sogar einige Male dafür von Freunden und Bekannten aufgezogen worden. Er hat weder geraucht noch getrunken.«

»Seltsam«, erwiderte Julia Durant und erhob sich ebenfalls, »bei Ihrem Mann wurde ein Blutalkoholwert von 1,9 Promille festgestellt. Können Sie sich das erklären?«

»Bitte was?«, entfuhr es Ramona Wiesner. Sie blickte die Kommissarin mit weit aufgerissenen Augen ungläubig an. »Andreas hatte was? 1,9 Promille? Das ist doch absolut lächerlich, das kann nicht sein! Sie müssen sich irren! Ganz bestimmt irren Sie sich.«

»Nein, unser Rechtsmediziner hat es mir vorhin gesagt. Und die Frau hatte 2,3 Promille. Es ist eine Tatsache«, entgegnete Durant ruhig.

Ramona Wiesner löste sich vom Geländer und lief im Kreis. »Okay, Sie sagen, mein Mann hatte 1,9 Promille. Das ergibt keinen Sinn, das ist einfach schwachsinnig. Aber gut, aber gut, gehen wir davon aus, Ihr Rechtsmediziner hat Recht.« Sie blieb direkt vor Julia Durant stehen und sah sie forschend an. »Dann geht hier irgendetwas vor, das ich noch nicht begreife. Aber irgendwann werde ich es.

Er hätte nie Alkohol angerührt. Ihn ekelte allein schon der Geruch. Wenn jemand neben ihm stand und nach Schnaps oder Bier roch, stellte er sich woanders hin. Er hasste Alkohol.«

»Gibt es einen Grund dafür?«

»Keine Ahnung. Ich weiß nur, dass es bei unseren Festen keinen Alkohol gab. Mein Mann verstand es hervorragend, aus allerlei Säften und Früchten die leckersten Cocktails herzustellen, und keiner brauchte hinterher Angst vor einer Polizeikontrolle zu haben.«

Julia Durant zog ein letztes Mal an ihrer Zigarette und drückte sie im Aschenbecher aus.

»Wie sieht es bei Ihnen mit Waffen aus?«, fragte sie weiter.

»Beruflich bedingt hat mein Mann natürlich eine Waffe. Wir haben eine hier zu Hause und eine im Geschäft. Aber keine von ihnen ist jemals benutzt worden«, antwortete Ramona Wiesner mit fester Stimme.

»Wissen Sie, um welche Marken es sich handelt?«

»Wenn Sie einen Augenblick warten, ich brauch nur schnell in den Unterlagen nachzusehen.«

»Lassen Sie sich ruhig Zeit«, sagte Durant lächelnd.

Sie ging über die Terrasse auf den weitflächigen gepflegten Rasen und stellte sich für einen Moment an den Swimmingpool. Die Sonne hatte sich rechts von ihr hinter den Bäumen versteckt. Und ihre innere Stimme wurde immer lauter und lauter. Und sie wusste, sie konnte sich auf diese Stimme verlassen. Schon als Kuhn ihr von dem Fall erzählt hatte, hatte sie ein merkwürdiges Kribbeln in der Magengegend verspürt, und allmählich wurde aus einer anfänglich vagen Vermutung immer mehr die Gewissheit, dass der angebliche Selbstmord von Wiesner gar keiner war. Doch das zu beweisen würde sehr schwer werden und die Hintergründe aufzudecken noch schwerer. Vor allem, was hatte Wiesner mit einer Prostituierten zu tun? Und warum waren sie nackt? Und warum betrunken? Vielleicht doch Selbstmord? Aber weshalb? Noch sprachen Kopf und Bauch zwei verschiedene Sprachen, allerdings entstand allmählich eine Verbindung. Während sie in Gedanken versunken auf den Swimmingpool sah, kam Ramona Wiesner aus dem Haus. Durant drehte sich um.

»Hier hab ich's. Lesen Sie, Sie können wahrscheinlich mehr damit anfangen.« Sie reichte der Kommissarin die Papiere.

»Eine 9 mm Walther und eine 22er Smith & Wesson«, murmelte sie nachdenklich. »Das sind die einzigen beiden Waffen, die Sie besitzen?«

»Ich denke schon.«

»Sie haben nie etwas von einer 9 mm Beretta gehört?«

»Nein, der Name sagt mir nichts. Warum?«

»Weil sich Ihr Mann mit einer solchen Pistole erschossen hat.«

»Ich höre von dieser Waffe zum ersten Mal.« Und nach einer kurzen Pause: »Wer ist eigentlich diese Frau?«

»So weit uns bis jetzt bekannt ist, eine Prostituierte.«

Ramona Wiesner lachte schrill auf. »Mein Mann und eine Prostituierte?! Mein Gott, ich hätte alles für möglich gehalten, aber nicht so etwas. Das wird ja immer schöner!«

»Haben Sie Fotos von Ihrem Mann?«

»Natürlich.«

»Würden Sie mir ein paar davon zeigen?«

»Gehen wir ins Haus.«

Julia Durant folgte ihr in das geräumige Wohnzimmer, dessen Fußboden aus naturbelassenem Marmor bestand, der hier und da mit erlesenen Brücken belegt war. Sie setzte sich in einen beigefarbenen Ledersessel. Ramona Wiesner holte aus einer Schublade des Chippendale-Sekretärs ein Album, legte es auf den Tisch und blätterte die erste Seite um.

»In diesem Album sind nur Bilder neueren Datums.« Einige zeigten Andreas Wiesner mit seinen Kindern, andere mit seiner Frau, auf einem waren alle vier zusammen zu sehen. Auf den Fotos machte er einen sympathischen, unbeschwerten Eindruck.

»Dieses hier wurde vor etwa einem Jahr auf einem Sommerfest aufgenommen«, sagte sie und deutete auf ein Foto. Er hatte einen

Arm um seine Frau gelegt, in der andern Hand hielt er ein Glas Saft. Ramona Wiesner wollte gerade weiterblättern, als die Kommissarin sie leicht an der Hand berührte.

»Einen Moment bitte«, sagte sie. Sie betrachtete das Bild eingehend und fragte schließlich: »Dürfte ich mir dieses Bild für ein paar Tage ausleihen? Sie bekommen es garantiert zurück.«

»Gerne. Aber weshalb …«

»Das kann ich jetzt noch nicht erklären, aber … Doch, doch, doch! Moment, gleich hab ich's.« Sie überlegte, ließ den Nachmittag in der Rechtsmedizin Revue passieren, das Gesicht des toten Wiesner. Sie versuchte sich an die Tatortfotos zu erinnern, was ihr teilweise gelang.

»Sagen Sie, war Ihr Mann Rechts- oder Linkshänder?«

Ramona Wiesner sah die Kommissarin verwundert an und antwortete nach einer Weile: »Ich habe zwar keine Ahnung, warum Sie das wissen möchten, aber er war Linkshänder. Irgendwann habe ich sogar mal zu ihm gesagt, die rechte Hand hat er wohl nur zur Zierde. Er konnte mit der rechten Hand überhaupt nichts anfangen, außer Taschen tragen oder mit Müh und Not einen Ball fangen.«

Julia Durant wurde immer nervöser, was auch Ramona Wiesner nicht entging. »Ist Ihnen nicht gut?«

»Nein, nein, es geht schon. Ich muss nur ein paar Dinge in meinem Kopf sortieren. Sie sagen, Sie haben eine glückliche Ehe geführt, Ihr Mann hat nie auch nur einen Tropfen Alkohol angerührt, und er war Linkshänder. Hat Ihr Mann sich in letzter Zeit in irgendeiner Weise auffällig gezeigt? Ich meine, war er vielleicht etwas nervöser als sonst, introvertierter oder einfach nur stiller als gewöhnlich?«

Ramona Wiesner überlegte, lehnte sich zurück und schlug die Beine übereinander. Es entstand eine Pause, während der keiner ein Wort sprach. Schließlich meinte sie: »Wenn ich es mir recht überlege, dann hat er sich schon ein wenig verändert. Er war ruhiger, doch zu gewissen Zeiten auch etwas aufbrausender als die Jahre zuvor, aber nicht wie Sie vielleicht denken. Dazu muss ich Ihnen vorher genau erklären, wie er sich sonst verhalten hat. Er war, seit wir uns kannten, immer die Ruhe in Person. Er wurde nie laut oder ungehalten, er hatte ein absolut ausgeglichenes Naturell. Natürlich haben wir auch mal gestritten – wer tut das nicht? –, doch es waren nie heftige, lang andauernde Auseinandersetzungen. Und er hat niemals die Hand gegen die Kinder, geschweige denn gegen mich erhoben. Aber seit etwa einem Jahr, genau will ich mich da nicht festlegen, war er einerseits mehr in sich gekehrt, andererseits wurde er manchmal schon wegen Kleinigkeiten nicht unbedingt wütend, doch ungehalten. Mein Gott, ich habe mir darüber keine Gedanken gemacht, es war schließlich alles noch in einem angemessenen Rahmen, und ich habe sein Verhalten auf eine leichte Midlife-Crisis zurückgeführt, die ja irgendwann auch wieder vorbeigehen würde. Ansonsten kann ich Ihnen nichts weiter sagen.«

»Frau Wiesner, Sie haben mir sehr geholfen. Wirklich. Und ich möchte Ihnen sagen, behalten Sie Ihren Mann in bester Erinnerung.« Durant erhob sich.

»Wie kann ich das jetzt noch?«, erwiderte sie bitter.

»Ich habe einfach nur eine Vermutung, die ich allerdings noch nicht zu beweisen vermag.«

»Was für eine Vermutung?«, fragte Ramona Wiesner neugierig und auch ungeduldig.

»Ich möchte Ihnen keine falschen Hoffnungen machen, wenn Sie verstehen …«

»Machen Sie mir Hoffnungen, bitte! Und wenn es falsche sind, dann ist es auch in Ordnung, denn schlimmer kann es gar nicht mehr werden. Sagen Sie, was Sie vermuten, bitte.«

Die Kommissarin setzte sich wieder und sah Ramona Wiesner lange an. Sie war eine Frau, die sie irgendwie an ihre Freundin Susanne Tomlin erinnerte, obgleich sie sich äußerlich überhaupt nicht ähnelten. Aber sie war ihr ungemein sympathisch. Doch sie wollte ihr nicht noch mehr wehtun. Sie rang mit sich, ob sie es aussprechen sollte, und schließlich sagte sie: »Ich vermute, und bitte, Frau Wiesner, das ist meine ganz persönliche Vermutung, ich vermute, dass Ihr Mann ermordet wurde. Für mich sprechen im Augenblick sehr viele Faktoren dafür, dass er Opfer eines Gewaltverbrechens wurde. Ich muss es nur beweisen.«

Ramona Wiesner schluckte schwer und sah Durant entgeistert an. »Was sagen Sie da? Er wurde ermordet?«

»Augenblick, ich habe gesagt, es ist nur eine Vermutung. Nicht mehr und nicht weniger. Vielleicht verstehen Sie jetzt, weshalb ich nicht damit rausrücken wollte.«

»Warum glauben Sie, dass er ermordet wurde?«

»Erstens, Sie führten eine glückliche Ehe, mit allem, was dazugehört. Zweitens, Ihr Mann war Abstinenzler, war aber betrunken, als Sie ihn fanden. Und drittens, er ist Linkshänder, die Waffe lag aber in seiner rechten Hand. Das sind für mich die Fakten, die ich morgen meinen Kollegen vorlegen werde. Es könnte sein, dass hier ein furchtbares Verbrechen verübt wurde und der Täter wollte, dass es wie Mord und Selbstmord aussieht.«

»Und die andere Frau?«

Durant zuckte mit den Schultern. »Was es mit der auf sich hat, kann ich überhaupt noch nicht sagen, denn die Ermittlungen ihre Person betreffend laufen noch.«

Ramona Wiesner stand auf und ging auf die Terrasse. Als die Kommissarin sich zu ihr stellte, sah sie, dass sie stumme Tränen weinte. Nur ihre Schultern zuckten.

»Wer macht so etwas?«, fragte sie nach einer Weile mit tränenerstickter Stimme. »Welches Schwein macht so etwas? Das sind doch keine Menschen mehr, so etwas würden nicht einmal Tiere tun! Wer?!«

»Sollte ich Recht behalten, werden wir die Schuldigen finden, das verspreche ich Ihnen. Aber ich glaube immer fester daran, dass wir es mit einem kaltblütigen Doppelmord zu tun haben. Kann ich Sie jetzt allein lassen?«

Ramona Wiesner nickte. »Ich habe seit gestern schon so viel geheult, da kommt es auf die paar Tränen auch nicht mehr an. Aber wenn ich weiß, dass Andreas … Ich werde nie wieder einen Mann so lieben können. Wir waren einfach füreinander geschaffen. Rufen Sie mich an, sobald Sie mehr herausgefunden haben?«

»Natürlich. Es kann sogar sein, dass ich schon morgen wieder bei Ihnen vor der Tür stehe. Ich brauche allerdings Ihre Telefonnummer.«

Ramona Wiesner wischte sich die Tränen aus dem Gesicht, schnäuzte sich leise die Nase und lächelte die Kommissarin verlegen und gleichzeitig dankbar an. »Hier ist meine Karte. Wenn Sie mich nicht unter meiner normalen Nummer erreichen, dann versuchen Sie's übers Handy. Diese Nummer kennt fast keiner.«

»Dann werde ich Ihnen auch gleich meine Karte geben. Und sollte Ihnen noch irgendetwas einfallen, das uns weiterhelfen könnte, rufen Sie mich bitte an, und wenn es nachts um drei ist. Einverstanden?«, sagte Durant und lächelte Ramona Wiesner aufmunternd an.

»Danke. Sie ahnen gar nicht, wie sehr Sie mir geholfen haben. Ich habe niemals glauben können, dass mein Mann mich betrügt. Und wie es aussieht, hat er es auch nicht getan …«

»Es ist vorerst nur eine Vermutung. Aber eine sehr starke«, fügte Durant hinzu. »Machen Sie's gut, und wir telefonieren. Auf Wiedersehen. Ach ja«, sie drehte sich noch einmal um, »Ihr Mann hatte übrigens keinen Geschlechtsverkehr mit dieser Dame. Das hat unser Rechtsmediziner auch eindeutig herausfinden können. Und noch etwas – sprechen Sie vorläufig mit niemandem, aber auch wirklich niemandem über diese Vermutung. Nicht einmal mit Ihren besten Freunden oder Ihren Verwandten. Es muss erst mal unter uns bleiben. Jetzt muss ich aber wirklich gehen.«

»Ich verspreche es Ihnen. Und danke für alles. Kommen Sie gut heim«, sagte Ramona Wiesner. Sie wartete, bis Durant in ihren Corsa eingestiegen war, und ging zurück ins Haus. Dort legte sie sich auf die Couch, schloss die Augen und dachte über das Gespräch nach.

Sonntag, 21.45 Uhr

Julia Durant rief auf der Fahrt zurück nach Frankfurt Dominik Kuhn auf dem Handy an.

»Kuhn.«

»Dominik, wo bist du? Hier ist Julia.«

»Noch in der Redaktion. Warum?«

»Tu mir einen Gefallen. Wenn du mich wirklich liebst, dann stopp die Story über Wiesner.«

»Das kann ich nicht. Das Ding ist durch und geht in ein paar Minuten in Druck. Was ist auf einmal los?«

»Hör zu, ich weiß, es ist deine Story, aber lass dir eine andere einfallen oder schreib die Geschichte von mir aus um, aber erwähne um Himmels willen nicht, dass Wiesner erst seine Geliebte und dann sich selbst umgebracht hat.«

»Und warum nicht?«

»Das erklär ich dir alles nachher. Aber wenn du jetzt eine reißerische Story bringst, kannst du 'ne Menge verlieren. Tu's mir und auch dir zuliebe. Schreib einfach nur, dass ein bekannter Juwelier und eine bislang unbekannte Frau tot aufgefunden wurden und die Hintergründe noch im Dunkeln liegen. Nicht mehr und nicht weniger. Auch kein Foto von Wiesner oder dieser Puschkin. Okay?«

»Und wie soll ich das meinem Chef erklären?«, fragte Kuhn ärgerlich.

»Was glaubst du, was ich meinem Chef schon alles erklären musste. Du bist der Profi, was das Schreiben angeht. Du hast doch sicher noch irgendwas anderes in petto.«

»Aber …«

»Machst du's jetzt, oder machst du's nicht? Es könnte nämlich sein, dass eine ganz heiße Sache dahinter steckt. Und du wärst der Erste, der's erfahren würde, das heißt, du würdest die Exklusivstory kriegen. Ist das 'n Deal?«

»Ich hoffe wirklich, dass du mir hier keine Märchen auftischst.

Okay, ich stopp die Story und schreib sie um. Aber nachher will ich haarklein von dir erzählt kriegen, was du weißt. Klar?«

»Zu Befehl. Wann kommst du?«

»Es wird jetzt noch ein bisschen dauern. Gegen elf.«

»Dann bis nachher.«

Durant grinste, als sie auf die Aus-Taste drückte. Sie wusste, sie konnte sich auf Kuhn verlassen. Er war eben doch anders als die Männer, die sie bisher kennen gelernt hatte. Sie hielt an einer Tankstelle, um sich eine Schachtel Zigaretten zu kaufen, und zündete sich während der Fahrt eine an. Es war kurz nach zehn, als sie wieder zu Hause war. Sie stellte ihre Tasche ab, griff zum Telefon und wählte Bocks Nummer. Er war noch wach.

»Tut mir Leid, dass ich so spät noch störe, aber wenn Sie morgen die Autopsie von Wiesner und Puschkin vornehmen, dann schauen Sie doch mal nach, ob Sie Druckstellen, die auf leichte oder auch mittelschwere Gewaltanwendung hindeuten könnten, an Wiesners rechter Hand oder seinem Arm finden.«

»Und warum?«

»Weil der angebliche Selbstmord vermutlich nur fingiert war. Es wird immer wahrscheinlicher, dass wir es mit einem Doppelmord zu tun haben. Deshalb bitte ich Sie darum.«

»Also gut, ich tu, was in meinen Möglichkeiten steht.«

»Danke, und gute Nacht.«

»Nacht.«

Sonntag, 23.00 Uhr

Julia Durant hatte sich frisch gemacht und eine Dose Bier aus dem Kühlschrank geholt. Sie betrachtete das Foto, das Wiesner mit seiner Frau zeigte, und legte es danach auf den Tisch. Kuhn klingelte um kurz vor elf.

»Erklärung!«, sagte er mit fordernder Stimme und stürmte an ihr vorbei ins Zimmer. »Ich hab mir eben verdammt viel Ärger eingehandelt, und ich hoffe für dich, dass es nicht umsonst war. Also, was gibt es?« Er holte sich ebenfalls eine Dose Bier und trank sie in einem Zug leer.

»Nicht böse sein, okay?«, sagte Durant und setzte sich neben ihn.

»Das kann ich erst entscheiden, wenn ich alles weiß. Also?«

»Aber das, was ich dir jetzt sage, muss vorläufig unter uns bleiben. Das musst du mir versprechen.«

»Ehrenwort.« Kuhn hob die Hand zum Schwur.

»Als du mir das heute Morgen von Wiesner erzählt hast, ich weiß nicht, da hat irgendwas klick bei mir gemacht, ohne dass ich dir erklären kann, weshalb. Na ja, und als du dich schlafen gelegt hast, habe ich nachgedacht. Erst habe ich eine Kollegin angerufen, die mir natürlich das Gleiche gesagt hat wie du. Was du jedoch nicht weißt, ist, dass die beiden stockbesoffen waren. Aber ich bin trotzdem kurz ins Präsidium gefahren, um mir die Tatortfotos anzusehen. Von dort aus habe ich Professor Bock angerufen, der Bereitschaft hat. Ich habe ihn gebeten, sich Wiesner schon mal ein bisschen genauer anzuschauen. Er hat mich zurückgerufen, kurz bevor du aufgestanden bist, und hat mir mitgeteilt, dass Wiesners Leber völlig sauber ist, was nicht unbedingt was heißen muss, aber dazu kommt außerdem, dass Wiesner mit der Puschkin keinen Geschlechtsverkehr hatte. Bock hat weder bei ihm noch bei ihr diesbezüglich auch nur das Geringste festgestellt. Nur Schmauchspuren an der rechten Hand von Wiesner.« Sie hielt inne, zündete sich eine Gauloise an, inhalierte und blies den Rauch durch die Nase aus. »Als du dann vorhin in die Redaktion gefahren bist, habe ich Ramona Wiesner einen Besuch abgestattet. Eine sehr interessante Frau, kann ich dir nur sagen. Die ist natürlich völlig fertig und will mit Reportern im Moment absolut nichts zu tun haben. Was ich irgendwo auch nachvollziehen kann«, fügte sie grinsend hinzu.

»Ha, ha, ha, mir kommen gleich die Tränen vor Lachen«, entgegnete Kuhn mit säuerlicher Miene. »Und weiter?«

»Um es kurz zu machen, Wiesner hat in seinem ganzen Leben nie Alkohol getrunken, die beiden haben eine nach ihren Aussagen überdurchschnittlich harmonische Ehe geführt, sie hat mir auch Details genannt, und Wiesner war die Ausgeglichenheit in Person. So, und jetzt kommt's.« Sie nahm das Foto in die Hand und hielt es Kuhn hin. »Was siehst du auf dem Foto?«

»Einen Mann und eine Frau. Was soll die blöde Frage?«

Durant ging auf die letzte Bemerkung nicht ein. »Wiesner und seine Frau. Fällt dir irgendwas Besonderes auf?«

Kuhn starrte das Foto eine Weile an, schüttelte den Kopf und sagte gereizt: »Was soll mir schon auffallen? Ein ganz normales Foto.«

»In welcher Hand hält er das Glas?«

»In der linken, und?«

»Ich habe die Wiesner gefragt, ob ihr Mann Linkshänder war. Er war Linkshänder. Mit der rechten konnte er praktisch nichts anfangen. Aber das Seltsame ist, dass Wiesner, als er gefunden wurde, die Waffe in der rechten Hand hielt und auch das Einschussloch in seinem Kopf sich etwas rechts neben der Nasenwurzel befindet. Was als einzigen Schluss zulässt, dass er die Waffe auch in der rechten Hand gehalten haben muss, als er sich erschossen hat. Es war übrigens eine 9 mm Beretta. Er hat aber nur zwei Pistolen besessen, eine Walther und eine Smith & Wesson. Und es wurden Schmauchspuren an seiner rechten Hand gefunden.«

»Was willst du damit sagen?«

»Kannst du dir das nicht denken?«

»Mord? Ich meine … Doppelmord?«

»Mit großer Wahrscheinlichkeit ja. Der Killer hat nur einen Fehler gemacht. Er ist davon ausgegangen, dass Wiesner wie die meisten Westeuropäer Rechtshänder war. Und ich gehe außerdem davon aus, dass ein Schalldämpfer benutzt wurde.« Sie lehnte sich zurück, schlug die Beine übereinander und faltete die Hände über dem Schoß. »So, und jetzt weißt du, weshalb ich unbedingt wollte, dass du die Story stoppst. Es muss ja nicht immer die *Bild*-Zeitung sein, die die großen Aufhänger als Erste bringt. Sollen doch ruhig auch mal andere ins Fettnäpfchen treten. Ich habe dich unter Umständen nur vor einer Blamage bewahrt.«

Kuhn stand auf und holte sich noch ein Bier. »O shit«, murmelte er leise, »wenn das stimmt, was du da sagst, dann war hier ein Profi am Werk. Es fällt mir zwar schwer, aber ich glaube, ich muss Abbitte leisten.«

»Nicht der Rede wert. Eine Hand wäscht bekanntlich die andere. Du hast uns einmal einen großen Gefallen getan, jetzt habe ich mich revanchiert. Bin nur gespannt, wie Hellmer und Berger und all die andern das morgen aufnehmen. Bis jetzt ist der Fall für alle ja sooo eindeutig. Die werden sich wundern. Aber dann fängt die Arbeit erst richtig an. Das Wichtigste ist, dass nichts von den Ermittlungen nach außen dringt. Du darfst auf keinen Fall mit wem auch immer darüber sprechen. Zu gegebener Zeit bekommst du aber die Infos als Erster.« Sie stand auf, machte sich eine Scheibe Brot mit Salami, trank dazu den Rest aus ihrer Dose Bier und ging danach ins Bad. Sie putzte sich die Zähne, bürstete das volle dunkle Haar, wusch Hände und Gesicht und betrachtete sich ein letztes Mal im Spiegel.

»Kommst du auch ins Bett, oder fährst du zu dir?«, fragte sie.

»Ich bleib hier, wenn ich darf«, antwortete er und streckte sich. »Ich muss morgen früh ausgeschlafen sein. Vor allem will ich lesen, was die andern so schreiben.« Er ging zum Fenster und öffnete es, um die immer noch viel zu warme Nachtluft hereinzulassen. Das Gleiche machte Julia Durant im Schlafzimmer, zog aber die Vorhänge zu, um nicht schon um fünf Uhr von der Sonne geweckt zu werden. Es war beinahe windstill, die Vorhänge bewegten sich kaum. Als Dominik Kuhn aus dem Bad kam, schlief sie schon. Sie hatte sich nur mit einem Bettlaken zugedeckt und atmete ruhig und gleichmäßig.

Montag, 8.00 Uhr, Polizeipräsidium Frankfurt

Berger, Hellmer und Kullmer saßen hinter ihren Schreibtischen, als Julia Durant das Büro betrat. Sie blickten kurz auf, murmelten ein »Guten Morgen«, und Berger versteckte sich gleich wieder hinter seiner Zeitung.

»Steht was Interessantes drin?«, fragte sie, woraufhin Berger die Zeitung sinken ließ und Durant über den Brillenrand hinweg ansah.

»Nichts Weltbewegendes, warum?«

»Nur so«, entgegnete sie. »Irgendwas Besonderes passiert am Wochenende?«, fragte sie wie beiläufig.

»Ein ziemlich bekannter Juwelier hat sich und seine Geliebte, eine gewisse Puschkin, umgebracht. Blöde Geschichte, aber so sind halt die Menschen. Haben alles und sind doch nicht zufrieden.«

»Wen meinen Sie?«, tat sie ahnungslos.

»Na Wiesner, wen sonst.«

Durant holte sich einen Kaffee und setzte sich Berger gegenüber. »Was glauben Sie denn, wie sich das mit Wiesner und dieser Puschkin abgespielt hat?«, fragte sie und nippte an ihrem Kaffee.

»Genau so, wie's hier steht. Absolut deckungsgleich mit dem, was die Kollegen herausgefunden haben.«

»So, was haben die denn herausgefunden?«

Der leicht ironische Unterton irritierte Berger. Er legte die Zeitung auf den Tisch und beugte sich nach vorn. Mit seinem Blick schien er Durant durchbohren zu wollen. »Liebe Frau Hauptkommissarin Durant, ich kenne Sie jetzt schon seit einigen Jahren und kann Ihren Ton mittlerweile einigermaßen deuten. Sie führen doch irgendetwas im Schilde. Würden Sie mir vielleicht freundlicherweise verraten, was es ist?«, fragte er grinsend.

»Hellmer und Kullmer sollen auch dabei sein. Und Frau Güttler ebenfalls, wenn's geht«, entgegnete sie ernst. »Frank«, rief sie, »weißt du, ob Christine schon da ist?«

»Ich hab sie vorhin gesehen. Soll ich sie herholen?«

»Ja, bitte. Ich hab was mit euch allen zu besprechen. Kommen Sie auch, Herr Kullmer?«

»Schon da«, sagte er und zog sich einen Stuhl heran. Er roch wie immer nach einem frischen Eau de Toilette, auch wenn Durant fand, dass man bei dieser Hitze ruhig auf Duftwässer aller Art verzichten sollte. Aber es war nun mal ein Teil von Kullmer, genau wie sein ständiges Kaugummikauen. Ein Kullmer ohne Duft und Kaugummi wäre nur ein halber Kullmer gewesen.

Hellmer kam mit Christine Güttler herein, und sie holten sich jeder einen Stuhl aus dem Nebenzimmer.

»Also gut, Frau Durant, was haben Sie uns denn so Wichtiges mitzuteilen?«, sagte Berger.

Julia Durant blickte in die Runde und erklärte dann: »Es geht um den Fall Wiesner/Puschkin. Was ich jetzt zu sagen habe, sollte vorläufig noch mit größter Vorsicht und Zurückhaltung behandelt werden. Aber ich habe einige Informationen, die darauf hindeuten, dass die bisherigen Ermittlungen, wenn denn überhaupt welche stattgefunden haben, in eine falsche Richtung zielen.«

»Bitte was?«, wurde sie von Christine Güttler unterbrochen, die einen roten Kopf bekam. »Ich verstehe nicht, was ...«

»Immer mit der Ruhe, ich erklär's ja gleich.« Durant zündete sich eine Zigarette an und stützte einen Arm auf den Schreibtisch. »Ich habe gestern ein wenig auf eigene Faust recherchiert. Ich habe mir die Tatortfotos angesehen, war mit Bock in der Rechtsmedizin –, er hat Wiesner schon teilobduziert –, und ich habe mit Frau Wiesner gesprochen. Sind die Tatortfotos eigentlich hier?«

»Nein«, sagte Christine Güttler mit noch immer rotem Kopf, »sie liegen drüben beim KDD. Soll ich sie holen?«

»Das wäre nett ...«

»Wieso haben Sie das gemacht? Sie hatten doch gar nicht Dienst«, sagte Berger erstaunt.

»Ich bin eben eine pflichtbewusste Beamtin, falls Sie das vergessen haben sollten«, antwortete sie grinsend. »Außerdem war mir langweilig, und als ich das mit Wiesner hörte, hab ich irgendwie ein komisches Gefühl in der Magengegend gekriegt. Sie wissen sicher, wovon ich spreche.«

Christine Güttler kam mit den Fotos zurück und legte sie auf den Tisch.

»Danke.« Durant breitete die Aufnahmen aus. »Also, das sind die

Fotos vom Tatort«, sagte sie langsam. »Und jetzt kommt meine Geschichte. Wenn ich diese Fotos sehen würde, würde ich sofort genau das denken, was die meisten denken – ein ganz klarer Fall von Mord und Selbstmord. Zwei Liebende, die nicht zueinander kommen können. Romeo und Julia, die zwei Königskinder, na ja … Es spricht auf den ersten Blick einfach alles für diese Version.« Sie machte eine Pause, zog an der Zigarette und fuhr fort: »Aber so war es nicht. Und ich werde auch sagen, wie ich zu diesem Schluss komme. Wiesner hatte 1,9 Promille, von seiner Frau aber weiß ich, dass er überzeugter Abstinenzler war. Er hat nicht mal zu Silvester mit Champagner auf das neue Jahr angestoßen, ihn hat allein der Geruch von Alkohol angeekelt. Wiesners Leber ist ohne Befund, weshalb Bock einen längeren Alkoholmissbrauch weitgehend ausschließt. Seine Ehe war vorbildlich, wie seine Frau sagt, und wenn Sie sie kennen lernen und ihr zuhören, werden Sie daran nicht zweifeln. Sie hatten ein ausgefülltes Sexualleben, obwohl sie schon seit elf Jahren verheiratet waren, und sie hatte zu keiner Zeit das Gefühl, dass er eine Affäre haben könnte. Sie hat mir sehr viele Details genannt, weswegen ich ihr einfach glauben muss. Bock hat außerdem weder bei Wiesner noch bei der Puschkin irgendwelche Spuren ausmachen können, die darauf hindeuten, dass die beiden vor ihrem Tod sexuell miteinander verkehrt haben. Aber sie waren beide nackt, zumindest fast, wie auf den Fotos unschwer zu erkennen ist. Und das ist schon recht merkwürdig. Und jetzt kommt's ganz dick, nämlich die Einschusslöcher. Wenn wir uns dieses Foto hier betrachten, dann sehen wir, dass die Puschkin und Wiesner mindestens zwei Meter auseinander sitzen. Wenn Wiesner 1,9 Promille im Blut hatte, obgleich er an Alkohol überhaupt nicht gewöhnt war, wäre er dann fähig gewesen, so gezielt abzudrücken? Er soll also, besoffen, wie er war, die Puschkin im wahrsten Sinn des Wortes perfekt hingerichtet haben? Ein Schuss mitten ins Herz und einer direkt über der Nasenwurzel. Perfekter geht es gar nicht …«

»Aber …«, meldete sich Christine Güttler zu Wort, wurde jedoch von Durant gleich wieder unterbrochen.

»Ihr könnt nachher eure Kommentare abgeben, jetzt bin erst mal ich dran. Lasst mich noch einen Augenblick bei Wiesner bleiben. Einer, der an Alkohol nicht gewöhnt ist, ist bei der Promillezahl schon fast im Delirium. Aber er hat es trotzdem geschafft, die Puschkin fast professionell zu killen. Bei sich selbst hatte er schon ein wenig mehr Schwierigkeiten. Die Kugel ist rechts von der Nase in den Kopf gedrungen und hinten links wieder ausgetreten.« Sie trank ihren inzwischen lauwarmen Kaffee aus und fuhr fort: »Jetzt habe ich mich gestern Abend lange mit Frau Wiesner unterhalten, und sie hat mir auch ein paar Fotos von Ihrem Mann gezeigt. Und da ist mir bei einem etwas aufgefallen. Wartet, ich hab's dabei.« Sie holte es aus ihrer Tasche, legte es auf den Tisch zu den anderen, blickte um sich und fragte: »Und, fällt euch auch etwas auf?«

Die Beamten beugten sich nach vorn und betrachteten das Foto. Kopfschütteln.

»Seht mal genau hin, das ist Wiesner mit seiner Frau. Na kommt, nicht so zaghaft. Ich hab der Wiesner jedenfalls gleich eine Frage gestellt, als ich das Foto gesehen habe.«

»Moment«, sagte Hellmer, der sich mit einer Hand übers glatt rasierte Kinn fuhr, »Wiesner hält das Glas in der linken Hand. Ist er Linkshänder?«

»Bingo, der Kandidat hat neunundneunzig Punkte. Und zwar ein Linkshänder, wie er im Buche steht. Wiesner war ein reiner Linkshänder, wie seine Frau mir bestätigte. Aber angeblich hat er sich mit rechts erschossen. Die Waffe lag in seiner rechten Hand, wie's auf den Fotos zu sehen ist, und Bock hat natürlich auch Schmauchspuren an der rechten Hand gefunden. Tja, das war's eigentlich fürs Erste, was ich zu sagen hatte. Danke für die Aufmerksamkeit. Ach ja, noch was. Es gibt nur ganz selten Fälle, in denen ein Selbstmörder nach dem Todesschuss die Waffe noch in der Hand hält. Sie fällt meistens runter.«

Berger lehnte sich zurück, Christine Güttler senkte den Blick.

»Was ist deine Theorie?«, fragte Hellmer.

»Was glaubst du denn?«, fragte Durant mit einem leicht spöttischen Unterton.

»Mord?«

Sie nickte. »Ich würde eher sagen Doppelmord. Denn damit haben wir es hier zu tun, und da verwette ich meinen Arsch drauf. Eine 9 mm Beretta kann ich nicht dreimal hintereinander abfeuern, ohne dass einer der Nachbarn etwas mitbekommt, selbst wenn der Verkehr von der Straße her ziemlich laut ist. Wir müssen deshalb unsere Ballistiker bitten, die Kugeln daraufhin zu untersuchen, ob ein Schalldämpfer benutzt wurde. Das würde nämlich erklären, weshalb der Einschusswinkel bei Wiesner nicht so exakt ist. Wiesner war nur einssiebzig groß, und eine 9 mm Beretta 92 FS mit Schalldämpfer ist bestimmt an die dreißig Zentimeter lang. Die Kugeln sind doch sichergestellt worden, oder?«, fragte sie und sah Christine Güttler an. Die nickte nur. »Okay, den Bericht von Bock bekommen wir im Laufe des Tages. Ich habe ihn auch gebeten, Wiesners rechte Hand und auch seinen Arm auf Druckstellen hin zu untersuchen. Ich könnte mir nämlich vorstellen, dass Wiesner sich trotz seines Alkoholpegels gewehrt hat und der Täter Gewalt anwenden musste. Ich kann mich natürlich auch täuschen, doch möglich wäre es immerhin. Noch Fragen?«

»Aber Wiesner muss was mit der Puschkin gehabt haben«, warf Kullmer ein. »Ich meine, sie wurden schließlich beide in seiner Wohnung erschossen, wenn's denn Mord war.«

»Natürlich müssen wir herausfinden, in welchem Verhältnis die zwei zueinander standen. Aber ich glaube, das sollte die wenigste Mühe bereiten. Ich bin allerdings überzeugt, dass es kein sexuelles Verhältnis war.«

»Und wenn doch?«, fragte Kullmer weiter. »Angenommen, Wiesner und die Puschkin hatten was miteinander, sie hatte einen Freund, der das spitzgekriegt hat …«

»Sie war eine Edelnutte«, wurde er von Durant unterbrochen. »Solche Frauen haben selten einen richtigen Freund, und wenn, dann sind die mit so was einverstanden, solange die Kohle stimmt. Eifersucht schließe ich aus.«

»Und wie soll's jetzt deiner Meinung nach weitergehen?«, wollte Hellmer wissen.

»Wir werden uns in seinem Geschäft umsehen, die Angestellten befragen, natürlich auch mit seinem Schwager sprechen, und ich werde noch mal seine Frau aufsuchen und sie fragen, ob sie uns irgendwas über seine geschäftlichen Aktivitäten sagen kann. Wir werden einfach sein gesamtes Umfeld auseinander nehmen. Was anderes bleibt uns nicht übrig. Oder was meinen Sie, Chef?«

Berger hatte sich zurückgelehnt, die Hände über dem gewaltigen Bauch gefaltet, und sah die Kommissarin mit einem kaum merklichen Lächeln an. »Tun Sie, was Sie für richtig halten. Da hätten wir doch beinahe einen richtig schönen Doppelmord übersehen. Ich kann mich nur bei Ihnen bedanken, Frau Durant. Was wären wir bloß ohne Sie.«

»Eine eher durchschnittliche Mordkommission«, erwiderte sie grinsend.

»Da mögen Sie vielleicht sogar Recht haben«, stimmte er nickend zu. »So, dann mal an die Arbeit. Und vorläufig nichts davon an die Presse. Diese Informationen bleiben vorerst streng geheim. Was mich wundert, ist, dass die *Bild*-Zeitung sich diesmal so zurückgehalten hat.«

»Wiesner war denen wohl nicht wichtig genug«, sagte Durant nur und erhob sich.

»Bei welcher Zeitung ist Ihr Bekannter gleich noch mal?«, fragte Berger mit einem breiten Grinsen.

»Ich habe keine Ahnung, wovon Sie sprechen«, entgegnete sie ebenfalls grinsend. »Also, Kullmer und Güttler fahren zu Wiesner ins Geschäft, Hellmer und ich machen uns auf zur Kennedyallee, danach zu Frau Wiesner. Es gibt da noch einige Fragen zu klären. Außerdem will ich alles über die Puschkin wissen. Seit wann sie in Deutschland war, ob sie Freunde und Bekannte hatte, und wenn, welche, und vor allem, ob irgendjemand von dem Treffen mit Wiesner weiß. Wir sehen uns heute Nachmittag spätestens um drei wieder hier. Bis dann und ciao. Ach ja, und die Leute von der Spurensicherung sollen sich bereithalten. Ich denke, es wird noch einiges dort zu tun geben. Oh, beinahe hätt ich's vergessen, die Wohnung ist ja versiegelt, und es gibt doch sicher einen Schlüssel, oder?«

»Ich hol ihn«, sagte Christine Güttler, stand auf und ging in ihr Büro. Sie kehrte nach zwei Minuten zurück und reichte ihn der Kommissarin. »Haustür und Wohnung.« Durant nahm ihre Tasche von der Stuhllehne und gab Hellmer ein Zeichen. Christine Güttler trat zur Kommissarin und bat sie, kurz mit ihr unter vier Augen sprechen zu dürfen.

»Was gibt's?«, fragte Julia Durant und setzte sich auf die Kante ihres Schreibtischs.

»Es tut mir Leid, dass ich das gestern übersehen habe. Du musst von mir wer weiß was denken.«

Die Kommissarin winkte ab und legte eine Hand auf ihre Schulter: »Mach dir keine Gedanken deswegen. Es hat wirklich alles sehr eindeutig ausgesehen. Wenn ihr aus Wiesners Laden zurück seid, dann kümmere dich zusammen mit Kullmer und Wilhelm um die Vita der Puschkin.«

»Du bist nicht sauer auf mich? Ich meine, ich habe dir gestern am Telefon …«

»Vergiss es, okay. Es ist nicht deine Schuld.«

»Danke«, sagte Christine Güttler und umarmte Julia Durant kurz. »Ich hatte vorhin ein verdammt schlechtes Gewissen.«

»Ich muss jetzt los. Und ihr solltet euch auch beeilen.«

Gemeinsam mit Hellmer verließ sie das Büro. Ihre Schritte hallten wie immer von den Wänden des alten, düsteren Baus wider, und es gab kaum einen Beamten, der sich nicht auf den Umzug in das neue Präsidium im nächsten Jahr freute.

»Sag mal«, fragte Hellmer auf dem Weg zum Parkplatz, »wie bist du eigentlich darauf gestoßen? Ich meine, dass das mit Wiesner kein Selbstmord war? Du hattest doch gar keinen Dienst.«

»Dominik hatte Bereitschaft für die *Bild am Sonntag*, und da kam das mit Wiesner bei ihm rein. Ich selbst habe es erst gestern Morgen von ihm erfahren. Aber frag mich um Himmels willen nicht, wie ich überhaupt auf die Idee gekommen bin, dass …«

»Wieder mal deine Intuition?«, wurde sie von Hellmer unterbrochen.

»Keine Ahnung. Irgendetwas hat mir einfach gesagt, da steckt mehr dahinter. Und außerdem hab ich mich gelangweilt. Dominik hat gepennt, er hat ja fast die ganze Nacht durchgemacht, und ich hatte keine Lust, einfach nur so rumzusitzen. Ich hab's sogar geschafft, Bock aus seinem Sessel zu holen. Und das Ergebnis siehst du jetzt. Ich hoffe nur, ich hab mich da nicht zu weit vorgewagt.«

»Quatsch. So wie du das geschildert hast, stinkt das gewaltig nach Mord. Und wie hast du es geschafft, dass Dominik das Ding nur in drei oder vier Sätzen gebracht hat? Und erzähl mir nicht, er wollte nicht eine Riesenstory draus machen.«

Durant grinste Hellmer von der Seite an und antwortete: »Ich hab ihm einfach die Exklusivstory versprochen, sobald wir die Bestätigung haben und auch die Hintergründe kennen.«

»Wie hat er denn reagiert, als du ihm gesagt hast, dass er sich zurückhalten soll?«

»Ich war gezwungen, ihm alles zu erzählen, schließlich musste er seinem Chef eine plausible Erklärung abliefern.«

Hellmer schloss die Tür des Lancia auf, und sie stiegen ein. Er startete den Motor und schaltete die Klimaanlage an. Sie brauchten nicht einmal zehn Minuten bis zu dem Haus in der Kennedyallee.

Montag, 9.10 Uhr

Sie begaben sich in den zweiten Stock des um die Zeit des angehenden 20. Jahrhunderts gebauten weißen Gebäudes. Von innen und außen machte alles einen sauberen und gepflegten Eindruck. In dem Haus wohnten trotz der Größe nur fünf Parteien. Die alten Holzstufen knarrten unter ihren Schritten. Hellmer entfernte das Polizeisiegel und schloss auf, ließ Julia Durant an sich vorbeitreten und machte die Tür hinter sich zu. Von einem langen dunklen Flur gingen insgesamt vier große Zimmer, die Küche und das Bad ab.

»Hier ist es also passiert«, sagte Durant, als sie in dem geräumigen Wohnzimmer standen, das mit einer aufwendigen blauen Ledergarnitur, einem lang gezogenen Bücherregal, einem großen Glastisch und mehreren, in diversen Blautönen gehaltenen Teppichen eingerichtet war. Auf der Fensterbank Grünpflanzen, an der Decke ein Rondell mit Halogenstrahlern, eine Halogenstehlampe zwischen Couch und Sessel, ein der modernen Einrichtung entsprechender Sekretär aus hellem Holz, zwei exzellente Kunstdrucke der berühmten Werke *Nighthawks* und *Summertime* von Edward Hopper an der Wand, eine Designerstereoanlage und ein Großbildfernseher in der Ecke neben dem Fenster, die Lautsprecher kaum sichtbar – alles war perfekt aufeinander abgestimmt.

Nichts war, so weit die Kommissarin feststellen konnte, seit Samstag verändert worden. Auf dem Glastisch standen noch die Wodka- und Cognacflaschen, auf dem Fußboden lagen die Kleidungsstücke von Wiesner und Puschkin. Sie nahm die Fotos aus ihrer Tasche, vergewisserte sich noch einmal und steckte sie schließlich wieder ein.

»In dem Sessel hat Wiesner gesessen und hier auf der Couch die Puschkin.« Sie maß mit den Augen die Entfernung und murmelte: »Das sind sogar mehr als zwei Meter, ich würde sagen zweieinhalb bis drei.« Sie warf einen Blick auf das getrocknete Blut und durchschritt langsam den etwa vierzig Quadratmeter großen Raum.

»Wofür hat er diese Wohnung benutzt?«, wollte Hellmer wissen.

»Seine Frau sagt, hier hat er ab und zu Kunden empfangen. Er hatte auf jeden Fall einen sehr erlesenen Geschmack, wenn ich mir das alles hier so ansehe.« Sie ging zum Fenster, von wo aus sie einen guten Blick auf den kleinen Garten hatte, öffnete die Balkontür und trat nach draußen. Trotz des morgendlichen Berufsverkehrs hielt sich der Geräuschpegel in erträglichen Grenzen. Am Samstagnachmittag musste es sogar noch stiller gewesen sein, auch wenn Christine Güttler sagte, der Autolärm sei deutlich zu hören gewesen.

»Und jetzt?«, fragte Hellmer, der sich zu ihr gestellt hatte.

»Wir schauen uns noch kurz in den andern Zimmern um, dann fahren wir zu Frau Wiesner. Die Spurensicherung muss unbedingt kommen und alles untersuchen. Fingerabdrücke, Faserspuren und so weiter. Ich hoffe nur, hier haben nicht zu viele Leute rumgemacht. Aber es war ja alles so klar«, fuhr sie sarkastisch fort. »Wenn verdammt noch mal nur einer ein bisschen genauer hingeschaut hätte! Manchmal ist es zum Kotzen.«

»Wir haben ja dich«, versuchte Hellmer sie aufzumuntern und legte einen Arm um ihre Schulter. »Du hast sogar Dinge gesehen, ohne hier gewesen zu sein. Und jetzt ziehen wir das gemeinsam durch.«

»In den Wohnungen darüber und darunter waren die Leute zu Hause. Wären die Schüsse ohne Schalldämpfer abgefeuert worden, hätte es mit Sicherheit wenigstens einer gehört. Eine 9 mm Beretta überhört man nicht. Einen Schuss vielleicht, aber nicht drei.«

»Jetzt komm wieder runter und lass uns in Ruhe die Sache angehen. Es sind nun mal Dinge übersehen oder auch ignoriert worden, doch das können wir nicht rückgängig machen. Ich bin jedenfalls inzwischen auch überzeugt, dass wir es hier mit einem Doppelmord zu tun haben, falls es dich beruhigt.«

Julia Durant lächelte verkniffen. Gemeinsam warfen sie kurze Blicke in die anderen Zimmer, die alle penibel sauber und aufgeräumt waren. Das Bad mit den dunkelblauen Fliesen und Kacheln, der ovalen Badewanne und dem Bidet und Waschbecken mit den vergoldeten Hähnen glänzte, die Küche war offenbar seit längerer Zeit nicht benutzt worden.

»Okay, fahren wir nach Glashütten. Aber ich ruf erst noch bei Frau Wiesner an, ob sie überhaupt zu Hause ist.«

Sie holte ihr Handy aus der Tasche und tippte die Nummer ein.

»Ja, bitte?«, meldete sich Ramona Wiesner.

»Frau Wiesner?«

»Ja?«

»Hier Durant. Würde es Ihnen passen, wenn ich in etwa einer halben, drei viertel Stunde mit einem Kollegen bei Ihnen vorbeikomme?«

»Selbstverständlich, ich bin zu Hause.«

»Dann bis gleich«, sagte Durant und drückte die Aus-Taste. »Also los. Mal sehen, was sie uns noch so zu erzählen hat.«

Während der ersten Minuten hingen Hellmer und Durant ihren eigenen Gedanken nach, bis Hellmer auf einmal sagte: »Weißt du, wie mir das vorkommt? Ich meine, das mit Wiesner und der Puschkin …«

»Nein, doch vielleicht denken wir ja beide das Gleiche.«

»Jetzt halt mich nicht für verrückt, aber ich hab mal einen Film gesehen, in dem es über Auftragskiller ging. Die Puschkin hatte einen Schuss mitten ins Herz und einen in den Kopf. Genauso gehen diese Typen häufig vor. Präzisionsarbeit. Das geht ganz schnell. Zweimal plopp, plopp, und schon bist du hinüber.«

»An so was Ähnliches hab ich auch schon gedacht, aber weshalb sollte ein Auftragskiller einen Mann wie Wiesner umbringen?«

»Woher soll ich das wissen. War ja auch nur so 'ne Idee von mir. Ich hatte jedenfalls noch nie mit solchen Typen zu tun. Vor allem sind sie kaum zu schnappen, weil sie ständig ihre Identität wechseln. Was, wenn Wiesner Dreck am Stecken hatte und er dafür sterben musste?«

»Nee, glaub ich nicht. Wiesner war sauber, das sagt mir einfach mein Gefühl. Der Grund liegt woanders. Aber wo?«

Durant zündete sich eine Zigarette an und sah aus dem Seitenfenster. Sie nahmen die Abfahrt am Main-Taunus-Zentrum und fuhren über die Schnellstraße Richtung Königstein. Hinter Königstein ging es eine Weile bergauf, die Kommissarin wies Hellmer den Weg. Um halb elf hielten sie vor dem Haus, das jetzt allein Ramona Wiesner gehörte. Sie stiegen aus und klingelten.

Montag, 10.30 Uhr 

Ramona Wiesner empfing die Beamten in einem pastellgrünen Sommerkleid, das einen fast perfekten Kontrast zu ihren rötlichen Haaren bildete. Die tiefen Ränder unter den matten, müden Augen waren noch immer vorhanden.

»Hallo«, sagte sie und reichte erst der Kommissarin, dann Hellmer die Hand.

»Hallo, Frau Wiesner. Das ist mein Kollege Hellmer, wir arbeiten fast immer zusammen.«

»Wollen wir wieder auf die Terrasse gehen?«, fragte Ramona Wiesner.

»Gerne.«

»Was darf ich Ihnen zu trinken anbieten? Wasser, Saft?«

»Ein Glas Wasser bitte.«

»Und Sie?« Ramona Wiesner sah Hellmer an, der seinen Blick über den Garten schweifen ließ. Er drehte sich schnell um und sagte: »Für mich auch ein Glas Wasser, danke.«

Sie kam kurz darauf mit einem Tablett zurück, auf dem drei Gläser und eine Flasche Wasser standen, stellte alles auf den Tisch und schenkte ein.

»Nehmen Sie doch bitte Platz«, sagte sie und deutete auf die Stühle.

»Danke. Wie geht es Ihnen heute?«, fragte Julia Durant und sah Ramona Wiesner an.

»Wie soll es mir gehen?« Sie verzog die Mundwinkel zu einem gequälten Lächeln. »Nicht viel besser als gestern. Aber ich werde mich mit den Gegebenheiten wohl oder übel abfinden müssen. Und es wird sicher noch eine ganze Weile dauern, bis ich drüber weg bin.«

Die Kommissarin trank einen Schluck Wasser und behielt das Glas in der Hand. Sie wollte schon ansetzen, etwas zu sagen, als Ramona Wiesner fragte: »Können Sie mir etwas mehr über die Frau erzählen, ich meine, außer dass sie eine Prostituierte war?«

Julia Durant schüttelte den Kopf. »Nein, tut mir Leid, wir kennen bisher nur ihren Namen. Inwieweit Ihr Mann und sie sich gekannt haben, wissen wir noch nicht. Aber wir werden das sicher schnell herausfinden.«

»Und Sie werden mir auch nichts verheimlichen?«

»Ich werde Ihnen alles mitteilen, was ich weiß. Ehrenwort.«

»Gut.« Ramona Wiesner lehnte sich zurück und schlug die Beine übereinander.

»Frau Wiesner, was können Sie uns über die Geschäfte Ihres Mannes sagen? Wir haben uns zwar gestern schon mal kurz darüber unterhalten, aber wir brauchen ein paar mehr Details.«

»Details? Ich wüsste nicht, was ich Ihnen noch sagen könnte. Wissen Sie, mein Mann hat Geschäft und Privatleben sehr genau voneinander getrennt. Tagsüber das Geschäft, abends und am Wochenende die Familie. Ich hatte immer das Gefühl, als wäre dies hier sein Refugium. Er hat gerne und viel mit uns unternommen, auch mit den Kindern allein. Hier zu Hause hat er das Geschäft außen vor gelassen, so weit das möglich war.«

»Aber Sie haben mir gestern erzählt, er habe sich seit etwa einem Jahr verändert, er sei stiller und introvertierter geworden ...«

Sie wurde von Ramona Wiesner unterbrochen. »Ich bin mir nicht sicher, ob ich mit dieser Einschätzung richtig liege. Doch es ist schon was dran. Manchmal kam er mir sogar richtig bedrückt vor, auch wenn er das vor mir zu verbergen suchte. Aber ich habe gespürt, dass ihn etwas belastete. Ich habe ihn ein- oder zweimal darauf angesprochen, doch er hat mich immer beruhigt und gemeint, es sei nichts, ich würde mir das nur einbilden. Vielleicht habe ich das auch, ich weiß es nicht. Ich weiß überhaupt nichts mehr.«

»Hat Ihrer Meinung nach diese Veränderung bis zuletzt angehalten?«

Ramona Wiesner blickte zu Boden und zuckte mit den Schultern. »Ja, schon. Glaube ich zumindest.«

»Hatte er jemals berufliche Probleme?«

Sie lachte auf und antwortete: »Nein, die hatte er ganz sicher nicht. Sie sehen ja selbst, uns geht es gut. Das Geschäft floriert und … Ich kann Ihnen zum Beispiel von einer Sache erzählen, die sich im Sommer vergangenen Jahres abgespielt hat. Da wollte ein Kunde Rolex-Uhren im Wert von zwanzig Millionen Mark kaufen. Mein Mann hat zuerst gedacht, da will ihn jemand auf den Arm nehmen, aber dem war nicht so. Der Kunde hat am nächsten Tag tatsächlich noch einmal angerufen, um den Handel perfekt zu machen …«

»Augenblick«, sagte die Kommissarin und sah Frau Wiesner mit gerunzelter Stirn an, »ein Kunde hat Ihren Mann angesprochen und wollte Uhren für zwanzig Millionen Mark haben? Ist so was üblich?«

»Nein«, antwortete Ramona Wiesner lachend, wobei sich um den Mund und die Augen kleine Falten bildeten und für einen Moment das Matte aus den Augen verschwand und der Glanz zurückkehrte, »das ist es ganz sicher nicht. Es kann schon mal vorkommen, dass jemand zwei Rolex-Uhren auf einmal kauft, aber für zwanzig Millionen bekommen Sie eine ganze Menge dieser Uhren. Ein wenig kenne ich mich in der Materie schon aus, auch was die Preise angeht. Eine wirklich gute Rolex kriegen Sie nicht unter zwanzigtausend Mark. Das heißt, für zwanzig Millionen erhalten Sie tausend Uhren. Und es ist äußerst ungewöhnlich, dass jemand auf einmal so viele Uhren haben will.«

»Und ist dieser Deal zustande gekommen?«

»Da fragen Sie mich zu viel. Wir haben nicht mehr darüber gesprochen. Aber ich habe einen Namen und eine Adresse, wo man Ihnen unter Umständen weiterhelfen kann.«

»Es war also noch jemand in diesen Deal eingeweiht?«

»Nun, mein Mann verkauft zwar auch Uhren, doch im Wesentlichen konzentriert er sich auf Diamanten, den Einkauf, den Schliff, die Einpassung und natürlich den Verkauf. Deshalb ist er auch des Öfteren in Antwerpen an der Diamantenbörse. Er hatte bis vor gut einem Jahr eine Mitarbeiterin, die sich aber selbstständig gemacht hat, das heißt, sie hat ein eigenes Juweliergeschäft eröffnet, wobei sie sich hauptsächlich auf Goldschmuck und Uhren spezialisiert hat. Sie kennt alle möglichen Quellen, wo man bestimmte Produkte besonders preisgünstig beziehen kann. Ich nehme an, dass mein Mann sich an sie gewendet hat, denn die beiden sind nicht im Streit auseinander gegangen.«

Julia Durant und auch Hellmer fiel auf, dass Ramona Wiesner zum Teil im Präsens sprach, so als würde ihr Mann noch leben, dann aber wieder in der Vergangenheit. Sie sagten jedoch nichts, denn sie hatten so etwas nicht nur einmal bei Hinterbliebenen bemerkt, deren Angehörige erst seit kurzer Zeit tot waren.

»Dieser Kunde – hat Ihr Mann Ihnen gegenüber seinen Namen erwähnt?«

»Nein, er hat nur erzählt, es handle sich um einen Russen oder Osteuropäer und dass derjenige es sehr eilig habe, die Ware zu bekommen. Und sobald sie sich einig seien, würde der Kunde das Geld überweisen.«

»Sie wissen aber nicht, ob die zwanzig Millionen bei ihm eingetroffen sind, oder?«

»Nein, wie gesagt, wir haben nicht mehr darüber gesprochen. Aber ich kann es mir irgendwie nicht vorstellen, denn zwanzig Millionen sind kein Pappenstiel und … Nein, ich weiß es nicht.«

Durant und Hellmer warfen sich einen kurzen, aber eindeutigen Blick zu.

»Angenommen, der Deal ist zustande gekommen …«, die Kommissarin hielt kurz inne und sortierte ihre Gedanken, »… dann hat Ihr Mann doch sicher versucht die Uhren so preisgünstig wie möglich einzukaufen, um den größten Profit herauszuschlagen.«

»Natürlich. Und der Kunde weiß das auch. Deshalb will er dann anstelle der sagen wir tausend Uhren elfhundert haben, und den Rest des Geldes kann der Verkäufer, in dem Fall mein Mann, behalten, denn der Kunde geht ja davon aus, dass der Verkäufer die Ware zu einem sehr günstigen Einkaufspreis erwirbt und immer noch genügend für ihn abfällt.«

»Aber wie so ein Deal funktioniert, wissen Sie nicht.«

»Nein. Mein Mann hatte zahllose Kontakte weltweit, und wie solche Geschäfte genau abgewickelt werden, kann ich nicht sagen. Tut mir Leid. Da müssen Sie wirklich Frau Maric fragen.«

»Die ehemalige Mitarbeiterin Ihres Mannes?«

»Ja. Helena Maric. Ich gebe Ihnen nachher die Adresse und Telefonnummer. Sie ist ganz nett und wird Ihnen sicher weiterhelfen können.«

»Der Name hört sich nicht gerade deutsch an«, meldete sich Hellmer zum ersten Mal an diesem Vormittag zu Wort.

»Sie ist eine gebürtige Jugoslawin, lebt aber schon seit ihrer frühesten Jugend in Deutschland. Sie war etliche Male hier bei uns zu Gast, eine eher ruhige, zurückhaltende Frau, mit der mein Mann zwar ganz gut zurechtkam, aber ich konnte nicht viel mit ihr anfangen. Doch das hat nichts zu bedeuten, denn mir wird nachgesagt, sehr wählerisch zu sein, was die Auswahl meiner Freunde und Bekannten angeht. Manche behaupten sogar, ich sei arrogant.«

»Den Eindruck machen Sie eigentlich nicht auf mich.«

»Danke, aber Sie brauchen nicht höflich zu sein.«

»Das hat nichts mit Höflichkeit zu tun, ich meine das ernst. Ich bin nämlich genauso, wie Ihnen mein Kollege sicher gern bestätigen wird. Aber lassen Sie uns wieder auf Ihren Mann zurückkommen. Im Wesentlichen war er, wenn ich es richtig verstanden habe, ein absoluter Kenner der Diamantenszene?«

Ramona Wiesner lächelte dezent und antwortete: »Es gibt in Deutschland nur sehr, sehr wenige Personen, die so viel über Diamanten wissen wie mein Mann. Vor allem seine Werkstatt ist in Fachkreisen sehr anerkannt und gefragt. Bei ihm arbeiten nur die besten Leute, das können Sie mir glauben. Deshalb kommen die Kunden zum Teil sogar aus dem Ausland, um Stücke bei ihm in Auftrag zu geben, wobei er es sich nicht nehmen lässt, hier und da selbst Hand anzulegen. Er hat das Handwerk im wahrsten Sinne des Wortes von der Pike auf gelernt. Die Wiesners sind seit drei Generationen Experten für Diamanten und andere Juwelen.« Mit einem

Mal schien sie zu begreifen, dass sie noch immer in der Gegenwartsform sprach, sah die Kommissare an und trank einen Schluck Wasser. »Entschuldigen Sie, ich tue gerade so, als würde er noch leben. Es ist wohl noch nicht genug Zeit vergangen.«

»Das macht nichts«, sagte Durant lächelnd, »das ist ganz normal. Halten wir einmal fest, Ihr Mann war ein Experte, was Diamanten betrifft. Damit hat er dann vermutlich auch das meiste Geld verdient, oder?«

»Ja.«

»In seinem Geschäft kann man aber auch andere Schmuckstücke, zum Beispiel Uhren, kaufen?«

»Natürlich, es ist schließlich ein Juweliergeschäft, und dort gibt es zwangsläufig auch Uhren.«

»Sie sagen, dieser angebliche Uhrendeal hat möglicherweise vor etwa einem Jahr stattgefunden. Und seit ungefähr einem Jahr haben Sie auch eine Veränderung an Ihrem Mann bemerkt. Könnte diese Veränderung damit zusammenhängen?«

Ramona Wiesner schüttelte kaum merklich den Kopf, sah die Kommissarin jedoch kurz darauf nachdenklich an. »Ich habe mir darüber noch keine Gedanken gemacht. Aber wenn Sie's so sagen, dann kommt das zeitlich hin.«

»Wo könnten wir noch Unterlagen darüber finden, wenn es denn welche gibt?«, fragte Durant, einer inneren Stimme folgend, weiter.

»In seinem Büro«, antwortete Ramona Wiesner. »Ich zeig Ihnen gerne sämtliche Unterlagen, Sie haben meine volle Unterstützung. Ich will nur, dass die Wahrheit ans Licht kommt. Und wenn einer der Angestellten Schwierigkeiten macht, dann sollen die mich anrufen. Wie gesagt, Sie haben völlig freie Hand.«

»Danke. Das erspart uns eine Menge Papierkrieg. Hat Ihr Mann je Unterlagen mit nach Hause gebracht?«

»Ab und zu, doch das war bestimmt nicht die Regel. Sollte dieser Uhrendeal tatsächlich zustande gekommen sein, müssen Sie im Büro nachsehen.«

»Gut. Aber wenn ich es richtig mitgekriegt habe, handelte es sich um einen Russen beziehungsweise Osteuropäer, der Ihren Mann kontaktiert hat.«

»Ja, zumindest hat er es mir so erzählt. Ich weiß noch zu genau, wie aufgekratzt er an dem Abend war. Kein Wunder bei der Summe.«

»Hat oder hätte er seine Mitarbeiter eingeweiht?«

»Das kann ich mir nicht vorstellen. Bestimmte Geschäfte hat er allein erledigt, vor allem, wenn es um sehr große Summen ging oder bestimmte Aufträge einer strengen Geheimhaltungspflicht unterworfen waren, weil es sich um außergewöhnlich prominente Persönlichkeiten gehandelt hat.« Sie machte eine kurze Pause, nahm ihr Glas vom Tisch und trank einen Schluck. Sie behielt das Glas in der Hand, und ihr Blick tauchte für einen Moment in die Flüssigkeit ein. Dann fuhr sie fort: »Wissen Sie, wir haben so schon eine Menge Geld, doch bei solchen Summen kommt schnell bei dem einen oder andern Neid auf. Man sieht sein vergleichsweise mickriges Gehalt und hört dann auf einmal von riesigen Millionengeschäften. Mein Mann hätte aber nie diesen Neid schüren wollen. Dafür war er einfach nicht der Typ.« Es entstand eine Pause, und sie tranken ihre Gläser leer, bevor Ramona Wiesner fragte: »Verzeihen Sie, wenn ich etwas neugierig erscheine, aber wie heißt die Dame, mit der mein Mann am Samstag … Ihre Kollegen haben es mir bisher nicht gesagt.« Sie stockte, und ihr Blick wurde schlagartig traurig.

»Irina Puschkin.«

»Das hört sich irgendwie russisch an. War sie Russin?«

»Ja.«

»Das klingt alles sehr merkwürdig«, sagte sie und zog die Stirn in Falten. »Ein Russe will Uhren von meinem Mann kaufen, diese Frau war Russin … Und Sie sind sicher, dass sie nicht seine Geliebte war?«

»Sicher sind wir bis jetzt noch nicht, aber wir gehen stark davon aus. Es gibt auch immer mehr Indizien, dass Ihr Mann und Frau

Puschkin ermordet wurden. Doch was die Hintergründe betrifft, tappen wir noch im Dunkeln. Aber um noch mal auf Samstag zurückzukommen. Ihr Mann hat sich nicht anders benommen als sonst? Als er sie angerufen hat, wie klang da seine Stimme? Aufgeregt, erregt, nervös oder ganz normal?«

»Sie glauben gar nicht, wie oft ich mir das Telefonat seitdem durch den Kopf habe gehen lassen. Aber für mich klang er ganz normal.«

»Wenn er sich nicht nervös oder aufgeregt angehört hat, dann muss diese Verabredung, die er um sechzehn Uhr hatte, mit jemandem stattgefunden haben, dem er vertraut hat. Eine andere Erklärung habe ich nicht. Noch nicht.« Julia Durant und Hellmer erhoben sich. »Frau Wiesner, vielen Dank für die Informationen, und wir bleiben auf jeden Fall in Kontakt. Und wie gesagt, kein Wort von unserem Gespräch andern gegenüber. Vorerst sollte es bei der bisherigen Version bleiben.«

»Ich habe es Ihnen doch schon gestern versprochen. Meine Lippen sind versiegelt«, entgegnete Ramona Wiesner lächelnd.

»Ach ja, eine Frage noch. Wer führt jetzt das Geschäft?«

»Das ist Herr Fischer, der bereits für meinen Schwiegervater gearbeitet hat. Er wird das aber nicht lange machen können, denn er geht zum Jahresende in Rente. Doch es wird sich schon jemand Geeigneter finden. Oder ich verkaufe das Geschäft.«

»Jetzt wollen wir Sie wirklich nicht länger aufhalten …«

»Von mir aus können Sie den ganzen Tag bleiben. Aber schon in einer halben Stunde kommen mein Schwager und meine Schwägerin, für heute Nachmittag hat sich meine Mutter angemeldet, um mit mir die Beerdigung vorzubereiten, und ich muss Ihnen ganz ehrlich sagen, ich habe zu alldem überhaupt keine Lust. Doch auch dieser ganze Trubel geht irgendwann vorbei. Ich weiß nur, dass ich schon bald mit den Kindern für eine Weile in unser Sommerhaus in Spanien fahren werde. Ich muss einfach Abstand gewinnen. Warten Sie, ich begleite Sie nach draußen.«

Ramona Wiesner ging vor ihnen zur Haustür, und sie verabschiedeten sich. Durant und Hellmer stiegen in den Lancia und wollten schon losfahren, als die Kommissarin aus dem Auto sprang und noch einmal zum Haus rannte.

»'tschuldigung, aber ich brauche die Adresse und Telefonnummer von dieser Frau …«

»Maric.« Ramona Wiesner schüttelte verlegen den Kopf. »Im Augenblick ist mit mir nicht viel anzufangen. Ich schreib sie Ihnen schnell auf.«

»Ihr Mann hat doch einen Bruder. Könnte ich vielleicht auch von ihm die Adresse und Telefonnummer haben?«

»Selbstverständlich.«

»Gibt es sonst irgendwelche Verwandte?«

»Nein, meine Schwiegereltern sind beide tot. Mein Schwiegervater ist vor drei Jahren gestorben, meine Schwiegermutter hatte kurz darauf einen Herzanfall, den sie leider auch nicht überlebt hat.«

Ramona Wiesner reichte der Kommissarin den Zettel mit den Adressen und Telefonnummern und sie verabschiedeten sich ein weiteres Mal. Als Durant im Wagen saß, sagte sie: »Und, habe ich zu viel erzählt, was die Frau angeht?«

»Nein. Eine sehr interessante Frau. Sie scheint sehr intelligent zu sein und sieht auch ganz passabel aus.«

»Dass ihr Männer immer gleich auf das Äußere gucken müsst! Ich kann es einfach nicht begreifen«, erwiderte Durant lachend, auch wenn ihr nicht zum Lachen zumute war.

»Wieso? Ich darf doch wohl sagen, wenn ich eine Frau ansehnlich finde. Ich meine, ich hab schon hübschere kennen gelernt, aber sie hat das gewisse Etwas. Und dazu noch was im Kopf. So was trifft man selten genug. Dich und Nadine natürlich ausgenommen«, fügte er mit einem schelmischen Seitenblick hinzu.

»Spar dir deine Komplimente, ist sowieso alles gelogen. Ich ruf mal schnell bei Berger an, ob Bock sich schon gemeldet hat.«

Sie tippte Bergers Nummer ein, und er hob nach dem ersten Läuten ab. »Berger.«

»Hier Durant. Hat sich Bock schon gerührt?«

»Ja, er hat den Befund von Wiesner geschickt. Sehr interessant zu lesen.«

»Erzählen Sie.«

»Nur das Wesentliche, den Rest erfahren Sie, wenn Sie hier sind. Sie haben ihn doch gebeten, nach Druckstellen an der rechten Hand und am Arm zu suchen. Und Bock ist fündig geworden. Es scheint tatsächlich so, als hätte jemand Wiesner die Waffe in die Hand gedrückt und ihn mit Gewalt gezwungen, sich selbst zu erschießen. Reicht das fürs Erste?«

»Sie hätten mir keine bessere Nachricht geben können. Wir drehen gleich noch mal um und sagen es Frau Wiesner. Es wird es ihr sicher ein klein wenig leichter machen, über den Tod ihres Mannes hinwegzukommen. Bis gleich.« Und an Hellmer gewandt: »Fahr noch mal zurück. Ich habe Recht behalten. Wiesner wurde mit Gewalt gezwungen, sich selbst zu erschießen. Jetzt ist es endgültig ein Fall für die Mordkommission.«

Hellmer stöhnte auf. »Also gut, fahren wir eben noch mal zurück. Wir haben ja sonst nichts weiter zu tun.«

»Jetzt stell dich nicht so an. Die Frau tut mir einfach Leid, und sie wird das alles schneller wegstecken, wenn sie Klarheit hat.«

Nachdem die Kommissarin ihr die Nachricht überbracht hatte, atmete Ramona Wiesner erleichtert auf.

»Ich weiß wirklich nicht, wie ich Ihnen danken soll. Wenn ich je etwas für Sie tun kann, lassen Sie es mich wissen. Und hoffentlich finden Sie dieses Schwein bald. Ich möchte einfach nur demjenigen von Angesicht zu Angesicht gegenüberstehen, der meinen Mann auf dem Gewissen hat.«

»Wir werden uns die größte Mühe geben. Bis bald.«

»Bis bald«, sagte Ramona Wiesner mit Tränen in den Augen und blieb noch einen Moment in der Haustür stehen. Hellmer wollte gerade losfahren, als ein dunkelblauer Mercedes 500 die Straße herunterkam und vor der Garageneinfahrt der Wiesners geparkt wurde. Ein Mann und eine Frau stiegen aus und gingen auf das Haus zu. Sie klingelten, Ramona Wiesner öffnete die Tür, sie umarmten sich kurz und gingen hinein.

»Wiesners Bruder und seine Frau, nehm ich zumindest an«, sagte Hellmer ruhig. »Geldsorgen haben die auch keine.«

»Als ob du welche hättest«, erwiderte Durant lakonisch und zündete sich eine Zigarette an. »Aber jetzt will ich erst mal was essen. Mir hängt der Magen schon in den Kniekehlen. Und anschließend nehmen wir uns diese Helena Maric vor. Ich werde das Gefühl nicht los, dass die Sache mit den Uhren etwas mit Wiesners Tod zu tun hat. Und ich schwöre bei Gott, wir werden das rauskriegen.«

»Wo hat die eigentlich ihren Laden?«, fragte Hellmer.

»In Bornheim.« Durant blickte auf die Uhr. »Versuch vor eins dort zu sein. Könnte ja immerhin sein, dass die von eins bis drei Mittagspause haben.«

»Ruf sie doch einfach an und frag, ob die Mittagspause machen.«

»Nee, das werde ich schön bleiben lassen. Ich will sie überraschen.«

»Und dein Hunger?«

»Der muss eben noch einen Moment warten. So, und jetzt gib Gas.«

»Und wohin genau?«

»Berger Straße, in der Nähe der U-Bahn-Station Bornheim-Mitte. Du fährst am besten wieder auf die A 66 Richtung Miquelallee …«

»He, he, ich weiß schon, wie ich fahren muss, okay«, sagte Hellmer grinsend. »Ich kenn mich in Frankfurt besser als jeder Taxifahrer aus.«

»Na, wenn's so ist. Was hältst du eigentlich von meiner Theorie?«, fragte Durant und sah aus dem Seitenfenster.

»Keine Ahnung. Ich versuch da was zu erkennen, aber ich sehe noch keinen Zusammenhang.«

»Warten wir's ab. Mal sehen, was die Maric so zu sagen hat.«

Um zehn vor eins parkte Hellmer den Lancia in der Wiesenstraße. Zwei Minuten später betraten sie das Juweliergeschäft von Helena Maric.

Montag, 12.55 Uhr

Helena Maric war etwa einsfünfundsechzig, sehr schlank, aber alles andere als androgyn. Sie hatte dunkle Haare, auffallend blaue Augen, und ihre Haut hatte einen natürlichen Braunton. Bis auf die sanft geschwungenen vollen Lippen war sie ungeschminkt. Eine aparte, sehr gepflegte Erscheinung, die sicher einen nachhaltigen Eindruck bei vielen Männern hinterlässt, dachte Julia Durant. Im Geschäft befanden sich außer ihr noch zwei Mitarbeiter, ein Mann von etwa fünfzig Jahren und eine junge, leise sprechende Dame, die damit beschäftigt war, einer Kundin ein paar Uhren zu zeigen und deren Funktionsweise zu erklären. In dem Laden war es im Gegensatz zu draußen angenehm kühl, die in den Vitrinen ausgestellten Stücke wurden durch dem Auge verborgene Spots angestrahlt.

»Frau Maric?«, sagte Durant und ging auf die Frau in dem knielangen blauen Rock und der weißen Bluse zu.

»Ja, bitte?« Helena Maric neigte den Kopf eine Idee zur Seite, ein zartes Lächeln huschte für einen Moment über ihre Lippen.

»Können wir uns bitte einen Moment allein mit Ihnen unterhalten?«

»Und um was geht es, wenn ich fragen darf?«, erkundigte sich Helena Maric mit einem Mal misstrauisch.

»Ich bin Hauptkommissarin Durant von der Kripo Frankfurt, und das ist mein Kollege Hauptkommissar Hellmer.« Sie hielt ihr den Ausweis hin. Helena Maric warf einen kritischen Blick darauf und bat die Beamten, ihr nach hinten zu folgen. Sie schloss die Tür ihres Büros, nahm hinter dem Schreibtisch Platz und deutete auf zwei Stühle. Auf dem antiken Schreibtisch aus dunklem Holz standen ein PC und ein Telefon, ein Ablagekorb, in dem sich einige Papiere befanden, sowie ein halb voller Aschenbecher, ein aufgeschlagener Block lag direkt vor Helena Maric. Auf einem Sideboard war ein Faxgerät, darüber hing eine Funkuhr. Obgleich das Büro aufgeräumt war, wirkte es eng und auf eine seltsame Weise bedrückend.

»Was kann ich für Sie tun?« Helena Maric holte eine Zigarette aus der Schachtel auf dem Tisch und zündete sie mit einem goldenen Feuerzeug an.

»Es geht um Herrn Wiesner, Andreas Wiesner. Sie haben doch sicher davon gehört, oder?«

Sie neigte erneut den Kopf zur Seite und sah die Kommissarin fragend an. »Was soll ich gehört haben?«

»Lesen Sie keine Zeitung?«

»Tut mir Leid, aber ich hatte heute Morgen um neun einen wichtigen Termin in Mannheim und bin erst seit ein paar Minuten wieder hier. Was ist mit Herrn Wiesner?«

»Herr Wiesner ist tot«, antwortete die Kommissarin und beobachtete dabei genau die Reaktion der ihr gegenübersitzenden Frau, die sie auf Mitte bis Ende dreißig schätzte. Helena Maric kniff die Augen zusammen und schüttelte ungläubig den Kopf.

»Was sagen Sie da, Andreas ist tot?«, fragte sie fassungslos und mit bleichem Gesicht. »Was ist passiert?«

»Er hat erst eine junge Frau und dann sich selbst getötet.« Julia Durant beabsichtigte vorerst nicht, Helena Maric zu sagen, was sich wirklich abgespielt hatte.

Mit fahrigen Bewegungen führte sie die Zigarette zum Mund und nahm einen langen Zug. »Nein, das kann nicht sein. Andreas würde niemals jemanden umbringen, dazu kenne ich ihn zu gut.«

»Es ist aber so. Sie können es auch in der Zeitung nachlesen, es ist bereits am Samstag passiert. Sie und Herr Wiesner haben sich geduzt?«

Ohne die letzte Frage zu beantworten, sagte Helena Maric: »Wer war die Frau?«

»Eine gewisse Irina Puschkin. Angeblich eine Prostituierte. Wir müssen aber davon ausgehen, dass sie seine Geliebte war.«

»Im Leben nicht!«, stieß Helena Maric erregt hervor. »Andreas hatte noch nie eine Geliebte! Er hatte so was überhaupt nicht nötig. Vergessen Sie's! Wenn ich jemanden kenne, der eine absolut harmonische Ehe geführt hat, dann Andreas, ich meine Herr Wiesner.« Sie hielt inne und sah die Beamten durchdringend an, was ihrem Blick mit einem Mal etwas Stechendes verlieh. »Sie sind doch aber bestimmt nicht gekommen, nur um mir die Nachricht zu überbringen? Was ist der eigentliche Grund?«

Ihr Ton wurde schlagartig kühl, fast frostig, was weder Durant noch Hellmer entging. Sie war wie eine Auster, die sich im Bruchteil einer Sekunde verschloss, als würde sie den wahren Grund für den Besuch der Beamten ahnen.

»Wir sprechen mit allen Personen, die Herrn Wiesner gekannt haben. Und soweit wir wissen, haben Sie mehrere Jahre mit ihm zusammengearbeitet.«

»Ja, und? Das ist ja kein Geheimnis.«

»Es war auch nur eine Feststellung. Wie lange waren Sie denn für Herrn Wiesner tätig?«

»Elf Jahre. Aber ich verstehe noch immer nicht …«

»Also elf Jahre. Waren Sie mit ihm befreundet?«

»Befreundet?« Sie zuckte mit den Schultern. »Wir waren Kollegen, und sicher hat sich daraus auch so etwas wie Freundschaft entwickelt. Und wahrscheinlich denken Sie jetzt gleich, dass wir zusammen geschlafen haben. Aber ich versichere Ihnen, wir hatten nie etwas miteinander. Ich kenne außerdem seine Frau Ramona recht gut, aber auch sonst würde ich mich nie auf eine Beziehung mit einem verheirateten Mann einlassen.«

»Das glaube ich Ihnen«, erwiderte Durant ruhig und fragte gleich weiter: »Sie haben vor etwa einem Jahr dieses Geschäft eröffnet. Können Sie mir das Datum nennen?«

»Ich weiß zwar nicht, was das mit dem Tod von Herrn Wiesner zu tun hat, aber es war am 1. April 1999. Ein Donnerstag, um genau zu sein.«

»Hatten Sie danach noch Kontakt zu Herrn Wiesner?«

»Ja, natürlich. Zwar nicht mehr so häufig wie früher, schließlich waren wir so etwas wie Konkurrenten, aber wir waren immer noch befreundet. Warum?« Helena Maric drückte ihre Zigarette aus und zündete sich gleich eine neue an. Julia Durant hätte auch gerne geraucht, aber sie hatte sich seit einiger Zeit vorgenommen, kürzer zu treten, und es geschafft, nicht mehr als zehn Zigaretten am Tag zu rauchen. Und irgendwann würde sie ganz aufhören. Sie wollte nicht eines Tages so elend an Lungenkrebs sterben wie ihre Mutter, sie wollte nicht die gleichen Qualen erleiden, dieses Dahinsiechen, dieses Ringen um jeden Atemzug, und mit der Gewissheit leben, dass der Tod trotz aller immer wieder aufkeimenden Hoffnung doch nur noch eine Frage von ein paar Tagen oder Wochen sei. Sie lehnte sich zurück, schlug die Beine übereinander und sah Helena Maric direkt an, bevor sie die nächste Frage aussprach.

»Es geht um einen Uhrendeal vor etwa einem Jahr, also kurz nachdem Sie sich selbstständig gemacht hatten. Ein Deal im Wert von zwanzig Millionen Mark, mit dem Herr Wiesner direkt zu tun gehabt hat. Was können Sie uns darüber sagen?«

Helena Maric zuckte bei der Frage kaum merklich zusammen, ihre Augen blitzten auf, aber sie hatte sich gleich wieder in der Gewalt. Sie inhalierte und blies den Rauch durch Nase und Mund aus.

»Uhren für zwanzig Millionen, sagen Sie?« Helena Maric schüttelte den Kopf, kleine Schweißperlen bildeten sich auf ihrer Stirn. »Nein, ich weiß nichts von einem solchen Geschäft.«

»Seltsam, uns wurde aber Ihr Name in diesem Zusammenhang genannt. Sie würden angeblich sehr viele und gute Quellen kennen, wo man preisgünstig einkaufen kann.«

»Wer hat Ihnen das gesagt?«, fragte Helena Maric bemüht kühl und doch mit einem verdächtigen Vibrato in der Stimme. Angst, die sie nicht zu verbergen vermochte.

»Ich denke, Namen tun nichts zur Sache. Noch einmal, hat sich Herr Wiesner vor etwa einem Jahr mit Ihnen in Verbindung gesetzt und Sie gefragt, wie er am günstigsten an Rolex-Uhren kommt? Und haben Sie ihm eine Quelle vermittelt?«

Helena Maric stand auf und stellte sich ans Fenster, den Rücken den Kommissaren zugewandt, als wollte sie verhindern, dass man ihre Gedanken oder ihre Emotionen von ihrem Gesicht ablas.

»Nein«, sagte sie leise, »ich weiß davon nichts. Es gibt auch andere Leute, mit denen er zusammengearbeitet hat.«

Durant und Hellmer warfen sich einen langen Blick zu. Die Kommissarin erhob sich, ging um den Schreibtisch herum zu Helena Maric und stellte sich neben sie.

»Hören Sie, wenn Sie etwas wissen, dann erzählen Sie es uns. Wir finden es auch so heraus, es dauert vielleicht ein wenig länger, aber wenn Sie …«

Helena Maric drehte sich abrupt um und sah Julia Durant direkt in die Augen. »Ich sage Ihnen doch, ich weiß von nichts! Und jetzt gehen Sie bitte, ich habe zu tun.«

»Wir gehen sofort, aber ein paar Fragen habe ich schon noch. Angenommen, jemand will, dass Sie Rolex-Uhren für zwanzig Millionen Mark besorgen, wohin würden Sie sich dann wenden?«

»Ich habe bis jetzt noch keinen Kunden gehabt, der so viele Uhren auf einmal erwerben wollte. Aber wenn es Sie interessiert, ich würde mich in dem Fall natürlich an den Hersteller selbst wenden.«

»Ist das Usus, sich an die jeweilige Firma direkt zu wenden?«, fragte Durant mit einem leicht ironischen Unterton. »Sie sind die Endverkäuferin, aber soweit mir bekannt ist, sind da auch noch Zwischenhändler …«

»Ja, natürlich, doch ab einem bestimmten Warenumfang gibt es auch Wege, die Zwischenhändler zu umgehen, legale Wege. Es bestehen also zwei Möglichkeiten, entweder der Zwischenhändler, wobei mir selbst relativ wenig Profit bleibt, oder direkt der Hersteller, wo die Gewinnspanne für mich umso höher ist. Alles andere wäre mehr oder weniger illegal, das sollten Sie eigentlich wissen«, erwiderte Helena Maric spöttisch und wirkte mit einem Mal überlegen. »Wie gesagt, ab einem bestimmten Warenumfang bekommt man vom Hersteller sehr großzügige Händlerrabatte eingeräumt. Ich wünschte, mir würde einmal ein solcher Glücksfall widerfahren.«

»Wer wünscht sich so etwas nicht. Aber bewegen wir uns nicht alle hin und wieder auf dem schmalen Grat zwischen Legalität und Illegalität? Sie niemals?«

»Nein, niemals. Sie können das gerne überprüfen. Und jetzt möchte ich Sie bitten zu gehen«, sagte Helena Maric, drückte ihre Zigarette in einem Blumentopf aus und schloss für einen Moment die Augen. Sie fasste sich an die linke Schläfe und massierte sie kurz mit zwei Fingern. »Bitte gehen Sie, ich habe Kopfschmerzen. Ich muss diese Nachricht erst verdauen.«

»Ja. Und sollten Sie doch etwas für uns haben, dann rufen Sie an. Hier ist meine Karte«, sagte Durant und reichte sie Helena Maric. »Und denken Sie noch einmal an Herrn Wiesner und den Rolex-Deal. Vielleicht fällt Ihnen ja doch noch etwas ein. Einen schönen Tag und vielen Dank für Ihre Hilfe.«

Helena Maric erwiderte nichts darauf. Sie blieb am Fenster stehen, schaute zur Tür und zündete sich eine weitere Zigarette an. Alles in ihr vibrierte, sie war nervös, spürte den Herzschlag bis in die Schläfen. Sie vergewisserte sich über den Monitor, der über der Tür hing, dass die Kommissare auch den Laden verlassen hatten, holte ihr Handy aus der Tasche und tippte eine Nummer ein.

»Hallo, ich bin's, Helena. Ich muss dich ganz dringend sprechen … Nein, das hat keine Zeit … Hör zu, wir müssen uns heute noch treffen … Nein, ich möchte am Telefon nicht darüber reden … Okay, ich bin um halb sieben bei dir … Nein, ich werde pünktlich sein. Und danke.« Sie steckte das Handy wieder in die Tasche und zündete sich noch eine Zigarette an. Sie zitterte.

Montag, 13.30 Uhr 

Die lügt!«, sagte Hellmer auf dem Weg zum Auto. »Die lügt wie gedruckt!«

»Sie hat Angst.« Durant stieg ein und ließ die Tür zufallen.

»Angst? Wovor denn, bitte schön?« Hellmer startete den Motor.

»Das weiß ich nicht. Ich weiß nur, dass sie Angst hat. Ich weiß nicht, wovor oder vor wem, sondern nur, dass es so ist. Als ich neben ihr gestanden habe, hat sie gezittert, und das bestimmt nicht, weil

Wiesner tot ist. Es hat mit diesem verdammten Deal zu tun. Aber sie hat Angst, etwas zu sagen, denn es könnte ihr dann unter Umständen genauso ergehen wie Wiesner. Ich bin sicher, sie wusste vom ersten Moment an, dass Wiesner keinen Selbstmord begangen hat, sondern umgebracht wurde. Und vermutlich kennt sie Leute, die skrupellos genug sind, solche Aufträge auch zu erledigen. Und sie will auf keinen Fall so enden wie Wiesner. Ich werde sie mir mal allein zur Brust nehmen. Am besten bei ihr zu Hause. Vielleicht ist sie redseliger, wenn ich unter vier Augen mit ihr spreche.«

»Das glaubst du doch selbst nicht«, meinte Hellmer, lenkte den Wagen aus der Parklücke und fuhr im Schritttempo die Berger Straße entlang. »Die würde sich eher die Zunge abbeißen, als auch nur ein Wort zu sagen, wodurch sie in die Bredouille kommen könnte.«

»Ich habe schon andere Leute zum Reden gebracht. Die hat so viel Angst, die hält den Druck gar nicht lange aus.«

»Wenn du meinst. Gehen wir jetzt was essen?«

»Lass uns zum Italiener fahren. Ich will nur einen Salat und eine Cola.«

»Sag mal, was ist mit dir eigentlich in der letzten Zeit los? Du rauchst immer weniger, du isst kaum noch was ...«

Durant grinste ihn von der Seite an. »Tja, ich werde eben älter und weiser und vor allem körperbewusster ...«

»Ah, daher weht also der Wind«, sagte Hellmer ebenfalls grinsend. »Dieses ›vor allem körperbewusster‹, kann es sein, dass das einen Namen hat? Vielleicht Dominik?«

Julia Durant stieß ihn leicht in die Seite. »Und wenn?«

»Ich gönn's dir doch, das weißt du ganz genau. Ihr beide passt einfach hervorragend zusammen. Aber irgendwann solltet ihr euch mal nach einer gemeinsamen Wohnung umsehen. Oder wollt ihr das nicht?«

»Doch, schon, aber ...«

»Aber was? Jetzt komm mir bloß nicht damit, dass du eine feste Beziehung scheust. Oder ist es etwa so?«

»Keine Ahnung. Vielleicht. Im Moment läuft es so prima …«

»Mein Gott, dann mach doch endlich Nägel mit Köpfen. Oder willst du als alte Jungfer … Sorry, war nicht so gemeint.«

»Schon gut. Ich hab nur Angst, dass das, wenn ich jetzt mit ihm zusammenziehe, dann schief gehen könnte. Ich weiß, ich bin eine blöde Kuh.«

»Nein, bist du nicht … Nur manchmal ein bisschen … Doch ihr seid jetzt schon mehr als ein halbes Jahr zusammen. Ihr wart ein paarmal bei uns, und Nadine findet Dominik auch sehr nett. Und Nadine hat eine verdammt gute Menschenkenntnis. Sprich doch mal mit ihr über deine Bedenken. So von Frau zu Frau. Du hast so lange gesucht, und ich weiß, du bist einige Male schwer enttäuscht worden, aber du hast jetzt endlich jemanden gefunden, der alles für dich tun würde. Mach das doch nicht kaputt.«

»Du hast ja Recht. Vielleicht quatsch ich mich wirklich mal mit Nadine aus. Ich hab manchmal das Gefühl, als würde ich mir selbst im Weg stehen. Doch so bin ich nun mal.«

»So, und jetzt essen wir was, und danach fahren wir ins Präsidium.« Er hielt vor einem kleinen italienischen Restaurant in der Friedberger Landstraße, sie kehrten ein, Hellmer bestellte sich einen Teller Spaghetti mit Basilikumsauce und ein kleines Bier, Julia Durant einen italienischen Salat mit Mozzarella und Schinken und ein Glas Cola. Um halb drei verließen sie das Lokal und fuhren zurück ins Büro.

Montag, 12.15 Uhr

Es tut mir so Leid, was passiert ist«, sagte Thomas Wiesner und setzte sich in den Sessel. »Ich frage mich immer noch, wie so etwas geschehen konnte.«

Ramona Wiesner zuckte mit den Schultern und sah ihren Schwager traurig an. »Es ist geschehen und nicht mehr rückgängig zu machen.«

»Kommst du klar im Augenblick?«, fragte Sophia Wiesner und nahm auf dem Klavierhocker Platz. »Wenn du Hilfe brauchst, wir sind natürlich immer für dich da. Unser Haus steht dir jederzeit offen.«

»Danke, ich komme schon zurecht.«

Thomas Wiesner war fünfundvierzig, einsachtundsiebzig, hatte volles braunes Haar und war leicht untersetzt. Es gab eigentlich nichts, worin er seinem Bruder Andreas glich. Seine Frau Sophia war eine attraktive Frau mit einem beinahe perfekten Körper, sie hatte halblanges fast schwarzes Haar und war seit fünfzehn Jahren mit Thomas Wiesner verheiratet. Sie entstammte einer reichen und angesehenen italienischen Familie und sprach mit einem leichten Akzent, der sehr erotisch wirkte. Ihre Stimme hatte etwas Rauchiges, Herbes, die zu dem ovalen Gesicht mit den hervorstehenden Wangenknochen, den feurigen Augen und der etwas zu langen Nase und den schmalen Lippen passte. Sie hatte lange grazile Finger, die sie kurz über die Tasten gleiten ließ, ohne eine davon anzuschlagen. Während ihr Mann einen dunkelblauen Anzug anhatte, war sie ganz in Schwarz gekleidet. Als Ramona Wiesner gerade zu Boden sah, warf sie einen abschätzenden Blick auf ihr grünes Kleid, machte aber schon im nächsten Moment wieder ein unverbindlich freundliches Gesicht.

»Weißt du schon, wann die Beerdigung sein wird?«, fragte Thomas Wiesner und schlug die Beine übereinander.

Ramona Wiesner schüttelte den Kopf. »Nein. Ich muss erst abwarten, bis die Obduktion vorbei ist. Ihr bekommt rechtzeitig Bescheid.« Sie hatte sich auf die Couch gesetzt, die Beine eng geschlossen, die Hände gefaltet.

»Ich will jetzt nicht noch tiefer in der Wunde bohren, aber du wusstest nicht, dass Andreas eine Geliebte hatte?«, fragte Thomas Wiesner weiter.

»Wenn ich es gewusst hätte, hätte ich das Drama dann verhindern können? Wahrscheinlich hätte er mich angelogen und behauptet, ich würde mir das mit der Geliebten nur einbilden«, sagte sie und erinnerte sich der Worte von Julia Durant, auf keinen Fall jemandem gegenüber etwas davon zu erwähnen, dass Irina Puschkin mit aller Wahrscheinlichkeit nicht die Geliebte ihres Mannes gewesen war, und vor allem, dass die beiden ermordet wurden.

»Sei ehrlich, hat er dir jemals etwas von einer andern Frau erzählt?« Sie sah Thomas Wiesner prüfend an. Der schüttelte den Kopf.

»Ich will dir jetzt nicht wehtun, aber ich habe im Laufe meines Lebens viele Menschen kennen gelernt, die eine geradezu perfekte Fassade um sich aufgebaut haben. Vielleicht gehörte Andreas dazu.«

»Mag sein.«

»Trotzdem kann ich mir irgendwie auch nicht vorstellen, dass er etwas mit einer andern hatte. Irgendwas ist da faul. Andererseits muss ich leider sagen, dass ich in der letzten Zeit ein paarmal die Vermutung hatte, dass … Ich kann mich natürlich auch täuschen. Vergiss es. Was sagt eigentlich die Polizei?«

»Nichts weiter. Sie haben mir ein paar Fragen über Andreas gestellt, und das war's schon. Für die ist der Fall praktisch abgeschlossen. Und du, Sophia? Du bist doch das intuitive Genie in der Familie. Hattest du je das Gefühl, dass Andreas eine andere hatte?«

»Madonna mia, no! Wie kommst du bloß darauf? Er hatte ganz offensichtlich Geheimnisse vor dir und auch vor uns. Das ist eine Tatsache. Weißt du denn, was für eine Frau sie war?«

»Ich kenne nur ihren Namen, Irina Puschkin. Die Polizei hat mir mitgeteilt, dass sie eine Prostituierte war. Mehr wissen die bis jetzt auch nicht.«

»Mein Gott, eine Hure! Wie tief muss ein Mensch sinken, um sich eine Hure als Geliebte zu halten! Mein eigener Bruder!« Thomas Wiesner sah seine Schwägerin verlegen an. »Entschuldigung, das ist mir so rausgerutscht.«

»Ist schon gut. Du hast ja Recht. Möchtet ihr was trinken?«

»Nein, danke. Wir haben sowieso nicht lange Zeit, ich muss spätestens um drei wieder in der Bank sein. Wir wollten nur mal nach dir sehen. Und wenn wir dir bei den Vorbereitungen für die Beerdigung helfen sollen, dann sag Bescheid. Du weißt ja, dass Sophia immer zu Hause ist, du brauchst sie nur anzurufen.«

»Ich denke, ich werde zurechtkommen. Trotzdem danke für das Angebot.«

»Ich finde, du solltest nicht allein in dem großen Haus bleiben. Lass doch deine Eltern mit den Kindern herkommen.«

»Mir ist im Moment noch nicht danach. Morgen oder übermorgen vielleicht.«

»Und du bist sicher, dass du keine Hilfe brauchst?«, sagte Sophia Wiesner, erhob sich und strich das Kleid gerade.

»Nein, ich schaffe das allein. Ich gebe euch Bescheid, wann die Beerdigung ist.«

»Also gut, Ramona, dann werden wir uns mal wieder auf den Weg machen. Und wenn was ist, ruf an. Es wird schon wieder werden. Das Leben geht immer weiter.«

»Natürlich«, sagte Ramona Wiesner. »Macht's gut und grüßt die Kinder von mir.«

»Wir telefonieren«, rief ihr Thomas Wiesner vom Auto noch mal zu, lächelte unverbindlich wie immer und stieg ein.

Ramona Wiesner wartete nicht einmal, bis er den Motor gestartet hatte, sondern ging gleich ins Haus zurück. Sie trat auf die Terrasse, dachte: Sie sind nicht einmal eine halbe Stunde geblieben, warum sind sie überhaupt gekommen?, schüttelte den Kopf und begab sich schon nach einigen Momenten wieder ins Wohnzimmer. Dort setzte sie sich ans Klavier und spielte ein Stück von Chopin. Sie hatte mit Thomas und Sophia nie wirklich warm werden können, weshalb, vermochte sie nicht zu sagen. Und dieser Besuch eben kam ihr vor wie eine Farce. Ein Blick ins Haus, ein paar belanglose Sätze, schnell wieder gehen. So kannte sie die beiden, kalt und gefühllos, obgleich sie sich nach außen immer anders gaben. Sie hatte sogar den Eindruck, als ob der Tod von Andreas seinen Bruder nicht einmal sonderlich schockieren würde. Und sie fragte sich, warum das so war. Aber sie hatten immer in verschiedenen Welten gelebt, dort der knallharte Banker Thomas und hier der Künstler Andreas. Ja, dachte sie, du warst ein Künstler. Was du konntest, kann kaum einer auf der Welt. Aber du hattest trotz allem immer noch Zeit für uns. Ich vermisse dich.

Während sie spielte, liefen ihr Tränen übers Gesicht und tropften auf das Kleid. Sie spielte sich in eine andere Welt.

Montag, 15.10 Uhr

Durant und Hellmer kamen ins Büro, als die meisten anderen bereits wieder hinter ihren Schreibtischen saßen und Akten wälzten, telefonierten oder am Computer arbeiteten. Es war brütend heiß, die Luft zum Schneiden dick, dazu kam der Lärm von der Mainzer Landstraße. Die Kommissarin hängte ihre Tasche über die Stuhllehne und setzte sich Berger gegenüber. Hellmer lehnte sich an den Türrahmen, die Hände in den Taschen seiner Jeans vergraben.

»Und, Erfolg gehabt?«, fragte Berger, setzte sich zurück und verschränkte die Hände hinter dem Kopf.

»Wie man's nimmt«, antwortete Durant und streckte sich. »Wir haben auf jeden Fall ein paar recht interessante Informationen von Frau Wiesner bekommen, denen wir nachgehen werden. Sie erzählte von einem riesigen Uhrendeal, den Wiesner womöglich vor etwa einem Jahr mit einem Osteuropäer, wahrscheinlich ein Russe, abgeschlossen hat. Wir haben vorhin noch mit einer Frau Maric, einer ehemaligen Mitarbeiterin von ihm, gesprochen, die jetzt ihr eigenes Geschäft in Bornheim hat und angeblich über hervorragende Beziehungen verfügt. Frau Wiesner meint, es könnte sein, dass ihr Mann sich an die Maric gewandt hat, um den günstigsten Anbieter zu finden. Aber als wir sie darauf angesprochen haben, hat sie dicht gemacht. Ich denke, sie hat eine gehörige Portion Angst. Deshalb werde ich mich schon bald mal allein mit ihr unterhalten.«

»Sie sprechen in Rätseln«, sagte Berger, gähnte und rieb sich mit einer Hand über die Augen. »Können Sie mir das alles vielleicht ein bisschen deutlicher erklären?«

»Später. Im Moment können wir da sowieso nicht viel machen. Hat Bock sich noch mal gemeldet?«, wechselte sie das Thema.

»Ja, er hat den vorläufigen Obduktionsbericht durchgegeben.« Er musste schon wieder gähnen. Kein Wunder, dachte Durant, den ganzen Tag in diesem Glutofen und ich würde wahrscheinlich nichts anderes machen als gähnen. Berger beugte sich nach vorn, nahm die Akte in die Hand und sagte: »Den vollständigen Bericht bekommen wir morgen Vormittag schriftlich. Also, Frau Puschkin wurde mit zwei Schüssen getötet, die aus nächster Nähe abgefeuert wurden. Sonst gibt es keinen Hinweis auf Gewaltanwendung. Die Schüsse müssen sie völlig unvermittelt getroffen haben. Sie hatte absolut keine Chance. An Wiesners rechter Hand und an seinem Arm wurden hingegen eindeutige Druckstellen identifiziert, was wohl darauf hindeutet, dass er sich gewehrt hat. Außerdem hat Bock unter den Fingernägeln seiner linken Hand Faserspuren festgestellt, und ein Fingernagel ist abgebrochen. Das heißt, der Täter hatte es mit ihm relativ schwer. Tja, und dann war noch die Spurensicherung in der Wohnung. Denen ist aufgefallen, dass nur Flaschen auf dem Tisch standen und keine Gläser. Vermutlich hat der Täter die beiden gezwungen, aus der Flasche zu trinken. Auf den Flaschen selbst waren unzählige Fingerabdrücke, unter anderem von Wiesner und Puschkin. Ansonsten hat die bisherige Auswertung nichts weiter ergeben, und ich glaube auch nicht, dass wir noch mehr wesentliche Neuigkeiten von denen erfahren.«

»Was haben Kullmer und Güttler erreicht?«

»Fragen Sie sie selbst«, sagte Berger.

Durant erhob sich, nahm ihre Tasche und ging in ihr Büro. Sie sah kurz hinunter auf die Straße und rief dann nach Kullmer.

Er kam in ihr Büro. Durant nahm hinter ihrem Schreibtisch Platz, Kullmer setzte sich auf einen Stuhl. Sie war müde und erschöpft, was weniger an der Arbeit als an der drückenden Hitze lag, die sich von Tag zu Tag mehr in die Straßen und Gemäuer der Stadt fraß, und wenn sie an den Wetterbericht dachte, der für die nächsten beiden Tage fünfunddreißig Grad vorausgesagt hatte … Sie mochte gar nicht daran denken.

»Sie wollen wissen, was wir rausgefunden haben.« Kullmer zuckte mit den Schultern. »Tja, eigentlich nichts weiter. Ein gewisser Fischer hat provisorisch die Leitung des Geschäfts übernommen, die Angestellten haben Wiesner über den grünen Klee gelobt, und ansonsten gibt es keine offensichtlichen Ungereimtheiten. Ich meine, wir müssen schon die Geschäftsunterlagen genau durchgehen, aber ob wir da fündig werden, was ein Tatmotiv betrifft …«

»Sorry, auch wenn Sie diese Arbeit hassen, es muss sein. Es gibt Hinweise, dass Wiesner im vergangenen Jahr einen riesigen Uhrendeal abgeschlossen hat.«

»Wie hoch?«

»Zwanzig Millionen.«

»Wow, das ist nicht gerade wenig«, stieß Kullmer hervor. »Meinen Sie, dass das etwas mit dem Mord zu tun hat?«

»Wir müssen erst rausfinden, ob es diesen Deal tatsächlich gegeben hat. Dann könnte eventuell ein Zusammenhang bestehen. Andererseits liegt die Sache inzwischen ein Jahr zurück, und …« Sie fuhr sich mit einer Hand durchs Haar und schüttelte den Kopf. »Ich kann mir noch keinen Reim auf das alles machen. Vielleicht liegt die Sache ja völlig anders und es war wirklich nur ein ganz simpler Mord. Ich weiß es nicht. Ich weiß nur, dass diese Hitze mich noch mal um den Verstand bringt. Vor allem in diesem verdammten Büro.«

»In anderthalb Jahren ist alles vorbei«, bemerkte Kullmer grinsend.

»Scherzkeks. Aber wenn ich mir vorstelle, dass der Sommer gerade erst anfängt. Mir graut's davor!« Sie beugte sich nach vorn und stützte die Arme auf dem Tisch ab. »Und jetzt?«

»Das fragen ausgerechnet Sie mich?«

»Ich fahr noch mal mit Hellmer in Wiesners Laden, ein bisschen in den Unterlagen blättern. Vielleicht finden wir ja was.«

»Ich könnte mitkommen und helfen. Sechs Augen sehen mehr als vier. Und vor allem geht es schneller. Hier drin halt ich's nämlich auch nicht mehr lange aus.«

Bevor Durant aufstand, sagte sie: »Ach ja, gibt's eigentlich schon was über die Puschkin?«

»Ist noch in Arbeit. Güttler und Wilhelm kümmern sich drum.«

»Ich will aber bald Ergebnisse sehen. Und jetzt raus aus diesem Büro.«

Montag, 18.30 Uhr

Helena Maric hielt um kurz vor halb sieben auf der Straße vor dem Haus, das sich hinter einem hohen Zaun, eng beieinander stehenden Bäumen und dichten Büschen versteckte. Lediglich die Einfahrt erlaubte einen Blick auf das holzverkleidete Landhaus. Sie rauchte zu Ende und warf den Stummel aus dem Fenster. Während der Fahrt hatte sie dauernd überlegt, ob es richtig war, herzukommen, aber es blieb ihr keine Wahl. Auch wenn sie sich unwohl dabei fühlte. Seit die beiden Beamten bei ihr waren, hatte sie Kopfschmerzen, die sich hauptsächlich auf die linke Schläfe beschränkten, wo es ununterbrochen pochte und hämmerte. Sie hatte zwei Aspirin genommen, doch sie hatten keine Wirkung gezeigt. Sie kannte diese Art von Kopfschmerzen, die weder etwas mit dem heißen Wetter oder ihrer Periode, die ohnehin noch zwei Wochen entfernt war, noch einer anderen Unpässlichkeit zu tun hatten. Es war allein die schon fast unmenschliche Anspannung, die sie fest umklammert hielt.

Sie stieg aus dem metallicblauen BMW Cabrio und warf die Tür zu. Nachdem sie geklingelt hatte, öffnete sich das Tor wie von Geisterhand. Sie näherte sich mit schnellen, festen Schritten dem Haus, als wollte sie die Angelegenheit ebenso schnell hinter sich bringen. Es war ein riesiges Grundstück, das sich nach hinten mehrere hundert Meter ausdehnte und zum größten Teil aus einer Rasenfläche bestand, an die ein langes Waldstück anschloss. Die Tür ging auf, sie wurde begrüßt.

»Hallo, Helena, komm rein. Du siehst nicht gut aus, ich meine, du siehst natürlich immer gut aus …«

»Lass nur«, erwiderte Helena Maric und winkte ab, »ich habe bloß Kopfschmerzen. Könnte ich etwas zu trinken bekommen?«

»Was darf ich dir denn anbieten? Am besten etwas Alkoholfreies bei dem Wetter, oder? Ich meine, ich trinke einen Cognac …«

»Mir egal, nein, warte, eine Bacardi-Cola«, sagte sie und setzte sich in einen der rustikalen Sessel aus Eichenholz, dessen Lehne genau wie die Sitz- und Rückenpolster mit grünem Samt bezogen war. Sie stellte ihre Tasche auf den Boden, legte den Kopf in den Nacken und wartete, bis er mit den Gläsern zurückkam. Er reichte ihr eines.

»So, hier eine Bacardi-Cola, allerdings mit wenig Rum. Und jetzt erzähl, was gibt es so Dringendes? Ich habe extra einen Termin sausen lassen, aber du hast so besorgt geklungen. Also?«

Sie trank das Glas halb leer und stellte es auf den Tisch. »Die Polizei war vorhin bei mir. Sie haben mich wegen der Uhren befragt.«

»Und was hast du ihnen gesagt?«

»Nichts, gar nichts. Ich wisse nichts davon, und …« Sie stöhnte kurz auf und fuhr dann fort: »Aber ich bin mir sicher, die werden nicht lockerlassen. Und irgendwann werden sie etwas finden, auf dem mein Name steht. Was mach ich dann?« Sie sah ihr Gegenüber ratlos an.

»Sie werden nichts finden. Wo denn auch? Glaubst du etwa, er hat die Unterlagen im Geschäft aufbewahrt? So dumm wäre selbst er nicht gewesen. Eine Kontrolle vom Finanzamt, eine Buchprüfung, und er wäre geliefert gewesen. Ich nehme an, er hat es in einem Tresor in der Schweiz versteckt. Davon gehe ich zumindest aus. Und seine Frau hat keinen blassen Schimmer, das garantiere ich.«

»Und woher weiß dann die Polizei von diesem Deal?«

»Vielleicht hat er einmal kurz zu Hause davon gesprochen, als die Sache noch in den Kinderschuhen steckte und er keine Ahnung hatte, was letztendlich auf ihn zukommen würde. Es ging ja alles so schnell, und dann hat er den Mund gehalten. Wenn seine Frau etwas wüsste, dann wüssten wir es auch, glaub mir. Du brauchst dir absolut keine Sorgen zu machen. Okay?«

»Und was, wenn sie wieder bei mir auftauchen und noch mehr Fragen stellen?«

»Du weißt doch von nichts, oder? Du sagst ihnen einfach, du hättest zwar ab und zu mit deinem ehemaligen Chef Geschäfte gemacht, aber die sind alle einwandfrei abgewickelt worden, und dann zeigst du ihnen die entsprechenden Papiere. Damit werden sie sich zufrieden geben. Und jetzt entspann dich, es kann überhaupt nichts passieren. Es gibt keine Spuren. Und außerdem hat er so viel Schiss in der Hose gehabt, dass das Letzte, was er getan hätte, gewesen wäre, seine Frau einzuweihen.«

»Gut«, sagte Helena Maric, trank ihr Glas aus und sah ihn durchdringend an, »aber ich will in Zukunft mit solchen Geschäften nie mehr etwas zu tun haben. Hörst du, nie wieder! Ich will nie mehr in so was reingezogen werden. Ich bereue schon seit langem, mich damals auf diese Sache eingelassen zu haben. Und jetzt ist er auch noch tot. Wenn ich nur wüsste, warum er sich umgebracht hat.«

»Vielleicht war es besser so für ihn«, entgegnete ihr Gegenüber mit zynischem Lächeln. »Bestimmt sogar. Aber wie gesagt, mach dir keine Gedanken mehr deswegen, es ist aus und vorbei, und ich verspreche, dich in Zukunft aus allem rauszuhalten.«

»Wenn ich mir vorstelle, dass er mir bedingungslos vertraut hat. Mein Gott, was habe ich da nur angerichtet? Als du mich angesprochen hast, da wusste ich ja selbst noch nicht einmal, was du wirklich wolltest.«

»Helena, sieh es als ein Spiel mit Gewinnern und Verlierern. Habe ich dir damals nicht geholfen, als du dein Geschäft eröffnet hast? Schau mich an, war es nicht so?«

Sie hob den Blick und nickte.

»Na also«, fuhr er mit sanfter Stimme fort. »Und als kleine Gegenleistung habe ich nur verlangt, dass du mir bei dieser einen Sache hilfst.«

»Was steckt wirklich dahinter?« Sie nahm das leere Glas in die Hände und drehte es zwischen den Fingern.

»Du musst es verstehen, aber dazu kann ich keine Auskunft geben. Du weißt so schon viel zu viel. Noch mehr wäre nicht gut.«

»Aber dieser Gregor, was für eine Rolle spielt er? Wer ist er überhaupt? Und was ich mich noch frage, ist, ob sich Andreas wirklich umgebracht hat. Ich kenne ihn zu gut, er würde nie jemand anders töten und auch nicht sich selbst, dazu hängt er doch viel zu sehr an seiner Familie.«

»Helena, ich habe jetzt keine Zeit mehr. Ich muss dringend weg. Schlaf ein wenig, und du wirst sehen, morgen schaut die Welt schon wieder ganz anders aus. Und wenn was ist, du weißt, wo du mich erreichen kannst. Allerdings muss ich dir noch eines sagen. Solltest du der Polizei gegenüber jemals auch nur andeutungsweise meinen Namen erwähnen, wird es auch für dich sehr unangenehm. Du hängst genauso drin wie ich und auch noch einige andere. Du kennst ja das Sprichwort, Reden ist Silber, Schweigen ist Gold. Oder einmal anders formuliert, Schweigen ist Leben, Reden ist Tod.«

»Ist das eine Drohung?«, fragte sie und lachte höhnisch auf.

»Nein, nein. Nur eine Warnung«, war die kalte Antwort.

»Wenn das so ist, werde ich mich mal wieder auf den Weg machen«, sagte Helena Maric und nahm ihre Tasche vom Boden. »Und ich garantiere dir, ich werde nichts sagen.«

»Ich habe auch nichts anderes erwartet. Und jetzt komm gut nach Hause.«

Helena Maric war schon auf den Stufen, die nach unten führten, als seine Stimme sie zurückhielt. »Ach, übrigens, was macht eigentlich dein Sohn? Geht es ihm gut? Wie alt ist er jetzt? Zwölf?«

Sie drehte sich um und fragte zurück: »Seit wann interessierst du dich für Michael?«

»Es war nur eine Frage. Nicht mehr und nicht weniger. Bis dann.«

Während sie in ihren BMW stieg, meinte sie den stechenden Blick in ihrem Rücken zu spüren. Sie wendete und fuhr über die Autobahn nach Frankfurt. Eine unerklärliche Angst überkam sie, vor allem wenn sie über die Frage nach ihrem Sohn nachdachte. Sie rauchte fünf Zigaretten, bis sie in die Einfahrt einbog. Zu den Kopfschmerzen hatte sich jetzt auch noch Übelkeit gesellt. Sie ging nach oben, schloss die Tür auf, stellte die Handtasche auf den Sessel und ließ sich auf die Couch fallen. Dann machte sie die Augen zu und atmete ein paarmal tief ein und wieder aus, in der Hoffnung, die Übelkeit würde so verschwinden. Nach zehn Minuten setzte sie sich auf und starrte auf das Telefon. Sie holte die Karte von Julia Durant aus der Tasche, legte sie auf den Tisch und dachte: Soll ich sie anrufen? Sie entkleidete sich, stellte sich unter die Dusche und ließ das kühle Wasser lange über ihren Körper laufen. Bereits nach wenigen Minuten wurde der Druck in ihrem Kopf schwächer und auch die Übelkeit schwand allmählich. Nach dem Duschen trocknete sie sich ab, ging nackt in die Küche, und machte sich ein Brot mit Thunfisch. Sie holte eine angebrochene Flasche Bordeaux aus dem Kühlschrank, schenkte sich ein und trank das Glas in einem Zug leer. Nach dem Essen legte sie sich aufs Bett, die Arme hinter dem Kopf verschränkt. Sie schlief ein, wurde aber schon kurz darauf vom Läuten des Telefons geweckt. Sie griff zum Hörer, der seit gestern Abend auf dem Nachtschrank lag, und meldete sich. Mit einem Mal hellte sich ihr Gesicht auf, und sie sagte: »Hallo! Und was macht das Geschäft? … Ah, morgen schon wieder. Ist also alles klargegangen … Nein, ich habe morgen Abend nichts vor … Um acht? Prima, ich werde hier sein. Ganz ehrlich, am liebsten wäre es mir, wenn du heute schon hier sein könntest … Nein, das meine ich nicht, ich fühle mich nur nicht sonderlich gut … Nein, das auch nicht, aber ein guter Freund von mir hat sich das Leben genommen, und deswegen hänge ich ein bisschen durch. Es wird aber schon wieder werden … Hm, ja, dann bis morgen. Ich freue mich.«

Sie drückte die Aus-Taste, stand auf und legte den Hörer auf die Einheit. Der Akku war fast leer. Morgen, dachte sie, während sie am Fenster stand und eine Zigarette rauchte, ab morgen wird alles besser. Sie war auf einmal nicht mehr müde, machte mit der Fernbedienung den Fernseher an und legte sich auf die Couch. Es war fast

Mitternacht, als ihr die Augen zufielen. Sie atmete ruhig und gleichmäßig. Der Fernseher lief noch immer.

Montag, 19.30 Uhr

Julia Durant und ihre Kollegen hatten sich bis kurz vor sieben in dem Juweliergeschäft Wiesner aufgehalten und waren alle Geschäftsunterlagen seit Januar 1999 durchgegangen. Sie hatten Auftragsbelege und Rechnungen kontrolliert sowie Bankauszüge überprüft. Herr Fischer, der vorübergehend das Geschäft leitete, zeigte sich sehr kooperativ und half den Beamten, soweit es ihm möglich war. Sie fanden nichts. Kein Beleg über einen mehrstelligen Millionenbetrag, keine Rechnung, die auf einen Russen oder einen anderen Osteuropäer ausgestellt war.

Um halb acht kam Durant zu Hause an. Sie hatte über Handy Dominik Kuhn angerufen und ihn gefragt, wie lange er in der Redaktion bleibe und wann er komme. Irgendwann zwischen halb acht und halb neun, sagte er. Er kam um kurz vor acht. Sie stand gerade unter der Dusche, als er klingelte, wickelte sich ein Handtuch um und öffnete ihm.

»Hallo«, sagte er grinsend und gab ihr einen Kuss. »Eine Dusche könnte ich jetzt auch vertragen. Kann ich mit reinkommen?«

»Wenn du dich beeilst«, erwiderte sie lächelnd.

»Ich bin Weltmeister im Ausziehen«, sagte er.

Sie blieben über eine halbe Stunde unter der Dusche, ließen das Wasser über ihre Körper laufen und liebten sich dabei.

»Es ist schön, dass du da bist«, sagte Julia Durant und schlang ihre Arme um seinen Hals, während das Wasser noch immer lief.

»Ich bin doch fast immer da«, entgegnete er.

»Nein, das meine ich nicht. Ich will sagen, ich liebe dich. Und zwar mehr, als du glaubst. Ich würde gerne mit dir zusammenziehen.«

Einen Augenblick lang sah Kuhn sie erstaunt an, dann fragte er:

»Und woher kommt auf einmal dieser Sinneswandel? Als ich gestern davon gesprochen habe …«

Sie legte einen Finger auf seinen Mund. »Ich brauche manchmal einfach etwas Zeit. Wir könnten doch vorläufig hier wohnen, bis wir was Besseres gefunden haben. Oder wir lassen die Wohnung komplett renovieren und bauen uns unser eigenes kleines Nest. Wir lassen eine Klimaanlage installieren und … Was hältst du davon?«

»Du bist eine seltsame Frau. So richtig schlau werde ich wohl nie aus dir werden. Aber wenn du drauf bestehst, ich meine, ich ziehe sofort hier ein.«

»Dann lass uns das feiern«, sagte sie und stellte das Wasser ab. »Gehen wir essen?«

»Könnten wir uns nicht einfach nur 'ne Pizza kommen lassen und dazu eine Flasche Rotwein köpfen?«

»Warum nicht. Also eine Pizza mit Rotwein.«

Sie trockneten sich ab und zogen sich an. Dominik Kuhn bestellte die Pizzas und dazu eine Flasche Rotwein. Anschließend schaltete er den Fernseher an, zappte sich durch einige Kanäle und machte ihn wieder aus, weil ihn nichts von dem interessierte. Julia Durant föhnte sich die Haare, bürstete sie und sprühte etwas Deo unter die Achseln.

»Und, wie war dein Tag?«, fragte er und steckte sich eine Zigarette an, als sie aus dem Bad kam. »Neue Erkenntnisse?«

»Eine ganze Menge sogar. Es steht fest, dass Wiesner und die Puschkin umgebracht wurden. Ich war mit Frank auch noch mal bei Frau Wiesner, die uns eine merkwürdige Geschichte erzählt hat. Vor etwa einem Jahr wollte jemand bei Wiesner Rolex-Uhren im Wert von zwanzig Millionen Mark bestellen. Sie weiß aber nicht, ob dieses Geschäft auch tatsächlich zustande gekommen ist. Wir waren in seinem Laden und sind sämtliche Unterlagen des vergangenen Jahres durchgegangen, haben jedoch nichts gefunden. Das Komische ist nur, dass dieser potenzielle Kunde ein Osteuropäer war, genau wie die Puschkin. Ob es da eine Verbindung gibt?« Sie setzte sich neben Kuhn, zündete sich ebenfalls eine Zigarette an, die siebte an diesem Tag, und sah ihn fragend an.

Kuhn starrte einen Moment in Gedanken versunken an die Wand, drehte sich zu Durant um, einen Arm auf die Couchlehne gelegt, und sagte: »Hast du schon mal über organisiertes Verbrechen nachgedacht?«

»Inwiefern?«

»Ein Kollege und Freund von mir, mit dem ich zusammen volontiert habe, recherchiert gerade für eine Serie über organisierte Kriminalität. Der hat mir da ein paar Storys erzählt, mein lieber Scholli, da läuft's dir eiskalt den Rücken runter. Dürfte ich ihm von dem Fall berichten?«

»Kann er dichthalten?«

»Wenn ich einen kenne, der dichthalten kann, dann er. Er ist ein Freund, und wenn ich ihm sage, dass das absolut vertraulich ist, dann hält er die Klappe. Er steckt im Augenblick noch in seinen Recherchen, müsste aber bald fertig sein. Die Serie erscheint, soweit ich weiß, in zwei oder drei Wochen. Er muss nur noch ein paar Kleinigkeiten abklären. Wenn du willst, ruf ich ihn gleich mal an. Könnte sein, dass er noch in der Redaktion ist.«

»Schreibt er für die Lokalredaktion?«

»Normalerweise ja, aber diesmal hat er so heiße Informationen, dass die Serie natürlich bundesweit erscheint. Er ist direkt ins Milieu eingetaucht, undercover sozusagen, und hat sich dabei ziemlich weit aus dem Fenster gelehnt. Also, soll ich ihn anrufen?«

»Von mir aus.«

»Und wärst du auch damit einverstanden, ihm zu sagen, dass er herkommen kann?«

»Klar.«

Dominik Kuhn nahm den Hörer in die Hand und wählte eine Nummer.

»Hi, Peter, hier Dominik. Wie lange bist du heute noch in der Redaktion? … Noch 'ne halbe Stunde … Ich hab dir doch mal erzählt, dass ich mit einer Kommissarin von der Mordkommission zusammen bin, und sie hat da einen Fall, der möglicherweise in dein Ressort fällt … Nein, nicht am Telefon. Könntest du herkommen? Am besten heute noch? … Prima, dann so gegen zehn. Moment, Moment, du brauchst noch die Adresse, ich bin nämlich nicht bei mir zu Hause … Bis nachher.«

Kuhn legte auf. »Er kommt. Und du solltest ihm am besten alles sagen, was du weißt. Peter behält es garantiert für sich. Großes Journalistenehrenwort, und das meine ich nicht ironisch. Du brauchst also keine Angst zu haben, dass er sich verplappert.«

»Wenn du's sagst. Soll ich ein bisschen Musik anmachen? Whitney Houston?«, fragte Julia Durant, stand auf, holte eine CD aus dem Ständer, legte sie in den Spieler und stellte sich ans Fenster. Es war schwül, die Luft in der Wohnung abgestanden. Sie öffnete das Fenster trotz der noch immer unerträglichen Hitze, blieb davor stehen und sah hinaus. Eine Weile hörten sie nur Musik und sprachen kein Wort. Der Pizzamann kam, Kuhn zahlte und kickte die Tür mit dem Absatz zu. Julia Durant holte Gläser aus dem Schrank, Kuhn entkorkte die Flasche und schenkte ein. Die Pizzas waren noch heiß.

»Da wäre ich beinahe ganz schön in die Scheiße getreten, wenn ich die Story über Wiesner so gebracht hätte, wie ich sie ursprünglich geschrieben habe«, sagte Kuhn, während sie aßen.

»Du hast ja zum Glück mich. Ich weiß, dass euer Job hart ist, aber ich wollte dich nur vor einem Fehler bewahren. Und ich denke, man muss nicht immer aus jeder Geschichte einen Reißer machen. Es gibt auch andere Wege.«

»Das ist heutzutage gar nicht mehr so einfach. Schau dich doch nur im Blätterwald um. Das sind alles Hyänen. Und da schließe ich die angeblich so seriösen Wochenzeitungen und Nachrichtenmagazine nicht aus. Die sind zum Teil sogar noch schlimmer als die so genannte Yellow Press, nur verpacken sie ihre Storys eleganter. Aber die Methoden, mit denen dort vorgegangen wird, unterscheiden sich in keiner Weise von denen der Boulevardpresse. Und was die *Bild*-Zeitung betrifft, die ist längst nicht mehr so unseriös wie noch vor einigen Jahren. Wir legen inzwischen ziemlich großen Wert auf objektive und sachliche Berichterstattung. Aber leider hängt uns noch immer dieser gewisse Ruf an. Ich kann nur von meiner Seite aus versuchen, so genau und wahrheitsgetreu wie möglich zu schreiben.«

Julia Durant biss von dem letzten Stück ab und sagte, während sie kaute: »Ich hätte dich gar nicht genommen, wenn ich nicht von Anfang an gespürt hätte, dass du anders bist.«

»Und ich hätte dich nicht genommen, wenn du nicht so grandios gut aussehen würdest. Wer will sich schon mit Bullen einlassen«, entgegnete er grinsend und wischte sich mit der Serviette den Mund ab. Er trank sein Glas leer und stellte es auf den Tisch.

»So«, sagte die Kommissarin, stand auf, nahm die Pizzakartons, faltete sie zusammen und steckte sie in den Müllbeutel, »jetzt warten wir mal auf deinen Freund. Eigentlich müsste er doch bald antanzen, wir haben immerhin schon Viertel vor zehn.«

Kaum hatte sie es ausgesprochen, als es klingelte. Sie drückte auf den Knopf der Sprechanlage und meldete sich.

»Schulze.«

»Zweiter Stock links.«

Peter Schulze war nur eine Idee größer als Julia Durant, hatte dunkelblondes, schütteres Haar und neugierige blaue Augen.

»Komm rein«, sagte Kuhn. »Darf ich vorstellen, Peter Schulze, mein Freund, mit dem ich volontiert habe, Julia Durant, Hauptkommissarin bei der Mordkommission hier in Frankfurt.«

Sie schüttelten sich die Hände, und Kuhn fragte: »Was zu trinken? Wir haben noch etwas Rotwein, du kannst aber auch ein Bier haben.«

»Ein Bier käme jetzt gerade recht«, sagte er und nahm im Sessel vor dem Fenster Platz. Kuhn brachte ihm die Dose und ein Glas und setzte sich mit Durant wieder auf die Couch. Peter Schulze riss den Verschluss auf und trank in schnellen Schlucken. »Ph, das tut gut. Ist ganz schön warm hier drin bei euch. Fast wie in der Redaktion. Aber gehen wir doch gleich in medias res, ich will nämlich so bald wie möglich heim.« Er lehnte sich zurück, sah den Aschenbecher auf dem Tisch und zündete sich eine Zigarette an.

»Du bist dran, Julia«, forderte Kuhn sie auf.

»Dominik hat mir gesagt, Sie würden an einer Serie über das organisierte Verbrechen schreiben und hätten dafür ausgiebig recherchiert. Das stimmt doch, oder?«

»Ja. Die Serie erscheint in drei Wochen. Sie sollte ursprünglich schon übernächste Woche kommen, musste aber verschoben werden, weil ich mich erst am Mittwoch oder Donnerstag mit jemandem treffe, der noch einige sehr interessante Informationen für mich hat. Hoffe ich zumindest. Und dann muss natürlich alles noch aufgearbeitet werden«, fügte er mit einem jungenhaften Lächeln hinzu, was ihn nur noch sympathischer machte. »Um was geht's denn?«

Julia Durant erzählte ihm die Geschichte, wobei sie sich nur auf das Wesentliche konzentrierte. Schulze hörte aufmerksam zu, und fuhr sich einige Male mit der Hand übers Kinn und mit der Zunge über die Lippen. Als sie geendet hatte, legte er den Kopf in den Nacken und schloss die Augen für einen Moment. Dann richtete er sich auf, zündete sich eine weitere Zigarette an und sah von Durant zu Kuhn und wieder zu Durant.

»Das ist heiß, sehr heiß sogar. Das hört sich ganz nach Mafiamethoden an. Nach dem, was Sie erzählt haben, bin ich fast sicher, dass der Uhrendeal stattgefunden hat. Und ich werde euch jetzt mal erzählen, wie so ein Deal abläuft …«

»Können wir nicht dieses blöde Sie weglassen«, sagte die Kommissarin. »Ich heiße Julia.«

»Prima, Peter.« Er trank seine Dose leer, Kuhn ging zum Kühlschrank und holte eine neue heraus.

»Danke«, sagte Schulze und sah Julia Durant an. Er fasste sich mit zwei Fingern an die Nase und fuhr fort: »Es gibt unterschiedliche Varianten, wie so was durchgezogen wird. Ich werde jetzt einfach mal eine gängige vorstellen. Und was ich jetzt gleich sage, ist nicht an den Haaren herbeigezogen, sondern spielt sich so oder ähnlich fast tagtäglich irgendwo auf der Welt ab.

Nehmen wir diesen Wiesner. Er bekommt eines Tages einen Anruf von einem gewissen Igor aus Moskau. Dieser Igor bestellt bei Wiesner Rolex-Uhren im Wert von zwanzig Millionen Mark. Er habe gehört, dass Wiesner über sehr viele und sehr gute Kontakte verfüge und sehr angesehen sei. Natürlich ist Wiesner nicht dumm und denkt, die Sache muss einen Haken haben. Er fragt nach der Telefonnummer von diesem Igor, der sie ihm bereitwillig gibt. Wiesner ruft daraufhin bei Igor an, und somit ist für Wiesner erst mal alles klar. Die Telefonnummer stimmt, also handelt es sich doch nicht um einen Spinner. Igor äußert ganz offen seine Wünsche, zum Beispiel, wie viel Stück von jeder Rolex er haben möchte, und um Wiesner in Sicherheit zu wiegen, sagt er ihm auch gleich dazu, dass es doch bestimmt möglich sei, anstatt der tausend Uhren elfhundert zu bekommen. Für Wiesner ist das kein Problem. Er wird schon jemanden finden, der ihm die Rolex zu einem besonders günstigen Preis liefert, und er rechnet mit einem Gewinn von, sagen wir, einer halben Million Mark. Es wird alles telefonisch besprochen, und Igor überweist, ohne vorher eine Lieferung erhalten zu haben, die zwanzig Millionen auf irgendein Konto von Wiesner, vermutlich eins im Ausland, in Luxemburg, Österreich oder der Schweiz, wo der Fiskus nicht drankommt. Das ist der endgültige Beweis für Wiesner, dass Igor es ernst meint und ihn nicht auf den Arm genommen hat. Nun macht sich Wiesner schnellstens auf die Suche nach dem preiswertesten Anbieter. Er hat ja Kontakte, unter anderem seine ehemalige Mitarbeiterin. Da meldet sich, o Wunder, tatsächlich schon nach zwei oder drei Tagen ein gewisser Richard aus Wien, den Wiesner zwar nicht kennt, der ihm aber sagt, ihm sei zu Ohren gekommen, dass Wiesner nach günstigen Rolex suche. Er könne sie ihm beschaffen und nennt einen Preis, bei dem es Wiesner schwindlig wird. Anstatt für den normalen Einkaufspreis von, sagen wir, fünfzehntausend Mark bietet Richard die Uhren für zwölf- oder dreizehntausend Mark an, selbstverständlich mit Echtheitszertifikat. Wiesner springt natürlich sofort auf dieses Angebot an, ohne nachzufragen, wie Richard so billig an die Uhren gelangt ist.«

Schulze steckte sich eine Zigarette an, hielt inne und warf einen Blick auf die Kommissarin, die ihm gebannt zuhörte. Nach einer Weile fuhr er fort: »So, und jetzt, kommt's. Richard sagt Wiesner, er könne die Uhren direkt von Wien aus nach Moskau schicken. Es sei für ihn kein Problem, er arbeite des Öfteren mit einer sehr zuverlässigen Spedition zusammen, mit der es noch nie Schwierigkeiten gegeben habe, und er habe auch schon einige Male nach Russland geliefert. Die Ware könne bereits in zwei bis drei Tagen auf den Weg gebracht werden und sei mit Sicherheit in spätestens einer Woche in Moskau. Wiesners Misstrauen ist inzwischen völlig geschwunden, so dass er sich darüber überhaupt keine Gedanken mehr macht. Alles, was zählt, ist das Geld. Und alle sind zufrieden. Wiesner ruft Igor an und teilt ihm die freudige Botschaft mit, Richard bekommt von Wiesner das ihm zustehende Geld überwiesen, sagen wir neunzehn Millionen, und Wiesner ist einfach nur happy, ein derart gutes Geschäft gemacht zu haben.«

Schulze trank von seinem Bier, und wischte sich über den Mund.

»Und jetzt folgt das große Finale. So zehn bis zwölf Tage später klingelt bei Wiesner das Telefon. Igor. Er fragt ihn, wo die Ware bleibe, sie sei schon seit mindestens zwei Tagen überfällig. Wiesner, der noch immer nichts ahnt, verspricht ihm, sich mit Richard in Verbindung zu setzen. Es gebe sicher eine plausible Erklärung. Aber Richard versichert, die Ware sei ordnungsgemäß zwei Tage nach dem Telefonat verschickt worden. Wiesner bittet Richard um eine Kopie des Lieferscheins, doch Richard sagt nur, dass es selbstverständlich keinen Lieferschein für die Uhren gebe, da sie als Wodka deklariert seien. Dadurch, so erklärt ihm Richard, müsse wesentlich weniger Zoll bezahlt werden, was Wiesner natürlich einleuchtet, ihn aber trotzdem ins Schwitzen bringt. Er rotiert im wahrsten Sinne des Wortes. Und nachdem die Uhren auch nach weiteren drei oder vier Tagen nicht bei Igor sind, beginnt der natürlich Wiesner unter Druck zu setzen. Entweder die Uhren oder Geld zurück. Aber Richard ist logischerweise nicht bereit, Wiesner auch nur eine müde Mark zurückzuerstatten, schließlich hat er ja die Ware nach

Moskau geschickt, jedoch unversichert und ohne Lieferschein. Wiesner hofft jetzt inständig, dass auf dem Weg dorthin nichts schief gelaufen ist, und bittet Richard, sich mit der Spedition in Verbindung zu setzen.«

Schulze stand auf, ging ans Fenster und sah hinaus. Dann drehte er sich um und stützte sich mit den Händen auf die Fensterbank.

»Tja, was Wiesner nicht ahnt, ist, dass Igor und Richard unter einer Decke stecken. Es war ein von langer Hand abgekartetes Spiel, das nur einen einzigen Verlierer kannte, der schon vor dem Spiel feststand – Wiesner. Er steht mit einem Mal mit mindestens neunzehn Millionen Mark in der Kreide von Igor. Denn Wiesner hat das Geld ja nicht mehr, sondern Richard oder besser gesagt Igor, denn bei dem ist es, bis auf eine Million, längst wieder gelandet, was aber Wiesner nicht weiß.«

Schulze machte erneut eine Pause und überlegte. Er wirkte müde und abgespannt, tiefe Ringe lagen unter seinen Augen, über die er sich immer wieder fuhr.

»Aber erneut geschieht ein Wunder. Da kennt Igor, der ja kein Unmensch ist, doch tatsächlich einen Mann namens Alexander, der Wiesner einen Kredit gewähren kann. Zu horrenden Zinsen natürlich, vierzig bis fünfzig Prozent im Monat. Dass auch ein reicher Mann wie Wiesner damit die Summe niemals im Leben würde zurückzahlen können, ist sonnenklar. Also macht Igor Wiesner einen Vorschlag. Er bietet ihm ein Geschäft an, ein Geschäft, das aber im Prinzip wieder nur einem zugute kommt – Igor. Er benutzt Wiesner als Geldwaschanlage. Ich will jetzt nur mal ein Beispiel geben. Er liefert ihm Rohdiamanten, natürlich nur zweit- oder drittklassige Ware, die Wiesner in seiner Werkstatt schleift und in edle Schmuckstücke einsetzt. Diese Schmuckstücke werden zu weit überhöhten Preisen verkauft, was die Kunden aber nicht wissen, da Wiesner ja ein überaus integrer und angesehener Geschäftsmann ist, der nie jemanden übers Ohr hauen würde. Und keiner dieser Kunden würde je auf die Idee kommen, die Steine auf ihre Reinheit hin untersuchen zu lassen. Und der Gewinn fließt fast ausschließlich in

Igors Tasche. Aber dennoch bleibt Wiesner, und das weiß er, sein Leben lang in Igors Schuld, denn wegen der unglaublichen Zinsen schrumpft der Schuldenberg keinen Zentimeter. Das Ganze geht vielleicht ein Vierteljahr so, doch die Schlinge zieht sich immer fester um Wiesner zu. Man zwingt ihn schließlich zu weiteren illegalen Geschäften, er ist ja ein bekanntes Gesicht an der Antwerpener Diamantenbörse. Er soll Diamanten einkaufen und bearbeiten, die Igor ihm zum Selbstkostenpreis wieder abkauft. So wird aus schmutzigem Geld mit einem Mal sauberes.«

Schulze ging wieder vom Fenster weg, setzte sich, lehnte sich zurück und schlug die Beine übereinander.

»Das ist die Methode, wie die Russenmafia, aber inzwischen auch andere Organisationen wie die Yakuza, die Triaden, die Tschetschenen und die Albaner arbeiten. Sie bringen biedere Geschäftsleute an den Rand des Ruins, ›helfen‹ ihnen dann, halten sie aber in einer permanenten Abhängigkeit, aus der diese Leute niemals rauskommen. Sollten sie es trotzdem versuchen, werden Druckmittel eingesetzt, man droht zum Beispiel, derjenige solle in Zukunft sehr gut auf seine Familie aufpassen und so weiter. Wie gesagt, man kommt da nicht mehr raus, es sei denn, man bringt sich um. Oder wird umgebracht, weil man vielleicht die Schnauze voll hat und aussteigen will und sich letztendlich an die Polizei wendet, was wiederum ein großer Fehler sein kann, denn auch dort sitzen Männer und Frauen, die gerne die Hand aufhalten. Und mittlerweile wissen die Opfer auch sehr genau über die Machenschaften der Mafia und deren exzellente Verbindungen zu den Behörden Bescheid. Und die Mafia würde niemals zulassen, dass eine Kuh, die man ewig melken kann, aussteigt, denn schmutzige Gelder müssen immer gewaschen werden. Sie werden in Immobilien gesteckt, in Unternehmen, Kunstgegenstände oder, wie in Wiesners Beispiel, in Schmuck und so weiter. Und woher diese schmutzigen Gelder kommen, das weiß inzwischen jedes Kind – Prostitution, Menschen-, Waffen-, Drogenhandel et cetera pp. Allein aus dem Drogenbereich werden jedes Jahr nach offiziellen Schätzungen der DEA, das ist die amerikanische

Drogenbekämpfungsbehörde, zirka eine Billion Dollar an Drogengeldern gewaschen, was aber wirklich nur eine Schätzung ist, denn eine inoffizielle Schätzung geht davon aus, dass die Summe sich auf fünf bis zehn Billionen Dollar weltweit beläuft. Ich meine, allein diese Zahl muss man sich mal auf der Zunge zergehen lassen.

Und nach dem, was du mir erzählt hast, vermute ich ganz stark, dass Wiesner ein Opfer der Russenmafia oder einer anderen osteuropäischen Mafiaorganisation wurde. Ich habe jedenfalls keine andere Erklärung. Und er hat seiner Frau gegenüber den Mund gehalten, was fast jeder tut, der so tief in der Scheiße steckt.

Das Fatale ist, es vergehen immer nur ein paar Tage, bis die Mafia einen in den Krallen hat und nicht mehr loslässt.« Schulze hob die Hand, zog die Stirn in Falten und sagte: »Und wisst ihr auch, warum das so ist?«

Kopfschütteln.

»Es ist die Gier. Da bietet dir einer die Chance, mit nur einem einzigen Deal eine halbe oder eine Million Mark zu verdienen, ohne dass du allzu viel dafür machen musst. Und von dieser Gier profitiert letztendlich das organisierte Verbrechen.«

»Das ist starker Tobak«, murmelte Julia Durant und steckte sich eine Zigarette an. »Aber es würde zu der Aussage von Frau Wiesner passen, die erzählt hat, ihr Mann sei im Laufe des vergangenen Jahres immer introvertierter geworden, und sie habe auch Stimmungsschwankungen bei ihm festgestellt, was vorher nicht der Fall war.«

»Das ist das typische Verhaltensmuster«, meinte Schulze. »Du musst dir nur vorstellen, du bist in den Fängen der Mafia und weißt genau, die lassen dich nie mehr in Ruhe. Solange du lebst, hast du keine ruhige Minute mehr. Dann gibt es zwei Möglichkeiten – entweder du drehst völlig durch, oder du ergibst dich deinem Schicksal, was wohl bei Wiesner der Fall war.«

»Woher hast du diese ganzen Informationen?«, wollte Julia Durant wissen.

»Man muss nur an den richtigen Stellen recherchieren. Und ich sage euch, diese Mafiatypen findet ihr überall, in jeder Regierung, in jedem größeren Wirtschaftsunternehmen, in jeder Bank. Es gibt keinen Bereich mehr, in dem die Mafia nicht ihre Finger drin hat.« Er zuckte mit den Schultern. »Es ist leider so.«

»Und du meinst wirklich, Wiesner …«, sagte Durant und lehnte sich zurück.

Schulze unterbrach sie. »Es ist eine Vermutung. Und diese Maric weiß etwas, da bin ich ganz sicher. Nimm sie dir noch mal vor, und dreh sie so richtig schön durch die Mangel.«

Die Kommissarin schüttelte den Kopf. »Sie hat Angst. Du hättest sie heute sehen sollen, die konnte kaum noch geradeaus schauen, so hat sie gezittert. Die kennt den Grund, weshalb Wiesner umgebracht wurde beziehungsweise warum er sich umgebracht hat. Und sie wird den Teufel tun und mit uns kooperieren.«

»Das könnte natürlich sein, denn sie ist nicht dumm und weiß, dass auch bei der Polizei Leute sitzen, die alles andere als vertrauenswürdig sind. Es tut mir Leid, das sagen zu müssen, aber was glaubst du, wie viele von euch sich schmieren lassen, angefangen beim kleinen Streifenpolizisten bis in die oberste Etage. Es ist ein Drecksgeschäft, das schon lange nicht mehr zu kontrollieren oder gar zu bekämpfen ist. Es gibt eine bestimmte Gruppe, die es kontrolliert, und diejenigen, die wirklich etwas dagegen unternehmen möchten, haben keine Chance. Man kann kleine kriminelle Zellen zerschlagen, aber an die Großen kommt keiner ran. Schon längst nicht mehr. Und wisst ihr auch, warum? Weil die Großen mitten unter uns sind, Aufsichtsratsvorsitzende, Topmanager, Unternehmer, Politiker, von denen wir viele kennen, von denen wir aber niemals vermuten würden, dass ausgerechnet sie in derart schmutzige Geschäfte verwickelt sind. Doch wenn du dir anschaust, in was für Prachtbauten manche unserer Politiker leben, und dann die Diäten gegenüberstellst, die niemals so viel ausmachen, wie ein Topmanager verdient, dann bekommst du schon eine Ahnung.« Er schloss erneut für Sekunden die Augen und schüttelte den Kopf. »Aber die wirklich Großen bleiben in der Regel völlig im Hintergrund. Sie treten niemals in Erscheinung, und keiner weiß, wer sie wirklich sind.

Und noch was: Wiesner wurde mit Sicherheit von einem Auftragskiller erledigt. Mehr hab ich dazu nicht zu sagen.«

»Augenblick.« Durant versuchte so gelassen wie möglich zu bleiben. »Du hast eben von einer bestimmten Gruppe gesprochen, die alles kontrolliert. Was meinst du damit?«

»Ganz einfach, die mafiosen Strukturen wie vor zehn oder mehr Jahren existieren nicht mehr. Finito. Wir kennen zwar immer noch die Begriffe Mafia, Camorra, Cosa Nostra, Drogenkartell, Yakuza, Triaden und so weiter, und diese Begriffe haben auch noch Gültigkeit, aber diese Gruppen verschmelzen immer mehr miteinander oder wie's so schön im Wirtschaftsjargon heißt, sie fusionieren. Sie kooperieren, und wenn du irgendetwas von Bandenkriegen der einzelnen Gruppen hörst oder liest, dann betrifft das in der Regel die unteren Abteilungen, die ihre Fehden mit Gewalt austragen. Das sind irgendwelche Zuhälter, die sich nicht grün sind, oder Dealer. Die ganz oben, die vertragen sich. Sieh es von mir aus wie eine Weltherrschaft, gegen die keiner etwas tun kann. Oder nimm einfach den Begriff Weltverschwörung. Denn damit haben wir es hier eigentlich zu tun. Und der Trick dabei ist, dass der normale Bürger nichts davon mitbekommt. Wir hören von Kriegen in Tschetschenien oder in Nahost oder irgendwo sonst auf der Welt und denken, naiv, wie wir sind, dass es hier um reine Politik geht. In Wahrheit stecken ausschließlich wirtschaftliche Interessen dahinter. Und die Politiker sind entweder nur Marionetten in den Händen einiger Männer und Frauen, von denen jeder Einzelne weitaus mächtiger ist als der so genannte mächtigste Mann der Welt, oder sie gehören selbst zu den Mafiagrößen. Putin ist das beste Beispiel für eine Marionette; ein paar Finanzoligarchen, deren Namen keiner kennt, halten die Fäden, und Putin springt und sagt genau das, was ihm in den Mund gelegt wird.«

Schulze schüttelte den Kopf, ein kaum merkliches Lächeln umspielte seinen Mund.

»Ich habe mich das erste Mal vor etwa vier oder fünf Jahren mit der Theorie einer Weltverschwörung auseinander gesetzt. Dieses

Thema hat mich seitdem nicht mehr losgelassen. Und je weiter ich in den Dschungel vorgedrungen bin, desto überzeugter wurde ich von dieser Theorie, die für mich schon längst keine mehr ist.«

»Ach komm, das geht mir doch ein bisschen zu weit«, erwiderte Julia Durant mit einem vergebenden Lächeln. »Weltverschwörung! Wie sich das anhört.«

Schulze machte ein ernstes Gesicht und sah sie nachdenklich an. Er kaute auf der Unterlippe, zog eine Zigarette aus seiner Schachtel, und klopfte damit auf den Tisch. »Weißt du, bis vor fünf Jahren hätte ich das auch als Blödsinn abgetan.« Er seufzte. »Doch nach alldem, was ich erfahren habe, ist es für mich kein Blödsinn mehr. Wir dürfen die Augen nicht länger vor der Wirklichkeit verschließen. Aber ich werde natürlich nichts darüber schreiben, denn jeder würde mich für verrückt erklären, einschließlich meines Chefs. Trotzdem stimmt es. Doch ich will euch nicht damit langweilen. Und ich sollte jetzt auch besser gehen, denn ich habe einen verdammt harten Tag hinter mir, und meine Frau wartet schon auf mich. Ich hab sie in der letzten Zeit sowieso viel zu wenig gesehen. Und meine Tochter weiß wahrscheinlich schon gar nicht mehr, wer ich bin.«

»Du hast eine Tochter?«, fragte Durant, als sie Schulze zur Tür begleitete.

»Sie ist gerade ein Jahr alt geworden. Und wenn ich diese Serie endlich fertig habe, werde ich mindestens drei Wochen Urlaub nehmen. Ich hab seit drei Jahren nicht mehr richtig Urlaub gemacht. Es wird allerhöchste Zeit.«

»Sag mal, hast du eigentlich keine Angst, ich meine, du scheinst ziemlich brisante Informationen zu haben, die einigen Leuten vermutlich sauer aufstoßen.«

Schulze winkte ab. »Ich habe in den letzten Wochen eine ganze Menge Drohungen erhalten.«

»In welcher Form?«

»Anrufe in der Redaktion, Anrufe zu Hause, und jedes Mal ist mir gesagt worden, dass ich, sollte die Serie erscheinen, ein toter Mann sei. Einmal sind mir sogar die Reifen zerstochen worden. Es sind schon recht eindeutige Drohungen, mit denen man mich aber nur einschüchtern will.«

»Und du machst trotzdem weiter?«

»Klar, warum nicht. Das sind irgendwelche kleinen Ganoven, die einfach mit den Säbeln rasseln. Da passiert schon nichts.«

»Hoffentlich. Denk dran, du hast Familie«, sagte die Kommissarin besorgt. »Wer weiß eigentlich außerhalb der Redaktion von dieser Serie?«

Schulze zuckte mit den Schultern. »Keine Ahnung. Es wissen inzwischen so viele Leute bei der Zeitung davon, da dringt so was ganz schnell nach draußen. Die Serie erscheint, und damit basta.«

»Sei um Himmels willen vorsichtig. Es gibt bestimmte Typen, mit denen ist nicht zu spaßen.«

»Bis jetzt ist weder mir noch meiner Familie etwas passiert. Ich sag doch, Säbelrasseln. Und jetzt tschüs.«

»Ja, tschüs, und danke für die Hilfe. Und wenn du mal irgendwelche Infos brauchst, sag Bescheid.«

»Vielleicht komme ich wirklich mal darauf zurück. Aber jetzt hau ich endgültig ab.«

»Noch eins«, sagte Julia Durant. »Darf ich fragen, mit wem du dich triffst?«

»Du meinst meinen Informanten?«, fragte Schulze grinsend zurück. »Nein, das sage ich erst, wenn ich mit ihm gesprochen habe. Ich kann nur so viel verraten, er ist ein Promi-Zahnarzt, der massiv unter Druck gesetzt wird. Alles andere werde ich hoffentlich in einem persönlichen Gespräch erfahren.«

»Ciao dann und komm gut nach Hause«, sagte Kuhn und klopfte Schulze auf die Schulter. »Und grüß deine beiden Süßen von mir. Vielleicht können wir mal alle zusammen was unternehmen.«

»Ich werd's ausrichten.« Und an Julia Durant gewandt: »Und denk dran, nimm diese Maric in die Mangel. Sie hat irgendwo einen Schwachpunkt wie jeder von uns. Finde ihn, und dann knack sie.«

Er ging, ohne eine Erwiderung abzuwarten. Julia Durant schloss die Tür und lehnte sich von innen dagegen.

»Was hältst du von seinen … Ausführungen?«, fragte sie.

Kuhn zuckte mit den Schultern. »Er hat fast ein Jahr ausschließlich für diese Serie recherchiert und sich davor schon ein paar Jahre damit beschäftigt, und irgendwann will er sogar ein Buch darüber schreiben. Ich denke, du solltest zumindest nicht ganz ausschließen, dass es sich hier um organisiertes Verbrechen handelt. Aber letztendlich bleibt es deine Entscheidung.«

Sie ging zum Kühlschrank, holte eine Dose Bier heraus und trank sie in einem Zug leer. Danach rollte sie die noch kalte Dose ein paarmal über ihre Arme und Beine, bevor sie sie wegwarf.

»Ich werde mich morgen früh mit Berger und den andern besprechen. Doch das mit der Weltverschwörung werde ich nicht auf den Tisch bringen«, sagte sie grinsend. »Ich meine, dein Freund ist ja ganz nett, aber man kann's auch übertreiben.«

»Seine Gedanken sind zumindest nicht abwegig.«

»Du meinst, seine philosophischen Gedankengänge.«

»Nein, seine Gedanken. Und du brauchst auch gar nicht so schnippisch zu sein, Peter ist ein ausgezeichneter Journalist, und diese Serie ist schon fast so etwas wie ein Lebenswerk. Ich garantiere dir, der weiß mehr vom organisierten Verbrechen als du und deine Kollegen.«

»Viele behaupten mehr zu wissen als wir, aber die wenigsten von denen haben jemals eine Leiche gesehen oder waren dabei, wenn ein großer Coup geplant wurde. Fast immer sind es nichts als Theorien, die aufgestellt werden.«

»Und was heißt das jetzt für dich?«

»Das kann ich dir sagen, großer Held. Ich werde morgen die Maric beschatten lassen, und am Abend will ich einen Bericht haben. Und was dann kommt«, sie zuckte mit den Schultern, »das weiß im Augenblick nur der liebe Gott. So, und jetzt bin ich müde und möchte einfach nur schlafen.«

»Aus dir soll einer schlau werden«, sagte Kuhn, ging zu ihr und umarmte sie. »Auf der einen Seite bist du unwahrscheinlich intuitiv veranlagt, und auf der anderen Seite glaubst du nur das, was du mit deinen fünf Sinnen wahrnimmst.«

Sie löste sich aus der Umarmung und sah ihn vorwurfsvoll an. »Willst du dich mit mir anlegen? Hör zu, ich bin heute nicht in bester Stimmung und habe keine Lust, mich auf lange Diskussionen, was meine Intuition und meine fünf Sinne betrifft, einzulassen. Ich geh jetzt ins Bett, und wenn du willst, kannst du mitkommen.«

»Mein Gott, darf ich denn nicht mal meine Meinung sagen, ohne dass du gleich eingeschnappt bist? Julia, bitte …«

»Was?«, fragte sie schnippisch zurück.

»Es hat wohl keinen Zweck«, meinte Kuhn kopfschüttelnd. »Soll ich zu mir fahren?«

»Mach doch, was du willst«, erwiderte sie und ging ins Schlafzimmer.

Er kam ihr nach, blieb jedoch in der Tür stehen. »In Ordnung, dann schlaf gut. Und ruf mich an, wenn's dir besser geht.«

»Oh, bist du jetzt etwa eingeschnappt?« Sie sah ihn einen Moment lang mit diesem ihr eigenen spöttischen Blick an und sagte dann mit versöhnlicher Stimme: »Bleib hier, bitte. Ich weiß, ich bin ziemlich launisch. Entschuldige.«

Kuhn atmete tief durch, begab sich schweigend zum Bett, zog sich aus und legte sich hin. Während Julia Durant längst schlief, war er noch lange wach und dachte nach.

Dienstag, 8.00 Uhr

Polizeipräsidium. Berger hatte nur ein kurzärmliges Hemd an, dessen beide obersten Knöpfe offen standen, Hellmer und Kullmer waren noch nicht da, als Julia Durant das Büro betrat.

»Morgen«, murmelte sie, warf einen kurzen Blick auf ihren

Schreibtisch, auf dem es nach wie vor chaotisch aussah, und ging dann zu ihrem Chef.

»Schon lange da?«, fragte sie, obgleich sie wusste, wie überflüssig diese Frage war, denn Berger kam selten nach sieben ins Büro.

»Halb sieben«, antwortete er. »Bei dieser verfluchten Hitze kann ja kein Mensch richtig schlafen. Ich hab's heute Nacht im Wohnzimmer versucht, aber ... Was soll's, hier, ein Mord in Preungesheim. Eine Sechsundachtzigjährige. Lesen Sie selbst.« Er reichte eine Akte mit zwei Blättern und ein paar Fotos über den Tisch, Julia Durant las und betrachtete die Bilder.

»Scheiße. Diese Kerle machen vor nichts mehr Halt. Wer findet Freude daran, eine alte Frau so zu quälen?«

»Meinen Sie die Vergewaltigung, oder meinen Sie die Schläge und Messerstiche?«, fragte Berger zurück.

»Beides. Und keine Spur von dem oder den Tätern?«

»Null, nada, niente. Aber Sie brauchen sich um den Fall nicht zu kümmern. Ich habe schon veranlasst, dass andere Kollegen das übernehmen. Sie haben im Augenblick Wichtigeres zu tun.«

Hellmer kam herein, gefolgt von Kullmer. Sie überflogen ebenfalls die Akte, gaben ein paar Kommentare ab und setzten sich.

»Wie schaut Ihr Tag heute aus?«, fragte Berger und sah Durant an.

»Als Allererstes sollten wir diese Maric beschatten lassen. Zwei Kollegen sollen sich unauffällig in der Nähe ihres Geschäfts aufhalten und uns am Abend berichten, ob sich irgendwas Besonderes getan hat. Sie sollen auch Fotos schießen von jedem, der ihren Laden betritt und wieder verlässt. Es ist immerhin einen Versuch wert. Und morgen werde ich mir die Dame noch einmal ganz persönlich vornehmen. Und zwar allein.«

»Sie halten es also tatsächlich für möglich, dass sie etwas weiß.«

»Ich halte es nicht nur für möglich, ich bin mir sicher. Außerdem gibt es noch etwas, worauf mich gestern Abend jemand gestoßen hat«, sagte sie und zündete sich eine Zigarette an.

Berger zog die Stirn in Falten, Hellmer und Kullmer sahen sie erwartungsvoll an. Sie registrierte es mit Genugtuung, bevor sie fortfuhr: »Möglicherweise haben wir es bei Wiesner mit organisiertem Verbrechen zu tun …«

»Stopp«, wurde sie von Berger unterbrochen. »Wie kommen Sie darauf?«

»Der Uhrendeal …«

»Von dem wir noch überhaupt nicht wissen, ob er jemals zustande gekommen ist …«

»Der Uhrendeal«, sagte sie diesmal etwas schärfer, »die mysteriösen Umstände, unter denen Wiesner und die Puschkin umgebracht wurden – es sollte ja alles nach Mord und Selbstmord aussehen –, das seltsame Verhalten von Helena Maric, dazu die Aussagen von Frau Wiesner …«

»Jetzt rücken Sie schon damit raus«, unterbrach sie Berger, »wie Sie ausgerechnet auf organisiertes Verbrechen kommen?«

»Kann mal einer die Zwischentür zumachen, muss nicht jeder hören, was ich zu berichten habe. Aber ich will, dass auch Güttler und Wilhelm dabei sind, und die sollen auch gleich alles mitbringen, was sie bisher über die Puschkin haben.«

Hellmer stand auf und ging in das Büro, wo Güttler und Wilhelm saßen. »Ihr sollt rüberkommen zum Chef und alles über die Puschkin mitbringen«, sagte er und machte eine dazugehörige Kopfbewegung. Als alle in Bergers Büro waren, schloss Hellmer die Tür und lehnte sich von innen dagegen.

»Ein Freund von meinem Bekannten war gestern Abend bei uns. Er recherchiert seit einer ganzen Weile für eine Serie über organisiertes Verbrechen und hat uns erzählt, wie unbescholtene Geschäftsleute in die Fänge der Mafia geraten. Und so, wie er das geschildert hat, gehe ich einfach davon aus, dass dieser Doppelmord auf das Konto der Mafia geht. Welcher, kann ich nicht sagen, aber es deutet alles auf die Russen hin. Die beiden wurden mit Sicherheit von einem Auftragskiller umgebracht, der leider einen kleinen Fehler gemacht hat, den wir beinahe übersehen hätten. Das Problem ist nur, dass wir eben nicht wissen, wo wir Unterlagen über diesen Deal oder inwieweit Wiesner in kriminelle Geschäfte verwickelt war finden können.«

»Wenn es tatsächlich die Mafia war, dann sollten wir die Kollegen vom OK hinzuziehen«, bemerkte Hellmer.

Durant schüttelte energisch den Kopf und hob abwehrend die Hände. »Unter gar keinen Umständen. Im Moment handelt es sich noch *nur* um Mord und ist damit ausschließlich ein Fall für die Mordkommission. Du weißt, dass ich mit dem OK nicht gerne zusammenarbeite, von ein paar Ausnahmen abgesehen. Und daran wird sich auch in Zukunft nichts ändern, zumindest so lange nicht, wie sie sich nicht kooperativer zeigen. Die meinen doch, die wären die Größten.«

»Und wie sieht Ihre Strategie aus? Oder haben Sie noch keine?«, fragte Berger, ohne auf die letzte Bemerkung einzugehen.

»Wir lassen, wie gesagt, erst mal die Maric überwachen, Hellmer und ich fahren zu Wiesners Bruder und seiner Frau und befragen die, und außerdem muss unbedingt die Vita von der Maric überprüft werden. Ich will von ihrer Geburt bis jetzt alles wissen, von mir aus auch, mit wem sie das letzte Mal gevögelt hat und welche Stellungen sie bevorzugt. Wäre das nichts für Sie?«, sagte sie grinsend und schaute Kullmer mit eindeutigem Blick an.

»Meinetwegen. Wie sieht die Dame denn aus?«

»Könnte Ihre Kragenweite sein. Sie hat eine ganz gute Figur, ist sehr elegant, kurz gesagt, sie würde Ihnen bestimmt gefallen.«

»Warum nicht.« Kullmer stand auf. »Dann werd ich mich an die Arbeit machen. Ich könnte ja auch mal ganz unverbindlich in ihrem Geschäft vorbeischauen und mir ein paar Schmuckstücke zeigen lassen. Sie weiß ja nicht, zu welchem Verein ich gehöre.«

»Keine schlechte Idee. Und dann sagen Sie mir, was Sie von ihr halten. Sie wissen hoffentlich, was ich meine.«

»Logisch. Aber bis ich ihre Vita komplett zusammenhabe, werden sicher einige Tage vergehen. Schließlich ist sie gebürtige Jugoslawin ...«

»Das weiß ich selbst. Trotzdem würd ich's gerne noch diese Woche haben.« Sie holte tief Luft. »Was hat die Überprüfung der Puschkin ergeben?«

»Bis jetzt noch nicht viel Aufregendes«, antwortete Christine Güttler. »Sie hat eine Wohnung in der Cronstettenstraße, war als Prostituierte registriert, achtundzwanzig Jahre alt und stammt aus einem Kaff in Russland, Moment, hier hab ich's, Tschernjachowsk, ehemals Insterburg, Ostpreußen. Sie lebte seit fast sechs Jahren in Deutschland, weil sie deutsche Vorfahren hat ...«

»Deutsche Vorfahren?«, fragte Hellmer ungläubig. »Puschkin ist doch ein russischer Name.«

»Sie war zwei Jahre mit einem Puschkin verheiratet und hat danach den Namen behalten. Ihre Vorfahren, zumindest ihre Großeltern, stammen aus dem ehemaligen Königsberg und hießen oder heißen Rosenbaum mütterlicherseits und Edler väterlicherseits. Es könnte sein, dass sowohl die Großeltern als auch die Eltern noch leben. Sie ist auf jeden Fall eine Deutsche.«

»Wart ihr in der Wohnung?«, fragte die Kommissarin.

»Nein. Sie hat, so weit uns bekannt ist, allein gelebt. Und es war gestern Abend auch niemand aufzutreiben, der uns hätte aufmachen können.«

Der Blick von Julia Durant wurde eisig und schien Christine Güttler zu durchbohren. »Hatte die Puschkin etwa keinen Schlüssel bei sich, als sie gefunden wurde? Nein? Kam euch das nicht vom ersten Moment an spanisch vor?«

Christine Güttler stammelte mit rotem Kopf: »Nnnnein, wir haben zumindest keinen gefunden. Könnte ja sein, dass sie doch mit jemandem zusammen wohnt und ...«

»Und wenn?! Sagt mal, was wird hier eigentlich noch alles übersehen?! Allmählich hab ich die Schnauze voll. Jeder normale Mensch, der sein Haus oder seine Wohnung verlässt, hat einen Schlüssel dabei. Und die Puschkin hatte keinen!«, stieß sie wütend hervor. »Das ist doch eine verdammte Scheiße! Hier«, sie holte ihren Schlüssel aus der Tasche und knallte ihn auf den Tisch, »das ist meiner! Und jeder von euch hat seinen Schlüssel bei sich. Und ausgerechnet die Puschkin soll keinen dabeigehabt haben?! Ich verlange, dass jeder ab sofort auch auf das kleinste Detail achtet, und wenn es euch auch noch so unbedeutend erscheint! Ansonsten werde ich sehr, sehr ungemütlich. Inzwischen muss jeder hier gemerkt haben, dass die Sache gewaltig zum Himmel stinkt. Und ich wette, dass irgendwer schon in der Wohnung war, um bestimmte Beweise zu vernichten. Hatte sie eine Handtasche dabei?«

»Ja«, antwortete Güttler zögernd.

»Und, was war drin?«

»Schminksachen und so weiter.«

»Was und so weiter? Bitte, ich will dir nicht alles aus der Nase ziehen müssen.«

»Ihr Ausweis, Make-up, Taschentücher, ich müsste noch mal genau in der Liste nachsehen …«

»Dann tu das bitte, und zwar sofort.«

»Frau Durant …«, sagte Berger, doch sie schnitt ihm mit einer unwirschen Handbewegung das Wort ab.

»Herr Berger, ich tue meine Arbeit, so gut ich kann, und das Gleiche erwarte ich von allen andern auch. Wenn ich die Ermittlungen leite, verlange ich von meinem Team vollen Einsatz. Ansonsten können wir das alles hier vergessen und ein Kaffeekränzchen draus machen.« Sie holte tief Luft, sah in die Runde und fuhr mit gedämpfter Stimme fort: »Okay, Hellmer und ich fahren nachher auf dem Rückweg von Wiesner bei der Puschkin vorbei. Wenn nicht anders, lassen wir die Tür vom Schlüsseldienst aufmachen. Ich will wissen, wie die werte Dame so gelebt hat. Sonst noch was?«

Güttler und Wilhelm schüttelten die Köpfe. »Im Augenblick nicht. Aber wir bleiben dran.«

»Gut, dann hören wir uns doch mal an, was Wiesners Bruder so zu sagen hat. Vielleicht war Andreas Wiesner ja gar nicht das Unschuldslamm, als das seine Frau ihn hinstellt oder als das sie ihn gerne gesehen hat. Ich klingle bei ihm durch, ich hab nämlich keine Lust, den weiten Weg umsonst zu machen.« Sie holte den Zettel aus der Tasche, auf dem die Telefonnummer und die Adresse standen, hob den Hörer ab und tippte die Nummer ein.

»Ja, bitte?« Eine weibliche Stimme mit einem südländischen Akzent meldete sich.

»Hier Durant, Kripo Frankfurt. Spreche ich mit Frau Wiesner?«

»Ja.«

»Wir würden uns gerne kurz mit Ihnen und Ihrem Mann unterhalten. Ich brauche Ihnen ja nicht zu erklären, um was es geht.«

»Warten Sie bitte, ich hole meinen Mann ans Telefon.«

Es dauerte eine Weile, bis Julia Durant Schritte näher kommen hörte.

»Wiesner.«

»Herr Wiesner, Ihre Frau hat Ihnen sicher schon gesagt, worum es geht. Könnten wir gleich mal für ein paar Minuten vorbeikommen? Wir wären so in einer halben bis drei viertel Stunde da.«

»Nun, eigentlich muss ich in die Bank, doch wenn es nicht zu lange dauert …«

»Höchstens zwanzig Minuten.«

»Ich sage Ihnen aber gleich, um elf habe ich einen dringenden Termin.«

»Bis dahin sind wir längst fertig. Wir machen uns sofort auf den Weg.«

Sie legte auf, nickte Hellmer zu, nahm ihre Tasche und wollte gerade den Raum verlassen, als Bergers Stimme sie zurückhielt.

»Übrigens, Küchler wünscht, dass dieser Fall so diskret wie möglich behandelt wird.«

»Wieso Küchler? Was hat der denn damit zu tun?«, fragte Durant und kam zurück.

»Ich musste doch gestern dem Staatsanwalt sagen, dass wir es hier nicht mit Selbstmord, sondern mit Mord zu tun haben.«

»Sie haben es dem Staatsanwalt gesagt, aber der Oberstaatsanwalt hat sich danach mit Ihnen in Verbindung gesetzt. Merkwürdig, oder?«

»Worauf wollen Sie hinaus?«

»Nichts weiter. Ehrlich«, antwortete sie mit unschuldiger Miene.

»Ich weiß zwar nicht, was jetzt schon wieder in Ihrem hübschen Kopf vorgeht, aber um Sie zu beruhigen, Küchler meint nur, dass er Wiesner ganz gut kannte, weil er einige Male Schmuck für seine Frau bei ihm gekauft hat, das ist alles. Es scheint ihm ziemlich an die Nieren gegangen zu sein.«

»Wenn das so ist«, sagte sie mit ironischem Unterton. »Doch er sollte eigentlich wissen, dass wir alle Fälle diskret behandeln. Aber gut, wenn der Herr Oberstaatsanwalt das so wünscht, werden wir natürlich ganz besonders darauf achten.«

»Frau Durant, mir ist klar, dass Sie so Ihre Probleme mit bestimmten Leuten haben, aber …«

»Schon gut, schon gut, Hellmer und ich müssen jetzt los, sonst verpassen wir Wiesner noch. Wir sehen uns später.«

Hellmer machte die Tür hinter sich zu. Sie waren fast allein auf dem Gang. »Du kannst deinen Mund wohl auch nie halten, was?«, sagte er, während sie mit schnellen Schritten zum Auto liefen.

»Ich weiß nicht, was du meinst«, erwiderte Julia Durant spitz.

»Das mit Küchler eben. Du solltest dir in Zukunft solche Kommentare lieber sparen. Irgendwann kriegst du verdammten Ärger wegen so was.«

»Ich pfeif drauf. Und halt mir bitte keine Moralpredigten, das kann ich heute nämlich absolut nicht vertragen. Und wenn ich sehe, wie unsere werten Kollegen schlampen, dann kommt mir einfach die Galle hoch. Und wenn du das nicht verstehst, dann …«

»Nadine ist heute schlecht gelaunt und du jetzt auch noch.« Hellmer schüttelte den Kopf. »Muss wohl am Wetter liegen.«

»Jetzt fahr endlich los, wir sind eh schon viel zu spät dran. Außerdem ist das alles nicht gegen dich gerichtet.«

Dienstag, 9.40 Uhr

Sie hielten vor der Villa in Echzell, einem kleinen Ort in der Wetterau, gut zehn Autominuten östlich von Bad Nauheim. Das gesamte Wohngebiet bestand aus nichts als Villen und Bungalows, vor denen einige Luxuslimousinen und Sportwagen parkten. Es war ein weißes Gebäude mit roten Dachziegeln, das von einem hohen Zaun, dichten Hecken und Sträuchern vor neugierigen Blicken geschützt wurde. Lediglich durch ein gewaltiges Tor aus kunstvoll geschmiedetem Eisen konnte man auf das sorgsam gepflegte Grundstück sehen. Die Zufahrt zum Haus war von mannshohen Koniferen gesäumt. Etwa fünfzig Meter hinter dem Tor stand das Haus mit den großen Fenstern, wobei der Begriff Haus schon fast ordinär wirkte angesichts der Ausmaße, die es hatte. Dennoch wirkte die Villa nicht protzig. Sie war angepasst an die andern Häuser, und doch hob sie sich insgesamt von ihnen ab. Das ganze Grundstück war durch Alarmanlagen gesichert wie ein Hochsicherheitstrakt im Zuchthaus. Hellmer drückte auf die Klingel ohne Namensschild, und Thomas Wiesner kam selbst heraus. Er trug eine dunkelblaue Sommerhose und ein weißes, kurzärmliges Hemd mit einer dezent roten Krawatte. Unverbindlich lächelnd reichte er erst der Kommissarin und dann Hellmer die Hand. Er warf einen kurzen Blick auf die Uhr.

»Kommen Sie bitte rein, aber ich habe wirklich nicht viel Zeit. Ich muss spätestens um elf in der Bank sein. Bitte geradeaus ins Wohnzimmer, meine Frau ist auch da.«

Sophia Wiesner hatte ein schwarzes Kleid an und stand auf, als die Beamten den Raum betraten. Ihre dunklen Augen blickten misstrauisch und hatten dennoch etwas Feuriges.

»Herr Wiesner, Frau Wiesner, zuallererst unser Beileid zum Tod Ihres Bruders beziehungsweise Ihres Schwagers.«

»Danke sehr«, sagte Wiesner und deutete auf die Couch. »Nehmen Sie doch bitte Platz.« Er setzte sich zu seiner Frau, die Hände gefaltet. »Was führt Sie zu uns?«

»Wir möchten gerne von Ihnen etwas über Ihren Bruder wissen«, sagte Durant und lehnte sich zurück. Wiesner machte einen offenen und doch auf eine eigentümliche Weise reservierten Eindruck, seine

Frau hingegen schien mit ihrem Blick die Kommissare abzuscannen, was Durant nicht entging.

»Was wollen Sie noch wissen? Es ist doch alles klar, oder? Er hatte eine Geliebte, eine Hure, wie uns berichtet wurde. Erst hat er sie erschossen und anschließend sich selbst«, sagte er in einem Ton, der Julia Durant aufhorchen ließ.

»Hat Ihr Bruder jemals mit Ihnen über diese Geliebte gesprochen?«, fragte Durant ruhig und sah ihn direkt an, wobei er ihrem Blick nur kurz standzuhalten vermochte. Er wirkte für den Bruchteil einer Sekunde nervös, hatte sich aber sofort wieder in der Gewalt.

»Mein Gott, nein! Andreas war ein Einzelgänger. Wir hatten zwar regelmäßig Kontakt, aber über sein Privatleben kann ich gar nichts sagen. Seine Frau haben Sie ja sicher schon kennen gelernt, und ich hatte immer den Eindruck, dass die beiden steinalt miteinander werden würden. Nun, das Leben hält eben stets Überraschungen parat. Dies war leider eine sehr unerfreuliche. Aber um auf Ihre eigentliche Frage zurückzukommen, ich hatte nur eine Vermutung, dass er unter Umständen jemanden haben könnte, doch wie gesagt, es war nur eine Vermutung.«

»Und woher kam sie? Hat er Ihnen gegenüber jemals etwas erwähnt oder eine Andeutung gemacht, was diese Vermutung gestützt hätte?«

»Nein, natürlich nicht. Aber wir sind, nein, waren Brüder, und eine Veränderung fällt schon auf. Und er hatte sich verändert. Es war die Veränderung, ich spürte, dass etwas mit ihm vorging, aber was …« Er hob die Schultern und verzog die Mundwinkel zu einem mühsamen Lächeln.

»Inwiefern?«

»Er hat sich in letzter Zeit immer mehr zurückgezogen, war weniger mitteilsam als sonst. Doch ich habe dem weiter keine Bedeutung beigemessen. Ich habe natürlich Ramona, meiner Schwägerin, nichts davon gesagt, ich wollte sie nicht noch mehr belasten.«

»Sie haben vorhin erwähnt, dass Sie bei einer Bank arbeiten. Hatten Sie dadurch mit Ihrem Bruder geschäftlich zu tun?«

Thomas Wiesner nickte. Er wirkte sehr gelassen. »Ich weiß zwar nicht genau, was Sie unter geschäftlich verstehen, aber er hatte ein Konto bei uns. Warum fragen Sie?«

»Routine. Haben Sie je etwas von größeren finanziellen Transaktionen mitbekommen?«

»Frau Kommissarin«, sagte Wiesner mit einem kurz aufflackernden überheblichen Lächeln, das ihn für Durant auf einmal unsympathisch machte, ohne dass sie genau zu sagen vermochte, warum, »mein Bruder war ein Ass im Diamantengeschäft. Natürlich gab es immer wieder größere Transaktionen. Aber wenn Sie mich nach außergewöhnlichen Geschäften fragen, kann ich Ihnen nicht weiterhelfen. Hat das denn etwas mit seinem Tod zu tun?«

»Wir versuchen nur herauszufinden, was ihn zu dieser Tat veranlasst haben könnte.«

»Von welcher Abteilung bei der Kripo kommen Sie eigentlich?«, fragte er.

»Habe ich das noch gar nicht gesagt? Wir sind von der Mordkommission.«

»Mordkommission?«, fragte Wiesner erstaunt und beugte sich nach vorn. »Was hat die Mordkommission mit dem Tod meines Bruders zu tun? Ich denke …«

»Es handelt sich um Mord und Selbstmord. Und damit ist es ein Fall für uns. Wir müssen die Hintergründe klären, und sobald wir damit fertig sind, werden die Akten geschlossen.«

»Verstehe. Tja«, ein Blick auf die Uhr, »brauchen Sie mich noch?«, fragte Wiesner und erhob sich. »Ich meine, wenn es weiter nichts gibt, ich muss jetzt wirklich los, sonst verpasse ich die Sitzung. Und es macht keinen guten Eindruck, wenn ausgerechnet ich, nun, Sie verstehen sicher … Mein Chauffeur wartet schon.«

»Wir wollten sowieso gehen. Vielen Dank für Ihre Auskünfte. Auf Wiedersehen.«

»Moment, eine Frage noch«, sagte Wiesner. »Wissen Sie schon, wann die Beerdigung sein kann?«

»Ich nehme an, Ihre Schwägerin wird alles in die Wege leiten. Von unserer Seite ist alles klar, es kann mit den Vorbereitungen begonnen werden«, antwortete Durant.

»Ich denke, es wird für Ramona alles etwas leichter sein, wenn die ganze Sache vorbei ist. Es ist ein großer Schock für sie zu wissen, dass ihr Mann … Na ja, ausgerechnet mit einer Hure …«

»Ja, das kann ich selbstverständlich nachvollziehen. Und sollten wir noch Fragen haben, können wir Sie dann auch in der Bank erreichen?«

»Warten Sie, ich gebe Ihnen meine Karte. Sollte ich nicht am Platz sein, hinterlassen Sie bitte eine Nachricht bei meiner Sekretärin.«

Durant nahm die Karte und warf einen Blick darauf. Sie runzelte die Stirn und sagte: »Sie sind im Vorstand. Das heißt, die ganz großen Entscheidungen gehen über Ihren Tisch.«

»Ich weiß zwar nicht, was Sie unter großen Entscheidungen verstehen, aber wenn Sie damit banksübliche Transaktionen meinen, nein, mit so etwas beschäftigen wir uns im Vorstand nicht. Da vertrauen wir auf die Fähigkeiten unserer Angestellten. Und außerdem, was heißt das heutzutage schon, im Vorstand eines Unternehmens zu sitzen?«, sagte Wiesner erneut mit diesem Lächeln, das er schon vorhin gezeigt hatte und das die Kommissarin nicht mochte. »Auf Wiedersehen und einen schönen Tag noch.«

Wieder im Lancia, fragte Hellmer: »Was hältst du von den beiden?«

»Weiß nicht so recht. Warum sagt er, er habe vermutet, dass sein Bruder eine Geliebte gehabt habe? Warum? Nicht einmal Ramona Wiesner hat auch nur das Geringste geahnt, und die beiden standen sich mit Sicherheit näher. Und sie ist eine Frau. Und Frauen spüren in der Regel, wenn der Mann fremdgeht. Aber die beiden hier sind irgendwie ein seltsames Paar.«

»Hast du sie beobachtet, ich meine die Frau?«, fragte Hellmer, während sie aus Echzell hinausfuhren, Richtung Friedberg.

»Brauchte ich gar nicht, sie hat ja die ganze Zeit regungslos wie eine Statue dagesessen und uns beobachtet. Als ob sie uns sezieren wollte.«

»Genau den gleichen Eindruck hatte ich auch. Also halten wir fest, der eine Wiesner war Diamantenhändler und Juwelier, der andere Wiesner ist Banker, dazu noch im Vorstand einer der größten Banken. Könnte es da einen Zusammenhang geben?«

»Hab ich auch schon überlegt, aber welchen? Geldwäsche? Dann hätten sie zusammenarbeiten müssen.«

»Warum eigentlich nicht? Sie sind Brüder, zumindest waren sie es. Und für wen wäre es leichter, schmutzige Gelder zu waschen, als für einen einflussreichen Banker? Auch wenn das nichts mit unserm Fall zu tun hat, aber ich muss da automatisch an den Kopper von der Deutschen Bank denken, der bei der Schneideraffäre mal gesagt hat, ein paar hundert Millionen seien doch nur Peanuts. Doch wegen der paar Peanuts haben etliche Menschen ihre Existenz verloren oder sind an den Rand des Ruins gebracht worden. Ich weiß nicht, ich traue diesen Banktypen alles zu. Und je mächtiger sie sind …«

»Hoffen wir mal, dass wir Unrecht haben«, sagte Durant. »Und jetzt in die Wohnung von der Puschkin.«

Dienstag, 11.10 Uhr

Die Wohnung von Irina Puschkin befand sich im dritten Stock eines um die Jahrhundertwende errichteten, aber sehr gepflegten Hauses. Sie drückten sämtliche Klingelknöpfe, bis ihnen schließlich aufgemacht wurde. Eine vielleicht fünfundzwanzigjährige, sehr schlanke und groß gewachsene Frau mit langen blonden Haaren, knapp geschnittenen, kurzen Jeans und einem ebenso knapp geschnittenen Top kam ihnen aus dem zweiten Stock entgegen.

»Was kann ich für Sie tun?«, fragte sie mit freundlichem Lächeln.

Hellmer hielt ihr seinen Ausweis hin. »Wir möchten eigentlich zu Frau Puschkin. Sie scheint aber nicht zu Hause zu sein. Kennen Sie sie?«

»Mehr vom Sehen. Wir haben auch ab und zu mal ein paar Belanglosigkeiten ausgetauscht, einmal hat sie sich bei mir ein Ei ausgeliehen. Was ist mit ihr?«

»Gibt es hier einen Hausmeister?«, wollte Julia Durant wissen, ohne die Frage zu beantworten.

»Ja, aber der ist für drei Häuser gleichzeitig zuständig.«

»Wo können wir ihn finden?«

»Er hat sein Büro im Haus nebenan. Sein Name ist Kuntze. Es kann aber sein, dass Sie ihn nicht antreffen, denn er arbeitet nur vier Stunden am Tag hier. Sonst ist er über seinen Pieper zu erreichen.«

»Das macht nichts. Wir gehen jetzt sowieso erst mal nach oben.«

Die junge Frau blickte ihnen nach, dann kehrte sie in ihre Wohnung zurück, und die Tür schnappte leise ins Schloss.

»Einbruchspuren kann ich keine erkennen«, sagte Hellmer. »Und mit einem Dietrich lässt sich das nicht knacken. Wir brauchen wohl doch den Hausmeister oder einen Schlüsseldienst.«

»Dann schau mal, ob du den Hausmeister auftreiben kannst, ich geh noch mal kurz zu der jungen Frau aus dem zweiten Stock. Die Wohnungen liegen ja direkt übereinander, vielleicht hat sie am Samstag etwas bemerkt.«

»Bin schon unterwegs.«

Julia Durant klingelte im zweiten Stock. Die junge Frau öffnete die Tür und blickte die Kommissarin stirnrunzelnd an.

»Ja?«

»Dürfte ich kurz reinkommen?«

»Bitte.« Sie machte die Tür frei und ließ die Kommissarin an sich vorbeitreten. Es war eine sehr großzügig geschnittene Wohnung mit hohen stuckverzierten Decken.

»Ich habe nur eine Frage. Waren Sie am Samstagnachmittag und -abend zu Hause?«

»Ja. Warum?«

»Haben Sie in der Wohnung über Ihnen etwas bemerkt? Auffällige Geräusche, Schritte, Stimmen?«

Die junge Frau überlegte und sagte schließlich: »Nein, ich habe nichts Ungewöhnliches bemerkt.«

»Hört man bei Ihnen, wenn oben jemand läuft? Wie ich sehe, haben Sie Parkettboden. Ich nehme an, das ist auch in den anderen Wohnungen so.«

»Manchmal hört man es schon, aber nur, wenn man nicht gerade Musik anhat oder der Fernseher läuft.«

»Es ist sehr wichtig. Versuchen Sie sich bitte an Samstag ab siebzehn Uhr zu erinnern. Hatten Sie das Gefühl, dass jemand dort gewesen ist? Oder haben Sie jemanden nach oben gehen hören oder gar jemanden gesehen, den sie hier noch nie zuvor zu Gesicht bekommen haben? Wie mich zum Beispiel?«

»Gesehen habe ich niemanden, doch es muss jemand in der Wohnung gewesen sein. Ich habe um halb acht ein Bad genommen, und da habe ich gehört, wie oben die Toilettenspülung betätigt wurde.«

»Das kann man hören?«

»Das Mauerwerk ist nicht besonders gut isoliert, es ist ein altes Haus. Aber ja, ich bin ganz sicher, da ist auch jemand gelaufen. Ich meine, es waren schwere Schritte.«

»Ganz sicher?«

»Sie bringen mich etwas durcheinander, aber ich bin ziemlich sicher. Es hat jedoch nicht lange gedauert. Ist irgendwas passiert?«

»Wir versuchen nur gerade einen Mordfall zu lösen.«

»Frau Puschkin? Ist sie tot?«

»Ja.«

»Das ist ja schrecklich. Wenn ich Ihnen irgendwie helfen kann, dann …«

»Sie haben mir schon geholfen. Vielen Dank.«

»Warten Sie«, rief die junge Frau ihr hinterher, »Frau Puschkin hat, soweit ich weiß, mit einer andern Frau zusammengewohnt. Zumindest habe ich die beiden einige Male zusammen gesehen.«

»Können Sie mir die andere Dame beschreiben?«

»Etwa einssiebzig, lange dunkle Haare, sehr schlank und das, was die meisten Männer unter rassig verstehen.«

»Kennen Sie auch ihren Namen?«

»Einmal sind sie gerade gekommen, als ich unten den Müll ausleerte. Sie sind bei den Briefkästen stehen geblieben und haben sich unterhalten, und dabei habe ich gehört, wie Frau Puschkin die andere mit Natascha angeredet hat.«

»Wann haben Sie diese Natascha zuletzt gesehen?«

»Kann ich nicht genau sagen. Ich war die ganze vergangene Woche unterwegs und bin erst am Samstag nach Hause gekommen. Und ich war auch am Sonntag und Montag nicht hier.«

»Könnte es dann nicht auch Natascha gewesen sein, die am Samstag oben in der Wohnung rumgelaufen ist.«

»Ja, aber die Schritte haben sich schwerer angehört. Wie die von einem Mann.«

»Wären Sie notfalls in der Lage, ein Phantombild von der andern Frau anfertigen zu lassen?«

»Unter Umständen ja. Doch ich habe sie nicht sehr oft gesehen, weil ich selten zu Hause bin. Ich arbeite als Model und bin fast ständig auf Reisen.«

»Als Model?«

»Ich weiß, was Sie jetzt denken, aber ich arbeite als richtiges Model. Für Strumpfhosen, Kosmetikartikel und so weiter«, sagte sie lächelnd. »Sie haben Glück, dass Sie mich antreffen, denn ich habe heute und morgen zufällig frei, da ein Shooting verlegt wurde. Ansonsten bin ich kaum hier, weil mein Terminkalender einfach zu voll ist.«

»Was ist eigentlich mit den andern Bewohnern des Hauses? Hier gibt es insgesamt acht Parteien.«

»Ich weiß nur, dass im Erdgeschoss und mir gegenüber Stewardessen wohnen oder besser gesagt Flugbegleiterinnen, die auch nicht oft zu Hause sind. Über die andern kann ich nichts sagen, außer dass es hier im Haus meistens sehr ruhig ist.«

»Wenn wir kein Foto von dieser Natascha finden, melden wir uns wieder. Vielen Dank für Ihre Hilfe.«

Hellmer kam mit dem Hausmeister zurück, gerade als Julia Durant die Wohnung der jungen Frau verließ.

»Herr Kuntze, meine Kollegin, Hauptkommissarin Durant.«

Kuntze nickte nur und ging vor ihnen die Treppe hoch. Er nahm den Schlüsselbund in die Hand, suchte nach dem passenden Schlüssel und sagte: »Das müsste er sein. Moment …« Er steckte ihn ins Schloss, drehte ihn zweimal, und dabei fiel Durant auf dem Namensschild an der Tür auf, dass neben I. Puschkin noch N.O. stand. »Voilà, Sie können eintreten.«

»Danke, wir brauchen Sie nicht mehr«, sagte die Kommissarin und ging mit Hellmer in die Wohnung. Nachdem sie die Tür geschlossen hatten, berichtete sie: »Die junge Frau, die uns vorhin aufgemacht hat, ist recht sicher, dass am Samstagabend jemand hier gewesen ist. Die Toilettenspülung wurde betätigt, und sie hat Schritte gehört. Und die Puschkin hat offensichtlich nicht allein gelebt. Die andere heißt Natascha, ihre Initialen stehen auch draußen auf dem Türschild. Sie scheint aber seit dem Wochenende wie vom Erdboden verschluckt.«

»Hast du was anderes erwartet?«, fragte Hellmer lakonisch.

»Dann lass uns mal sehen, wie sie gewohnt hat.«

Es war eine Dreizimmerwohnung mit einem kleinen Balkon, der zur Rückseite des Hauses zeigte. Die Einrichtung des Wohnzimmers war modern, ein paar Grünpflanzen auf der Fensterbank, eine Stereoanlage, ein Fernsehapparat, eine helle Couchgarnitur, ein Glastisch, auf dem zwei Kerzen und ein voller Aschenbecher standen, ein blauer Teppich und ein Beistelltisch mit einem Bild darauf, das zwei Frauen zeigte, Irina Puschkin und eine dunkelhaarige Frau mit rassigen Gesichtszügen, der Beschreibung der Nachbarin zufolge Natascha. Dann waren da noch ein kleines Bücherregal, eine exklusive antike Stehlampe und ein Telefon mit digitalem Anrufbeantworter. An einigen Stellen knarrte der Parkettboden unter ihren Füßen. Im Schlafzimmer befanden sich ein großes Bett, zwei

Nachtschränke und ein Kleiderschrank. Das dritte Zimmer war fast genauso eingerichtet wie das Schlafzimmer, nur dass hier alles in dunklem Blau gehalten war. Das Bad altmodisch-modern, ein paar Parfümflakons, zwei Bürsten, zwei Kämme, Schminkutensilien, ein Spiegelschrank. In der Küche ein Tisch und drei Stühle, in der Spüle zwei benutzte Teller und Tassen.

»Wenn tatsächlich jemand hier war, dann hat er keine Spuren hinterlassen. Und wenn er auf dem Klo war, dann höchstens, weil er mal dringend musste. Aber was hat er gesucht?«

Hellmer zuckte mit den Schultern. »Frag mich was Leichteres. Schauen wir mal, ob wir was finden, was ich aber ehrlich gesagt nicht glaube. Denn wenn es hier etwas zu finden gab, dann hat der- oder diejenige es längst mitgenommen. Was immer es auch war.«

»Lass uns trotzdem ein bisschen stöbern«, sagte die Kommissarin.

Nach etwa einer halben Stunde gaben sie die Suche auf. Hellmer schüttelte nachdenklich den Kopf.

»Was ist?«, fragte Durant und sah ihn an.

»Irgendwas fehlt, aber was?«

»Vielleicht ein Notizbuch? Wenn sie eine Prostituierte war, dann hat sie doch sicherlich genau Buch geführt über ihre Freier. Aber hier gibt es kein Notizbuch, keinen Terminplaner, nichts. Und was mir außerdem merkwürdig vorkommt, es scheint sie keiner zu vermissen. Hast du eigentlich schon den Anrufbeantworter abgehört?«

»Scheiße, nein, hab ich vergessen.« Hellmer drückte auf die Taste, sechs Nachrichten.

Samstag 17. Juni, 22.33 Uhr: »Hi, Irina hier ist Daniel. Ruf mich doch bitte an, wenn du wieder zu Hause bist.«

Sonntag, 18. Juni, 11.14 Uhr: »Hi, ich bin's noch mal, Daniel. Wo steckst du denn? Ich wollte eigentlich heute wieder vorbeikommen, aber wenn du nicht da bist, spar ich mir den Weg. Ruf an, bitte. Oder Natascha, ruf du an und sag mir, wo Irina ist.«

Sonntag, 18. Juni, 17.27 Uhr: »Hi, schon wieder ich. Hab ich dir irgendwas getan, dass du dich nicht meldest? Nicht mal auf dem Handy kann ich dich oder Natascha erreichen. Mach's gut und bis bald.«

Montag, 19. Juni, 9.12 Uhr: »Irina, bitte, ich versuch dich jetzt schon das ganze Wochenende über zu erreichen. Melde dich bitte, wenn du zu Hause bist. Und wenn du wieder das ganze Wochenende unterwegs warst, dann hättest du mir das wenigstens sagen können. Ciao.«

Montag, 19. Juni, 14.46 Uhr: »Irina, allmählich fange ich an, mir Sorgen zu machen. Du meldest dich nicht, und auch Natascha ruft nicht zurück. Wo seid ihr? Wenn du keinen Kontakt mehr zu mir wünschst, kannst du das ruhig sagen. Ich werde auf jeden Fall erst dann wieder zu dir kommen, wenn du dich gemeldet hast. Bis dann, Daniel.«

Dienstag, 20. Juni, 10.04 Uhr: »Ich bin's, Natascha. Wollte nur kurz sagen, dass ich heute Mittag gegen eins zurückkomme. Ich erzähl dir alles nachher.«

»Die hatte also jemanden. Aber wer ist dieser Daniel? Er klingt verdammt besorgt.«

»Und auch ein bisschen sauer.«

»Aber er wird hier nicht auftauchen, bevor die Puschkin sich nicht bei ihm gemeldet hat. Ich werde das Gefühl nicht los, dass uns hier jemand gewaltig verarschen will. Andererseits wird mir die Sache allmählich unheimlich. Aber Natascha müsste eigentlich bald hier sein. Bin mal gespannt, was die uns zu sagen hat. Solange machen wir's uns gemütlich.«

Dienstag, 13.05 Uhr

Julia Durant und Frank Hellmer hatten jeder eine Zigarette geraucht, die Asche jedoch nicht in den Aschenbecher, sondern in eine Untertasse geschnippt. Sie würden später die Spurensicherung kommen lassen, um die Wohnung zu untersuchen. Es war kurz nach eins, als sie hörten, wie der Schlüssel ins Schloss gesteckt und umgedreht wurde.

»Hallo, Irina, ich bin da!«

Die Tür wurde mit dem Absatz zugekickt.

»Irina? He, wo bist du, ich hab dir ...«

Natascha kam ins Wohnzimmer, erblickte die beiden Fremden und erschrak. Ihre blauen Augen weiteten sich zuerst, dann verengten sie sich zu Schlitzen. Sie war etwa so groß wie Julia Durant, sehr schlank, aber an den entscheidenden Stellen wohlproportioniert, ihre Haut hatte einen angenehmen Bronzeton und ihre Stimme etwas Weiches, fast Zartes. Sie trug eine dünne gelbe Bluse, einen kurzen hellblauen Rock und Sandalen, alles Sachen, die man nicht in einem normalen Kaufhaus bekam, wie Julia Durant sofort erkannte. An ihrem linken Handgelenk eine Cartier-Uhr und am rechten ein goldenes Armband. Die Nachbarin hatte nicht übertrieben, und das Foto log auch nicht, wie Durant feststellte, Natascha war eine rassige Frau – lange schmale Finger mit dezent lackierten Nägeln, schlanke Beine mit festen Oberschenkeln, eine fast perfekte Figur. Eine Frau, nach der sich Männer auf der Straße mehr als nur einmal umdrehen, dachte Durant.

»Wer sind Sie? Und wo ist Irina?«, fragte Natascha und stellte ihre Reisetasche auf dem Boden ab.

»Kriminalpolizei. Ich bin Hauptkommissarin Durant ...«

»Moment, Moment, was tun Sie hier?«, sagte sie in akzentfreiem Deutsch. »Und wo ist Irina?«

»Sind Sie Natascha?« Durant ließ die Frage unbeantwortet und blickte die vor ihr stehende junge Frau mit den ausgeprägten Gesichtszügen ernst an.

»Ja, verdammt noch mal! Was ist hier eigentlich los?«, schrie sie mit sich überschlagender Stimme.

»Würden Sie sich bitte setzen, wir möchten uns gerne mit Ihnen unterhalten.«

Natascha nahm in einem der Sessel Platz, nicht einmal ein Meter trennte sie von der Kommissarin. Sie wirkte sehr nervös, nestelte am

Rocksaum herum, griff schließlich in ihre Tasche und holte eine Schachtel Zigaretten heraus. Sie zündete sich eine an, inhalierte, sie zitterte am ganzen Körper, obgleich es sehr warm war.

»Dürften wir auch Ihren Nachnamen erfahren?«

»Olpitz. Natascha Olpitz.«

»Frau Olpitz, wir müssen Ihnen leider mitteilen, dass Frau Puschkin tot ist.«

Nataschas Haltung wurde mit einem Mal starr. Sie schüttelte ungläubig den Kopf. »Sie machen Spaß, oder?« Und nach kurzem Überlegen: »Nein, Sie machen keinen Spaß. Irina ist tot? Das kann nicht sein. Nicht Irina, oder?«

»Doch, so Leid es uns tut. Wir müssten Ihnen jetzt ein paar Fragen stellen und möchten Sie bitten, diese so genau wie möglich zu beantworten. Fühlen Sie sich dazu in der Lage?«

»Fragen Sie«, sagte sie mit leiser Stimme, während stumme Tränen über ihr Gesicht liefen. Plötzlich fing sie an zu schluchzen, ihr Körper bebte und vibrierte, sie war kaum in der Lage, die Zigarette zu halten, etwas Asche fiel auf den Boden. Sie war unfähig zu sprechen, Tränen tropften auf ihre Schenkel.

Julia Durant stand auf, kniete sich vor Natascha hin und fasste sie leicht am Arm. Es war einer dieser Momente, den die Kommissarin hasste, weil sie sich selbst so hilflos fühlte und trotzdem stark sein musste. Natascha drückte ihre Zigarette aus, dann legte sie ihre Arme um den Hals von Julia Durant und den Kopf an ihre Schulter.

»Schon gut, weinen Sie sich ruhig aus. Warten Sie, hier haben Sie ein Taschentuch«, sagte Durant mit besänftigender Stimme. Nach einer Weile, die der Kommissarin wie eine Ewigkeit vorkam, hörte das Schluchzen auf. Natascha sah sie aus rot geweinten Augen an und schnäuzte sich fast geräuschlos die Nase.

»Entschuldigen Sie, ich wollte das nicht«, sagte sie und machte ein verlegenes Gesicht. Sie lehnte sich zurück, schloss die Augen und atmete ein paarmal tief ein und aus. Hellmer hatte die ganze Zeit über nur dagesessen und die Szene beobachtet.

»Sie brauchen sich nicht zu entschuldigen«, entgegnete Julia Durant und setzte sich wieder. »Geht es jetzt einigermaßen?«

Natascha nickte und wischte sich noch einmal mit dem Taschentuch über die Augen.

»Sie waren sehr eng befreundet, nehme ich an«, sagte Durant.

»Eng befreundet! Irina – ich könnte mir keine bessere Freundin vorstellen. Wir sind zusammen vor sechs Jahren nach Deutschland gekommen und haben seitdem hier gewohnt. Was ist passiert?«, fragte sie und sah die Kommissarin aus unendlich traurigen Augen an.

»Irina wurde am Samstag ermordet.«

»Am Samstag? Wann?«

»Am Nachmittag. Wann haben Sie Irina zuletzt gesehen?«

»Am Samstag gegen Mittag. Dann bin ich weggefahren.«

»Und wohin?«

Natascha stockte, verzog die Mundwinkel und sagte: »Ich war in Paris.«

»Allein?«

»Nein, natürlich nicht. Ich habe jemanden dorthin begleitet. Es kam völlig überraschend. Am Vormittag wusste ich noch nichts davon, am Nachmittag saß ich schon im Flugzeug.«

»Mit wem waren Sie in Paris?«

»Der Mann heißt Robert Koch, wie der berühmte Mediziner. Er brauchte eine Begleitung für einen Empfang. Er hat mich angerufen und gefragt, ob ich ihm von Samstag bis heute zur Verfügung stehen könne. Ich habe natürlich Ja gesagt, denn solche Aufträge bringen immer das meiste Geld.«

»Ich will Ihnen jetzt nicht zu nahe treten, doch Sie sind Prostituierte?«

Natascha nickte zaghaft. »Ja, ich bin eine Prostituierte, aber ich schlafe trotzdem nicht mit jedem. Und an diesem Wochenende wollte der Mann wirklich nur meine Begleitung. Er hat mich während der ersten beiden Tage nicht angerührt, obwohl wir ein Doppelzimmer hatten. Ich habe im Bett geschlafen, er auf dem Sofa. Aber er hat mich sehr gut bezahlt dafür.«

»Frau Olpitz …«

»Nennen Sie mich bitte Natascha.«

»Also gut, Natascha. Ist das normal, dass Sie für ein paar Tage verreisen, um jemanden zu begleiten?«

»Ja, es kommt öfters vor. Es sind meistens Männer, die sich aus den unterschiedlichsten Gründen mit ihrer Frau nicht in der Öffentlichkeit zeigen wollen, und dann rufen sie mich oder Irina an.«

»Heißt das, Sie sind für manche Kunden so etwas wie eine Stammbegleitung?«

»Ja, durchaus. Herrn Koch habe ich allerdings vorher noch nie gesehen.«

»Das wäre meine nächste Frage gewesen. Was haben Sie in Paris so gemacht?«

»Eigentlich sollte ich ihn am Sonntag zu einem Empfang bei einem Grafen begleiten. Dann hat er mir plötzlich ein paar tausend Franc zugesteckt und gemeint, der Empfang finde nicht statt, aber ich solle mich trotzdem bis Dienstagmorgen zur Verfügung halten. Wir sind essen gegangen, einkaufen, und einmal hat er mit mir geschlafen. Obwohl er mich eigentlich gar nicht gebraucht hat, ist es mir so vorgekommen, als würde ich die ganze Zeit beobachtet. Ich kann es gar nicht erklären.« Sie zuckte mit den Schultern und fügte hinzu: »Einige Kunden sind schon seltsam. Manche reden viel, andere wollen immer nur das eine, und wiederum andere wollen, dass man ihre Frau spielt.«

»Hat dieser Herr Koch irgendetwas über sich erzählt? Privates?«

»Er war sehr freundlich, aber auch sehr reserviert. Ich weiß nicht einmal, was er wirklich wollte. Ich weiß eigentlich nichts über ihn, was jedoch nicht ungewöhnlich ist, denn manche wollen so anonym wie möglich bleiben.«

»Dann lassen Sie uns rekapitulieren. Sie haben also am Vormittag den Anruf erhalten mit der Bitte, diesen gewissen Herrn Koch nach Paris zu begleiten. Da waren Sie noch mit Ihrer Freundin zusammen. Was war in der Zeit zwischen dem Anruf und bis Sie das Haus verlassen haben?«

»Irina ist gegen zwölf angerufen worden. Sie sollte etwa zwei Stunden lang am Nachmittag einen Geschäftsmann begleiten und dabei seine Frau spielen. Mehr weiß ich nicht. Doch, sie sollte zweitausend Mark dafür bekommen. Sie hat natürlich sofort zugesagt.«

»Wissen Sie noch, wann am Nachmittag sie diesen Termin hatte und wo?«

»Ausgemacht war von halb vier bis halb sechs, das habe ich noch mitbekommen. Aber wo«, sie zuckte mit den Schultern und schüttelte den Kopf.

»Und Sie wissen auch nicht, für wen sie die Ehefrau spielen sollte?«

»Nein, keine Ahnung.«

»Sagt Ihnen der Name Wiesner etwas? Andreas Wiesner?« Julia Durant holte das Foto aus ihrer Tasche und legte es auf den Tisch. »Das ist Herr Wiesner.«

Natascha betrachtete das Foto eine ganze Weile und antwortete dann: »Nein, ich habe diesen Mann noch nie gesehen.«

»Empfangen Sie auch Kunden hier in der Wohnung?«

»Ganz, ganz selten. Es gibt nur zwei Kunden, die hierher kommen dürfen, denn diese Wohnung ist unser Zuhause, oder besser gesagt unser Refugium.«

»Mal eine ganz persönliche Frage. Sie haben vorhin erwähnt, sie seien vor sechs Jahren zusammen mit Irina nach Deutschland gekommen. Der Name Olpitz hört sich deutsch an. Kommen Sie aus demselben Ort?«

»Ja, wir stammen beide aus dem ehemaligen Insterburg. Irina hat Chemie und Physik studiert und ich Englisch und Französisch. Obwohl Ostpreußen seit dem Krieg zu Russland gehört, haben wir immer deutsch gesprochen, zumindest in der Familie. Außerhalb natürlich russisch. Wir sind schließlich dort geboren und aufgewachsen.«

»Und Sie sind dann nach Deutschland gekommen, um als Prostituierte zu arbeiten?«

»Ursprünglich nein. Aber wir hatten keine Chance. Unser Studium gilt hier nicht, und wir haben es ja auch nicht beendet. Wir waren noch gar nicht lange hier, da haben wir gemerkt, dass wir mit unserem Körper Geld verdienen können. Und so kam eins zum andern.«

Die Kommissarin lehnte sich zurück und zündete sich eine Zigarette an. »Hatte Irina einen Freund?«

»Ja, Daniel. Die beiden hatten sogar vor zu heiraten. Irina hat sich sehr darauf gefreut. Deshalb hat sie auch nur noch sehr wenige Kunden gehabt. Weiß Daniel schon Bescheid?«

»Wir haben weder eine Telefonnummer noch eine Adresse von ihm. Wir hoffen, Sie können uns da weiterhelfen. Er hat seit Samstag einige Nachrichten auf dem Anrufbeantworter hinterlassen. Er hat angeblich sogar versucht, Sie zu erreichen.«

»Ich habe mein Handy aus Versehen vergessen. Und wenn ich jemanden begleite, rufe ich für gewöhnlich nicht bei Irina an. Und umgekehrt war es genauso. Aber Sie wollen die Telefonnummer von Daniel haben. Warten Sie, ich schreib sie Ihnen auf.« Sie erhob sich, holte einen Block und einen Stift und schrieb. Dann riss sie den Zettel ab und reichte ihn der Kommissarin.

Julia Durant warf einen Blick darauf und sagte: »Daniel Laskin, Köln. Ist er Deutscher?«

»Er kommt aus Israel, lebt jedoch schon seit über zehn Jahren in Deutschland. Er leitet ein Computerunternehmen in Köln, hat aber auch eine Wohnung in Frankfurt.«

»Wie gut kennen Sie Herrn Laskin?«

»Ziemlich gut. Er ist ein attraktiver Mann, nicht sehr groß, aber er hat dieses gewisse Etwas. Er und Irina haben sehr gut zusammengepasst. Es wird ein Schock für ihn sein zu hören, dass seine geliebte Irina …« Sie hielt inne, schluckte schwer, erneut lösten sich ein paar Tränen aus ihren Augen. Sie hatte sich aber schnell wieder in der Gewalt, sah die Kommissarin und dann Hellmer an und sagte: »Wie ist es überhaupt passiert?«

»Sie wurde erschossen, von Herrn Wiesner, der sich anschließend selbst gerichtet hat. Herr Wiesner ist oder war Juwelier, und uns würde schon interessieren, ob Irina und er sich gekannt haben.«

»Ich habe diesen Namen wirklich noch nie gehört. Aber wir brauchen nur in ihrem Adressbuch nachzuschauen, da stehen alle Kunden drin. Einen Moment, ich hole es schnell.« Nach einigen Minuten kehrte sie zurück und sagte nachdenklich: »Merkwürdig, es ist nicht mehr da. Wir haben einen besonderen Platz dafür, doch ihres und meins sind beide weg.«

Durant sah Hellmer mit eindeutigem Blick an. »Es war also doch jemand hier und hat gezielt nach diesem Buch gesucht.«

»Ich verstehe nicht, was Sie meinen«, sagte Natascha mit gerunzelter Stirn und setzte sich wieder.

»Haben Sie jemals mit der Polizei zu tun gehabt?«

Sie zögerte mit der Antwort, doch schließlich sagte sie, ohne die Beamten anzusehen: »Warum fragen Sie?«

»Reine Routine.«

Natascha nickte. »Ich kann Ihnen nur sagen, dass ich seit fünf Jahren für die Polizei als Informantin arbeite. Ich bekomme manchmal Sachen mit, wenn es um Drogen- oder Kinderhandel geht, und ...«

»Mit wem arbeiten Sie zusammen?«, wurde sie von Durant unterbrochen.

»Mit Oberkommissar Gebhardt.«

»K60«, sagte Hellmer. »Haben Sie häufig mit ihm zu tun?«

»In letzter Zeit nicht mehr so viel. Er fragt zwar regelmäßig nach, ob ich was für ihn habe, aber ich kriege kaum noch Informationen.«

»Würden Sie uns auch versprechen, *nicht* mit ihm über diese Sache zu reden?«

»Wenn Sie es wünschen.«

Julia Durant sah Hellmer erneut mit fragendem Blick an und gab ihm mit dem Kopf ein Zeichen. Sie standen auf, und die Kommissarin sagte: »Ich müsste ganz kurz mit meinem Kollegen sprechen. Warten Sie bitte hier.«

Sie gingen auf den Balkon. Durant flüsterte: »Sollen wir sie einweihen? Sie macht auf mich einen ehrlichen Eindruck. Was meinst du?«

»Was kann uns schon passieren?«, erwiderte Hellmer. »Sie ist nicht dumm und … Was kann es schon schaden. Auch wenn mir der Gedanke, dass sie und Gebhardt sich näher kennen, nicht ganz geheuer ist. Versuch's trotzdem.«

Sie begaben sich zurück ins Wohnzimmer und setzten sich. »Natascha, ich würde Ihnen gerne etwas anvertrauen, das bisher nur die Polizei und Frau Wiesner weiß. Irina und Herr Wiesner wurden beide umgebracht. Der Täter hat es aber so hingestellt, als ob Herr Wiesner erst Irina und anschließend sich selbst getötet hat. Wir wissen es inzwischen aber besser. Und nachdem Sie uns gesagt haben, dass sie am Samstag die Ehefrau für jemanden spielen sollte, könnte es durchaus sein, dass dieser Kunde auch ihr Mörder ist. Wir könnten unter Umständen Ihre Hilfe gebrauchen.«

Durant beobachtete jede Reaktion in Nataschas Gesicht, vermochte aber nichts Auffälliges festzustellen.

»Wenn ich Ihnen helfen kann, dieses Schwein zu finden, mache ich alles, was Sie von mir verlangen. Irina war meine beste Freundin, und ich will nichts weiter, als dass ihr Tod gesühnt wird. Und ich verspreche Ihnen noch einmal, mit keinem Menschen darüber zu reden.« Sie hob zur Bestätigung ihrer Worte die rechte Hand zum Schwur und legte sie auf die linke Brust.

»Schon gut, ich glaube Ihnen. Sagen Sie, hat Irina getrunken?«

Natascha lachte verständnislos auf und schüttelte den Kopf. »Irina?! Nein. Wir haben ab und zu mal ein Glas Wein getrunken oder ein Bier, aber wenn Sie meinen, ob sie regelmäßig … Sie brauchte keinen Alkohol, um das Leben zu genießen. Und ich auch nicht. Außerdem mögen es die wenigsten Kunden, wenn wir nach Alkohol riechen.«

»Sie hatte aber über zwei Promille im Blut, als man sie fand.«

»Dann muss es ihr jemand mit Gewalt eingeflößt haben, eine andere Erklärung habe ich nicht.«

»Würden Sie uns wohl einen Gefallen tun und Herrn Laskin anrufen und ihn bitten, nach Frankfurt zu kommen? Nennen Sie ihm aber noch nicht den wahren Grund. Sagen Sie ihm von mir aus, dass es Irina nicht besonders gut geht und sie ihn dringend sehen möchte. Würden Sie das für uns tun?«

Natascha ging wortlos zum Telefon und tippte eine Nummer ein. Sie hatte sich erstaunlich gut in der Gewalt, als Daniel sich meldete.

»Hi, Daniel, hier ist Natascha. Du hast ein paarmal bei uns angerufen … Ja, ich weiß, aber Irina geht es nicht gut. Könntest du so schnell wie möglich herkommen? … Morgen Abend erst? Was ist mit heute? Du brauchst doch höchstens anderthalb Stunden … Sie will dich sehen … Ja, sie ist krank und kann im Augenblick nicht ans Telefon kommen. Bitte! … Nicht am Telefon, okay? … Danke, dann bis nachher.«

Sie legte auf, stellte sich ans Fenster und sah hinaus. »Er wird gegen acht hier sein. Und dann? Ich habe ihn angelogen, und Daniel wird sehr wütend sein.«

»Dann werden wir ihm die Wahrheit sagen. Wir müssen alles über Ihre Freundin wissen. Seit wann kannten sich die beiden?«

»Fast so lange, wie wir hier sind.« Sie faltete die Hände, den Blick zu Boden gerichtet. »Ich kann es noch immer nicht fassen. Es ist auf einmal alles so leer. Ich weiß nicht, wie es weitergehen soll.«

»Sie haben keinen Freund?«

»Ich habe Freunde, ich habe Bekannte, aber einen festen Freund habe ich nicht. Nur jemanden, der dann und wann nach Frankfurt kommt, mir Blumen schenkt und mir sagt, wie sehr er mich liebt. Wir verbringen die Nacht miteinander, frühstücken, und schon ist er wieder weg. Dann dauert es drei oder vier Wochen, bis er sich erneut meldet. Manchmal macht er mir teure Geschenke, aber was sind schon Geschenke?! Von mir aus kann er bleiben, wo der Pfeffer wächst … Wissen Sie, Irina und ich sind zusammen groß geworden, unsere Eltern sind befreundet … Es ist, als ob man einen Teil von mir abgeschnitten hat. Und doch muss das Leben weitergehen. Aber ich will, dass Sie dieses Dreckschwein finden. Und sollte ich ihn vor Ihnen finden, dann Gnade ihm Gott. Ich bringe ihn mit meinen eigenen Händen um.«

»Frau Olpitz, ich meine natürlich Natascha, wir haben es vermutlich mit einem Auftragskiller zu tun, und mit solchen Typen ist nicht zu spaßen. Sie hätten keine Chance. Überlassen Sie uns die Arbeit, wir werden ihn kriegen, das garantiere ich.«

»Hoffentlich«, sagte Natascha mit einem müden Lächeln.

»Wir fahren jetzt zurück ins Präsidium und sind so gegen sieben wieder hier. Ist Ihnen das recht?«, sagte Durant und erhob sich zusammen mit Hellmer.

»Ich bin zu Hause. Bis nachher.«

Nachdem die Kommissare die Wohnung verlassen hatten, ging Natascha in Irinas Zimmer, legte sich aufs Bett, nahm ihr Kopfkissen und presste es fest auf ihr Gesicht. Sie weinte hemmungslos.

Dienstag, 15.15 Uhr

Auf dem Weg ins Präsidium schwiegen sie. Julia Durant sah aus dem Fenster, während Hellmer eine Zigarette rauchte. Die Hitze, die sich zwischen den Häuserschluchten staute und sich wie eine riesige Glocke über die Stadt gelegt hatte, machte selbst das Denken schwer, auch wenn die Klimaanlage im Auto eingeschaltet war. Ein großes Thermometer an einer Hauswand zeigte fünfunddreißig Grad im Schatten. Alle Aktivitäten schienen auf ein Minimum reduziert, obgleich die Radiomoderatoren immer wieder sagten, wie schön dieses Wetter doch sei. Arschlöcher, dachte Durant, ihr könnt ja auch den ganzen Tag im klimatisierten Studio zubringen. Sie fuhren auf den Präsidiumshof und fanden einen Parkplatz im Schatten.

Berger saß schweißüberströmt hinter seinem Schreibtisch, unter seinen Achseln hatten sich riesige Flecken gebildet. Die Luft war zum Schneiden dick.

»Mein Gott«, stöhnte Durant und setzte sich, »das ist ja kaum auszuhalten hier drin.«

»Wem sagen Sie das«, entgegnete Berger und sah Durant aus müden Augen an. »Und, haben Sie etwas erreicht?«

»Wir haben mit Wiesners Bruder gesprochen. Er ist im Vorstand der Deutschen Generalbank. Ein undurchschaubarer Typ. Vielleicht liegt es aber auch nur an den Umständen. Sie kennen ja diese Banker, die halten sich immer für etwas Besseres. Egal. Danach waren wir in der Wohnung von der Puschkin. Sie hat nicht alleine gelebt, sondern mit einer Freundin, ebenfalls eine Prostituierte der gehobenen Klasse. Wir haben lange mit ihr gesprochen, und sie hat uns ihre Hilfe angeboten.«

»Sie haben sie eingeweiht?«, fragte Berger mit hochgezogenen Augenbrauen.

»Ja. Denn die ganze Sache stinkt immer mehr zum Himmel. Diese Freundin ist am Samstagmorgen angerufen worden, angeblich um einen gewissen Robert Koch nach Paris zu begleiten. Aber zwischen den beiden hat sich die ganze Zeit über kaum etwas abgespielt. Sie weiß nicht, wozu er sie überhaupt gebraucht hat. Und sie hat den Typ noch nie zuvor gesehen. Mir scheint fast, als hätte man sie bewusst aus dem Haus gelockt. In der Wohnung müssen Informationen gewesen sein, die uns unter gar keinen Umständen in die Hände fallen durften. Unter anderem sind beide Adressbücher der Damen verschwunden. Ob außerdem was fehlt, wissen wir im Moment noch nicht. Und jetzt kommt's, Natascha, so heißt die Freundin von der Puschkin, arbeitet seit zirka fünf Jahren mit dem K60 zusammen und liefert denen Informationen.«

»Was für Informationen?«

»Hauptsächlich Drogen und Kinder. Ihr Kontaktmann ist Gebhardt.«

»Scheiße«, entfuhr es Berger. »Meinen Sie, die hält dicht?«

»Sie hat es uns versprochen. Und wir sind uns beide einig, dass man sich auf ihr Wort verlassen kann.«

»Gut, und jetzt?«

»Die Puschkin war außerdem mit einem gewissen Daniel Laskin, ein Israeli, fest liiert. Er leitet ein Computerunternehmen in Köln, und die beiden wollten angeblich sogar irgendwann heiraten. Er kommt heute Abend nach Frankfurt, weiß aber noch nicht, dass seine Freundin tot ist. Wir werden es ihm so schonend wie möglich beibringen. Die Frage, die ich mir immer wieder stelle, ist: Warum ausgerechnet die Puschkin? Sie muss über Informationen verfügt haben, die so brisant waren, dass man sie gleich mit Wiesner zusammen erledigt hat. Sozusagen zwei Fliegen mit einer Klappe. Was anderes fällt mir dazu nicht ein. Sie wurde jedenfalls am Samstag angerufen, weil sie für einen Kunden angeblich die Ehefrau spielen sollte. Und dieser Kunde ist aller Wahrscheinlichkeit nach auch der Mörder.« Sie streckte sich und gähnte. »Und was haben die Kollegen so gemacht?«

»Fragen Sie sie selbst. Kullmer hat am meisten erreicht. Außerdem ist der Ballistikbericht gekommen. Es wurde ein Schalldämpfer benutzt.«

»War nicht anders zu erwarten. Dann geh ich mal rüber zu Kullmer. Was machen Wilhelm und Güttler?«

»Die kümmern sich um die Vita von dieser Maric. Es wird aber noch ein bisschen dauern, bis sie damit fertig sind.«

Julia Durant stand auf und begab sich in Kullmers Büro. Er hatte die Beine auf den Schreibtisch gelegt und die Augen geschlossen. Die Kommissarin grinste, ging um den Schreibtisch herum und streichelte ihm übers Haar. Er fuhr wie von der Tarantel gestochen hoch.

»Gut geschlafen?«, fragte sie spöttisch.

»O Mann, haben Sie mich erschreckt. Bei der Mörderhitze kann man die Augen ja kaum aufhalten, vor allem hier drin nicht.« Er rieb sich über die Augen, streckte sich, stand auf und schenkte sich aus einer Flasche ein Glas Wasser ein, das er in einem Zug leerte und sich dann schüttelte. »Pfui Teufel, warme Brühe!«

»Waren Sie bei der Maric?«, fragte Durant und setzte sich auf die Schreibtischkante.

»Natürlich. Und ich hab mich sogar von ihr bedienen lassen. Eine sehr aparte Erscheinung, aber unnahbar. Ich hab fast das Gefühl, die hat gespürt, dass ich ein Bulle bin. Ich kann mich natürlich auch täuschen, aber sie hat sehr nervös gewirkt. An die ranzukommen wird verdammt schwierig werden.«

»Ich werde sie mal besuchen. Mal sehen, vielleicht kriege ich doch was aus ihr raus. Es ist wahrscheinlich besser, wenn ich mit ihr allein spreche, wie wenn ich noch einen Begleiter im Schlepptau habe. Aber ich habe eine neue Aufgabe für Sie. Überprüfen Sie mal eine gewisse Natascha Olpitz. Sie hat mit der Puschkin zusammengelebt. Außerdem lässt sie Gebhardt hin und wieder Informationen zukommen. Sie wissen, das erfordert eine Menge Fingerspitzengefühl. Gebhardt darf unter keinen Umständen etwas davon mitbekommen. Finden Sie heraus, wie eng die Verbindung zwischen den beiden ist. Wie Sie das anstellen, überlasse ich Ihnen. Trauen Sie sich das zu?«

Kullmer schob seinen Kaugummi von einer Backentasche in die andere und nickte. »Ich traue mir alles zu. Außerdem kenne ich beim OK jemanden, der mir noch einen Gefallen schuldet.«

»Wen?«, fragte Durant misstrauisch.

»Ist doch egal. Er ist jedenfalls okay. Und ich werde das schon so drehen, dass keiner was mitbekommt.«

»Sie haben freie Hand. Aber vermasseln Sie's nicht. Bitte.«

»Keine Sorge. War's das?«

»Fürs Erste ja. Viel Glück.«

Sie sprang vom Schreibtisch und ging in ihr Büro. Dort nahm sie den Hörer vom Telefon und rief bei Kuhn an. Sie sagte ihm, dass es bei ihr spät werden könne, und bevor sie auflegte, entschuldigte sie sich noch bei ihm für ihr Verhalten von gestern Abend. Er sagte, er habe das schon längst vergessen und liebe sie trotzdem. Sie lächelte.

Dienstag, 17.30 Uhr

Ramona Wiesner war allein zu Hause, als es klingelte. Die Kinder würden noch mindestens eine Woche bei ihren Eltern bleiben, und das war auch gut so. Sie wollte sie so weit wie möglich von dem ganzen Trubel fern halten. Außerdem mussten sie nicht unbedingt ihre Trauer mitbekommen, auch wenn sie die vor ihnen verbarg, wenn sie sie bei ihren Eltern besuchte.

Sie warf einen Blick auf den Monitor und drückte den Türöffner.

»Hallo, Thomas, was führt dich denn zu mir?«, fragte sie erstaunt. Er trat an ihr vorbei, lockerte seine Krawatte und knöpfte den obersten Knopf auf.

»Nichts Besonderes. Ich wollte nur mal sehen, wie's dir heute geht.«

»Was glaubst du denn?« Sie lachte bitter auf. »Andreas ist tot, und ich laufe noch immer durch eine Nebelwand.«

»'tschuldigung. Ich weiß, es ist ein herber Verlust für dich und die Kinder, aber glaube mir, auch ich kann noch immer nicht begreifen, was da passiert ist. Wie gesagt, wenn du Hilfe brauchst, wir sind immer für dich da.«

»Danke, aber im Augenblick komme ich zurecht«, erwiderte sie kurz angebunden, da sie eigentlich allein sein wollte. Außerdem kam ihr Thomas' Besuch ungelegen, weil sie vorhatte, zu ihren Eltern zu fahren, um zu beratschlagen, wie die Beerdigung am besten gestaltet werden konnte. Groß und aufwendig, wie ihr Mann das ihrer Meinung nach verdient hätte, oder in einem bescheidenen familiären Rahmen, was wohl eher sein Wunsch gewesen wäre.

Thomas Wiesner stellte sich etwa einen Meter vor sie. »Ramona, ich bin mir durchaus im Klaren darüber, dass Andreas und ich viele Fehler gemacht haben, was unsere Beziehung als Brüder anging, aber glaube mir, wir haben das in den letzten Monaten zum größten Teil aus dem Weg geräumt. Ich habe ihn sogar gefragt – mein Gott, früher hätte ich das nie getan –, ob er für Sophia ein Collier zu ihrem Vierzigsten anfertigen kann. Natürlich unter der Hand, und er hat Ja gesagt. Wir sind uns näher gekommen, viel, viel näher. Hat er denn nie davon erzählt?«

»Ich weiß es nicht, kann sein, kann auch nicht sein, ich bin einfach durcheinander.«

»Kann ich verstehen. Ach ja«, sagte er und strich sich über die Stirn, den Blick zu Boden gerichtet, »da ich schon mal hier bin, es geht um ein paar Unterlagen, die Andreas eigentlich noch haben müsste. Ich will dich auch nicht lange aufhalten.«

»Was für Unterlagen?«, fragte Ramona Wiesner und lehnte sich an den Flügel.

»Ist mir ein bisschen unangenehm, aber ich habe ja bereits erwähnt, dass ich bei ihm ein Collier bestellt habe und … Na ja, es ist nicht über das Geschäft gelaufen. Dürfte ich mal kurz nachschauen, ob ich die Unterlagen finde? Vielleicht auch das Collier?«

»Muss das ausgerechnet jetzt sein?«, sagte sie und sah ihren Schwager mit befremdlichem Blick und einer Spur Misstrauen an. »Hat das nicht Zeit bis nach der Beerdigung?«

»Sicher«, antwortete Thomas Wiesner und verzog den Mund zu einem kaum merklichen Lächeln. »Es war dumm von mir, das überhaupt zu erwähnen. Ich will nur nicht, dass du unter Umständen Schwierigkeiten bekommst.«

»Du meinst, du willst verhindern, dass du Schwierigkeiten bekommst, oder?«, fragte sie bissig zurück.

»Reg dich bitte nicht auf, es war eine Sache unter Brüdern. Er hat mir einen besonders guten Preis gemacht. Ich wollte Sophia eben was Extravagantes schenken, das ist alles. Lass mich nur mal einen Blick in seine Papiere werfen.«

»Von mir aus. Ich habe aber nicht länger als zehn Minuten Zeit, weil ich zu meinen Eltern fahren will, um den Kindern hallo zu sagen. Gehen wir am besten gleich hoch.« Während sie die Treppe hinaufstieg, fragte sie: »Was ist so Besonderes an diesem Collier?«

»Es ist aus Weißgold und besetzt mit Saphiren, Rubinen und Smaragden. Und in der Mitte ist ein schöner großer Diamant. Aber der Clou sind zwei extra große Glieder, auf denen zum einen das Stadtwappen von Neapel ist und zum andern das Wappen von Sophias Familie. Ein Traum, kann ich dir sagen. Du kennst doch das Wappen der Mutis, oder?«

»Natürlich.«

Im Arbeitszimmer ihres Mannes stellte sich Ramona Wiesner ans Fenster und sah hinaus in den Garten, der im gleißenden Sonnenlicht lag. Das Wasser im Swimmingpool reflektierte die Strahlen, alles wirkte friedlich und schön. Es war das erste Mal seit dem Tod ihres Mannes, dass sie dieses Zimmer betrat. Wehmut überfiel sie, und sie hatte Mühe, die Tränen zu unterdrücken. Während ihr Blick starr aus dem Fenster gerichtet war, stellte sie sich vor, wie Andreas hinter ihr am Schreibtisch saß und unerledigte Post beantwortete, Überweisungen ausfüllte oder am Computer höchst vertrauliche Briefe an besondere Kunden schrieb. Und manchmal, wenn sie in das Zimmer kam, drehte er sich mit seinem Stuhl so, dass sie sich auf seinen Schoß setzen konnte. Dann schmusten sie ein paar Minuten, und sie fühlte sich jedes Mal geborgen in seinem Arm. Und sie wusste, es war die Geborgenheit, seine Stimme, seine Zärtlichkeit, die sie am meisten vermissen würde. In Zukunft würde sie allein einschlafen und allein wieder aufwachen, die Erinnerung allgegenwärtig, überall war er. Das Einzige, was ihr außer der Erinnerung von ihm geblieben war, waren die Kinder. Aber den Mann würde sie nur noch auf Fotos sehen können, und zum ersten Mal hoffte sie auf ein Leben nach dem Tod, hoffte sie, ihn eines Tages wiederzusehen.

Thomas Wiesner warf einen Blick auf seine Schwägerin, die ihm den Rücken zugewandt hatte, nahm einen Stapel Papiere aus dem Aktenkorb, blätterte sie hektisch durch, legte sie aber gleich wieder zurück.

»Bewahrt Andreas noch irgendwo anders Unterlagen auf?«, fragte er und wirkte dabei etwas nervös. »Im Tresor vielleicht?«

»Möglich«, antwortete sie, wendete sich um und fuhr sich mit der Zunge über die Lippen.

»Kannst du mal nachschauen?«

»Von mir aus. Aber dreh dich bitte um.«

»Traust du mir etwa nicht?«, fragte Thomas Wiesner mit gekünsteltem Lachen.

»Das hat nichts mit Vertrauen zu tun. Bis jetzt kennen nur Andreas und ich die Kombination, und das reicht. Nachsehen darfst du natürlich gerne. Wieso weiß ich eigentlich nichts von diesem Collier?«

»Ich habe ihn gebeten, mit niemandem darüber zu sprechen. Ich weiß, wie sehr du solche Geschäfte hasst. Deshalb hat er es dir wohl nicht erzählt.«

Thomas Wiesner drehte sich um, sie tippte die Kombination ein und öffnete den Safe. »Bitte schön«, sagte sie, blieb aber dicht neben ihrem Schwager stehen.

»Schade«, meinte er nach ein paar Minuten, kleine Schweißperlen glänzten auf seiner Stirn, »ich hatte sogar gehofft, er würde das Collier schon fertig haben. Da lässt sich nichts machen. Ich will dich dann auch nicht länger aufhalten. Danke noch mal und bis bald. Ach ja, weißt du schon, wann die Beerdigung sein wird?«

»Vermutlich am kommenden Montag«, antwortete sie emotionslos und schloss den Safe wieder. »Aber ich lass euch den genauen Zeitpunkt noch wissen.«

»Fein. Und nichts für ungut, ich hatte nur gehofft …«

»Keine Ursache. Ich nehme an, die Unterlagen liegen in seinem Büro. Hat er gesagt, wann er das Collier fertig haben wollte?«

»Sophias Geburtstag ist übernächste Woche, und jetzt muss ich mir natürlich was anderes einfallen lassen. Sei's drum, ich werde schon was Passendes für sie finden. Dann mach's gut. Grüß deine Eltern und die Kinder von mir.«

»Ich werd's ausrichten. Und ich melde mich, sobald der genaue Termin feststeht. Aber du kennst doch sicherlich Frau Maric, oder?«, fragte Ramona Wiesner.

Thomas Wiesner überlegte und schüttelte dann den Kopf. »Nein, sollte ich?«

»Sie hat lange mit Andreas zusammengearbeitet. Sie könnte dir sicher helfen, etwas für Sophia zu finden.«

»Ach die, ja, jetzt erinnere ich mich vage. Ich glaub, ich hab sie einmal bei Andreas gesehen, aber das ist schon ewig her. Was macht sie jetzt?«

»Sie hat ein eigenes Geschäft. Wenn du willst, gebe ich dir die Adresse und Telefonnummer. Sie hat sehr gute Beziehungen.«

»Hört sich nicht schlecht an«, sagte Thomas Wiesner, nahm den

Zettel, auf dem die Adresse und die Telefonnummer von Helena Maric standen, und warf einen Blick darauf. »Ich ruf gleich morgen früh mal bei ihr an. Danke für den Tipp.«

Thomas Wiesner ging zu seinem Wagen, stieg ein, startete den Motor und fuhr los. Ramona Wiesner sah ihm nach, begab sich dann zurück ins Haus und setzte sich auf die Couch. Sie machte ein nachdenkliches Gesicht. Nach wenigen Augenblicken stand sie auf und trat auf die Terrasse. Mit einem Mal drehte sie sich um, schloss die Terrassentür, nahm die Schlüssel vom Tisch und ging durch den Keller in die Garage. Sie würde den Besuch bei ihren Eltern und den Kindern kürzer ausfallen lassen als geplant. In ihr keimte plötzlich ein beinahe perfider Gedanke. Sie lenkte den Mercedes aus der Garage, deren Tor automatisch zuging, und fuhr die Straße Richtung Königstein und dann weiter nach Kronberg, wo sie von ihren Eltern und vor allem ihren Kindern schon erwartet wurde. Sie blieb knapp zwei Stunden und sagte den Kindern, sie würde sie nächste Woche wieder nach Hause holen.

Dienstag, 19.00 Uhr

Natascha trug jetzt eine Jeans und ein weites T-Shirt, als Julia Durant und Frank Hellmer bei ihr erschienen. Außerdem war sie barfuß. Sie hatte sehr schmale, anmutige Füße, deren Zehennägel in einem hellen Rot lackiert waren.

»Hallo, kommen Sie rein, Daniel ist noch nicht da. Er wollte ja auch erst gegen acht hier sein. Möchten Sie etwas trinken? Ich habe allerdings nur Wasser und Cola.«

»Zu einer Cola sag ich nicht Nein«, meinte die Kommissarin, und Hellmer fügte hinzu: »Für mich bitte auch.«

Natascha verschwand in der Küche und kehrte kurz darauf mit einer Flasche Cola und drei Gläsern zurück. Sie schenkte ein und setzte sich den Kommissaren gegenüber.

»Und wie fühlen Sie sich jetzt?«, fragte Durant.

»Es geht. Ich habe schon so viel Mist erlebt, mich kann eigentlich nichts mehr erschüttern. Ich werde mich daran gewöhnen müssen, ohne meine Freundin auszukommen. Sie hätte nicht gewollt, dass ich lange trauere. Aber ich werde oft an sie denken. Sie war eine tolle Frau. Doch es scheint so, als ob sie irgendjemandem im Weg gestanden oder irgendetwas gewusst hat, was denjenigen belasten könnte, auch wenn sie mit mir nie über Dinge gesprochen hat, die ... Ich weiß nicht, wie ich es ausdrücken soll. Und wir haben uns eigentlich immer über alles unterhalten. Deshalb kommt mir, wenn ich genau darüber nachdenke, ihr Tod noch sinnloser vor. Ich weiß, dass sie nichts verbrochen hat, ich hätte es gespürt, aber irgendein verfluchtes Schwein wollte sie aus dem Weg haben. Und ich will wissen, wer das ist«, sagte Natascha mit entschlossenem Blick.

»Meinen Sie, Herr Laskin könnte uns weiterhelfen?«, fragte Hellmer, nachdem er einen Schluck getrunken hatte.

Natascha zuckte mit den Schultern. »Keine Ahnung. Sie wurde hier in Frankfurt umgebracht, und er lebt in Köln. Ich glaube es eher nicht.«

»Er wusste doch aber, dass Irina eine Prostituierte war, oder?«

»Natürlich, wie hätte sie es ihm auch verheimlichen können. Sie haben sich sogar auf diesem Weg kennen gelernt.«

»Und er war damit einverstanden? Ich meine, er wollte sie heiraten und hat es geduldet, dass sie weiterhin in diesem Gewerbe arbeitet?«

Natascha nickte und lächelte. »Schauen Sie, Irina war achtundzwanzig, und wir hatten beide vor, in spätestens zwei Jahren auszusteigen. Dann wollten sie und Daniel auf Teneriffa ein Restaurant aufmachen. Sie müssen wissen, Irina konnte ausgezeichnet kochen. Sie hat sehr viel von ihrer Mutter und Großmutter gelernt, und sie hat mich sogar gefragt, ob ich nicht mitkommen will. Irina hat 'ne Menge gespart, obwohl sie jeden Monat zweitausend Mark an ihre Eltern und Geschwister geschickt hat. Sie hat fast eine halbe Million auf dem Konto, und Daniel ist auch nicht arm. Sie hätten es geschafft. Und Irina hat ja nicht mit jedem geschlafen, sondern nur mit Männern, die sich eine Frau wie sie leisten konnten.«

»Und Sie?«

»Was meinen Sie?«, fragte Natascha und beugte sich nach vorn, die Hände gefaltet.

»Wie sieht es bei Ihnen mit den Männern aus? Genau wie bei Irina?«

Sie nickte. »Ja. Ich habe Ihnen das zum Teil ja schon heute Mittag erzählt. Wir haben Stammkunden, die uns häufig für einen Tag bis zu einer Woche buchen. Darunter sind auch welche, die gar nicht mit uns schlafen wollen, sondern uns nur als Vorzeigeobjekt brauchen. Und es gibt welche, die wollen einfach nur reden. Wir haben gelernt, zuzuhören. Ausgefallene Sexpraktiken kommen für uns sowieso nicht in Frage, das wissen unsere Kunden, und oberstes Gebot ist natürlich die Sicherheit. Ungeschützten Geschlechtsverkehr gibt es nicht einmal mit Kunden, die wir schon lange kennen.«

»Und wie viele Kunden haben Sie?«

»Vierzig feste und dann immer mal wieder ein paar neue, die die Langeweile zu Hause satt haben. Zumindest sagen sie das. Ich habe auch ein paar Männer, deren Frauen damit einverstanden sind, wenn sie zu mir kommen, Frauen, die einfach nur ihre Ruhe haben wollen. Ich glaube, es gibt kaum ein Gewerbe, in dem man mehr über menschliche Verhaltensweisen und Abgründe lernt als in meinem. Manchmal komme ich mir wie eine Psychologin vor, wenn ein Mann mir sein Herz ausschüttet und ich genau weiß, wie verzweifelt er ist. Andere spielen natürlich nur, aber mit der Zeit kann man unterscheiden, welche Gefühle echt und welche nur gespielt sind.«

»Und wie viel kriegen Sie für einen Tag?«

»Es kommt drauf an, was der Kunde wünscht. Wenn er eine Stunde mit mir zusammen sein will, dann kostet das dreihundert Mark. Ein Tag von Mittag bis zum nächsten Morgen zwischen zweitausend und fünftausend Mark, es kommt eben auf die Wünsche des Kunden an. Und glauben Sie mir, es sind nicht wenige, die bereit sind, diese Summe zu bezahlen. Und wenn Sie's genau wissen möchten, für die Zeit in Paris von Samstag bis heute habe ich zehntausend Mark erhalten, plus ein paar Extras.«

Julia Durant trank ihr Glas leer, behielt es aber in der Hand. »Sie haben vorhin gesagt, dass Sie Oberkommissar Gebhardt hin und wieder Informationen zukommen lassen. Woher haben Sie diese?«

»Hauptsächlich von einem Kunden, der allerdings nicht genannt werden möchte, der aber schon einige Male erfahren hat, dass Kinder vor allem aus Osteuropa, aber auch aus Deutschland zur Prostitution gezwungen werden. Es ist das Scheußlichste überhaupt, was man sich nur vorstellen kann. Ich habe einmal Bilder von solchen Kindern gesehen, und mir hat das Herz geblutet. Er sagt es mir und weiß auch, dass ich diese Informationen an die Polizei weitergebe, ja, er hat mich sogar darum gebeten.«

»Das heißt, Sie sind auf Gebhardt zugegangen und nicht er auf Sie?«, fragte die Kommissarin.

Natascha senkte den Blick und ließ eine Weile verstreichen, bevor sie zögernd antwortete: »Nein, das hat sich anders abgespielt.« Sie hob den Kopf, sah die Kommissarin mit einem gequälten Lächeln an und sagte: »Jetzt müssen *Sie* mir versprechen, dass das unter uns bleibt. Sie dürfen mit niemandem darüber reden, denn ich habe Angst, dass mir sonst das Gleiche passieren könnte wie Irina.«

Durant sah Hellmer an, der ihren Blick aber nicht erwiderte, sondern zu Boden schaute. »Versprochen.«

»Kurz nachdem ich in Deutschland war, habe ich Mist gebaut. Das war noch zu einer Zeit, als ich in einem kleinen Bordell gearbeitet habe. Es ist unwichtig, was es war, aber ich hätte dafür ins Gefängnis kommen können, hat zumindest Gebhardt gesagt. Doch er hat mir ein Angebot gemacht. Ich sollte mich umhören und ihn mit Informationen füttern. Außerdem hat er gesagt, dass ich, wenn ich nicht spure, im Gefängnis landen würde. Und dann hat er mir noch ein Päckchen Rauschgift gezeigt, fies gelacht und gemeint, es sei ganz einfach, mich hinter Gitter zu bringen. Seitdem arbeite ich für ihn.« Die letzten Worte spie sie bitter hervor.

Julia Durant zog die Stirn in Falten und sah Natascha auffordernd an. »Ist da noch mehr?«

Natascha wandte den Blick ab und schwieg.

»Natascha, ich war ein paar Jahre in München bei der Sitte und kenne die Gebräuche dort. Einige Beamte arbeiten gerne in die eigene Tasche. Ganz ehrlich jetzt, zahlen Sie an ihn?«

Natascha nickte nur.

»Wie viel?«

»Dreitausend im Monat.«

»Großer Gott, dreitausend! Und das allein an Gebhardt? Zahlen Sie noch an jemand anderen?«

»Nein«, antwortete Natascha kopfschüttelnd, »nur an ihn. Was werden Sie jetzt tun?«, fragte sie mit ängstlichem Blick.

»Im Moment gar nichts. Wir müssen erst noch Fakten sammeln. Und bei Gelegenheit lassen wir ihn hochgehen.«

»Aber bitte, sagen Sie nicht, dass Sie das von mir haben. Er bringt mich um ...«

»Hat er auch Irina erpresst?«

»Nein, Irina wusste nichts davon. Er hat sie in Ruhe gelassen. Ich weiß zwar nicht, warum, aber nur ich musste für ihn arbeiten und an ihn zahlen.«

»Hat er sonst irgendwelche Leistungen von Ihnen verlangt? Sex?«, fragte Durant.

Natascha nickte kaum merklich. »Aber Sie können sich nicht vorstellen, wie sehr mich das immer angeekelt hat. Er ist ein Schwein, ein mieses, verkommenes Schwein.« Mit einem Mal brach es aus ihr heraus, als hätte es lange Zeit wie glühendes Magma in ihr gebrodelt. »Und das Schlimmste war, er hat nie ein Kondom benutzt. Und er steht auf perverse Spiele. Er hat mich jedes Mal regelrecht vergewaltigt, so ist es mir zumindest vorgekommen.«

»Hat er Sie auch geschlagen?«

Sie lachte erneut bitter auf. »Ja, das gehört zu seinem Spiel. Er ist der größte Zyniker und Sadist, den ich kenne.«

»Wann haben Sie ihm zuletzt Geld gegeben?«

»Immer am Ende des Monats, also vor etwa drei Wochen.«

»Und Sie sind nie auf die Idee gekommen, sich der Polizei anzuvertrauen?«

Natascha sah die Kommissarin mit einem vergebenden Blick an, ihre Mundwinkel zogen sich nach unten. »Wem denn, bitte schön?! Er hatte mich in der Hand. Es hätte immer Aussage gegen Aussage gestanden, und wem, frage ich Sie, hätte man eher geglaubt, einer Hure oder einem ... anständigen ... Polizisten? Außerdem hat er einen Schlüssel zu der Wohnung, und es wäre ein Leichtes für ihn, herzukommen, ein Päckchen Heroin zu verstecken und ... Na ja, alles Weitere können Sie sich selbst denken.«

Julia Durant hatte Mühe, nicht die Beherrschung zu verlieren und all ihren Frust aus sich herauszuschreien. Doch sie sagte ganz ruhig: »Können Sie sich erinnern, wie oft Sie ihm Informationen zugespielt haben?«

»Ich habe alles aufgeschrieben für den Fall, dass mal jemand wie Sie kommt, dem ich das Ganze erzählen kann. Warten Sie, ich hol es.«

Natascha stand auf und ging in ihr Zimmer. Durant sah Hellmer an und sagte leise: »Wenn das alles stimmt, ist diese Drecksau dran. Ich weiß zwar noch nicht, wie wir das deichseln, aber irgendwie schaffen wir's.«

»Diesmal verwette *ich* meinen Arsch drauf. Dieser gottverdammte Scheißkerl! Jetzt wundert mich nicht mehr, dass der sich so tolle Klamotten leisten kann«, flüsterte Hellmer.

Natascha kam mit einem einfachen Schreibheft zurück. Sie legte es auf den Schoß und las vor. Sie hatte in den vergangenen fünf Jahren Gebhardt sechsundzwanzigmal über Drogen- und Menschenhandelaktivitäten informiert. Dazu jeweils das genaue Datum, wann und wo ein Geschäft abgewickelt wurde.

»Können wir das Heft mitnehmen?«

Sie schüttelte energisch den Kopf. »Nein, auf keinen Fall. Was wollen Sie damit?«

»Wir werden überprüfen, ob zu den von Ihnen genannten Zeiten

Razzien oder Kontrollen durchgeführt und ob irgendwelche Personen im Zusammenhang mit Ihren Informationen festgenommen wurden. Und noch einiges mehr.«

»Warum?«

»Können Sie sich das nicht denken?«, fragte die Kommissarin.

»Nein.«

»Es sieht ganz danach aus, dass Gebhardt nicht nur bei Ihnen abkassiert hat. Er wusste von Ihnen, wann was wo stattfindet, und es könnte sein, dass er als Polizist all diese Aktivitäten gedeckt hat. Das vermuten mein Kollege und ich zumindest. Und dafür, dass er diese Aktionen gedeckt hat, hat er die Hand aufgehalten. Aber das müssen wir natürlich erst genau überprüfen.«

»Mein Gott«, entfuhr es Natascha, »das ist ja furchtbar …«

»Aus diesem Grund brauchen wir das Heft oder zumindest eine Kopie davon. Ohne Ihre Aufzeichnungen können wir keine Überprüfung vornehmen. Bitte«, sagte Durant. Natascha schob zögernd das Heft über den Tisch. Ihr Atem ging schwer. Sie schüttelte ungläubig den Kopf.

»Wenn er das wirklich getan hat, dann soll er dafür ins Gefängnis gehen und verrotten. Mein Geld interessiert mich nicht, ich denke nur an die Kinder und Frauen, die manchmal unter den schlimmsten und widerlichsten Bedingungen arbeiten müssen. Machen Sie eine Kopie von dem Heft, aber geben Sie es mir wieder. Bitte!«, sagte Natascha und sah die Kommissarin flehend an.

»Sie bekommen es schon morgen zurück. Und Sie brauchen keine Angst zu haben, außer Herrn Hellmer, einem andern Kollegen, für den ich meine Hand ins Feuer lege, und mir erfährt vorläufig niemand davon. Wir werden sehr diskret vorgehen. Nur noch eine Frage, bevor wir das jetzt abschließen. Haben Sie mit Gebhardt immer allein gesprochen, oder war noch jemand dabei?«

»Er war immer allein.«

Die Kommissarin stand auf und ging auf den Balkon. Es war der bislang heißeste Tag in Frankfurt, und die Nacht versprach auch nicht, viel kühler zu werden. Der heiße Südwind flaute allmählich ab, doch die Hitze blieb. Julia Durant atmete tief durch. Sie wäre am liebsten gleich ins Präsidium zum K60 gefahren, um alles kurz und klein zu schlagen. Sie fragte sich, wem sie überhaupt noch trauen konnte, wer nicht die Hand aufhielt, wer nicht käuflich war. Doch es hatte keinen Sinn, sich in diesem Augenblick darüber Gedanken zu machen. Was immer Gebhardt auch auf dem Kerbholz hatte, es hatte nichts mit dem Tod von Irina Puschkin und Andreas Wiesner zu tun. Sie kannte Gebhardt, den knapp vierzigjährigen, dienstbeflissenen Beamten, der es aber bisher nicht zum Hauptkommissar gebracht hatte, aus welchen Gründen auch immer. Und sie hatte ihn vom ersten Moment an nicht gemocht. Jetzt wusste sie auch, warum. Ihr Gefühl und ihr erster Eindruck ließen sie eben nur selten im Stich. Sie zündete sich eine Zigarette an und schaute hinunter in den kleinen Garten. Sie spürte, wie sie allmählich ruhiger wurde, und blickte auf die Uhr. Eigentlich müsste Laskin gleich kommen. Sie ging wieder ins Wohnzimmer und drückte die Kippe im Aschenbecher aus. Sie fragte Natascha, ob sie die Toilette benutzen dürfe, nahm ihre Tasche und schloss hinter sich ab. Sie holte ihr Handy heraus und tippte Kullmers Privatnummer ein. Er meldete sich sofort.

»Hier Durant. Haben Sie schon irgendwas wegen Gebhardt unternommen?«, fragte sie sehr leise.

»Nein, das hat noch nicht geklappt. Aber ich kann Sie kaum verstehen …«

»Ich muss leise sprechen«, sagte sie und atmete erleichtert auf. »Das ist gut, dass Sie noch nichts unternommen haben. Erst mal Finger weg von Gebhardt, ich erzähl Ihnen gleich morgen früh davon. Und auch keinen Kontakt zu Ihrem Freund beim OK …«

»Was ist denn los?«

»Morgen, jetzt geht es nicht. Nur so viel, Gebhardt ist wahrscheinlich korrupter, als wir überhaupt nur ahnen können. Gleich morgen früh besprechen wir alles Weitere. Bis dann und ciao.«

Sie drückte die Toilettenspülung, wusch sich die Hände und trocknete sie gerade ab, als es klingelte. Natascha war zur Tür gegangen. Durant huschte schnell ins Wohnzimmer und lehnte sich an die Fensterbank.

»Hallo, Natascha, wo ist Irina?«, fragte eine männliche Stimme.

»Komm erst mal rein«, sagte Natascha. Sie schloss die Tür und betrat mit einem sehr schlanken und nicht sehr großen Mann das Wohnzimmer, der einen Strauß roter Rosen in der Hand hielt. Er hatte kurze volle schwarze Haare, dunkle Augen und seine Haut einen leichten Braunton. Er kniff die Augen zusammen, als er die Beamten erblickte, und sah dann Natascha an. Durant schätzte ihn auf Mitte dreißig. Sie dachte: Er sieht verdammt gut aus, bei dem könnte sogar ich schwach werden.

»Guten Tag«, sagte er, musterte die Beamten mit kritischem Blick und legte den Strauß auf den Tisch. »Wo ist Irina?«

»Setz dich bitte«, forderte Natascha ihn auf. »Darf ich vorstellen, Frau Durant und Herr Hellmer von der Kriminalpolizei. Das ist Herr Laskin.«

»Moment mal, was hat das zu bedeuten?«, fragte er und ließ seine Augen von Durant zu Hellmer und schließlich zu Natascha wandern.

»Guten Abend, Herr Laskin«, sagte Durant und kam vom Fenster herüber. Sie reichte ihm die Hand, sein Händedruck war angenehm fest. »Sie möchten wissen, wo Frau Puschkin ist. Ich muss Ihnen leider mitteilen, dass sie tot ist.«

Laskin wurde unter seiner braunen Haut schlagartig weiß. Er kniff die Augen wieder zusammen und ließ sich in einen der beiden Sessel fallen. »Was sagen Sie da, Irina ist tot? Warum? Ich meine, was ist passiert?«

»Sie wurde ermordet. Das ist auch der Grund, weshalb Sie sie nicht erreicht haben. Wir haben den Anrufbeantworter abgehört.«

»Seit wann ist sie tot?«, fragte er mit belegter Stimme.

»Seit Samstagnachmittag …«

»Und warum erfahre ich erst jetzt davon?«, fragte er laut und sah Natascha vorwurfsvoll an.

»Ich bin selbst erst heute Mittag nach Hause gekommen. Ich habe

Irina am Samstag das letzte Mal gesehen«, rechtfertigte sie sich mit entschuldigendem Blick.

Daniel Laskin stützte den Kopf in beide Hände, sprang plötzlich auf und tigerte ruhelos im Zimmer umher. »Wissen Sie schon, wer es war?«

»Es war Mord und Selbstmord«, antwortete die Kommissarin.

»Was? Das verstehe ich nicht.«

»Sie wurde von einem gewissen Andreas Wiesner erschossen, der anschließend sich selbst gerichtet hat. Sagt Ihnen der Name etwas?« Durant beobachtete Laskin genau, doch sie konnte bei Nennung des Namens Wiesner keine auffällige Reaktion feststellen.

Laskin überlegte und schüttelte den Kopf. »Nein, nie gehört. Wer ist das?«

»Ein stadtbekannter Juwelier.«

»Irina, das kann doch nicht sein! Warum hat er das gemacht?«, fragte Laskin und schien immer nervöser und fahriger zu werden. Ein ums andere Mal fuhr er sich mit einer Hand durchs Haar und schüttelte immer wieder den Kopf. »Das darf nicht wahr sein! Das darf einfach nicht wahr sein!« Plötzlich wurde sein Blick eisig, als er Natascha ansah. »Und du rufst mich an und sagst mir, dass es Irina nicht gut geht! Was ist das bloß für ein Spiel?! Warum tust du das?«

»Daniel, bitte, mich hat es auch furchtbar mitgenommen …«

»O nein, das darf nicht wahr sein! Irina hat sich so auf die Zukunft gefreut!« Er vergrub den Kopf in seinen Händen und weinte hemmungslos. »Irina!!!«, schrie er, und Durant rannte schnell zur Balkontür, um sie zu schließen. »Irina, was hast du nur getan?!!«

Natascha ging zu ihm und nahm ihn in den Arm. »Es ist gut, Dany …«

»Nichts ist gut, überhaupt nichts ist gut!«, schrie er mit heiserer Stimme. »Wie kannst du sagen, es ist gut, wenn die Frau, die mir so viel bedeutet hat, tot ist?!«

Es dauerte etwa zehn Minuten, bis er sich einigermaßen beruhigt hatte. Er ging ins Bad, wusch sich das Gesicht und kam wenig später zurück. Er wirkte jetzt gefasst, setzte sich und holte ein paarmal tief Luft. Dann fuhr er sich mit einer Hand übers Kinn und sagte: »Kann ich Ihnen irgendwie helfen?«

»Keine Ahnung. Hat Irina mit Ihnen über ihre Kunden gesprochen?«, fragte Durant.

»Ja, einige Male. Aber den Namen Wiesner hat sie nie erwähnt.«

»Wann haben Sie Irina zuletzt gesehen?«

»Am Donnerstag und Freitag waren wir den ganzen Tag zusammen. Am Samstag hatte ich wieder einen Termin in Köln.«

»Was machen Sie beruflich?«

»Ich entwickle Software für unternehmensspezifische Anwendungen. Bei einem Kunden ist plötzlich ein System abgestürzt, weshalb ich gleich am Samstag früh um sechs losgefahren bin.«

»Wie hat Irina da auf Sie gewirkt? Nervös, angespannt?«

Er lachte kurz und bitter auf. »Nein, weder noch. Sie war wie immer, voller Lebensfreude und positiv eingestellt. Sie war nicht anders als sonst auch.«

Julia Durant hatte Laskin die ganze Zeit über beobachtet und fragte sich, inwieweit sie ihm trauen konnte. Wenn sie ihm jetzt sagte, dass sich die Tat ganz anders abgespielt hatte, wie würde er reagieren? Würde er in seiner Heißblütigkeit gleich die ganze Welt davon informieren? Ohne Hellmer einzuweihen, entschloss sie sich, Laskin die Wahrheit zu sagen.

»Herr Laskin, Natascha weiß bereits Bescheid und hat uns zugesichert, diese Information vorläufig für sich zu behalten. Könnte ich mich darauf verlassen, dass auch Sie mit keinem Menschen über das sprechen, was ich Ihnen gleich sagen werde?«

Laskin kniff erneut die Augen zusammen, neigte den Kopf zur Seite, schien einen Moment zu überlegen und erklärte schließlich mit entschlossenem Gesichtsausdruck: »Ich schwöre es beim Tod von Irina.«

»Ich nehme Sie beim Wort. Ich habe Ihnen doch erzählt, dass Irina von Herrn Wiesner erschossen wurde. Das stimmt nicht. Wie es aussieht, wurden beide von einem Auftragskiller ermordet. Das wissen bis jetzt aber nur ein paar Kollegen von mir und Natascha …«

»Von einem Auftragskiller?« Laskin starrte Durant mit ungläubigem Blick an, wurde aber von der Kommissarin sofort unterbrochen, als er weitersprechen wollte.

»Ja. Deshalb meine Frage: Hatte Irina jemals Kontakt zu Personen, die in dubiose Geschäfte verwickelt sind oder waren?«

Laskin zögerte mit der Antwort, dann schüttelte er den Kopf. »Nein, ich bin sicher, das hätte sie mir gesagt. Und sie selbst hat nie etwas Unrechtes getan. Deshalb erscheint es mir auch so unbegreiflich, warum sie umgebracht wurde. Und dazu noch von einem Auftragskiller. Ein Auftragskiller! Wieso bringt ein Auftragskiller eine Frau wie Irina um?«, sagte er mehr zu sich selbst. Er hielt inne und fuhr sich mit der Hand durchs Haar. Sein Blick ging ins Leere. »Aber vielleicht hatte sie ja Geheimnisse vor mir. Es ist alles ein großes Rätsel für mich.«

»Für uns auch, Herr Laskin. Aus diesem Grund möchte ich Sie bitten, noch einmal genau zu überlegen, ob Irina nicht irgendwann etwas gesagt hat, das Ihnen erst jetzt im Nachhinein merkwürdig erscheint. Es muss nicht gleich sein, es reicht, wenn Sie mich anrufen.« Sie holte ihre Karte aus der Tasche und gab sie Laskin, der einen Blick darauf warf und sie einsteckte.

»Und was ist mit diesem andern Mann, wie heißt er gleich noch mal?«, fragte er.

»Wiesner. Auch was seine Person angeht, tappen wir bis jetzt im Dunkeln. Es gibt aber absolut keinen Hinweis darauf, dass er und Irina sich kannten. Und das ist für uns das große Rätsel. Die Frage ist auch: Warum wollte der Killer es so hinstellen, dass es wie Mord und Selbstmord aussieht? Auch darauf haben wir noch keine Antwort gefunden.«

Laskins Gesichtsausdruck versteinerte sich für einen Moment. Er stand langsam wieder auf und stellte sich ans Fenster, den Kommissaren den Rücken zugewandt, die Hände in den Hosentaschen vergraben.

»Ich werde alles tun, um Ihnen zu helfen«, sagte er leise. »Sie werden von mir hören.«

»Was heißt das?«, fragte Hellmer.

»Sobald mir etwas eingefallen ist.« Er drehte sich um, tigerte wieder ruhelos mit gesenktem Kopf umher und murmelte dabei einige unverständliche Worte vor sich hin.

»Was haben Sie gesagt?«, fragte Durant.

Er hob den Blick und sah die Kommissarin aus seinen dunklen Augen an. »Nichts weiter, es war hebräisch. Sie wissen ja sicherlich, dass ich aus Israel stamme.«

»Natascha hat es uns gesagt.«

»Ich schwöre bei Gott, ich werde Ihnen helfen. Aber jetzt muss ich zurück nach Köln, ich habe morgen Vormittag einen wichtigen Termin in Düren. Ich melde mich bei Ihnen. Haben Sie meine Adresse und Telefonnummer?«

»Die Telefonnummer ja, Ihre Adresse bis jetzt nicht«, antwortete Durant. Hellmer holte seinen Block hervor, und Laskin diktierte ihm.

»Wann kann Irina beerdigt werden?«, fragte er.

»Es kann von unserer Seite aus alles in die Wege geleitet werden.«

»Irina soll das schönste Begräbnis bekommen, den schönsten Sarg, das schönste Kleid, von allem nur das Feinste. Jeder soll wissen, dass sie eine besondere Frau war, auch wenn manche sie nur als Hure gesehen haben. Aber es gab Zeiten, da waren Huren heilig. Sie hat leider zur falschen Zeit gelebt.« Er machte eine Pause, stützte die Hände auf die Rückenlehne des Sessels und fragte: »Wie wurde sie genau umgebracht?«

»Sie wurde erschossen«, erwiderte Durant.

»Das reicht mir nicht. Wie wurde sie erschossen?«

»Ein Schuss in den Kopf und einer ins Herz.«

Laskin tippte sich an die Nasenwurzel und anschließend links neben das Brustbein. »So?«

»Genau so«, antwortete Julia Durant.

»So arbeiten Auftragskiller. Zumindest in Israel.«

»Woher wissen Sie das?«

»Ich habe, als ich beim Militär war, einmal einen Film darüber gesehen.«

»Aber auch in andern Ländern gehen Auftragskiller auf diese Weise vor«, sagte Durant.

»Ich weiß. Ich wollte nur Ihre Vermutung bestätigen. Was für eine Waffe und welches Kaliber wurde benutzt?«

»Beretta, 9 mm.«

»Schalldämpfer?«

»Ja.«

»Dann war es ein Auftragsmord. Ich werde jetzt fahren, doch morgen Abend komme ich wieder und bleibe, bis die Beerdigung vorbei ist. Ich werde sehr trauern«, sagte er, hauchte Natascha einen Kuss auf die Wange, streichelte ihr kurz und zärtlich übers Haar und nickte den Kommissaren zu. »Wie gesagt, ich melde mich bei Ihnen. Auf Wiedersehen.«

Natascha begleitete ihn nach draußen. Sie flüsterten, dann hörten die Beamten, wie die Tür ins Schloss fiel. Natascha kam zurück und setzte sich wieder. »Jetzt haben Sie Daniel kennen gelernt. Er verfügt über exzellente Kontakte, das weiß ich. Und er wird Ihnen helfen.«

»Gut, dann machen wir uns auch auf den Weg. Es ist spät geworden. Das Heft bekommen Sie wie versprochen morgen zurück. Und keine Angst vor Gebhardt, der wird Ihnen nie mehr etwas tun.«

»Danke für alles«, sagte Natascha und umarmte Julia Durant. »Ich habe die ganze Zeit inständig gehofft, einmal jemanden wie Sie kennen zu lernen. Es gibt nicht viele Menschen, denen ich wirklich vertraue. Aber das bringt wohl mein Beruf mit sich.«

»Das ehrt mich. Und denken Sie dran, wir vertrauen Ihnen auch. Und bevor ich's vergesse, Sie sollten so schnell wie möglich das Schloss auswechseln lassen, denn wie es aussieht, hat der Mörder von Irina einen Schlüssel zu dieser Wohnung.«

»Mein Gott, daran habe ich ja noch gar nicht gedacht«, entfuhr es

Natascha, die mit einem Mal kreidebleich wurde. »Würde das ein Schlüsseldienst auch heute Nacht noch machen?«

»Das kostet aber eine Menge Geld«, sagte Hellmer.

»Das ist mir egal. Ich will nur nicht, dass plötzlich jemand vor meinem Bett steht und … Na ja, Sie wissen schon. Ich rufe gleich bei einem Notdienst an. Und wenn es tausend Mark kostet.«

Es war fast zweiundzwanzig Uhr, als sie nach unten gingen. Bleierne Schwüle lag über der Stadt, der Horizont hatte sich in viele Gelb- und Rottöne gekleidet. Sie stiegen in den Lancia und fuhren los.

»Sag mal, was hältst du von diesem Laskin?«, fragte Julia Durant.

»Er kommt mir sehr entschlossen vor. Ich fürchte, er wird unter allen Umständen versuchen, den Tod seiner Freundin zu rächen.«

»Hast du seine Augen gesehen? Wie sie gefunkelt haben? Da könnte einem richtig Angst werden. Sollte Laskin den Mörder finden, dann kann ich nur sagen, gnade ihm Gott.«

»Von mir aus soll er den Kerl erledigen, das erspart uns eine Menge Zeit und dem Staat einen Haufen Geld«, meinte Hellmer trocken. Und kurz darauf. »Aber irgendwie werde ich das Gefühl nicht los, dass er mehr weiß, als er uns gesagt hat.«

»Wie kommst du darauf?«, fragte Julia Durant und sah Hellmer von der Seite an. Sie bogen auf den Präsidiumshof ein, Hellmer stellte den Wagen ab.

»Du hast ja fast die ganze Zeit allein mit ihm geredet. Ich habe ihn beobachtet. Glaub mir, der weiß was. Und er wird sich mit uns in Verbindung setzen, sobald er etwas Konkretes in der Hand hat.«

»Meinst du wirklich? Was, wenn er einen Alleingang wagt?«

»Glaub ich nicht. Ich kann mich natürlich auch täuschen, aber er kommt mir sehr stolz vor. Er wird zu seinem Wort stehen.«

Sie stiegen aus, Hellmer schloss ab.

»Nacht, und grüß Nadine von mir«, sagte Julia Durant und ging zu ihrem Corsa.

»Ich werd's ausrichten. Schlaf gut.« Hellmer machte einen müden und abgespannten Eindruck. Er ließ den Motor seines BMW aufheulen und raste los. Er freute sich auf zu Hause, auf eine kühle Dusche, auf ein oder zwei Stunden mit Nadine, sich etwas erzählen, gemeinsam einschlafen. Um fünf nach halb elf stellte er das Auto in der Garage ab.

Dienstag, 22.30 Uhr

Dominik Kuhn saß vor dem Fernseher, die Beine auf den Tisch gelegt, ein Glas Bier in der Hand, ein Teller neben seinen Füßen. Julia Durant ließ die Tasche auf den Sessel fallen, streifte die Schuhe ab und gab Kuhn einen langen Kuss.

»Du bist ganz schön spät«, sagte er etwas vorwurfsvoll.

»Sorry, aber das war ein Extremtag. Mir raucht einfach nur noch der Kopf. Tust du mir einen Gefallen und machst mir zwei Scheiben Brot, während ich dusche?«

»Wenn's weiter nichts ist. Salami und Tomaten wie immer?«, fragte er und stand auf.

»Wie immer. Du bist ein Schatz«, erwiderte sie müde lächelnd. Sie ging ins Bad, zog sich aus und stellte sich unter die Dusche. Zehn Minuten lang ließ sie das kühle Wasser über ihren Körper laufen, seifte sich ein und wusch sich die Haare. Sie versuchte jeden Gedanken an die zurückliegenden Stunden zu verdrängen, doch es gelang ihr nicht. Immer wieder tauchten die Gesichter von Natascha und Laskin vor ihr auf, und ohnmächtige Wut stieg in ihr hoch, wenn sie an Gebhardt, diesen ach so sauberen Polizisten dachte. Nachdem sie sich abgetrocknet hatte, fühlte sie sich zumindest äußerlich etwas besser. Sie bürstete das nasse Haar und zog einen Slip, Shorts und ein T-Shirt an. Auf dem Tisch standen die belegten Brote und ein Glas Bier. Sie begann zu essen. Kuhn sah sie erwartungsvoll an.

»Und, gibt's was Neues?«, fragte er nach einer Weile.

»Ja, 'ne ganze Menge, aber das erzähl ich dir morgen. Ich muss da selbst erst einiges verarbeiten.«

»Ach komm, nur ein bisschen«, bettelte er mit Hundeblick.

»Bitte nicht. Es sind bloß Kleinigkeiten, und es bringt mehr, wenn ich sie dir erzähle, sobald sie ein ganzes Bild ergeben.«

»Was ist mit dieser Maric?«

»Du lässt wohl nicht locker, was?«, entgegnete sie gereizt. »Nichts ist mit ihr, die Überprüfung läuft noch. Aber gut, eine Information hab ich. Der Täter hat einen Schalldämpfer benutzt, das haben unsere Ballistiker herausgefunden. Und jetzt lass uns bitte von etwas anderem reden.«

»Okay, okay. Nur noch so viel, ich habe noch mal mit Peter gesprochen. Nachdem er eine Nacht darüber geschlafen hat, ist er ziemlich sicher, dass Wiesner irgendwie mit dem organisierten Verbrechen zu tun gehabt haben muss. Vielleicht bewusst, vielleicht ist er aber auch nur zufällig da reingeschlittert.«

»Das sind keine Neuigkeiten«, erwiderte Durant und biss von ihrem Brot ab. »Sag mir, wenn du was wirklich Neues hast.«

Kuhn hob entschuldigend die Hände. »Schon gut, ich halte für heute meinen Mund. Bist du sehr müde?«

»Müde, erschöpft, meine Füße sind geschwollen und tun weh, und ich ertrage diese verfluchte Hitze nicht mehr. Kein Mensch kann da klar denken.« Sie schluckte den letzten Bissen hinunter, nahm das Glas in die Hand und trank es in einem Zug leer. Dann steckte sie sich eine Zigarette an.

»Das ist erst meine sechste heute«, sagte sie und lächelte Kuhn an, der sie beleidigt ansah. »He, komm schon, großer Held, hast du gehört, erst meine sechste Zigarette! Und jetzt mach nicht so ein Gesicht. Sei lieb und lächle … Lächeln! … Na siehst du, geht doch … Weißt du, wenn ich nach einem solchen Tag nach Hause komme, brauche ich erst mal etwas Ruhe. Daran wirst du dich gewöhnen müssen. Ich bin seit heute Morgen um sieben auf den Beinen, habe kaum was gegessen, habe Fragen über Fragen gestellt und …«

»Komm her«, sagte Kuhn mit versöhnlichem Blick und streckte seine Arme aus: »Ich kann dich ja verstehen. Wir unterhalten uns morgen. Und wenn morgen wieder so ein beschissener Tag ist, dann eben übermorgen. Die Zeit läuft uns nicht davon.«

Sie setzte sich auf seinen Schoß und legte ihren Kopf auf seine Schulter. Er streichelte ihr über das inzwischen trockene Haar und küsste sie ein paarmal auf die Wangen und die Stirn. »Ich liebe dich«, sagte er, »und ich werde mich daran gewöhnen, dich in Zukunft nicht gleich mit Fragen zu überfallen. Es ist halt meine Journalistenneugier.«

»Weiß ich doch. Und ich bin froh, dass du da bist. Früher habe ich mich in solchen Situationen immer so allein gefühlt. Jetzt hab ich dich, und du erträgst sogar meine Launen.« Sie drückte die Zigarette aus. »Wollen wir ins Bett gehen?«

»Und dann?«, fragte Kuhn grinsend zurück.

»Tja, lass dir was einfallen. Oder besser gesagt – ihm.«

»Ich denke, da könnte sich was machen lassen.«

Sie zog Kuhn hoch und mit sich ins Schlafzimmer. Es war fast ein Uhr, bevor sie einschlief. Sie sagte sich noch, morgen einen guten Tag werden zu lassen.

Mittwoch, 0.40 Uhr

Ramona Wiesner hatte sofort, nachdem sie nach Hause zurückgekommen war, die Rollläden heruntergelassen und seit über vier Stunden das ganze Haus abgesucht. Angefangen hatte sie im Arbeitszimmer ihres Mannes und sich dann durch sämtliche Räume des Hauses gewühlt. Sie wollte schon resigniert aufgeben, als ihr plötzlich einfiel, dass Andreas früher manchmal bestimmte Fotos oder alte Liebesbriefe, die sie ihm geschrieben hatte, als sie noch kein Paar waren, zwischen Büchern versteckte. Im Arbeitszimmer befand sich ein großes Regal, in dem seine Lieblingsbücher standen, die *Encyclopedia Britannica* aus erlesenstem Leder und mit Goldschnitt, eine Reihe mit Geschichtsbüchern und etliche Werke, die sich mit Malerei und Bildhauerei, aber auch mit der Juwelierkunst und der Anfertigung von Schmuck befassten. Sie nahm ein Buch nach dem andern heraus, blätterte kurz darin und legte es auf den Boden. Es war Band acht der *Encyclopedia Britannica, wo* sie fündig wurde. Er hatte die Papiere zwischen mehreren Seiten versteckt. Sie nahm jedes einzelne davon heraus, setzte sich im Schneidersitz auf den Boden und begann zu lesen.

»Mein Gott!«, stieß sie hervor und blickte ungläubig auf das, was sie las. Sie meinte für einen Moment ohnmächtig zu werden, aber das war nur, weil sie zu schnell aufgestanden war. Sie rannte nach unten, nahm die Karte mit der Telefonnummer von Julia Durant vom Tisch, erinnerte sich ihrer Worte, sie könne zu jeder Tages- und Nachtzeit bei ihr anrufen, und rannte wieder nach oben in das Arbeitszimmer. Es war jetzt fast halb zwei in der Nacht, ihre Finger zitterten, als sie die Tasten drückte. Sie ließ es lange klingeln und wollte schon wieder auflegen, als am andern Ende der Hörer abgenommen wurde.

»Hallo.«

»Frau Durant?«

»Ja, wer ist denn da?«

»Ramona Wiesner. Ich habe etwas gefunden. Etwas, das meinen Mann entlastet. Ich kann es kaum glauben.«

»Inwiefern entlastet?« Julia Durant setzte sich auf und rieb sich die Augen. »Er war doch nie belastet.«

»Nein, Sie verstehen nicht. Es geht um diesen Uhrendeal, ich habe Unterlagen gefunden. Er hat sie allerdings so gut versteckt, dass ich stundenlang gebraucht habe, um sie zu finden. Aber dieser Deal hat stattgefunden.«

Julia Durant war plötzlich hellwach. »Was sagen Sie da? Es hat diesen Deal tatsächlich gegeben?«

»Ja doch. Ich habe es hier schwarz auf weiß. Andreas, mein Mann, ist reingelegt worden. Sie müssen es selbst lesen.«

»Frau Wiesner, tun Sie mir jetzt bitte einen Gefallen und verriegeln Sie das Haus, als wäre es Fort Knox. Und machen Sie keinem auf, außer mir und meinem Kollegen. Wir sind morgen früh spätestens um neun bei Ihnen ... Nein, warten Sie, ich kann jetzt sowieso nicht mehr schlafen. Ich zieh mich an und komm gleich vorbei. Ich klingle dreimal kurz hintereinander.«

»Danke«, sagte Ramona Wiesner und legte auf. Dann setzte sie sich mit den Papieren an den großen Schreibtisch und las sie ein zweites Mal. Ihre Augen füllten sich mit Tränen der Erleichterung, aber auch des Zorns.

Mittwoch, 1.30 Uhr

Was soll denn diese Scheiße?«, brummte Dominik Kuhn und drehte sich auf die Seite: »Welches Arschloch ruft denn um diese Zeit noch an?«

»Schlaf weiter, ich muss weg. Und dieses Arschloch ist Frau Wiesner.«

Kuhn schoss hoch und sah Julia Durant aus kleinen Augen verschlafen an. »Warum ruft sie um diese Zeit an?«

»Der Uhrendeal. Es hat ihn gegeben«, antwortete Julia Durant, während sie schnell in ihre Jeans und ihre Schuhe schlüpfte und sich eine leichte Bluse überzog. »Ich muss sofort hin und mir das Zeug anschauen.«

»Warte, ich komm mit«, sagte Kuhn und wollte schon aufstehen, doch Durant hielt ihn zurück.

»Nix da, ich fahr allein. Sie kennt dich nicht und könnte möglicherweise misstrauisch werden. Und das wollen wir doch vermeiden, oder?« Ihr Blick sprach Bände, Kuhn ließ sich wieder zurückfallen.

»Also gut, tu, was du nicht lassen kannst. Du hast ja sowieso Bereitschaft.«

Julia Durant machte leise die Tür hinter sich zu und schlich auf Zehenspitzen durchs Treppenhaus. Die Straße war menschenleer, nur in einer Wohnung in den vielen Häusern brannte noch oder schon wieder Licht.

Die Nacht war schwül, kein Windhauch regte sich. Auf der Fahrt nach Glashütten legte sie die neueste Kassette von Bon Jovi ein, *Crush*, und drehte die Lautstärke hoch. Sie hatte beide Seitenfenster offen, und der Fahrtwind ließ die Müdigkeit allmählich schwinden. Sie brauchte nicht einmal eine halbe Stunde, bis sie das Auto vor dem Haus von Ramona Wiesner zum Stehen brachte.

Die Kommissarin klingelte dreimal kurz, Ramona Wiesner kam heraus. Sie trug ein langes ärmelloses weißes Kleid und war barfuß.

»Gehen wir nach oben in das Arbeitszimmer meines Mannes. Dort habe ich es gefunden.« Oben angekommen, sagte Ramona Wiesner: »Ich habe den ganzen Abend danach gesucht, und ich hatte schon jegliche Hoffnung aufgegeben, überhaupt etwas zu finden, als mir einfiel, dass Andreas früher häufig bestimmte Papiere und Fotos in Büchern zu verstecken pflegte. Hier, in Band acht der Enzyklopädie. Acht ist unsere Glückszahl, wir haben am 8. 8. 88 geheiratet. Na ja, auf so eine verrückte Idee konnte nur mein Mann kommen. Aber lesen Sie selbst.« Sie deutete auf ein paar Blätter auf dem Tisch.

Julia Durant nahm sie in die Hand und überflog sie.

»Setzen Sie sich ruhig in den Sessel. Ich hole uns was zu trinken. Was darf ich Ihnen denn anbieten?«

»Hätten Sie vielleicht einen Kaffee?«, fragte Durant und sah kurz auf. »Ich muss irgendwie wach werden.«

»Natürlich, ich mach uns schnell Kaffee. Bin gleich zurück.«

Es waren insgesamt zweiundzwanzig Seiten. Andreas Wiesner hatte exakt festgehalten, wie das Geschäft zustande gekommen war und wie man ihn reingelegt hatte. Es unterschied sich nur geringfügig von dem, was Peter Schulze erzählt hatte. Andreas Wiesner wäre tatsächlich bis an sein Lebensende schutzlos der Mafia ausgeliefert gewesen. Sogar der Name Helena Maric war vermerkt. Durant hatte gerade die Hälfte gelesen, als Ramona Wiesner mit einem Tablett zurückkam und es auf den Tisch stellte.

»So, der Kaffee. Aber Vorsicht, er ist noch sehr heiß. Und, habe ich zu viel versprochen?«, fragte sie, und setzte sich der Kommissarin gegenüber auf einen Stuhl und sah sie erwartungsvoll an.

»Nein, das haben Sie nicht«, antwortete Durant mit tonloser Stimme, während sie weiterlas. »Das ist unglaublich. Damit ist Ihr Mann selbstverständlich von allen möglichen Anschuldigungen freigesprochen. Haben Sie alles gelesen?«

»Ja, sogar zweimal. Er wollte dem allen ein Ende bereiten und zur Polizei gehen, aber irgendwer muss davon Wind bekommen haben. Einen anderen Reim kann ich mir nicht darauf machen.«

Julia Durant lehnte sich zurück und faltete die Hände über dem Bauch. »Wie sind Sie überhaupt darauf gekommen, danach zu suchen?«

Ramona Wiesner lachte kurz auf. »Heute Nachmittag, ich meine natürlich gestern Nachmittag war mein Schwager hier. Er hat etwas von einem Collier gefaselt, das mein Mann für ihn anfertigen sollte. Er wollte es seiner Frau zum Geburtstag schenken. Angeblich ist das unter der Hand abgelaufen. Er hat mir das Collier sogar beschrieben und gemeint, irgendwo müsse mein Mann Unterlagen darüber haben. Er hat mich gebeten, ihn doch mal hier im Arbeitszimmer nachsehen zu lassen, aber er hat nichts gefunden. Und da kam mir dieser Gedanke.«

»Welcher Gedanke?«, fragte die Kommissarin und nippte an ihrem Kaffee, der noch immer heiß war.

»Na ja, dass Andreas eventuell hier im Haus …« Sie schloss für einen Moment die Augen und atmete tief ein. »Nein, ich will ehrlich sein, mir ist ein viel schlimmerer Gedanke gekommen, einer, den ich bis vor ein paar Stunden gar nicht zu denken gewagt hätte. Ich habe mich gefragt, warum Thomas plötzlich hier erscheint und … Wissen Sie, die beiden hatten nie ein gutes Verhältnis. Wir haben uns in den letzten Jahren immer nur zu besonderen Anlässen gesehen, Geburtstage, Weihnachten oder auch mal bei einem Gartenfest. Ansonsten sind sie sich aus dem Weg gegangen. Und das war ja nicht schwer, wir wohnen immerhin ziemlich weit auseinander. Aber gestern Nachmittag hat Thomas plötzlich gemeint, er und Andreas seien sich in letzter Zeit wieder näher gekommen.«

»Und was genau vermuten Sie?«

»Ich vermute gar nichts. Ich habe nur für einen Augenblick einen schrecklichen Verdacht gehabt. Andererseits komme ich mir wie eine Närrin vor, Thomas zu verdächtigen. Sein Name taucht nirgends auf, doch alle möglichen anderen Namen, mit denen ich nichts anfangen kann, außer dem von Frau Maric. Aber Sie haben doch sicherlich Möglichkeiten, herauszufinden, wer die andern sind, oder?«

Julia Durant holte tief Luft und zuckte mit den Schultern. »Natürlich haben wir Möglichkeiten. Das Problem ist nur, es könnte sein, dass es fiktive Namen sind. Ich meine, die Personen gibt es wirklich, aber ich halte es eher für wahrscheinlich, dass diese Leute sich Ihrem Mann unter falschem Namen vorgestellt haben. Dann wird es für uns schwierig, sie ausfindig zu machen. Und über Frau Maric schreibt Ihr Mann zwar, dass er sich an sie gewandt hat, aber er schreibt auch, dass sie nicht weiß, wer dieser Gregor ist, der ihm die Uhren vermittelt hat. Und er hat ihr offensichtlich geglaubt, denn sie haben auch danach noch in Kontakt gestanden.« Sie nahm einen kleinen Schluck von dem nicht mehr so heißen Kaffee und stellte die Tasse wieder hin. »Und Ihr Mann hat nie auch nur eine Andeutung wegen alldem gemacht?«

»Nein. Ich denke, er wollte mich nicht auch noch belasten. Deshalb hat er es wohl aufgeschrieben. Das war aber typisch Andreas, er hat immer alles in sich hineingefressen. Hätte er nur einmal mit mir gesprochen, nur ein einziges Mal, ich bin fast sicher, wir hätten eine Lösung gefunden. Das ist der einzige Vorwurf, den ich ihm machen kann. Aber was nützen jetzt noch Vorwürfe«, seufzte sie, »sie bringen mir meinen Mann nicht mehr zurück. Ich habe ihn geliebt und werde ihn immer lieben. Er war einfach einzigartig.«

»Und Ihr Schwager?«, fragte die Kommissarin.

»Was soll ich über ihn sagen, ich komme mit ihm nicht klar. Mit ihm nicht und auch nicht mit seiner Frau. Wir leben in verschiedenen Welten. Sophia stammt aus einer sehr reichen italienischen Familie, ist sehr stolz und weiß natürlich alles besser. Ich frage mich, was Thomas an ihr findet, denn eigentlich hat sie zu Hause die Hosen an. Zumindest habe ich das Gefühl. Aber sie sind jetzt schon seit siebzehn oder achtzehn Jahren verheiratet, und sie sind offenbar glücklich. Und von mir aus sollen sie es auch bleiben, aber mich und die Kinder in Ruhe lassen.«

Julia Durant sah Ramona Wiesner nachdenklich an. »Würden Sie Ihrem Schwager denn zutrauen, dass er in kriminelle Machenschaften verwickelt ist?«

»Ich weiß es nicht«, antwortete sie und zuckte mit den Schultern. »Letztendlich war ja auch mein Mann in kriminelle Machenschaften verwickelt, wenn auch durch unglückliche Umstände. Er hat es bestimmt nicht gewollt. Aber wenn Thomas … Nein, das würde ja bedeuten, er hätte seinen eigenen Bruder auf dem Gewissen. Und so feindlich gesonnen waren sie sich nun doch wieder nicht. Nein, das traue ich Thomas nicht zu. Er mag zwar seine Ecken und Kanten haben, aber er ist kein Mörder.«

»Also gut, Frau Wiesner, ich denke, es wird Zeit für mich, wieder zu fahren. Wir haben jetzt bald halb vier, und um sieben klingelt mein Wecker. Ich weiß gar nicht, wie ich den Tag durchhalten soll.«

»Wenn Sie möchten, können Sie hier schlafen. Ich habe Platz genug.«

Julia Durant überlegte einen Moment, holte ihr Handy aus der Tasche und schickte eine SMS an Dominik Kuhn. »Mach dir keine Sorgen. Schlafe bei R. Wiesner. Küsschen, Julia.«

»Ich nehme Ihr Angebot an, denn ich fürchte, ich würde auf der Heimfahrt glatt einschlafen. Da hat nicht mal der Kaffee geholfen.«

»Dann zeige ich Ihnen Ihr Zimmer. Soll ich Sie um sieben wecken?«

»Das wäre sehr freundlich von Ihnen. Ich müsste nur noch mal kurz Ihre Toilette benutzen.«

Um halb vier legte sich Durant in das fremde Bett im Gästezimmer. Sie machte die Augen zu und schlief sofort ein. Ramona Wiesner saß im Wohnzimmer und hörte leise Musik. Beethoven, die *Pastorale.* Sie war viel zu aufgewühlt und konnte nicht schlafen. Es war bereits die vierte Nacht ohne Schlaf.

Mittwoch, 8.00 Uhr 

Berger schaute kurz auf, Hellmer und Kullmer saßen hinter ihren Schreibtischen, der eine war in Akten vertieft, der andere telefonierte, als Julia Durant ins Büro kam. Sie machte nicht nur einen übernächtigten Eindruck, sie fühlte sich auch wie gerädert. Sie hatte bei Ramona Wiesner ein reichliches Frühstück bekommen, aber seit dem Aufstehen ein leichtes Pochen und Ziehen in der linken Schläfe, die sie auf die viel zu kurze Nacht, den Stress der vergangenen Tage und schon um diese frühe Zeit unerträgliche Hitze zurückführte.

»Morgen«, sagte sie zu Berger. »Ich weiß, ich schaue furchtbar aus, aber ich habe auch eine lange Nacht hinter mir.«

»Dafür sehen Sie gar nicht so schlecht aus«, bemerkte Berger gelassen und fragte dann neugierig: »Was war denn heute Nacht?«

»Ich hole nur schnell Hellmer und Kullmer, denn ich habe keine Lust, alles doppelt und dreifach zu erzählen.« Sie ging in die andern Büros und gab beiden wortlos ein Zeichen. Kullmer legte gerade den Hörer auf. Sie kamen hinter ihren Schreibtischen hervor, Hellmer schloss die Tür von Bergers Büro.

»Ich will nicht viele Worte machen, aber die Sache wird immer heißer. Ich hoffe, ich kann jedem von Ihnen bedingungslos und blind vertrauen. Wenn nicht, dann soll derjenige bitte den Raum verlassen.«

»Sie können mir vertrauen«, sagte Kullmer missmutig, weil er genau wusste, dass das auf ihn abzielte, »und das wissen Sie auch.«

»Sorry, war nicht so gemeint.« Sie massierte ihre linke Schläfe, schloss für einen Moment die Augen und fuhr fort: »Also, um es kurz zu machen, ich wurde heute Nacht von Frau Wiesner angerufen. Hier, sie hat diese Unterlagen im Arbeitszimmer ihres Mannes gefunden.« Sie holte die Papiere aus ihrer Tasche und legte sie auf den Tisch. »Daraus geht eindeutig hervor, dass Wiesner von der Russenmafia gekrallt wurde. Er hat alles akribisch genau festgehalten. Ich werde es zusammenfassen. Am 31. Mai '99 wurde er von einem gewissen Levi Galinski aus Riga angerufen und gefragt, ob er ihm Rolex-Uhren im Wert von zwanzig Millionen Mark beschaffen könne. Wiesner hat nach dem preiswertesten Anbieter gesucht, woraufhin sich Frau Maric, seine ehemalige Mitarbeiterin, bei ihm gemeldet und ihm gesagt hat, sie könne ihm bei der Suche helfen. Ein paar Tage später, genauer gesagt am 4. Juni, erhielt er einen Anruf von einem Gregor Gauschwitz aus Basel, der ihn wissen ließ, dass er ihm die Uhren zu einem exzellenten Preis beschaffen könne. Mit Echtheitszertifikat. Und er könne die Uhren über einen befreundeten Spediteur auch direkt nach Riga liefern. Galinski hat, nachdem Wiesner ihm die Erfolgsmeldung durchgegeben hat, mittlerweile das Geld auf ein Luxemburger Konto überwiesen. Wiesner wiederum hat den größten Teil, gut neunzehn Millionen Mark, an Gauschwitz weitergeleitet. Das Problem ist nur, die Uhren sind nie bei Galinski eingetroffen, angeblich wurde der Laster auf einer Landstraße in Litauen von als Polizisten verkleideten Gangstern ausgeraubt. Der Transport war natürlich nicht versichert, denn das hätte unglaubliche Mehrkosten verursacht, und auch die Zollbehörden hätten kräftig abkassiert. So bestand die Lieferung angeblich aus Rinderhälften. Galinski war das alles schnurzpiepegal, er wollte entweder die Uhren oder sein Geld zurück. Aber Wiesner hatte dieses Geld nicht mehr. Und Gauschwitz war plötzlich nicht mehr erreichbar, genauso wenig wie Galinski, der sich zwar bei Wiesner meldete, aber Wiesner ihn unter der angegebenen Telefonnummer nicht mehr erreichte. Die von beiden genannten Adressen waren Briefkastenfirmen, wovon sich Wiesner persönlich überzeugt hat, indem er nach Basel und nach Riga gefahren ist. Und wie jeder von uns weiß, ist es möglich, sich für ein paar Tage eine Nummer freischalten zu lassen. Wiesner stand ab jetzt unter einem schon fast unmenschlichen Druck. Galinski ließ nicht locker, rief immer wieder an und sagte, das mit der Briefkastenfirma sei in Lettland völlig normal, denn Überfälle seien dort an der Tagesordnung, und ein Geschäftsmann wie er müsse besonders vorsichtig sein. Und Galinski hatte ja einen Überweisungsbeleg, auf dem ganz deutlich stand, dass er an Wiesner die zwanzig Millionen überwiesen hatte, dazu noch auf ein Luxemburger Konto. Wiesner war damit doppelt erpressbar, denn unsere Finanzbehörden werden sehr misstrauisch, wenn ein deutscher Geschäftsmann hohe Beträge auf ein Konto im Ausland überweisen lässt.

Da ist plötzlich ein anderer auf der Bildfläche erschienen, ein gewisser Oleg, der Wiesner einen Kredit gewährt hat, und zwar zu sechsundzwanzig Prozent Zinsen im Monat. In der Folgezeit musste Wiesner für die Mafia alle möglichen illegalen Geschäfte tätigen, wie zum Beispiel Rohdiamanten, die er unter anderem an der Antwerpener Diamantenbörse kaufte, zu bearbeiten und daraus gefertigte Schmuckstücke zu einem lächerlichen Preis der Mafia zu überlassen, die sie dann zum handelsüblichen Preis wieder an die Kunden verkaufte. Mehrere Male wurde Wiesners Geschäft als Depot für größere Mengen Heroin und Kokain benutzt. Die Gangster gaben sich quasi die Klinke in die Hand. Außerdem musste Wiesner auf seinen Namen zwölf Häuser beziehungsweise Wohnungen kaufen, alles Investitionen, die hauptsächlich dazu dienten, schmutzige Gelder zu waschen. Seine Frau wusste natürlich von alldem nichts. Vor gut einer Woche hat er den festen Entschluss gefasst, sich der Polizei anzuvertrauen. Ob er das getan hat oder nicht, weiß ich nicht, denn damit hören die Eintragungen auf.« Sie machte eine Pause, blickte in die Runde und sah in betroffene Gesichter.

»Scheiße!«, quetschte Kullmer hervor und ballte die Fäuste.

»Ja, Scheiße«, stimmte Durant zu und fuhr fort: »Irgendwer muss von Wiesners Plan gewusst haben, denn schon wenige Tage darauf ist er tot. Welche Rolle allerdings Irina Puschkin dabei spielt ...« Sie zuckte mit den Schultern.

»Und jetzt?«, fragte Hellmer, der an der Tür lehnte, die Arme über der Brust verschränkt.

Julia Durant massierte erneut mit zwei Fingern die linke Schläfe, in der es immer stärker pochte, und sagte: »Ich muss unbedingt heute noch mit der Maric sprechen. Sie hat uns zumindest angelogen, was den Deal betrifft. Angeblich weiß sie nichts davon, aber ihr

Name wird explizit erwähnt. Ich werde sie so lange durch die Mangel drehen, bis sie von mir aus zusammenbricht. Und dann will ich wissen, inwieweit sie Mitschuld trägt an Wiesners Untergang, denn ein anderes Wort fällt mir dazu nicht ein. Verdammte Kopfschmerzen, hat mal jemand 'ne Aspirin oder so was?« Berger zog eine Schublade heraus und reichte ihr ein Päckchen Tabletten. »Danke«, sagte Durant und drückte eine aus der Folie. Hellmer brachte ihr ein Glas Wasser. Nachdem sie die Tablette geschluckt hatte, meinte sie: »So, ich denke, das soll's für jetzt gewesen sein. Fragen?«

»Was ist unsere Aufgabe?«, wollte Kullmer wissen.

»Herauszufinden, wer sich hinter Levi Galinski, Gregor Gauschwitz und Oleg … Augenblick … Petrenkow verbirgt.«

»Darf ich noch mal rekapitulieren«, meldete sich erneut Kullmer zu Wort. »Die zwanzig Millionen sind also nur einmal ganz kurz auf Wiesners Konto gelandet und dann gleich bei Gauschwitz, bis auf ein paar Mark, die Wiesner als Provision behalten hat?«

»Genau so war es. Nicht zu vergessen, dass Galinski, Gauschwitz und Petrenkow unter einer Decke stecken. Sie wussten, das Geld würde so oder so wieder zu ihnen zurückfließen, aber Wiesner hatte keine Ahnung davon. Und die zwanzig Millionen sind allein schon durch die Überweisungen sauberes Geld.«

»Inwiefern?«, fragte Kullmer.

»Galinski hat das Geld auf Wiesners Konto überwiesen. Der hat es an Gauschwitz weitergeleitet und so fort. Es war ein von Anfang an abgekartetes Spiel. Und Wiesner war als Verlierer bestimmt. Es ist fast genauso abgelaufen, wie mir das dieser Journalist erzählt hat. Wiesner war eine Kuh, die von der Mafia gemolken wurde. Einer von tausenden unbescholtenen Geschäftsleuten, die auf diese oder ähnliche Weise in die Fänge der Mafia geraten und nie wieder da rauskommen. Und uns allen ist bekannt, dass die Russenmafia nicht lange fackelt, wenn sich einer querstellt. Ich erinnere nur an den Mehrfachmord in dem Bordell im Kettenhofweg vor einigen Jahren.« Sie holte eine Zigarette aus ihrer Tasche, zündete sie an, nahm zwei lange Züge, sah in die Runde und sagte: »Ich fahre jetzt zur

Maric ins Geschäft. Ihr beide«, sie deutete auf Hellmer und Kullmer, »lest euch in aller Ruhe das hier durch. Wenn ich nachher wiederkomme, würde ich gerne einen Vorschlag von euch hören, wie wir vorgehen sollten. Einverstanden?«

»Klar. Und was …« Durant, die wusste, was Hellmer sagen wollte, sah ihn mit einem Mal scharf an und schüttelte kaum merklich den Kopf. »Schon gut, alles Weitere können wir nachher besprechen. Tja, dann machen wir uns mal an die Arbeit.«

»Gute Arbeit, Frau Durant«, meinte Berger anerkennend. »Aber da wäre noch eine Sache. Wenn wir es hier wirklich mit der Mafia zu tun haben, müssen wir die Kollegen vom OK hinzuziehen. Es wird uns nichts anderes übrig bleiben.«

»Im Moment haben wir noch keine hieb- und stichfesten Beweise, dass die Russen hinter alldem stecken. Und so lange will ich mit denen vom OK nichts zu tun haben. Außer Sie nennen mir einen Beamten, auf den hundertprozentig Verlass ist.«

»Ach, kommen Sie, sehen Sie nicht gleich hinter jeder Person, die beim OK arbeitet, einen korrupten Bullen, nur weil Sie einmal schlechte Erfahrungen gemacht haben. Die meisten dort sind anständig.«

»Dann machen Sie eine Aufstellung derjenigen, von denen Sie meinen, dass wir uns auf sie verlassen können. Danach werde ich meine Entscheidung treffen, auch wenn Sie der Boss sind.«

Berger grinste breit und lehnte sich zurück. »Ich hoffe, Ihrem Kopf geht es bald besser. Aber ich werde Ihnen ein paar Namen aufschreiben. Und danke, dass Sie mich trotz allem noch als Ihren Vorgesetzten ansehen.«

»Das tue ich doch immer«, erwiderte sie, stand auf, ging in ihr Büro und gab von dort aus Hellmer und Kullmer unauffällig ein Zeichen, ihr nach draußen zu folgen. Sie gingen in das Besprechungszimmer, wo sie ungestört waren. Dort setzte sie sich auf die Schreibtischkante, Hellmer und Kullmer blieben stehen.

»Was ich jetzt zu sagen habe, geht nur uns drei etwas an. Es betrifft Gebhardt. Er ist ein korrupter Bulle, dem nichts heilig ist. Sollte sich mein Verdacht bestätigen, dann habe ich nie zuvor mit einem von uns zu tun gehabt, der schlimmer war. Knöpft ihn euch vor. Findet raus, wann er heute Dienst hat, wann er nach Hause fährt, folgt ihm von mir aus.« Und an Hellmer gewandt: »Du hast das Heft von Natascha. Mach eine Kopie davon und check mal, ob zu den Zeiten Razzien oder Kontrollen durchgeführt oder gar irgendwelche Typen eingebuchtet wurden, was ich aber für sehr unwahrscheinlich halte. Sollte ich Recht haben, dass Gebhardt illegale Aktionen gedeckt und dafür abkassiert hat, dann schnappt ihn euch, und ich lasse euch völlig freie Hand, was ihr mit ihm macht. Ich will nur eines, Informationen. Und wenn er nicht spurt … Na ja, ihr wisst doch, wie man mit so einem Typen umspringt, oder? Ich will ihn vorläufig nicht vor Gericht zerren, ich will, dass er mit uns kooperiert. Die Beweise gegen ihn sind einfach zu erdrückend, und da kommt er auch nicht mehr raus. Erpressung, Zuhälterei und so weiter.«

Kullmer grinste, als würde er sich schon auf das Zusammentreffen mit Gebhardt freuen. »Was ist, wenn er sich querstellt? Dürfen wir ihn dann auch mal anfassen?«

»Wenn ich sage, ihr habt freie Hand, dann meine ich das auch so«, entgegnete sie ebenfalls grinsend.

»Das hört sich richtig spannend an. So kenne ich Sie gar nicht.«

»Man muss eben ab und zu unkonventionelle Wege beschreiten. Meine Herren, ich bin erst mal weg. Wann ich wieder da bin, kann ich noch nicht sagen, ich werde nachher kurz nach Hause fahren, duschen und mich umziehen. Irgendwann um die Mittagszeit. Bis bald.«

Mittwoch, 9.30 Uhr

Julia Durant merkte, wie die Tablette allmählich zu wirken anfing und das Pochen in ihrer linken Schläfe nachließ. Der Verkehr war fließend, sie brauchte nur knapp eine Viertelstunde, bis sie ihren Corsa in der Wiesenstraße abstellte. Die Hitze war an diesem Morgen noch unerträglicher als an den Tagen zuvor. Der Himmel war milchig-blau, ein heißer und böiger Südwind fegte durch die Straßen. Die Gitter vor dem Juweliergeschäft wurden gerade hochgezogen. Sie wartete einen Moment, bis die Tür aufgeschlossen wurde, und trat ein. Im Verkaufsraum befanden sich nur die beiden Mitarbeiter von Helena Maric, der ältere Mann und die junge Frau.

»Guten Morgen«, sagte Durant und ging auf den Mann zu. »Verzeihen Sie, aber ist Frau Maric schon da?«

Er schüttelte den Kopf und sagte mit einem bedauernden Lächeln: »Es tut mir Leid, aber Frau Maric wird heute vermutlich nicht im Geschäft sein. Doch vielleicht kann ich Ihnen helfen?«

»Nein, das glaube ich nicht. Es ist persönlich. Wissen Sie denn, wann sie wiederkommt?«

»Morgen müsste sie eigentlich wieder hier sein. Sie hat mich gestern Abend angerufen und mir mitgeteilt, dass es ihr nicht besonders gut gehe und sie wahrscheinlich heute zu Hause bleibe. Kann ich etwas ausrichten?«

»Nein.« Julia Durant kaute auf ihrer Unterlippe, dann sagte sie: »Aber in dem Fall brauche ich ihre genaue Adresse und Telefonnummer.«

»Warum? Haben Sie die Telefonnummer von Frau Maric denn nicht?«, fragte der Mann kühl und mit einem mehr als misstrauischen Blick.

»Nein, doch vielleicht bekomme ich sie von Ihnen«, erwiderte die Kommissarin und hielt ihm ihren Ausweis vor die Nase. »Kripo Frankfurt. Ich denke, Sie können mir ihre Telefonnummer ruhigen Gewissens geben.«

»Entschuldigung, das konnte ich nicht wissen«, sagte er mit hochrotem Kopf, holte eilig eine Karte aus der Schublade und reichte sie der Kommissarin. »Dort steht auch ihre Adresse drauf.«

»Danke und einen schönen Tag noch.«

Sie verließ das Geschäft, ging zu ihrem Wagen und tippte die Nummer von Helena Maric ein. Anrufbeantworter. Anschließend versuchte sie es auf dem Handy. Mailbox. Julia Durant überkam ein mulmiges Gefühl. Sie startete den Motor, fuhr los und überlegte, ob sie Hellmer Bescheid sagen sollte, ließ es dann aber doch sein. Es war zehn Uhr zehn, als sie vor dem Haus anlangte, in dem Helena Maric wohnte. Sie stieg aus und ging zum Tor, das sich leicht öffnen ließ. Es war ein Vier-Parteien-Haus, und Helena Maric wohnte im vierten Stock. Sie klingelte, wartete, versuchte es ein weiteres Mal. Als ihr auch dann nicht geöffnet wurde, drückte sie alle andern drei Klingelknöpfe auf einmal. Schließlich meldete sich eine männliche Stimme durch die Sprechanlage. Sie nannte ihren Namen und woher sie kam und wartete, bis ein groß gewachsener, korpulenter Mann von etwa vierzig Jahren vor ihr stand und auch sofort auf den Ausweis blickte.

»Durant, Kriminalpolizei. Ich möchte zu Frau Maric, aber sie macht nicht auf. Haben Sie sie heute schon gesehen?«

Er schüttelte den Kopf, zeigte aber auf ein metallicblaues BMW Cabrio. »Dort steht ihr Wagen, sie müsste eigentlich zu Hause sein.«

»Danke, dann werd ich mal nach oben gehen. Gibt es hier einen Hausmeister?«

»Nein, nur eine Hausverwaltung.«

Ohne etwas zu erwidern, lief die Kommissarin mit schnellen Schritten die Treppe hoch. Die Tür war verschlossen, von drinnen hörte sie leise Stimmen. Sie legte ein Ohr an die Tür und stellte fest, dass die Stimmen aus dem Fernseher kamen. Das Gefühl im Magen wurde noch flauer. Sie rief bei Hellmer im Präsidium an.

»Frank, hier Julia. Ich bin bei der Maric zu Hause. Das heißt, ich stehe vor ihrer verschlossenen Tür. Komm bitte so schnell wie möglich her und informier den Schlüsseldienst. Und die sollen sich beeilen.«

»Was ist los?«

»Frag nicht so viel und komm her. Ich warte unten auf dich. Ach ja, die Adresse, Kettenhofweg …«

»Bin schon unterwegs.«

Sie steckte das Handy weg, ging nach unten, klemmte ihre Tasche zwischen die Tür, stellte sich in den Schatten und machte sich eine Zigarette an, die zweite an diesem Tag. Sie war nervös, fühlte sich unbehaglich, hoffte, dass Hellmer und der Schlüsseldienst bald kamen. Und sie hoffte, ihre böse Ahnung würde nicht zur Gewissheit werden, auch wenn diese Hoffnung vermutlich wie eine Seifenblase zerplatzen würde. Sie drückte die Zigarette mit der Fußspitze aus. Hellmer tauchte nicht einmal zehn Minuten nach dem Anruf auf. Er rannte über die Straße auf Durant zu.

»Was ist los?«

»Die Maric war heute nicht im Geschäft. Sie hat gestern bei ihrem Mitarbeiter angerufen und gesagt, es gehe ihr nicht besonders gut und sie bleibe heute vermutlich zu Hause. Ich hab versucht sie telefonisch zu erreichen, aber sie hat sich weder zu Hause noch auf dem Handy gemeldet. Nur der Anrufbeantworter und die Mailbox sind an. Ich war schon oben, der Fernseher läuft.«

»Und du meinst, da ist etwas passiert«, sagte er, und es klang wie eine Feststellung.

»Ihr Wagen steht dort. Ich weiß es von einem Nachbarn. Frank …«

»Ja?«

»Nichts. Warten wir auf den Schlüsseldienst. Da ist er schon.« Sie ging zur Straße und winkte dem Mann zu. Er stieg aus, holte einen Werkzeugkoffer aus dem Auto und folgte den Beamten nach oben. Es dauerte keine Minute, bis er die Tür geöffnet hatte.

»Danke, wir brauchen Sie jetzt nicht mehr. Die Rechnung schicken Sie bitte ans Präsidium. Hier ist meine Karte.« Sie warteten, bis der Mann das Haus verlassen hatte, dann fragte Durant: »Wer geht zuerst rein?«

»Wir gehen zusammen«, antwortete Hellmer.

»Okay.«

Gemeinsam betraten sie die Wohnung, hielten kurz inne und machten die Tür hinter sich zu. Es gab keinen Flur, sie standen gleich in dem geräumigen, luxuriös eingerichteten Wohnbereich, an den eine offene Küche anschloss. An der Wand zwei Bilder von Monet und Chagall, in der Ecke neben dem Fenster ein Großbildfernsehgerät und eine hochwertige Hi-Fi-Anlage. Der Fernseher war eingeschaltet, eine Talkshow. Der Fußboden war aus Marmor und zum Teil mit orientalischen Seidenteppichen bedeckt. Ein paar Grünpflanzen und eine Orchidee auf der Fensterbank. Die Küche war aufgeräumt, nur zwei Teller und das dazugehörige Besteck in der Spüle. Kalter Rauch hing in der Luft.

»Hier ist sie jedenfalls nicht«, sagte Hellmer, nachdem sie den großzügigen Wohn-/Essbereich erkundet hatten. »Aber eines muss man der Dame lassen, sie hat Geschmack. Ob die echt sind?« Hellmer deutete auf die Bilder.

»Bin ich vielleicht eine Kunstexpertin?«, sagte Durant gereizt.

»'tschuldigung, hab ja nur mal gefragt.«

Von dem großen Raum gingen drei Türen ab, die alle geschlossen waren.

»Welche machen wir zuerst auf?«, fragte Hellmer.

»Bestimm du.«

»Nehmen wir die hier«, sagte Hellmer und ging auf die Tür zu, die etwa zwei Meter vor ihnen war. Er drückte langsam die Klinke hinunter.

Hellmer und Durant atmeten schwer, als sie das Zimmer vorsichtig betraten. »Scheiße«, murmelte Hellmer, den Blick auf das Bett gerichtet, »hier hat jemand ganze Arbeit geleistet.«

Helena Maric lag auf dem Bauch, den Kopf am Fußende und zur Seite gedreht, die Augen weit aufgerissen. Sie war nackt. Beide Arme waren nach oben gerichtet, es schien, als hätte sie sich nur kurz gewehrt. Die Beine waren unnatürlich verdreht und leicht gespreizt. Der Mund stand einen Spalt offen, um den Hals hatte sich ein Hämatom gebildet.

»Sie wurde erdrosselt«, sagte Durant leise und trat näher an das Bett heran. »Sie hatte keine Chance. Er ist vermutlich von hinten gekommen, als sie am wenigsten damit gerechnet hat. Wie es aussieht, kannte sie ihren Mörder.«

»Und wie kommst du darauf?«

»Erstens, es gibt keine Einbruchsspuren. Zweitens, sie ist nackt, ihre Klamotten liegen ordentlich über dem Stuhl. Außerdem stehen zwei Teller in der Spüle, und hier sind zwei Gläser. Ich wette, sie hat mit ihm gegessen und getrunken und aller Wahrscheinlichkeit nach sogar mit ihm geschlafen. Der gute Freund, der zum Killer wird, ohne dass man etwas ahnt. Das ist so ziemlich der schrecklichste Gedanke. Stell dir vor, du schläfst mit Nadine, und mit einem Mal wirst du von ihr erschossen oder erstochen. So ähnlich muss sich das hier abgespielt haben. Und das Schlimme ist, der Killer hat nicht einmal Angst, dass wir ihn schnappen könnten, sonst wären sein Glas und sein Teller nicht dort, wo sie sind. Ruf Berger an, er soll das Übliche veranlassen.«

Julia Durant zog sich unterdessen Handschuhe an, um die Tote oberflächlich zu untersuchen. Nachdem Hellmer sein Handy wieder eingesteckt hatte, sagte sie: »Die ist mindestens zehn bis zwölf Stunden tot. Die Leichenstarre ist voll ausgeprägt, die Totenflecke nicht mehr wegdrückbar. Todeszeitpunkt meiner Meinung nach zwischen zweiundzwanzig Uhr und Mitternacht. Ich kann mich natürlich auch täuschen, aber ich glaube, ich habe im Unterricht ganz gut aufgepasst. Fragen wir mal die Nachbarn, ob die was mitbekommen haben. Oder vielleicht haben sie sogar jemanden gesehen und können ihn beschreiben.« Sie unterzog das Bett einer genaueren Begutachtung, schaute zwischen ihre Beine und auf das Bettlaken und fuhr fort: »Sie hat sich hier mit jemandem vergnügt. Schau selbst, sieht ganz nach getrockneten Spermaflecken aus. Vielleicht kriegen wir ihn so.«

»Du träumst. Das ist das Werk eines Auftragskillers, bei dem die Maric nicht im Traum daran gedacht hätte, dass er das Geschäft mit dem Tod betreibt. Der ist so gerissen, der lacht sich höchstens ins Fäustchen. Wer weiß, wo der wohnt. Vielleicht ist er ein Russe oder ein Italiener und längst wieder in der Heimat. Und mit Sicherheit ist er in keiner Datenbank registriert.«

»Komm, gehen wir raus hier«, sagte sie, zog ihre Handschuhe wieder aus und steckte sie in die Tasche. Sie setzten sich aufs Sofa.

Julia Durant warf einen Blick auf den Aschenbecher, in dem fünf Kippen lagen. Sie schob sie vorsichtig auseinander und sagte: »Er ist Nichtraucher.«

»Und wie kommst du darauf?«

»Wenn die beiden den ganzen Abend miteinander verbracht haben, wovon ich ausgehe, dann hätte er hier auch geraucht. Aber alle Kippen sind dieselbe Marke, und überall ist Lippenstift auf den Filtern. Nichtraucher, aber er trinkt gerne ein Glas Wein. Oder warte mal.« Sie sprang auf, ging ins Schlafzimmer, roch an beiden Gläsern, nickte und kam grinsend zurück. »Er ist auch Antialkoholiker. Er hat Wasser getrunken. Ein sehr kühler Kopf.«

»Meinst du, es ist derselbe, der auch Wiesner und die Puschkin umgelegt hat?«

»Mit Sicherheit. Die Maric ist zu einer Gefahr geworden. Vielleicht war ihr nicht klar, in welchen Schwierigkeiten Wiesner wirklich steckte, hat aber, nachdem sie von seinem Tod erfahren hat, kalte Füße bekommen. Vielleicht wollte sie auspacken.«

»Aber sie wusste doch nicht, dass Wiesner und Puschkin ermordet wurden«, entgegnete Hellmer ruhig. »Diese Information haben nur eine Hand voll Leute.«

»Schuldgefühle. Sie kannte Wiesner seit vielen Jahren, war mit ihm befreundet, und das auch noch, nachdem sie sich selbstständig gemacht hatte. Und sie hat ihm allem Anschein nach diesen Uhrendeal vermittelt. Ach«, sie machte eine wegwerfende Handbewegung, »ich habe keine Ahnung. Womöglich hat sie viel zu viel gewusst. Auf jeden Fall stellte sie für gewisse Leute eine Gefahr dar und musste beseitigt werden. Womit wir schon wieder beim organisierten Verbrechen wären.«

»Verfluchte Scheiße! Möchte zu gern wissen, in was wir da reingetreten sind. Ich hoffe nicht, in eine Schlangengrube. Ich kann Schlangen nämlich nicht ausstehen.«

Die nächsten Minuten schwiegen sie, bis es klingelte. Sie kamen alle kurz hintereinander, die Spurensicherung, der Fotograf sowie der Leiter der Rechtsmedizin, Professor Morbs, persönlich.

Die drei Männer und zwei Frauen der Spurensicherung stellten sich zu Morbs, Hellmer und Durant begaben sich auf den Balkon, während der Fotograf die gesamte Wohnung fotografierte und abschließend noch videografierte. »Na, schwer am Arbeiten?«

»Sie waren auch schon witziger«, erwiderte Durant trocken.

»War nicht so gemeint. Wer ist sie?«

»Eine Juwelierin. Erdrosselt. Stellen Sie mal fest, ob sie vor ihrem Tod Geschlechtsverkehr hatte. Ich habe jedenfalls so was wie Spermaspuren auf dem Laken gefunden, könnte aber auch sein, dass die schon älter sind.«

»Ist sie nackt?«

»Splitterfasernackt.«

»Lage?«

»Auf dem Bauch.«

»Wo liegt der Kopf?«

»Am Fußende.«

»Dann hatte sie wenigstens noch einen schönen Abend vor ihrem Dahinscheiden«, bemerkte Morbs grinsend mit dem ihm eigenen morbiden Humor.

Auf einmal nahm Durant ihr Handy aus der Tasche und rief im Präsidium an.

»Haben Sie was zu schreiben, Chef? … Notieren Sie bitte folgende Nummer … Haben Sie's? … Ich brauche umgehend eine Liste sämtlicher Nummern, die von diesem Apparat aus in den letzten fünf Tagen angerufen wurden, sowie eine Liste aller Gespräche, die hier eingegangen sind. Das Gleiche brauche ich vom Mobilfunkanbieter. Ich gebe Ihnen auch diese Nummer durch. Das ist das D 1 Netz … Hellmer und ich kommen so in einer bis anderthalb Stunden ins Büro. Machen Sie mal ein bisschen Druck, damit wir die Listen noch heute kriegen. Bis nachher.«

»Was versprichst du dir davon?«, fragte Hellmer mit gekräuselter Stirn.

»Wer immer sie besucht hat, hat sie vorher möglicherweise angerufen. Ich glaube nicht, dass er unangemeldet gekommen ist. Werfen wir doch mal einen Blick ins Bad, ob wir da irgendwelche Herrensachen finden wie Duschgel, After Shave oder so was.« Und nach einer Weile: »Siehst du, die Dame hat allein gelebt. Keine Spur von einem festen Freund, weder im Bad noch im Schlafzimmer noch sonst irgendwo.«

»Mal angenommen, sie hat gestern Abend tatsächlich Besuch gehabt, mit dem sie sich vergnügt hat, dann muss das ja nicht unbedingt heißen, dass ihr Liebhaber auch ihr Mörder ist. Was, wenn der erst später kam, als der andere schon wieder weg war? Ist doch möglich?«

»Dann haben wir Pech gehabt«, entgegnete Durant lakonisch. »So, und jetzt lassen wir die Spurensicherung und unsern lieben Professor ihre Arbeit verrichten. Zuerst aber will ich noch wissen, ob er schon sagen kann, ob sie Geschlechtsverkehr hatte.«

Der Fotograf packte seine Ausrüstung zusammen und verabschiedete sich mit einem Kopfnicken. Morbs stellte seine Tasche neben das Bett und begann die Tote zu untersuchen. Durant und Hellmer standen bei ihm und sahen ihm bei der Arbeit zu.

»Sie weilt schon seit längerem nicht mehr unter den Lebenden. Vermutlich seit zwölf Stunden, plus/minus zwei.«

»Geschlechtsverkehr?«

»Nicht so schnell, nicht so schnell. Moment.« Er nahm eine kleine Taschenlampe, spreizte die Schamlippen ein wenig, leuchtete in die Vagina und nickte. »Sie hatte. Und zwar ausgiebig, vaginal und anal. Ich lasse die Spermaproben nachher untersuchen. So, und jetzt, werte Dame, messen wir die Temperatur rektal. Das Ding ist zwar nicht so groß wie das, womit Sie letzte Nacht beglückt wurden, aber immerhin wollen wir Ihnen wenigstens noch einen postmortalen Genuss verschaffen«, sagte er grinsend und warf einen kurzen Blick auf die Kommissare. Hellmer grinste ebenfalls vor sich hin. Durant stieß ihn leicht in die Seite, konnte aber auch ihr Grinsen nicht verbergen. »Ihr Männer seid selbst in solchen Situationen noch zu Scherzen aufgelegt. Möchte mal wissen, wie ihr euch fühlen würdet …«

»Das wäre dann meine erste homosexuelle Erfahrung«, erwiderte Hellmer trocken und musste plötzlich laut lachen.

»Arsch«, sagte Durant leise. Nach zwei Minuten piepste das Thermometer, Morbs zog es heraus und las die Temperatur ab. »26,4 Grad bei einer Raumtemperatur von 22 Grad, die Leiche ist unbekleidet. Todeszeitpunkt zirka dreiundzwanzig Uhr. Noch etwas?«, fragte Morbs.

»Nee, das war's. Und besten Dank auch. Wann bekommen wir den Bericht?«

»Morgen im Laufe des Vormittags. Haben Sie übrigens schon den Wetterbericht gehört? Es soll in den nächsten Tagen rapide bergab gehen, mit den Temperaturen, meine ich.«

»Könnte nicht schaden. Dann ist man wenigstens wieder in der Lage zu denken. Machen Sie's gut.«

Hellmer und Durant überließen das Feld Morbs und der Spurensicherung. Sie gab die Anweisung, die Wohnung nach Beendigung der Arbeiten zu versiegeln. Die Gnadenlosen, wie sie scherzhaft von der Polizei genannt wurden, waren inzwischen ebenfalls eingetroffen und warteten darauf, die tote Helena Maric abzutransportieren.

»Befragen wir jetzt noch jemanden hier im Haus, oder lassen wir's?«

»Es sind nur drei Parteien. Ich nehm die im dritten, du die im zweiten, und die im Erdgeschoss machen wir zusammen. So sind wir schneller fertig. Außerdem habe ich Hunger und Durst. Und ich will sehen, wie weit Kullmer mit seinen Recherchen über Gebhardt gekommen ist.«

Nach nicht einmal zehn Minuten waren ihre Befragungen beendet. Sie hatten eine junge Frau angetroffen, die bis um drei Uhr morgens bei einer Geburtstagsfeier gewesen war, und den Mann, den Durant bereits kennen gelernt hatte. Er war zwar zu Hause gewesen, hatte aber angeblich nichts bemerkt. Er habe den Abend über auf dem Balkon verbracht und sei dort auch eingenickt. Er konnte lediglich sagen, dass er hin und wieder einen sehr schlanken südländischen Mann mit Helena Maric gesehen habe, war jedoch nicht in der Lage, ihn genauer zu beschreiben.

»Hast du was anderes erwartet?«, fragte Hellmer, als sie sich zu ihren Autos begaben.

»Eigentlich nicht. Ich muss jetzt noch mal kurz nach Bornheim, den Mitarbeitern die Nachricht überbringen. Ich bin am Nachmittag wieder im Büro. Bis dann.«

Die Mitarbeiter von Helena Maric berieten gerade zwei Kunden, als die Kommissarin das Geschäft betrat. Der Mann schaute auf, runzelte die Stirn, bat die Kundin, sich einen Moment zu gedulden, und kam auf Durant zu.

»Was gibt es?«

»Herr …«

»Schmitz.«

»Herr Schmitz, können wir uns kurz unter vier Augen unterhalten?«

»Sie sehen doch, dass ich Kundschaft habe. Sie müssten sich schon noch eine halbe Stunde gedulden.«

»Tut mir Leid, so lange kann ich nicht warten. Also, was ist?« Sie sah ihn mit einem Blick an, der ihn zusammenzucken ließ.

»Ich sage nur schnell der Kundin Bescheid, dass ich in zwei Minuten wieder bei ihr bin.«

Er sprach sehr leise und gab der Kommissarin dann mit einer Handbewegung zu verstehen, ihm nach hinten zu folgen.

»Herr Schmitz, ich komme soeben von Frau Maric. Ich muss Ihnen leider mitteilen, dass Frau Maric tot ist.«

Aus Schmitz' eben noch säuerlichem Gesicht war urplötzlich jegliche Farbe gewichen. Er zog sich einen Stuhl heran und setzte sich.

»Mein Gott, was ist passiert? So krank hat sie sich doch gar nicht angehört!«

»Sie wurde ermordet. Und jetzt meine Frage an Sie: Als sie gestern Abend bei Ihnen angerufen hat, wie spät war es da und wie hat ihre Stimme geklungen?«

Schmitz hob die Schultern, Ratlosigkeit und Entsetzen spiegelten sich in seinem Gesicht wider. »Ermordet? Du meine Güte, sie war doch eine so liebenswerte Person. Wer tut so etwas? Sie hat sich mir und Frau Greiner gegenüber immer korrekt verhalten. Sie hat auch überdurchschnittlich gut bezahlt. Es ist ein herber Verlust.«

»Ja, das ist es wohl. Aber Sie haben meine Frage noch nicht beantwortet.«

»Entschuldigung, ich bin etwas durcheinander, wie Sie bestimmt verstehen können. Es war zwischen acht und Viertel nach acht, das weiß ich noch genau, denn es lief gerade die Tagesschau. Sie müssen wissen, dass ich seit mehr als dreißig Jahren immer …«

»Schon gut, schon gut«, wurde er von Durant unterbrochen, die immer ungeduldiger wurde, »so genau wollte ich es auch wieder nicht wissen. Wie hat ihre Stimme geklungen? Haben Sie irgendeine Auffälligkeit bemerkt?«

Schmitz schüttelte den Kopf. »Nein, eigentlich hat sie sich nicht krank angehört, aber Frauen haben eben manchmal Probleme, wenn Sie verstehen …«

»Ich weiß, was Sie meinen, ich bin selbst eine Frau. Was genau hat sie gesagt? Können Sie sich an den Wortlaut erinnern? Und haben Sie vielleicht sogar eine weitere Stimme im Hintergrund gehört?«

»Was hat sie genau gesagt …« Schmitz überlegte eine Weile. »Sie hat angerufen und gesagt, warten Sie … ›Herr Schmitz, es tut mir Leid, wenn ich Sie störe, doch es könnte sein, dass ich morgen nicht ins Geschäft komme. Mir geht es nicht sonderlich gut, aber ich bin bestimmt am Donnerstag wieder da.‹ Dann habe ich sie gefragt, ob ich ihr irgendwie helfen könne, aber sie hat sich nur bedankt und mein Angebot abgelehnt. Und damit war das Gespräch beendet.«

»Und war jemand anders im Hintergrund?«

»Mein Fernseher lief, als sie angerufen hat. Ich habe nicht auf so etwas geachtet.« Er sah die Kommissarin von unten herauf an und fuhr fort: »Wie soll es jetzt mit dem Geschäft weitergehen?«

»Das kann ich Ihnen leider nicht sagen. Eine Frage noch. Hier gibt es doch sicherlich einen Tresor, oder?«

»Ja, natürlich«, antwortete Schmitz und sprang auf. »Er ist hinter dem Bild. Nicht gerade ein originelles Versteck, aber bislang sind wir gottlob vor Einbrechern verschont worden.«

»Kennen Sie die Kombination?«, fragte Durant.

»Die kannte nur Frau Maric.«

»Ich werde ein Siegel am Tresor und ebenso an der Bürotür anbringen. Weder Sie noch Frau Greiner dürfen ab sofort diesen Raum betreten, bevor nicht sämtliche Akten gesichtet wurden.«

»Selbstverständlich«, beeilte sich Schmitz zu versichern. »Aber die andern beiden Räume dürfen wir betreten?«

»Was für Räume sind das?«

»Ein kleiner Aufenthaltsraum für die Mittagspause und die Toilette.«

»In Ordnung. Ich werde nachher oder morgen Vormittag ein paar Kollegen vorbeischicken, die sich hier mal umsehen werden. Sie können selbstverständlich das Geschäft weiterführen.«

»Aber ich habe doch gar keinen Einblick in die Unterlagen von Frau Maric. Ich weiß nicht einmal, mit welchen Leuten sie Geschäftsbeziehungen unterhalten hat. Ich meine damit Lieferanten und Schleifereien und so weiter.«

»Diese Unterlagen bekommen Sie selbstverständlich, sobald wir sie gesichtet haben. Es wird nur ein paar Tage dauern.« Durant blickte auf die Uhr. »Ich bringe jetzt noch schnell die Siegel an, und dann können Sie sich wieder um Ihre Kunden kümmern. Haben Sie irgendwelche persönlichen Dinge hier wie zum Beispiel Ihren Schlüssel?«

»Nein, dieses Büro gehörte ausschließlich Frau Maric. Ich habe es nur selten betreten.«

»Gut.«

»Eine Frage noch. Hat sie sehr leiden müssen?«

»Nach unseren bisherigen Erkenntnissen nicht. Sie war sofort tot.« Sie brachte die Siegel am Tresor und der Tür an. »So, fertig.

Wie gesagt, entweder kommen meine Kollegen noch heute oder morgen Vormittag. Auf Wiedersehen.«

Schmitz geleitete die Kommissarin zur Tür. Julia Durant hatte das Gefühl, als ob sich eine eiserne Kette um ihre Brust legen und sich langsam immer enger zuziehen würde. Die Hitze staute sich zwischen den schmalen Straßen und machte das Atmen zur Qual.

Ihr Weg führte sie nach Hause. Sie holte die Post aus dem Briefkasten, zwei Rechnungen und eine Zeitung, duschte und zog sich frische Unterwäsche an, eine gebügelte Jeans und eine leichte weit geschnittene Bluse. Sie wartete, bis ihr Haar getrocknet war, bürstete es und putzte sich abschließend die Zähne. Als sie in den Spiegel schaute und die dunklen Ränder unter ihren Augen sah, dachte sie: Julia, das ist kein Leben für dich. Aber da musst du durch. Und jetzt reiß dich zusammen. Sie machte sich zwei Brote mit Philadelphia-Brotaufstrich und Tomate und trank dazu eine halbe Flasche Wasser. Anschließend rauchte sie noch eine Zigarette. Sie musste noch einmal auf die Toilette – ein weiterer Blick in den Spiegel, sie grinste sich selbst zu, als wollte sie sich Mut machen –, knipste das Licht im Bad aus, kippte die Fenster im Wohn- und Schlafzimmer, nahm ihre Tasche und ging. Draußen hatte sie das Gefühl, von der Hitze gleich erschlagen zu werden. Warum habe ich eigentlich geduscht?, fragte sie sich und stieg in ihren Wagen. Es war kurz nach halb drei, als sie im Präsidium ankam.

Mittwoch, 14.45 Uhr

Berger saß schwitzend hinter seinem Schreibtisch, telefonierte und machte sich während des Gesprächs einige Notizen. Er schaute kurz auf. Julia Durant ging zu Hellmer und Kullmer und schloss die Tür hinter sich.

»Und?«, fragte sie mit erwartungsvollem, auf Kullmer gerichteten Blick.

Er grinste, lehnte sich zurück und spielte mit dem Stift in seiner

Hand. »Sie wollen sicherlich hören, was ich über Gebhardt in Erfahrung bringen konnte. Eine ganze Menge. Also, er hat heute Dienst, und zwar bis etwa siebzehn Uhr. Er wohnt in Offenbach in der Nähe des Kaiserleikreisels, verheiratet, zwei Kinder, achtunddreißig Jahre alt, seit dreizehn Jahren bei der Kripo, davon fünf beim Drogendezernat und knapp acht beim OK, genauer gesagt bei der Abteilung für Menschenhandel, Prostitution und damit verbundene organisierte Kriminalität. Er ist unauffällig und vertritt seinen Vorgesetzten und Kollegen gegenüber immer wieder den Standpunkt, dass Menschenhändler aufs Härteste bestraft werden sollten.« Kullmer machte eine Pause, wippte mit seinem Stuhl und lachte kaum hörbar auf, bevor er fortfuhr: »Ich habe aber alle Einträge dieser Natascha überprüft, wobei mir mein Freund geholfen hat, ohne dass ich Gebhardts Namen erwähnt habe, und siehe da, zu all den aufgeführten Zeitpunkten herrschte absolute Ruhe. Keine Razzien, keine wesentlichen Festnahmen, die mit irgendeiner dieser Sachen in Verbindung gebracht werden könnten, nichts, aber auch rein gar nichts. Dafür schleppte Gebhardt hin und wieder jemanden an, der der Zuhälterei beschuldigt wurde oder ein paar Gramm Heroin oder Kokain bei sich hatte, aber es waren immer nur kleine Fische. Und Müller, sein Chef, hat nichts gemerkt. Ich denke, allein diese Fakten genügen, uns mal ein wenig intensiver mit ihm zu beschäftigen. Oder was meinen Sie?«

»Gratuliere, sehr gute Arbeit«, sagte Durant anerkennend und fügte hinzu: »Ich hoffe, ihr beide macht heute rechtzeitig Feierabend. Fangt ihn am besten ab, wenn er aus dem Präsidium geht. Lasst euch was einfallen, damit er nicht misstrauisch wird. Sagt ihm von mir aus, dass ihr im Augenblick einen ziemlich heiklen Fall bearbeitet und gut seine Hilfe gebrauchen könntet und ein paar Informationen benötigt, die euch vielleicht weiterbringen. Ihr hättet einen Tipp bekommen, dass in den nächsten Tagen ein größerer Transport mit Heroin und Kokain aus dem Osten in Frankfurt eintrifft. Das ist jedoch nur ein Vorschlag von mir. Wenn ihr eine bessere Idee habt, dann lass ich euch völlig freie Hand. Aber wenn ihr mit ihm fertig seid, dann so, dass er die Hosen so gestrichen voll hat, dass er freiwillig mit uns zusammenarbeitet … Wisst ihr denn schon, wo ihr mit ihm hingeht?«

Kullmer nickte dreckig grinsend. »Ich kenne da in Sachsenhausen ein wunderschönes leer stehendes Fabrikgebäude, das demnächst abgerissen werden soll. Dort hört ihn keiner.«

»Hervorragend. Aber ihr ruft mich an, wenn alles vorbei ist.«

»Logisch.«

Die Tür ging auf, Berger stand da und füllte mit seiner massigen Gestalt den gesamten Türrahmen aus. »Was gibt's denn so Geheimnisvolles zu besprechen?«

»Gar nichts«, antwortete Durant mit Unschuldsmiene, »wir wollten Sie nur nicht bei Ihrem Telefonat stören.«

»Na gut. Und wie ist es bei Ihnen gelaufen?«

Durant zuckte mit den Schultern und sagte: »Ich habe mit einem Mitarbeiter von der Maric gesprochen und den Tresor und die Bürotür versiegelt. Güttler und Wilhelm sollen da mal hinfahren und alle wesentlichen Akten herschaffen, und zwar heute noch. Ach ja, und wir sollten eine Soko bilden. Am besten nennen wir sie Ruma.«

»Wieso Ruma?«

»Abkürzung für Russenmafia«, sagte Durant, während sie eine Zigarette aus der Schachtel zog.

»Ich werde mich darum kümmern, und morgen früh machen wir eine Einsatz- und Lagebesprechung. Küchler hat übrigens auch schon wieder angerufen«, berichtete Berger. »Er will wissen, wie unsere Ermittlungen vorangehen. Ich musste ihm natürlich sagen, dass wir es jetzt mit einem dritten Mord zu tun haben. Er hat angefangen zu bohren …«

»Und was haben Sie gesagt?«, fiel ihm Durant ins Wort.

»Was soll ich schon gesagt haben, die Wahrheit natürlich. Außer dass ich ein paar Details weggelassen habe, wie zum Beispiel Ihren Besuch bei Frau Wiesner vergangene Nacht. Er muss ja noch nicht alles wissen, oder?«

»Und wie hat er reagiert?«

»Zurückhaltend. Er meinte, wir sollten mal in Erwägung ziehen, mit den Kollegen vom OK zusammenzuarbeiten. Es könne ja immerhin sein, dass es sich um organisierte Kriminalität handelt.«

»So was schließen wir doch völlig aus, oder?«, meinte Durant und sah Berger mit eindeutig vieldeutigem Blick an.

»Ich habe ihm gesagt, dass es im Moment noch keine konkreten Hinweise bezüglich derlei Aktivitäten gebe, da die Morde an zwei Juwelieren und einer Prostituierten begangen wurden. Es könne auch eine viel einfachere Lösung geben, und Sie würden die Ermittlungen schon richtig leiten. Das war doch in Ihrem Sinn, oder?«, entgegnete Berger schelmisch grinsend.

»Ich hätt's nicht besser formulieren können. Ich hoffe nur, der lässt uns ab jetzt in Ruhe arbeiten.«

»Wird er schon. Er schien ganz zufrieden, als er aufgelegt hat. Und ich soll Sie von ihm grüßen.«

»Bitte was?«, fragte die Kommissarin ungläubig. »Von Küchler? Das glaub ich nicht.«

»Doch, wirklich. Er hat wortwörtlich gesagt: ›Richten Sie Frau Durant einen herzlichen Gruß von mir aus.‹ Und das habe ich hiermit getan.«

»Das ist nicht normal. Seit ich ihn kenne, haben wir uns nie besonders gut verstanden. Allerdings hatten wir auch nie viel miteinander zu tun. Und wenn, hat er sich immer in unsere Ermittlungen eingemischt und den großen Macker markiert. Nee, das ist nicht Küchlers Art. Da kommt noch was, wetten?«

Berger zuckte mit den Schultern und wollte schon wieder in sein Büro gehen, als Durants Stimme ihn zurückhielt. »Was ist mit der Telekom?«

»Leider erst morgen. Das kriegen die heute nicht mehr auf die Reihe.«

»Die sollen nicht so 'n Mist reden! Die sind nur zu faul, das ist alles. Aber wenn die Sachen nicht bis morgen früh um zehn hier auf dem Tisch liegen, fahr ich persönlich hin und hole sie mir. Wenn's sein muss, mit Waffengewalt«, fügte sie hinzu.

Berger winkte nur genervt ab und verschwand in seinem Büro.

»Nun gut«, sagte Durant. »Ich häng mich ans Telefon und ruf bei Frau Wiesner an. Danach gehe ich noch mal alle bisher vorliegenden Fakten durch und mach mich spätestens um fünf auf den Heimweg. Wenn noch irgendwas sein sollte, ich sitze regungslos hinter meinem Schreibtisch, lasse mir vom Ventilator die heiße Luft um die Ohren wehen und träume davon, es wäre eine warme Meeresbrise am Atlantik.«

Sie tippte die Nummer von Ramona Wiesner ein, erreichte sie aber erst auf ihrem Handy. »Ich wollte mich nur mal erkundigen, wie es Ihnen geht«, sagte Julia Durant.

»Es wird allmählich. Ich bin heute viel unterwegs, habe einen Sarg ausgesucht, war bei unserem Gärtner wegen der Blumen und eines Kranzes und werde vielleicht noch ein wenig spazieren gehen. Wenn Sie möchten, können wir ja heute Abend noch mal telefonieren.«

»Das tun wir, denn ich muss Ihnen noch etwas mitteilen. Aber das ist nicht so dringend. Bis heute Abend.«

Durant legte auf, fuhr sich mit der Zunge über die Lippen und machte ein nachdenkliches Gesicht. Sie griff nach einem Block und schrieb alles auf, was ihr zu den Fällen einfiel. Sie sah sich die Tatortfotos an, die bei Wiesner und Maric gemacht wurden, las noch einmal den Autopsiebericht von Wiesner und Puschkin sowie den Bericht der Spurensicherung und der Ballistiker. Es war kurz vor fünf, Hellmer und Kullmer hatten das Präsidium bereits verlassen, um zu dem Polizeigebäude in der Gutleutstraße zu fahren, wo unter anderem die Abteilung für Organisierte Kriminalität saß, als sie das Heft von Natascha Olpitz in die Hand nahm. Erst jetzt merkte sie, wie müde sie war. Sie steckte das Heft in ihre Tasche, stand auf, verabschiedete sich von Berger, warf noch einen letzten Blick in das Büro von Güttler und Wilhelm, die ihr kurz mitteilten, dass sie mit der Vita der Maric bald fertig seien, und ging langsam und mit müden Schritten nach unten zu ihrem Wagen. Von unterwegs aus rief sie bei Kuhn an und fragte ihn, wann er nach Hause komme. Es könne spät werden, sagte er, er habe gerade eben eine Meldung über einen Großbrand in Kelsterbach auf den Tisch gekriegt und müsse sofort dorthin. Sie wollte ihm von dem Mord an Helena Maric erzählen, ließ es dann aber. Das hatte auch noch Zeit bis zum Abend. Im Supermarkt unweit ihrer Wohnung kaufte sie einige Lebensmittel, Süßigkeiten, Chips, Bier und Zigaretten.

Um halb sechs kam Julia Durant zu Hause an, stellte die Tüten auf den Tisch und packte alles an den vorgesehenen Platz. Nachdem sie damit fertig war, holte sie eine Dose Bier aus dem Kühlschrank, leerte sie in einem Zug, legte sich auf die Couch und schlief sofort ein.

Mittwoch, 16.20 Uhr

Redaktion der *Bild*-Zeitung in Neu-Isenburg.

Kuhn hatte soeben einen Artikel für die Freitagsausgabe fertig gestellt. Er streckte sich, zündete sich eine Zigarette an und beschloss seinem Freund Peter Schulze einen kurzen Besuch in dessen Büro abzustatten. Er saß vor seinem Computer und tippte in einer Geschwindigkeit, die jeder Chefsekretärin zur Ehre gereicht hätte.

»Darf ich reinkommen?«, fragte Kuhn.

»Klar, aber lass mich nur schnell den Absatz zu Ende bringen.«

Kuhn setzte sich und hörte dem monotonen Tippen zu. Schulze speicherte den Text, drehte sich mit dem Stuhl und stützte sich mit beiden Armen auf dem Schreibtisch auf.

»Kommst du voran?«, fragte Kuhn.

»Denk schon. Ich lieg jedenfalls in den letzten Zügen«, antwortete Schulze grinsend. »Nachher noch den Termin, morgen geb ich den Rest in den PC, und dann schaun wir mal, was der Chef so dazu sagt.«

»Hast du wirklich keine Angst, dass die ihre Drohungen wahr machen könnten? Ich meine, du nennst die Dinge ja beim Namen, du nennst sogar Personen. Ich halte das für sehr gefährlich.«

»Ach was«, winkte Schulze ab, »warum soll das gefährlich werden? Diese Kerle interessiert das doch gar nicht. Aber die Leser erfahren ein bisschen mehr über das organisierte Verbrechen. Es sind ganze Bücher darüber geschrieben worden, von Lindlau zum Beispiel, und der lebt immer noch. Und der hat auch kein Blatt vor den Mund genommen. Ich bin doch nur ein kleiner Journalist. Mach dir mal keine Gedanken um mich. Ich hatte zwar erst gestern wieder einen anonymen Anruf, in dem mir gedroht wurde, dass ich, sollte die Serie erscheinen, ein toter Mann bin, aber das ist, wie ich schon sagte, Säbelrasseln, mehr nicht. Ich hab ihn gefragt, woher er weiß, dass ich an einer Serie schreibe, und da hat er einfach aufgelegt. Sei's drum.«

»Mit wem triffst du dich denn?«

»Ein Promi-Zahnarzt, das hab ich doch schon erzählt. Mehr wird aber nicht verraten. Ich habe aus zuverlässiger Quelle erfahren, dass er seit Jahren an die Tschetschenen zahlt, wie vermutlich die meisten russischen Zahnärzte. Es gibt da so einen Kleinkrieg zwischen den Russen und Tschetschenen.«

»Und was heißt das konkret?«

»Ich hab eigentlich gar nicht so viel Zeit, das alles zu erklären. Aber ums kurz zu machen, die Tschetschenenmafia beherrscht zu einem großen Teil Moskau. Die lassen sich das natürlich nicht gefallen und schlagen zurück. Und du darfst dreimal raten, wie die das tun.« Schulze sah Kuhn lange an, zog die Stirn in Falten, und als Kuhn nichts sagte, fuhr er fort: »Der Krieg in Tschetschenien ist die Rache. Die Russenmafia, die mittlerweile alle wichtigen politischen und militärischen Positionen in Russland kontrolliert, steckt hinter diesem Krieg. Frag mal einen russischen Soldaten, warum dieser Krieg geführt wird, und er wird dir keine plausible Antwort geben können. Zivilisten werden abgeschlachtet oder verhungern oder erfrieren, aber niemand kann wirklich sagen, warum es diesen Krieg überhaupt gibt. Und ich hab ja schon mal bei deiner Freundin angedeutet, dass Putin nur eine Marionette ist. Er gibt zwar offiziell die Befehle, in Wahrheit ist er aber nur Befehlsempfänger. Da stecken knallharte wirtschaftliche Interessen dahinter, es geht um Öl, Gas und andere Rohstoffe, aber auch um das Drogengeschäft und das Geschäft mit Menschen, Waffen und so weiter. Und die Tschetschenen versuchen hier in Deutschland russische Staatsbürger in ihre Gewalt zu bringen.«

»Aber du hast mir doch gesagt, die großen Mafiabosse würden alle irgendwie zusammenarbeiten. Wie vereinbart sich das mit dem, was du mir da eben erzählt hast?«

Schulze lächelte, verzog die Mundwinkel und antwortete: »Das ist zu komplex, und ich habe auch keine Zeit, das jetzt groß zu erklären, nur so viel, die kooperieren tatsächlich auf höchster Ebene miteinander, und da zählen ein paar tausend oder wenn's sein muss Millionen Menschenleben gar nichts. Es ist ein ganz übles, undurchsichtiges Geschäft. Doch ein klein wenig hab ich schon hinter die Kulissen blicken können. So, ich mach mich dann mal allmählich auf den Weg. Ich will den guten Mann nicht zu lang warten lassen.« Schulze legte eine Diskette ein, speicherte den Text darauf und tat sie in die oberste Schublade seines Schreibtischs. Dann stand er auf, schaltete seinen Computer aus, kam hinter seinem Schreibtisch hervor, klopfte Kuhn auf die Schulter und sagte: »Bis dann.«

»Hm, mach's gut«, erwiderte Kuhn und sah seinem Freund mit nachdenklichem Blick nach, der auf den Ausgang zustrebte. Er zuckte mit den Schultern und ging zurück an seinen Schreibtisch. Das Telefon läutete, er hob ab. Ein Großbrand in Kelsterbach. Er wollte gerade das Büro verlassen, als Julia Durant anrief.

Mittwoch, 17.05 Uhr

Hellmer und Kullmer warteten seit einer Viertelstunde auf dem kleinen Hof vor dem modernen Polizeigebäude in der Gutleutstraße. Schließlich ging die Tür auf, und Gebhardt kam heraus. Sie gingen auf ihn zu, und Kullmer sagte: »Hallo, Walter. Hast du mal einen Moment Zeit?«

Gebhardt zuckte kurz zusammen, verzog die Mundwinkel und runzelte die Stirn. »Eigentlich nicht. Um was geht's denn?«

»Wir haben einen ziemlich ominösen Tipp bekommen, dass heute Nacht angeblich ein größeres Ding abgezogen wird. Es geht um eine Ladung russischer Frauen, die illegal hier anschaffen sollen. Wir vermuten Russen oder Italiener dahinter und brauchen jemanden, der uns unauffällig hilft. Dabei haben wir an dich gedacht, denn du kennst dich ja wie kaum ein Zweiter in der Szene aus.«

»Und warum seid ihr nicht in mein Büro gekommen?«, fragte Gebhardt misstrauisch.

»Weil wir nicht wollten, dass das jeder mitkriegt, und wir die Info außerdem erst vor einer guten Stunde erhalten haben. Und du bist nun mal schon so lange bei dem Verein. Komm, eine halbe Stunde. Wir setzen uns in ein Café und erklären dir, worum es geht. Wir könnten deine Hilfe sehr gut gebrauchen. Es besteht nämlich auch die Möglichkeit, dass die ganze Sache mit einem Mordfall zusammenhängt, der schon über ein Jahr zurückliegt. Wir haben auch ein paar Namen.«

Gebhardt warf einen Blick auf die Uhr, zögerte und willigte schließlich ein. »Gut, aber nur eine halbe Stunde.«

»Ich wusste, dass ich mich auf dich verlassen kann. Frank Hellmer kennst du doch?«

»Vom Sehen. Auch beim K11?«

»In meiner Abteilung. Lass uns fahren, damit du schnell nach Hause kommst. Wir haben nämlich auch noch 'ne Menge zu tun. Am besten nehmen wir unsern Wagen und setzen dich nachher wieder hier ab.«

»Wenn du meinst.«

»Du kannst vorne bei mir einsteigen.«

Kullmer nickte Hellmer unauffällig zu, Gebhardt stieg arglos ein, Hellmer setzte sich direkt hinter ihn. Sie fuhren über die Friedensbrücke bis zur Mörfelder Landstraße und von dort zu einem alten Fabrikgebäude unweit des Lokalbahnhofs.

»He, ich dachte, wir wollten in ein Café«, sagte Gebhardt aufgebracht, als sie auf das verwaiste Grundstück fuhren. »Ich hab verdammt wenig Zeit. Morgen ist Feiertag, und ich wollte noch ein paar Sachen besorgen.«

»Gleich«, erwiderte Kullmer ruhig, »wir wollen dir erst noch was zeigen. Du musst uns aber versprechen, vorläufig mit niemandem darüber zu reden. Dauert auch nur ein paar Minuten. Es gibt da nämlich noch eine Sache, mit der wir nicht weiterkommen.«

Kullmer lenkte den Lancia auf einen großen leer stehenden, von Schlaglöchern übersäten Parkplatz und hielt direkt vor dem Eingang des Gebäudes, der von der Straße aus nicht einsehbar war. Er stellte den Motor ab, und sie stiegen aus. Kullmer öffnete die schwere Eisentür, die laut quietschte. Es war eine große Halle, in der noch immer ein paar Maschinen standen, die allmählich vor sich hin rosteten, sowie zwei schmutzige Hocker und drei ebenso schmutzige Stühle. Einige der Oberlichter waren blind, andere zertrümmert.

»Und was wollt ihr mir zeigen?«

»Gleich«, sagte Kullmer und deutete auf zwei Stühle, die neben einer ausgedienten Werkbank standen. »Setz dich.«

»Warum?«

»Das wirst du gleich sehen.« Hellmer befand sich direkt hinter Gebhardt, eine Hand an der Pistole.

»Setz dich, hab ich gesagt.« Kullmers Ton hatte mit einem Mal etwas Gefährliches.

»Augenblick, was läuft hier ab?«, fragte Gebhardt mit einem leichten Vibrato in der Stimme.

Kullmer packte ihn am Arm und drückte ihn auf den Stuhl. Er beugte sich ganz dicht zu Gebhardt hinunter und sagte: »Reingefallen, mein Lieber. Das hier ist das Café, unser Café. Kapiert?!« Plötzlich hielt er seine Waffe in der Hand und zielte auf Gebhardts Kopf. »So, und jetzt reden wir Tacheles. Wir haben Informationen, dass du in den letzten Jahren kräftig in die eigene Tasche gearbeitet hast. Was hast du dazu zu sagen?«

Gebhardt lachte gequält auf und schüttelte den Kopf. »Ihr spinnt! Ich habe niemals auch nur einen Pfennig …«

»Hör zu, du gottverdammte Drecksau, lüg uns nicht an! Du hast zwei Möglichkeiten, entweder du erzählst uns alles, oder wir legen dich gleich hier um.« Dabei hielt Kullmer seine Waffe unter Gebhardts Kinn.

»Ich weiß nichts!«, schrie Gebhardt, doch Kullmer zischte ihn an: »Wenn du noch einmal schreist, hau ich dir in die Fresse, dass du hinterher wie Frankenstein persönlich aussiehst.«

»Was gibt das hier? Spielen wir jetzt guter Bulle, böser Bulle? Ihr seid die guten und ich bin der böse? Arschlöcher! Als ob nicht jeder von uns schon mal Mist gebaut hätte! Und erzählt mir nicht, ihr würdet nicht auch hin und wieder ein Auge zudrücken.«

Kullmer entgegnete nichts darauf, sondern schlug seine Faust unvermittelt in Gebhardts linke Seite. Gebhardt schrie auf. Kullmer fragte ungerührt und kalt: »Seit wann arbeitest du in die eigene Tasche?«

Gebhardt rang nach Luft und blickte Kullmer entsetzt an. Nachdem er sich einigermaßen erholt hatte, antwortete er: »Ich sag doch, ich hab nie …«

Gebhardt sah den heftigen Schlag nicht kommen, den ihm Hellmer in die andere Seite verpasste.

Er schrie erneut auf und krümmte sich vor Schmerz. »Ihr verdammten Schweine! Damit kommt ihr nie durch!«

»Du bist am Ende, Gebhardt. Es sei denn … Aber dazu kommen wir später. Wir wissen, dass du Gelder von gewissen Personen nimmst, indem du sie unter Druck setzt. Du hast zumindest in den letzten fünf Jahren zig Aktionen gedeckt, die mit Menschen- und Drogenhandel zusammenhängen, und dafür die Hand aufgehalten. Wie lebt es sich eigentlich damit zu wissen, dass ahnungslose Kinder und Frauen hierher gebracht werden, und die man dann wie Sklaven hält und die irgendwann, wenn man sie nicht mehr braucht, einfach wie ein Stück Müll wegwirft, wenn sie nicht schon vorher am Suff oder an Drogen krepiert sind, nur weil so ein paar Schweine wie du sich ein schönes Leben machen wollen. Sag's mir, du Arschloch!«

»Ich hab so was nie getan!«, wimmerte Gebhardt.

Kullmer drehte sich um, und nur Sekunden später machte er eine erneute schnelle Drehung und versetzte Gebhardt einen gezielten Schlag in den Magen. Danach packte er ihn am Hemdkragen und zog ihn hoch. »Das war erst der Anfang. Wenn du nicht dein verdammtes Maul aufmachst, lassen wir dich verrecken. Wir werden dich den Wölfen zum Fraß vorwerfen, und es werden genau die Wölfe sein, die bisher immer schön brav gezahlt haben. Du glaubst gar nicht, wie gemein Menschen sein können.«

Gebhardt sah Kullmer aus angsterfüllten Augen an. Er zitterte am ganzen Körper. »Was wollt ihr? Geld?«

Kullmer lachte höhnisch auf und schüttelte den Kopf. »Du bist wirklich das dümmste Arschgesicht, das mir jemals untergekommen ist! Du glaubst wohl, jeder Bulle ist korrupt. Aber so läuft das nicht, weder ich noch Hellmer haben jemals auch nur einen Pfennig genommen oder ein Auge zugedrückt, wenn's um wirklich heikle Sachen ging. Du wirst uns jetzt sämtliche Adressen mit illegalen Bordellen geben. Außerdem wollen wir alle Namen von jenen Personen, von denen du Geld genommen hast. Und wenn du uns auch nur einen einzigen Namen oder eine Adresse verschweigst, bist du ein toter Mann.«

Kullmer hielt inne, fuhr sich mit einer Hand durchs Haar, spuckte seinen Kaugummi aus und holte einen neuen aus seiner Hemdtasche. Seine Stimme wurde auf einmal sanft, fast väterlich. Er legte eine Hand auf Gebhardts Schulter, das Gesicht nur wenige Zentimeter von ihm entfernt. »Schau, mein Lieber, du hast doch eine Frau und zwei Kinder. Sie würden ihren Mann und Vater sicher sehr vermissen. Und wie schrecklich, wenn sie dann auch noch erfahren, in welche Sauereien du verwickelt warst. Eine Welt bricht für die zusammen. Deine Frau landet womöglich in der Klapse, und auf deine Kinder wird man ein Leben lang mit den Fingern zeigen. Sieh doch endlich ein, du hast keine Wahl. Und jetzt mach's uns nicht so schwer und tu, was wir dir sagen.« Kullmer trat einen Schritt zurück, verschränkte die Arme über der Brust und fuhr wieder mit schärferer Stimme fort: »Außer den Namen und Adressen brauchen wir natürlich auch noch sämtliche Kontaktpersonen.«

»Damit kommt ihr nicht durch. Es gibt keinen einzigen Beweis gegen mich.«

Kullmer sah Hellmer an und sagte mit nachdenklicher Miene: »Frank, ein Schuss ins Knie tut doch höllisch weh, oder? Wir hatten da doch letztens so 'nen Fall, ich kann mich nur noch vage daran erinnern.«

»Ach der, ja«, erwiderte Hellmer lachend. »O Mann, die Schreie werd ich nie vergessen. Die ganze Kniescheibe zertrümmert. Der wird nie mehr richtig laufen können. Das tut wirklich scheußlich weh. Tja, manche wollen's eben nicht anders. Soll ich?«

»Kleinen Moment, ein bisschen Zeit haben wir noch. Aber du kannst ja schon mal Maß nehmen. So, und jetzt hören wir mit diesen albernen Spielchen auf«, fuhr Kullmer in wieder scharfem Ton fort. »Es gibt keinen Ausweg mehr für dich, es gibt nur noch ein Entweder-oder! Du bestimmst ab dieser Sekunde deine Zukunft.«

»Ihr schießt nicht«, sagte Gebhardt und versuchte ein zynisches Grinsen, was gründlich misslang. »Die würden sofort rauskriegen, dass ihr mit einer Dienstwaffe ...«

Hellmer grinste jetzt ebenfalls, so fies es ihm möglich war, und sah Gebhardt dabei herausfordernd an. Gebhardts Miene versteinerte sich augenblicklich.

»Ihr führt einen privaten Rachefeldzug, hab ich Recht? Verdammt, ich hätt's mir denken können. Und ihr habt natürlich nicht eure Dienstwaffen dabei.«

Hellmer zog die Augenbrauen hoch, zuckte mit den Schultern, zündete sich eine Zigarette an und stellte sich direkt vor Gebhardt. »Die Adressen und Namen, und zwar sofort.«

»Damit bin ich geliefert«, jammerte Gebhardt. »Die machen mich kalt!«

»Wer macht dich kalt? Du sagst doch selbst, dass du ...«

»Hört zu, ich mache euch ein Angebot. Ich beteilige euch an ...«

Kullmer packte ihn von hinten an den Haaren, legte einen Arm um Gebhardts Hals, und während er zudrückte, zischte er: »Sag das noch einmal, und ich drück dir ganz langsam die Kehle zu. Wir sind sauber! Hörst du, wir sind sauber! Und wir wollen nichts von deinem dreckigen Geld!«

»Okay, okay, hab schon verstanden. Aber die machen mich wirklich kalt!«

»Was ist dir lieber, dass wir es tun oder die? Wir lassen dich am Leben, doch die ...« Hellmer schüttelte den Kopf. »Und wie brutal die sein können, vor allem die Russen und überhaupt die Osteuropäer, tz, tz, tz, da läuft's sogar mir eiskalt den Rücken runter. Aber ich mach dir jetzt einen Vorschlag, mit dem ich dir mein Entgegenkommen beweisen will. Du arbeitest mit uns zusammen und bleibst am Leben. In der Spionage nennt man so was wohl Doppelagent. Wobei wir natürlich die Einzigen sind, die die richtigen Informationen bekommen. Und du wirst bestimmte Personen in Zukunft in Ruhe lassen. Du weißt, von wem ich spreche?«

Gebhardt sah Hellmer aus seinen eisblauen Augen kalt an. Der zeigte sich ungerührt, schüttelte nur wieder den Kopf und versetzte Gebhardt einen weiteren ansatzlos geführten kräftigen Schlag in den Bauch. »Wir halten das länger durch als du. Wir haben alle Zeit der Welt. Nenn uns Personen, die von dir erpresst werden.«

»Natascha«, stieß Gebhardt unter Schmerzen hervor.

»Natascha und weiter.«

»Natascha Olpitz. Ivana Gruschenka ...« Er nannte insgesamt sieben Namen, und mit einem Mal sprudelte es aus ihm heraus. Hellmer notierte alles, und am Ende hatte er fünf Seiten in seinem Block voll geschrieben.

»Geht doch. In welchen von diesen Bordellen arbeiten Kinder?«, fragte Kullmer.

»In fast allen.«

»Scheiße! Du bist so ein elendes Stück Scheiße. Weißt du was, wir fahren jetzt mal zu dir nach Hause, holen deine Frau und deine Kinder und zeigen ihnen jedes einzelne von diesen ehrenwerten Häusern. Sie sollen sehen, was für einen großartigen Ehemann und

Vater sie haben. Deine Kinder sollen sehen, wie andere Kinder leben. Wenn dicke, fette Schwänze in sie reingesteckt werden und … Ach, Scheiße, Mann, was geben wir uns eigentlich mit dir ab?! Aber es wäre doch eine tolle Idee, oder?«

»Das macht ihr nicht. Bitte, lasst meine Familie aus dem Spiel.«

»Warum sollten wir? Wie viele Familien hast du denn kaputtgemacht? Hundert, zweihundert oder mehr? Wie viel Geld hast du monatlich abkassiert? Zwanzigtausend, dreißigtausend, hunderttausend? Lass mich nachrechnen, sieben mal drei sind einundzwanzig. Dazu das Decken illegaler Transporte und Deals. Ich würde sagen, wir kommen leicht auf fünfzigtausend Mark. Ganz schön viel Geld für 'nen Bullen. Dafür müssen viele Leute ein Jahr oder länger schuften. Und du steckst das jeden Monat einfach so ein. Und ich hab mich immer gewundert, wie sich ein einfacher Oberkommissar einen so tollen Schlitten leisten kann. Jetzt weiß ich's.« Kullmer hielt inne und sah Gebhardt an, der seinem Blick auswich. »Was machen wir bloß mit dir? Ich weiß es nicht, ich weiß es einfach nicht. Eine Frage noch. Wer außer dir ist im Präsidium noch korrupt?«

»Keine Ahnung.«

»Wirklich nicht? Ich denke mir mal, irgendwer hält dir den Rücken frei. Denn sonst wärst du schon längst hochgegangen, so dämlich, wie du dich anstellst. Also, wer?«

Gebhardt zögerte mit der Antwort, doch schließlich sagte er: »Niemand.«

»Hört sich nicht sehr überzeugend an. Raus mit der Sprache, wer? Einer aus dem Kommissariat? Oder sogar von einer höheren Stelle?«

»Ich sag doch, niemand!«, schrie Gebhardt. »Es war ein Alleingang von mir! Wenn das jemand anders mitgekriegt hätte, wäre ich doch sofort geliefert gewesen!«

»Okay, es ist deine Entscheidung. Frank, das Band ist doch hoffentlich mitgelaufen.«

Hellmer holte das kleine Aufnahmegerät aus seinem offenen Aktenkoffer und grinste Gebhardt an. »Solltest du versuchen uns zu linken, bist du dran. Dieses Band entscheidet über dein Leben oder deinen Tod. Wir brauchen nur Kopien davon zu machen und es den entsprechenden Leuten zu schicken, und schon bist du fällig. Dann heißt es nur noch, adieu, schönes Leben.«

»Ein erzwungenes Geständnis nützt euch vor Gericht überhaupt nichts, das wisst ihr!«, versuchte sich Gebhardt herauszuwinden.

»Wer sagt denn, dass wir das Band einem Richter geben? Der würde dich höchstens einsperren, und nach fünf oder sechs Jahren wärst du wieder draußen. Außerdem wäre es ein Leichtes, das Band zurechtzuschneiden. Das fände ich aber keine so gute Lösung. Mir schwebt da was ganz anderes vor.« Nach einer kurzen Pause fuhr er fort: »Aber um dem allen ein Ende zu bereiten, sage ich dir jetzt, was du tun wirst. Du wirst uns Leute liefern. Und zwar auch die, die deine Schweinereien decken, und dabei ist es mir scheißegal, ob es ein Staatsanwalt oder ein Richter oder der Bundeskanzler ist. Und solltest du dich verplappern oder irgendwann unsere Namen erwähnen, mach ich dich persönlich kalt, und zwar ganz, ganz langsam. So langsam, dass du dir wünschen wirst, ganz schnell zu sterben. Aber ich werde dich nicht schnell sterben lassen, denn ich kenne Foltermethoden, da dauert es Monate, bis jemand endlich hinüber ist. Ist das in deinen verkommenen Schädel gedrungen?«

Schweigen.

»Keine Antwort ist auch eine Antwort, und zwar eine sehr unbefriedigende«, sagte Hellmer und rammte Gebhardt seine Faust zum dritten Mal in den Magen. Der schrie vor Schmerz auf und krümmte sich. Im nächsten Moment packte ihn Hellmer zwischen den Beinen und drückte fest zu, was Gebhardt das Wasser in die Augen steigen ließ. »Ich kastrier dich mit bloßen Händen, wenn du nicht endlich dein elendes Maul aufmachst. Noch mal zur Erinnerung: Ich hab dich gefragt, ob das in deinen Schädel gedrungen ist?«

»Ja«, stöhnte Gebhardt.

»Siehst du, geht doch. Das war die erste vernünftige Antwort von dir. So, und jetzt wirst du, ohne dass ich oder Kullmer etwas sagen, auf Band sprechen und erzählen, was du so alles in den letzten Jahren getrieben hast. Mit einem Wort, ich will ein klares, freiwilliges Geständnis von dir. Und anschließend wirst du auch noch diesen Wisch hier unterschreiben. Ist nur ein schriftliches Geständnis. So 'ne Art Absicherung. Sobald wir das haben, kannst du gehen.«

»Das könnt ihr nicht von mir verlangen. Wozu braucht ihr das?«, fragte Gebhardt mit ängstlichem Blick, während er sich noch immer unter Schmerzen wand.

»Nur als Sicherheit, hab ich doch schon erwähnt. Wir können dir vorher natürlich auch noch ein paarmal in die Fresse hauen, aber ich muss dir ganz ehrlich sagen, ich fasse nur ungern Scheiße an. Und Scheiße stinkt so ekelhaft, ich finde, hier drin stinkt es jetzt sowieso schon ganz erbärmlich. Ich glaube, das liegt nur an deiner Anwesenheit. Und jetzt, Herr Oberkommissar Gebhardt, sprich schön langsam und deutlich.«

Gebhardt warf Kullmer und Hellmer einen verächtlichen Blick zu. Allmählich schien er sich wieder zu fangen. Aber zugleich wurde ihm offenbar immer klarer, dass er keine Chance gegen die beiden hatte. Deshalb fügte er sich in das Unvermeidliche und legte ein komplettes Geständnis auf Band ab und unterschrieb zuletzt noch das vorbereitete schriftliche Geständnis.

Es war fast zwanzig Uhr, als sie die Fabrik wieder verließen. Sie brachten Gebhardt zurück in die Gutleutstraße zu seinem Wagen. Er hatte Mühe zu laufen, und bevor er einstieg, musste er sich übergeben.

Kullmer ging zu ihm und sagte mit unerbittlicher Schärfe: »Noch was. Solltest du morgen nicht im Büro sein, hol ich dich persönlich zu Hause ab und schleif dich an den Haaren her. Und dabei ist es mir scheißegal, ob Fronleichnam ist und du mit deiner Familie einen Ausflug geplant hast oder ob du krank bist oder was auch immer. Ist das klar?«

Gebhardt nickte nur, rang nach Luft und sah Kullmer aus roten Augen an.

»Meinst du, der hält Ruhe?«, fragte Hellmer, nachdem Gebhardt losgefahren war und sie wieder bei ihren Autos waren.

»Ich in seiner Situation würde es tun. Sobald wir den Fall abgeschlossen haben, geht das Band sowieso an einen Richter. Gebhardt hat ausgedient, im wahrsten Sinne des Wortes. Und jetzt nach Hause. Ich hab die Schnauze gestrichen voll.«

Mittwoch, 18.00 Uhr

Peter Schulze hatte sich mit Igor Andrejew für achtzehn Uhr in dessen Haus verabredet. Er kam pünktlich in Falkenstein an, stellte seinen erst vor wenigen Wochen gekauften Opel Astra ab und nahm sein Handy, das Diktiergerät und etwas zu schreiben mit. Bevor er ausstieg, rief er noch schnell bei seiner Frau an und sagte ihr, dass er gegen zwanzig Uhr zu Hause sei. Andrejew wohnte in einer schmucken Villa am Hang, von wo aus er einen herrlichen Blick auf das im Tal liegende Frankfurt hatte. Schulze drückte auf die Klingel und wartete. Wenig später erschien ein etwa fünfzigjähriger Mann und kam zum Tor.

»Herr Schulze?«, fragte er.

»Ja. Und Sie sind Dr. Andrejew, nehme ich an.«

»Treten Sie doch bitte ein, ich habe Sie schon erwartet.«

Schulze folgte dem kleinen hageren Mann mit dem schütteren grauen Haar ins Haus. Andrejew trug eine leichte Sommerhose und ein Poloshirt. Im Haus war es im Gegensatz zu draußen sehr kühl. Andrejew hatte, wie Schulze sofort bemerkte, sehr schmale, fast filigrane Hände, einen kleinen Oberlippenbart, der mittlerweile auch grau war, eisgraue und doch auf eigentümliche Weise warme Augen. Seine Stimme war leise und sanft, seine gesamte Ausstrahlung hatte etwas Nobles.

»Gehen wir doch ins Wohnzimmer«, sagte Andrejew mit leicht russischem Akzent. Es war ein modern eingerichteter Raum, in dem außer einem silbernen Samowar und zwei Bildern, die Moskau im Winter des 19. Jahrhunderts zeigten, nichts an die russische Vergangenheit von Andrejew erinnerte. Er deutete auf einen Sessel und fragte: »Darf ich Ihnen etwas zu trinken anbieten? Ein Bier oder Wodka auf Eis?«

»Zu einem Bier sage ich nicht Nein.«

Andrejew holte eine Flasche Bier für Schulze und eine Flasche Wodka für sich sowie zwei Gläser. Er schenkte erst Schulze ein, gab dann in sein Glas etwas Eis und eine Zitronenscheibe und füllte es zur Hälfte mit Wodka. Sie prosteten sich zu und tranken.

»Dr. Andrejew, Sie wissen ja, weshalb ich gekommen bin. Ich werde Ihnen ein paar Fragen stellen, und es liegt natürlich ganz an Ihnen, ob Sie sie beantworten oder nicht.«

Andrejew lehnte sich zurück, lächelte und entblößte dabei lückenlos weiße Zähne. Er war ein sympathischer, offener Mann. »Herr Schulze, ich möchte vorab etwas klären. Ich habe mich natürlich über Sie erkundigt und weiß, dass Sie tatsächlich an dieser Serie schreiben. Allerdings erzähle ich Ihnen nur dann etwas, wenn Sie mir zusagen, meinen Namen nicht zu nennen. Ich muss mich auf Ihr Wort verlassen können.«

»Ich gebe es Ihnen sogar schriftlich, wenn Sie möchten.«

»Es genügt, wenn Sie es sagen. Und Sie brauchen mir auch keine Fragen zu stellen, ich werde Ihnen einfach eine Geschichte erzählen, und zwar chronologisch.« Andrejew hielt inne, schlug die Beine übereinander und legte die Arme auf die Sessellehne. »Meine Familie und ich sind vor dreizehn Jahren nach Deutschland gekommen. Zu dem Zeitpunkt hatten meine Frau Rahel und ich einen Sohn, Josef, und eine Tochter, Sarah; er ist jetzt sechzehn und sie vierzehn. Hier haben wir dann noch eine Tochter gekriegt. Miriam; sie ist elf Jahre alt. Aber das ist eigentlich unwesentlich. Ich habe zwei Jahre in einer Gemeinschaftspraxis gearbeitet, bevor ich mich selbstständig gemacht habe. Ich weiß nicht, wieso, doch mit der Zeit kamen immer mehr wohlhabende und prominente Patienten zu mir, um sich behandeln zu lassen. Gut, ich habe von Anfang an Wert darauf gelegt, immer die modernste Ausrüstung zu besitzen, und möglicherweise war dies mit ausschlaggebend. Unter anderem wende ich auch bei besonders ängstlichen oder empfindlichen Patienten Hypnose an.« Er machte eine Pause, veränderte seine Haltung ein wenig, schenkte sich Wodka nach, ließ das Glas jedoch vor sich stehen. »Vor vier Jahren kamen zwei ältere, sehr seriös wirkende Männer in meine Praxis, gerade als ich abschließen wollte. Um mich kurz zu fassen, diese Männer waren Tschetschenen, die mir unmissverständlich klar gemacht haben, was sie wollten. Seitdem zahle ich jeden Monat zwanzigtausend Mark an Schutzgeld. Außerdem werde ich gezwungen, bei bestimmten Personen aufwendige Zahnbehandlungen kostenlos durchzuführen. Doch das ist noch nicht alles.« Er kniff für einen Moment die Lippen zusammen, schüttelte leicht den Kopf und fuhr mit Bitterkeit in der Stimme fort: »Ich habe mir im Laufe der Jahre insgesamt acht Häuser gekauft ...«

»Wenn ich Sie unterbrechen darf. Ich möchte Ihnen beileibe nicht zu nahe treten, aber wie kommt es, dass Sie sich so kurz hintereinander acht Häuser leisten konnten?«

Andrejew schmunzelte, hob das Glas, sagte »auf Ihr Wohl« und leerte es. »Sie möchten also wissen, wie ich mir so viele Häuser leisten konnte. Das ist ganz einfach, der Ruf ist entscheidend und wie viel Geld man verdient. Schon bald nachdem ich meine eigene Praxis aufgemacht hatte, floss sehr viel Geld auf mein Konto. Und wenn Sie ein Haus haben, ist es bis zum zweiten nur ein Katzensprung, wie man in Deutschland so schön sagt. 1995 habe ich mir das letzte gekauft.« Er runzelte die Stirn und sah Schulze mit einem Mal traurig an. »Das Problem ist nur, sie haben es irgendwie rausbekommen, und nach und nach haben Sie mich gezwungen, ihnen diese Häuser zu überlassen. Und ein anderes Problem war, fünf der sechs Häuser hatte ich vermietet ...«

»Entschuldigen Sie«, unterbrach ihn Schulze erneut, »ab wann haben die das mit den Häusern rausbekommen?«

»Nachdem ich mir das letzte gekauft habe. Von irgendwoher müssen sie das erfahren haben. Erst wollten sie nur die Miete kassieren, dann, nach einem halben Jahr, fingen sie an die Mieter zu terrorisieren und aus den Häusern rauszuekeln. Damit standen die Gebäude leer, und sie zwangen mich, sie ihnen zu überlassen. Sie zahlen an mich einen lächerlichen Pachtzins, wobei sie selbst diese Häuser als Edelbordelle führen und damit Millionen verdienen. Und ich weiß inzwischen auch von anderen illegalen Geschäften, die dort abgewickelt werden.« Er hielt inne, seufzte auf und sah Schulze wieder mit diesem traurigen Blick an. »Wissen Sie, irgendwann kommt der Punkt, da resigniert man. Da will man mit alldem nichts mehr zu tun haben. Man möchte nur noch in Ruhe leben und vor allem frei sein. Und dieser Punkt kam bei mir letzten Winter.« Er stockte erneut, als würde er die passenden Worte suchen, doch als Schulze genauer hinsah, bemerkte er das leichte Zucken um die Mundwinkel von Andrejew und wie er Mühe hatte, die Beherrschung nicht zu verlieren. »Vor einem halben Jahr«, fuhr er fort, »ist dann das Unfassbare passiert. Ich wollte dem allen entfliehen und weigerte mich, weiter zu zahlen. Ich hatte keine Lust und ehrlich gesagt auch keine Kraft mehr, ich wollte nur noch raus aus diesem Teufelskreis. Sie hatten mir inzwischen fast alles genommen, einen Großteil meines Geldes, meine Häuser. Das Einzige, was sie mir gelassen haben, ist dieses Haus und ein Haus in der Bretagne. Wie gesagt, ich hatte keine Lust mehr. Und ich dachte auch: Was habe ich schon noch zu verlieren? Sie haben nichts weiter gesagt, nur gemeint, ich solle mir das gut überlegen. Ich hätte zwei Tage Zeit, ihnen das Geld zu geben. Nun, ich ließ es darauf ankommen und zahlte nicht. Eine Woche lang habe ich nichts von ihnen gehört, aber dann kam Sarah eines Tages, es war ein Mittwoch, nicht von der Schule heim. Meine Frau und ich dachten, sie sei vielleicht bei einer Freundin, aber alle, die wir angerufen haben, sagten, sie hätten Sarah das letzte Mal in der Schule gesehen. Noch am selben Abend hat sich dieser Abschaum bei mir gemeldet. Sie hatten sie entführt und sie mir einen Tag später mit einem abgeschnittenen kleinen Finger wieder zurückgebracht. Sie hatten sie vergewaltigt, geschlagen und verstümmelt. Dieser Abschaum geht mit einer derartigen Brutalität vor, dass ich nur noch Angst um meine Familie habe.«

Er stockte, rang mit den Tränen, schickte einen verzweifelten

Blick zu Schulze, seine Hände umfassten krampfhaft die Sessellehnen. Er hatte sich aber schnell wieder in der Gewalt, stand auf, trat ans Fenster, Schulze den Rücken zugewandt, den Blick ins Tal gerichtet, und fuhr fort: »Bis zu dem Tag wusste meine Frau nichts von alldem, aber dann musste ich es ihr natürlich erzählen. Sie können sich vielleicht vorstellen, was hier los war. Sie hat geschrien, sie hat auf mich eingeschlagen, sie hat mich beschimpft, und ich kann es ihr nicht einmal verdenken, denn sie fühlte sich genauso hilflos wie ich. Als sie sich beruhigt hatte, sagte sie, wir müssten die Polizei einschalten, aber genau das war das Problem – an wen sollte ich mich wenden? Und außerdem weiß ich ja nicht einmal, wo diese Typen wohnen. Also zahlte ich wieder, denn mir war klar, dass es, wenn ich mich noch einmal weigern würde, das nächste Mal nicht bei einem abgeschnittenen Finger bleiben würde.«

Er hielt inne, drehte sich um und sah Schulze mit leerem Blick an. Er kam wieder an den Tisch und schenkte den Rest aus seiner Flasche ins Glas und leerte es.

»Ich habe lange mit mir gerungen, aber ich werde jetzt endgültig einen Schlussstrich ziehen, ich werde mit meiner Familie von hier weggehen. Es ist bereits alles arrangiert, schon am Wochenende wird hier nichts mehr an uns erinnern, genauer gesagt morgen. Ich weiß nur nicht, wie es dann weitergehen soll. Ich habe zwar etwas Geld gespart, aber ich kann nicht einmal dieses Haus verkaufen, denn sie würden das sofort herausbekommen. Ich besitze zwar noch das Haus in Frankreich, doch davon haben sie, dessen bin ich mir sicher, ebenfalls Kenntnis. Ich habe das Gefühl, die wissen alles über mich. Aber auch wenn ich keine Ahnung habe, was die Zukunft bringt, ich muss meine Familie schützen. Und deshalb werde ich gehen und woanders einen Neuanfang versuchen. Das ist meine Geschichte.«

Schulze hatte sich Notizen gemacht und gleichzeitig das Band mitlaufen lassen.

»Wo werden Sie hingehen?«, fragte er.

Andrejew schüttelte den Kopf. »Sie werden verstehen, dass ich

Ihnen das nicht sagen kann. Nicht einmal meine Familie weiß es. Es wird ein Ort sein, den nur ich kenne und der ziemlich weit weg ist von hier.«

»Aber Ihre Familie ist bereits eingeweiht?«

Jetzt lächelte Andrejew verschmitzt. »Nein. Sie erfahren es erst heute Abend. Es wird eine große Überraschung für sie werden.«

»Und wenn man Sie beobachtet?«

»Ich habe alles bis ins kleinste Detail geplant. Heute ist der letzte Tag in diesem Haus.«

»Und wo sind Ihre Frau und Ihre Kinder jetzt?«

»Sie sind oben. Ich habe gesagt, dass ich wichtigen Besuch bekomme und allein gelassen werden möchte.«

Schulze beugte sich nach vorn, die Hände gefaltet, die Unterarme auf die Oberschenkel gelegt. »Dr. Andrejew, mein bester Freund lebt mit einer Kommissarin von der Kriminalpolizei Frankfurt zusammen. Sie bearbeitet zurzeit einen Doppelmord, und alles deutet darauf hin, dass ein Auftragskiller die beiden umgebracht hat.« Ohne genau sagen zu können, warum er das tat, fügte er aus dem Bauch heraus hinzu: »Die beiden Toten heißen Irina Puschkin und Andreas Wiesner.«

Andrejew setzte sich plötzlich aufrecht hin, sah Schulze aus weit aufgerissenen Augen an, und seine Mundwinkel bebten. Er stand auf und zündete sich einen Zigarillo an. »Was sagen Sie da? Frau Puschkin und Herr Wiesner? Ich kenne die beiden, sie waren Patienten von mir. Herrn und Frau Wiesner kenne ich sogar gut. Mein Gott, das ist unfassbar! Und Sie glauben …«

Schulze merkte, wie es in ihm anfing zu vibrieren, und gleichzeitig spürte er eine unbestimmbare Kälte in sich aufsteigen, eine Kälte, die von innen kam und die ihm Angst machte. »Sie kennen Wiesner und Puschkin? Damit hätte ich nicht gerechnet.«

»Die Welt ist klein, sehr klein sogar, Herr Schulze. Zu klein, habe ich das Gefühl. Was genau ist passiert?«

»Ich kenne leider nicht alle Details. Es sollte jedenfalls alles so aussehen, als hätte Herr Wiesner erst Frau Puschkin und danach sich selbst umgebracht. Sagen Sie mir doch bitte, wie gut Sie Frau Puschkin und Herrn Wiesner gekannt haben? War es ein reines Arzt-Patienten-Verhältnis, oder wissen Sie auch einiges aus dem Privatleben der beiden?«

Andrejew zog an seinem Zigarillo, und seine eisgrauen Augen blitzten auf. »Frau Puschkin war eine ganz besondere Frau. Man könnte sie als Hure bezeichnen, aber das wäre bei ihr nicht angebracht. Hure hört sich so billig und ordinär an. Sie hatte zwar sehr viele Männerbekanntschaften, aber sie hatte in der Tat etwas Edles. Und über Herrn Wiesner brauche ich, so glaube ich zumindest, nicht allzu viel zu sagen. Einer der feinsten Männer, die ich je kennen gelernt habe. Unauffällig, und doch ging von ihm etwas aus, das schwer zu beschreiben ist. Er hatte, genau wie seine Frau, etwas Charismatisches. Nicht unangenehm, ganz im Gegenteil. Ich habe mich sehr gerne mit ihm unterhalten, mit seiner Frau übrigens auch. Wie geht es ihr überhaupt?«

»Keine Ahnung, ich habe sie noch nicht kennen gelernt, aber ich nehme an, es geht ihr nicht gut«, sagte Schulze und fügte gleich hinzu: »Könnten Sie sich vorstellen, dass Frau Puschkin und Herr Wiesner ein Verhältnis hatten?«

Andrejew schüttelte energisch den Kopf und lachte kaum hörbar auf. »Niemals. Herr und Frau Wiesner führten eine sehr, sehr glückliche Ehe. Herr Wiesner hat mir ein paarmal erzählt, wie stolz er auf seine Frau ist und wie viel sie ihm bedeutet. Und wenn ich sie zusammen gesehen habe, dann haben sie nicht das glückliche Paar gespielt, sie waren glücklich.«

»Haben Sie jemals über Erpressung gesprochen? Ich meine, wusste er, dass Sie erpresst wurden?«, fragte Schulze und beugte sich nach vorn.

Andrejew schluckte, senkte den Blick und nickte. »Ja, wir haben davon gesprochen. Einige Male in der letzten Zeit, denn es war nicht nur ein Arzt-Patienten-Verhältnis, wie Sie das so schön ausgedrückt haben, die Wiesners und meine Familie waren sehr gut bekannt miteinander, ich würde sogar fast sagen, dass wir befreundet waren. Er fing mit dem Thema an, vielleicht weil ich Russe bin. Dabei haben wir festgestellt, dass uns beide wohl ein ähnliches Schicksal verbindet. Ich weiß nur, dass auch er vorhatte, das alles zu beenden. Und seine Frau hatte ebenfalls keine Ahnung.«

»Hat er jemals Namen genannt?«

»Nein, er hat nur von den Russen gesprochen«, sagte Andrejew verkniffen lächelnd und fuhr fort: »Dabei hat er noch gesagt, damit sei nicht ich gemeint, sondern die Mafia.«

»Und Frau Puschkin?«, wollte Schulze wissen.

»Sie war eine Patientin. Ob sie jemals etwas mit der Mafia zu tun hatte, vermag ich nicht zu sagen. Es könnte sein, ich meine, in ihrem Beruf ist alles möglich. Aber eigentlich hat sie auf mich einen viel zu lockeren und entspannten Eindruck gemacht. Ich glaube es eher nicht. Und auch ihre Freundin, mit der sie fast immer zusammen kam … Nein«, er schüttelte den Kopf, »ich würde es eher verneinen.«

»Aber bei Wiesner sind Sie sicher?«

»Absolut. Und Sie glauben, dass die Mafia mit dem Mord zu tun hat?«

»Die Polizei geht zumindest davon aus. Aber Sie haben eben eine Freundin von Frau Puschkin erwähnt. Können Sie mir ihren Namen nennen?«

»Frau Olpitz, Natascha Olpitz. Warum fragen Sie?«

»Meinen Sie, sie würde mit mir sprechen?«

»Sie können es versuchen. Ich habe allerdings ihre Adresse nicht hier, sondern in meiner Praxis. Wenn ich es nicht vergesse, rufe ich Sie heute Abend kurz an, denn ich fahre nachher noch einmal in die Praxis, um ein paar Unterlagen zu holen.«

»Auch die Patientenkartei?«

»Vor allem die.«

»Würden Sie mir freundlicherweise verraten, wer noch zu Ihren Patienten gehört?«

»Ich habe nicht alle Namen im Kopf, aber ein paar schon. Was wollen Sie damit?«

»Könnte es unter Ihren Patienten jemanden geben, der nicht integer ist? Sie wissen, was ich meine?«

»Nein, das kann ich mir nicht vorstellen. Vor allem kommen meine Patienten nicht nur aus Frankfurt und Umgebung, sondern zum Teil auch aus dem Ausland. Dem westlichen Ausland, versteht sich. Mir wäre es lieber, wenn Sie nicht mit ihnen sprechen würden. Bitte verstehen Sie mich nicht falsch, aber ...«

Schulze winkte ab und atmete tief durch. In seinem Kopf begann sich ein Karussell zu drehen. »Dr. Andrejew, ich kann Ihre Bedenken verstehen. Trotzdem sage ich Ihnen, Sie könnten sich dieser Kommissarin anvertrauen. Ich habe sie persönlich kennen gelernt und weiß, dass man sich auf sie verlassen kann.«

»Puschkin und Wiesner«, murmelte Andrejew gedankenversunken vor sich hin und ohne auf die letzte Bemerkung von Schulze einzugehen. »Wann ist es passiert?«

»Am Wochenende, genau genommen am Samstag. Aber um noch mal auf meinen Vorschlag zurückzukommen, ich könnte Sie mit der Kommissarin bekannt machen. Wenn Sie möchten, kann ich sie gleich von hier aus anrufen. Sie würde bestimmt sofort herfahren, um sich Ihre Geschichte anzuhören. Man könnte Sie und Ihre Familie erst mal an einen Ort bringen, wo Sie sicher wären. Ich lege meine Hand dafür ins Feuer.«

»Was kann sie schon ausrichten?«, sagte Andrejew resignierend. »*Die* sind doch sowieso stärker. Nein, ich werde gehen, zudem habe ich schon alles vorbereitet. Aber ich werde Sie anrufen, sobald ich angekommen bin. Vielleicht spreche ich dann einmal mit der Frau Kommissarin. Außerdem habe ich mich bereits an die zuständigen Dienststellen der Polizei gewandt, aber dort wurde mir gesagt, ich müsse eindeutige Beweise vorlegen, dass ich erpresst werde. Vorher könnten sie nichts machen.«

»Welche Dienststelle war das?«

»Ich habe mich natürlich informiert und herausgefunden, dass das Dezernat für Organisierte Kriminalität dafür zuständig ist. Ich habe erst mit einem Hauptkommissar gesprochen, ich meine, sein Name war Müller, aber der hatte keine Zeit und hat mich dann mit einem Oberkommissar Gebhardt verbunden.«

»Und was hat dieser Gebhardt genau gesagt?«

»Er kümmere sich drum, aber im Augenblick seien so viele Fälle zu bearbeiten, das werde sicher noch eine Weile dauern. Er sagte nur, er schaue in den nächsten Tagen mal mit einem Kollegen vorbei. Er war vergangenen Freitag in meiner Praxis in Frankfurt und hat mir auch versprochen, sich darum zu kümmern, ich müsse aber verstehen, dass er momentan nicht viel machen könne. Ich solle jedoch den Mut nicht verlieren. Sobald er Zeit habe, bearbeite er den Fall zusammen mit ein paar Kollegen und tue alles für unsere Sicherheit. Aber mein Gefühl sagt mir, dass ich denen nicht wichtig genug bin. Deshalb steht mein Entschluss fest, und das habe ich diesem Herrn Gebhardt auch mitgeteilt.«

»Ich kenne diesen Kommissar Gebhardt nicht, aber wenn Sie jetzt den Mut aufbringen würden, nicht zu fahren, könnte Hauptkommissarin Durant vielleicht etwas unternehmen. Sie ist eine äußerst eigenwillige und durchsetzungsfähige Polizistin. Ich garantiere Ihnen, sie würde sich sofort mit Ihnen in Verbindung setzen. Und womöglich könnte man sogar einen großen Schlag gegen die Mafia führen. Sind in Ihren Häusern eigentlich auch illegale Prostituierte untergebracht?«

Andrejew zuckte mit den Schultern. »Genau weiß ich es nicht, doch ich gehe davon aus, dass alle Frauen dort illegal arbeiten.«

»Sind Sie jemals auf Drogen oder andere Geschäfte angesprochen worden?«

»Nein. Aber es ist sehr wahrscheinlich, dass in meinen Häusern mit allen möglichen Dingen gehandelt wird. Nicht nur mit Menschen. Sie haben Räuberhöhlen daraus gemacht, sie feiern ihre Orgien, Männer und Frauen gehen dort ein und aus. Es ist zum Heulen.«

»Sind es eigentlich immer dieselben Männer, die zu Ihnen kommen?«, wollte Schulze wissen, ohne auf die letzte Bemerkung von Andrejew einzugehen.

»Ja.«

»Wie sehen sie aus?«

»Welche Rolle spielt das schon? Es sind Tschetschenen, und sie sind sehr grausam. Ich möchte Ihnen einen persönlichen Rat geben, Herr Schulze. Seien Sie vorsichtig. Denn das, worüber Sie schreiben, kann sehr gefährlich für Sie werden. Glauben Sie einem Mann, der aus Erfahrung spricht. Und jetzt bitte ich Sie zu gehen. Das ist kein Hinauswurf, ich muss nur gleich noch mal kurz nach Frankfurt, zum einen, um meine letzte Zahlung zu leisten, zum andern, um meine Patientenkartei aus der Praxis zu holen. Anschließend werde ich meine Familie einweihen und sie instruieren, was den morgigen Tag betrifft. Ab morgen fängt für uns ein neues, ungewisses Leben an. Und ich kann Ihnen nur raten, gut auf sich aufzupassen.«

Andrejew erhob sich. Schulze packte seine Sachen in die Tasche, sagte aber noch, bevor er ging: »Dr. Andrejew, ich weiß, Sie haben Ihre Entscheidung getroffen. Dennoch sollten Sie noch einmal darüber nachdenken, was ich Ihnen vorgeschlagen habe. Es kostet mich nur einen Anruf, und die Polizei stellt Ihnen Personenschutz oder gibt Ihnen eine andere Identität. Die haben viele Möglichkeiten.«

»Ihr Engagement in allen Ehren, Herr Schulze, aber das kommt für mich im Augenblick nicht in Frage. Alea iacta est, der Würfel ist gefallen, wie es so schön heißt.«

Schulze fühlte Mitleid mit Andrejew und konnte auch seinen Schritt, alles hinter sich zu lassen, nachvollziehen. Sie reichten sich die Hände, und Schulze sagte: »Machen Sie's gut. Und passen vor allem Sie auf sich und Ihre Familie auf. Ich wünsche Ihnen viel Glück für die Zukunft. Und ich verspreche Ihnen, Ihren Namen nicht zu nennen.«

»Danke. Ich habe Ihnen das alles nur erzählt, damit die Welt endlich einmal erfährt, wie manche Bürger systematisch kaputtgemacht werden. Aber ich denke, ich habe noch einige Jahre vor mir, und die will ich genießen. Sofern Gott will. Aber ich glaube an Gott und an die Gerechtigkeit. Manche Menschen werden eben etwas härter geprüft, andere wieder weniger. Doch Gott ist dennoch ein gerechter

Gott. Er hat mir eine wundervolle Familie geschenkt und uns mit Gesundheit gesegnet. Er wird uns helfen, die nächsten Tage und Wochen durchzustehen. Und möglicherweise werde ich mich einmal mit Ihnen in Verbindung setzen, denn ich habe vor, irgendwann ein Buch über meine Erlebnisse zu schreiben. Wenn wir unsere Erkenntnisse in einen Topf werfen, vielleicht kommt ein Bestseller dabei heraus«, sagte Andrejew, dieser feine Mann, lächelnd.

»Wir sollten diesen Gedanken unbedingt im Auge behalten. Ich bin jederzeit für Sie da. Dann viel Glück«, entgegnete Schulze und wollte schon gehen, als ihm eine Idee durch den Kopf schoss. »Dr. Andrejew, mir fällt da gerade etwas ein. Ganz kurz nur. Sie sagten doch, Sie könnten dieses Haus und auch das Haus in Frankreich nicht verkaufen, weil es zu gefährlich sei. Sie reisen morgen ab, und ich nehme an, Sie brauchen auch etwas Geld, bevor Sie wieder richtig praktizieren können. Deshalb mein Vorschlag: Sie überschreiben mir die Häuser, und ich werde einen Makler beauftragen, sie in meinem Namen zu verkaufen. Sie rufen mich in, sagen wir, einem Monat an, und sollte bis dahin alles über die Bühne gegangen sein, überweise ich Ihnen das Geld. Es ist, wie gesagt, nur ein Angebot.«

Andrejew überlegte, fuhr sich mit einer Hand übers Kinn, nickte, ging wortlos an den Schrank und holte eine Mappe heraus. Als er zurückkam, sagte er: »Nehmen Sie doch bitte wieder Platz. Ich habe sämtliche Papiere über alle Häuser, die mir gehören, hier drin. Für dieses Haus bekommen Sie mit Sicherheit eine Million, für das Haus in Frankreich sogar etwas mehr. Wären Sie mit zwanzig Prozent Provision einverstanden?«

Schulze winkte verlegen ab. »Dr. Andrejew, mir geht es nicht um Geld ...«

»Wenn Sie das für mich tun, dann bestehe ich darauf. Zwanzig Prozent des Verkaufserlöses gehören Ihnen. Als Journalist verdient man, soweit mir bekannt ist, nicht sonderlich viel.«

»Dr. Andrejew, bitte ...«

»Entweder oder.« Andrejew blieb unnachgiebig.

»In Ordnung, ich gebe mich geschlagen«, erwiderte Schulze. »Dann lassen Sie uns das schnell hinter uns bringen. Haben Sie hier im Haus die Möglichkeit, Kopien zu machen?«

»Ich habe einen Tischkopierer in meinem Arbeitszimmer.«

»Dann machen Sie doch bitte Kopien von sämtlichen Unterlagen, die Sie über Ihre Häuser haben, und zwar alle Häuser. Wir wollen doch mal sehen, ob wir die Ratten nicht von dort vertreiben können«, sagte Schulze entschlossen.

»Herr Schulze, Sie erstaunen mich. Anfangs dachte ich, alle Journalisten seien gleich. Sie sind offenbar eine erfrischende Ausnahme. Wenn Sie bitte warten wollen, ich mache nur schnell die Kopien. Danach werde ich die Überschreibungspapiere ausstellen, mit Datum, Stempel und Unterschrift. Es soll ja alles seine Richtigkeit haben.«

Nach kaum einer halben Stunde war alles erledigt. Andrejew drückte Schulze die Papiere und je einen kompletten Satz Schlüssel in die Hand, bedankte sich noch einmal und brachte ihn zur Tür.

»Ich melde mich bei Ihnen in etwa einem Monat. Aber lassen Sie sich ruhig Zeit, ich habe etwas Geld im Ausland deponiert, von dem die nichts wissen und wovon wir gut ein Jahr leben können.«

»Viel Glück, Dr. Andrejew«, sagte Schulze, nickte ihm ein letztes Mal zu und verließ das Haus. Er begab sich zu seinem Wagen, stieg ein, fuhr die Anhöhe hoch und wendete. Er bemerkte nicht das Auto am Straßenrand, in dem ein Mann saß, der scheinbar auf jemanden wartete, ihn aber in Wirklichkeit aufmerksam beobachtete.

Der Mann rührte sich nicht von der Stelle, bis Schulze an der Ampel rechts abbog, startete den Motor und hielt vor dem Haus von Andrejew. Er schaute auf die Uhr und beschloss, noch ein paar Sekunden verstreichen zu lassen. Dann stieg er aus, ging auf das Haus zu und klingelte. Andrejew kam heraus, sah den Besucher und lächelte.

»Guten Abend, was für eine Überraschung. Wir haben uns ja lange nicht gesehen.«

»Ich habe gerade in Frankfurt zu tun, mich plagen furchtbare

Schmerzen rechts oben an einem Backenzahn, und ich weiß nicht, wo ich mich heute noch hinwenden kann.«

»Kommen Sie erst mal rein«, sagte Andrejew. »Ich habe aber nicht viel Zeit, ich muss noch einmal weg. Doch wenn Sie wollen, können Sie hinter mir herfahren, denn ich hatte auch vor, kurz in der Praxis vorbeizuschauen. Bei der Gelegenheit könnte ich einen Blick auf ihren Zahn werfen.«

»Ich weiß gar nicht, wie ich Ihnen danken soll. Zahnschmerzen können die Hölle auf Erden sein«, erwiderte der Besucher und betrat hinter Andrejew das Haus. Er schloss die Tür leise hinter sich und folgte Andrejew ins Wohnzimmer.

»Nehmen Sie einen Moment Platz, ich hole nur schnell meine Schlüssel.« Andrejew drehte sich um und ging zum Sekretär, als der Besucher leise sagte: »Dr. Andrejew, schauen Sie hierher, Sie brauchen keine Schlüssel mehr.«

Andrejew drehte sich um und blickte den Mann mit ungläubigem Staunen an. Bevor er etwas sagen konnte, fiel er, von zwei fast lautlosen Schüssen getroffen, zu Boden. Pierre Doux ging durch das Haus, öffnete jede Tür im Erdgeschoss und begab sich anschließend in den ersten Stock. Sie waren alle zu Hause.

Mittwoch, 18.30 Uhr

Ramona Wiesner hatte den Tag damit verbracht, die Vorbereitungen für die Beerdigung zu treffen, hatte in einem Restaurant eine Kleinigkeit gegessen und war ein wenig in dem direkt an den Friedhof angrenzenden Höchster Stadtpark spazieren gegangen. Auf diesem Friedhof lagen schon drei Generationen der Wiesners, und es war selbstverständlich, dass auch ihr Mann Andreas dort beigesetzt wurde.

Nachdem ihre Füße zu schmerzen begannen, ließ sie sich im Park auf einer Bank am Weiher nieder, beobachtete die Enten und Schwäne und begab sich mit langsamen Schritten, denn schnelle waren bei dieser drückenden Schwüle nicht ratsam, um achtzehn Uhr zu ihrem Auto. Sie beschloss kurzerhand zu ihrem Schwager zu fahren. Ihr ging sein Besuch von gestern nicht mehr aus dem Kopf, und sie hatte sich ein ums andere Mal nicht nur gefragt, sondern fast schon das Hirn zermartert, was wirklich dahinter gesteckt hatte. Und je länger sie darüber nachdachte, desto mehr kam sie zu dem Schluss, dass der Gedanke, den sie anfangs als perfide abgetan hatte, vielleicht doch nicht so perfide war. Wenn Thomas sich, wie er sagte, mit seinem Bruder seit einiger Zeit recht gut verstanden hatte, warum hatte sie dann nichts davon gewusst? Andreas hätte sie das mit Sicherheit wissen lassen, man hätte sich öfter als in der Vergangenheit gesehen, hätte vielleicht mal etwas zusammen unternommen, aber es hatte in letzter Zeit nicht einmal ein Telefongespräch gegeben, erst nach dem Tod von Andreas, und zum letzten Geburtstag von Tanja, die vier geworden war, waren Thomas und Sophia gar nicht erschienen, sondern hatten nur ein Geschenk vom Chauffeur vorbeibringen lassen.

Nein, sagte sich Ramona Wiesner, Thomas hat gelogen. Aber warum? Und hatte er wirklich einen Auftrag über ein Collier erteilt? Und wenn nicht, nach was für Unterlagen hatte er gesucht? Sie wollte es herausfinden, sie musste einfach Klarheit darüber haben, ob ihr Gefühl richtig war oder ihr einen Streich spielte und sie Gespenster sah, wo gar keine waren.

Es war fast neunzehn Uhr, als sie bei Thomas und Sophia Wiesner ankam. Sie hatte sich nicht angemeldet, war aufs Geratewohl hingefahren. Beide Autos standen vor der Garage, der Mercedes ihres Schwagers und Sophias Alfa Romeo Coupé. Sie ging auf das Tor zu und klingelte. Es dauerte eine Weile, bis Thomas Wiesner den Weg zum Tor herunterkam und öffnete.

»Hallo, Ramona«, sagte er sichtlich überrascht, »was führt dich denn hierher?«

»Mir geht's nicht so besonders. Kann ich reinkommen?«

»Natürlich. Unser Haus ist auch dein Haus. In diesen schweren Zeiten müssen wir Wiesners doch zusammenhalten. Sophia und die

Kinder sind hinten im Garten, es soll ja angeblich der letzte schöne Tag für eine ganze Weile sein. Möchtest du mit nach draußen kommen?«

»Dürfte ich erst mal die Toilette benutzen?«, fragte Ramona Wiesner.

»Du weißt ja, wo sie ist. Ich geh wieder zu den andern in den Garten.«

Sie machte sich frisch, ließ kaltes Wasser über die Arme laufen, benetzte das Gesicht und zog die Lippen nach. Anschließend begab sie sich nach draußen, wo Thomas und Sophia im Schatten saßen, während die Kinder Mario, Angelina und Carlotta ausgelassen im Swimmingpool planschten.

»Komm, setz dich zu uns. Möchtest du auch einen Martini auf Eis?«, fragte Thomas und entschuldigte sich gleich für diese Frage. »Sorry, ich bin ein Trampel. Du trinkst ja keinen Alkohol. Was darf ich dir bringen, Wasser, Saft, Cola?«

»Eine Cola zum Wachwerden. Und schön kalt, bitte.«

»Ist sofort da«, sagte Thomas Wiesner und stand auf.

»Und, kommst du zurecht?«, fragte Sophia, die einen knielangen, weit geschnittenen dunkelblauen, fast schwarzen Hänger trug, und sah Ramona Wiesner mit dem ihr typischen Sophia-Muti-Blick an – abschätzend, als läge sie immer auf der Lauer, ob ihr Gegenüber einen Fehler machte und sie zuschlagen konnte.

»Ich habe das Gefühl, es wird von Tag zu Tag schlimmer. Ich kann kaum schlafen, nicht mehr klar denken, aber irgendwann …« Sie schluckte schwer, rang mit den Tränen, fing sich aber gleich wieder. »Es ist alles wie ein Albtraum. Ich zermartere mir das Hirn, was ich falsch gemacht habe, aber ich bin mir keiner Schuld bewusst, weswegen Andreas sich eine … Ich mag das Wort überhaupt nicht aussprechen. Ich bin einfach mit den Nerven am Ende. Wenn die Kinder nicht wären, ich weiß nicht, was ich tun würde. Am liebsten wäre ich tot.«

»Lass erst mal die Beerdigung vorbei sein, dann wirst du auch wieder richtig schlafen können. Wenn du möchtest, kannst du heute

Nacht hier bleiben. Wir haben genug Platz«, sagte Sophia mit fürsorglicher Stimme, rückte näher an sie heran und legte einen Arm um sie. »Es wäre sicherlich sogar besser, wenn du heute Nacht nicht allein wärst. Hier hast du Ruhe, und du bist trotzdem nicht allein.«

»Danke«, erwiderte Ramona Wiesner mit einem gequälten Lächeln, »ich werde es mir überlegen. Vielleicht ist das gar keine so schlechte Idee.«

»Ich mach uns nachher ein schönes Abendbrot, und wir können uns noch ein bisschen unterhalten.«

»Ich habe euer Dienstmädchen heute noch gar nicht gesehen.«

»Sie hat ihren freien Tag, genau wie der Chauffeur, der dafür morgen wieder Dienst hat, denn Thomas muss trotz des Feiertags in die Bank.«

Thomas Wiesner kam mit einem großen Glas Cola zurück, in dem mehrere Eiswürfel schwammen. Er reichte es Ramona, die ein paar kleine Schlucke nahm und es dann auf den Tisch stellte. Ihr Schwager setzte sich in seinen Liegestuhl und schloss die Augen. »Weißt du jetzt schon Näheres, was die Beisetzung betrifft?«

»Ja, am Freitag um zwölf Uhr auf dem Sossenheimer Friedhof. Andreas wird natürlich im Familiengrab beigesetzt. Und die Beerdigung findet im engsten Familien- und Freundeskreis statt, das hätte er so gewollt.«

»Ich habe auch nichts anderes erwartet. Hat die Polizei inzwischen neue Erkenntnisse, was die Beziehung zwischen dieser Puschkin und meinem Bruder angeht?«

»Nicht dass ich wüsste«, log Ramona Wiesner. »Was immer ihn zu dieser Tat veranlasst hat, wir werden es wohl nie herausfinden. Und um ehrlich zu sein, ich will es auch gar nicht wissen.«

»Mich würde es schon interessieren«, sagte Thomas Wiesner. »Ich meine, er war mein Bruder, und ich hätte nie für möglich gehalten, dass er zu so etwas fähig sein könnte. Überhaupt, dass er sich eine Geliebte gehalten haben könnte, hätte ich stets als geradezu absurd abgetan.«

Ramona Wiesner sah ihren Schwager an, der die Augen noch immer geschlossen hatte, und wunderte sich über seine Worte. Hatte er nicht erst vorgestern gesagt, er habe schon mal die Vermutung gehabt, dass … Nein, du siehst schon wieder Gespenster, dachte sie und hoffte, dass die andern ihre Gedanken nicht lesen konnten.

Sophia ging zu den Kindern und forderte sie auf, jetzt aus dem Wasser zu kommen, sich abzutrocknen und sich dann im Bad abzuduschen. Sie würde ihnen etwas zu essen machen, und danach sollten die beiden Älteren auf ihre Zimmer und die erst sechsjährige Angelina ins Bett gehen.

Ramona Wiesner hatte Hunger, wusste aber, dass Thomas und Sophia in der Regel nicht vor halb neun oder neun Uhr zu Abend aßen. Sophia hatte das so eingeführt, da sie es von Italien so gewohnt und nicht bereit war, diese Gewohnheit aufzugeben. Ramona trank ihre Cola aus, die Eiswürfel waren mittlerweile geschmolzen, behielt das Glas aber noch in der Hand. Allmählich wurde es still im Haus. Sie warf einen kurzen Blick auf Thomas, der ruhig und gleichmäßig atmete, er war eingeschlafen. Sie stand vorsichtig auf, holte das Handy aus ihrer Handtasche, ging zum Swimmingpool, wo sie ungestört sprechen konnte, und tippte die Nummer von Julia Durant ein.

»Hallo, hier ist Ramona Wiesner. Ich wollte mich nur kurz melden und Ihnen sagen, dass ich heute bei meinem Schwager und seiner Frau übernachte. Nicht dass Sie versuchen mich zu erreichen und sich vielleicht … Ach, was rede ich da, ich glaube, ich bin einfach übermüdet.«

»Schon gut«, sagte die Kommissarin, »ich wünsche Ihnen einen schönen Abend. Haben Sie Ihre Bedenken ausgeräumt, was Ihren Schwager angeht?«

»Vergessen Sie's, es war einfach dumm von mir. Aber Sie wollten mir vorhin noch etwas sagen …«

»Ich weiß nicht, ob das der richtige Zeitpunkt ist. Kann ich Sie morgen Vormittag zu Hause erreichen?«

»Sicher, aber nicht vor zehn. Vielleicht eine kleine Andeutung?«, fragte Ramona Wiesner neugierig.

»Nein, so wichtig ist das auch wieder nicht«, schwindelte die Kommissarin, »außerdem möchte ich in aller Ruhe mit Ihnen sprechen. Morgen früh um zehn. Einverstanden?«

»Wenn Sie meinen. Es ist doch hoffentlich nichts Schlimmes, oder?«

»Morgen früh, Frau Wiesner, und einen schönen Abend noch.«

Ramona Wiesner drückte die Aus-Taste, steckte das Handy wieder in ihre Tasche und ging ins Haus. Sie hörte leise Stimmen aus dem Obergeschoss. Sich müde und abgespannt fühlend, setzte sie sich auf das Sofa, legte den Kopf in den Nacken, schloss die Augen und spürte das Pulsieren des Blutes in ihren Schläfen. Die leichten Kopfschmerzen, die schon seit einigen Tagen ihr ständiger Begleiter waren, waren in den letzten Stunden stärker geworden, und dazu kam jetzt auch noch Übelkeit. Sie führte es auf den mangelnden Schlaf zurück und darauf, kaum etwas Vernünftiges gegessen zu haben. Ihr gesamter Tagesrhythmus war durcheinander geraten, seit ihr Mann tot war.

Sophia kam die Treppe herunter und sagte: »Möchtest du dich hinlegen? Du siehst sehr erschöpft aus.«

»Ich glaube, die letzten Tage waren einfach zu viel für mich. Ich habe permanent Kopfschmerzen und mir ist auch andauernd übel.«

»Du wirst sicherlich Hunger haben. Ich mach uns jetzt etwas zu essen, danach geht es dir bestimmt gleich viel besser.«

»Ihr esst doch sonst immer erst sehr spät zu Abend.«

»Dann machen wir heute eine Ausnahme. Außerdem habe ich auch Hunger.«

»Soll ich dir helfen?«, fragte Ramona und stand auf. »Ich muss etwas tun, sonst schlafe ich tatsächlich noch ein.«

»Wenn du willst. Aber es gibt nur eine Salatplatte, etwas Käse und Wurst.«

Ramona und Sophia Wiesner verbrachten eine halbe Stunde in der Küche und unterhielten sich über Belanglosigkeiten, während sie das Essen bereiteten. Über das Wetter, wie Sophias Kinder in der

Schule waren, dass es heute Zeugnisse gegeben hatte und alle drei zu den Klassenbesten gehörten – über alles wurde gesprochen, nur das Thema Andreas Wiesner war tabu. Die Kinder hatten zwischenzeitlich etwas zu essen bekommen und waren schon wieder auf ihren Zimmern verschwunden. Der Tisch wurde gedeckt. Sophia ging auf die Terrasse und weckte ihren Mann mit einem Kuss auf die Stirn. Er fuhr erschrocken hoch.

»Essen, mangare, Liebling«, sagte Sophia. »Es ist alles fertig.«

Thomas Wiesner gähnte, rieb sich die Augen und blickte auf die Uhr. »O Mann, wir haben ja schon Viertel vor neun. Ich muss nur mal schnell telefonieren. Bin gleich zurück.«

Er begab sich in den ersten Stock, wo sich auch die Bibliothek befand, machte die Tür hinter sich zu, nahm den Hörer vom Telefon und tippte eine Nummer ein. Er wartete einen Moment, bis sich eine männliche Stimme mit einem einfachen Ja meldete.

»Hier Thomas. Wie geht's dir?«

»Danke, ich kann nicht klagen. Und dir?«

»Ich bin auf der Terrasse eingenickt. Ich wollte nur mal hören, wie das Geschäft läuft? Sind deine Kunden zufrieden?«

»Das Geschäft könnte nicht besser laufen. Ich denke, meine Kunden werden mit dem Endprodukt sehr zufrieden sein.«

»Das freut mich zu hören. Ich bin übrigens auch sehr zufrieden mit deinem Produkt. Du hast nicht vor, schon in den nächsten Tagen wieder zu verreisen?«

»Ich werde sicher noch die ganze Woche über hier sein. Es stehen noch einige Kundengespräche an. Mal sehen, ob die ähnlich erfolgreich verlaufen.«

»Ich wollte mich eigentlich nur mal melden. Dann noch einen schönen Abend und viel Erfolg bei deinen Verhandlungen.«

»Das Gleiche wünsche ich dir auch. Du kannst dich ja morgen noch einmal bei mir melden.«

»Das werde ich tun. À bientôt.«

»À bientôt, Thomas.«

Thomas Wiesner legte auf, fuhr sich über die Stirn und lächelte versonnen. Er ging nach unten, wo seine Frau und seine Schwägerin am Tisch saßen und sich bereits aufgetan, aber noch nicht zu essen begonnen hatten.

»Mit wem hast du telefoniert?«, fragte seine Frau.

»Nur ein Bankkunde, dem ich versprochen habe, ihn noch heute anzurufen. Unwichtig. Lasst uns anfangen und den Abend genießen.« Er hob sein Glas und prostete den Frauen zu. »Ah, dieser italienische Rotwein schmeckt einfach köstlich. Ramona, möchtest du nicht auch einmal probieren?«

Sie schüttelte den Kopf. »Du weißt doch, dass ich Alkohol nicht vertrage. Ich bleibe lieber beim Wasser.«

»Ein Glas? Du wirst danach richtig gut schlafen können. Komm, ein Glas bringt dich nicht um.«

»Nein, wirklich nicht. Ich glaube kaum, dass Rotwein mir über den Kummer hinweghilft. Es wird vermutlich wieder eine katastrophale Nacht werden.«

»Wie du meinst«, sagte Thomas Wiesner und begann zu essen.

Um halb zehn räumte Sophia den Tisch ab und setzte sich danach wieder zu ihrem Mann und Ramona auf die Terrasse.

»Wir haben heute den längsten Tag und die kürzeste Nacht«, meinte Thomas Wiesner und schaute zum Himmel hinauf. »Ob Andreas uns jetzt sieht?«

»Vielleicht«, erwiderte Ramona Wiesner, »vielleicht ist er wirklich irgendwo da oben und sieht uns zu. Oder er ist in der Hölle.«

»Sag so etwas nicht«, wurde sie von Sophia mit strengem Blick ermahnt. »Auch wenn er etwas Unrechtes getan hat, so ist er bestimmt nicht in der Hölle. Er war ein guter Mann, ein sehr guter Mann.«

»Nein, in der Hölle ist er nicht«, sagte Thomas Wiesner und tätschelte die Hand seiner Schwägerin. »Da kommen die wirklich bösen Buben hin. Er ist dort oben.«

Eine Weile schwiegen sie, und man hörte nur entfernt Geräusche. Sophia war in die Küche gegangen und kam mit einem Tablett gefüllter Gläser zurück. »Eins für Ramona, eins für Thomas und eins für mich«, sagte sie. »Bei dieser Hitze hilft nur noch viel trinken. Auf euer Wohl.«

Ramona Wiesner trank das Glas Orangensaft aus und stellte es auf den Tisch. Der Saft hatte etwas bitter geschmeckt, als ob die Früchte noch nicht reif gewesen wären. Sie saßen noch ein paar Minuten schweigend auf der Terrasse, bis Sophia sagte: »Ramona, du siehst sehr müde aus. Komm, ich zeig dir dein Zimmer.«

Ramona Wiesner erhob sich, ihr war schwindlig, die Beine schienen sie kaum noch tragen zu wollen.

»Geht es dir nicht gut?«, fragte Sophia besorgt und stützte sie.

»Ich bin einfach nur fertig. Fertig, fertig, fertig«, antwortete sie mit schwerer Stimme, als wäre sie betrunken. »Ich will endlich einmal schlafen.«

Sophia und Thomas Wiesner halfen ihr die Treppe hinauf. Sie setzte sich aufs Bett und versuchte sich zu entkleiden, schaffte es aber nicht mehr. Ihr fielen die Augen zu. Sophia Wiesner warf ihrem Mann einen kurzen Blick zu und sagte: »Los, hilf mir, sie auszuziehen. Oder soll ich das etwa allein machen?«

»Wieso soll ich …«

»Thomas, bitte, wir haben doch eine Abmachung. Du rührst mich nicht mehr an, und ich lasse dir alle Freiheiten, was andere Frauen angeht. Also, hilfst du mir jetzt?«

»Von mir aus, aber …«

»Thomas, ich will nichts mehr hören, kapiert?!«

Thomas Wiesner schwieg und half Sophia, seine Schwägerin auszuziehen. Sophia verließ den Raum wortlos und schloss die Tür hinter sich. Thomas blieb einen Moment vor Ramona stehen und blickte auf den fast nackten Körper. Er schüttelte kaum merklich den Kopf, wandte sich um, legte die Kleider sorgfältig über den Stuhl und deckte seine Schwägerin zu. Die Klimaanlage surrte leise. Er löschte das Licht und machte die Tür zu. Ramona Wiesner schlief tief und traumlos.

Thomas Wiesner ging nach unten an die Bar, holte eine Flasche Cognac und einen dickbauchigen Schwenker heraus und schüttete das Glas halb voll. Er leerte es in einem Zug und schenkte sich gleich nach. Er merkte nicht, dass Sophia plötzlich neben ihm war. »Trink nicht so viel, es ist weder gut für deinen Verstand noch für deinen Körper«, herrschte sie ihn an. »Denk dran, du bist ein Wiesner, aber du bist auch mit einer Muti verheiratet. Und wir Mutis können Alkoholiker nicht ausstehen.«

»Ja, ja, schon gut, reg dich wieder ab! Es ist mein Körper und mein Verstand, und beides funktioniert noch immer hervorragend. Oder hast du etwas dagegenzusetzen? Na also, auf dein Wohl. Prost, Sophia, mein holdes Eheweib!«

Mittwoch, 20.10 Uhr

Julia Durant schlief tief und fest, als sie vom Klingeln des Telefons geweckt wurde. Sie fühlte sich wie gerädert, warf einen Blick auf die Uhr, murmelte nur »Scheißhitze!« und stand auf. Sie hatte die ganze Zeit über auf dem rechten Arm gelegen, der sich anfangs wie taub anfühlte. Sie schüttelte ihn ein paarmal, und allmählich begannen tausende von Ameisen durch ihn hindurchzukrabbeln. Sie nahm den Hörer in die linke Hand und meldete sich.

»Frank«, sagte sie und war mit einem Mal hellwach. »Wie ist es gelaufen? Rufst du vom Auto aus an?«

»Ja, ja. Hör zu, Gebhardt ist tatsächlich eine miese Sau. Mir fällt nichts Schlimmeres ein, doch wenn du ein Wort kennst, dann lass es mich wissen. Aber am Ende hat er gesabbert wie ein Wasserfall. Wir können in den nächsten Tagen einige Bordelle hochgehen lassen.«

»Und wie hat sich Kullmer verhalten?«, wollte die Kommissarin wissen.

Hellmer lachte glucksend auf. »Du hättest ihn mal sehen sollen, der war so richtig in seinem Element. Wenn ich ihn mit Gebhardt allein gelassen hätte, ich glaube, er hätte ihn totgeschlagen. Allerdings habe ich auch ein paarmal ganz ordentlich ausgeteilt. Gebhardt wird mit Sicherheit noch einige Tage mit dicken blauen Flecken rumlaufen.«

»Ihr seid Helden, wisst ihr das? Wir reden morgen früh noch mal in aller Ruhe darüber. Vor allem muss Berger das erfahren …«

»O nein, Julia, nicht Berger.«

»Du kennst ihn doch, wenn's hart auf hart kommt, steht er immer hinter uns. Er hasst korrupte Bullen. Und jetzt mach's gut, ich muss nämlich mal dringend für kleine Mädchen.«

Sie ging zur Toilette, duschte und wusch sich die Haare. Sie hatte einen schalen Geschmack im Mund, öffnete den Kühlschrank und holte einen Joghurt heraus. Da fiel ihr ein, dass sie Natascha anrufen wollte, um sie zu fragen, ob sie Helena Maric kannte. Sie tippte ihre Nummer ein, Natascha hob nach dem zweiten Läuten ab.

»Hallo, Natascha, hier Durant. Ich habe eine Frage. Sagt Ihnen der Name Helena Maric etwas?«

»Nein.«

»Sie haben diesen Namen also noch nie zuvor gehört?«

»Ich versuche gerade mich zu erinnern, aber … Nein, beim besten Willen nicht. Hat diese Frau etwas mit Irinas Tod zu tun?«

»Das kann ich nicht sagen. Sie wurde nämlich selbst ermordet.«

»O mein Gott!«, entfuhr es Natascha. »Wie Irina?«

»Nein, sie wurde nicht erschossen. Ich wollte nur wissen, ob Sie sie vielleicht kannten.«

»Es tut mir Leid, wenn ich Ihnen da nicht weiterhelfen kann, aber …«

»Macht nichts. Wie geht es Ihnen denn heute?«

»Soll ich ehrlich sein – beschissen. Und weil es mir so beschissen geht, tue ich das, was ich eigentlich wie die Pest hasse, ich putze die Wohnung. Ich muss mich einfach irgendwie ablenken. Ich glaube, ich werde mir bald eine andere Bleibe suchen. Hier erinnert mich alles viel zu sehr an Irina.«

»Kann ich verstehen. Ist Herr Laskin schon bei Ihnen?«

»Nein, er hat vorhin angerufen und gesagt, er sei so gegen neun, halb zehn da. Wollen Sie ihn sprechen?«

»Vielleicht nicht unbedingt heute, aber morgen würde ich mich ganz gerne noch einmal mit ihm unterhalten. Wenn er möchte, kann auch er mich anrufen.«

»Ich werde es ihm ausrichten.«

»Dann sehen wir uns vielleicht schon morgen«, sagte Julia Durant und verabschiedete sich. Sie legte auf, machte sich eine Scheibe Brot mit Salami und trank dazu eine Dose Bier. Danach füllte sie die Waschmaschine und stellte sie an. Als sie sich in der Wohnung umsah, dachte sie, dass es auch hier mal wieder an der Zeit für einen Großputz wäre, verwarf den Gedanken aber gleich wieder, denn solange sie mitten in den Ermittlungen steckte und dazu noch Bereitschaft hatte, würde sie nicht die nötige Ruhe dafür haben. Sie setzte sich wieder auf die Couch, nahm das aktuelle GEO in die Hand und blätterte darin herum.

Mittwoch, 20.30 Uhr

Dominik Kuhn kam schweißüberströmt zur Tür herein, murmelte nur ein »Hallo«, nahm schnurstracks Kurs auf den Kühlschrank und holte sich eine Dose Bier heraus. Er leerte sie in einem Zug, zerquetschte die leere Dose zwischen den Fingern und warf sie in den Abfallbeutel.

»Das musste sein. Mann, bin ich durchgeschwitzt!« Er ging ins Bad, wusch sich die Hände und das Gesicht und trocknete sich ab. Dann zog er die Schuhe und das Hemd aus und ließ sich in den Sessel fallen.

»So kaputt?«, fragte Julia Durant und sah ihn mit spöttischem Blick an. »So kaputt, dass du mir nicht mal einen Kuss geben kannst?«

»O Verzeihung, werte Dame«, sagte er, sprang auf und gab ihr einen langen Kuss. »Aber dieser Tag war die Hölle. Vor allem die letzten drei Stunden. Eine ganze Lagerhalle ist in Kelsterbach abgefackelt, und die vermuten natürlich Brandstiftung dahinter. Ein Millionenschaden, nur elektronische Geräte, Fernseher, Stereoanlagen, Computer und so ’n Zeug. Ich kann dir sagen, das hat vielleicht gestunken. Ich hab mich auch gleich mal ein bisschen in der Nachbarschaft umgehört und dabei erfahren, dass der Typ, dem die Spedition gehört, hoch verschuldet sein soll. Könnte sein, dass er die Versicherung abzocken will. Ich glaub, ich brauch noch ’n Bier.«

»Bring mir eins mit«, sagte Julia Durant, die ihm amüsiert und neugierig zugleich zugehört hatte.

»Und, wie war dein Tag?«, fragte er, als er ihr die Dose reichte.

»Nichts Besonderes«, antwortete sie und schaute ihn über den Dosenrand hinweg an.

»Ach komm, ich seh doch an deinem Blick, dass das eine glatte Lüge ist. Also, spuck’s schon aus.«

Durant nahm einen Schluck, zündete sich eine Gauloise an, inhalierte und blies den Rauch in Kuhns Richtung. »Okay. Nichts Besonderes heißt, dass wir wieder einen Mord haben. Nicht an irgendjemandem, sondern an einer gewissen Helena Maric, wenn du noch weißt, wer das ist.«

Kuhn schoss hoch und beugte sich nach vorn. »Was sagst du da? Die Maric ist auch tot? Wie?«

»Erdrosselt. Es sieht alles danach aus, als hätte sie zu viel gewusst. Vermutlich ist sie nervös geworden, die haben das mitgekriegt, und bevor sie eventuell zur Polizei gehen konnte, haben sie sie kaltgemacht.«

»Wann habt ihr sie gefunden?«

»Heute Vormittag gegen halb elf. Sie war aber schon seit gestern Abend tot. Und sie muss ihren Mörder gekannt haben, denn die beiden hatten eine ausgiebige Liebesnacht hinter sich.«

»Wow, der Typ hat sie gevögelt und dann gekillt. Das ist stark. Aber eine Spur habt ihr noch nicht, oder?«

Julia Durant seufzte auf und schüttelte den Kopf. »Nicht mal den Hauch einer Spur, und das kotzt mich so an.«

»Und was war mit der Wiesner letzte Nacht? Ich hab das ja nur so im Halbschlaf mitbekommen.«

»Sie hat Unterlagen gefunden, die belegen, dass ihr Mann tatsächlich erpresst wurde. Es werden auch Namen genannt, allerdings glaube ich kaum, dass diese Namen echt sind. Und jetzt sitzt uns auch noch der Staatsanwalt im Nacken und möchte, dass wir mit dem OK zusammenarbeiten.«

»Und was ist so schlimm daran?«

»Weil dort eine ganze Menge Arschlöcher sitzen, das ist so schlimm daran. So, und jetzt will ich nicht mehr über diese Sachen reden. Ich hab im Augenblick die Schnauze voll von dem ganzen Zeug.«

»Kann ich absolut verstehen. Peter hat sich vorhin mit einem russischen Promi-Zahnarzt getroffen. Bin echt gespannt, was der ihm so alles erzählt hat. Angeblich wird er von Tschetschenen erpresst.«

»Von mir aus. Wenn die Leute nicht zu uns kommen, können wir ihnen auch nicht helfen«, sagte sie mit einem Anflug von Sarkasmus.

»Also wenn ich höre, wie viele deiner so genannten Kollegen sich schmieren lassen oder sogar in kriminelle Geschäfte verwickelt sind, dann würde ich mir vielleicht auch zweimal überlegen, ob ich zur Polizei gehe oder nicht.« Er stand auf und sah sie an. »Ich stell mich jetzt erst mal unter die Dusche. So geschwitzt wie heute habe ich lange nicht mehr.«

Julia Durant drückte einen Knopf der Fernbedienung, der Fernseher ging an. Sie zappte sich durch einige Kanäle und blieb bei einem Krimi auf RTL hängen. Sie hörte noch das Wasser in der Dusche rauschen, als das Telefon klingelte.

»Verdammt, wer will denn jetzt schon wieder was von mir?« Sie nahm den Hörer ab.

»Hallo?«

»Hier Peter Schulze. Stör ich?«

»Nein«, antwortete Durant und wischte sich den Schweiß von der Stirn.

»Ist Dominik da?«

»Er duscht gerade. Soll ich ihn holen, oder willst du warten, bis er fertig ist. Er müsste eigentlich jeden Moment wieder rauskommen.«

»Ich warte. Hast du schon was Neues im Fall Wiesner?«

»Nein«, antwortete Durant knapp, weil sie fand, dass es ihn nichts anging.

»Hätte ja sein können …«

»Warte, Dominik kommt gerade rein. Ich geb ihn dir.«

Er hatte sich ein Handtuch um die Hüften gewickelt, Durant reichte ihm den Hörer. »Dein Freund«, sagte sie nur.

»Hi, Peter. Und, wie ist es gelaufen?«

»Hervorragend. Dieses Interview ist das i-Tüpfelchen auf meine Serie. Jetzt kann's richtig losgehen. Der hat mir Sachen erzählt, da rollen sich dir die Fußnägel auf. Aber morgen macht er die Fliege. Er nimmt seine Familie und haut einfach ab. Doch vorher hat er mir noch seine Häuser überschrieben, damit ich sie für ihn verkaufe.«

»Bitte was? Warum hat er das gemacht?«

»Weil diese Schweine alles über ihn wissen. Ich werde ihm helfen. Aber das ist nicht der Grund, weshalb ich anrufe. Hör zu, dieser Zahnarzt hat mehrere Häuser hier im Rhein-Main-Gebiet. Die gehören ihm allerdings nur noch pro forma. Er ist zwar der Eigentümer, aber die Tschetschenen haben ihn so unter Druck gesetzt, dass er sie ihnen für 'n Appel und 'n Ei überlassen musste. Und diese Häuser werden jetzt als Bordelle benutzt. Falls deine Freundin Interesse hat, kann sie sich die Unterlagen ja mal anschauen.«

»Ich werd's ausrichten. Und weiter?«

»Nichts und weiter. Ich wollte dir das nur sagen. Wir sehen uns morgen in der Redaktion, dann zeig ich dir den ganzen Kram. Und sollte ich noch nicht da sein, die Mappe liegt in meinem Schreibtisch, in der mittleren Schublade. Könnte sein, dass ich ein bisschen später komme. Also, bis morgen.«

»Alles klar. Bis morgen.«

Kuhn legte auf, fuhr sich über das stopplige Kinn, kaute auf der Unterlippe und sah Julia Durant nachdenklich an.

»Was ist?«, fragte sie.

»Weiß nicht, aber Schulze klang so unglaublich euphorisch. So, als hätte er soeben den Stein der Weisen gefunden. Er lässt fragen, ob du Interesse an bestimmten Unterlagen hast.«

»Was für Unterlagen?«

»Es geht um Häuser, die als Bordelle benutzt werden. Sie gehören offiziell diesem Zahnarzt, der aber morgen von hier abhaut. Möglicherweise könnt ihr da gleich ein paar illegale Puffs hochgehen lassen.«

»Bitte was?« Ihre Stimme klang noch immer gereizt.

»Ich hab mich doch deutlich ausgedrückt, oder? Ciao bella, ich geh ins Bett, mit dir ist heute nicht viel anzufangen.«

»Oh, der Herr ist nicht gut drauf. Entschuldigung, wenn ich dir auf die Füße getreten bin ...«

»Vergiss es«, sagte Kuhn nur und verschwand im Schlafzimmer.

Julia Durant blieb noch fünf Minuten sitzen, den Kopf in die Hände gestützt. Sie war wütend, mehr auf sich als auf andere. Es gab einfach diese Tage, an denen sie sich selbst unausstehlich fand. Sie ging ins Bad, putzte sich die Zähne und löschte das Licht. Dann legte sie sich zu Kuhn und kraulte ihm den Rücken.

»He, tut mir Leid wegen eben. Es kommt im Moment einfach zu viel zusammen. Nimm's nicht persönlich, bitte. Ich liebe dich. Kannst du mir noch einmal verzeihen?«

Kuhn drehte sich um und sah sie im Dämmerlicht an. Er streichelte über ihr Gesicht, ihre Haare und zog sie zu sich.

»Wenn du im Stress bist, kannst du ganz schön zickig sein, weißt du das?«

»Ich weiß. Aber ich meine es nie persönlich. Ich bin einfach unzufrieden mit mir selbst.«

»Weshalb? Du bist eine fantastische Polizistin, du bist vielleicht das Beste, was die Frankfurter Polizei zu bieten hat. Aber du bist zu ungeduldig. Manchmal muss man einfach warten können.«

»Das hat schon mein Vater gesagt, als ich noch ein kleines Mädchen war. Bei mir musste immer alles sofort klappen, sonst war ich gleich auf der Palme. Aber er hat mich immer wieder runtergeholt.

Vielleicht sollte ich ihn mal anrufen. Er ist so ziemlich der einzige Mensch, der mir Ruhe gibt.«

»Und was ist mit mir?«, fragte Kuhn gespielt beleidigt.

»Du bist nicht mein Vater, merk dir das«, sagte sie grinsend. »Mit dir schmuse ich, mit dir gehe ich ins Kino, mit dir schlafe ich, mit dir kann ich Pferde stehlen. Aber mein Vater ist ein ganz besonderer Mann. Vielleicht liegt es tatsächlich daran, dass er Priester ist.«

»Du hast wahrscheinlich Recht. Hast du eigentlich vor irgendetwas Angst?«

»Jeder Mensch hat Angst. Ich auch.«

»Und wovor? Eines Tages im Dienst erschossen zu werden?«

»Nein, davor weniger. Ich habe in all den Jahren bei der Kripo kaum einmal die Waffe ziehen müssen. Es sind andere Dinge.«

»Und die willst du mir nicht verraten.«

»Doch, schon. Ich habe zum Beispiel Angst davor, Krebs zu bekommen und dahinzusiechen und zu wissen, du hast keine Chance, du kannst dem Tod nicht entkommen, obwohl du eigentlich noch so viel zu tun hättest. Ich habe meine Mutter verloren, als ich gerade die Polizeischule beendet habe. Sie hatte Lungenkrebs, aber das hab ich dir schon mal erzählt. Es war einfach grauenhaft, ihre letzten Monate mitzuerleben. Ich werde nie ihre Augen vergessen, kurz bevor sie starb. Heute träum ich noch manchmal davon. Und ich habe auch Angst davor, jemanden zu verlieren, der mir sehr viel bedeutet. Psychologen nennen so was wohl Verlustängste. Ich habe zum Beispiel Angst, meinen Vater zu verlieren, auch wenn der gerade mal Ende sechzig und kerngesund ist, aber allein die Vorstellung, er ist nicht mehr da, ich kann nicht mehr mit ihm telefonieren oder einfach mal für ein Wochenende zu ihm fahren, ist für mich ein grauenvoller Gedanke. Oder ich habe Angst, dass ich eines Tages nicht mehr weiß, was ich rede, Alzheimer, wenn du verstehst. Es gibt vieles, wovor ich Angst habe.«

»Was ist mit dem Tod?«

»Nein, ich habe keine Angst vor dem Tod. Nur vor einer langen, schweren Krankheit. Aber nicht vor dem Tod. Und du?«

Kuhn zuckte mit den Schultern. »Ich habe Angst vor dem Tod, in jeder Form, ganz gleich, ob es mich betrifft oder jemanden, den ich besonders gern habe. Und ich habe fürchterliche Angst vor Spinnen. Wenn ich so 'ne Bestie nur sehe, kriege ich das kalte Grausen. Aber ansonsten gibt es kaum etwas, wovor ich Angst habe. Im Augenblick hätte ich am meisten Angst, dich zu verlieren.« Er hielt inne, grinste auf einmal und sagte dann: »Auch wenn du manchmal so unausstehlich bist, dass ich dich am liebsten an die Wand klatschen möchte.«

Durant setzte sich langsam auf, sah Kuhn scharf an, fasste, ohne dass er es bemerkte, vorsichtig ihr Kissen an einem Zipfel und haute es ihm völlig unerwartet mit voller Wucht auf den Kopf. »So, ich bin also unausstehlich, und du würdest mich am liebsten an die Wand klatschen«, sagte sie lachend und schlug ihr Kissen immer wieder auf seinen Kopf und seinen Körper. »Du elender Mistkerl, ich werde dir zeigen, wer hier unausstehlich ist.«

Kuhn schaffte es, sie an den Armen festzuhalten, drückte sie auf den Rücken und setzte sich über sie. »Und jetzt?«, fragte er grinsend.

»Du willst es darauf ankommen lassen, was?«, sagte sie ebenfalls grinsend. »Im Gegensatz zu dir habe ich eine exzellente Nahkampfausbildung genossen. Möchtest du mal ein paar Tricks kennen lernen?«

»Ha, ha, ha, du und eine Nahkampfausbildung«, lästerte Kuhn, »da lachen ja die Hühner.«

Kaum hatte er es ausgesprochen, hatte sie sich schon seinem Griff entzogen und seinen rechten Arm auf den Rücken gedreht. Er schrie kurz auf, schlug mit der andern Hand auf das Bett und sagte lachend: »Okay, okay, Ihr habt gewonnen, ich ergebe mich. Welchen Tribut verlangt Ihr von mir?«

»Streicheleinheiten, mein Sklave.«

»Euer Wunsch sei mir Befehl. Wo soll ich anfangen?«

»Lass dir etwas einfallen, du Journalistenindividuum. Deine Hände seien dir zurückgegeben.«

Sie ließ sich auf den Rücken fallen und keuchte. Kuhn sah sie lange an, fuhr mit einem Finger über ihren Körper und sagte: »Du bist für mich die schönste Frau. Und das meine ich auch so.«

»Es gibt schönere.«

»Ich habe gesagt, für mich bist du die schönste Frau. Jeder Mensch hat sein eigenes Schönheitsideal. Ich finde es jedenfalls hervorragend, dass mir meins so einfach mal auf einer Pressekonferenz über den Weg gelaufen ist.«

»Träumer. Aber ich liebe dich. Komm, lass uns ein bisschen kuscheln. Mehr will ich heute nicht.«

Sie legte sich in seinen Arm, hörte den gleichmäßigen Herzschlag und kraulte seine Brust. Kuhn schlief schon, als sie noch über den hinter ihr liegenden Tag nachdachte.

Mittwoch, 21.10 Uhr

Das Telefon klingelte bei Peter Schulze, kaum dass er den Hörer nach dem Gespräch mit Kuhn aufgelegt hatte.

»Ja?«, meldete er sich.

»Herr Schulze?«, fragte eine ihm inzwischen bekannte männliche Stimme, hinter der sich ein anonymes Gesicht verbarg.

»Ja.«

»Hören Sie gut zu, ich sage es nur noch einmal. Die Serie, an der Sie schreiben, wird nicht erscheinen. Denken Sie an Ihre Frau und an Ihre Tochter. Sollte ich auch nur eine Zeile lesen, sind Sie ein toter Mann.«

»Wissen Sie was, Sie können mich mal«, erwiderte Schulze. »Ich lasse mich von Ihnen nicht einschüchtern. Und meine Familie hat mit alldem nichts zu tun. Sie können gar nicht verhindern, dass die Serie erscheint, sie ist nämlich längst in Hamburg. Und abgesehen davon, es wäre mir auch gar nicht mehr möglich, das Ganze zu stoppen.«

»Es wäre Ihnen möglich, wenn Sie nur wollen würden, sie erscheint doch erst in zwei oder drei Wochen. Es ist nur ein guter Rat von mir.«

»Stecken Sie sich Ihren Rat wer weiß wohin.«

»War das Ihr letztes Wort?«

»Sie haben es erraten.«

»Dann wünsche ich Ihnen noch einen schönen Abend.«

Schulze hielt den Hörer noch lange in der Hand. Das Herz raste in seinem Brustkorb, er überlegte. Er hätte natürlich die Möglichkeit, die Serie zu stoppen, aber das würde gleichzeitig das Ende seiner Karriere bedeuten. Nein, sagte er zu sich selbst, ich lasse mich von denen nicht unterkriegen. Nicht von diesem Abschaum. Diese Serie wird mein Durchbruch. Ich werde es euch zeigen.

»Wer war das?«, fragte seine Frau Claudia, die, ohne dass er es bemerkt hatte, plötzlich hinter ihm stand und ihre Arme um ihn legte.

»Ich weiß es nicht«, antwortete er, drehte sich um, fasste sie bei den Schultern und sagte mit eindringlicher Stimme: »Hör zu, ich möchte, dass ihr, du und Sabrina, für eine Weile von hier verschwindet. Am besten packen wir gleich alle Sachen, und ich bringe euch in ein Hotel.«

»Was?«, sagte sie überrascht, doch in ihrer Stimme klang ein eigentümlicher Unterton mit, den Schulze nicht deuten konnte. Sie löste sich von ihm und machte einen Schritt zurück. »Jetzt möchte ich wissen, was wirklich los ist? Ist es wegen dieser Serie? Wenn das so ist, dann …«

Er unterbrach sie mit einer Handbewegung. »Es ist meine Serie. Ich habe lange dafür recherchiert, ich habe mich dafür in Kreise begeben, in die ein Normalsterblicher sonst nie reinkommt. Ich habe Informationen, die so brisant sind, dass ich das alles jetzt unmöglich wegwerfen kann. Die Welt soll endlich erfahren, was wirklich gespielt wird.«

»Und dafür riskierst du das Leben deiner Familie?!«, fauchte sie ihn an und tippte sich an die Stirn. »Du tickst doch nicht ganz richtig! Was ist dir wichtiger, unser Leben oder diese verdammte Serie?

Glaubst du denn im Ernst, du könntest damit irgendetwas bewegen? Die Leute lesen es und vergessen es gleich wieder. Und komm mir nicht schon wieder mit dieser Weltverschwörungstheorie! Ich habe endgültig die Schnauze voll! Wir waren bis jetzt glücklich und können es auch in Zukunft sein. Aber das geht nur, wenn du endlich begreifst, dass gewisse Leute keinen Spaß verstehen.« Sie schnaubte wütend, drehte sich um und stellte sich mit demonstrativ unter der Brust verschränkten Armen ans Fenster. Schulze kam zu ihr und legte seine Arme um sie. »Lass mich bitte los, ich mag das jetzt nicht. Du bringst dich und uns in Gefahr, ist dir das eigentlich klar?! Nein«, fuhr sie fort, »das ist dir eben nicht klar! Du bist so verbohrt, du glaubst anscheinend wirklich, unverwundbar zu sein! Aber du bist nur ein Mensch aus Fleisch und Blut. Und dort drüben liegt deine Tochter! Willst du etwa ihr Leben aufs Spiel setzen? Mein Gott, ich hätte das nie von dir gedacht. Sie ist erst ein Jahr alt!«

»Claudia, bitte. Es passiert weder mir noch euch auch nur das Geringste. Ich kann jetzt keinen Rückzieher mehr machen. Bei der Zeitung wäre ich unten durch, und alle würden über mich lachen. Und ich habe Ideale, ich möchte, dass unsere Tochter in einer besseren Welt aufwächst …«

»Sag mal, spinnst du jetzt völlig?! Du meinst, du könntest die Welt verbessern, nur weil du eine Serie schreibst, über die in drei Wochen kein Mensch mehr spricht?« Sie hielt inne und sah ihn kopfschüttelnd an. »Du warst schon immer ein Querkopf, und ich glaube, das war mit ein Grund, weshalb ich mich in dich verliebt und dich geheiratet habe. Aber ich werde nicht zulassen, dass du unser Leben zerstörst. Du hast die Wahl, entweder diese Scheißserie oder Sabrina und ich. Ich gebe dir eine Stunde Zeit, dann will ich eine Antwort von dir haben.«

»Ich brauche keine Stunde«, sagte Schulze. »Ich habe mich schon lange entschieden. Wenn ich jetzt aufhöre, kann ich in Zukunft im Archiv arbeiten. Mal sehen, ob wir uns dann noch diese Wohnung leisten können. Aber du willst mich nicht verstehen …«

»Nein«, schrie sie ihn an, »*du* willst *mich* nicht verstehen! Ich bin deine Frau, ich liebe dich, und Sabrina liebt dich auch! Und jetzt komm, bitte, mach keinen Quatsch und vergiss das alles.« Und nach ein paar Sekunden, mit sanfterer Stimme: »Bitte, tu's uns zuliebe. Wenn du mich wirklich liebst, dann hör sofort auf. Ruf deinen Chef an, und nenn ihm die Gründe. Er wird es verstehen.«

Schulze lachte auf. »Der und verstehen?! Im Leben nicht. Die haben Unsummen investiert, damit ich diesen Job erledige, sie haben mir einen falschen Pass besorgt und andere illegale Sachen gemacht, und dafür wollen sie Ergebnisse sehen. Und die werde ich ihnen liefern. Claudia, glaub mir, es passiert mir nichts.«

»So, so, sie haben dir einen falschen Pass besorgt und so weiter, und so weiter. Und weshalb wissen dann einige Leute, wer du wirklich bist? Sag's mir, du Schlaumeier! Die wissen, wo du wohnst, die kennen deine Telefonnummer, auch wenn wir gar nicht im Telefonbuch stehen, wahrscheinlich ist diese Wohnung sogar verwanzt. Komm, ich habe keine Lust mehr ...«

»Claudia, du brauchst keine Angst zu haben, wirklich nicht ...«

»Und weshalb sollen wir dann in ein Hotel ziehen?«, fragte sie scharf. »Weil es so ungefährlich ist? Oder willst du uns einfach nur ein paar schöne Tage gönnen, mir und Sabrina? Aber gut, ich werde gehen. Doch glaub bloß nicht, dass ich zurückkomme. Ich habe nämlich keine Lust, länger mit einem Verrückten zusammenzuleben. Die wievielte Drohung war das eigentlich schon? Die fünfte, die sechste? Du hast mir doch bestimmt nicht von allen erzählt, oder? Du bist verrückt, du bist verrückt im wahrsten Sinne des Wortes. Dich sollte man in eine Klapsmühle stecken!«

»Wenn du meinst«, erwiderte er, senkte den Kopf und presste die Lippen aufeinander. Seine Frau wollte gerade aus dem Zimmer gehen, als er sie zurückhielt. »Claudia, warte bitte. In Ordnung, ich werde morgen mit Dominik sprechen und danach mit dem Chef. Vielleicht hast du ja tatsächlich Recht. Dann schreib ich eben ein Buch darüber. Unter Pseudonym natürlich. Die Informationen, die ich habe, füllen mit Sicherheit fünfhundert Seiten. Ich habe vorhin mit einem russischen Zahnarzt gesprochen, der von den Tschetschenen erpresst wird. Vielleicht schreibe ich das Buch mit ihm zusammen.«

Sie kam auf ihn zu und sah ihn zweifelnd an. »Ist das ein Versprechen?«

Er nickte. »Ich schwöre es bei Gott.«

»Sag ihnen einfach die Wahrheit. Sag, dass du massiv bedroht wirst und nicht das Leben deiner Familie aufs Spiel setzen willst. Jeder wird das verstehen, auch dein Chef.«

»Sicher«, erwiderte Schulze und nahm seine Frau in den Arm. »Ich liebe dich, und ich weiß, dass ich manchmal ein bisschen verrückt bin.«

»Ein bisschen?«, meinte sie lachend, obgleich ihr eher zum Heulen zumute war. »Komm, sag deinem kleinen Schatz gute Nacht.«

Er begab sich ins Kinderzimmer, wo seine Tochter Sabrina im Bett lag und ihn erwartungsvoll mit großen Augen ansah. Er beugte sich zu ihr hinunter, streichelte über ihr Gesicht und gab ihr einen Kuss auf die Stirn. »Schlaf schön, meine Kleine. Bis morgen.«

Dann ging er zurück ins Wohnzimmer und dachte einen kurzen Moment über das Telefonat und über die Auseinandersetzung mit seiner Frau nach. Er schenkte sich einen Cognac ein und schüttete ihn in einem Zug hinunter. Erst brannte es im Magen, im nächsten Moment aber überkam ihn ein leichtes, schwebendes Gefühl. Gut, ihr habt erreicht, was ihr wolltet, dachte er, doch ich werde ein Buch schreiben. Und dann pack ich euch bei den Eiern. Er trank noch einen Cognac. Seine Frau kam ins Zimmer, setzte sich zu ihm und legte ihren Kopf an seine Schulter. Sie nahm seine Hand und hielt sie fest.

Mittwoch, 20.35 Uhr 

Als Hellmer das Auto in die Garage fuhr und von dort aus direkt ins Haus ging, kam ihm Nadine entgegen, umarmte ihn und gab ihm einen langen Kuss.

»Ich hab schon gedacht, du kommst gar nicht mehr«, sagte sie und sah ihn schmollend an. »Wo hast du denn die ganze Zeit gesteckt? Du bist spätestens um sechs zu Hause, hast du ...«

»Kullmer und ich hatten was ganz Dringendes zu erledigen. Ich geh nur mal schnell ins Bad, Hände und Gesicht waschen. Was macht die Süße?«

»Die Süße schläft schon. Wir haben den Abend ganz für uns allein. Und der Tisch ist auch schon gedeckt.«

Er wusch sich, kämmte sich das Haar und ging ins Esszimmer. Auf dem Tisch standen eine Flasche Rotwein und eine Flasche Wasser, geschnittene Tomaten, Gurken und Paprika, auf einer andern Platte mehrere Wurstsorten und Käse und Brot.

Er nahm eine Scheibe Brot, schmierte dünn Butter darauf, belegte es mit Salami und Tomaten und gab etwas Pfeffer, Salz und Dill darüber. Dann griff er, bevor er zu essen begann, nach dem Wein und schenkte die Gläser halb voll ein.

»Was hattet ihr denn so Wichtiges zu tun, du und Kullmer?«, fragte Nadine beim Essen.

Hellmer sah sie kurz an, schluckte einen Bissen hinunter und trank von dem Wein. »Eine riesengroße Sauerei. Ich möchte das eigentlich gar nicht erzählen.«

»Ach komm, du sagst mir doch sonst immer alles. Ich sitz den ganzen Tag zu Hause und langweile mich, da will ich wenigstens hören, was du so machst. Gibt's was Neues im Fall Wiesner?«

»Hör bloß auf damit! Seine ehemalige Mitarbeiterin, von der ich dir schon erzählt habe, wurde letzte Nacht umgebracht. Es sieht alles immer mehr nach organisiertem Verbrechen aus. Tja, und dann haben Kullmer und ich uns noch jemanden vorgenommen.« Er schnitt ein Stück Brot ab und steckte es in den Mund. Während er kaute, sagte er: »Es war ein absolut beschissener Tag. Ganz ehrlich. Wir haben rausgefunden, dass ein so genannter Kollege vom OK seit Jahren in die eigene Tasche gearbeitet hat. Er hat illegale Aktionen gedeckt und dafür kräftig abkassiert, er hat ein paar Prostituierte erpresst, er ist so ein mieses Stück Dreck, dass mir ganz schlecht wird, wenn ich nur an ihn denke. Aber nachdem wir mit ihm fertig waren …«

»Was heißt, nachdem ihr mit ihm fertig wart?«, fragte Nadine neugierig und besorgt zugleich.

»Was denkst du denn?«, fragte er grinsend zurück.

»Du und Kullmer? Was habt ihr mit ihm gemacht?«

»Wir haben ihm eine Lektion erteilt, die er sein Leben lang nicht vergessen wird. Und wir haben eine Liste aller illegalen Puffs. Das Wichtigste ist aber, dass wir seine Aussage auf Band haben. Er kommt da nicht mehr raus.«

»Würdest du mir mal bitte genau erklären, was für eine Lektion ihr ihm erteilt habt? Habt ihr Gewalt angewendet?«

Hellmer zuckte mit den Schultern und sagte: »Es gibt Typen, denen ist eben nicht anders beizukommen. Die machen das Maul erst dann auf, nachdem sie ordentlich eins reingekriegt haben …«

»Frank, ich bitte dich«, sagte sie vorwurfsvoll, doch Hellmer unterbrach sie.

»Nadine, bei mir und auch bei Kullmer hört der Spaß auf, wenn es um Menschenhandel geht, vor allem, wenn Kinder im Spiel sind. Dann bin ich nicht mehr Polizist, dann bin ich Vater. Ich sehe unsere Kleine und weiß, dass diese Kinder, die in irgendwelche verkommenen Puffs gesteckt werden, um dort allmählich zu verrecken, genau die gleichen Gefühle haben wie Stephanie. Es sind Kinder, unschuldige Kinder, die keinem Menschen etwas zuleide getan haben. Aber sie werden systematisch zerbrochen. In so viele kleine Einzelteile, dass es unmöglich ist, das jemals wieder zu kitten. Und wenn ich dann noch höre, dass einer von uns in diese Schweinereien verwickelt ist, glaub mir, dann ist bei mir Feierabend.« Er lehnte sich zurück, holte tief Luft und sah Nadine an. »Ich glaube, so wie heute habe ich noch nie zugeschlagen. Aber nicht ins Gesicht, denn ich will, dass er morgen wieder im Büro erscheint, und wenn er auf allen vieren angekrochen kommt.«

»Hat er selbst …«

»Was?«

»Du weißt schon. Hat er selbst Kinder missbraucht?«

»Ich sag's jetzt mal so, wie ich es im Augenblick empfinde – der Kerl fickt alles, was ihm über den Weg läuft. Und zu Hause hat er eine Frau und zwei Kinder, die natürlich nicht die geringste Ahnung haben, was dieser ach so fürsorgliche und rechtschaffene Ehemann und Vater in Wirklichkeit so treibt.« Er seufzte auf. »Und er ist auch noch in meinem Alter.«

»Und was habt ihr jetzt mit ihm vor?«

»Wir haben seine Aussage schriftlich mit seiner Unterschrift und außerdem auch noch auf Band. Erst mal wird er für uns arbeiten, wobei wir ihn natürlich immer schön im Auge behalten werden. Und wenn alles vorbei ist, übergeben wir sein Geständnis zum einen der Staatsanwaltschaft und zum andern dem Richter. Die sollen dann entscheiden, was mit ihm weiter passiert. Der Kerl soll von mir aus krepieren.«

Nadine machte ein betroffenes Gesicht und schob ihren Teller in die Mitte des Tisches. Hellmer zündete sich eine Zigarette an und sagte: »Komm, wir setzen uns ein bisschen raus. Ich brauch frische Luft. Kerle wie der widern mich einfach nur an.«

»Willst du auch ein Bier haben?«, fragte Nadine.

»Klar. Trinken wir ein schönes kühles Bier zum Sommeranfang.«

Sie kam mit zwei Flaschen und Gläsern und stellte alles auf den runden weißen Tisch.

»Weißt du, Nadine, manchmal frage ich mich wirklich, wie schlecht Menschen eigentlich sein können. Kannst du mir das sagen?«

Sie schüttelte den Kopf. »Es gibt wohl keine Grenze nach unten. Tut mir Leid, wenn ich dich genervt habe.«

»Womit?«, fragte er mit hochgezogenen Brauen.

»Na ja, als ich dich gelöchert habe.«

»Nadine, wir beide können doch über alles reden. Und daran wird sich nie etwas ändern. Du bist der einzige Mensch, bei dem ich all das loswerden kann. Wenn ich mir unter Millionen Frauen eine aussuchen dürfte, ich würde immer wieder dich nehmen.«

»Jetzt übertreibst du aber«, sagte Nadine lachend, kniete sich vor ihn und legte ihren Kopf auf seinen Oberschenkel. »Trotzdem, irgendwie hört es sich gut an. Aber pass auf dich auf. Ich hatte letzte Nacht einen furchtbaren Traum, und ich habe Angst um dich.«

»Schatz«, sagte Hellmer und streichelte über ihr Haar, »es gibt keinen Grund, Angst zu haben. Was soll denn schon passieren?«

Sie zuckte mit den Schultern. »Weiß nicht. Es war ja auch nur ein Traum.«

Mittwoch, 21.00 Uhr 

Natascha Olpitz hatte den ganzen Tag damit zugebracht, die Wohnung aufzuräumen; sie hatte Fenster geputzt, gesaugt und Staub gewischt, Wäsche gewaschen und auf den Balkon gehängt, gebügelt und zu guter Letzt das Bad geputzt. Jetzt sah die Wohnung so sauber aus wie schon lange nicht mehr, und dennoch fühlte sich Natascha elend. Wie oft hatte sie mit Irina abends zusammengesessen, hatten sie sich Geschichten aus der Kindheit und Jugend erzählt, gelacht und gemeinsam geweint. Immer war die eine für die andere da gewesen. Und jetzt war sie allein. Sie rauchte zwei Zigaretten kurz hintereinander und drückte gerade die zweite aus, als die Türglocke anschlug.

Endlich, dachte sie, ging zur Tür und drückte den Öffner. Sie hörte Schritte die Treppe hochkommen.

»Hi, Daniel«, sagte sie und ließ ihn an sich vorbeitreten. »Wie geht's?«

»Das ist eine dumme Frage, Natascha, und das weißt du auch«, antwortete er und sah sie mit regungsloser Miene an.

»Entschuldigung, aber mir geht es auch nicht besonders, wie du dir denken kannst.«

»Schon gut«, sagte Laskin und stellte seine Reisetasche neben den Schrank. »Kann ich mir was zu trinken nehmen?«

»Natürlich, bedien dich.«

Laskin holte sich eine Flasche Orangensaft und ein Glas aus der Küche. Er setzte sich, sah sich um und fragte: »Hast du heute deinen Putzfimmel?«

»Ich musste mich ablenken. Aber ich habe Irinas Zimmer nicht angerührt, falls du das denken solltest. Es war ihr Zimmer, und jetzt ist es deines. Du kannst natürlich auch in deiner Wohnung übernachten.«

»Ich bleibe heute hier, wenn's dir recht ist.«

»Ach ja, Kommissarin Durant hat mich vorhin angerufen. Sie würde gerne noch mal mit dir sprechen. Sie hat gemeint, du könntest sie auch anrufen. Sag mal, kennst du eine Frau Maric?«

Laskin zuckte mit den Schultern und sagte: »Wenn ich ein Foto von ihr sehen würde, vielleicht. Warum fragst du?«

»Sie war eine Bekannte von diesem Wiesner und wurde auch ermordet. Vielleicht will die Kommissarin darüber mit dir sprechen.«

Er blickte auf die Uhr. »Jetzt noch?«

»Sie hat gesagt, das habe Zeit bis morgen. Bist du müde?«

»Nein. Ich brauche nicht viel Schlaf. Hat sie noch etwas gesagt?«

Natascha schüttelte den Kopf und steckte sich eine Zigarette an.

»Was wirst du jetzt tun? Ich habe schon vorgestern gemerkt, dass etwas in deinem Kopf vorgeht. Du kannst es mir ruhig erzählen, ich halte meinen Mund.«

Laskin sah Natascha mit seltsamem Blick an, bevor er erklärte: »Was immer ich tun werde, ich tue es allein. Ich brauche keine Hilfe, von dir nicht und schon gar nicht von der Polizei. Ich bin es gewohnt, allein zu arbeiten.«

Natascha zuckte zusammen, unfähig, dem durchdringenden Blick von Laskin standzuhalten.

»Ich habe es nur gut gemeint«, versuchte sie sich zu rechtfertigen.

»Natürlich, Liebes«, entgegnete er jetzt ganz sanft, »aber das hier ist eine Sache zwischen Männern. Ich will nicht, dass du auch noch in Gefahr gerätst. Doch solltest du etwas wissen, was mir weiterhelfen könnte, dann sag es. Du weißt, du kannst mir vertrauen.«

Sie beugte sich nach vorn und legte ihre Hand auf die von Laskin.

»Daniel, bitte, ich will nicht, dass noch mehr Blut vergossen wird. Und damit meine ich dein Blut. Wer immer Irina auf dem Gewissen hat, er ist kaltblütiger, als du es je sein könntest. Dazu kenne ich dich zu gut.«

Erstmals an diesem Abend lächelte Laskin. »Mach dir keine Sorgen um mich, ich kann sehr gut auf mich aufpassen. Ich habe viel mehr Angst um dich. Und je weniger du weißt, umso sicherer bist du. Glaub mir, ich meine es nur gut mit dir.«

Natascha stand auf, ging auf den Balkon und steckte sich eine weitere Zigarette an. Sie hatte schon aufgehört zu zählen, die wievielte es an diesem Tag war, und sah der Sonne zu, wie sie sich allmählich dem westlichen Horizont näherte. Ihr war klar, dass sie Laskin nicht würde überreden können, sie in seine undurchschaubaren Pläne einzuweihen. Was verheimlichte er ihr? Wusste er mehr, als er der Polizei gegenüber zugegeben hatte? Sie war so in Gedanken versunken, dass sie nicht merkte, wie Laskin mit einem Mal neben ihr stand. Er sah sie fast liebevoll an, nahm sie in den Arm und streichelte zärtlich über ihr seidig glänzendes dunkelbraunes Haar.

»Natascha, ich hab das vorhin nicht böse gemeint«, flüsterte er ihr ins Ohr. »Irina ist tot, und das ist tragisch, aber nicht mehr zu ändern. Doch wir leben noch. Und ich möchte, dass das so bleibt. Ich habe dich immer schon sehr, sehr gerne gemocht.«

Natascha war verwirrt. Was meinte er damit? Sie sah ihm in die Augen, sah das Funkeln darin, ahnte, was diese Worte und diese Umarmung zu bedeuten hatten, und war noch verwirrter als zuvor.

Donnerstag, 8.00 Uhr

Polizeipräsidium. Lagebesprechung.

Berger hatte sich noch am Vorabend mit zwei Kollegen vom K12 und K13 unterhalten und sie um Unterstützung gebeten. Insgesamt waren von ihnen sechs Beamte für die Ermittlungsarbeit abgestellt worden. Berger hatte Durant unmittelbar vor der Besprechung davon in Kenntnis gesetzt.

Alle Beamten hatten sich im Besprechungszimmer eingefunden. Berger saß wie immer am Kopfende, einige standen an der Wand, andere saßen. Julia Durant war eine der Letzten, die ins Zimmer kam, da sie vorher noch einmal alle Unterlagen überflogen hatte. Berger warf ihr einen Blick zu und sagte: »Wie die meisten von Ihnen bereits wissen, haben wir eine Soko gebildet, die sich mit den Morden an Andreas Wiesner, Irina Puschkin und Helena Maric befassen wird. Frau Durant, Herr Hellmer und Herr Kullmer sind davon bereits in Kenntnis gesetzt worden. Frau Durant wird weiterhin die Ermittlungen leiten und auch entsprechende Instruktionen erteilen. Wichtiger als sonst ist in diesen Fällen absolute Diskretion. Über alles Weitere wird Sie jetzt Frau Durant informieren. Bitte.«

Sie beugte sich nach vorn, stützte die Arme auf den Tisch und sah in die Runde. Sie kannte alle anwesenden Beamten persönlich. Dennoch sagte sie: »Bevor ich beginne, möchte ich etwas vorausschicken. Sollte einer von Ihnen Zweifel haben, ob er diesem Fall gewachsen ist, so steht es demjenigen selbstverständlich frei, den Raum zu verlassen. Wie Herr Berger bereits erwähnte, ist hier mehr denn je Diskretion angesagt. Oder um es salopp auszudrücken, ich erwarte von jedem von Ihnen, dass alles das, was in den nächsten Tagen und Wochen, vielleicht auch Monaten an Erkenntnissen gewonnen wird, absolut vertraulich behandelt wird. Sollte einer von Ihnen mit einer unbefugten dritten Person sprechen, fliegt er sofort raus und kriegt ein Disziplinarverfahren an den Hals gehängt und kann ab da wieder auf Streife gehen. Hab ich mich deutlich genug ausgedrückt?«

Allgemeines Nicken und Zustimmung.

»Gut, dann wäre das abgeklärt. Fakt ist, vor uns liegt ein Berg an Arbeit. Es gibt viele Personen, die überprüft werden müssen, Puzzleteile müssen zusammengesetzt werden, und, das möchte ich nicht verheimlichen, es könnte für einige von uns eine sehr gefährliche Ermittlungsarbeit werden, da wir es unter Umständen mit organisierten kriminellen Banden zu tun haben.«

»Augenblick«, wurde sie von einem jungen Beamten unterbrochen, »wäre es da nicht sinnvoll, die Kollegen vom OK hinzuzuziehen?«

»Im Moment handelt es sich nur um eine Vermutung, die noch bewiesen werden muss. Sobald diese Beweise vorliegen, werden wir selbstverständlich die Kollegen mit in die Ermittlungen einbeziehen. Herr Berger, Herr Hellmer, Herr Kullmer und meine Wenigkeit sind Ihre Ansprechpartner, falls es irgendwelche Probleme geben sollte. Sie werden alle im Anschluss an diese Besprechung ihre jeweiligen Aufgabengebiete zugeteilt bekommen, wobei ich jeden Abend einen kurzen, aber detaillierten Bericht erwarte. Mein Kollege Hellmer und ich haben bis einschließlich Samstag Bereitschaft, wobei ich auch nach Ablauf dieser Zeit über alle besonderen Vorfälle informiert werden möchte, und sei es nachts um drei. Wegen der Bedeutsamkeit dieses Falls erscheint es mir sehr wichtig, dass wir auch jedem noch so unscheinbaren Detail Beachtung schenken. Vermutlich haben wir es bei den drei Morden mit einem Auftragskiller zu tun, weshalb Alleingänge sehr gefährlich sein können. Sollte einer von Ihnen auf eine heiße Spur stoßen, so bitte ich deshalb ganz ausdrücklich, dass meine Kollegen und ich auf der Stelle davon informiert werden.« Sie räusperte sich und fuhr fort: »Ich hasse lange Sitzungen, also gleich an Sie: Haben Sie Fragen oder möchten etwas dazu sagen?«

»Ja«, meldete sich ein Beamter einer anderen Abteilung der Mordkommission zu Wort, den Julia Durant schon seit Jahren kannte und auch sehr schätzte. »Wir brauchen sämtliche bisher gewonnenen Erkenntnisse.«

»Die bekommen Sie gleich von meinen Kollegen Hellmer und Kullmer. Noch jemand?«

Derselbe Beamte, dessen Name Durant nicht einfiel, fragte: »Gibt es außer diesen drei Morden noch einen oder mehrere ungeklärte

Morde in der jüngeren Vergangenheit? Ich meine Morde, die eine identische Vorgehensweise des Täters erkennen lassen.«

»Der Mörder geht unterschiedlich vor. Puschkin und Wiesner wurden von ihm erschossen, Maric erdrosselt. Außerdem hat er bei der Maric Spuren hinterlassen, die bis jetzt aber noch keiner uns bekannten Person zugeordnet werden konnten.«

»Was für Spuren?«

»Fingerabdrücke, Sperma- und Speichelspuren. Allem Anschein nach ist diese Person nicht aktenkundig.«

»Ist es denn eindeutig, dass es sich um ein und denselben Täter handelt?«

»Nein, aber die Wahrscheinlichkeit ist sehr hoch. Wenn es sich tatsächlich um einen Auftragskiller handelt, wovon wir ausgehen, dann ist er sich seiner Sache sehr, sehr sicher. Er spielt sein Spiel und ist uns immer einen Zug voraus. Es könnte durchaus sein, dass es Kollegen hier im Präsidium gibt, die ihm Informationen zukommen lassen. Sollte es so sein, dann wird es für uns noch schwerer. Wer weiß, wie viele Morde schon auf sein Konto gehen. Deshalb ist äußerste Vorsicht geboten. So, und wenn's jetzt weiter nichts gibt, dann würde ich sagen, gehen wir an die Arbeit. Meine Kollegen werden Sie jetzt mit den Einzelheiten vertraut machen. Ich habe noch etwas mit Herrn Berger zu besprechen. Und Herr Kullmer, wenn Sie fertig sind, würde ich mich gerne für einen Moment mit Ihnen unterhalten. Unter vier Augen.« In der Tür drehte sie sich noch einmal um und sagte: »Liegt die Liste der Telekom und von D1 schon vor?«

»Sind beide vorhin gekommen«, antwortete Kullmer. »Ich besprech das gleich mit den Kollegen, zwei sollen sich drum kümmern.«

»So schnell wie möglich, bitte.«

»Geht klar.«

Sie verließen den Raum und begaben sich in Bergers Büro. Er setzte sich hinter seinen Schreibtisch, Durant nahm ihm gegenüber Platz. Sie schlug die Beine übereinander, zündete sich eine Zigarette an, legte sich die nächsten Worte zurecht, nahm einen weiteren Zug und blies den Rauch an die Decke.

»Also, was wollen Sie mir sagen?«, fragte Berger, der die Arme hinter dem Kopf verschränkt hatte, wodurch sein Bauch noch massiger wirkte.

»Wir haben herausgefunden, dass beim OK ein korrupter Kollege sitzt. Er hat unter anderem Natascha Olpitz, die Freundin von Irina Puschkin, erpresst. Hellmer und Kullmer haben sich gestern Nachmittag mal ein bisschen mit ihm unterhalten. Wir haben ein Band und ein schriftliches Geständnis von ihm.«

Berger sah die Kommissarin lange und ohne eine Miene zu verziehen an, nur seine Mundwinkel zuckten. »Erstens, wie ist der Name dieses Kollegen, und zweitens, was heißt das, sie haben sich mit ihm unterhalten? Der wird doch nicht einfach so mir nichts, dir nichts den Mund aufgemacht haben.«

Julia Durant zuckte mit den Schultern und erwiderte: »Es handelt sich um Oberkommissar Gebhardt. Ich will ganz ehrlich zu Ihnen sein, Kullmer hat herausgefunden, wann er Feierabend hat, die beiden sind dann hingefahren und haben ihn unter einem Vorwand in ein altes Fabrikgebäude geschleppt. Na ja, es hat zwar eine Weile gedauert, aber schließlich hat er doch alles zugegeben ...«

»Gebhardt?«, fragte er überrascht. »Wie viel Druck haben die beiden denn auf ihn ausgeübt?«, wollte Berger wissen und konnte sich ein leichtes Grinsen nicht verkneifen.

»Genügend Druck, damit er gequatscht hat. Nicht ganz legal, aber das, was er in den vergangenen Jahren getrieben hat, war tausendmal schlimmer. Wir haben jetzt eine Liste von illegal betriebenen Bordellen, in denen zu einem großen Teil auch Kinder und Jugendliche eingesetzt werden. Gebhardt hat gewisse Aktionen gedeckt und dafür die Hand aufgehalten. Was er noch so getrieben hat, wissen wir bis jetzt nicht, aber wir werden es herausfinden. Und er wird mit uns ab sofort zusammenarbeiten, wobei er selbstverständlich keine Informationen erhält, die er verwerten könnte. Unser Ziel muss es sein, an die Hintermänner ranzukommen, denn ich kann mir beim besten Willen nicht vorstellen, dass er allein gearbeitet hat, das wäre aufgefallen. Die Bordelle werden natürlich geschlossen, die Personen registriert, und was dann weiter mit ihnen geschieht, liegt nicht mehr in unserer Hand. Aus diesem Grund ist es jetzt natürlich wichtig, dass auch Kollegen vom OK eingeweiht werden, wobei ich hoffe, dass die andern alle sauber sind. Haben Sie inzwischen eine Liste aufgestellt?«

Bergers Miene war mit einem Mal ernst geworden. Er beugte sich nach vorn, stützte die Ellbogen auf dem Schreibtisch ab, legte die Hände aneinander und berührte mit den Spitzen der Zeigefinger seine Nase. Er nickte. »Ich habe eine Liste mit Kollegen erstellt, von denen ich sicher bin, dass sie korrekt arbeiten. Ich werde mich umgehend mit Müller in Verbindung setzen und ihn bitten, mal hier vorbeizuschauen. Leider steht Gebhardt auch auf der Liste. Aber ich will mit Müller unter vier Augen sprechen. Er ist der beste Mann, den ich kenne, und ich kenne ihn schon seit fast dreißig Jahren. Der hat sich nie was zuschulden kommen lassen, dafür würde ich fast meine Hand ins Feuer legen. Soll ich ihm das von Gebhardt sagen?«

Durant überlegte und antwortete schließlich: »Warum eigentlich nicht. Er kennt ihn genauer als wir und weiß, wie wir am besten mit ihm umzugehen haben. Bin echt mal gespannt, ob diesmal die Zusammenarbeit funktioniert. Vor allem will ich wissen, wie Müller reagiert, wenn er das von Gebhardt erfährt.«

Berger wollte gerade etwas sagen, als das Telefon klingelte. Er hob ab und meldete sich.

»Ebenfalls guten Morgen, Dr. Küchler. Was kann ich für Sie tun? … Bitte was? … Unmöglich, das ist nach wie vor ein Fall für die Mordkommission … Nein, das verstehe ich nicht. Ich …« Berger rollte mit den Augen, schüttelte den Kopf, hielt die Sprechmuschel zu und murmelte: »Dieses Arschloch, kann der nicht mal an Fronleichnam zu Hause bleiben?«, bevor er wieder zu Wort kam. »Dr. Küchler, Sie wissen so gut wie ich, dass unsere Abteilung die höchste Aufklärungsquote aufweisen kann, was Tötungsdelikte angeht. Und Frau Durant ist eine äußerst kompetente Ermittlerin …

Nein, ich weigere mich, diese Anweisung zu befolgen, denn … Augenblick, wir haben drei Morde, und bei keinem einzigen ist bisher erwiesen, dass es sich um organisiertes Verbrechen handelt … Was? Woher haben Sie diese Informationen? … Das geht mich nichts an?!«, brüllte Berger in den Hörer. »Das geht mich sehr wohl etwas an! Auf welchem Mist ist das überhaupt gewachsen? … So, auf Ihrem also. Wissen Sie was, ich werde Beschwerde bei der obersten Instanz einreichen. Und bis dahin wird meine Abteilung mit sämtlichen Beamten diesen Fall weiter bearbeiten … Wollen Sie mir etwa drohen? Dr. Küchler … Was? Sie haben eine Anweisung erhalten. Von wem? … Ach, das geht mich auch nichts an. Ich glaube sehr wohl, dass mich das was angeht. Wie gesagt, Sie hören noch von mir.« Er knallte den Hörer auf den Apparat, schnaubte wie ein wütender Stier, stand auf, stellte sich ans Fenster und sah hinunter auf die Mainzer Landstraße, wo sich seit Beendigung der Bauarbeiten auch morgens der Verkehr flüssig in Richtung Innenstadt bewegte. Heute waren wegen des Feiertags jedoch nur wenige Autos unterwegs.

»Was wollte Küchler?«, fragte Durant zaghaft.

Berger drehte sich um und sah die Kommissarin mit brennendem Blick an, ein Blick, den sie von ihm nicht gewohnt war. »Er will, dass Sie von dem Fall abgezogen werden. Angeblich wäre jetzt allein das OK in Zusammenarbeit mit dem LKA zuständig.«

Er hielt inne und schüttelte den Kopf. »Es stinkt immer mehr«, quetschte er hervor, »und wir werden so lange wühlen, bis wir wissen, woher dieser Gestank kommt. Das ist das erste Mal, dass die Mordkommission von einem Fall abgezogen wird, der ganz klar in unseren Bereich fällt. Die vom OK können froh sein, dass wir sie überhaupt mit einbeziehen. Sie machen weiter, ganz gleich, was Küchler sagt. Sie haben meine volle Rückendeckung.«

»Sie könnten sich damit eine Menge Ärger einhandeln«, gab Durant vorsichtig zu bedenken.

»Ich pfeif drauf! Schauen Sie mich doch an, habe ich außer dreißig Kilo Übergewicht etwas zu verlieren? In ein paar Jahren gehe ich sowieso in Pension, und dann können die mich alle mal kreuzweise. Aber solange ich hier das Sagen habe, lasse ich mir auch von einem aufgeblasenen Arschloch wie Küchler nicht auf der Nase rumtanzen! Was glaubt der eigentlich, wer er ist? Nur weil er promoviert hat und meint, mit seinen siebenunddreißig Jahren die Weisheit mit Löffeln gefressen zu haben?! Aber Weisheit kann man nicht fressen, die kommt erst mit den Jahren. Und ich spüre, dass hier was faul ist.«

»Warten Sie«, sagte Julia Durant und strich sich eine Haarsträhne aus der Stirn. »Wieso will Küchler auf einmal nicht mehr, dass wir den Fall bearbeiten? Fällt Ihnen etwas auf? Er hat sich doch schon in den letzten Tagen einige Male bei Ihnen gemeldet. Sonst hört und sieht man von dem doch nie was, er schickt immer seine Lakaien. Soll ich ihm mal auf den Zahn fühlen?«

Berger setzte sich wieder und zündete sich eine Zigarette an. »Und wie wollen Sie das anstellen?«

Durant zuckte nur mit den Schultern und grinste Berger an. »Lassen Sie das mal meine Sorge sein, mir wird schon was einfallen. Aber eine Frage hab ich schon noch. Bin nur ich von dem Fall entbunden oder die gesamte Abteilung?«

»Er hat von unserer Abteilung gesprochen.«

»Hm, haben wir vielleicht schon etwas herausgefunden, was wir noch gar nicht wissen und möglicherweise besser auch nie wissen sollen?«

»Was meinen Sie damit?«, fragte Berger.

»Vielleicht brennt ihm der Boden unter den Füßen, und die Sache ist so brisant, dass er uns bewusst da raushalten will …«

»Könnten Sie mir den Begriff brisant etwas näher erläutern?«

»Heutzutage ist doch alles nur noch Politik. Der Mord an Wiesner und Puschkin, drei Tage später wird die Maric umgebracht. Wiesner und Maric hatten mit hochwertigen Luxusgütern zu tun. Wenn ich zum Beispiel beide Läden ausrauben würde, hätte ich mit einem Schlag ein paar Millionen mehr in der Tasche. Das meine ich mit Politik. Was hat Küchler letztens noch gesagt – er sei bestürzt über den Tod von Wiesner, weil er seiner Frau einige Male Schmuck dort gekauft habe. Ist doch merkwürdig, denn gerade dann sollte ihm ja daran gelegen sein, den Fall so schnell wie möglich aufzuklären. Weder die Kollegen vom OK noch vom LKA sind für Tötungsdelikte zuständig und schon gar nicht ausgebildet. Die würden nur Spuren zertrampeln ... Moment«, sie fasste sich an die Stirn, stand auf und stützte sich mit beiden Händen auf den Schreibtisch, »vielleicht ist das gar seine Absicht! Vielleicht will er gar nicht, dass dieser Fall jemals aufgeklärt wird.«

»Frau Durant, jetzt gehen Sie aber ein bisschen zu weit, finden Sie nicht?«

»Wissen Sie was, ich halte alles für möglich. Und genau aus diesem Grund werde ich mir Küchler vornehmen. Ich werde persönlich bei ihm vorstellig werden und ihn fragen, weshalb wir nicht länger an dem Fall mitarbeiten dürfen. Ich garantiere Ihnen, ich bekomme eine Antwort.«

»Küchler wird aber nicht mit Ihnen reden, das sollte Ihnen klar sein. Er ist ein Prinzipienreiter, der sich grundsätzlich nicht mit dem Fußvolk abgibt. Das ist nicht persönlich gemeint, Frau Durant.«

»Lassen wir's darauf ankommen. Denn ich weiß aus sehr zuverlässiger Quelle eine Sache von ihm, die sonst kaum einer weiß, und damit kriege ich ihn.«

»Verraten Sie mir freundlicherweise, was das für eine Sache ist?«, fragte Berger grinsend.

»Dr. Küchler hätte niemals promoviert, wenn ihm sein Vater nicht kräftig unter die Arme gegriffen hätte. Und damit meine ich, dass Küchlers Vater einen Professor, der zufällig sein bester Freund ist, dazu gebracht hat, seinem Sohn den Doktortitel quasi aus Gefälligkeit zu spendieren. Und damit pack ich ihn bei den Eiern.«

»Wissen Sie das hundertprozentig?«, fragte Berger misstrauisch.

»Was ist schon hundertprozentig«, entgegnete sie schulterzuckend. »Aber meine Informantin ist nicht irgendwer, sondern Frau Schneider-Glauka.«

»Unsere schöne Staatsanwältin?«

»Genau die. Wir sind zwar nicht die dicksten Freundinnen, aber wir kommen ganz gut miteinander aus. Ich bin ab und zu bei ihr, und sie hat mich auch schon einige Male besucht. Und einmal hat sie mir von der Schweinerei erzählt, die da abgelaufen ist. Sie war eigentlich für den Posten des Oberstaatsanwalts vorgesehen, aber da kam mit einem Mal wie aus dem Nichts Küchler, knallte seinen Doktortitel auf den Tisch und, schwups, hatte er den Posten. Darüber war sie natürlich stinksauer und hat mal ein bisschen rumgehorcht, und siehe da, sie hat rausgefunden, wie Küchler so quasi aus heiterem Himmel zu seinem Dr. jur. gekommen ist. Sie hat kein großes Aufhebens deswegen gemacht. Es hätte ihr auch gar nichts genutzt, Küchler hätte sowieso alles abgestritten, und sie wäre möglicherweise nicht länger Staatsanwältin.« Sie hielt inne, kaute auf der Unterlippe und fuhr fort: »Wissen Sie, ich konnte Küchler vom ersten Moment an nicht sonderlich gut leiden. Er ist ein blasierter Typ, der sich eine perfekte Fassade aufgebaut hat, hinter der nichts als heiße Luft ist. Doch jetzt ist der Zeitpunkt gekommen, da ich ihn mit seiner Vergangenheit konfrontieren werde. Der Doktortitel wurde gekauft, und mit siebenunddreißig ist der werte Herr schon Oberstaatsanwalt. Es kommt eben nur drauf an, die richtigen Eltern zu haben. Aber ich mach ihm einen gewaltigen Strich durch die Rechnung, das schwöre ich Ihnen.«

»Warten Sie«, sagte Berger. »Sie zäumen das Pferd von hinten auf. Ich lege Beschwerde beim Generalstaatsanwalt ein, auf dem ganz normalen Dienstweg, und das dauert in der Regel seine Zeit. Und wenn Sie meinen, dass Küchler aus einem dubiosen Grund heraus die Mordkommission auf einmal nicht mehr dabeihaben will, dann schnüffeln Sie doch mal ein bisschen in seinem Leben rum. Allerdings muss ich Ihnen sagen, dass Frau Schneider-Glauka Küchler nicht gerade freundlich gesinnt ist, und manchmal werden aus solchen Gründen Gerüchte in die Welt gesetzt, die sich am Ende als haltlos erweisen. Ich wäre sehr vorsichtig, was diese Anschuldigungen angeht. Glauben Sie einem alten Mann.«

Durant überlegte und sagte schließlich: »Sie haben wohl Recht.

Ich werde trotzdem noch mal mit ihr reden. Vielleicht stimmt's ja, vielleicht auch nicht.« Sie schaute auf die Uhr. »Ich geh jetzt rüber in mein Büro, ich hab ein paar Telefonate zu erledigen. So in etwa einer Stunde verlassen Hellmer und ich das Haus.«

»Sie haben mein volles Vertrauen, Frau Durant. Und nochmals viel Glück.«

Julia Durant ging in ihr Büro, hob den Hörer ab und tippte die Nummer von Ramona Wiesner ein. Sie erreichte sie auf ihrem Handy, als sie sich gerade auf der Rückfahrt von ihrem Schwager befand. Ramona Wiesner sagte, sie fühle sich nicht gut, sie habe Kopfschmerzen, obgleich sie die ganze Nacht so tief und fest wie seit Ewigkeiten nicht mehr geschlafen habe. Sie wolle nur noch nach Hause. Die Kommissarin teilte ihr mit, dass sie es nicht schaffen würde, schon um zehn bei ihr zu sein, und fragte, ob es ihr recht sei, wenn sie im Laufe des Nachmittags vorbeischauen würde. Ramona Wiesner antwortete, sie habe nichts dagegen, ja, sie würde sich freuen. Kaum hatte sie aufgelegt, als das Telefon schon wieder klingelte. Es war Daniel Laskin. Er sagte nur, er gehe zusammen mit Natascha einen Sarg für Irina aussuchen und schaue anschließend noch beim Gärtner vorbei. Die Kommissarin sagte ihm, dass heute ein Feiertag sei und es sehr schwierig werden würde, ein Bestattungsunternehmen zu finden, das offen habe. Er entgegnete, er probiere es zumindest. Abschließend fragte die Kommissarin ihn, ob es möglich sei, sich am Freitag kurz zu treffen. Laskin hatte keine Einwände.

Donnerstag, 9.15 Uhr

Peter Schulze war nach einer kurzen Nacht früh wach geworden und hatte noch eine ganze Weile mit hinter dem Kopf verschränkten Armen dagelegen und an die Decke gestarrt, während seine Frau neben ihm ruhig und gleichmäßig atmete. Der vergangene Abend, der mit einer heftigen Auseinandersetzung begonnen hatte, endete letztlich mit einer großen Versöhnung, die bis fast zwei Uhr morgens dauerte. Danach war sie zufrieden und glücklich in seinem Arm eingeschlafen, und als er jetzt seinen Kopf zur Seite drehte und sie beim Schlafen beobachtete, dachte er, dass es eine richtige Entscheidung von ihm war, die Serie platzen zu lassen. Er hätte sich nie verzeihen können, wäre seiner Frau oder seiner Tochter etwas zugestoßen, nur weil er einen gewaltigen Sprung auf der Karriereleiter machen wollte. Nein, sagte er sich, ich werde auch wieder eine Chance bekommen, und wenn es bei einer anderen Zeitung ist. Und ich werde ein Buch schreiben.

Ein Blick auf die Uhr, Viertel nach sieben. Claudia Schulze drehte sich zur Seite. Ihr nackter Rücken war jetzt frei, und er hätte gerne seine Finger darüber gleiten lassen. Doch er wollte sie nicht wecken, ihr Tag würde noch anstrengend genug werden, auch wenn er es als Wohltat empfunden hätte, seinen Körper an ihren zu pressen. Er betrachtete sie lange und ausgiebig, und er wusste, er würde nie wieder eine Frau wie sie finden. Manchmal, wenn er Höhenflüge bekam, war sie es, die ihn wieder auf den Boden zurückholte. Auch wenn sie seine Gedankengänge oftmals nicht nachvollziehen konnte, so fühlte er sich von ihr doch verstanden. Sie kannten sich schon seit ihrer frühesten Jugend, als sie mit ihrer Mutter nach Walldorf gezogen war und in seine Klasse kam. Sie, das Mädchen, das seinen Vater auf tragische Weise verloren hatte, und er, der seit der Scheidung der Eltern auch nur noch seine Mutter hatte. Sie hatten sich von Anfang an bestens verstanden. Er fühlte sich wie von einer unsichtbaren Macht gesteuert zu ihr hingezogen, waren es ihre langen glatten braunen Haare, die rehbraunen Augen, das zarte Lächeln? Auf jeden Fall hatte er ab da keine Freunde mehr, sondern nur noch Augen für sie. Sie war sein bester Freund und seine beste Freundin zugleich geworden. In ihrer Gegenwart fühlte er sich einfach wohl. Was immer es war, eine chemische Reaktion oder etwas, das mit den Naturgesetzen nicht zu erklären ist, er vermochte es nicht zu sagen. Sie verbrachten die Nachmittage miteinander, sie schauten zusammen fern, hörten Musik, gingen spazieren, halfen sich bei den Hausaufgaben. Und doch dauerte es fast drei Jahre, bevor sie sich das erste Mal küssten. Zaghaft und verschämt. Und dann noch weitere vier Jahre, ehe aus den Küssen mehr wurde. Und noch heute war er verliebt in sie wie am ersten Tag. Er konnte sich nicht vorstellen, dass sich das je ändern würde, weshalb ihn der Streit vom vergangenen Abend besonders mitgenommen hatte. Er wollte Claudia nicht verlieren, um keinen Preis der Welt. Denn seine Welt drehte sich letztendlich um sie.

Sie hatten vor zwei Jahren diese Wohnung in einem Neubau in Kelkheim gemietet, aber irgendwann, so hatten sie beschlossen, wollten sie ein eigenes Haus besitzen. Denn Sabrina sollte mindestens noch einen Bruder oder eine Schwester bekommen, und dann würde diese Wohnung zu klein werden. Das heißt, was immer es werden würde, es war schon in ihrem Bauch, noch winzig klein, aber sie hatte es ihm vor knapp einer Woche mitgeteilt. Und deshalb verstand er ihre Reaktion von gestern besonders gut. Und er schalt sich einen Narren, für eine Weile seine Karriere als wichtiger eingestuft zu haben als die Frau, die sein Leben war und auch bleiben sollte. Er verstand ihre Angst, ihre Sorgen, ihre Bedenken, ihre ohnmächtige Wut über seine Sturheit.

Um kurz vor acht stand er leise auf, ging ins Bad, erledigte seine Morgentoilette und stellte sich unter die Dusche. Er putzte die Zähne, rasierte sich und gab hinterher etwas Aftershave auf die Wangen und das Kinn. Er zog sich an und begab sich ins Kinderzimmer, wo Sabrina mit großen Augen zur Tür sah, als er hereinkam. Er kniete sich vor ihr Bett. Sie nahm einen Finger von ihm, hielt ihn fest umklammert, juchzte auf, brabbelte ein paar unverständliche Laute und drückte dadurch ihre Freude aus, ihn zu sehen.

»Nicht mehr lange«, flüsterte er, »und du bist nicht mehr allein. Dann hast du entweder einen Bruder oder eine Schwester, auf die du aufpassen musst. Du bist dann unsere Große.«

Ein paar Minuten blieb er im Kinderzimmer, zog die Vorhänge auf und schaute nach draußen, wo der Himmel milchig-weiß und die Sonne nur schemenhaft zu erkennen war. Er öffnete das Fenster – die Temperatur war über Nacht um mindestens zehn Grad gefallen –, beugte sich übers Fensterbrett und schaute hinunter auf den Parkplatz, auf dem sein neuer metallicblauer Astra stand. Nachdem er das Fenster wieder geschlossen hatte, ging er ins Schlafzimmer zurück und legte sich aufs Bett. Er streichelte seiner Frau zärtlich über den Rücken und küsste sie auf den Hals und die Schultern. Sie schnurrte wie ein Kätzchen, drehte sich zu ihm um, öffnete die Augen und schlang ihre Arme um ihn. »Ich hatte wieder einen furchtbaren Traum. Bleib heute zu Hause, bitte.«

»Ich fahr doch nur in die Redaktion, um Bescheid zu sagen, dass ich die Serie zurückziehe. Gegen Mittag bin ich bestimmt wieder hier. Ich nehm mir für den Rest der Woche frei, wenn sie mich nicht gleich feuern.«

»Die feuern dich nicht, dazu bist du einfach zu gut. Frühstücken wir noch zusammen?«

»Klar. Sabrina ist auch schon wach.«

Claudia Schulze stand auf und schlüpfte in einen Morgenmantel. Sie ging ins Bad und danach zu ihrer Tochter, holte sie aus dem Bett und zog sie an. Schulze bereitete unterdessen das Frühstück. Um Viertel nach neun verließ er das Haus, nicht ohne vorher seiner Frau noch einen langen, intensiven Kuss gegeben zu haben, und setzte sich in seinen Wagen. Er fühlte sich so gut wie lange nicht mehr, legte eine CD von seiner Lieblingsband Aerosmith ein, drehte den Zündschlüssel, fuhr rückwärts aus der Parklücke und winkte noch einmal nach oben, wo Claudia mit Sabrina auf dem Arm am Fenster stand und ihm ebenfalls zuwinkte.

Er nahm denselben Weg wie immer, die Straße war frei, und er konnte, sobald er das Ortsschild hinter sich gelassen hatte, die Geschwindigkeit erhöhen. Er fuhr auf die A66, sah schon von weitem die Radarkontrolle unter der Brücke, drosselte die Geschwindigkeit und gab sofort wieder Gas, als er die Radarfalle hinter sich gelassen hatte. Von der A66 fuhr er auf die A5 Richtung Frankfurter Kreuz, scherte bei Tempo hundertsiebzig hinter einem Wohnmobil aus, musste aber gleich wieder bremsen, weil vor ihm ein Kleintransporter die Spur wechselte. Er nahm noch kurz das laute Knacken wahr, spürte, wie das Lenkrad ihm aus der Hand gerissen wurde und das Fahrzeug nach rechts ausbrach und er nichts dagegen tun konnte. Der Astra krachte gegen die Leitplanke, überschlug sich mehrmals und blieb schließlich mitten auf der vierspurigen Autobahn auf dem Dach liegen. Dann wurde es dunkel um Peter Schulze.

Donnerstag, 9.30 Uhr

Julia Durant und Frank Hellmer hatten sich bereits von Berger verabschiedet, um noch einmal in die Wohnung von Helena Maric und anschließend zu Ramona Wiesner zu fahren, als der Autopsiebericht von Helena Maric durchgeschickt wurde. Sie blieben noch einen Moment und lasen schweigend. »Helena Maric, einsvierundsechzig groß, gute körperliche Verfassung. Zeitpunkt des Todes: Dienstag, 20. 6. 00 gegen 23.30 Uhr. Tod durch Erdrosseln mit einer dünnen Drahtschlinge. Unmittelbar vor dem Tod oraler, vaginaler und analer Geschlechtsverkehr, Spermaspuren sowohl im Mund als auch im Vaginal- und Analbereich. Die aus dem Sperma identifizierte Blutgruppe A positiv. Keine weiteren Zeichen von Gewaltanwendung. Im Magen Reste von Rotwein, Cognac, Reis, Tomaten, Zwiebeln und Rindfleisch. Keine Spuren von Betäubungsmitteln ...«

»Die Dame hat nichts ausgelassen«, bemerkte Hellmer lakonisch.

»Was meinst du damit?«, fragte Durant mit hochgezogenen Augenbrauen.

»Gut essen, gut trinken, gut ...« Er grinste sie an.

»Und was gut? Sterben?«, sagte sie sarkastisch. »Was immer sie in ihrem Bett getrieben hat, es ist mir scheißegal, kapiert? Ich muss noch mal schnell bei Morbs anrufen.«

Sie tippte die Nummer ein, er war selbst am Apparat.

»Morbs.«

»Hier Durant. Ich habe gerade eben Ihren Bericht gelesen. Könnte es sein, dass Frau Maric in dem Moment umgebracht wurde, als sie einen Orgasmus hatte?«

»Sehr schlau von Ihnen, Frau Durant. Es deutet alles darauf hin. Sie hat aber mit ziemlicher Sicherheit nicht nur einen Orgasmus gehabt, sondern gleich mehrere in kurzen Abständen hintereinander. Sie muss unmittelbar vor Eintritt des Todes körperlich schon sehr erschöpft gewesen sein, denn wir haben einen starken ATP-Mangel festgestellt. Es gibt zwei Möglichkeiten dafür. Die eine ist, dass derjenige, mit dem sie geschlafen hat, Sexualpraktiken bevorzugte, die sehr schmerzhaft sind, was aber nicht bedeuten muss, dass die Person, der dieser Schmerz zugefügt wird, diesen Schmerz auch als unangenehm empfindet. Die Ursachen, warum jemand ›gerne‹ Schmerzen erduldet, können von einem Psychologen besser beantwortet werden. Nichtsdestotrotz führt dies zu einer erheblichen Schwächung des Körpers. Die andere Möglichkeit besteht darin, dass Frau Maric eben multiple Orgasmen hatte, die ebenfalls zu einer Schwächung führen können. Auch durch diese Schwächung kann ein ATP-Mangel entstehen, weswegen es für den Täter ein Leichtes ist, sein Opfer zu töten. Ich tendiere allerdings zu Möglichkeit Nummer eins, denn sie hatte sehr ausgiebigen Analverkehr, worauf mehrere Risswunden am Schließmuskel sowie hohe Spermakonzentrationen im Darm hinweisen.«

»Gäbe es unter Umständen auch noch eine dritte Möglichkeit?«, fragte Durant.

»Ich weiß zwar nicht, was Sie meinen, aber Sie haben sicherlich eine im Hinterkopf, oder?«

»Was ist, wenn Frau Maric, sagen wir, einige Tage vor ihrem Tod bis zu ihrem Tod unter extremem emotionalen und seelischen Stress gestanden hat? Wenn wir diese extreme Stresssituation und die mit dem Geschlechtsverkehr verbundene Erschöpfung zusammennehmen …«

»Das ist allerdings eine Möglichkeit. Dieser ATP-Mangel kann durchaus schon in den Tagen zuvor entstanden sein. Sie wissen ja sicherlich, dass der von Ihnen angesprochene seelische und emotionale Stress auch zu einer körperlichen Schwächung führen kann. Dann haben wir noch eine nicht unerhebliche Alkoholkonzentration festgestellt, 1,2 Promille zum Zeitpunkt des Todes. Alles in allem könnte Ihre Theorie durchaus hinkommen.«

»Danke, Professor. Das war's schon. Schönen Tag noch.«

Sie legte auf und machte Hellmer ein Zeichen. Auf dem Weg nach unten sagte Hellmer: »Du willst dich also tatsächlich mit Küchler anlegen. Meinst du, das geht gut? Du riskierst eine Menge, unter Umständen sogar deinen Job.«

»Egal. Außerdem leg ich mich jetzt noch nicht mit ihm an. Wir überprüfen ihn erst mal. Lass uns lieber fahren, und zwar zunächst zur Maric. Mal sehen, ob wir dort irgendwelche Aufzeichnungen finden.«

»Okay, zur Maric. Aber trotzdem, Julia, ich will dich nur warnen, und das als Freund. Küchler sitzt am längeren Hebel, der macht dich kalt, wenn er spitzkriegt, dass du deine Nase in sein Leben steckst.«

»Das werden wir ja sehen. Und wenn er der Kanzler persönlich wäre, ich ... Dieses gottverdammte Arschloch glaubt doch tatsächlich, er sei der Allmächtige. Dabei ist er nur ein lausiger Sesselfurzer.«

Sie kamen gerade im Kettenhofweg an, und Hellmer versuchte den Lancia rückwärts in eine enge Parklücke zu lenken, als das Handy von Durant klingelte.

»Hier Berger. Raten Sie mal, wer eben angerufen hat. Küchler. Er hat gemeint, das vorhin sei alles ein großes Missverständnis gewesen, er habe da was falsch verstanden. Selbstverständlich können wir den Fall weiter bearbeiten.«

»So ein Idiot«, sagte Durant. »Aus welchem Grund auch immer er einen Rückzieher macht, bestimmt nicht, weil es ein Missverständnis war. Der merkt, dass er sich im Augenblick auf sehr dünnem Eis bewegt. Wir behalten ihn im Auge. Am besten wäre es, wenn Kullmer das unauffällig erledigen könnte. Er hat bei Gebhardt fantastische Arbeit geleistet, warum sollte er das bei Küchler nicht auch können. Sagen Sie ihm Bescheid. Und danke für die Mitteilung.«

»Gern geschehen, liebe Kollegin.«

»Wow«, entfuhr es Hellmer, »das ist ja ein Ding. Wieso macht der auf einmal einen Rückzieher? Kannst du mir das verraten?«

»Weil er Angst hat. Frag mich aber nicht, wovor oder vor wem. Doch Kullmer wird's sicher rauskriegen.«

Sie stiegen aus, gingen zum Haus, schlossen die Tür auf und begaben sich in den vierten Stock. Das Polizeisiegel war unversehrt, Hellmer durchtrennte es mit dem Schlüssel. Sie traten ein, die Luft war schwül und stickig. Nachdem sie die Balkontür und ein Fenster aufgemacht hatten, begannen sie mit der Durchsuchung. Sie fanden alles Mögliche, Fotoalben, ein paar Bücher, Schulzeugnisse, Briefe, die sie von ihren Eltern erhalten hatte. Bei einem fragte Durant, als sie ein Foto in der Hand hielt: »Wer ist das?«

»Ihr Sohn, warum?«

»Die hat einen Sohn? Wieso weiß ich nichts davon?«, sagte Durant ärgerlich.

»Güttler hat die Info heute Morgen auf deinen Schreibtisch gelegt. Selbst schuld, wenn du den mit Missachtung strafst«, meinte Hellmer schulterzuckend.

»Heute Morgen war so viel los, ich hab das Zeug gar nicht bewusst wahrgenommen. Also, sie hat einen Sohn. Wo ist er und wie alt?«

»Bei ihren Eltern in Kroatien. Er ist dort eingeschult worden und ist zwölf Jahre alt, Boss. Steht aber auch alles in den Akten.«

Sie blieben eine Stunde in der Wohnung, durchsuchten jede Schublade, jeden Schrank, sahen hinter Bilder, zwischen Bücher, CDs. Nichts. Enttäuscht versiegelten sie die Tür wieder und gingen.

»Verdammte Scheiße, nichts, aber auch rein gar nichts! Kein Notizbuch, kein privates Telefonbuch, nicht mal ein Zettel. Wie bei der Puschkin. Wobei ich mich immer noch frage, warum der Täter auch bei der Puschkin alles hat mitgehen lassen. Irgendwo muss etwas drinstehen, was den Täter oder irgendwelche anderen Leute belasten könnte. Vielleicht war er sogar ein Kunde von ihr, einer, von dem sie auch nicht geglaubt hätte, dass er ein Killer ist«, sagte Durant.

»Warten wir's ab. Zu Wiesner?«, fragte Hellmer.

»Ja, was sonst.«

Während der Fahrt rauchte Durant eine Zigarette, die zweite an diesem Tag. Sie würde es schaffen, mit dem Rauchen aufzuhören, das hatte sie sich fest vorgenommen. Aber wenn der Fall weiter so undurchsichtig blieb …

Donnerstag, 10.35 Uhr

Claudia Schulze hatte ihre Tochter angezogen und war schon an der Tür, um mit ihr spazieren zu gehen, als das Telefon klingelte. Es war Dominik Kuhn.

»Hi, Claudia. Ist Peter noch da?«

»Nein, Peter ist schon vor über einer Stunde in die Redaktion gefahren. Er wollte mit dem Chef sprechen und wahrscheinlich auch noch mit dir.«

»Vor über einer Stunde? Der ist doch sonst immer so pünktlich. Wollte er vorher noch irgendwo anders hin?«

»Mir hat er nichts gesagt«, antwortete Claudia Schulze. »Aber bei ihm weiß man ja nie. Hast du's schon auf seinem Handy probiert?«

»Gerade eben, aber ich krieg keine Verbindung.«

Claudia Schulze schluckte schwer, sie spürte, wie ihr Herz zu rasen begann.

»Claudia?«

»Ja, ja, ich bin noch da. Wenn er um elf noch nicht aufgetaucht sein sollte, rufst du mich dann bitte noch mal an?«

»Natürlich. Sag mal, du hörst dich nicht gut an. Ist was passiert?«

»Ich bin nur durcheinander. Ich wollte eigentlich mit der Kleinen ein bisschen spazieren gehen, aber jetzt bleib ich doch lieber zu

Hause. Warte mal, es hat gerade geklingelt, ich geh schnell an die Tür.«

Sie legte den Hörer auf den Tisch und öffnete die Tür. Draußen standen zwei Streifenbeamte, ein etwa vierzigjähriger Mann und eine vielleicht fünfundzwanzigjährige Frau. Ihre Blicke drückten mehr aus als tausend Worte.

»Frau Schulze?«, fragte der Mann mit gedämpfter Stimme.

»Ja«, antwortete sie mechanisch und spürte, wie sich alles in ihr zusammenzog und eine eisige Kälte sie durchströmte.

»Dürfen wir bitte kurz reinkommen?«

»Was ist los? Etwas mit meinem Mann?« Sie brachte die Worte kaum hervor, ihr wurde schwindlig, ihre Hände zitterten. Die letzte Frage klang schon fast wie eine Feststellung.

Die Beamten traten ein und machten die Tür hinter sich zu.

»Frau Schulze, wir müssen Ihnen leider mitteilen, dass Ihr Mann einen schweren Autounfall hatte …«

»Bitte was?« Sie wurde noch bleicher. »Wo ist Peter jetzt?«

»Er wurde mit dem Rettungshubschrauber in die Unfallklinik nach Preungesheim gebracht. Er ist sehr schwer verletzt.«

»O mein Gott, nein!«, schrie sie. »Peter! Was sagen Sie, wo er ist? In der Unfallklinik in Preungesheim?«

»Wir bringen Sie hin, wenn Sie möchten.«

»Wie schwer ist er verletzt?« Sie wagte die Frage kaum auszusprechen, aber sie wollte Gewissheit haben.

»Das können wir Ihnen leider nicht sagen. Wir wissen nur, dass er gelebt hat, als er abtransportiert wurde.«

»Sie brauchen mich nicht hinzufahren, ich habe selbst einen Wagen. Außerdem muss ich mich ja auch um meine Tochter kümmern. Ich mache mich gleich auf den Weg.«

»Wir fahren aber vor Ihnen her, das ist im Augenblick vielleicht besser und auch sicherer.«

»Ja, danke. Ich will sofort zu meinem Mann. Sofort. Ich wusste, dass dieser Traum etwas zu bedeuten hatte. Ich wusste es«, sagte sie wie in Trance.

»Bitte?«, fragte der Beamte und sah Claudia Schulze verwundert an.

»Nichts weiter. Gehen wir.«

»Ihr Telefon.« Die junge Beamtin deutete auf den Hörer, der neben dem Apparat lag.

»Ja, Moment.« Claudia Schulze nahm den Hörer in die Hand. »Dominik, bist du noch dran?«

»Ja, und ich hab so ’n bisschen mitgekriegt.«

»Es ist was Schreckliches passiert. Peter hatte einen Unfall. Er liegt in der Unfallklinik in Preungesheim. Sie haben ihn mit dem Rettungshubschrauber hingebracht. Ich fahr gleich hin.«

»Claudia, wenn ich dir irgendwie helfen kann, dann …«

»Ja, du kannst mir helfen. Geh zu deinem verfluchten Chef und sag ihm, die Serie ist gestorben. Peter wollte in die Redaktion fahren, um ihm das mitzuteilen. Er hat gestern Abend wieder eine Drohung bekommen. Sag’s ihm. Und jetzt muss ich los. Ich bring Sabrina zu meiner Mutter, die wohnt ja gleich um die Ecke.«

»Ruf mich an, wenn du Hilfe brauchst«, sagte Kuhn und legte auf. Er lehnte sich zurück, zündete sich eine Zigarette an und rauchte hastig. Nach der Hälfte drückte er sie aus, verließ das Büro, ging den Gang entlang und klopfte an die offene Tür seines Chefs. Der blickte kurz auf. Kuhn trat einfach ein und setzte sich.

»Schulze ist schwer verunglückt. Seine Frau hat’s eben erfahren. Er war auf dem Weg hierher.«

»Sagen Sie das noch mal.«

»Er wollte Ihnen mitteilen, dass die Serie gestorben ist. Er und seine Familie wurden in letzter Zeit immer häufiger bedroht. Irgendwer muss Wind von der Sache bekommen haben …«

»Und wieso erfahre ich das erst jetzt?«

»Das ist doch völlig egal. Jetzt geht es um Schulze. Wir legen das Ganze auf Eis.«

»Und wie stellen Sie sich das vor? Wir fangen nächste Woche an, groß Reklame dafür zu machen.«

»Dann stoppen Sie’s!«

»Sind Sie jetzt völlig durchgeknallt?! Ich kann das nicht. Das kann nur Hamburg, und die werden uns oder besser gesagt mir den Arsch aufreißen!«

»Was ist wichtiger, eine gottverdammte Serie oder ein Menschenleben? Überlegen Sie sich das mal.«

Kuhn erhob sich und verließ das Büro wieder. In ihm brodelte es aus mehreren Gründen. Am liebsten aber hätte er seinen Chef mit bloßen Händen erwürgt. Die mittlere Schublade, dachte er und ging schnurstracks zu Schulzes Schreibtisch, sah sich um, ob ihn auch niemand beobachtete, nahm die Mappe heraus und klemmte sie sich unter den Arm. Er begab sich an seinen Tisch und steckte sie in seinen Aktenkoffer. Dann griff er zum Telefon und tippte die Handynummer von Julia Durant ein.

»Hallo, Julia, ich bin's, Dominik. Hör zu, die Sache eskaliert. Peter hatte einen schweren Unfall, wie schwer, kann ich nicht sagen, aber er liegt in der Unfallklinik. Ich hab's eben von seiner Frau erfahren. Ich schwör dir, das war kein normaler Unfall, Peter ist ein sehr sicherer Fahrer, er hat sogar schon mal bei der Rallye Paris–Dakar mitgemacht. Ich wette, da hat jemand was an seinem Auto getürkt. Der Wagen muss untersucht werden, denn er hat ihn erst seit ein paar Wochen. Bitte veranlass das.«

»In Ordnung.«

»Außerdem«, sagte Kuhn jetzt leise, »habe ich eine Mappe, die er gestern in seinem Schreibtisch deponiert hat. Da ist sein Gespräch mit diesem Zahnarzt drin. Ich bring sie heute Abend mit.«

»Nee, das hat keine Zeit bis heute Abend. Ich brauch die Aufzeichnungen sofort auf dem Tisch. Gib die Mappe bitte bei Berger ab. Bis später.« Nachdem Durant die Aus-Taste gedrückt hatte, sah sie Hellmer an. »Das war Dominik. Sein Freund, dieser andere Journalist, von dem ich dir erzählt habe, hatte vorhin einen schweren Autounfall. Dominik vermutet, dass das kein Zufall war.«

»Mann o Mann, in was sind wir da bloß reingeraten? Die machen vor nichts und niemand Halt. Ich glaube, jetzt geht's richtig zur Sache.«

Julia Durant atmete tief durch, nickte und sagte: »Da hat entweder jemand mächtig Angst, oder er will seine Macht demonstrieren. Mal sehen, was es ist und wer dahinter steckt. Wir müssen jetzt erst noch mal schnell zurück ins Präsidium. Der Wagen von diesem Journalisten muss sofort zur KTU. Und das SEK soll sich so schnell wie möglich um diese illegalen Bordelle kümmern.«

Donnerstag, 11.30 Uhr 

Claudia Schulze hatte Sabrina zu ihrer Mutter gebracht und kam gegen halb zwölf im Unfallkrankenhaus an. Die Polizisten, die sie den ganzen Weg über begleitet hatten, verabschiedeten sich von ihr und wünschten ihr viel Glück. Sie ging zur Aufnahme, nannte ihren Namen und bat, ihren Mann sehen zu dürfen. Die Dame sagte nur: »Nehmen Sie bitte einen Augenblick Platz«, griff zum Telefon und rief auf der Station an. Danach teilte sie Claudia Schulze mit, dass gleich ein Arzt komme.

Schier endlose Minuten vergingen. In ihrem Kopf war ein riesiges Vakuum, sie fühlte sich so unendlich hilflos und schwach. Und sie wunderte sich, dass sie nicht weinen konnte, obgleich sie am liebsten allen Schmerz aus sich hinausgeschrien hätte. Der Arzt, ein noch recht junger, sehr großer und schlanker Mann in einem weißen Kittel, kam auf sie zu. »Frau Schulze?«

»Ja«, antwortete sie und stand auf. Sie hatte einen Kloß im Hals und sah den Arzt nur an.

»Wenn Sie bitte mitkommen wollen«, sagte er mit freundlicher und doch ernster Miene. Sie fuhren mit dem Aufzug in den zweiten Stock und begaben sich in ein kleines Zimmer. Der Arzt schloss die Tür hinter sich, deutete auf einen Stuhl und nahm Claudia Schulze gegenüber Platz.

»Wie geht es meinem Mann?«, fragte sie, bevor er zum Sprechen ansetzen konnte. Er hatte die Hände gefaltet und die Mundwinkel ein wenig nach unten gezogen.

»Das lässt sich noch nicht sagen. Er hat sehr schwere Verletzungen davongetragen und …«

»Wird er durchkommen?«

»Wir hoffen es, Frau Schulze. Im Augenblick ist er im OP, wo alles getan wird, was in unserer Macht steht.«

»Wie schwer ist er verletzt?«

»Also«, sagte der Arzt und lehnte sich zurück, »ich will Ihnen gleich reinen Wein einschenken. Ihr Mann hat eine Schädelfraktur, einen Schädelbasisbruch, einen Beckenbruch, beide Arme und Beine sind mehrfach gebrochen, und er hat innere Verletzungen sowie zahlreiche Riss- und Schnittwunden. Es ist ein Wunder, dass er überhaupt noch lebt.«

Claudia Schulze schloss für einen Moment die Augen. Jetzt ruhig bleiben, nicht in Hysterie verfallen, sagte sie sich. »Seien Sie bitte ganz ehrlich zu mir – hat er eine Chance?«

Der Arzt hob die Schultern und antwortete: »Er lebt noch, und das hat er zu einem großen Teil seiner äußerst robusten körperlichen Verfassung zu verdanken. Ihr Mann ist sehr durchtrainiert, und das kann den Ausschlag geben. Lassen Sie es mich so ausdrücken, die nächsten achtundvierzig Stunden sind entscheidend. Übersteht er die, steigen die Chancen jeden Tag um weitere zwanzig Prozent. Überlebt er die nächste Woche, dann könnte es sein, dass er wieder ganz hergestellt wird. Es gibt nur ein Problem, und da will ich Ihnen nichts vormachen. Ein Halswirbel ist angebrochen, und es ist möglich, dass Ihr Mann, wenn er es schaffen sollte, für den Rest seines Lebens an den Rollstuhl gefesselt ist. Mit diesem Gedanken sollten Sie sich vertraut machen. Allerdings haben wir hier auch schon Wunder erlebt.«

Claudia Schulze schluckte schwer, Tränen lösten sich zum ersten Mal an diesem Tag aus ihren Augen und tropften auf das Kleid. »Tun Sie, was in Ihrer Macht steht, bitte! Wir haben eine kleine Tochter, und ich bin wieder schwanger. Wir brauchen ihn.«

Der Pieper ertönte, der Arzt schaute auf das Display, stand auf, griff zum Telefon und tippte zwei Tasten.

»Was gibt's?«, fragte er. »Hm, ja …. Nein, seine Frau sitzt gerade bei mir … In Ordnung. Ich komme sofort rüber.« Er stand auf und sah Claudia Schulze an. »Ich muss schnell in den OP, bin aber gleich wieder da.«

»Was …«

»Warten Sie bitte hier auf mich«, sagte er und verließ das Zimmer. Nach etwa zehn Minuten kehrte er zurück. »Frau Schulze, ich habe mir gerade eben selbst ein Bild machen können. Die inneren Blutungen wurden gestoppt, sein Blutdruck ist im Moment recht stabil. Und wie ich außerdem erfahren habe, wurde bei dem Bruch des Halswirbels allem Anschein nach kein Nerv eingeklemmt oder verletzt. Wenn alles gut geht, dann sollte eigentlich einer vollständigen Genesung nichts mehr im Wege stehen. Wie gesagt, wenn alles gut geht und keine unerwarteten Komplikationen auftreten.«

»Was für Komplikationen?«

»Frau Schulze, bei derart schweren Verletzungen können immer Komplikationen nach der OP auftreten. Aber sehen Sie es positiv, Ihr Mann hat bis jetzt überlebt, und unser Ärzteteam ist auch recht zuversichtlich.«

»Wann kann ich ihn sehen?«

»Die Operation dauert mit Sicherheit noch bis zum Abend. Aber Ihr Mann muss eine ganze Armada Schutzengel bei sich gehabt haben, denn einen Unfall bei Tempo hundertsechzig überlebt man nur selten.«

»Wann kann ich ihn sehen?«, fragte sie noch einmal.

»Nach der Operation oder den Operationen, wie immer Sie es nennen wollen, werden wir erst einmal seine Vitalfunktionen eingehend überprüfen. Dann steht noch die Überlegung an, ob wir ihn in ein künstliches Koma versetzen.«

»Warum?«

»Zum einen spürt er die Schmerzen nicht, zum anderen macht er keine unnötigen Bewegungen, und der Heilungsprozess geht schneller voran.«

»Ich möchte bei ihm sein, wenn er aufwacht«, sagte Claudia Schulze mit energischer Stimme.

»Sie können natürlich gerne hier bleiben und warten, bis die Operation vorbei ist. Es gibt einen kleinen Kiosk im Haus, aber auch eine Cafeteria, falls Sie Hunger oder Durst haben ...«

»Nein, ich habe keinen Hunger. Ich warte einfach nur. Und wenn es bis morgen dauert.«

»So lange wird es nicht dauern«, sagte der Arzt lächelnd. »Vermutlich passen die Schutzengel noch immer auf ihn auf.«

»Wo kann ich warten?«, fragte Claudia Schulze, die die Worte kaum wahrnahm.

»Es gibt einen Aufenthaltsraum gleich hier vorne. Eine Schwester wird Ihnen Bescheid sagen, wann Sie Ihren Mann sehen können.«

»Danke.« Sie lief ins Erdgeschoss und aus dem Krankenhaus, holte ein Fünfmarkstück aus ihrem Portmonee und steckte es in den Zigarettenautomaten. Sie hatte vor drei Jahren aufgehört zu rauchen, aber jetzt war der innere Druck derart groß, dass sie etwas brauchte, das ihre Nervosität und Anspannung und das unsägliche Gefühl der Ungewissheit einigermaßen linderte. Sie musste sich ablenken, sagte sich, nicht das Schlimmste zu erwarten, sondern das Beste. Das hatte ihre Mutter sie schon als kleines Kind gelehrt. Sie rauchte zwei Zigaretten im Freien, sah die Autos vorbeifahren und ging wieder nach oben. Dort setzte sie sich ins Raucherzimmer, die anderen Personen um sich herum kaum wahrnehmend, steckte sich eine weitere Zigarette an und betete still vor sich hin.

Donnerstag, 11.35 Uhr 

Ich dachte mir, dass sie gleich kommen würden«, meinte Berger, als Durant und Hellmer das Büro betraten. »Hier, das ist für Sie abgegeben worden. Jetzt hab ich auch gleich mal Ihren Freund oder, wie man heute so schön sagt, Lebensgefährten kennen gelernt. Ein sympathischer junger Mann.«

»Hm«, murmelte sie nur, nahm die Mappe und öffnete sie. Bevor sie zu lesen begann, sagte sie zu Berger: »Ach ja, da war vorhin ein schwerer Unfall auf der A5. Ein Opel Astra. Gehört einem Peter Schulze, ein Freund von meinem – Lebensgefährten. Veranlassen Sie bitte, dass der Wagen zur KTU gebracht wird. Die sollen ihn auf Herz und Nieren untersuchen. Könnte sein, dass da jemand rumgeschraubt hat.«

»Klären Sie mich bitte auf«, erwiderte Berger stirnrunzelnd.

»Schulze hat, wie ich bereits erzählt habe, an einer Serie über organisiertes Verbrechen recherchiert. Die Serie sollte demnächst in der *Bild*-Zeitung erscheinen. Schulze hat in letzter Zeit verschiedentlich anonyme Drohungen erhalten, sie aber offensichtlich nicht ernst genommen. Und jetzt haben sie ihm wahrscheinlich die Quittung präsentiert.«

Berger lehnte sich zurück, verschränkte wie so oft die Arme hinter dem Kopf und sagte: »Übrigens, die Kollegen sind gerade dabei, die Namen der Personen zu überprüfen, mit denen Wiesner in Kontakt gestanden hat. Moment, hier hab ich's, Galinski, Gauschwitz und Petrenkow. Bis jetzt absolute Fehlanzeige. Wie wir schon vermutet haben, gibt es diese Herrschaften gar nicht, zumindest nicht unter diesen Namen. Die von Wiesner notierten Telefonnummern sind abgemeldet. Und da er diese Männer nie persönlich gesehen hat, wird es sehr, sehr schwer werden, sie ausfindig zu machen.«

Er beugte sich wieder nach vorn und fuhr fort: »Aber die Telefonlisten der Maric sind überprüft worden. Sie hat von zu Hause aus in den letzten Tagen nur zwei Gespräche geführt, und zwar mit Zagreb, wo ihre Eltern und ihr Sohn leben, und mit ihrem Mitarbeiter am Dienstagabend. Von außerhalb hat sie nur einen Anruf erhalten, der jedoch von einer Telefonzelle aus geführt wurde. Aber sie hat am Montag von ihrem Handy aus mit einer uns nicht unbekannten Person gesprochen, und zwar mit Thomas Wiesner. Hier«, sagte er und reichte den Zettel über den Tisch. »Um genau 13.32 Uhr hat sie ihn angerufen. Zwei Minuten hat das Gespräch gedauert.«

»Uups«, entfuhr es Durant, »das ist ja interessant. Das muss kurz nach unserem Besuch bei ihr gewesen sein, ja, sogar unmittelbar danach. Frank, weißt du noch, wann genau wir bei ihr waren?«

»So von kurz vor eins bis gegen halb zwei.«

»Also, da haben wir's doch. Was hat sie wohl von ihm gewollt? Wir fahren nachher zu Ramona Wiesner, und da frag ich sie einfach so ganz nebenbei, ob ihr Schwager und die Maric sich gekannt haben. Aber wir werden dem Herrn Wiesner trotzdem ein bisschen auf den Zahn fühlen, was er mit der Maric zu tun hatte. Bin gespannt, was ihm dazu einfällt. So, und jetzt nehmen Hellmer und ich uns Schulzes Aufzeichnungen vor.«

Sie begaben sich in Durants Büro und setzten sich nebeneinander an den Schreibtisch. Schulze hatte das Gespräch mit Dr. Andrejew zum Teil in ganzen Sätzen, zum Teil nur in Stichpunkten festgehalten. Plötzlich stockten beide, sahen sich an, und Hellmer sagte nur: »Gebhardt. Augenblick, ich will doch mal schauen, ob die Adressen, die er uns genannt hat, mit denen hier übereinstimmen.« Er ging in sein Büro, holte den Notizblock, verglich die Adressen und schob den Block wortlos zu Durant. »Da sind unter anderem auch die Häuser von Andrejew mit aufgeführt. Los, das müssen wir Berger zeigen.«

Wieder in Bergers Büro, sagte Hellmer, nachdem er die Akten auf den Tisch gelegt hatte: »Das ist das Protokoll des Gesprächs, das Schulze gestern mit einem Dr. Andrejew geführt hat. Andrejew ist von der Tschetschenenmafia unter Druck gesetzt worden. Sie haben ihn so richtig schön fertig gemacht. Unter anderem haben sie seine Tochter vor kurzem entführt und ihr einen Finger abgeschnitten. Sie sollten das selbst in aller Ruhe lesen. Aber interessant ist, dass Andrejew sich vor kurzem an die Polizei gewandt hat, genauer gesagt ans OK, und zwar an Hauptkommissar Müller, der ihn jedoch an Gebhardt weiterverwiesen hat. Und Gebhardt hat Andrejew vertröstet, indem er ihm sagte, sie hätten im Moment sehr viel zu tun, würden sich aber bald um seine Angelegenheit kümmern. Freitag letzter Woche ist Gebhardt dann in der Praxis von Andrejew aufgetaucht, hat mit ihm gesprochen und ihm noch mal das

Gleiche wie am Telefon gesagt. Und heute hat sich Andrejew mit seiner Familie klammheimlich aus dem Staub gemacht, was sicherlich am unauffälligsten und auch ungefährlichsten ist, weil heute die Praxis wegen des Feiertags sowieso geschlossen ist. Schulze hat ihm noch von Frau Durant erzählt, dass sie bestimmt etwas für ihn tun könne, aber Andrejew hat wohl das Vertrauen in die Polizei verloren. Ein bisschen Sorgen macht mir nur, dass ausgerechnet Gebhardt mit Andrejew gesprochen hat. Und noch merkwürdiger ist, dass einige der Adressen, die Gebhardt uns genannt hat, mit denen übereinstimmen, die Andrejew Schulze gegeben hat. Was halten Sie davon?«

Berger überlegte nicht lange, sondern griff sofort zum Telefon.

»Hallo, Werner, ich bin's. Wir hatten uns doch für heute Mittag verabredet. Könntest du vielleicht schon jetzt rüberkommen? Es ist sehr wichtig … In zehn Minuten. Prima. Dann sind auch meine Kollegen Durant und Hellmer noch da. Wir müssen unbedingt was mit dir besprechen. Und bitte kein Wort zu einem deiner Mitarbeiter, dass du zu uns kommst. Den Grund erkläre ich dir, wenn du hier bist. Bis gleich.« Berger legte auf und sagte mit entschlossener Miene: »Müller ist schon unterwegs. Und dann werden wir auch gleich sehen, wo er wirklich steht. Ich hoffe, ich habe mich nicht in ihm getäuscht.«

»Heißt das, Sie würden nicht mehr unbedingt die Hände für ihn ins Feuer legen?«, fragte Durant mit dem ihr eigenen spöttischen Unterton, den Berger sofort registrierte und der daraufhin die Kommissarin beinahe traurig ansah.

»Frau Durant, im Augenblick weiß ich gar nichts mehr. Ich hoffe, ich habe mich in Müller nicht getäuscht. Ich hoffe es wirklich. Denn sonst ist mein Glaube an die Integrität der Polizei in seinen Grundfesten erschüttert. Aber jetzt zu was anderem; sobald wir mit Müller gesprochen haben, möchte ich Sie bitten, umgehend nach Falkenstein zu fahren und nachzusehen, ob dieser Andrejew noch da ist. Falls ja, verhindern Sie seine Abreise. Bringen Sie ihn und seine Familie an einem sicheren Ort unter, den niemand außer Ihnen beiden kennt. Andrejew kann uns vermutlich eine Menge Dinge erzählen, von denen wir noch überhaupt nichts wissen und die er auch diesem Schulze gegenüber nicht erwähnt hat. Wir brauchen detaillierte Personenbeschreibungen et cetera.«

»Ach ja«, sagte Durant, »auch wenn Sie's selbst gleich lesen, doch Andrejew war nicht irgendein Zahnarzt, sondern er hat fast ausschließlich prominente beziehungsweise zahlungskräftige Patienten gehabt. Dazu zählten unter anderem die Wiesners, aber auch die Puschkin und die Olpitz. Interessant, nicht?«

»Welcher Wiesner?«, wollte Berger wissen.

»Der tote Wiesner. Er und die Puschkin waren bei Andrejew in Behandlung. Das kann doch alles kein Zufall mehr sein. Und wenn die Maric auch noch ...«

»Immer der Reihe nach, wir gehen jetzt eins nach dem andern an ...«

»Genau«, wurde er von Hellmer unterbrochen. »Als Erstes muss sich ein SEK um die Bordelle kümmern, die uns Gebhardt gestern genannt hat. Weiter müssen wir herausfinden, wer diese werten drei Herren sind, Galinski, Gauschwitz und Petrenkow. Es wird doch wohl irgendeine Spur geben, die uns zu ihnen führt!«

Berger wollte gerade etwas erwidern, als an die Tür geklopft wurde.

»Ja, bitte.«

Müller kam herein. Es waren seit dem Telefonat kaum fünf Minuten vergangen. Er sah in die Runde, wünschte einen »guten Tag« und reichte erst Durant, dann Hellmer und zuletzt mit einer freundschaftlichen Geste Berger die Hand.

»Was gibt's denn so Geheimnisvolles?«, fragte er mit sonorer Stimme und setzte sich.

Müller war knapp einsfünfundsiebzig, hatte dunkles, schütteres Haar und ein von unzähligen Furchen durchzogenes Gesicht. Er war Mitte fünfzig, durchtrainiert, und seine Augen blickten neugierig und blitzten immer wieder kurz auf. Durant kannte ihn, allerdings nicht gut genug, um ihn auch wirklich einschätzen zu können. Die nächsten Minuten würden zeigen, was für ein Mann er war. Sie setzte sich so hin, dass sie ihn genau beobachten konnte.

»Eine ganze Menge«, antwortete Berger und hielt Müller die Schachtel Marlboro hin, der sich eine nahm und sich von Berger Feuer geben ließ. Berger zündete sich ebenfalls eine Zigarette an und sagte nach dem ersten Zug: »Du bist sicherlich schon informiert worden, dass unsere Abteilungen für eine bestimmte Zeit zusammenarbeiten.«

»Ja, und? Wird bestimmt ganz lustig. Hier die guten Bullen vom OK, dort die …« Er lachte als Einziger über seinen Witz, verstummte aber gleich wieder und sah in die Runde. »He, was ist los? Hab ich was Falsches gesagt?«

»Ich will gar nicht lange um den heißen Brei herumreden, lass uns gleich in medias res gehen. Wir haben sichere Informationen, dass in deiner Abteilung einer sitzt, der die Hand aufhält, und zwar in ganz großem Stil. Er verdient sich auf diese Weise etliche zehntausend im Monat dazu.«

»Moment«, fuhr ihm Müller mit zu Schlitzen verengten Augen ins Wort, »sprichst du von knallharten Informationen oder von Spekulationen?«

»Wir haben ein schriftliches Geständnis, das dazu noch auf Band aufgezeichnet wurde. Kannst du dir denken, um wen es sich handeln könnte?«

Müller schüttelte den Kopf. »Ich kann mir beim besten Willen nicht vorstellen, dass sich einer von meinen Mitarbeitern etwas hat zuschulden kommen lassen. Ich meine, jeder von uns drückt mal bei einer Lappalie ein Auge zu. Aber große Dinger … Wer soll das denn sein?«

»Fällt dir denn wirklich keiner ein?«, hakte Berger noch einmal nach.

»Nein, absolut nicht. Nun rück schon raus mit der Sprache, wer ist es?«

»Gebhardt. Hellmer und Kullmer haben sich gestern mit ihm unterhalten. Er hat alles zugegeben.«

»Gebhardt?«, fragte Müller sichtlich erschüttert. »Ausgerechnet der?«

»Genau der. Du kannst gerne lesen und hören, was er gesagt hat.«

»Wenn das stimmt, dann zerre ich ihn vor den Kadi«, schnaubte Müller zornig. »Obwohl, ich kann es kaum glauben, denn Gebhardt zählt eigentlich zu meinen besten Leuten.«

»Nun, wenn er zu deinen besten Leuten zählt, warum ist er dann immer noch ›nur‹ Oberkommissar, und das jetzt schon seit acht Jahren? Wir haben das natürlich nachgeprüft.«

Müller schaute zu Boden, in ihm arbeitete es. »Er ist nicht konstant genug. Bisweilen brillant, dann wieder etwas nachlässig. Das ist der Grund, weshalb ich ihn noch nicht für eine Beförderung vorgeschlagen habe. Das Problem ist nur, Gebhardt ist heute nicht zum Dienst erschienen, er hat sich krank gemeldet. Das heißt, seine Frau hat vorhin angerufen. Ein Arzt war wohl auch schon bei ihm.«

Berger schickte einen eindeutigen Blick zu Hellmer, der sofort zusammenzuckte. Er beugte sich zu Durant, flüsterte ihr etwas ins Ohr, sie nickte kaum merklich.

»Was soll er denn überhaupt ausgefressen haben?«, fragte Müller. »Ich meine, außer dass er die Hand aufgehalten hat.«

»Erpressung, Zuhälterei, Vertuschung von Straftaten und so weiter. Wie bereits erwähnt, wir haben seine Aussage schriftlich und mündlich.«

»Wen hat er erpresst, und welche Straftaten hat er vertuscht?«, wollte Müller wissen, nahm sich ungefragt eine weitere Zigarette aus Bergers Schachtel und zündete sie sich an.

»Hauptsächlich Prostituierte der gehobenen Klasse. Und vertuscht beziehungsweise gedeckt hat er Drogen-, Waffen- und Menschenhandel. Er hat sogar die illegalen Bordelle aufgeführt.«

»Aber er hat das doch bestimmt nicht freiwillig zugegeben, oder?!«

»Werner, welcher Polizist würde schon freiwillig zugeben, dass er neben seinem Job krumme Geschäfte macht?« Berger sah Müller direkt an, der sich aber nicht hinter die Stirn blicken ließ.

»Unter Druck sagt so manch einer etwas, das weißt du genau. Ich werde mit ihm selbst sprechen, das ist mein gutes Recht als sein Vorgesetzter. Noch was?«

»Ja. Ein gewisser Dr. Andrejew hat sich kürzlich an eure Abteilung gewandt, weil er Hilfe suchte. Er hat ausgesagt, dass er zunächst mit einem Hauptkommissar Müller gesprochen habe, der ihn dann an Gebhardt verwiesen habe. Kannst du dich an ein solches Gespräch erinnern?«

»Andrejew, Andrejew … Mag sein, aber ich kann mir nicht alle Namen behalten. Und wenn Gebhardt die Sache in die Hand genommen hat …«

»Das hat er. Er hat letzten Freitag Andrejew in dessen Praxis aufgesucht. Aber er konnte oder wollte ihm nicht helfen. Wir werden jedenfalls im Moment noch nicht gegen Gebhardt vorgehen, da wir ihn gebeten haben, mit uns zusammenzuarbeiten.«

»Gebeten?« Müller lachte laut auf und schüttelte den Kopf. »Was habt ihr mit ihm gemacht? Ihn zusammengeschlagen und ihm dann gesagt: Wenn du nicht mit uns kooperierst, bist du geliefert? War's so?«

»Herr Hellmer, Sie haben das Wort«, meinte Berger.

»Es hat sich in der Tat ungefähr so abgespielt«, erklärte Hellmer kühl. »Er hat sein Amt missbraucht, und zwar auf eine ziemlich miese Weise. Und dafür wird er bezahlen, Herr Müller.«

»Woher nehmen Sie das Recht …«

»Woher wir das Recht nehmen, fragen Sie?! Wir vertreten doch das Recht! Wir alle hier im Raum haben irgendwann einmal geschworen, uns in den Dienst der Gerechtigkeit zu stellen. Mir ist völlig klar, dass da draußen etliche Polizisten rumlaufen, die für eine kleine Gefälligkeit ihr kärgliches Gehalt aufbessern. Aber Gebhardt wusste, dass in einigen illegalen Bordellen Kinder zur Prostitution gezwungen werden, und hat das gedeckt. Und das ist etwas anderes, als wenn einer bei einem notorischen Falschparker ein Auge zudrückt und dafür einen Hunderter zugesteckt bekommt. Im Prinzip ist jeder von uns auf die eine oder andere Weise korrupt. Wir gehen zu einem Italiener oder Chinesen essen und bezahlen nicht dafür, weil der Wirt es so will. Eigentlich dürften wir das nicht, aber gleichzeitig denken wir, scheiß drauf, und freuen uns, zu einem kostenlosen Mittagessen gekommen zu sein. Aber weder ich noch ein anderer in unserer Abteilung würde kriminelle Aktivitäten decken oder gar unterstützen. Und genau das hat Gebhardt getan. Dafür muss er zur Rechenschaft gezogen werden. Doch vorher wollen wir an die Hintermänner rankommen. Und dabei wird uns Gebhardt helfen, ob Ihnen das passt oder nicht. Und da unsere Abteilungen seit heute offiziell zusammenarbeiten, bitte ich Sie, nicht mit Gebhardt darüber zu sprechen. Sie wissen von nichts und sollten sich Gebhardt gegenüber auch nichts anmerken lassen.«

Müller überlegte, stand auf und holte sich einen Kaffee. Allmählich beruhigte er sich wieder und sagte: »In Ordnung, Sie haben mich überzeugt. Und jetzt?«

»Wir haben eine Liste mit illegal geführten Bordellen«, sagte Hellmer. »Wir werden noch heute zuschlagen und diese Häuser schließen. Dazu brauchen wir aber auch Ihre Hilfe.«

»Die sichere ich Ihnen zu. Um wie viele handelt es sich?«

»Elf. Vier in Frankfurt, eins in Hofheim, zwei in Bad Vilbel, zwei in Offenbach, eins in Heusenstamm und eins in Mörfelden. Wir müssen in allen Betrieben zur gleichen Zeit zuschlagen, weshalb wir mindestens vier Dutzend Männer vom SEK brauchen, dazu jeweils sechs bis acht Leute aus unseren Abteilungen.«

»Also gut, ziehen wir's durch. Heute Abend, kurz nach Einbruch der Dunkelheit, zur so genannten – Stoßzeit?«, meinte Müller grinsend. »Sagen wir um elf?«

»Einverstanden. Wollen Sie die Leitung übernehmen?«, fragte Hellmer.

»Ja. Ich werde, Ihr Einverständnis vorausgesetzt, auch das SEK zusammenstellen. Ich brauche allerdings die Liste mit den Adressen.«

»Warten Sie«, sagte Hellmer, »ich mach schnell eine Kopie. Frau Durant und mich benötigen Sie aber heute Abend nicht, oder?«

Müller schüttelte den Kopf. Hellmer nahm den Zettel, ging zum Kopierer und kehrte nach zwei Minuten zurück. Er reichte die Kopie Müller, der einen Blick darauf warf, nickte und sie in die Hemdtasche steckte.

»War's das?«, fragte er.

»Komm, setz dich noch mal kurz«, sagte Berger. »Wir unterhalten uns noch einen Moment allein. Die beiden müssen dringend weg. Und ich will nicht, dass unsere Zusammenarbeit leidet, weil meine Leute einen deiner Mitarbeiter haben hochgehen lassen. Sei froh, dass wir ihn enttarnt haben.«

»Schon gut«, entgegnete Müller und setzte sich erneut. »Es ist nur ein Scheißgefühl zu wissen, dass jemand, dem ich eigentlich vertraut habe, dieses Vertrauen so mit Füßen getreten hat. Ich würde ihm am liebsten höchstpersönlich den Hals umdrehen.«

Berger gab Durant und Hellmer unauffällig ein Zeichen mit dem Kopf, woraufhin sie das Büro verließen und zum Parkplatz gingen.

»Was hältst du von Müller?«, fragte Hellmer auf dem Weg zum Auto.

»Kann ich nicht genau sagen, aber ich schätze, er ist okay. Er hat sich wohl nur überrumpelt gefühlt. Und vielleicht war er auch in seinem Stolz gekränkt, nicht selbst darauf gekommen zu sein, dass einer seiner besten Leute solche Sauereien angestellt hat.« Hellmer wollte bereits in den Lancia einsteigen, als Julia Durant sagte: »Ich habe Hunger. Können wir nicht erst was essen gehen?«

»Wir fahren doch nach Falkenstein. Auf dem Weg dorthin können wir in Kronberg Halt machen, ich kenne dort einen hervorragenden Jugoslawen. Ich lade dich ein.«

»Das lass ich mir nicht zweimal sagen.« Die Kommissarin stieg ein, Hellmer stellte das Radio an. Zwanzig Minuten später waren sie in Kronberg. Sie aßen ein kleines Mittagsmenü und tranken jeder ein Pils, bevor sie weiter nach Falkenstein fuhren. Die Sonne hatte sich hinter dichten Wolken versteckt, der Wind war wesentlich kühler als an den Tagen zuvor. Und es sollte laut Wetterbericht noch viel kühler werden.

Donnerstag, 14.10 Uhr

Es war ein am Hang gelegenes Villenviertel, in dem ein paar Reiche und Superreiche ihre Residenzen errichtet hatten. Vor und in zum Teil offenen Garagen standen Luxuskarossen, doch wenn man die Straße weiter hinauf fuhr, gelangte man in den Kern von Falkenstein, der sich in nichts von den anderen Orten und Gemeinden hier unterschied. Sie wendeten den Lancia und näherten sich langsam dem Haus, in dem Andrejew wohnte. Mit einem Mal zuckte Julia Durant zusammen und sagte: »Fahr mal kurz ran. Da vorne, das ist Dominiks Auto. Was macht der denn hier?«

»Woher soll ich das wissen? Vielleicht wartet er auf dich«, entgegnete Hellmer achselzuckend.

»Idiot! Möchte nur zu gerne wissen, was er hier sucht. Fahr weiter, ich werd ihn mir mal zur Brust nehmen.«

Hellmer fuhr wieder an und hielt direkt hinter dem grünen Mitsubishi Colt. Kuhn saß mit geneigtem Kopf im Wagen, hielt sein Telefon in der Hand und tippte gerade eine Nummer ein, als Durant die Tür aufriss. Sie sah ihn scharf an und sagte: »Kannst du mir mal verraten, was du hier tust?«

»He, Moment, ich wollte dich eben anrufen und dir Bescheid sagen, dass ich bei Andrejew bin. Ich habe es erst im Präsidium versucht, aber …«

»Ich habe dich gefragt, was du hier tust?«

»Mein Gott, ich wollte mal sehen, ob Andrejew vielleicht noch da ist. Ich war gerade in der Klinik und habe mich ein bisschen mit Claudia unterhalten. Wie es ausschaut, wird Peter durchkommen. Und auf dem Rückweg hab ich mir gedacht, mach doch mal einen Abstecher nach Falkenstein.«

»Falkenstein liegt aber ein ganzes Stück vom Unfallkrankenhaus entfernt. Jetzt steig schon aus, wir sind ja hier. Also, ich warte auf eine Antwort. Du fährst doch bestimmt nicht diesen weiten Weg hierher, wenn du nicht was ausheckst.«

Kuhn grinste Durant verlegen an und erwiderte: »Warum musst

du eigentlich immer so schlecht von mir denken? Außer Claudia war Andrejew der Letzte, mit dem Peter gestern zusammen war. Und ich dachte, vielleicht würde ich ihn ja noch antreffen. Ich hätte aber das Haus nicht ohne euch betreten.«

»Was soll das denn heißen?«, fragte Durant noch eine Spur schärfer.

»Mein Gott noch mal«, sagte er und rollte mit den Augen, »ich habe einen Schlüssel.«

»Was?«, stieß die Kommissarin hervor. »Woher um alles in der Welt hast du einen Schlüssel? Komm, lass dir nicht jede Einzelheit aus der Nase ziehen, du weißt, ich kann solche Alleingänge auf den Tod nicht ausstehen.«

»Mann, jetzt sei doch nicht gleich eingeschnappt. Ich hab euch vorhin nur die Mappe gegeben. Peter hat Andrejew angeboten, für ihn die Häuser zu verkaufen. Sie haben alles schriftlich festgehalten, und Peter hat die Schlüssel bekommen. Aber ich wollte bestimmt nicht allein dort reingehen. Deswegen hab ich ja versucht dich zu erreichen. Du kannst nachschauen, deine Handynummer ist die letzte auf dem Display. Ich schwöre es«, sagte er und hob die rechte Hand.

»Los, her mit den Schlüsseln!«, fuhr sie ihn ungehalten an. »Wir sprechen uns deswegen noch. Und außerdem will ich diese andern Sachen auch haben. Gibt es sonst noch irgendetwas, was du mir verheimlichst? Du weißt, ich kann sehr ungemütlich werden, vor allem, wenn man mir in meine Arbeit pfuscht.«

»Nein, das ist alles«, antwortete Kuhn kleinlaut.

»Hast du schon geklingelt?«

»Ja. Aber da ist niemand. Die sind wohl tatsächlich ausgeflogen.«

»Okay, du wartest hier, Frank und ich schauen uns mal im Haus um.«

»Aber …«

»Was aber? Willst du etwa mit rein?«, fragte sie spöttisch. »Frank, lassen wir ihn mit rein?«

Hellmer grinste, warf die fertig gerauchte Zigarette auf den Boden, zuckte mit den Schultern und meinte: »Das ist eigentlich eine Polizeiangelegenheit. Aber letztendlich ist es deine Entscheidung.«

»Dominik, wir beide werden uns heute Abend mal ernsthaft unterhalten müssen. Und das meine ich auch so. Du wirst mit keinem Menschen darüber sprechen, dass du in diesem Haus warst. Schwör's!«

»Wie oft soll ich denn noch schwören?«, fragte er beleidigt. »Aber gut, dann schwör ich eben noch einmal. Zufrieden?«

»Nein. Trotzdem gestatte ich dir, mit reinzukommen.«

Sie klingelten ein paarmal, warteten, und als sich nichts rührte, schlossen sie das Tor auf und gingen etwa fünfzehn Meter bis zum Haus und drei Stufen hinauf, bis sie vor der weißen, kunstvoll verzierten Haustür standen. Hellmer suchte nach dem passenden Schlüssel, steckte ihn ins Schloss und drehte ihn um. Andrejew hatte nicht abgesperrt, die Tür ließ sich leicht öffnen.

»Ein echter Nobelschuppen«, sagte Kuhn anerkennend. »Obwohl er an die Mafia gezahlt hat, scheint es ihm trotzdem nicht schlecht zu gehen.«

»Kannst du mal bitte deine blöden Kommentare lassen, dazu bin ich nämlich im Augenblick überhaupt nicht aufgelegt.«

Hellmer war vorangegangen und blieb plötzlich wie angewurzelt stehen. »Julia, das musst du dir anschauen«, sagte er mit kehliger Stimme.

Durant ging zu ihm – und rang um Fassung. »Mein Gott!«, stieß sie hervor und trat näher heran. Andrejew lag auf dem Boden vor dem antiken Sekretär, die Augen weit aufgerissen, ein kleines Loch in der Stirn, eins in der linken Brust und eine mittlerweile getrocknete Blutlache auf dem Boden. »Die haben ihn hingerichtet. Die haben ihn regelrecht hingerichtet. Genau wie Wiesner und Puschkin.«

Sie ging noch näher heran, beugte sich zu dem Toten hinunter und fühlte an seiner Stirn und den Handgelenken nach dem Puls. Dann warf sie Hellmer einen Blick zu und sagte: »Er ist eiskalt. Ich wette, die haben ihn schon gestern Abend umgebracht.« Sie holte tief Luft und erhob sich wieder. »Seine Familie!«, fiel ihr plötzlich ein. »Er hat doch noch eine Frau und drei Kinder. Ich kann nur hoffen und beten, dass die nicht hier waren, als es passierte.« Und an Kuhn gewandt: »Du rührst dich nicht von der Stelle. Und nichts anfassen, kapiert?«

Kuhn nickte betroffen und fragte: »Aber hinsetzen darf ich mich doch, oder?«

»Auf den Klavierstuhl.«

Kuhn setzte sich, während Hellmer und Durant erst alle Räume im Erdgeschoss inspizierten. Nichts. Dann gingen sie die Treppe nach oben in den ersten Stock. Sie öffneten eine Tür, das Zimmer war leer. Die nächste Tür, das Schlafzimmer der Andrejews, leer. Durant wollte bereits erleichtert aufatmen, als sie Stimmen und Musik hörte. Sie standen jetzt vor der dritten Tür, die Hellmer vorsichtig aufstieß. Es war ein großes Zimmer, mit Bücherregalen an der Wand, der Fernseher war ziemlich laut eingestellt. Sie hatten hier gesessen und ferngesehen.

Ihr stockte der Atem bei dem Anblick, der sich ihr bot. Sie fühlte, wie ihre Knie weich wurden und sich alles um sie zu drehen begann. Ihre Hand suchte die von Hellmer, sie hielt sich an ihm fest. Schließlich fing sie sich wieder, sagte sich, jetzt ganz ruhig zu bleiben, an die hervorragende Ausbildung zu denken, die sie genossen hatte, an die psychologischen Seminare. Sie dachte an ihren Vater, den sie sich jetzt mehr als je zuvor an ihrer Seite gewünscht hätte. Aber er lebte vierhundert Kilometer entfernt von ihr. Sie begab sich zum Fernseher und stellte die Lautstärke leiser.

»Hast du so was schon mal gesehen?«, fragte sie kaum hörbar.

»Nur im Fernsehen«, erwiderte Hellmer monoton, der ebenfalls sichtlich Mühe hatte, das sich ihm bietende Bild zu ertragen. »Nur im Fernsehen oder im Kino, aber ich hätte nie für möglich gehalten, dass ich so was jemals mit eigenen Augen zu sehen bekommen würde. Wer immer das hier angerichtet hat, er ist ein absoluter Profi. Er hat einfach so eine ganze Familie ausradiert. Die hatten keine Chance gegen ihn. Das ist das reinste Massaker, das hier veranstaltet wurde. Die haben ferngesehen, als er reinkam.«

»Meinst du, es war nur einer?«, fragte Durant mit zittriger Stimme, als sie sich im Zimmer umblickte. Andrejews Frau saß im Sessel, der Kopf war zur Seite abgeknickt, die älteste Tochter saß ebenfalls in einem Sessel, der Sohn lag auf dem Schlafsofa, die jüngste Tochter hockte in unnatürlicher Haltung an das Bücherregal gelehnt, der Kopf hing leblos zur Seite herunter, aber sie war sitzen geblieben, als wäre sie zu stolz gewesen, selbst im Augenblick des Todes umzufallen. Und überall geronnenes Blut. Blutspritzer an der Wand, an der Decke, an den Möbeln, auf dem Boden, auf der Mattscheibe des Fernsehapparats. Aufgerissene Augen. Erst jetzt bemerkten die Kommissare den seltsam süßlichen Geruch, der sich in dem Zimmer ausgebreitet hatte. Der Geruch von Blut und den Ausscheidungen, die im Moment des Todes den Körper verlassen hatten. Der Geruch des Todes.

Allmählich fingen sich Hellmer und Durant wieder und sahen sich die Toten genauer an. Und nach einer Weile des Schweigens sagte die Kommissarin mit unwirklicher Stimme: »Ja, ich glaube, es war nur einer. Bei der Kleinen hat er viermal abgedrückt, beim Sohn dreimal. Bei der Kleinen hat er von vorne und beim Sohn seitlich und von vorne abgedrückt. Sie haben alle vor dem Fernseher gesessen. Vermutlich hat er wie bei Wiesner und Puschkin einen Schalldämpfer benutzt, so dass die ersten Schüsse gar nicht gehört wurden. Wahrscheinlich hat er erst die getötet, die mit dem Rücken zu ihm saßen. Er hat durch die Sessellehnen geschossen. Es ist so verdammt schnell gegangen, dass sie kaum Zeit hatten zu reagieren. Die Schüsse im Wohnzimmer haben sie nicht mitbekommen, weil sie hier oben waren.«

»Bei seiner Frau und seiner ältesten Tochter je zwei Einschüsse. Er muss sie überrascht haben, als sie am wenigsten damit gerechnet hatten. Also hat er wahrscheinlich tatsächlich zuerst die Mutter und die ältere Tochter von hinten erschossen, dann haben die andern beiden Kinder das bemerkt, ihn angesehen, und da hat er einfach noch ein paarmal abgedrückt.« Hellmer hielt inne, holte mit fahrigen Fingern eine Zigarette aus der Hemdtasche und zündete sie an. »Diese gottverdammte Drecksau! Was ist das für ein Mensch, der so was tut? Der macht sogar vor einem elf- oder zwölfjährigen Mädchen nicht Halt. Der würde vermutlich auch ein Baby umbringen. Einfach so, zack, zack, und dein Lebenslicht ist ausgeblasen. Schau sie dir bloß an, die Kleine«, sagte Hellmer mit feuchten Augen und bebenden Mundwinkeln, »wie sie dasitzt. So unschuldig und doch irgendwie stolz.«

»Das ist kein Mensch mehr«, sagte Julia Durant mit ebenfalls feuchten Augen und ballte die Fäuste, »das ist eine Bestie! Das ist jemand, der sich dafür bezahlen lässt, andere umzubringen, und wahrscheinlich auch noch Spaß daran findet.« Und nach einer kurzen Pause, nachdem sie den Blick noch einmal durch den Raum schweifen ließ: »Wir können hier nichts machen, Frank. Ich halte es auch nicht aus, länger in diesem Zimmer zu bleiben. Ich muss sofort Berger informieren.«

Sie begaben sich wieder nach unten. Kuhn saß noch immer auf dem Stuhl, bemerkte die ernsten Mienen der Kommissare und sagte zögernd: »Und?«

Julia Durant antwortete nicht. Sie rief Berger an, informierte ihn kurz und bat ihn, umgehend das Nötige zu veranlassen. Dann fügte sie noch hinzu, dass wegen der Nachbarschaft keine Streifenwagen vorfahren und alle Beamten in Zivil kommen sollten. Die Männer und Frauen der Spurensicherung könnten ihre Anzüge im Haus anziehen. Außerdem sollten die Autos, wenn möglich, an unterschiedlichen Stellen geparkt werden und die Männer vom Bestattungsinstitut in einem unauffälligen Lieferwagen kommen und mit dem Heck an die Garage heranfahren. Keine Särge, sondern Plastiksäcke. Und oberste Geheimhaltungsstufe, keine Presse, kein Rundfunk, kein Fernsehen. Nachdem sie geendet hatte, wandte sie sich Kuhn zu: »Du hast es ja gehört, sie sind alle tot. Die Frau, die Kinder, alle. Und jetzt sag ich dir was, und das ist mein voller Ernst – ein Wort davon zu irgendjemandem, und ich habe dich nie gekannt. Hast du mich verstanden? Und außerdem würde ich nicht davor zurückschrecken, dir eine Anzeige wegen Behinderung der polizeilichen Ermittlungen anzuhängen. Du weißt schon, du hast wichtiges Beweismaterial zurückgehalten.«

»Aber …«

»Verdammt, Dominik, hier hat sich eine Tragödie abgespielt, eine unglaubliche Tragödie! Und wir sind an einem Punkt angekommen, wo du entweder mit uns zusammenarbeitest oder dich völlig raushältst, kapiert?!«

»Kein Wort, versprochen«, erwiderte Kuhn mit belegter Stimme erschüttert. »Alle tot? Kann ich sie …«

»Tu's dir nicht an. Du hast so etwas noch nicht gesehen, und du würdest es auch nie vergessen. Bleib hier.«

»Das heißt, wer immer das war, er hat wirklich alle getötet?«

»Wenn ich's sage. Wir können jetzt nur abwarten, ob die Spurensicherung etwas findet. Auch wenn ich wenig Hoffnung habe.«

»Meinst du, es war derselbe, der auch Wiesner und die Maric umgebracht hat?«

»Kann sein, wir wissen es nicht.«

Julia Durant setzte sich auf einen Stuhl. In ihrem Kopf begann es zu arbeiten. Sie hatte den Blick zu Boden gerichtet, immer noch die Bilder vor sich sehend. Plötzlich sagte sie mehr zu sich selbst, aber dennoch so, dass auch die andern beiden ihre Worte verstanden: »Das war ein Auftragsmord wie bei Wiesner. Wer wusste außer Peter davon, dass die Andrejews abhauen wollten?« Sie sah Hellmer an, der ihren Blick erwiderte, und beide riefen wie aus einem Mund: »Gebhardt!« Und Durant: »Er war bei Andrejew gewesen, und der hat ihm gesagt, dass er mit seiner Familie weggehe. Hältst du für möglich, dass Gebhardt so verkommen ist?«

»Dass Gebhardt die Andrejews verraten hat? Ich halte es für möglich. Ganz ehrlich«, sagte Hellmer, der wieder ruhiger wurde. »Aber wir sollten keine voreiligen Schlüsse ziehen. Bis jetzt haben wir keine Ahnung, was sich hier wirklich abgespielt hat und inwiefern Andrejew Mitschuld trägt …«

»Sag mal, spinnst du?«, fuhr ihn die Kommissarin an. »Ganz egal, was Andrejew auch gemacht hat, es gibt keinen einzigen Grund auf der Welt, der es rechtfertigen würde, eine ganze Familie zu töten! Gebhardt wird uns Rede und Antwort stehen. Und diesmal werde ich persönlich dabei sein. Wenn er tatsächlich da auch nur im Geringsten mit drinsteckt, dann wird er seines Lebens nicht mehr froh, dafür werde ich sorgen.«

»Wer ist Gebhardt?«, wollte Kuhn wissen.

Durant sah ihn wie aus weiter Ferne an und sagte: »Ein lausiger Bulle. Korrupt bis ins Mark.«

»Und woher wisst ihr das?«

»Wir wissen es, und das muss dir erst mal reichen. Hör zu, ich bin stinksauer, und ich hoffe, du weißt, warum.«

»Mensch, Julia, beruhig dich wieder …«

»Ich beruhig mich, wann ich will, kapiert! Hier liegen fünf Leichen, darunter drei junge Menschen, die das Leben noch vor sich gehabt hätten! Ich kann mich jetzt nicht beruhigen, und ich will es auch gar nicht!«

Kuhn stand auf und ging zu Julia Durant. Er legte einen Arm um ihre Schulter und sagte: »He, komm, es tut mir Leid. Ich wollte wirklich keinen Alleingang unternehmen. Frag deinen Boss, er wird es dir bestätigen.«

Julia Durant sah Kuhn an und schüttelte den Kopf. »Lass uns ein andermal darüber sprechen, nicht jetzt. Ich muss das alles erst verdauen.«

»Okay. Aber bitte, sei nicht sauer auf mich.«

»Ich bin sauer auf diese ganze Scheiße. Und im Augenblick glaube ich, wir kommen nie an die Hintermänner ran.«

Sie erhob sich und ging nach draußen in den Garten, wo sie keiner der Nachbarn sehen konnte. Dort steckte sie sich eine Gauloise an, inhalierte tief und blies den Rauch durch die Nase wieder aus. Es war ein fantastischer Blick von hier oben auf die Skyline von Frankfurt, doch ihre Gedanken waren weit weg. Es war einer dieser Momente, in denen sie sich wünschte, nie Polizistin geworden zu sein. Aber sie hatte sich diesen Beruf ausgesucht, und jetzt musste sie damit fertig werden. Auch mit Tragödien wie dieser. Hellmer und

Kuhn gesellten sich zu ihr. Hellmer sagte: »Ich fürchte, wir haben einen Fehler gemacht, Peter und ich. Wir hätten schon gestern, nachdem wir Gebhardt durch die Mangel gedreht haben, die Rattenlöcher ausräuchern müssen. Ich möchte wetten, dass die Häuser heute Abend leer sind.«

»Ich halte nicht dagegen«, erwiderte Durant müde, ohne Hellmer anzusehen. »Aber euch trifft keine Schuld. Wie hättet ihr auch ahnen können … Ach komm, mach dir keine Vorwürfe, es bringt doch nichts.«

Knapp eine halbe Stunde nach dem Anruf trafen die angeforderten Beamten ein. Die Männer und Frauen der Spurensicherung erschienen in Zivil und zogen sich erst im Haus ihre weißen Tyvek-Anzüge über. Kurz darauf kamen Morbs und der Fotograf, während die Männer vom Bestattungsinstitut noch auf sich warten ließen. Hellmer erteilte die notwendigen Instruktionen und gab danach Durant und Kuhn ein Zeichen. Zusammen verließen sie das Haus.

»Was machst du jetzt?«, fragte Durant Kuhn.

»Ich fahr zurück in die Redaktion. Ja, ja, ich weiß schon, kein Wort. Ich war die ganze Zeit bei Peter im Krankenhaus. Den Namen Andrejew habe ich noch nie gehört. Recht so?«

»Bis nachher, Blödmann«, sagte Durant mit einem gequälten Lächeln. »Und überleg dir, wie du das wieder gutmachen kannst.«

»Mir wird schon was einfallen. Bis dann. Und so was wird auch nie mehr vorkommen, heiliges Indianerehrenwort.«

Nachdem Kuhn in seinen Mitsubishi gestiegen und losgefahren war, sagte Hellmer: »Und jetzt zur Wiesner?«

»Wir müssen zu ihr, auch wenn mir im Moment überhaupt nicht danach zumute ist.«

Donnerstag, 16.30 Uhr

Ramona Wiesner kam mit dem Telefon in der Hand an die Tür und bat die Beamten mit einer einladenden Geste ins Haus.

Sie sagte nur noch »Ja« und »Tschüs« und legte den Hörer auf. Dann wandte sie sich den Kommissaren zu und deutete auf die Couch.

»Nehmen Sie doch bitte Platz. Darf ich Ihnen etwas zu trinken anbieten?«

»Das wäre sehr nett. Wenn möglich ein großes Glas Wasser«, sagte Durant, deren Kehle wie ausgetrocknet war.

»Für Sie auch?« Sie sah Hellmer an, der mit seinen Gedanken weit weg schien. »Herr Hellmer?«, fragte sie noch einmal.

»O Entschuldigung. Ja, für mich bitte auch ein Wasser.«

»Frau Wiesner, ich möchte mich entschuldigen, dass ich den Termin um zehn nicht einhalten konnte, aber es ist etwas sehr Wichtiges dazwischengekommen.«

»Das macht überhaupt nichts. Im Moment habe ich jegliches Zeitgefühl verloren. Außerdem ist heute sowieso ein deprimierender Tag, Fronleichnam. Irgendwie wünschte ich, es gäbe diesen Tag überhaupt nicht.«

Ramona Wiesner hatte eine Flasche Wasser und drei Gläser geholt und schenkte ein. Sie setzte sich, lehnte sich zurück und fuhr sich immer wieder kurz mit der Hand über die Stirn und die Augen.

»Ist Ihnen nicht gut?«, fragte Durant.

»Ich habe nur ziemlich starke Kopfschmerzen, gegen die heute nicht einmal Tabletten helfen. Dabei habe ich letzte Nacht zum ersten Mal seit Tagen wieder richtig gut geschlafen, aber das habe ich Ihnen ja bereits gesagt. Und trotzdem fühle ich mich wie gerädert.« Sie hielt inne, sah Durant und Hellmer an und fuhr fort: »Aber Sie sehen auch nicht gerade fröhlich aus.«

»Es ist nur die Arbeit«, erwiderte Julia Durant und dachte, wenn du wüsstest, was wirklich passiert ist.

»Kann ich verstehen. An Ihrer Stelle möchte ich auch nicht sein. Aber Sie wollten mir heute etwas mitteilen.«

Die Kommissarin trank einen Schluck Wasser und behielt das Glas in der Hand. Sie sah Ramona Wiesner an und sagte: »Es geht um Frau Maric. Ich mache es ganz kurz, sie wurde vorgestern Abend ermordet.«

Eine Pause entstand, während der kein Wort fiel. Ramona Wiesner schaute die Beamten nur ungläubig an. Nachdem sie die Nachricht einigermaßen verarbeitet hatte, meinte sie: »Sagen Sie das noch einmal. Helena wurde auch ermordet? Was geht hier vor?«

»Wir wissen es nicht. Es hat aber aller Wahrscheinlichkeit nach mit dem Tod Ihres Mannes zu tun.«

»Erst Andreas, dann Helena. Wurde sie auch erschossen?«

»Nein, sie wurde erdrosselt.«

»Sie hat zu viel gewusst«, murmelte Ramona Wiesner vor sich hin. »Sie muss zu viel gewusst haben, eine andere Erklärung habe ich nicht.« Sie stand auf, ging zur Terrassentür und öffnete sie. Die kühle, von einem böigen Westwind angetriebene Luft strömte ins Zimmer. Ramona Wiesner blieb einen Moment an der Tür stehen, sah hinaus in den Garten und holte ein paarmal tief Luft.

»Frau Wiesner, es gibt da noch etwas, was ich Sie fragen möchte«, sagte Durant. »Es geht um Ihren Schwager. Kannten er und Frau Maric sich?«

Ramona Wiesner drehte sich um, sah die Kommissarin an, verengte die Augen und antwortete: »Seltsam, dass Sie sich danach erkundigen, aber ich habe Thomas, meinen Schwager, vorgestern …« Sie überlegte, nickte dann und fuhr fort: »Ja, es war vorgestern. Da habe ich ihn darauf angesprochen, als er nach diesem Collier für seine Frau gefragt hat. Ich habe ihm gesagt, er könne doch zu Frau Maric gehen, wenn er nach einem besonderen Geschenk suche. Daraufhin hat er nur erwidert, das sei keine schlechte Idee. Nun, sie werden sich wohl gekannt haben.« Sie machte ein nachdenkliches Gesicht, was Julia Durant nicht entging. »Aber weshalb fragen Sie danach?«

»Das hat sich erledigt. Sie hat ihn am Montag, kurz nachdem wir sie in ihrem Geschäft aufgesucht haben, angerufen. Wir haben eine Liste aller Gespräche, die sie in den Tagen vor ihrem Tod geführt hat. Es sind allerdings nur sehr wenige.«

»Leider kann ich Ihnen da nicht weiterhelfen. Aber Sie wollen damit doch nicht andeuten, dass er mit dem Tod meines Mannes etwas zu tun haben könnte?«

»Um Himmels willen, nein«, blockte Durant schnell ab, obgleich sie in diesem Moment genau das dachte, »das entbehrt jeglicher Grundlage. Ihr Schwager steht unter keinem Verdacht. Wir suchen einfach nur eine Verbindung. Vergessen Sie, was ich gesagt habe.« Sie machte eine Pause, überlegte, ob sie das Folgende aussprechen sollte, und überwand sich schließlich, es zu tun. »Frau Wiesner, Sie kennen doch einen Dr. Andrejew. Zumindest hat er gesagt, Sie und Ihr Mann seien bei ihm in Behandlung. Ist das richtig?«

»Ja, warum?«

»Hätten Sie irgendwann in der nächsten Zeit wieder einen Termin bei ihm?«

»Nein, vielleicht in einem halben Jahr, zur Kontrolle. Darf ich fragen, was Sie mit Dr. Andrejew zu tun haben?«

»Routine. Es ist nur so, Dr. Andrejew wird auch erpresst und hat sich wohl mit Ihrem Mann einmal darüber unterhalten. Ich möchte Sie aber bitten, auch dies mit äußerster Diskretion zu behandeln. Ich wollte damit nur sagen, dass Ihr Mann kein Einzelfall ist.«

»Das tut mir Leid für Dr. Andrejew, er ist ein sehr guter Arzt und überhaupt sehr nett. Wir haben auch privat ab und zu Kontakt.«

»Seien Sie mir bitte nicht böse, Frau Wiesner, aber wir sind heute gewaltig unter Zeitdruck. Sie sehen, nicht einmal am Feiertag kommen wir zur Ruhe.« Durant und Hellmer erhoben sich, Ramona Wiesner reichte ihnen die Hand.

»Ich kann das verstehen, wirklich. Es ist doch sicherlich manchmal sehr deprimierend, das alles mitzuerleben, oder?«

»An manche Dinge gewöhnt man sich, an andere nie.« Als sie an der Tür waren, sagte Durant noch: »Ach ja, um noch einmal kurz auf Dr. Andrejew und seine Familie zurückzukommen, sie sind untergetaucht. Er wird versuchen sich woanders ein neues Leben aufzubauen. Er ist heute Morgen weggefahren. Sie werden sich wohl oder übel einen neuen Zahnarzt suchen müssen.« Julia, dachte die

Kommissarin, du bist eine verdammte Lügnerin und Zynikerin. Ein neues Leben aufbauen! Wo denn, im Sarg vielleicht?!

»Wenn nur mein Mann den gleichen Mut aufgebracht hätte. Dr. Andrejew ist ein hervorragender Zahnarzt und ein großartiger Mensch. Schade. Doch jetzt will ich Sie nicht länger aufhalten, Sie haben noch eine Menge zu tun. Außerdem muss ich gleich noch einmal zu meinen Eltern und nach den Kindern sehen.«

Julia Durant und Frank Hellmer verabschiedeten sich und gingen zum Auto. Ramona Wiesner sah ihnen nach, kehrte ins Haus zurück und überlegte. Nach einer Weile griff sie zum Telefon und rief bei ihrer Schwägerin an. Sie fragte, ob es ihr recht wäre, wenn sie am Abend noch einmal kurz vorbeikommen würde. Sie fühle sich nicht gut und bräuchte jemanden zum Reden. Nach dem Gespräch nahm sie eine Tablette gegen ihre Kopfschmerzen, zog sich etwas anderes an und machte sich auf den Weg nach Echzell.

Donnerstag, 17.15 Uhr

Auf der Fahrt zurück ins Präsidium sagte Durant: »Ist dir was aufgefallen, als ich die Wiesner nach ihrem Schwager gefragt habe?«

»Nee, was soll mir aufgefallen sein?«

»Weiß ich selbst nicht so genau. Sie hat sich für einen Moment merkwürdig verhalten. Ich kann mich natürlich auch täuschen. Trotzdem werde ich mir ihren Schwager in den nächsten Tagen mal gründlich vornehmen. Der Typ ist mir einfach suspekt.«

»Julia, sieh jetzt bitte nicht gleich überall einen potenziellen Mörder. Dieser Tag ist über unsere Kräfte gegangen, und ich freue mich jetzt schon auf zu Hause. Ich halte mich heute mit Sicherheit nicht mehr länger als eine Stunde im Büro auf, dann mach ich Feierabend. Und du solltest mit Dominik nicht zu hart ins Gericht gehen. Sicher, es war nicht richtig von ihm, uns die Schlüssel vorzuenthalten, aber er hätte keine Story draus gebastelt. Wenn ich mir vorstelle, er hätte die Leichen gefunden …« Zum ersten Mal seit ein paar Stunden grinste Hellmer wieder. »Der hätte sich vor Angst und Schreck in die Hosen geschissen.«

»Du glaubst aber nicht, dass ich ihm die sauber gemacht hätte, oder?« Und nach einem Blick auf die Uhr: »Ich bleib heute auch nicht mehr lange. Ich brauch Ruhe und Zeit zum Nachdenken. Aber diese Bilder von vorhin, die werd ich so schnell nicht los. Vor allem das Mädchen. Wer ist so kalt und gefühllos, ein Kind umzubringen? Ich meine, bei Triebtätern kann ich das noch nachvollziehen, aber in diesem Fall … Das will einfach nicht in meinen Kopf rein.«

»Sieh's mal von der andern Seite«, sagte Hellmer. »Was hätte das Mädchen noch vom Leben gehabt, wenn sie die einzige Überlebende gewesen wäre? Wer hätte sich um sie gekümmert? Und wie wäre sie damit fertig geworden? Sie hätte immer die Bilder vor Augen gehabt, wie ihre Familie umgebracht wurde. Für uns ist wichtig rauszukriegen, seit wann genau Andrejew in Deutschland war, wie er hergekommen ist und was er vorher gemacht hat. Und du rufst am besten heute mal bei deinem Vater an und kotzt dich bei ihm aus. Einverstanden? Tu's dir zuliebe.«

»Ach Mensch, Frank. Wenn bei der Polizei nur lauter solche Typen wie du arbeiten würden. Ich bin froh, dass ich dich als Partner habe, und das meine ich ehrlich. Es heißt ja immer, Freundschaften zwischen Männern und Frauen gibt es nicht, aber wir sind doch Freunde, oder?«

»Du bist mein bester Freund«, sagte Hellmer ernst. »Oder von mir aus auch Freundin. Wenn du nicht bei der Meute wärst, hätte ich den Job schon längst an den Nagel gehängt.«

»Und Kullmer hat sich in der letzten Zeit auch gewaltig gemacht. Ich glaube, ich werde ihm bald mal das Du anbieten. Ich komm mit ihm immer besser zurecht. Und Berger, dass der mit dem Saufen aufgehört hat, kann ich noch immer nicht glauben. Der hat sich richtig gefangen. Dabei war ich vor einem Jahr noch fest überzeugt, der überlebt die nächsten zwei oder drei Jahre nicht. Er säuft nicht mehr, er nimmt allmählich ab, er ist so richtig cool drauf, wie's so schön neudeutsch heißt. Unsere Abteilung ist eine richtig verschworene Gemeinschaft geworden.«

»Und genau deshalb haben wir solche Erfolge aufzuweisen. Und genau deshalb werden wir auch diesen Fall knacken. Auch wenn's dauert. Aber du wirst immer meine beste und liebste Freundin bleiben.«

»Schleimer.«

»Dumme Pute«, sagte Hellmer grinsend.

»Nimm sofort das dumm zurück, du alter Esel.«

»So gefällst du mir schon wieder besser. Und jetzt gehen wir hoch, geben einen kurzen Bericht ab und machen uns aus dem Staub. Ich hab nämlich für heute die Schnauze gestrichen voll.«

Sie stiegen langsam die Stufen nach oben, der Gang war fast leer, ihre Schritte hallten von den alten Wänden wider. Berger saß nicht hinter seinem Schreibtisch, er war mit allen anderen Kollegen der Mordkommission, vom OK und dem SEK im Besprechungszimmer. Julia Durant und Frank Hellmer stießen zu ihnen, setzten sich und hörten sich an, wie die Planung für den Abend aussah. Sie beugte sich zu Hellmer und flüsterte ihm ins Ohr: »Das können die sich alles sparen, die finden nichts.«

»Hab ich doch vorhin schon gesagt.«

Der Schlag gegen die Bordelle sollte um genau dreiundzwanzig Uhr geführt werden. Für den Einsatz standen insgesamt sechsundfünfzig Beamte zur Verfügung, darunter vierzig Polizisten des SEK. Jeder der SEK-Beamten hatte eine Nahkampfausbildung absolviert und konnte exzellent mit Waffen umgehen. Und jeder von ihnen war in der Lage, mit einem einzigen Schlag einen Menschen zu töten. Den wenigsten sah man ihre Fähigkeiten an, aber Durant kannte einige von ihnen und wusste, dass sie in bestimmten Situationen alles andere als zimperlich waren.

Nach der Besprechung bat Berger Durant und Hellmer in sein Büro.

»So, jetzt erzählen Sie mal in aller Ruhe, was Sie heute Nachmittag erlebt haben.«

Durant überließ Hellmer das Reden. Er gab einen kurzen, aber inhaltsreichen Bericht ab und sagte abschließend, dass er jetzt nach Hause fahre. Berger meinte, sie sollten beide für heute Schluss machen und versuchen, das Erlebte so schnell wie möglich zu vergessen. Julia Durant entgegnete daraufhin mit ungläubigem Blick: »Vergessen? So was kann man nicht vergessen. Sie waren nicht dabei, und Sie haben so etwas vermutlich noch nie …«

Berger unterbrach sie mit einer Handbewegung. »Frau Durant, ich habe so etwas auch schon gesehen, '94 in diesem Bordell im Kettenhofweg. Da waren es sechs Leichen, wenn Sie sich noch erinnern können. Damals hat es sich nur um eine harmlose Meinungsverschiedenheit zwischen dem Bordellbesitzer und seinem russischen Lieferanten gehandelt, der ihm die Mädchen besorgt hat. Aber spätestens seitdem weiß ich, wie die Osteuropäer, allen voran die Russen, arbeiten. Die fackeln nicht lange. Maximal eine Drohung, dann sind sie mit ihrer Geduld auch bereits am Ende. Wie gesagt, eine kleine Meinungsverschiedenheit kann reichen, und schon gibt es Tote. Es gibt Vermutungen, nach denen allein aus der ehemaligen Sowjetunion einige hundert Auftragskiller in den Westen gekommen sind, von denen ein paar ganz besondere Spezialisten schon mehrere hundert, vielleicht sogar tausend Menschen getötet haben. Das ist das Problem, vor dem wir stehen. Und nur ganz wenige sind namentlich bekannt, sind aber nicht zu schnappen, weil sie eine unglaublich mächtige Organisation hinter sich haben, die natürlich ihre besten Leute nicht verlieren will. Das ist wie eine Gummiwand, gegen die man rennt. Und die werden immer mächtiger. Als ich mich vorhin mit Müller unterhalten habe, hat er mir einige Insiderinformationen zukommen lassen, denen zufolge wir praktisch machtlos sind. Die Osteuropäer drängen immer stärker auf den westlichen Markt und verdrängen die Deutschen und Italiener und so weiter. Sie investieren in Großunternehmen, Immobilien, in kleinen unscheinbaren Geschäften werden Drogendeals abgeschlossen. Und keiner traut sich, etwas gegen sie zu unternehmen. Das sind die Auswüchse der Perestroika. Im Augenblick wünschte ich, der Eiserne Vorhang wäre nie gefallen. Aber wir können es nicht mehr ändern. Kommen Sie gut nach Hause. Wir sehen uns morgen in alter Frische.«

»Das mag alles stimmen, was Sie gesagt haben, aber das Massaker im Kettenhofweg ist in nichts mit dem an Andrejew und seiner Familie zu vergleichen. Hier waren Kinder mit im Spiel. Sie hätten die Kleine nur sehen müssen, wie sie dagesessen hat. Ein bildhübsches Mädchen, das keinem Menschen auch nur das Geringste getan hat. Das ist es, was mich so wütend und unendlich traurig zugleich macht. Und so einen Anblick kann man nicht vergessen. Können Sie das verstehen?«

»Ich denke schon«, antwortete Berger mit väterlicher Stimme, »es ist vielleicht doch etwas anderes. Und ich bin, wenn ich ehrlich sein soll, froh, solche Dinge nicht mehr sehen zu müssen.«

»Eine Frage noch, bevor ich gehe«, sagte Julia Durant. »Sind die Leute von der Spurensicherung noch bei Andrejew?«

»Mit Sicherheit. Das wird wohl auch noch einige Stunden dauern, bis die fertig sind. Ach ja, beinahe hätt ich's vergessen, dieser Laskin hat für Sie angerufen. Er ist ab etwa zehn Uhr heute Abend zu erreichen. Und Küchler hat auch wieder angerufen. Morgen früh kommen er und Generalstaatsanwalt Blumenthal ins Präsidium. Sie wollen mit uns sprechen.«

»Mit uns allein?«

»Nein, auch mit den Kollegen vom OK. Ich weiß jedoch nicht, was die genau vorhaben. So, und jetzt will ich Sie wirklich nicht länger aufhalten.«

Durant und Hellmer hatten gerade das Büro verlassen, als Kullmer ihnen nachgerannt kam.

»Wartet mal, ich muss mit euch reden. Aber nicht hier auf dem Gang. Am besten im Besprechungszimmer.«

»Was ist los?«

»Kommt schon.«

Sie folgten ihm, er machte die Tür hinter sich zu und lehnte sich dagegen. »Ich weiß, ihr wollt nach Hause, kann ich euch auch nicht verdenken. Doch wir sollten uns Gebhardt vornehmen, am besten gleich. Sorry, aber ich könnte mir vorstellen, dass der Kerl zu türmen versucht.«

»Und wie kommst du darauf?«

»Ich sage nur Andrejew. Ich habe die Akte gelesen. Wir müssen zu Gebhardt, ob wir wollen oder nicht.«

Durant und Hellmer warfen sich eindeutige Blicke zu. »Und wie viel Zeit veranschlagst du für die Aktion?«

»Kommt drauf an«, sagte Kullmer schulterzuckend.

»Auf was kommt es an?«, fragte Hellmer.

»Wie er sich verhält. Wenn er denn überhaupt noch da ist.«

»In Ordnung. Es ist jetzt zehn vor sechs. Wir fahren aber mit drei Autos. Ich will von dort aus direkt nach Hause, und Julia auch.«

»Und wenn er Ärger macht?«, fragte Kullmer. »Ich meine, es könnte ja auch sein, dass wir ihn verhaften müssen.«

»Wir fahren trotzdem mit drei Autos.«

»Dann mal los.«

Donnerstag, 17.55 Uhr 

Es war fast achtzehn Uhr, als sie vom Präsidiumshof fuhren. Wegen des Fronleichnamtages und eher bescheidenen Wetters brauchten sie nicht einmal zwanzig Minuten, bis sie vor dem Haus hielten, in dem Gebhardt wohnte. Es war ein ziemlich neues fünfstöckiges Mehrparteienhaus. Gebhardt wohnte ganz oben. Glücklicherweise trat gerade ein junger Mann aus dem Aufzug und kam zur Tür. Er blickte die drei Beamten an und fragte: »Wollen Sie hier zu jemandem?«

Kullmer hielt ihm seinen Ausweis hin und sagte: »Erraten. Danke, dass Sie uns die Tür aufgemacht haben, das erspart uns das lästige Klingeln.«

Der junge Mann machte einen verdatterten Eindruck. Die Beamten stiegen in den Aufzug, der sie in den fünften Stock brachte. Sie betraten den Flur, es gab nur eine Tür. Ein Schild war daran angebracht, auf dem stand »Herzlich willkommen bei Walter, Sabine, Maria und Alexander.«

Kullmer drückte auf den Klingelknopf, Schritte kamen näher. Die Sprechanlage wurde betätigt, Kullmer klopfte an die Tür. Eine noch recht junge, sehr hübsche Frau mit kurzen blonden Haaren und grünen Augen steckte den Kopf heraus und sah die drei fremden Personen misstrauisch an.

»Frau Gebhardt?«, fragte Kullmer.

»Ja, was ist?«

»Könnten wir bitte Ihren Mann sprechen?«

»Was wollen Sie von ihm? Er ist krank und möchte unter gar keinen Umständen gestört werden. Wer sind Sie überhaupt?«

»Oh, Verzeihung, Hauptkommissarin Durant, Herr Hellmer und mein Name ist Kullmer. Wir arbeiten mit Walter momentan an einem sehr heiklen Fall und müssten ihn deswegen dringend sprechen.«

»Er liegt im Bett, es geht ihm nicht gut.«

»Das tut mir sehr Leid, wir müssten trotzdem etwas mit ihm besprechen. Ich garantiere Ihnen, es wird auch nicht allzu lange dauern. Dürften wir jetzt bitte eintreten?«

Sie machte die Tür frei, ein kleines Kind schrie im Hintergrund. Ein Mädchen von vielleicht sechs oder sieben Jahren lugte neugierig aus seinem Zimmer. Die Wohnung war elegant und luxuriös eingerichtet. Sie erstreckte sich über zwei Etagen und war, so schätzte Durant, mindestens zweihundert Quadratmeter groß. Dicker Teppichboden schluckte jedes Geräusch, die vom Flur abgehenden Türen bestanden nicht aus dem üblichen Holz, das man in Baumärkten kaufen konnte, die Lampen waren in die Decke eingelassen. Die drei Kommissare sahen sich kurz an, und Hellmer flüsterte: »Für so 'ne Einrichtung braucht man mehr als nur das Gehalt eines Oberkommissars.«

Sie folgten Sabine Gebhardt über die Treppe in den oberen Teil der Wohnung.

»Warten Sie einen Moment, ich schaue kurz nach, ob er schläft.« Sie öffnete die Tür vorsichtig einen Spalt und sagte leise: »Hier sind zwei Männer und eine Frau, die dich sprechen möchten.«

»Wer?«, kam es hart zurück. »Ich bin krank, hast du das denen nicht gesagt? Sag denen, die sollen wieder abhauen!«

Sabine Gebhardt zog die Tür ebenso vorsichtig wieder zu und meinte mit einem entschuldigenden Lächeln: »Sie haben es vielleicht mitbekommen, aber …«

Julia Durant trat vor und fragte: »Haben Sie Angst vor ihm?«

»Wie kommen Sie darauf?«, fragte Sabine Gebhardt zurück. »Ich habe vor meinem Mann keine Angst.«

»Hören Sie, wir werden jetzt da reingehen und uns mit ihm unterhalten. Und Sie sollten sich am besten nach unten begeben und mit Ihren Kindern spielen. Und machen Sie die Tür hinter sich zu.«

»Was haben Sie vor?«

»Es könnte eine recht laute Unterhaltung werden. Bitte gehen Sie jetzt nach unten, und tun Sie, was ich Ihnen gesagt habe.«

»Nun, probieren Sie Ihr Glück«, erwiderte sie schulterzuckend und drehte sich um.

Sie warteten, bis Sabine Gebhardt unten war. Durant ging voran und trat in das Zimmer. Gebhardt saß aufrecht im Bett und sah fern. Er wurde von einer Sekunde zur andern aschfahl und brachte keinen Ton heraus.

»Na, Walter, hast du ein paar Tage Urlaub genommen?«, sagte Kullmer, setzte sich auf die Bettkante und gab Gebhardt einen kräftigen Schlag auf die Schulter. Er verzog das Gesicht, blieb aber ruhig. »Tja, wir sind trotzdem gekommen. Was gibt's denn im Moment im Fernsehen? RTL, bloß so 'n blöder Film. Mach aus, los!«

Gebhardt drückte den Knopf der Fernbedienung, und der Bildschirm wurde dunkel.

»Was wollt ihr schon wieder?«

»Tja«, sagte Kullmer in sanftem Ton, »was wollen wir schon wieder? Einiges haben wir ja bereits gestern von dir erfahren. Aber da ist noch was. Und sollte dir dazu keine passende Antwort einfallen, schleifen wir dich direkt aus dem Bett aufs Präsidium, wo du in eine dieser kleinen schmalen Zellen gesteckt wirst. Wir werden dich dem Haftrichter vorführen, und dann warten wir mal ab. Ich hab dir doch gestern ausdrücklich gesagt, dass ich dich heute im Präsidium sehen will. Und was machst du? Du feierst krank.«

Kullmer hielt inne, nahm seinen Kaugummi aus dem Mund und klebte ihn auf den kleinen Tisch neben dem Bett. Dann wickelte er einen neuen aus und gab Hellmer und Durant ein Zeichen. Hellmer stellte sich auf die andere Seite des Betts, Durant ans Fußende.

Kullmer fuhr fort: »Was sagt dir der Name Andrejew?«

Gebhardt zögerte mit der Antwort. Kullmer sah ihn scharf an, und als er auch nach mehreren Sekunden nicht auf die Frage antwortete, riss Kullmer die Bettdecke weg und warf sie an die Tür. »Eine Antwort – bitte!«

»Nie gehört«, erklärte Gebhardt, wobei seine Augen immer schneller von Durant zu Hellmer zu Kullmer und wieder zurück zur Kommissarin wanderten.

»Das war die falsche Antwort«, sagte Kullmer nur. Gebhardt sah den Schlag nicht kommen, den ihm Kullmer mit voller Wucht in die Seite versetzte. »Andrejew?«

»Ihr Schweine, ihr verfluchten! Ich zeige euch an!«

»Ach Walter, was glaubst du denn, wie weit du damit kommst? Noch mal – Andrejew. Oder soll ich's dir buchstabieren? A-n-d-r-e-j-e-w.«

»Wer soll das denn sein?«

Hellmer holte seine Pistole aus der Jackentasche, betrachtete sie einen Moment geradezu liebevoll und hielt sie Gebhardt plötzlich zwischen die Beine.

»Frank ist gerade in der Stimmung, dir die Eier wegzublasen. Liegt vielleicht am Wetter, nicht jeder kann diesen plötzlichen Wetterwechsel einfach so wegstecken. Und Frank ist sehr, sehr wetterfühlig. Das kriegen wir im Präsidium andauernd zu spüren. O Mann, ich kann dir sagen, da fliegen manchmal gewaltig die Fetzen. Und heute ist wieder so ein blöder Tag. Tja, was ist nun, willst du uns lieber was über Andrejew sagen oder willst du in Zukunft im Knabenchor zwitschern?« Kullmer holte tief Luft, griff blitzschnell mit beiden Händen an den Kopf von Gebhardt und riss ihn hoch. »So, und jetzt ist Schluss mit lustig! Kommen wir zum ernsten Teil. Andrejew!! Ich will von dir hören, was du von Andrejew weißt!! Und sollte ich dich auch nur einmal beim Lügen ertappen, wirst du deine Familie in frühestens zwanzig Jahren wiedersehen. Zum letzten Mal – Andrejew?!«

»Ja, ich kenne ihn. Aber nur vom Namen her, er hat mal bei uns im Präsidium angerufen!«, schrie Gebhardt mit schmerzverzerrtem Gesicht.

Der nächste Schlag wurde erneut von Kullmer ausgeführt, diesmal in die rechte Seite und noch eine Spur stärker als zuvor.

»Gut, du willst nicht reden, also werden wir es tun. Andrejew hat bei euch im Präsidium angerufen, aber er hat zuerst mit Müller gesprochen, der ihn dann an dich weiterverbunden hat.«

Gebhardt nickte nur, nach Luft ringend.

»Und dann?«

»Er wollte mit uns sprechen, weil er angeblich erpresst wurde. Wir konnten ihm aber nicht helfen, da die Beweise fehlten.«

»So, die Beweise fehlten also. Seine Tochter wurde entführt, und ihr wurde ein Finger abgeschnitten. Das ist also schon mal kein Beweis«, meinte Hellmer zynisch. »Dass er zwanzigtausend im Monat an die Tschetschenen bezahlt hat, ist auch kein Beweis. Okay. Ich habe zwar keine Ahnung, welche Beweise du brauchst, um jemanden zu beschützen, dessen Leben in akuter Gefahr ist, und nicht nur seins, sondern auch das seiner Familie, aber mir würden die Ohren schon klingeln, wenn man mir das mit der Tochter erzählen würde. Und du hast Andrejew natürlich auch nie gesehen.«

Gebhardt schüttelte den Kopf. Julia Durant, die die ganze Zeit schweigend dagestanden hatte, in der es aber kochte und die immer wieder die Bilder aus Andrejews Haus vor Augen hatte, vor allem das von dem kleinen Mädchen, ging um das Bett herum, setzte sich auf die Bettkante und sah Gebhardt nur an. Kullmer wollte etwas sagen, aber Durant machte eine Handbewegung, woraufhin er schwieg. Gebhardt hielt ihrem Blick nicht lange stand. Durant spürte, wie ihm immer unbehaglicher wurde. Sie fuhr sich mit der Zunge über die Lippen, und in einem Moment, in dem Gebhardt nicht aufpasste, packte sie ihn am Arm und drehte ihn ruckartig nach hinten. Nur eine Sekunde später lag Gebhardt auf dem Bauch und schrie wie ein verwundetes Tier. Durant und Kullmer hielten seine Arme und drückten ihre Knie in sein Kreuz. Hellmer nahm Gebhardts Kopf und presste ihn fest in das Kissen. Gebhardt zuckte und versuchte sich aus dem Griff zu lösen, doch es gelang ihm nicht. Nach etwa einer Minute ließ Hellmer den Kopf los. Gebhardt japste verzweifelt nach Luft.

»Hast du Andrejew nicht zufällig am vergangenen Freitag in seiner Praxis besucht und ihm noch einmal erklärt, dass du nichts für ihn tun kannst? Und hat Andrejew dir nicht gesagt, dass er vorhat, heute abzuhauen, wenn die Polizei ihm nicht hilft? War es so?«

»Ich weiß es nicht mehr!«

»Okay, zieh dich an, du bist vorläufig festgenommen. Du hast das Recht, die Aussage zu verweigern und einen Anwalt zu Rate zu ziehen. Alles, was du von jetzt an sagst, kann vor Gericht gegen dich verwendet werden. Los, aufstehen und anziehen. Und sag deiner Familie Lebewohl, denn du wirst nicht mitkriegen, wie deine Kinder groß werden. Auf geht's!«

»Moment, Moment, nicht so schnell, okay. Ich war bei Andrejew, und er hat mir gesagt, dass er das Land verlassen will. Nicht mehr und nicht weniger.«

»Und warum hast du nichts unternommen? Warum hast du zum Beispiel deinen Chef nicht eingeweiht? Sag's mir, du gottverdammtes Arschloch!«

»Es war doch nicht so wichtig. Andrejew hatte ja Kohle genug!«

»Hatte? Habt ihr das auch gehört? Er hat in der Vergangenheit gesprochen. Seltsam, oder?«

»He, he, was soll das hier werden?« Gebhardt wusste, dass er einen gravierenden Fehler gemacht hatte, und sah die Kommissare mit vor Angst geweiteten Augen an. »Ich habe nichts getan.«

»Also gut, Walter«, sagte Kullmer ruhig. »Du kannst dir alle Erklärungen sparen, denn du bist fertig, es ist aus und vorbei. Du warst der einzige Polizist, mit dem Andrejew gesprochen hat …«

»Woher willst du das wissen?«, schrie Gebhardt.

»Das Leben schlägt manchmal die seltsamsten Kapriolen. Gestern Abend war ein Journalist bei Andrejew, und Andrejew hat ihm alles haarklein erzählt. Wir haben auch das auf Band und obendrein schriftlich. Außer diesem Journalisten warst du der Einzige, mit dem Andrejew darüber gesprochen hat, wie und von wem er erpresst wurde. Er hat ihm und dir von der Entführung seiner Tochter berichtet und noch so einige andere Dinge mehr. Es ist nur dumm gelaufen, dass Andrejew ausgerechnet deinen Namen genannt hat. Und es gibt bloß einen Gebhardt im Präsidium.«

»Ja, und weiter?«

»Du bist neben dem Journalisten auch der Einzige, dem Andrejew erzählt hat, dass er heute abhauen würde. Nur, das hat nicht geklappt, und ich bin ganz sicher, du weißt auch, warum. Hauptkommissarin Durant wird es dir erklären.«

Sie begab sich wieder ans Fußende des Betts und sah Gebhardt an. »Dr. Andrejew und seine Familie wurden gestern Abend oder heute Nacht umgebracht. Von einem oder mehreren Auftragskillern. Es ist ein furchtbarer Anblick zu sehen, wenn ein elf- oder zwölfjähriges Mädchen an ein Bücherregal gelehnt dasitzt, den Kopf zur Seite geneigt, die Augen offen, und da ist nichts als verkrustetes Blut und dieser ekelhaft süßliche Geruch. Herr Gebhardt, sollten Sie uns etwas zu sagen haben, dann tun Sie es jetzt. Wenn Sie jetzt nichts sagen, nehmen wir Sie mit und werden Sie noch heute dem Haftrichter vorführen. Das von Ihnen abgelegte Geständnis reicht aus, Sie für die nächsten Jahre hinter Gitter zu bringen. Wir werden im Übrigen heute Abend sämtliche Bordelle hochgehen lassen. Und sollten wir Sie mit dem Mord an der Familie Andrejew in Verbindung bringen, werden Sie lebenslänglich hinter Gittern verschwinden.«

Mit einem Mal huschte für Sekundenbruchteile ein seltsames Lächeln über Gebhardts Gesicht. »Ich habe nichts dazu zu sagen. Ihr könnt mich gerne dem Haftrichter vorführen.«

»Also gut«, ergriff Kullmer wieder das Wort, »dann zieh dich an. Und sag Lebewohl zu diesem Penthouse und zu deiner Familie.«

»Wenn du meinst«, erwiderte Gebhardt ungerührt. Er stand auf, holte ein Hemd und eine Jeans aus dem Schrank, zog sich an, schlüpfte in seine italienischen Schuhe, kämmte sich das Haar und begab sich mit den Beamten nach unten.

»Ciao, ihr Lieben«, sagte er zu seiner Frau und den Kindern, die sich im Wohnzimmer aufhielten. »Ich muss noch mal weg, bin aber bald wieder da.«

Im Hausflur legte Kullmer Gebhardt Handschellen an und nahm ihn in seinem Wagen mit. Hellmer fuhr hinter ihm, Durant verabschiedete sich und machte sich auf den Weg nach Hause. Der Haftbefehl und die Einweisung in das Untersuchungsgefängnis waren nur eine Frage von wenigen Minuten. Hellmer und Kullmer brachten ihn noch am Abend in das Untersuchungsgefängnis nach Weiterstadt. Als Gebhardt von einem Wärter in seine Zelle geführt wurde, lächelte er wieder nur.

Donnerstag, 19.55 Uhr

Julia Durant warf einen Blick in die Spüle, wo sich das Geschirr stapelte, wandte sich ab, nahm das Telefon und ließ sich auf die Couch fallen. Sie tippte die Nummer ihres Vaters ein. Er war der einzige Mensch, bei dem sie sich den ganzen Ballast von der Seele reden konnte, der geduldig zuhörte, wenn es ihr dreckig ging, und Ratschläge nur dann erteilte, wenn er es für angebracht hielt. Sie telefonierten fast eine Stunde, er hörte zu und spendete Trost. Und er sagte, dass sie, sollte es ihr richtig schlecht gehen, jederzeit zu ihm kommen könne. Nach dem Gespräch fühlte sie sich erleichtert und innerlich wieder einigermaßen ruhig. Sie stand auf, zog sich Gummihandschuhe über und spülte das Geschirr. Als sie gerade mit dem Abtrocknen beschäftigt war, kam Kuhn zur Tür herein. Er hatte eine große Tüte bei sich, trat auf Julia Durant zu, blieb ein paar Zentimeter vor ihr stehen, sah ihr in die Augen und nahm sie in den Arm.

»Ich möchte mich wegen vorhin noch mal in aller Form entschuldigen«, sagte er und küsste sie auf den Hals. »So was wird nie wieder vorkommen. Ich habe uns auch was ganz Feines mitgebracht.«

»Ich nehm dich beim Wort, Dominik. Wenn nicht Frank dabei gewesen wäre, sondern jemand anders, du hättest mich ganz schön in die Bredouille bringen können. Was hast du denn da Schönes in der Tüte?«, fragte sie neugierig.

»Augen zu«, sagte Kuhn. Sie schloss die Augen, hielt aber noch immer das Geschirrtuch und den Teller in der Hand. Kuhn stellte alles auf den Tisch. »Jetzt kannst du gucken. Eine Flasche Portwein allererster Güte, eine Flasche Dom Perignon, Original Parmaschinken, eine Dose Kaviar, ein ganz besonderes Brot aus einer Ökobäckerei, etwas Lachs und ...« Er machte eine Pause und grinste sie vielsagend an, und es war genau die Art Grinsen, die ihn so liebenswert machte.

»Und was?«, fragte sie und konnte ihre Neugier kaum noch zügeln.

»Ein kleines Präsent als Zeichen der Entschuldigung.« Er hielt ihr einen länglichen Umschlag hin. Sie nahm ihn und öffnete ihn.

»Nein, Bon Jovi! Wie bist du denn jetzt noch an die Karten gekommen? Das Konzert ist doch längst ausverkauft.«

»Auch wenn heute Feiertag ist, mit Beziehungen kommt man immer weiter. Was glaubst du denn, woher ich die Fressalien habe? Bestimmt nicht aus dem Supermarkt. Für die Frau, die ich liebe, lasse ich alle meine Connections spielen.«

»Danke, danke, danke! Du bist ein Schatz. Dann steht einem gemütlichen Abend ja nichts mehr im Weg.«

Kuhn deckte den Tisch, zündete eine Kerze an, die Fenster waren geöffnet, die kühlere Luft vertrieb allmählich die stickige der vergangenen Tage. Sie saßen den ganzen Abend vor dem Fernseher und sprachen nicht über den vergangenen Tag. Irgendwann fielen ihr die Augen zu, und sie schlief auf der Couch in seinem Arm ein. Mitten in der Nacht wachte sie schweißüberströmt auf und griff sich an die Brust, weil irgendetwas wie ein Tonnengewicht darauf zu liegen schien. Ein böser Traum, sagte sie sich, und gleich tauchten wieder die schrecklichen Bilder vom Nachmittag auf.

Donnerstag, 18.00 Uhr

Daniel Laskin hatte den ganzen Tag mit Natascha verbracht. Sie waren bei einem Bestattungsunternehmer gewesen, der sie trotz des Feiertags empfing, hatten einen weißen Sarg ausgesucht und auch eine Gärtnerei gefunden, bei der sie zwei Kränze in Auftrag gegeben hatten, und waren noch fast zwei Stunden durch den Grüneburgpark gelaufen, hatten sich auf eine Bank gesetzt und nur wenig gesprochen. Sie hatten sich über die Beerdigung unterhalten, die Montag um halb zwölf stattfinden sollte. Am Nachmittag hatte er im Präsidium angerufen, aber Julia Durant war nicht an ihrem Platz gewesen. Er hatte eine Nachricht hinterlassen, dass sie ihn zurückrufen könne. Als sie wieder in der Wohnung waren, sagte Laskin: »Ich muss noch mal weg. Ich denke, ich bin so gegen neun, halb zehn wieder hier.«

»Wo gehst du hin?«, fragte Natascha.

»Nur in meine Wohnung etwas holen.«

»Wirklich?«

»Natascha, du kannst mir vertrauen. Ich lüge dich nicht an, ich würde das nie tun. Du weißt, was ich für dich empfinde.«

»Nein, Daniel, das weiß ich nicht. Zumindest nicht genau.«

»Dann finde es heraus.«

»Ich glaube, dass habe ich bereits. Aber Daniel, so einfach geht das nicht. Du warst über fünf Jahre mit Irina zusammen ...«

Er legte einen Finger auf ihre Lippen. »Pssst. Ich habe dir gestern

Abend schon gesagt, Irina ist tot. Doch wir leben. Und ich möchte, dass das noch lange so bleibt. Wenn Irina beerdigt ist, können wir uns über alles unterhalten. Bis gleich.«

»Daniel, warte. Sag mir, was du für mich empfindest.«

»Liebe, nichts als reine Liebe«, antwortete er.

»Aber Irina. Du und sie, ihr …«

»Nein, Natascha, es ist ganz anders, als du denkst. Ich habe Irina sehr, sehr gerne gemocht, aber ich habe sie nie geliebt, denn in meinen Gedanken war ich immer nur bei dir. Und das ist die Wahrheit. Aber ich konnte es dir nicht sagen, weil ich wusste, wie gut du mit Irina befreundet warst. Sie hat sich als Erste in mich verliebt, das hat sie mir immer wieder gesagt, und ich habe sie natürlich auch auf eine gewisse Weise geliebt, aber in deiner Gegenwart habe ich mich immer wohler gefühlt. Frag mich nicht, warum, aber es ist so. Du bist die Frau, die ich eigentlich immer haben wollte, aber Irina stand zwischen uns. Und ich brachte es nicht übers Herz, einer von euch wehzutun. Glaub mir, ich schäme mich dafür, das so kurz nach Irinas Tod zu sagen, aber du hast darauf bestanden. Und ich will dich nicht auch noch verlieren. Deshalb bitte ich dich, pass gut auf dich auf. Es gibt Menschen, die sind zu allem fähig.«

Natascha sah ihm nach, wartete, bis die Tür ins Schloss gefallen war, und legte sich aufs Bett. Sie starrte an die Decke, lächelte, und dennoch liefen ein paar Tränen aus ihren Augenwinkeln. Sie war von ihren Gefühlen überwältigt und fragte sich gleichzeitig, was Daniel ihr verheimlichte.

Donnerstag, 18.15 Uhr 

Hallo, Ramona. Dir geht's nicht gut, nicht wahr? Komm«, sagte Sophia Wiesner und legte einen Arm um ihre Schulter, »setz dich zu mir und erzähl mir, was dich so bedrückt. Dass Andreas dich hintergangen hat, oder bricht jetzt einfach nur alles durch? Oder ist es die Beerdigung morgen?«

Ramona Wiesner zuckte mit den Schultern. »Wahrscheinlich alles zusammen. Ich weiß nicht mehr weiter. Erst bringt er eine Frau um, die ich nicht einmal kenne, dann sich selbst. Ich habe Andreas wahrscheinlich nie wirklich gekannt. Er war immer so verschlossen und …«

»Komm, das Leben geht weiter, auch ohne ihn.« Sophia Wiesner nahm sie in den Arm. »Du wirst weiterleben, du wirst die Kinder großziehen, und eines Tages wirst du einen Mann finden, der wirklich zu dir steht. Glaube mir, die Zeit heilt alle Wunden.«

»Das sag ich mir auch andauernd, aber es ist alles noch so frisch. Und es ist so merkwürdig, ich sehe nicht einmal mehr sein Gesicht vor mir. Ich schaue mir ein Foto von ihm an und denke nur: Das war mein Mann? Sag mir, Sophia, habe ich Fehler gemacht? Wenn ja, kannst du mir vielleicht verraten, welche?« Ramona Wiesner sah ihre Schwägerin flehend an.

»Du hast keine Fehler gemacht, Ramona. Ich weiß natürlich nicht, wie ihr sonst miteinander umgegangen seid, aber wenn wir uns gesehen haben, dann habt ihr immer sehr glücklich gewirkt. War das nur gespielt?«

»Ich habe bestimmt nicht gespielt. Ich glaubte zumindest, die glücklichste Frau auf der Welt zu sein. Doch er war offenbar unglücklich oder unzufrieden, was weiß ich. Wie soll ich bloß den Kindern erklären, dass ihr Vater nie mehr wiederkommt? Wie würdest du es ihnen erklären?«

Sophia schüttelte den Kopf. »Das kann ich dir nicht sagen. Ich bin zum Glück nicht in einer solchen Situation.«

»Ist Thomas da«, fragte Ramona Wiesner.

»Nein, er kommt etwas später. Sie haben noch eine Sitzung in der Bank, wie so oft. Für Amerikaner und Japaner zählen unsere Feiertage nicht, also muss Thomas arbeiten. Manchmal verfluche ich diese ewigen Sitzungen, bei denen sowieso nie etwas herauskommt. Sie reden und reden und reden, anstatt zu handeln. Hast du Hunger? Wir könnten uns etwas Schönes zu essen machen. Oder wir lassen uns jeder eine Pizza kommen. Wir haben hier einen Italiener, der eine Pizza macht, wie ich sie nur aus Neapel kenne. Dazu trinken wir ein Gläschen Wein, und dann sieht die Welt schon ganz anders aus. Was hältst du davon?«

Ramona Wiesner rang sich ein Lächeln ab und nickte. »Wie du weißt, trinke ich zwar normalerweise keinen Alkohol, aber vielleicht werde ich dadurch tatsächlich etwas lockerer. Ich bin total verspannt, habe Kopfschmerzen, mein Rücken tut weh, ich fühle mich einfach furchtbar. Und wenn ich in den Spiegel schaue, sehe ich eine Fremde.«

»Ramona, du bist noch immer dieselbe hübsche Frau, die ich vor über zwölf Jahren kennen gelernt habe. Du bildest dir da was ein. Und jetzt bestell ich uns die Pizza.«

Sophia stand auf, ging zum Telefon und rief in der Pizzeria an. Sie gab die Bestellung auf, kam zurück zu Ramona und setzte sich wieder. »Weißt du, Ramona, das Wichtigste im Leben ist Vergeben. Und das Zweitwichtigste Vergessen. Vergib Andreas, und wenn du das geschafft hast, wirst du mit der Zeit auch vergessen können. Er war ja kein schlechter Mensch, er war nur ein Mensch mit Fehlern und Schwächen wie wir alle«, sagte sie ungewohnt sanft.

»Ich glaube, ich kenne dich viel zu wenig«, meinte Ramona und sah ihre Schwägerin dankbar an. »Das war schön, was du gesagt hast. Erst vergeben und dann vergessen. Ich werde es versuchen.«

»So ist es schon besser. Ich sag nur schnell den Kindern Bescheid, dass wir allein gelassen werden möchten. Sie sollen sich selbst was zu essen machen. Du bist jetzt im Moment wichtiger als die Kinder. Kann ich noch etwas für dich tun?«

»Du hast schon genug getan, danke. Ich möchte einfach nur hier sein, vorausgesetzt, ich falle euch nicht zur Last.«

»Ramona! Warum solltest du uns zur Last fallen?! Mamma mia, wir sind eine große Familie, und da muss man doch helfen! Du würdest das Gleiche auch für mich oder Thomas tun. Ich bin eine geborene Muti, und die Mutis sind bekannt dafür, andern Menschen zu helfen. Ich kann nichts dafür, ich bin nun mal so. Ich habe die besten Eltern der Welt, auch wenn diese Welt meinen Vater kaputtgemacht hat. Aber er hat seinen Stolz und seine Würde nie verloren. Und warum – weil er immer für andere da war. Jemand brauchte Hilfe, er gab sie ihm. Und er hat nie eine Gegenleistung dafür verlangt. Ich kenne niemanden, der so viel Liebe in seinem Herzen hat wie mein Papa.«

»Wie haben sie denn deinen Vater kaputtgemacht?«, fragte Ramona Wiesner, obgleich sie die Gerüchte kannte, die sich um Sophias Vater rankten, aber Andreas hatte sie gebeten, nie mit Thomas oder Sophia darüber zu reden. Es war ein Tabuthema.

Sophia seufzte auf und sagte: »Das ist eine lange Geschichte. Schon meine Urgroßeltern waren sehr angesehene und reiche Leute in Neapel. Meine Großeltern waren noch reicher und noch angesehener. Ja, und mein Vater hat es sogar geschafft, Innenminister zu werden. Und dann sind irgendwelche Neider gekommen und haben behauptet, er habe etwas mit der Mafia zu tun. Mein Vater und die Mafia! Madonna mia! Er hat gegen das Verbrechen gekämpft, er hat die Mafia immer verachtet, hat gesagt, egal um was es gehe, es brauche niemals Blut vergossen zu werden. Aber sie haben es geschafft, sie haben falsche Beweise vorgelegt, und damit musste mein Vater – welche Schande für die Familie! – zurücktreten. Wir haben alle geglaubt, sie hätten ihn zerbrochen, aber ein Muti lässt sich nicht zerbrechen. Und mein Papa schon gar nicht. Er ist wieder auferstanden und mächtiger als je zuvor …«

Es klingelte. Sophia Wiesner erhob sich, ging zur Tür und kam mit den Pizzas zurück. Sie holte eine Flasche Rotwein aus dem Keller und Gläser aus dem Schrank und sagte: »Die wurden vor meinen Augen in Murano geblasen. Sieh dir nur dieses wunderbare Blau an, wie das Meer, wenn die Sonne untergeht. Warst du schon einmal in Murano?«

»Nein, noch nie. Aber vielleicht fahre ich mal hin.«

»Das solltest du auf jeden Fall tun«, erwiderte Sophia und stellte alles auf den Tisch. Sie entkorkte die Flasche und schenkte ein. Sie aßen langsam und waren schon fast fertig mit dem Essen, als Thomas Wiesner erschien.

»Hallo, meine Schöne«, sagte er und gab seiner Frau einen Kuss. »Hi, Ramona. Ich mach mich nur frisch und komm dann zu euch. Ich habe dir auch etwas mitzuteilen.«

Er ging ins Bad, zog sich um und kehrte nach zehn Minuten zurück. Er holte sich einen Cognacschwenker aus dem Schrank und eine Flasche Remy Martin, goss das Glas halb voll, schüttete die braune Flüssigkeit in einem Zug hinunter und schenkte sich gleich nach. Ramona Wiesner beobachtete ihn aufmerksam aus dem Augenwinkel.

»Ich weiß ja nicht, Ramona«, sagte er nach dem zweiten Glas, »wie du dir die Zukunft vorgestellt hast, ich meine das Geschäft betreffend. Aber ich hätte da einen potenziellen Käufer an der Hand.«

»So schnell?«, fragte Ramona Wiesner zweifelnd.

»Das ist überhaupt nicht schnell. Ein Juweliergeschäft in der besten Lage Frankfurts ist ein begehrtes Objekt. Und die Mitarbeiter von Andreas könnten auch übernommen werden. Sie gehören ja zu den besten Leuten ihres Fachs. Überleg's dir. Der Käufer hat vier Millionen geboten, ohne Inventar. Nur das Geschäft. Er ist allerdings auch an allem anderen interessiert, aber den Preis dafür müsste man natürlich genauestens berechnen. Ich finde, das ist ein Angebot, das du dir gut überlegen solltest. Aber ich sage dir gleich, lass dir nicht allzu lange Zeit mit der Entscheidung, denn irgendwann fällt der Preis.«

»Vier Millionen, sagst du? Ich geb dir morgen Bescheid. Das kommt zwar etwas plötzlich, aber du bist der Fachmann, was Geldangelegenheiten angeht.«

»Schau, das ist Thomas«, sagte Sophia und deutete auf ihren Mann, »immer eine Nasenlänge voraus. Wie mein Papa. Thomas hat viel von ihm, er ist fast schon ein Muti. Das Einzige ist, dass er manchmal etwas zu viel trinkt. Nicht wahr, Schatz?«, fügte sie scheinbar scherzhaft, aber doch gewürzt mit einer Prise Pfeffer hinzu.

Thomas Wiesner grinste nur und winkte ab. »Ich trinke nicht zu viel, Schatz, und das weißt du auch. Und wenn doch, dann hat es seinen Grund. Und jetzt möchte ich nicht mehr darüber sprechen.«

Ramona Wiesner, die die kleine Auseinandersetzung genau verfolgt hatte, lehnte sich zurück, fasste sich an den Bauch und sagte: »Puh, bin ich satt. Ich habe seit Tagen nicht mehr so viel auf einmal gegessen.«

»Das freut mich«, meinte Sophia. »Du bist schon viel lockerer geworden. Noch ein Gläschen Wein?«

»Nur einen winzigen Schluck.«

Sophia schenkte ein, und sie prosteten sich erneut zu.

»Auf das neue Leben.«

»Auf das neue Leben. Morgen, nach der Beerdigung, wird dieses neue Leben beginnen.«

Kurz darauf begab sich Sophia in den ersten Stock, um den Kindern gute Nacht zu sagen. Thomas Wiesner trank inzwischen den vierten Cognac. Seine Augen bekamen einen glasigen Schimmer, und er sprach etwas langsamer.

Ramona beugte sich nach vorn und sagte leise: »Hast du dich eigentlich schon an Frau Maric gewandt, ich meine wegen eines Geschenks?«

»Nein, hab ich nicht. Ich lass mir etwas anderes einfallen. Außerdem glaube ich nicht, dass ich bei der Maric die gleiche Qualität bekomme wie bei Andreas. Sie ist etwas einfacher gestrickt, wenn du verstehst, was ich meine. Ganz nett anzusehen, aber sie ist keine Geschäftsfrau. Sie redet zu viel und bietet zu wenig. Bei ihr ist alles Durchschnitt. Die Ware, der Service …« Plötzlich hielt er inne, als würde er überlegen, dann schüttelte er den Kopf und schenkte sich nochmals ein.

»Ja, ja, ich verstehe schon«, sagte Ramona Wiesner und lehnte sich wieder zurück. »Helena hat nie mit Andreas mithalten können. Deshalb hat sie sich wohl auch selbstständig gemacht. Na ja, du kennst sie ja.«

»Allerdings kenne ich sie. Hübscher Kopf, aber nicht viel dahinter«, sagte er mit schwerer Zunge und fügte schmierig grinsend hinzu: »Und trotzdem hat sie was, du weißt schon, was ich meine, oder?«

»Denke schon«, entgegnete Ramona Wiesner und schlug die Beine übereinander. Sie sah ihren Schwager an, der immer noch vor sich hin grinste. Er bemerkte nicht ihren Blick und wie sie sich mit der Zunge über die Lippen fuhr. Allmählich wurde ihre anfängliche Ahnung zur Gewissheit, und irgendwann würde ihre Zeit kommen. Als Sophia wieder bei ihnen war, bot sie ihr an, erneut hier zu schlafen. Ramona nahm das Angebot gerne an. Zu Hause, sagte sie, falle ihr im Moment die Decke auf den Kopf.

Sie war nicht mehr müde, die Kopfschmerzen waren wie weggeblasen. Um elf hatte sie sich ins Bett gelegt und das Licht gelöscht. Sie hörte noch, wie Sophia und ihr Mann die Treppe hochkamen und Sophia ihn wütend anfuhr, er solle endlich aufhören, so viel zu trinken, es sei nicht gut für ihn, und er ruiniere damit eines Tages die ganze Familie. Dann schnappte die Schlafzimmertür ins Schloss. Ramona Wiesner wartete noch einen Moment, huschte nach draußen und ging auf die Toilette. Danach blieb sie einige Sekunden auf dem Flur stehen. Es war alles ruhig. In ihrem Zimmer stellte sie sich ans Fenster und schaute hinaus, die Straßenlaternen und der allmählich abnehmende Mond waren das einzige Licht.

Es war zwei Uhr nachts, im Haus herrschte vollkommene Stille, als sie leise aus dem Zimmer schlich. Sie legte vorsichtig ihr Ohr an die Schlafzimmertür und hörte nur das Schnarchen von Thomas Wiesner. Säufer!, dachte sie verächtlich. Auf Zehenspitzen begab sie sich zum Arbeitszimmer ihres Schwagers. Die Tür war nicht abgeschlossen. Es dauerte nicht einmal fünf Minuten, bis sie gefunden hatte, wonach sie suchte. Sie schüttelte nur den Kopf und ballte die Fäuste. Ein Plan begann in ihr zu reifen. Genauso geräuschlos, wie sie gekommen war, ging sie zurück in ihr Zimmer und legte sich wieder ins Bett. Sie hatte kaum die Augen geschlossen, als sie hörte, wie ihre Tür aufgemacht wurde. Sie murmelte etwas und drehte sich auf die Seite, den prüfenden Blick in ihrem Rücken spürend. Kurz darauf wurde die Tür ebenso leise wieder geschlossen.

Ramona Wiesner öffnete erneut die Augen. In ihr waren tausend Gedanken auf einmal, die sie nicht schlafen ließen. Das Herz pochte in wildem Stakkato in ihrer Brust. Sie wusste jetzt endgültig, dass sie auf der richtigen Spur war. Um sechs Uhr stand sie auf, ging ins Bad, wusch sich die Hände und das Gesicht und begab sich in die Küche. Sophia war schon angezogen und gerade dabei, das Frühstück zu bereiten.

»Ich wollte dich gleich wecken«, sagte sie. »Du musst sicher bald los wegen der Beerdigung. Aber vorher frühstücken wir noch.«

Donnerstag, 20.30 Uhr

Daniel Laskin war in seine kleine, aber exklusiv eingerichtete Wohnung in der Schubertstraße gefahren und saß seit zwei Stunden an seinem Notebook. Er war ein Computerspezialist und in der Lage, auch die kompliziertesten Codes zu knacken. Seit Jahren schon hackte er sich in die Computersysteme der größten Unternehmen, der Polizei und sogar des Militärs und der Geheimdienste ein, ohne dass man ihm jemals auf die Schliche gekommen war. Und seit zwei Stunden loggte er sich in die Computersysteme aller größeren Hotels und Fluglinien in Frankfurt ein und suchte nach bestimmten Namen, nach der Zeit ihres Eincheckens in einem Hotel und wann sie das Hotel wieder verlassen hatten. Er machte Sicherungskopien von den jeweiligen Tagen und schließlich einen Abgleich. Er fand einige Namen von Personen, die innerhalb weniger Tage mehrmals nach Frankfurt gekommen und in unterschiedlichen Hotels abgestiegen waren. Auch wenn ihm klar war, dass er damit kaum Erfolg haben würde, probierte er es. Es waren sieben Namen, vier Deutsche, ein Amerikaner, ein Spanier und ein Franzose. Doch mit keinem dieser Namen konnte er etwas anfangen.

Er begann mit dem Spanier. Javier Ramirez, gekommen mit Iberia aus Barcelona, eingecheckt im Marriott-Hotel am 17. Juni um acht

Uhr, ausgecheckt am 18. Juni um zehn Uhr. Wiedergekommen am 20. Juni um neunzehn Uhr, ausgecheckt am 21. um zweiundzwanzig Uhr.

Anschließend folgte der Amerikaner William H. Brenton aus Atlanta. Gekommen mit Delta Airlines am 16. Juni um sechzehn Uhr dreißig, eingecheckt im Frankfurter Hof um achtzehn Uhr. Abreise nach Paris am 18. Juni um neun Uhr, wiedergekommen am 20. Juni, elf Uhr, Abreise nach Wien am 22. Juni um zwölf Uhr.

Der Franzose Pierre Doux, gekommen mit Air France aus Nizza, eingecheckt im Marriott-Hotel am 16. Juni um achtzehn Uhr, ausgecheckt am 18. um zehn Uhr und Abreise nach Nizza. Rückkehr am 20. Juni um neun Uhr im Marriott-Hotel, ausgecheckt am 22. Juni wieder um zehn Uhr.

Er ging sämtliche Namen durch, doch keiner sagte ihm etwas. Offensichtlich handelte es sich um reiche Geschäftsleute oder Topmanager, da sie sämtlich Business-Class oder erster Klasse geflogen waren.

Daniel Laskin lehnte sich zurück und verschränkte die Hände hinter dem Kopf. Verrenne ich mich in eine absurde Idee, auf diese Weise ein Phantom zu suchen?, fragte er sich. Er grübelte eine Weile, und schließlich beschloss er, sich noch in den Zentralcomputer der Firma in Köln einzuloggen. Er wollte wissen, ob dort etwas über Andreas Wiesner und Helena Maric aufgeführt war. Die Namen Wiesner und Maric kamen ihm von irgendwoher bekannt vor, auch wenn er sie im Moment nicht einzuordnen vermochte. Aber er meinte, die Namen schon einmal gehört zu haben. Dennoch hatte er wenig Hoffnung, heute noch etwas zu finden. Er hatte zwei Zugangscodes zu dem Zentralcomputer, einen offiziellen, den außer ihm noch zwei andere Personen kannten, und einen inoffiziellen, den er sich selbst zugelegt hatte und von dem keiner etwas wusste. Er genoss das absolute Vertrauen seiner Vorgesetzten und somit alle damit verbundenen Privilegien. Er hatte sich in all den Jahren nie etwas zuschulden kommen lassen, weshalb man ihm mittlerweile auch sämtliche Freiheiten gewährte. Er surfte eine Viertelstunde durch alle Datenbänke, bis er auf etwas stieß. Es waren zwei sechsstellige Zahlencodes, jeweils ein Bindestrich und ein paar Buchstaben, die stellvertretend für die Stadt Frankfurt am Main standen. Er klickte auf den ersten der beiden Codes und drückte Enter. Eine lange Liste klappte vor ihm auf. Laskin las die ersten Einträge und druckte die Liste aus. Beim zweiten Code wieder eine lange Liste, die er ebenfalls sofort ausdruckte. Anschließend schaltete er das Notebook aus und zog den Stecker aus der Telefonbuchse. Er hatte schon fast die Hoffnung aufgegeben und geglaubt, heute sei nicht sein Tag, aber jetzt hatte er es schwarz auf weiß. Morgen würde er sich eine Strategie zurechtlegen.

Er löschte das Licht und ging zu seinem Wagen. Vielleicht würde er mit Natascha noch heute Abend reden. Aber dies würde zugleich bedeuten, dass er sie einweihen musste. Es war ein Risiko, doch wenn es überhaupt jemanden gab, von dem er glaubte, ihm seine Vergangenheit bedingungslos anvertrauen zu können, dann Natascha.

Es war fast zweiundzwanzig Uhr, als er bei ihr ankam. Sie lag im Bett und schaute ihn aus ihren rehbraunen Augen an. Sie trug lediglich ein hauchdünnes, durchsichtiges Nachthemd. Er legte sich zu ihr, ohne sich auszuziehen, und sagte mit tonloser Stimme, wobei er ihr sanft über das Gesicht streichelte: »Natascha, ich muss mit dir reden.«

Donnerstag, 23.00 Uhr

Die Wagen der Einsatzkommandos hatten vor den jeweiligen Häusern Stellung bezogen. Berger und Oberstaatsanwalt Küchler nahmen an der Razzia persönlich teil. Um Punkt dreiundzwanzig Uhr gab Hauptkommissar Müller vom K60 den Einsatzbefehl. Die in Schwarz gekleideten und mit Helmen und schusssicheren Westen geschützten Männer stürmten aus den Autos auf die Häuser zu, die Gewehre im Anschlag. Sie traten blitzschnell die Türen ein und durchkämmten jedes einzelne Zimmer. Überall brannte Licht, in Schubladen, Schränken und Papierkörben fand man gebrauchte Kondome, als wollte man die Polizei verhöhnen. Nach nicht einmal fünf Minuten kam die Meldung, dass sie niemanden angetroffen hätten und die Zimmer leer seien. Keine Zuhälter, keine Prostituierten, keine Minderjährigen, keine Freier. Offensichtlich, so Müller, wurden die Häuser und Wohnungen Hals über Kopf verlassen. Irgendwo schien es eine undichte Stelle im Präsidium zu geben, wobei Müller gegenüber Berger besonders den Namen Gebhardt erwähnte.

Um 23.15 Uhr war der Einsatz beendet. Müller ordnete die sofortige Rückkehr ins Präsidium an. Küchler sagte in einer anschließenden kurzen Besprechung, er werde alles daransetzen, dass der- oder diejenigen ausfindig gemacht würden, die mit kriminellen Subjekten, wie er es ausdrückte, unter einer Decke steckten. Berger erwiderte daraufhin, dass ein Beamter seit dem Abend im Untersuchungsgefängnis untergebracht sei. Küchler versprach, sich umgehend um diesen Mann zu kümmern. Noch vom Präsidium aus telefonierte er mit Generalstaatsanwalt Blumenthal, um zu besprechen, wie die weiteren Maßnahmen auszusehen hatten und inwieweit die Presse von den Vorfällen der vergangenen Tage in Kenntnis gesetzt werden sollte. Blumenthal sagte nur, er würde darüber schlafen und morgen früh Küchler und die Polizei über das weitere Procedere in Kenntnis setzen. Gerade als Küchler gehen wollte, kam die Meldung, dass Gebhardt sein Geständnis zurückgezogen hatte, da dies angeblich unter Todesandrohung erzwungen wurde. Küchler stellte daraufhin Berger zur Rede und kündigte an, dass dies mit ziemlicher Sicherheit Konsequenzen habe, sollte Gebhardt die Wahrheit sagen. Berger entgegnete ganz ruhig, er lege ihm morgen Beweise vor, die nicht daran zweifeln ließen, dass Gebhardt mit dem organisierten Verbrechen kooperiere. Nachdem Küchler gegangen war, blieben Berger und Müller noch einige Minuten im Präsidium und unterhielten sich bei einer Tasse Kaffee über den Fehlschlag.

Donnerstag, 23.55 Uhr

Julia Durant wurde vom Telefon geweckt. Es war Berger. Seine Stimme klang gelassen, aber längst nicht so gelassen wie sonst, als er sagte: »Entschuldigen Sie, wenn ich so spät noch störe, aber nur eine kurze Information. Erstens, die Bordelle waren alle leer. Kein Mensch war dort. Es sieht ganz so aus, als wären die Wohnungen innerhalb weniger Stunden geräumt worden. Aber damit habe ich ehrlich gesagt fast gerechnet. Küchler hat gleich danach mit Blumenthal telefoniert, und wir werden morgen erfahren, wie es nun weitergehen soll. Küchler will sich außerdem persönlich um Gebhardt kümmern. So, und jetzt etwas sehr Unerfreuliches: Gebhardt behauptet, sein Geständnis sei unter Gewaltanwendung erzwungen worden. Ein Arzt hat ihn untersucht und bestätigt, dass er Hämatome an Gebhardts Körper festgestellt hat. Außerdem behauptet Gebhardt, Andrejew nie persönlich kennen gelernt zu haben. Er behauptet sogar, dass er von namentlich nicht genannten Kollegen reingelegt wurde. Es könnte also sein, dass da noch eine Riesensache auf uns zukommt. Küchler ist jedenfalls ziemlich aufgebracht deswegen. Wir müssen ihm wohl oder übel morgen früh alle Beweise, die gegen Gebhardt sprechen, vorlegen.«

Julia Durant setzte sich aufrecht hin. Sie spürte ihr Herz bis in die Schläfen pochen. »Was sagen Sie da? Das kann doch nicht wahr sein! Riechen Sie nicht auch den furchtbaren Gestank?«

»Allerdings. Nur Küchler sieht das natürlich ganz anders. Er selbst will eine persönliche Stellungnahme sowohl von Ihnen, von Hellmer und Kullmer als auch von mir. Wenn wir Pech haben, gibt es ein Disziplinarverfahren. Und Sie wissen, was das bedeutet.«

»Kann Gebhardt beweisen, dass wir Gewalt angewendet haben?«, fragte Durant. »Es steht seine Aussage gegen die von uns. Es kann doch auch sein, dass andere ihn angefasst haben, wenn Sie verstehen, was ich meine. Wissen Hellmer und Kullmer schon Bescheid?«

»Das hat Zeit bis morgen. Aber es ist schon erstaunlich, wie manche Sachen gehandhabt werden.«

»Wir alle wissen, dass Gebhardt ein wandelndes Stück Scheiße ist. Und jetzt bin ich mir sogar sicher, dass er die Information rausgeschickt hat, dass zum einen eine groß angelegte Razzia anstand und zum andern Andrejew abhauen wollte. Aber er hat seinen Kopf noch längst nicht aus der Schlinge gezogen. Und zu einem Disziplinarverfahren wird es nicht kommen. Wo ist das Band, auf das er sein Geständnis gesprochen hat?«

»Das ist sicher verwahrt und wird Küchler morgen vorgespielt.«

»Gut, sehr gut. Denn nicht nur Andrejew hat Gebhardts Namen genannt, auch Natascha Olpitz hat das getan. Und die Adressen, die wir von ihm haben, stimmen zum Teil mit denen überein, die Andrejew Schulze gegeben hat. Der kommt da nicht mit heiler Haut raus. Wir haben zu viele Fakten in der Hand. Und einen Rüffel können wir uns höchstens einfangen, weil wir Gewalt angewendet haben. Was anderes kann man uns nicht vorwerfen.«

»Ich wollte Sie nur vorwarnen, Frau Durant. Nicht dass Sie morgen früh ins Büro kommen und einfach so überrascht werden.«

»Mich kann nichts mehr überraschen. Aber Gebhardt hat sich verrechnet, wenn er meint, mit so einem billigen Taschenspielertrick davonzukommen. Unsere Beweise reichen aus, ihn für den Rest seines Lebens hinter Gitter zu bringen. Morgen früh werden wir Küchler und Blumenthal unser Material vorlegen. Mal sehen, was die dazu meinen.«

»Ich bin auch gespannt. Wie gesagt, ich wollte Sie nur schonend drauf vorbereiten. Und jetzt schlafen Sie gut, wenn Sie noch können.«

»Ich kann.«

Sie legte auf und sah Kuhn an, der das Gespräch aufmerksam verfolgt hatte.

»Hör zu, Julia, ich weiß es und du weißt es auch, dass Andrejew Peter nicht angelogen hat. Weshalb wohl ist Andrejew getötet worden? Und warum die Maric? Und Wiesner und die Puschkin? Peter hat so exakt recherchiert, da ist ihm kein Fehler unterlaufen. Und ihr habt so viele Beweise in der Hand, dass die Mafia hinter alldem steht ...«

»Das weiß ich doch. Trotzdem ärgert es mich, dass ein Widerling wie Gebhardt jetzt so tut, als ob er das reinste Unschuldslamm wäre.« Sie stand auf, ging ins Bad, wusch sich, putzte sich die Zähne und legte sich ins Bett. In ihrem Kopf rotierte ein immer schneller werdendes Karussell. Sie schloss die Augen und wollte nur noch einschlafen. Erst mit Einbruch der Morgendämmerung fiel sie in einen oberflächlichen Schlaf.

Freitag, 8.00 Uhr

Als Julia Durant in ihren Corsa stieg, hatte sie ein mulmiges Gefühl in der Magengegend. Sie hatte kaum geschlafen, eine leichte Übelkeit rumorte in ihren Eingeweiden. Außer einer Banane hatte sie nichts gefrühstückt, nur eine Tasse Kaffee getrunken und eine Gauloise geraucht. Sie vermochte nichts gegen die Nervosität zu tun. Dominik Kuhn hatte sie noch getröstet und ihr gesagt, es werde alles sicher nur halb so schlimm, aber Kuhn kannte, so glaubte sie zumindest, weder Küchler noch Blumenthal, der, wie jeder bei der Polizei wusste, mit eisernem Besen kehrte und seinen Untergebenen gegenüber bisweilen eine Unnachgiebigkeit an den Tag legte, die erschreckend war. Dass er sich voll und ganz für die Bekämpfung des organisierten Verbrechens einsetzte, war allseits bekannt, hatte er doch schon zahlreiche Interviews für namhafte Magazine und Zeitungen gegeben, war etliche Male im Fernsehen aufgetreten und hatte dargelegt, welch ungeheure Macht seit der Öffnung der Grenzen von den osteuropäischen Mafiaorganisationen ausging. Jedoch waren die Erfolge der Polizei, gemessen an der Zielvorgabe Blumenthals, eher dürftig. Durant fürchtete deshalb weniger Küchler als Blumenthal, der nicht nur Generalstaatsanwalt war, sondern gleichzeitig eine führende Position im Zentralrat der Juden bekleidete und somit auch in der Öffentlichkeit eine exponierte Stellung innehatte.

Michael Blumenthal war gläubiger Jude, verheiratet und hatte vier Kinder. Er besuchte regelmäßig die Synagoge und forderte die Politiker immer wieder auf, den Rechtsradikalismus und Antisemitismus stärker als bisher zu bekämpfen. Allerdings ließ ihm seine Arbeit als Generalstaatsanwalt zu wenig Freiraum, sich stärker um die Belange der jüdischen Gemeinden in Deutschland zu kümmern. Er war das älteste von fünf Kindern, von denen zwei Brüder die Aktienmehrheit an einem globalen Elektronikkonzern und einem führenden Automobilhersteller hielten, während seine beiden Schwestern mit höchst einflussreichen estnisch-jüdischen Unternehmern verheiratet waren. Seine Eltern hatten den Holocaust nur knapp überlebt, und jedes Jahr fuhren sie zusammen mit ihren Kindern und Enkeln einmal zur Gedenkstätte nach Buchenwald, wo sie fast zwei Jahre im KZ zugebracht und sich auch kennen und lieben gelernt hatten, bevor sie von den Amerikanern befreit wurden.

Blumenthal war in Frankfurt geboren, wohin seine Eltern nach der Befreiung zurückkehrten, da hier ein Teil des Stammbaums der Familie war, der bis in das frühe 16. Jahrhundert zurückreichte, als sie von Lettland nach Frankfurt übergesiedelt waren. Doch irgendwann, zu irgendeiner Zeit, waren sie aus Israel gekommen, zumindest hatte der alte Blumenthal das seinen Kindern erzählt; und wenn er wolle, könne er seinen Stammbaum sogar bis zu König David zurückverfolgen. So lautete die Überlieferung der Ahnen und Urahnen.

Blumenthals Eltern lebten noch und erfreuten sich bester Gesundheit. Sie hatten es nach dem Krieg durch Immobiliengeschäfte zu einem beträchtlichen Vermögen gebracht, auch wenn ein Großteil dieser Immobilien sich in einer Gegend befand, über die manch alteingesessene Frankfurter die Nase rümpften, doch der Rotlichtbezirk warf jeden Tag so viel Geld ab, dass es nach wie vor eine lohnende Einnahmequelle war. Mittlerweile gehörten den Blumenthals nicht nur in Frankfurt ganze Häuserzeilen mit Wohnungen, Geschäften und Banken, sie hatten auch einen beträchtlichen Teil ihres Vermögens in gewinnbringende Unternehmen gesteckt und immer noch den richtigen Riecher, wo es sich lohnte zu investieren. Es gab Unternehmen, die kaum ein Mensch kannte, die aber durch Blumenthals Investitionen schon bald eine marktführende Stellung einnahmen. Das Gesamtvermögen der Familie ließ sich nicht einmal mehr genau beziffern, aber man munkelte, es würde in die hunderte von Millionen gehen, die Immobilien ausgenommen.

Julia Durant kannte Blumenthal, der zwei Gesichter hatte, eines, das er der Öffentlichkeit als Verfechter von Gleichheit und Gerechtigkeit präsentierte, wenn er lächelnd und gleichzeitig überzeugend auftrat und seinen Standpunkt zu bestimmten Themen darlegte, aber auch ein anderes, das nur wenige zu sehen bekamen, ein Gesicht, das einen Zyniker und wenig liberalen Mann zeigte, der keinerlei Kritik ertrug und am liebsten nach dem Gesetzbuch der Juden, der Thora, gelebt hätte, Auge um Auge, Zahn um Zahn. Glücklicherweise gab es in Deutschland eine andere Rechtsprechung, und so musste er sich oftmals in seinen Äußerungen zurückhalten. Mit Blumenthal auszukommen war nicht leicht, und Durant war gespannt auf das Aufeinandertreffen mit ihm.

Küchler hingegen, das war bekannt, war der Ziehsohn von Blumenthal, und der einzige Grund, den manche darin sahen, war die Tatsache, dass Küchler mit einer Jüdin verheiratet war. Es war eine seltsame Beziehung, die die beiden verband, fast vergleichbar mit einem Vater-Sohn-Verhältnis. Und weil Staatsanwältin Schneider-Glauka über dieses Verhältnis Bescheid wusste, hatte sie nichts gesagt, als Küchler ihr vorgezogen wurde, als es um die Beförderung zum Oberstaatsanwalt ging. Ein Kampf gegen Blumenthal wäre ein Kampf gegen Windmühlen gewesen.

Durant fuhr um fünf vor acht auf den Präsidiumshof, stellte ihren Wagen ab und stieg aus. Die Luft hatte sich seit der Nacht kaum erwärmt, man konnte wieder einigermaßen frei durchatmen. Sie stieg die Treppe hinauf. Auf dem Gang begegneten ihr einige bekannte

Gesichter. Berger und Hellmer waren bereits im Büro und unterhielten sich. Julia Durant hängte ihre Tasche über den Stuhl und stellte sich zu ihnen.

»Ich hab's eben schon erfahren«, sagte Hellmer kopfschüttelnd. »Scheißspiel, was? Und in einer halben Stunde kommen Küchler und Blumenthal.«

»Die können uns gar nichts, hörst du. Blumenthal ist doch immer derjenige, der die Korruption bei der Polizei anprangert. Und Gebhardt ist nicht nur korrupt, er hat unter Umständen sogar einige Morde mit zu verantworten. Er hat sie zwar nicht selbst begangen, aber allein die Tatsache, dass er bestimmten Leuten Informationen zukommen ließ wie etwa die, dass Andrejew abhauen wollte, ist für mich schon Beihilfe zum Mord ...«

»Moment, Moment«, wurde sie von Berger unterbrochen, »noch ist nicht bewiesen, dass Gebhardt Andrejew verraten hat. Das sollten Sie auch bedenken, wenn Sie gleich mit Küchler und Blumenthal sprechen. Nur Fakten auf den Tisch legen, keine Emotionen zeigen. Vor allem Blumenthal kann sehr heftig reagieren. Und ich kenne auch Sie und weiß, dass Sie Ihre Emotionen häufig nicht unter Kontrolle haben. Ich will Sie bloß warnen. Und ich meine es wahrlich nur gut mit Ihnen.«

Julia Durant schluckte und verzog den Mund. »Sie haben ja Recht. Aber wenn ich mir vorstelle, Gebhardt kommt durch irgendeinen miesen Trick wieder raus, dann platzt mir allein schon bei dem Gedanken der Kragen.«

»Gebhardt kommt nicht raus, das garantiere ich Ihnen. Ich bin seit sechs im Büro und habe noch mal alle Beweise, die gegen Gebhardt sprechen, durchgesehen.« Berger lächelte väterlich und schüttelte den Kopf. »Es müsste wirklich mit dem Teufel zugehen, wenn Gebhardt jemals wieder auf freien Fuß kommen sollte. Das Einzige, was ihm unter Umständen helfen kann, ist, wenn er die Namen all jener preisgibt, die eine Spitzenposition im organisierten Verbrechen einnehmen, und dadurch beiträgt, bestimmte Organisationsteile zu zerschlagen.«

»Eher würde der sich die Zunge abbeißen, als auch nur einen Namen zu nennen. Er hat uns gegenüber klar und deutlich zu verstehen gegeben, dass er ganz alleine gehandelt hat. Wer's glaubt!«

Kullmer kam herein. Er wirkte frisch und ausgeruht. »Morgen«, sagte er und schenkte sich gleich einen Kaffee ein. »Und, wie ist es letzte Nacht gelaufen?«

Keine Antwort, alle sahen ihn nur an.

»Oh, oh, mir schwant Übles. Sämtliche Vöglein ausgeflogen?«, fragte er vorsichtig und winkte gleich ab. »Na ja, wir wissen ja, wer dahinter steckt. Und es ist nur eine Frage der Zeit, bis er singt …

»Ihre gute Laune in allen Ehren, Herr Kullmer«, unterbrach ihn Berger ernst, »aber jetzt hören Sie mir bitte einen Augenblick zu. In ein paar Minuten kommen Küchler und Blumenthal. Es könnte Ärger geben wegen Gebhardt. Ich sage, es könnte. Aber wir sind gewappnet. Erstens, keiner von Ihnen hat Gebhardt geschlagen. Sie haben gedroht, aber keine Gewalt angewendet. Zweitens, wir haben deckungsgleiche Aussagen von Frau Olpitz, die ihn sofort identifizieren würde, sowie von Andrejew und das von Gebhardt eigenhändig unterschriebene Geständnis. Allein diese Fakten zählen und nichts anderes. Also, verplappern Sie sich nicht. Wir schaffen das.«

Die Beamten begaben sich an ihre Schreibtische. Julia Durant tippte die Nummer von Natascha Olpitz ein. Sie ließ es lange klingeln und wollte bereits auflegen, als sich Natascha mit verschlafener Stimme meldete.

»Ja, bitte?«

»Hier Durant. Tut mir Leid, wenn ich Sie geweckt habe, aber ich wollte eigentlich mit Herrn Laskin sprechen. Ist er da?«

»Hm, einen Moment bitte. Daniel, für dich.«

»Laskin.«

»Hier Durant. Herr Laskin, Sie haben gestern versucht mich zu erreichen. Ich würde mich gerne noch einmal mit Ihnen unterhalten. Wann würde es Ihnen denn passen?«

»Heute Mittag?«, fragte er. »Ich lade Sie zum Essen ein, und dann können wir in aller Ruhe reden.«

»Herr Laskin, das darf ich nicht …«

»Natürlich dürfen Sie das, Frau Kommissarin. Sagen wir um eins im Churrasco an der Hauptwache. Und bringen Sie doch bitte Fotos von Herrn Wiesner und dieser Frau Maric mit. Ich würde mir gerne einmal die Gesichter anschauen.«

»Ist Ihnen etwas eingefallen?«, fragte Durant.

»Ich muss Bilder sehen, um Menschen einem Ereignis oder einer Erinnerung zuordnen zu können. Das ist alles. Natascha hat mir gesagt, dass Sie ihr ein Foto von Wiesner gezeigt haben.«

»Das stimmt, und es tut mir Leid, wenn ich das am Dienstag vergessen habe. Ich bringe die Fotos nachher mit. Dann bis um eins im Churrasco.« Sie legte auf und lehnte sich zurück. Hellmer kam zu ihr und sagte: »Wie ist dein Gefühl?«

»Was meinst du?«

»Na ja, wenn die beiden gleich hier antanzen.«

Kaum hatte Hellmer es ausgesprochen, als die Tür aufging – Küchler und Blumenthal. Durant erhob sich, begab sich mit Hellmer in Bergers Büro und begrüßte die beiden Männer. Küchler war ein groß gewachsener, hagerer Mann, der trotz seiner erst siebenunddreißig Jahre bereits tiefe Falten auf der Stirn und um den Mund hatte. Sein rötlich blondes Haar war licht, die Haut fast unnatürlich weiß, als würde er die meiste Zeit seines Lebens in einem fensterlosen Keller hausen. Allgemein wurde hinter vorgehaltener Hand getuschelt, dass zu Hause seine Frau die Hosen anhabe, doch beweisen konnte und wollte das niemand. Blumenthal hingegen war knapp so groß wie Durant, leicht untersetzt, hatte noch immer volles dunkles Haar und buschige Augenbrauen, die seinem ohnehin harten, strengen Blick noch mehr Strenge verliehen. Er hatte schmale, wie ein Strich gezogene Lippen und sprach stets sehr langsam und betont.

»Frau Durant, Herr Hellmer«, sagte Küchler mit ungewohnter Freundlichkeit, »es freut mich, dass Sie alle hier sind. Fehlt nur noch Herr Kullmer.«

»Bin schon da«, rief er und kam aus seinem Büro.

»Am besten gehen wir ins Besprechungszimmer«, meinte Berger, »dort sind wir ungestört.«

Nachdem sich alle gesetzt hatten, begann Küchler: »Der Herr Generalstaatsanwalt und ich sind gekommen, um mit Ihnen über zwei Dinge zu sprechen. Aber das wissen Sie ja sicherlich längst. Zum einen geht es um die Mordserie an einigen prominenten und weniger prominenten Bürgern, zum andern um die Anschuldigungen gegen den Kollegen Gebhardt. Dr. Blumenthal würde gerne aus Ihrem Mund etwas zum Stand der Ermittlungen hören und was es mit Herrn Gebhardt auf sich hat. Frau Durant, Sie sind doch die leitende Ermittlerin, sagen Sie bitte etwas dazu«, forderte er sie mit süffisantem Lächeln auf.

»Zum Stand der Ermittlungen gibt es nur so viel zu sagen, dass wir im Augenblick keine Erfolge vorweisen können, aber das ist ja für Sie nichts Neues. Davon haben Sie sich gestern Abend selbst ein Bild machen können, Sie waren ja bei dem Einsatz dabei.«

Sie machte eine Pause und sah kurz zu Küchler und dann zu Blumenthal, dessen stechender Blick sie zu durchbohren schien. Mit einem Mal wurde sie innerlich völlig ruhig, das Hämmern in ihrem Brustkorb ließ nach, ihre Gedanken wurden klarer und freier. Sie dachte nur: Ihr Arschlöcher könnt mich mal kreuzweise, und wenn ihr die Hosen runterlasst, seht ihr wie Hampelmänner aus.

»Und nun zu Gebhardt. Ich weiß nicht genau, was er Ihnen gesagt hat …«

»Er hat uns beziehungsweise mir noch gar nichts gesagt, denn ich habe mit ihm noch nicht gesprochen«, wurde sie von Küchler unterbrochen.

»Umso besser. Dann werde ich Ihnen jetzt Fakten präsentieren, die Sie entweder akzeptieren oder ignorieren.

Fakt Nummer eins: Herr Hellmer und ich haben eine Aussage von einer Frau Olpitz, die mit Frau Puschkin in einer Wohnung gelebt hat, laut der Gebhardt sie persönlich unter Druck setzte, indem er von ihr forderte, ihn mit Informationen zu füttern. Gleichzeitig zahlte sie dreitausend Mark im Monat an ihn, was allein schon den

Tatbestand der Zuhälterei erfüllt. Er hat sie sexuell und körperlich missbraucht und misshandelt und ihr gedroht, dass es für ihn, sollte sie seinen Forderungen nicht nachkommen, ein Leichtes sei, sie hinter Gitter zu bringen …«

Küchler wollte sie schon wieder unterbrechen, doch Durant hob die Hand und fuhr ungerührt fort: »Lassen Sie mich bitte meine Ausführungen zu Ende bringen. Frau Puschkin und Frau Olpitz sind beide vor knapp sechs Jahren aus dem ehemaligen Ostpreußen nach Deutschland gekommen. Frau Olpitz hat uns gegenüber zugegeben, dass sie kurz nach ihrer Ankunft in Deutschland mit dem Gesetz in Konflikt geraten ist und Gebhardt sie daraufhin erpresst hat. Natürlich werden Sie jetzt entgegnen: Was ist die Aussage einer Prostituierten schon wert? Aber ich erkläre hiermit klipp und klar, vor mir sind alle Menschen gleich.« Bei dem letzten Satz sah sie Blumenthal direkt an, der ihrem Blick nur kurz standhielt und dann zu Boden schaute. »Frau Olpitz ist unserer Meinung nach eine absolut vertrauenswürdige Person, die auch keinen Grund hat, Herrn Gebhardt schlecht zu machen, es sei denn, es hat sich tatsächlich alles so abgespielt, wie ich Ihnen das eben geschildert habe. Sie hat über alle Zahlungen und Informationen, die sie Gebhardt gegeben hat, genauestens Buch geführt. Eine Kopie davon liegt in meinem Büro.«

Sie holte tief Luft, bevor sie fortfuhr: »Fakt Nummer zwei: Wir haben die Aussage von Dr. Andrejew, der, wenige Minuten bevor er und seine ganze Familie brutal ermordet wurden, einem mir bekannten Journalisten, der an einer Serie über das organisierte Verbrechen schreibt, erzählt hat, dass er sowohl telefonischen als auch persönlichen Kontakt zu einem Herrn Gebhardt von der Abteilung für Organisiertes Verbrechen hatte. Gebhardt habe ihm aber nicht helfen können, zum einen, weil die Abteilung momentan mit anderen Fällen überlastet sei, zum andern, weil angeblich Beweise fehlten. Gebhardt hat Andrejew am vergangenen Freitag in dessen Praxis aufgesucht und ihm dies mitgeteilt. Andrejew hat daraufhin Gebhardt zu verstehen gegeben, dass er, wenn die Polizei ihn nicht beschützen könne, am nächsten Donnerstag, also gestern, diese Gegend mit unbekanntem Ziel verlasse. Wie gesagt, kurz darauf wurde die gesamte Familie Andrejew ausgelöscht. Die einzigen beiden Personen, die von der geplanten Abreise wussten, waren Gebhardt und Herr Schulze, der gestern einen schweren Autounfall hatte, nachdem er mehrere Drohungen erhielt, in denen er aufgefordert wurde, die Serie zu stoppen. Ob er überlebt, können die Ärzte noch nicht sagen.

Fakt Nummer drei: Nachdem unsere Abteilung durch Frau Olpitz von Gebhardts Machenschaften in Kenntnis gesetzt wurde, haben Herr Hellmer und Herr Kullmer Gebhardt verhört. Dabei wurde Gebhardt körperlich nicht misshandelt, wie er angibt, er wurde lediglich verbal in einem angemessenen Rahmen attackiert. Wir haben ein vollständiges Geständnis von ihm sowohl auf Band als auch schriftlich. Es steht Ihnen frei, einen Schriftsachverständigen oder Grafologen zu Rate zu ziehen, um überprüfen zu lassen, ob Gebhardt das schriftliche Geständnis unter starkem emotionalen und psychischen Druck geschrieben hat. Er hat in diesem Geständnis, ohne dass Herr Hellmer oder Herr Kullmer irgendeinen Namen erwähnte, unter anderem Frau Natascha Olpitz genannt. Sie können auch hier sagen, dass es sich dabei um einen Zufall handelt, aber, meine Herren, das wäre naives Denken.

Und Fakt Nummer vier: Gebhardt hat in seinem Geständnis insgesamt elf Häuser und Wohnungen genannt, in denen illegale Bordelle betrieben wurden. Zum großen Teil mussten dort auch Minderjährige arbeiten. Was das heißt, brauche ich Ihnen ja wohl nicht näher zu erklären. Diese elf Häuser und Wohnungen sollten gestern Abend gestürmt werden, doch es war niemand mehr da. Die Frage ist, wer hat sie gewarnt? Dazu kommt, dass acht dieser elf Häuser und Wohnungen Dr. Andrejew gehörten, allerdings nur noch auf dem Papier, da die Tschetschenenmafia sie ihm quasi entrissen hat. Als Andrejew den Zahlungen an die Tschetschenen nicht mehr nachkommen wollte, hat man seine älteste Tochter entführt und sie mit einem abgeschnittenen Finger wieder zurückgeschickt. Dr. Andrejew hat Herrn Schulze am Mittwochabend sämtliche Papiere die

Häuser betreffend anvertraut, ebenso die Schlüssel, aber nicht nur das, er hat sie ihm auch überschrieben, damit Herr Schulze diese Häuser für ihn verkauft. Andrejew hat in Schulze seine letzte und einzige Chance gesehen, wenigstens einen Teil seines Geldes wiederzusehen, und wollte sich mit ihm in etwa einem Monat in Verbindung setzen.

Fakt Nummer fünf: Dies hat jetzt nicht direkt etwas mit Gebhardt zu tun. Dr. Andrejew hatte eine sehr gut gehende Praxis mit vorwiegend prominenten und wohlhabenden Patienten. Darunter befanden sich auch Andreas Wiesner, Irina Puschkin, die bereits erwähnte Natascha Olpitz und möglicherweise auch Helena Maric. Ergo muss es einen Zusammenhang zwischen den Morden geben. Zumindest haben sich alle Opfer gekannt. Andreas Wiesner und Helena Maric haben jahrelang zusammengearbeitet, bis Frau Maric sich im vergangenen Jahr selbstständig gemacht hat.

Fazit: Die einzige Person, die bereits vorgestern wusste, dass eine groß angelegte Razzia durchgeführt werden würde, war Gebhardt. Die einzige Person, die schon am vergangenen Freitag wusste, dass Andrejew das Land verlassen würde, war Gebhardt. Es ist alles dokumentiert und damit vor Gericht verwertbar. Alles Weitere, wie zum Beispiel mit Gebhardt verfahren wird, liegt nun in Ihren Händen. Das war's von meiner Seite. Ach ja, ob und inwieweit Gebhardt Wiesner und Maric kannte, entzieht sich bisher leider unserer Kenntnis.« Sie lehnte sich zurück, fühlte sich innerlich wie befreit.

»Bravo, Frau Durant, bravo«, sagte Küchler und nickte anerkennend. »Das war eine sehr professionelle Vorstellung, die Sie da abgeliefert haben. Ich habe ehrlich gesagt auch nichts anderes von Ihnen erwartet. Und sollte das alles so stimmen, werden wir selbstverständlich mit sämtlichen uns zur Verfügung stehenden Mitteln gegen Herrn Gebhardt vorgehen. Dr. Blumenthal?«

Blumenthal schlug die Beine übereinander und sagte: »Ich habe dem nichts hinzuzufügen. Wo ist dieser Gebhardt jetzt?«

»In der JVA Weiterstadt«, antwortete Durant.

»Und wie haben Sie sich das weitere Vorgehen vorgestellt? Ich meine, es sind innerhalb weniger Tage acht Personen ermordet worden. Ihre Vermutung ist, dass osteuropäische Mafiaorganisationen hinter diesen Morden stehen, richtig?«

»Ganz genau«, erwiderte Durant mit fester Stimme. »Und ich gehe sogar so weit zu behaupten, dass Gebhardt zumindest an den Morden an Andrejew und seiner Familie mitschuldig ist.«

»Wie sieht Ihre Zusammenarbeit mit dem OK aus?«

»Wir kooperieren, stimmen uns ab und versuchen einen Punkt zu finden, an dem wir ansetzen können. Die einzige Person, die uns dabei behilflich sein könnte, ist Gebhardt. Er behauptet zwar, allein gearbeitet zu haben, doch wer die Mafiastrukturen einigermaßen kennt, weiß, dass dies unmöglich ist, denn sie hätten ihn sonst schon längst kaltgestellt. Gebhardt muss Kontakt zu führenden Mitgliedern gehabt haben oder immer noch haben, und deren Namen gilt es herauszufinden.«

»Und was schlagen Sie vor?«, fragte Blumenthal weiter und schaute Durant auffordernd an.

»Auch wenn sich mir dabei der Magen umdreht, aber man könnte Gebhardt ein Angebot machen, dass er zum Beispiel als Kronzeuge auftritt und ins Zeugenschutzprogramm aufgenommen wird. Darin sehe ich im Augenblick die einzige Möglichkeit, an die Hintermänner ranzukommen.«

Blumenthal nickte, beugte sich zu Küchler und flüsterte ihm etwas ins Ohr.

»Ich werde mit Herrn Gebhardt sprechen und ihm ein Angebot unterbreiten«, sagte Küchler. »Wie dieses Angebot allerdings aussieht, werde ich mir noch überlegen. Bevor wir gehen, hätten wir gerne sämtliche Unterlagen, die Sie haben. Wir möchten uns in aller Ruhe selbst ein Bild machen. Sie haben auch keine Ahnung, wer für die Morde verantwortlich ist, ich meine, welche Personen die Auftragsmorde begangen haben könnten?«

»Nein«, antwortete Durant, »wir gehen jedoch davon aus, dass es sich um ein und dieselbe Person handelt.«

»Aber diese Frau Maric wurde nicht erschossen, sondern erdrosselt …«

»Auftragskiller gehen nicht immer nach demselben Schema vor. Wie aus dem Autopsiebericht ersichtlich, hatte Frau Maric kurz vor ihrem Tod ausgiebigen Geschlechtsverkehr. Sie ist während des Geschlechtsaktes umgebracht worden. Das heißt, sie hat ihren Mörder gekannt und ihm sogar blind vertraut. Sie haben zusammen gegessen, getrunken und miteinander geschlafen. Meine Vermutung geht dahin, dass der Killer sich immer noch in Frankfurt oder Umgebung aufhält. Möglicherweise getarnt als seriöser Geschäftsmann, denn ich kann mir nicht vorstellen, dass Frau Maric oder Herr Wiesner eine Verabredung mit einem schon von weitem erkennbaren Killer getroffen hätten. Bei dem Killer handelt es sich mit großer Wahrscheinlichkeit um einen angesehenen Mann, der eine hervorragende Ausbildung genossen hat, entweder beim Militär, bei der Polizei oder beim Geheimdienst. Er geht äußerst gezielt und kaltblütig vor, kennt keine Gefühle und kein Mitleid. Es gibt Studien über eine bestimmte Sorte von Auftragskillern, vornehmlich aus dem osteuropäischen Raum, wie zum Beispiel ehemalige Geheimdienstler, die eine Art Gehirnwäsche durchlaufen haben, wodurch sämtliche Emotionen ausgeschaltet wurden. Sie funktionieren quasi auf Knopfdruck. Und das ist eben das Gefährliche an diesen Leuten. Sie kennen keine Angst, verstehen es aber gleichzeitig, das Vertrauen anderer Menschen zu gewinnen. Sie sind Perfektionisten, häufig sehr gebildet, redegewandt und unterscheiden sich in nichts von Ihnen oder mir. Genau aus diesem Grund ist es so schwierig, ihrer habhaft zu werden. Und deshalb ist es so wichtig, mit Gebhardt zu sprechen und ihm Informationen zu entlocken, die er uns bisher vorenthalten hat.«

»Ich werde mit ihm sprechen, und dann sehen wir weiter«, sagte Küchler und erhob sich zusammen mit Blumenthal, der sich die ganze Zeit über Notizen gemacht hatte. »Wenn Sie uns jetzt bitte noch die Unterlagen geben könnten.«

»Wir haben extra Kopien für jeden von Ihnen gemacht.«

Sie begaben sich in Durants Büro, wo sie Blumenthal und Küchler je einen Aktensatz und eine Kopie des gesprochenen Geständnisses von Gebhardt überreichte.

»Vielen Dank. Ich muss gestehen, Sie haben bisher hervorragende Arbeit geleistet. Um Gebhardt wird sich ab jetzt die Staatsanwaltschaft kümmern. Sollten Sie neue Erkenntnisse haben, lassen Sie mich das bitte wissen. Ach, noch was, die Hämatome, die der Arzt bei Gebhardt diagnostiziert hat, woher die stammen könnten, ich meine, Sie haben keine Erklärung dafür?«, fragte Küchler mit einem vieldeutigen Lächeln, das selbst jetzt unterkühlt und überheblich wirkte.

»Nein«, antwortete die Kommissarin mit unschuldigem Augenaufschlag. »Jeder Mensch hat mal einen Bluterguss. Gebhardt scheint sich ja in gewissen Kreisen bewegt zu haben, und da kann es durchaus passieren, dass man mal in eine Schlägerei verwickelt wird. Das wissen Sie doch selbst.«

Küchler lächelte geheimnisvoll und sagte: »Ja, Sie haben sicher Recht. Einen schönen Tag noch. Und übrigens, unser Polizeisprecher Schenk wird heute Nachmittag um vier eine Pressekonferenz abhalten und dabei die Journalisten über die Ereignisse der vergangenen Tage aufklären. Allerdings wird er nur das sagen, was die Allgemeinheit auch etwas angeht. Und er wird lediglich den Fall Andrejew ansprechen. Details werden keine genannt. Dr. Blumenthal wird auf der Pressekonferenz ebenfalls anwesend sein.«

Küchler und Blumenthal entschwanden. Berger grinste Durant an. »Kompliment«, sagte er, »das war wirklich beeindruckend. Sie überraschen mich immer wieder aufs Neue. Wenn Sie so weitermachen, werden Sie den Fall sicher bald lösen.«

»Na, na, jetzt übertreiben Sie aber. Wir haben ja noch nicht einmal einen Ansatzpunkt. Den gilt es zuerst einmal zu finden. Mich wundert nur, dass unsere beiden Staatsanwälte so überhaupt keine Einwände gezeigt haben. Von Blumenthal hätte ich eigentlich mehr erwartet.«

»Sie sollten nicht immer so schlecht über die Menschen denken«, entgegnete Berger. »Und jetzt an die Arbeit. Was liegt bei Ihnen an?«

»Ich treffe mich um eins mit Herrn Laskin, dem Lebensgefährten von Frau Puschkin. Vorher werde ich noch einen kurzen Abstecher auf den Friedhof machen, wo heute Wiesner beigesetzt wird. Aber erst einmal werde ich genüsslich eine Zigarette rauchen. Meine Herren.«

»Danke, Julia«, sagte Hellmer und umarmte sie. »Deine rhetorischen Fähigkeiten möchte ich haben. Du warst so was von ruhig ...«

»Danke auch von mir«, erklärte Kullmer. »Sie waren großartig.«

»Herr Kullmer«, sagte Durant, »wir sind doch ein verschworenes Team, oder nicht?«

»Denke schon.«

»Gut, dann hören wir jetzt mit diesem blöden Sie auf. Ich heiße Julia.« Sie reichte ihm die Hand, Kullmer zögerte, errötete leicht und nahm sie. »Peter. Dann wollen wir mal.«

Julia Durant rauchte eine Gauloise und klopfte sich dabei in Gedanken immer wieder auf die Schulter. Sie fühlte sich gut. Saugut.

Freitag, 9.30 Uhr

Claudia Schulze war die ganze Nacht nicht von der Seite ihres Mannes gewichen. Sein Blutdruck war 120/80, er atmete ruhig und gleichmäßig. Seine Arme und Beine lagen in Gips, um den Hals hatte er ein festes Stützkorsett, um den Kopf dicke Bandagen. Nur die Augen, die Nase und der Mund waren frei. Durch einen Schlauch in der Nase wurde er künstlich ernährt, eine künstliche Beatmung war nicht nötig. Es war wenige Minuten nach neun an diesem Freitagmorgen, als Peter Schulze zum ersten Mal seit seinem Unfall die Augen aufmachte. Er wollte etwas sagen, doch seine Frau hielt ihn zurück. »Du darfst jetzt nicht sprechen, das haben die Ärzte angeordnet. Es wird alles wieder gut, Schatz. Ich bleibe bei dir. Warte, ich hole nur schnell einen Arzt.«

Sie stand auf, ging nach draußen und kehrte wenige Minuten später mit dem Arzt zurück. Er betrachtete Peter Schulze, leuchtete ihm in die Augen und nickte. »Es ist ein Wunder. Normale Augenreflexe. Herr Schulze, können Sie mich hören? Wenn ja, dann bewegen Sie den Zeigefinger.«

Peter Schulze bewegte den linken Zeigefinger auf und ab.

»Wunderbar. Was ist mit den Zehen, können Sie Ihre Zehen bewegen?« Der Arzt schüttelte beinahe ungläubig den Kopf. »Frau Schulze, Sie haben Ihren Mann wieder. Er wird zwar noch einige Wochen bei uns bleiben müssen und danach eine Reha machen, aber soweit ich das beurteilen kann, ist er über den Berg. Ich muss Ihnen ehrlich gestehen, dass ich gestern meine Zweifel hatte.«

»Ich weiß. Aber ich habe gespürt, dass alles wieder gut wird. Sie haben mir meinen Mann wiedergegeben.«

»Nein, Frau Schulze, Ihr Mann hat einen unglaublichen Überlebenswillen. Das ist etwas, was wir Ärzte nicht beeinflussen können. Es gibt Menschen, die haben Krebs und kämpfen mit aller Macht dagegen an und sind mit einem Mal gesund. Andere ergeben sich in ihr Schicksal und sterben. Oftmals liegt es wirklich in unserer Hand, ob wir leben oder sterben. Aber jetzt will ich Sie mit Ihrem Mann allein lassen. Sollte irgendwas sein, Sie brauchen nur zu klingeln.«

»Danke«, sagte Claudia Schulze mit Tränen der Freude in den Augen, beugte sich zu ihrem Mann und hauchte ihm einen leichten Kuss auf eine freie Stelle in seinem Gesicht. Seine Augen blitzten kurz auf und lächelten sie an.

Freitag, 9.15 Uhr

Natascha Olpitz war nach dem Telefonat noch eine Weile liegen geblieben und hatte über das nachgedacht, was Laskin ihr in der letzten Nacht alles erzählt hatte. Während er erzählte, hatte sie gemerkt, dass sie praktisch nichts von dem Leben wusste, das er führte. Sie hatte lange nur dagesessen und ihm zugehört, teils erstaunt, teils fassungslos, einmal wollte sie sogar aufspringen, sich etwas überziehen und einfach wegrennen. Doch irgendetwas hielt sie wie gefangen, vielleicht ihre Neugier, vielleicht auch nur die Art und Weise, wie er sprach. Irgendwann, es war weit nach Mitternacht und die ersten silbrigen Streifen zeigten sich am Horizont, hatte er sich zu ihr gesetzt und sie in den Arm genommen. Sie war wie gelähmt von den Worten, doch als er seine Arme um sie legte und sich an sie zog, fühlte sie eine unbeschreibliche Wärme in sich aufsteigen.

Erst war seine Erzählung emotionslos, fast kalt, schließlich aber brach es aus ihm heraus, seine Stimme wurde immer stockender, ein paarmal hatte er Mühe, die Tränen zu unterdrücken. Er hatte ihr von seinem Leben berichtet, von seiner Kindheit und Jugend in einer kleinen Stadt in der Nähe von Jerusalem, von den ständigen Kämpfen zwischen Israelis und Palästinensern, die er manchmal hautnah miterlebte, vom Tod seines älteren Bruders, der bei einem Einsatz im Sinai von einem Querschläger getötet worden war, von seiner Zeit beim Militär und wie er noch während seiner Militärzeit als junger Mann vom israelischen Geheimdienst Mossad rekrutiert und dort ausgebildet wurde. Er war ein mathematisches Genie, das hatten sie schnell erkannt, und er war mit seinen nicht einmal zwanzig Jahren noch unverbraucht und formbar gewesen und hatte einen Bruder im Palästinensergebiet verloren. Solche Leute benötigte der Geheimdienst. Intelligent, engagiert und voller Hass auf die Feinde Israels.

Er genoss eine exzellente Ausbildung und wurde schnell zu einem der besten Computerspezialisten. Mit kaum dreiundzwanzig bekam er bereits eine Führungsaufgabe übertragen. Und es war nur zwei Jahre später, als er den Mossad mit dessen Einverständnis verließ und ein verheißungsvolles Angebot einer internationalen Firma in Tel Aviv annahm, das ihm zum einen viel Geld einbringen und zum andern unabhängig machen sollte. Seine Fähigkeiten als Computerspezialist hatten sich herumgesprochen, und es war ein großes Unternehmen, das eben diese logistischen Fähigkeiten, über die Daniel Laskin verfügte, brauchte. Was Laskin aber nicht wusste, war, für welche Zwecke er tatsächlich eingespannt werden sollte. Er blieb ein halbes Jahr in Tel Aviv, bis die Firmenleitung ihn beauftragte, ein neues Computersystem des Unternehmens in der neu gegründeten Moskauer Filiale zu installieren und während der Startphase zu überwachen sowie die künftigen Mitarbeiter zu schulen.

Nach und nach aber hatte er herausbekommen, wofür sie ihn wirklich brauchten, doch da war es bereits zu spät. Er hatte schon zu viele Einblicke in bestimmte Geschäfte gewonnen, und ein Ausstieg hätte unweigerlich seinen Tod bedeutet. Er blieb nicht lange in Moskau, sondern wurde schon bald zum eigentlichen Sitz des Unternehmens nach Deutschland versetzt, wo er weiterhin für die Firma im Logistikbereich tätig war. Und Laskin spielte das grausame Spiel gezwungenermaßen mit. Er hatte noch beim Mossad einen Intensivsprachkurs belegt und perfekt Deutsch gelernt, und mittlerweile sprach er neben seiner Muttersprache Hebräisch auch noch Russisch, Deutsch, Englisch und Französisch und besaß zudem seit einem Jahr einen deutschen Pass. Er hatte im Laufe der Zeit Leute kennen gelernt, die zu den bedeutendsten Persönlichkeiten in Politik, Wirtschaft und Kultur zählten. Er hatte miterleben müssen, wie dieses nach außen so integre Unternehmen in seinem Kern durch und durch kriminell war. Schmutzige Gelder wurden gewaschen, Drogen in großem Stil von Russland aus in alle westeuropäischen Länder transportiert und verteilt, Menschen wurden wie Vieh gehandelt, Geschäftsleute in den Ruin getrieben. Er wusste von einigen Auftragskillern, die jedoch nur unter Decknamen ihre teuflische Arbeit verrichteten, und ein paar besonders gute unter ihnen besaßen gleich zehn oder zwanzig verschiedene Pässe. Doch keine von diesen Killermaschinen hatte er je zu Gesicht bekommen, und er hatte auch keine Ahnung, wo auch nur einer von ihnen wohnte. Daniel Laskin war machtlos gegen diese Übermacht aus Geld und Überwachung. Immer wieder schmiedete er Schlachtpläne, wie er diesem Moloch entfliehen konnte, doch gleichzeitig wusste er, dass sie ihn finden würden, ganz egal, wo auf der Welt er sich verstecken würde.

Und alles das erzählte er in dieser Nacht Natascha. Und er sagte ihr auch, dass Irina nie etwas davon mitbekommen habe, zum einen, weil sie dann in Gefahr gewesen wäre, zum andern, weil er auch Nataschas Leben nicht aufs Spiel setzen wollte.

Schließlich lernte er vor gut fünf Jahren Irina und Natascha kennen, und Irina war es, die ihn unbedingt haben wollte, obgleich er sich in Natascha verliebt hatte. Aber zu diesem Zeitpunkt gab es einen anderen Mann in Nataschas Leben, der sie umwarb, Natascha aber hatte diesem Werben nie nachgegeben. Um stets in Nataschas Nähe zu sein, und weil er sich immer noch Hoffnungen machte, hatte er jahrelang Irina vorgegaukelt, sie ebenfalls zu lieben, obgleich er nur Augen für Natascha hatte.

Nachdem er geendet hatte, nahm Natascha ihn in den Arm und weinte mit ihm. Er verfluchte sein Leben, seine Ausbildung, den Mossad und die Firma, wie er sie nannte, vor allem aber die Bestien, die das Sagen hatten – honorige Geschäftsleute und ebenso honorige Politiker, wie er zynisch betonte, menschenverachtend, korrupt und geldgeil. Nicht nur einmal hatte er sich in den vergangenen Jahren gewünscht, irgendein armer Bauer in Israel zu sein und niemals etwas von alldem mitbekommen zu haben. Er erzählte Natascha von seinen Träumen als junger Mann, wie er sich seine Zukunft vorgestellt hatte, doch keiner dieser Träume war in Erfüllung gegangen. Und das Rad der Zeit ließ sich nicht zurückdrehen, es drehte sich nur immer weiter vorwärts.

Natascha meinte, er solle sich an die Polizei wenden, woraufhin Laskin nur höhnisch auflachte und sagte, sie solle ihm einen Polizisten nennen, der ihm wirklich helfen würde. Er kenne jedenfalls keinen. Daraufhin nannte Natascha den Namen Julia Durant. Sie habe von Anfang an gespürt, dass diese Frau nicht korrupt sei, dass sie schweigen könne und ihm mit Sicherheit helfe.

Es dauerte fast zwei Stunden, bis sie ihn überzeugt hatte, sich der Kommissarin anzuvertrauen. Und wenn er wolle, gehe Natascha mit ihm. Schließlich waren sie gegen Morgen eingeschlafen, doch schon zwei Stunden später klingelte das Telefon, und Julia Durant war dran. Natascha sah dies als ein Zeichen, und zum ersten Mal seit langem meinte sie, in Daniel Laskins Augen einen Schimmer der Hoffnung zu sehen.

Sie frühstückten gemeinsam und unterhielten sich über Belanglosigkeiten, bis Natascha fragte: »Daniel, hast du eigentlich jemals in deinem Leben einen echten Freund gehabt?«

Laskin zögerte mit der Antwort, dann sagte er: »Als Kind hatte ich einen Freund. Das Problem war, er war Palästinenser, aber mir hat das nichts ausgemacht. Ich war kaum zehn, als er mit seinen Eltern weggezogen ist. Danach war ich eigentlich mehr ein Einzelgänger. Einige Jahre später hatte ich einen Freund, mit dem ich durch dick und dünn gegangen bin. Du hast ihn sogar mal kennen gelernt, Rachmiel. Erinnerst du dich noch an ihn?«

Natascha nickte. »Ja, aber das ist schon lange her. Habt ihr noch Kontakt?«

»Nein, wir haben uns aus den Augen verloren. Wir sind zusammen zum Militär gegangen, danach haben wir uns eine Weile nicht gesehen, als ich beim Mossad war, aber dann haben wir uns zufällig in Frankfurt wiedergetroffen. Ich weiß noch, wie scharf er auf Irina war, doch sie wollte nichts von ihm wissen«, sagte Laskin lachend. »Die Abfuhr hat ihn wohl sehr getroffen. Ich weiß nicht einmal, was er heute macht und wo er wohnt. Ich habe jedenfalls seitdem nichts mehr von ihm gehört. Wahrscheinlich ist er nach Israel zurückgegangen.«

»Und sonst gibt es niemanden in deinem Leben, dem du vertraust?«

»Doch, es gibt jemanden. Ich vertraue dir. Sonst hätte ich dir das alles nicht erzählt.«

»Und hättest du jemals mit Irina darüber gesprochen? Ich meine, angenommen, ich wäre deine Frau gewesen und jetzt tot und Irina deine beste Freundin, hättest du ihr das alles so erzählt, wie du es mir erzählt hast?«

Laskin schüttelte den Kopf. »Nein, ich glaube nicht. Irina war anders als du. Sie war viel zu emotional, sie hätte nie begriffen, wie ich so etwas tun konnte. Und sie hätte nie verstanden, dass ich nicht ausgestiegen bin. Für sie gab es immer nur schwarz und weiß. Dazwischen existierte nichts. Auch aus diesem Grund habe ich nie ein Wort darüber verloren.«

»Und du denkst, ich bin anders?«

»Ich denke es nicht nur, ich weiß es. Es klingt makaber, aber jetzt, da Irina tot ist, kann ich zum ersten Mal offen mit jemandem darüber reden.«

»Aber du hast Angst, stimmt's?«

»Natürlich habe ich Angst. Wer gesehen hat, was ich gesehen habe, muss Angst haben. Hier sind Mächte am Werk, gegen die wir keine Chance haben. Selbst die besten und engagiertesten Polizisten sind machtlos. Es gab vor einigen Jahren in Italien einen Richter, Giovanni Falcone, der sein Leben dem Kampf gegen die Mafia verschrieben hatte. Tausende und Abertausende von Menschen standen hinter ihm, denn sie wollten, dass dem unsäglichen Treiben der Mafia endlich ein Ende bereitet wurde. Doch ganz gleich, wie viele Menschen hinter einem stehen und für das Gute eintreten, es wird unter diesen auch immer welche geben, die Verräter sind. Das Ende war abzusehen, der Richter wurde von einer Bombe in die Luft gejagt, zusammen mit seiner Frau und ein paar Polizisten.« Er hielt inne und seufzte. »Es gibt schon längst kein Mittel mehr gegen diese Gewalt, weil eben diese Gewalt alles beherrscht. Und deshalb habe ich Angst. Ich habe aber weniger Angst um mein Leben als um deins. Das musst du mir glauben.« Laskin beugte sich nach vorn und griff nach Nataschas Hand. Er sah sie an und fuhr fort: »Natascha, es tut mir in der Seele weh zu wissen, dass Irina tot ist, das schwöre ich. Aber all die Jahre hinweg habe ich nur eine Frau geliebt, und das warst du. Und sollte ich das alles nicht überleben, dann sterbe ich wenigstens mit der Gewissheit, es dir gesagt zu haben.«

»Seltsam«, erwiderte Natascha, »irgendwie habe ich immer gespürt, dass du für mich mehr empfindest als nur Freundschaft. Doch erst jetzt fallen mir einige Dinge ein, die ich aber gar nicht so bewusst registriert habe. Da wart ihr beide, du und Irina, und da war ich. Und das Letzte, was ich getan hätte, wäre, in eure Beziehung einzubrechen. Aber du hättest es ruhig sagen können …«

»Nein, das hätte Irina nicht verkraftet. Ich weiß, wie sehr sie mich geliebt hat, und wenn ich die Gelegenheit hätte, mich bei ihr zu entschuldigen, glaube mir, ich würde es sofort tun. Jetzt ist es zu spät. Ich hoffe, sie verzeiht mir trotzdem.«

»Da bin ich ganz sicher«, sagte Natascha lächelnd. »Und nun stehen wir das gemeinsam durch. Ich werde dir jedenfalls helfen, wo ich nur kann. Und wenn du nachher mit Frau Durant redest, dann sei einfach offen und ehrlich zu ihr. Versprichst du es mir?«

Laskin schüttelte den Kopf. »Nein. So einfach geht das nicht. Ich muss erst herausfinden, wo sie wirklich steht. Ich will die Fotos von Wiesner und Maric sehen, und ich werde ihr nochmals meine Hilfe anbieten. Ich weiß, dass ich den Namen Maric in irgendeinem Zusammenhang schon einmal gehört habe, aber ich kann mich einfach nicht mehr erinnern, in welchem. Wenn ich das Foto sehe, vielleicht kommt dann die Erinnerung wieder. Und was diese Kommissarin betrifft, da verlasse ich mich ganz und gar auf meine Intuition, die mir sagen wird, inwieweit ich ihr vertrauen kann.«

»Tu das«, erwiderte Natascha und sah ihm tief in die Augen, als würde sie eine Antwort auf eine unausgesprochene Frage suchen. »Das Leben schlägt manchmal die seltsamsten Kapriolen. Ich dachte, wenn du von Irinas Tod erfährst, dann würdest du völlig zusammenbrechen.«

»Ich bin zusammengebrochen, denn Irina hat mir sehr viel gegeben und auf eine gewisse Weise auch viel bedeutet. Und doch war es nicht wirklich das, was ich wollte. Ich weiß, dass ich das nur von dir bekommen kann.«

»Und was ist es?«, fragte Natascha und neigte den Kopf ein wenig zur Seite.

»Das kann ich mit Worten nicht ausdrücken. Vielleicht nur so viel – ich fühle mich einfach wohl in deiner Nähe. Ich habe mich niemals zuvor einem Menschen so verbunden gefühlt wie dir. Reicht dir das als Antwort?«

»Wir sprechen ein andermal darüber. Komm, wir räumen den Tisch ab und gehen noch ein bisschen im Holzhausenpark spazieren. Die frische Luft wird uns gut tun.«

Sie blieben bis um zwölf im Park, setzten sich eine Weile auf eine Bank, standen vor dem Weiher am Holzhausenschlößchen und gingen Hand in Hand nach Hause. Daniel Laskin wusch sich die Hände und das Gesicht und kämmte sich das dichte Haar. Dann nahm er Natascha in den Arm. »Wünsch mir Glück, ich werde es brauchen.«

»Viel Glück«, sagte Natascha und schmiegte sich an ihn. »Viel, viel Glück. Auf dass dieser Albtraum bald ein Ende hat.«

Um kurz nach halb eins verließ Daniel Laskin die Wohnung. Natascha sah ihm vom Fenster aus hinterher, wie er zu seinem Auto ging, einstieg, ihr noch einmal zuwinkte und losfuhr. Sie blieb noch am Fenster stehen, rauchte eine Zigarette und dachte über die letzten Stunden nach.

Freitag, 10.00 Uhr

Der Bericht der Rechtsmedizin traf ein, als Julia Durant gerade zur Toilette wollte. Sie überflog ihn nur, da sie ja in etwa wusste, was drinstand. Todeszeitpunkt von Igor Andrejew: Mittwoch, 21. Juni 2000, zirka 19.00 Uhr. Zwei Schusswunden, eine im Kopf und eine in der linken Brust. Schließlich das Obduktionsergebnis der andern Mitglieder der Familie Andrejew. Außer den Schusswunden weder bei Andrejew noch bei seiner Frau oder den Kindern irgendwelche weiteren Anzeichen von Gewaltanwendung. Den Rest las sie nicht mehr.

Sie legte den Bericht auf den Tisch, ging zur Toilette, wusch sich die Hände und das Gesicht und zog anschließend die Lippen etwas nach. Wieder in ihrem Büro, schenkte sie sich eine Tasse Kaffee ein und setzte sich hinter ihren Schreibtisch. Ein Blick auf die Uhr, halb elf. Sie hatte noch eine Stunde Zeit, bis sie sich auf den Weg zum Sossenheimer Friedhof machen musste. Sie wollte sehen, wer alles zur Beisetzung von Andreas Wiesner kommen würde und ob sie bekannte oder unbekannte Gesichter antraf. Sie hatte ihren Kaffee getrunken und noch einmal sämtliche Akten durchgeblättert, als das Telefon bei Berger läutete. Er hob ab, meldete sich, sprach etwa zwei Minuten mit gedämpfter Stimme mit dem Anrufer und legte wieder auf. Anschließend kam er in Durants Büro und sah sie mit diesem seltsamen Blick an, der nichts Gutes verhieß.

»Das war eben Küchler. Halten Sie sich fest, Gebhardt ist tot.«

»Bitte was?«, entfuhr es Julia Durant. Sie stand auf und ging zum Fenster. Ihre Stimme klang kehlig, als sie fragte: »Wie?«

»Er wurde erstochen in der Dusche gefunden.«

»Erstochen in der Dusche?«, wiederholte sie wie gelähmt.

»Tja, da steckt wohl eine gewaltige Sauerei dahinter.«

»Und weiß man schon, wer …«

»Nein.«

Die Kommissarin ließ den gestrigen Abend, als sie Gebhardt verhaftet hatten, noch einmal vor ihrem geistigen Auge Revue passieren. Auf einmal drehte sie sich abrupt um und sagte mit unüberhörbarer Ironie: »Wie war das gestern Abend gleich noch mal? Gebhardt sagte zu seiner Frau, als er sich verabschiedete, er sei bald wieder zu Hause. Frank, Peter, könnt ihr mal bitte kommen!« Als sie in ihrem Büro standen, fragte Julia Durant: »Erinnert ihr euch noch an die letzten Worte von Gebhardt, als wir ihn abführten?«

Beide überlegten, und Kullmer antwortete: »Er hat gegrinst und gemeint, er sei bald wieder da.«

»Genau. Und was sagt uns das?«

»Um was geht's denn überhaupt?«

»Gebhardt wurde tot in seiner Zelle aufgefunden. Küchler wollte ihm gerade einen Besuch abstatten. Und jetzt ratet mal, wie er zu Tode gekommen ist?«

»Keine Ahnung, aber du wirst es uns bestimmt gleich verraten«, meinte Hellmer nur.

»Er wurde heute Morgen erstochen. In der Dusche.« Sie strich sich eine Haarsträhne aus dem Gesicht und sah in die Runde. »Da will jemand partout nicht, dass wir den Fall lösen. Aber wer?«

»Küchler?«, fragte Hellmer.

»Herr Hellmer!«, fuhr Berger ihn an. »Ich rate Ihnen dringend, etwas vorsichtiger in Ihren Äußerungen zu sein.«

»Okay, dann eben Blumenthal«, entgegnete Hellmer trocken und grinste dabei.

»Ihnen ist auch nicht zu helfen«, sagte Berger kopfschüttelnd.

»Chef«, sagte Durant, »wie heißt es doch so schön in einem Werbespot – nichts ist unmöglich. Ich weiß nur, dass irgendwer furchtbare Angst davor gehabt haben muss, dass Gebhardt singt. Und dieser Jemand ist nicht irgendein kleiner Dealer oder ein anderes kleines Licht in der Szene. Gebhardt wurde umgebracht, weil er eine Gefahr darstellte. Solange er kooperierte, war er kein Risiko. In dem Augenblick aber, wo er im Gefängnis war, wussten die Hintermänner sofort, dass er dem Druck einer harten Vernehmung niemals würde standhalten können. Ergo musste man ihn beseitigen, obgleich sich Gebhardt seiner Sache absolut sicher war. Er war sicher, bald wieder freizukommen, weil er auf Hilfe von oben baute. Was hat Küchler denn noch so gesagt?«

»Gar nichts weiter. Er wollte mit Gebhardt sprechen, aber da war er schon tot. Mehr Infos habe ich nicht.«

Hellmer zündete sich eine Marlboro an und lehnte sich an die Wand, die Beine über Kreuz. »Gebhardt wäre im Moment unsere einzige Chance gewesen. Wer wusste alles, dass er in Weiterstadt einsitzt? Küchler, Blumenthal, Müller, sicher auch einige Kollegen vom OK, seine Frau …«

»Und wir«, fügte Durant hinzu.

»Was soll das denn heißen?«, fragte Kullmer gereizt.

»Ich will damit nur sagen, dass sehr viele Leute davon wussten. Zu viele eigentlich. Gehen wir mal davon aus, dass Müller es gestern Abend noch oder heute Morgen einigen Kollegen mitgeteilt hat. Wie schnell macht so was die Runde?«

Schweigen.

»Seht ihr, das ist genau das Problem. Es wird immer Sicherheitslücken geben. Ich möchte wetten, dass inzwischen ein paar dutzend Personen von Gebhardts Inhaftierung wissen. Die Frage ist, wer ist der Maulwurf? Und wer hat Gebhardt umgebracht?«

»Das können Häftlinge gewesen sein«, sagte Kullmer nachdenklich.

»Möglich. Er stand zwar unter ständiger Beobachtung, aber das will nicht viel heißen. Gerade unter dem Gefängnispersonal gibt es eine ganze Menge Beamte, die sich nur zu gerne schmieren lassen und dafür auch mal ein Auge zudrücken oder einfach wegschauen. Wer würde euch noch einfallen?«

»Aufseher?«, fragte Hellmer zweifelnd.

»Auch die kommen in Frage«, erwiderte Durant.

»Und wie kriegen wir raus, wer ihn umgebracht hat?«

»Ich fürchte, überhaupt nicht. Wenn unter den Aufsehern tatsächlich welche sind, die zu einem Mord fähig sind, sofern die Bezahlung stimmt, wird das ein Kampf gegen Windmühlen. Hält irgendeiner meine Theorie für ausgeschlossen?«

»Frau Durant, Ihre Denkspiele in allen Ehren, aber finden Sie nicht, dass Sie ein wenig übers Ziel hinausschießen?« Berger hatte sich ebenfalls eine Zigarette angezündet und setzte sich auf den Stuhl vor Durants Schreibtisch.

»Ich will nur alle Möglichkeiten durchgehen. Ich weiß, dass wir vom K11 nie die volle Wahrheit erfahren werden, dazu sind bestimmte Leute einfach viel zu clever. Aber ich will es diesen Leuten trotzdem so schwer machen, wie ich kann. Außerdem sehe ich noch eine andere Möglichkeit – Gangster mit gefälschten Ausweisen. Sie gehen ins Gefängnis, zeigen ihre Ausweise vor und sagen, sie möchten mit Gebhardt sprechen. Wir wissen, dass so was machbar ist.«

»Nein, nicht in Weiterstadt«, widersprach Kullmer entschieden. »Du weißt doch selbst, wie scharf dort die Sicherheitskontrollen sind. Du kommst nicht mal mit einem normalen Kugelschreiber durch die Schleuse, ohne dass es piept. Nee, ausgeschlossen. Es muss jemand von drinnen gewesen sein. Vielleicht hat ein Wärter von außen den Befehl bekommen, hat dann aber einen Häftling beauftragt, Gebhardt kaltzumachen. Oder der Wärter hat es selbst in die Hand genommen. Es gibt nur diese beiden Möglichkeiten. Entweder ein Wärter oder ein Häftling. Doch wer es war …«

»Was ist mit seiner Wohnung?«, fragte Hellmer. »Es könnte doch immerhin sein, dass er dort gewisse Unterlagen gebunkert hat, die uns weiterhelfen.«

Julia Durant lachte kurz auf und sagte: »Du glaubst doch wohl nicht im Ernst, dass ausgerechnet wir einen Durchsuchungsbefehl für Gebhardts Wohnung bekommen? Bevor wir dort auftauchen, war schon längst jemand anders da und hat alles mitgehen lassen. Es ist doch ein Einfaches, seine Familie aus der Wohnung zu locken, um dann in aller Ruhe alles auf den Kopf zu stellen. Das sollten wir vergessen. Oder wir kriegen einen Durchsuchungsbefehl, aber erst morgen oder am Montag, nachdem die Herren Staatsanwälte und Richter darüber beraten haben, wer denn nun für die Todessache Gebhardt zuständig ist. Nein, wir müssen uns etwas anderes einfallen lassen. Aber trotzdem müssen wir einen Versuch machen. Peter und Frank, ihr fahrt mal nach Weiterstadt und fragt am Eingang, ob außer Küchler noch jemand zu Gebhardt wollte. Mal sehen, ob ihr eine vernünftige Antwort kriegt.« Sie hielt kurz inne, schürzte die Lippen und fuhr dann fort: »Ansonsten könnt ihr alle ja auch mal ein bisschen mit überlegen. Ich fahre jetzt jedenfalls zu Wiesners Beerdigung. Anschließend treffe ich mich mit Laskin. Auf jeden Fall habe ich jetzt schon wieder die Schnauze gestrichen voll. Meine Herren, bis dann.«

Sie nahm ihre Tasche und verließ wortlos das Büro. Auf dem Gang zündete sie sich eine Gauloise an. Sie kochte innerlich vor ohnmächtigem Zorn und hätte gleichzeitig heulen können. Von unterwegs rief sie kurz bei Kuhn in der Redaktion an. Er saß an seinem Schreibtisch und sagte kaum hörbar, dass er sich die Datei, die Schulze für die Serie angelegt hatte, auf Diskette heruntergeladen habe und sie nachher zusammen mit einem Notebook mit nach

Hause bringe. Außerdem sagte er, dass die Serie erst mal auf Eis gelegt worden sei. Durant erzählte ihm noch nichts von Gebhardts mysteriösem Tod.

Freitag, 12.00 Uhr

Um zehn vor zwölf kam sie am Friedhof an. Sie stieg aus, der Himmel hatte sich zugezogen, aber es sah nicht so aus, als würde es bald anfangen zu regnen. Ramona Wiesner trug ein schwarzes Kostüm und unterhielt sich gerade mit ihrer Schwägerin, als sie die Kommissarin erblickte. Sie kam auf sie zu, sie begrüßten sich.

»Die Trauerfeier findet im engsten Familienkreis statt«, berichtete Ramona Wiesner. »Ich wollte das so. Sie können natürlich gerne bleiben.«

»Es ist eine dumme Frage, aber trotzdem, wie geht es Ihnen denn?«

»Das weiß ich erst, wenn alles vorüber ist. Lassen Sie uns doch nächste Woche mal einen Kaffee zusammen trinken.«

Thomas Wiesner stellte sich zu ihnen und sagte mit hochgezogener Stirn und arroganter Stimme: »Guten Tag, Frau Durant. Was macht denn die Polizei hier? Ist es dienstlich oder privat?«

»Ich war gerade in der Nähe und wusste, dass die Beisetzung Ihres Bruders jetzt ist. Da dachte ich, ich könnte …«

»Es ist aber ausdrücklich gesagt worden, dass die Feier nur im engsten Familienkreis stattfindet.«

»Thomas, bitte«, wurde er von Ramona Wiesner unterbrochen, »Kommissarin Durant wurde von mir persönlich eingeladen. Kommen Sie, gehen wir rein, umso schneller habe ich es hinter mir.«

»Gleich, ich würde Ihren Schwager gern noch kurz was fragen. Herr Wiesner?«

»Muss das ausgerechnet jetzt sein?«, sagte er sichtlich ungehalten.

»Ich wollte nur wissen, wann wir noch mal miteinander reden können. Würde es Ihnen vielleicht morgen im Laufe des Vormittags passen?«

»Meinetwegen. Aber rufen Sie vorher an. Wenn Sie mich jetzt bitte entschuldigen wollen.«

Julia Durant nahm auf der letzten Bank Platz. Der helle Sarg war über und über mit Blumen geschmückt, sie zählte mehr als dreißig Kränze und Gestecke. Außer Ramona Wiesner, ihrem Schwager und dessen Frau kannte sie keinen der Anwesenden. Es waren noch ein paar ältere Personen da, von denen Durant vermutete, dass es sich um die Schwiegereltern und vielleicht noch ein paar andere Verwandte von Andreas Wiesner handelte. Einer der Männer stand mit regungsloser Miene vor dem Sarg, drehte sich dann um und setzte sich in die erste Reihe. Zu Beginn wurde ein Teil aus der Pathétique von Tschaikowsky gespielt, anschließend trat der Pastor ans Pult und hielt eine kurze Rede. Danach erklang ein weiteres Stück aus der Sinfonie, und der Sarg wurde aus der Kapelle über den Weg zum Familiengrab gefahren. Julia Durant war erstaunt über die stolze Haltung, die Ramona Wiesner bewahrte. Die Kommissarin fand, sie war eine bewundernswerte Frau. Noch bevor alles zu Ende war, verabschiedete sie sich mit einer Geste von Ramona Wiesner und begab sich zu ihrem Auto. Sie wollte Laskin nicht warten lassen.

Freitag, 13.00 Uhr

Laskin hatte bereits einen Tisch in der Ecke ausgesucht, wo sie sich einigermaßen ungestört unterhalten konnten, und saß vor einem Glas Wasser. Er stand auf, als Julia Durant hereinkam, und reichte ihr die Hand. Das Steakhouse war wie immer um diese Zeit gut besucht. Die Kommissarin nahm Laskin gegenüber Platz.

»Was möchten Sie trinken?«, fragte er und sah Durant aus seinen dunklen Augen an. Er trug eine helle Sommerhose und ein weißes, kurzärmliges Hemd und machte einen durchtrainierten, muskulösen Eindruck.

»Das Gleiche wie Sie«, antwortete Durant, die seinen Blick erwiderte und dann für einen Moment aus dem Fenster sah, wo Skater auf einem kleinen Platz ihre Kunststücke vorführten.

Sie entschieden sich beide für ein großes Steak mit Kartoffel in Folie sowie Salat. Nachdem der Kellner die Bestellung aufgenommen hatte, sagte Laskin: »Haben Sie die Fotos dabei?«

»Ja, natürlich. Hier.« Durant legte die Fotos von Andreas Wiesner und Helena Maric auf den Tisch. Laskin nahm beide in die Hand, lehnte sich zurück und betrachtete sie eingehend.

»Ihn kenne ich nicht«, sagte er nach ein paar Sekunden, »aber Frau Maric habe ich schon einmal gesehen.«

Julia Durant blickte Laskin überrascht an und fragte gespannt: »Wo haben Sie sie gesehen?«

»Daran kann ich mich nicht mehr genau erinnern«, antwortete Laskin, »ich weiß nur, dass mir ihr Gesicht bekannt vorkommt. Und ich vergesse nie ein Gesicht. Ich habe so etwas wie ein fotografisches Gedächtnis.«

Die Kommissarin merkte sofort, dass Laskin nicht die volle Wahrheit sagte, es war zum einen der Ton seiner Stimme, zum andern seine Körperhaltung. Er wollte nicht sagen, woher er sie kannte, doch Durant ließ nicht locker.

»Herr Laskin, versuchen Sie sich bitte zu erinnern. Sie haben doch eben selbst erklärt, sie hätten ein fotografisches Gedächtnis. Dann sollten Sie mir eigentlich auch sagen können, woher Sie Frau Maric kennen.«

»Es war irgendein Empfang, aber fragen Sie mich nicht, bei wem. Ich weiß nur, dass sie die meiste Zeit an der Bar gesessen und die Leute beobachtet hat. Sie ist mir deswegen aufgefallen.«

Julia Durant stützte die Ellbogen auf den Tisch, legte die Hände aneinander und berührte mit den Fingerspitzen die Nase. »Und wie lange ist das her?«

»Keine Ahnung, ein oder zwei Jahre.«

»War Ihre Freundin auch mit auf diesem Empfang?«

»Ja, Irina war mit mir dort.«

»Und wo hat dieser Empfang stattgefunden?«

»Gleich hier in der Nähe von Frankfurt, soweit ich weiß.«

»So, gleich hier in der Nähe«, erwiderte Durant mit spöttisch heruntergezogenen Mundwinkeln und leichtem Nicken und beugte sich weit nach vorn. »Soll ich Ihnen etwas sagen: Ich glaube, dass Sie mir bewusst etwas verheimlichen. Warum spielen Sie dieses Spiel mit mir? Trauen Sie mir nicht? Oder was ist es sonst?«

Laskin ließ sich still vor sich hin lächelnd mit der Antwort Zeit. »Kann ich Ihnen denn trauen?«

»Probieren Sie's aus. Was haben Sie schon zu verlieren?«, fragte sie zurück.

»Eine ganze Menge, Frau Kommissarin.«

»Und was?«

Daniel Laskin schluckte, sein Blick schien weit entfernt. Julia Durant kam es vor, als würde er durch sie hindurchschauen, auf irgendeinen Punkt, den nur er selbst sehen konnte.

»Sie haben meine Frage nicht beantwortet. Was haben Sie zu verlieren?«

Laskin sagte langsam und leise: »Mein Leben, und unter Umständen das Leben von Natascha. Reicht Ihnen das?«

»Warum fürchten Sie um Ihr Leben? Sind Sie in kriminelle Machenschaften verwickelt, wovon ich wissen sollte?«, fragte sie scharf, denn sie war nicht gewillt, irgendwelche Kompromisse mit einem Verbrecher einzugehen. Sie hatte es nie getan und beabsichtigte, sich auch in Zukunft an diesen Grundsatz zu halten.

»Das kann ich Ihnen jetzt noch nicht sagen. Ich will erst einen Beweis dafür, dass ich Ihnen bedingungslos vertrauen kann. Und zwar wirklich bedingungslos. Vorher werde ich nicht mit Ihnen kooperieren.«

»Und wie stellen Sie sich diesen Beweis vor? Soll ich mit Ihnen vielleicht ins Bett gehen?«, fragte sie wieder in diesem spöttischen Ton.

Laskin wurde mit einem Mal ernst, und er antwortete noch leiser als vorher, doch ebenfalls scharf: »Frau Durant, das ist kein Spiel, und hören Sie bitte auf mit mir zu sprechen, als wäre ich ein Don Juan. Das war ich nie und werde es auch nie sein. Aber gut, Sie möchten von mir wissen, welchen Beweis Sie mir geben können. Sagen Sie mir alles, was Sie bisher über die Morde wissen ...«

Julia Durant hob kurz die Hand. Ihre Gesichter waren nur ein paar Zentimeter voneinander getrennt. »Und woher soll ich wissen, dass Sie damit nicht hausieren gehen? Oder Ihren ganz persönlichen Rachefeldzug durchziehen? Können Sie mir garantieren, dass Sie das nicht tun?«

Laskin nickte. »Ich garantiere es Ihnen nicht nur, ich schwöre es bei Gott. Und sollte ich diesen Schwur brechen, dann soll er mich dem Höllenfeuer übergeben.«

Durant überlegte, sah Laskin in die Augen und auf den Mund. Er wirkte entschlossen und ehrlich.

»Was werden Sie tun, wenn ich Ihnen sage, was wir bisher herausgefunden haben?«

»Ich werde Ihnen Informationen liefern, Informationen, die so heiß sind, dass Sie am Ende nicht mehr wissen, ob diese Welt wirklich so ist, wie wir sie immer sehen. Im Fernsehen, in Zeitungen, im Kino. Ich werde unter Umständen Ihr gesamtes Weltbild zerstören, aber manchmal ist es notwendig, etwas zu zerstören, um etwas Neues aufbauen zu können.«

Julia Durant fühlte plötzlich eine unerklärliche Kälte in sich aufsteigen. Laskin sprach dermaßen ruhig und emotionslos, dass es ihr Angst machte. Er versuchte nicht, sie in die Irre zu führen, und es war etwas in seiner Stimme, das sie aufhorchen und gleichzeitig zittern ließ.

»Was meinen Sie damit?«, fragte sie leise.

»Ich weiß zwar nicht, wie alt Sie sind«, sagte Laskin, »aber ich nehme an, wir sind etwa im gleichen Alter. Doch was ich in meinen fünfunddreißig Jahren erlebt und gesehen habe, werden Sie bis zu

Ihrem Lebensende nicht sehen und erleben. Aber ich kann wenigstens versuchen Ihnen einen kleinen Eindruck zu verschaffen.«

»Einen Eindruck wovon?«, fragte Durant, deren Nerven zum Zerreißen gespannt waren.

Laskin blickte die Kommissarin an und erwiderte ruhig, doch eindringlich: »Von der Hölle und von den Menschen. Von den Menschen und von der Hölle, die ein paar ganz wenige andern bereiten. Wenn man sie denn überhaupt als Menschen bezeichnen kann.« Er hielt kurz inne und fuhr dann fort: »Das ist mein Angebot. Sie geben mir zuerst Informationen, und ich werde Ihnen im Gegenzug welche liefern. Doch bevor ich das tue, muss ich einige Dinge abchecken. Aber ich verspreche Ihnen, ich werde keinen Rachefeldzug unternehmen. Quidproquo, eine Hand wäscht die andere.«

Das Essen wurde serviert. Julia Durant hatte plötzlich keinen Hunger mehr, ließ es sich aber nicht anmerken. Sie aßen schweigend, Durant nahm nur die Geräusche um sich herum wahr. Sie schaffte nicht die ganze Portion, schob den Teller zur Seite, wartete, bis Laskin mit dem Essen fertig war, und zündete sich eine Zigarette an.

»Also gut«, sagte sie, »ich gehe auf Ihr Angebot oder auch Ihre Forderung ein. Ich vertraue Ihnen, und Sie vertrauen mir. Und sobald Sie etwas für mich haben, setzen Sie mich umgehend davon in Kenntnis.«

»Ehrenwort. Ich muss wissen, wie Frau Maric getötet wurde.«

»Sie wurde erdrosselt. Und Sie muss Ihren Mörder sehr gut gekannt haben, denn sie hat mit ihm geschlafen. Sie wurde *dabei* umgebracht.«

»Womit wurde sie erdrosselt?«

»Mit einer Drahtschlinge.«

»Haben Frau Maric und Herr Wiesner sich gekannt?«

»Sehr gut sogar, sie haben viele Jahre zusammengearbeitet, bis sie sich vor etwas mehr als einem Jahr selbstständig gemacht hat.«

»Gab es außer diesen drei Morden in den letzten Tagen oder Wochen noch weitere Morde?«

Durant fuhr sich mit der Zunge über die Lippen und antwortete zögernd: »Es gab sogar eine Tragödie. Ein Dr. Andrejew wurde zusammen mit seiner Familie ermordet …«

»Augenblick«, unterbrach sie Laskin. »Haben Sie eben Andrejew gesagt? Der Zahnarzt?«

»Eben der. Wir wissen auch, dass Ihre Freundin sich von ihm behandeln ließ, genau wie Herr Wiesner und Frau Olpitz.«

»Ich war ebenfalls Patient von ihm. Wann und wie ist es passiert?«

»Vorgestern. Er wurde erschossen, und zwar mit derselben Waffe wie Wiesner und Frau Puschkin. Es wurde ein Schalldämpfer benutzt.«

»Vorgestern?« Laskin überlegte, schüttelte den Kopf und blickte auf seine Hände, die er gefaltet hatte. »Andrejew wurde also vorgestern umgebracht. Wiesner, Maric, Andrejew und Irina. Das war mit Sicherheit noch nicht alles. Hier will jemand aufräumen.«

»Was meinen Sie mit aufräumen?«

»Das erkläre ich Ihnen ein andermal. Sie müssen die Strukturen kennen, um zu begreifen. Aber es geht im Augenblick nicht um die Strukturen, es geht darum, diejenigen zu finden, die die Aufträge erteilt, und den- oder diejenigen, die die Morde ausgeführt haben.«

»Haben Sie eine Ahnung, wer …«

»Nein, noch nicht«, sagte Laskin schnell und blickte auf die Uhr. »Ich muss jetzt gehen. Ich melde mich bei Ihnen, sobald ich Näheres weiß. Vielen Dank, ich werde mich revanchieren. Ach ja, ich möchte Sie bitten, mit keinem Menschen über unsere kleine Unterhaltung zu sprechen. Damit meine ich auch Ihre Kollegen. Und ich stelle eine Bedingung – sobald ich Ihnen Informationen liefere, möchte ich, dass Natascha an einen sicheren Ort gebracht wird, den nur Sie ganz allein kennen. Sollte Natascha etwas zustoßen, werde ich Sie persönlich dafür zur Rechenschaft ziehen.«

»Und was ist mit Ihnen? Wollen Sie nicht auch lieber an einen sicheren Ort gebracht werden?«

»Später. Erst kommt Natascha dran. Ich habe meine Gründe dafür. Kann ich Sie Tag und Nacht erreichen?«

»Ja, hier ist meine Karte. Sie können mich rund um die Uhr anrufen.«

»Gut, dann hätten wir das Wichtigste geklärt. Es wäre im Übrigen besser, wenn wir das Lokal getrennt verlassen würden. Sie gehen zuerst, ich zahle und fahre dann in meine Wohnung. Sie haben mir sehr geholfen. Haben Sie sonst noch etwas für mich?«

»Nein. Das ist alles. Die Polizei wird heute Nachmittag eine Presseerklärung abgeben und die Öffentlichkeit informieren. Was genau dabei gesagt wird, entzieht sich meiner Kenntnis, aber es werden mit Sicherheit keine Details genannt werden.«

Durant stand auf, nahm ihre Zigaretten vom Tisch und steckte sie ein. »Keine Tricks?«, fragte sie noch einmal.

»Keine Tricks«, versicherte Laskin und hob die Hand wie zum Schwur. »Wie gesagt, ich melde mich.«

Julia Durant verließ das Restaurant und ging zu ihrem Wagen. Die Worte von Laskin hatten sie erschreckt, vor allem, als er von der Hölle sprach. Sie hatte keine Ahnung, was er damit meinte, aber konnte es noch schlimmer kommen, als es ohnehin schon war? Doch da war dieser besondere Gesichtsausdruck, der ihr zu denken gab und den sie nie vergessen würde. Wilde Entschlossenheit. Sie fuhr zurück ins Präsidium. Sollte sie Hellmer von dem eben geführten Gespräch erzählen? Sie würde es auf der Fahrt entscheiden.

Freitag, 13.00 Uhr

Die Trauerfeier war vorbei, die kleine Trauergemeinde begann sich aufzulösen. Ramona Wiesner sprach noch einen Moment mit ihrem Schwager und dessen Frau, die sie einlud, mit ihnen in ein kleines Restaurant in Bad Soden zu fahren. Sie willigte ein. Auf der Fahrt dorthin klingelte das Autotelefon, Wiesner nahm den Hörer ab und meldete sich. »Ja … In Ordnung, dann um halb vier im Landhaus … Und bringen Sie die Papiere mit, damit ich noch heute alles in die Wege leiten kann … Ja, bis nachher.«

»Wer war das?«, fragte Sophia Wiesner.

»Ein treuer Kunde. Wir treffen uns nachher im Landhaus«, sagte er grinsend.

»Ein gutes Geschäft?«, fragte Sophia Wiesner lächelnd.

»Ein exzellentes Geschäft. Wie fandest du die Trauerfeier? War es nicht rührend, wie der Pastor gesprochen hat?«

»Protestanten«, sagte sie verächtlich. »Aber ich hasse Beerdigungen sowieso. Sie langweilen mich. Und Ramona hat nicht einmal eine Träne vergossen. Sie ist härter, als ich gedacht hätte.«

Sie kamen in Bad Soden an, fuhren auf den Parkplatz, Ramona Wiesner stellte ihren BMW direkt neben den Mercedes ihres Schwagers.

Der Tisch war bereits reserviert, sie setzten sich.

»Nun, Ramona, jetzt hast du's endlich hinter dir«, sagte Thomas Wiesner und hob das Glas Wein. »Entschuldigung, das war nicht so gemeint, wie es sich vielleicht angehört hat. Ich meine natürlich die Beerdigung. Der Pastor hat übrigens sehr gut gesprochen.«

»Ja, das stimmt«, pflichtete ihm Sophia bei. »Auch wenn er Protestant ist.«

»Was macht ihr denn heute Nachmittag?«, wollte Ramona Wiesner wissen.

»Ich bin zu Hause«, sagte Sophia, »aber Thomas hat mal wieder geschäftlich zu tun. Er trifft sich mit einem Kunden im Landhaus. Möchtest du mir vielleicht Gesellschaft leisten?«

»Ich weiß noch nicht. Ich denke, ich sollte lieber mal ein bisschen Ordnung zu Hause machen und die Kinder wieder holen. Vielleicht verreise ich für eine Weile mit ihnen.«

»Und wie willst du ihnen erklären, dass Andreas …«

Ramona Wiesner zuckte mit den Schultern. »Keine Ahnung. Es wird sich sicher irgendwann eine Gelegenheit ergeben, es ihnen beizubringen. Vielleicht bei einem Spaziergang am Strand. Und wenn sie fragen, warum ihr Vater nicht mehr nach Hause kommt, werde ich antworten, dass er immer bei uns ist, wir ihn aber nicht mehr sehen können.« Sie lehnte sich zurück, atmete tief durch und sagte mit entschuldigender Geste: »Es tut mir Leid, aber ich kriege keinen Bissen runter. Es war eine dumme Idee von mir, mitzukommen. Seid mir nicht böse, doch ich möchte nach Hause fahren und mich ein wenig ausruhen.«

»Aber du hast ja noch gar nichts gegessen«, sagte Sophia mit gespielter Entrüstung. »Wenn du so weitermachst, wirst du bald nur noch ein Strich sein.«

Ramona Wiesner entgegnete: »Ach was, irgendwann kommt auch der Appetit wieder. Macht's gut, ich melde mich vielleicht morgen kurz bei euch. Und vielen Dank noch mal für alles, was ihr in den letzten Tagen für mich getan habt. Ich werde euch das nie vergessen.«

»Ramona«, sagte Thomas Wiesner und legte eine Hand auf ihre, »Andreas war mein Bruder. Wir stammen beide von denselben Eltern ab. Da ist es doch selbstverständlich, dass man sich gegenseitig unter die Arme greift. Ruh dich aus. Und vergiss nicht, du bist jederzeit herzlich willkommen. Und wenn ich sage jederzeit, dann meine ich das auch.«

»Ich weiß gar nicht, wie ich euch danken soll. Bis bald.«

Ramona Wiesner begab sich zu ihrem Wagen. Sie fuhr die steile Straße hinauf, die nach Königstein führte. Um diese Zeit herrschte wenig Verkehr, und sie brauchte nicht einmal zwanzig Minuten, bis sie ihr Haus erreichte. Sie ging direkt von der Garage ins Haus, holte die Post aus dem Briefkasten, ein paar Beileidsschreiben, ein Brief von einer Freundin, eine Zeitung, und legte alles auf den Tisch.

Was sie jetzt tat, tat sie mechanisch; sie stellte sich fünf Minuten unter die Dusche, föhnte sich die Haare, zog eine Jeans, eine blaue Bluse und Turnschuhe an und trank ein Glas Wasser. Obgleich sie innerlich aufgewühlt war, war alles, was sie in den folgenden Minuten machte, wohl durchdacht. Vor einer Stunde noch hatte sie überlegt, ob sie eine Beruhigungstablette nehmen sollte, jetzt entschied sie sich dagegen. Mit festen Schritten begab sie sich zum Schreibtisch ihres Mannes und holte das, was sie in den nächsten Stunden brauchte, aus der untersten Schublade und hielt es eine Weile in den Händen. Niemals zuvor war sie entschlossener als jetzt.

Sie stieg wieder in den BMW und fuhr Richtung Bad Nauheim. Es war fast halb vier, als sie den Wagen in einen kleinen Waldweg lenkte, von wo aus sie einen hervorragenden Blick auf das Haus am Ende der Straße hatte, ohne selbst gesehen zu werden. Sie wartete geduldig, bis das Auto vorfuhr, das Tor sich wie von Geisterhand öffnete und gleich darauf wieder schloss. Zehn Minuten später tauchte ein dunkler Jaguar mit holländischem Kennzeichen auf und hielt vor dem Haus. Eine weitere Stunde verging, bis die beiden Männer erneut in den Jaguar stiegen, wendeten und davonfuhren.

Sie ließ noch fünf Minuten verstreichen, startete den Motor und lenkte den BMW aus dem Waldweg auf die Straße. Nach etwa hundert Metern hielt sie an. Sie nahm die Handtasche vom Beifahrersitz und hängte sie über die Schulter, stieg aus und ging auf das Tor zu. Sie drückte zweimal kurz hintereinander auf die Klingel. Ein Moment verstrich, bis er die Haustür öffnete. Er sah sie kurz an und kam dann auf sie zu.

»Ramona, was machst du denn hier?«, fragte Thomas Wiesner erstaunt. »Ich dachte, du liegst im Bett.«

»Kann ich reinkommen? Du hast doch gesagt, du hättest einen Käufer für das Geschäft an der Hand. Ich habe mich entschlossen, ich will verkaufen. Und ich möchte das alles so schnell wie möglich hinter mich bringen.«

»Das freut mich zu hören. Komm rein, mein Kunde ist vor ein paar Minuten gefahren.«

Sie ging vor ihm ins Haus und setzte sich in einen der schweren Eichensessel, deren Sitz- und Rückenpolster und die Lehnen mit samtgrünem Stoff bezogen waren.

»Möchtest du etwas trinken? Ich habe aber außer Wasser nur alkoholische Getränke hier.«

»Ich nehme einen Cognac oder einen Wodka auf Eis.«

Thomas Wiesner schien sehr überrascht von ihrem Wunsch. »Du und Cognac? Ich dachte, du …«

»Heute mache ich eine Ausnahme.«

Er holte zwei Cognacschwenker und eine volle Flasche Remy Martin, seine Lieblingsmarke, aus dem Schrank, schenkte ein, stellte das Glas vor Ramona Wiesner und setzte sich ihr gegenüber. Mit seltsamem Lächeln sah er sie an, prostete ihr zu und sagte: »Also, dann wollen wir mal. Hast du irgendwelche Geschäftsunterlagen mitgebracht wie etwa den Grundbucheintrag, eine Aufstellung der Umsätze der letzten drei Jahre? Wenn nicht, dann macht das auch nichts, ich …«

»Ich habe alles dabei, was du brauchst«, unterbrach ihn Ramona Wiesner, zog den Reißverschluss ihrer Handtasche auf und griff hinein. Er hatte gerade sein Glas geleert, als er die Pistole sah, die auf ihn gerichtet war. Seine Augen weiteten sich vor Entsetzen, er war unfähig, einen Ton herauszubringen.

»Tja, dann wollen wir mal. Aber vorher wirst du mir noch einige Fragen beantworten, Schwager!«, fuhr sie zynisch fort. Ihre Stimme war eisig, in ihren Augen hingegen loderte ein alles verzehrendes Feuer.

Freitag, 14.45 Uhr

Und, wie war dein Gespräch mit diesem Laskin?«, fragte Hellmer, als Julia Durant ins Büro kam.

»Unwesentlich«, log sie und holte sich einen Kaffee. »Und bei euch? Was ist mit Gebhardt?«

»Außer Küchler war niemand in Weiterstadt. Und Küchler will auch noch keine Stellungnahme abgeben.«

»Wir hätten mit so was rechnen müssen«, entgegnete Durant mit sachlicher Kühle. Sie warf einen Blick auf den Stapel Akten, der sich auf ihrem Schreibtisch angehäuft hatte. »Was ist mit Gebhardts Wohnung?«

»Wird seit dem Mittag durchsucht. Bis jetzt aber Fehlanzeige. Und laut Christine weiß seine Frau nichts über die Geschäfte ihres Mannes. Und ich glaube das sogar. Gebhardt hat ihr mit Sicherheit nichts von seinen Aktivitäten erzählt.«

»Du wirst schon Recht haben. In Zukunft müssen wir eben besser aufpassen.«

»Sag mal, hast du irgendwas?«, fragte Hellmer besorgt und stellte sich neben sie. »Du klingst so komisch.«

Durant schüttelte den Kopf, ohne die Frage zu beantworten.

»Komm, wir kennen uns jetzt schon eine ganze Weile, ich merk doch, dass mit dir was nicht stimmt. Willst du es mir nicht sagen?«

»Frank, bitte, es geht jetzt nicht.«

Hellmer machte beide Verbindungstüren zu und verschränkte die Arme über der Brust. »Wenn du private Probleme hast, okay, dann halte ich mich raus. Wenn es aber mit unserm Job zu tun hat …«

»Hör auf, bitte«, sagte sie, legte den Kopf in den Nacken und massierte ihre Schläfen. »Ich darf nicht darüber sprechen.«

»Was?«, fragte Hellmer verständnislos. »Du *darfst* mit mir nicht darüber sprechen?! Julia, wir hatten, egal, um welchen Fall es auch immer ging, nie Geheimnisse voreinander. Ich möchte, dass das so bleibt. Also, was ist? Hat es mit Laskin zu tun?«

Sie nickte. »Frank, mir ist jetzt noch kalt, wenn ich daran denke. Aber ich habe Laskin in die Hand versprechen müssen, mit niemandem darüber zu reden. Wenn ich es dir sage, dann hältst du den Mund. Ehrenwort?«

»Heiliges Ehrenwort«, sagte Hellmer und legte die rechte Hand auf die linke Brust. »Und jetzt rück schon mit der Sprache raus.«

»Ich vermute, dass Laskin unglaublich viel weiß. Entweder ist er ein Insider oder arbeitet undercover, für wen auch immer. Ich habe ihm Informationen gegeben, die bisher keiner außer uns und der oder die Mörder und deren Auftraggeber kennen …«

»Sag mal, spinnst du?«, entfuhr es Hellmer, doch Durant legte einen Finger auf ihre Lippen und sagte mit gedämpfter Stimme: »Pssst, nicht so laut. Und nein, ich spinne nicht. Ich habe keine Ahnung, wer Laskin wirklich ist, ich habe keine Ahnung, was er wirklich macht, aber ich spüre einfach, dass er uns helfen kann. Er kennt zum Beispiel die Maric, wollte mir aber nicht verraten, woher. Das heißt, er hat schon gesagt, dass er sie auf einem Empfang gesehen hat, aber er hat nicht gesagt, wo, und auch sonst keine Namen genannt. Und als ich ihm das von Andrejew erzählt habe, da hättest du ihn sehen sollen. Du hättest einfach dabei sein müssen, dann wüsstest du, dass ich nicht spinne …«

»Und wenn er ein falsches Spiel spielt?«, fragte Hellmer zweifelnd.

»Dann geht das allein auf meine Kappe. Weißt du, was er gesagt hat? Er hat gesagt, er würde mir von der Hölle und von den Menschen erzählen. Du hättest ihn dabei sehen sollen. Sein Gesichtsausdruck, die Art, wie er gesprochen hat … Wenn ich genau darüber nachdenke, glaube ich fast, dass Laskin weiß, wie die Hölle ausschaut.«

»Meinst du, er ist in kriminelle Aktivitäten verstrickt?«

»Keine Ahnung, möglich wäre es zumindest. Aber er hat mir zugesichert, mit uns zusammenzuarbeiten. Vielleicht ist ihm erst klar geworden, auf was für dünnem Eis er sich bewegt, nachdem seine Freundin tot war. Und jetzt will er womöglich aussteigen. Er hat mich gebeten, Natascha an einem nur mir bekannten Ort unterzubringen, sobald er mir bestimmte Informationen geliefert hat. Als ich ihn gefragt habe, was mit ihm sei, hat er nur gemeint, das habe auch noch später Zeit. Was hältst du davon?«

»Was hältst *du* davon?«, lautete die Gegenfrage.

»Wenn ich das nur wüsste. Er hat mir außerdem zugesichert, dass er keinen persönlichen Rachefeldzug unternehmen wird.«

»Warten wir's ab. Von mir erfährt jedenfalls keiner etwas. Im Augenblick können wir nur abwarten. Hast du heute noch etwas Bestimmtes vor?«

»Nein. Ich werde früh Feierabend machen. Ich brauch mal wieder etwas Ruhe und vor allem Schlaf. Die letzten Tage sind einfach über meine Kräfte gegangen.«

»O Mann, das hätte ich ja beinahe vergessen, der Bericht der KTU ist gekommen. Am Auto von Schulze ist tatsächlich rumgeschraubt worden, und zwar an der rechten Radaufhängung und der Spurstange. Irrtum ausgeschlossen.«

»Ist das die Hölle, von der Laskin gesprochen hat?«, fragte Durant gedankenversunken.

»Julia, wir haben schon alles gesehen, was ein Mensch nur sehen kann. Wir haben es mit Serienmördern, durchgeknallten Psychopathen und was weiß ich mit was noch zu tun gehabt. Wir wissen, wie die Hölle aussieht. So, und jetzt geh ich rüber an meinen Schreibtisch und nachher zur Pressekonferenz. Du kommst doch auch, oder?«

»Ich muss ja wohl dabei sein.«

Julia Durant steckte sich eine Zigarette an, lehnte sich zurück und schloss die Augen. Ihr ging das Gespräch mit Laskin nicht aus dem Kopf, ganz gleich, was Hellmer auch sagte. Um kurz vor vier machte sie sich auf den Weg zur Pressekonferenz. Es waren etwa dreißig Journalisten anwesend, drei Kamerateams von Privatsendern, sogar ein Team von *Spiegel TV.* Dominik Kuhn hatte sich in die erste Reihe gesetzt, einen kleinen Block auf den Schenkeln. Er warf Durant einen kurzen Blick zu.

Vor Schenk standen zahlreiche Mikrofone, die Journalisten saßen auf den Stühlen, Kameras liefen, immer wieder wurden Fotos geschossen. Blumenthal hatte neben Schenk Platz genommen, Durant saß ganz außen links. Schenk berichtete in der ihm typischen Art in knappen Worten über den Mord an der Familie Andrejew. Anschließend forderte er die Journalisten auf, Fragen zu stellen.

»Herr Schenk, wieso erfährt die Presse erst jetzt von diesem Massaker? Und warum auf einer Pressekonferenz?«, fragte ein junger Reporter von der *Frankfurter Rundschau.*

»Weil zum einen die polizeilichen Ermittlungen noch laufen und zum andern der Hintergrund der Bluttat noch völlig im Dunkeln liegt.«

»Hat der Mord an den Andrejews etwas mit dem Selbstmord von

Juwelier Wiesner und dem Tod seiner Geliebten zu tun?«, wollte ein anderer wissen.

»Mir ist zwar nicht klar, wie Sie darauf kommen, aber es besteht absolut kein Zusammenhang zwischen diesen beiden Fällen«, entgegnete Schenk mit fester Stimme.

»Aber die Geliebte von Wiesner war doch auch eine Russin und außerdem eine Prostituierte.«

»In Frankfurt gibt es etliche hundert russische Prostituierte, das sollte Ihnen allen bekannt sein. Dr. Andrejew war jedoch ein äußerst angesehener Zahnarzt. Wenn Sie einen Zusammenhang erkennen können, dann lassen Sie uns das wissen, wir sind für jeden Hinweis dankbar.«

»Steckt die Mafia hinter dem Mord an Dr. Andrejew?«, fragte eine der dienstältesten Journalistinnen in Frankfurt, eine kleine, zierliche Frau, die die Siebzig weit überschritten hatte, aber dem Journalismus immer noch treu verbunden und längst eine Institution war, vor der sich alle verneigten.

»Es gibt vage Anzeichen, die darauf hindeuten. Ich bitte jedoch um Ihr Verständnis, wenn ich keine weiteren Angaben dazu mache, da die polizeilichen Ermittlungen noch laufen.«

»Wurde Dr. Andrejew von der Mafia erpresst?«

»Das können wir noch nicht sagen, da wir über Dr. Andrejews Privatleben bisher recht wenig wissen.«

»War er selbst ein Mitglied der Mafia?«

»Auch darauf deutet bis jetzt nichts hin.«

Die Pressekonferenz dauerte eine halbe Stunde. Schenk hatte viel gesprochen, aber letztendlich kaum etwas gesagt. Julia Durant hatte die Fragen der Reporter gehört, war aber mit ihren Gedanken weit weg gewesen. Sie beschäftigte noch immer das Treffen mit Laskin. Und sie hoffte, er würde sein Versprechen einhalten. Die Journalisten wollten bereits aufstehen und ihre Sachen einpacken, als Blumenthal gegen das Mikrofon klopfte und sagte: »Meine Damen und Herren von der Presse, wenn ich Sie bitten dürfte, noch einmal kurz Platz zu nehmen.«

Lautes Gemurmel entstand, Blitzlichter flammten erneut auf, doch schon Sekunden später herrschte Stille im Saal. Blumenthal sah in die Runde und hob für einen Moment die buschigen Augenbrauen.

»Als Generalstaatsanwalt möchte ich kurz ein paar Worte zur allgemeinen Verbrechenssituation und deren Bekämpfung sagen. Wie Herr Schenk bereits andeutete, ist es durchaus möglich, dass wir es bei dem Mord an der Familie Andrejew mit organisiertem Verbrechen zu tun haben. Seit dem Fall des Eisernen Vorhangs wurde das organisierte Verbrechen zu einer Gefahr, die lange unterschätzt wurde. Obgleich die Polizei alles in ihrer Macht Stehende tut, um an die Hintermänner heranzukommen, so ist es im Augenblick doch noch nahezu unmöglich. Da wir selbst nicht genau wissen, wie stark die kriminellen Organisationen wirklich sind und auch die führenden Köpfe nicht kennen, kann ein gezielter Schlag zurzeit noch nicht durchgeführt werden. Allerdings gelingt es uns immer öfter, größere Drogendealer und auch Menschenschmuggler hinter Gitter zu bringen, und ich bin sicher, es wird der Tag kommen, an dem wir auch Zugriff auf die Drahtzieher dieser schmutzigen und widerwärtigen Geschäfte haben. Und es ist zweifellos ein schmutziges, menschenverachtendes System, das seit vielen Jahrzehnten in immer mehr Bereiche des wirtschaftlichen, politischen und kulturellen Lebens vordringt. Aber wenn wir alle, Sie, meine Damen und Herren von den Medien, eingeschlossen, mithelfen, diesem System nicht nur den Kampf anzusagen, sondern diesen auch zu kämpfen, dann werden wir siegen, und dieses Land wird wieder lebenswert sein. Wir alle sollten nicht länger die Augen vor der Macht und dem Einfluss dieser verbrecherischen Organisationen verschließen, sondern alles in unserer Kraft Stehende tun, dass unser Land nicht länger von geldgierigen, machthungrigen Subjekten unterwandert wird. Ich selbst habe mich schon seit längerem dem Kampf gegen das organisierte Verbrechen verschrieben und werde auch weiterhin in Zusammenarbeit mit der Polizei alles tun, um zumindest in Frankfurt die illegale Geschäftstätigkeit, ganz gleich auf welchen Gebieten auch immer, einzudämmen. Ich fordere Sie daher zur Mithilfe auf, denn wer besitzt heutzutage noch einen größeren Einfluss als die Medien? Da ich dieses Statement und diesen Aufruf unvorbereitet vorgebracht und deshalb keine statistischen Werte vorliegen habe, werde ich in den nächsten Tagen ein umfassenderes Statement abgeben. Wir werden Sie über den genauen Termin noch informieren. Vielen Dank für Ihre Geduld und auf Wiedersehen. Ich bitte Sie auch, jetzt keine weiteren Fragen zu stellen, da ich gleich noch einen sehr wichtigen Termin habe.«

Julia Durant warf Kuhn einen kurzen, aber vielsagenden Blick zu. Der zuckte nur mit den Schultern und steckte seinen Kugelschreiber in die Hemdtasche. Die Journalisten verließen den Saal, Blumenthal stand auf, nickte Schenk und Durant zu und ging ebenfalls. Julia Durant zündete sich eine Gauloise an, lehnte sich zurück und dachte nach. Es war das erste Mal, dass sie von Blumenthal so etwas gehört hatte. Ich muss meine Meinung über ihn wohl revidieren, dachte sie und rauchte zu Ende.

Freitag, 15.00 Uhr

Daniel Laskin war in seiner Wohnung in der Schubertstraße und hatte das Notebook eingeschaltet. Er hatte das Gesicht von Helena Maric vor sich und erinnerte sich wieder an den Empfang, wo er sie gesehen hatte. Sie hatte eine ganze Weile irgendwie einsam und verloren an der Bar gesessen, mehrere Cocktails getrunken und sehr viel geraucht. Eine attraktive Frau mit einer herben Ausstrahlung, wie er damals festgestellt hatte. Irgendwann hatte sich ein Mann zu ihr gesetzt, und sie hatten sich sehr angeregt unterhalten. Er wusste nicht mehr, ob es sich bei dem Mann um den Gastgeber handelte, denn Laskins Aufgabe an diesem Abend bestand darin, sich mit einem Kontaktmann zu treffen. Und dann war noch ein weiterer Mann zu Helena Maric und dem andern gestoßen, dessen Namen er sogar kannte. Es handelte sich um einen hochrangigen Politiker, der fast jeden Tag in irgendeiner Zeitung zitiert oder über den berichtet wurde. Aber Laskin kannte nicht nur seinen richtigen Namen, sondern auch seinen Codenamen. Er wusste, dass er über die Zentrale mehr über ihn herausbekommen würde, wollte jedoch nicht riskieren, sich von seiner Wohnung aus in den Zentralcomputer einzuloggen. Er schaltete das Notebook aus und zog den Modemstecker aus der Telefonbuchse. Ihm war plötzlich ein Gedanke durch den Kopf geschossen. Er stand auf und blätterte auf der Suche nach einem Internetcafé in den gelben Seiten. Er fand eins in der Innenstadt, notierte sich die Adresse und verließ das Haus. Von unterwegs rief er vom Handy aus in Köln an.

»Hier Daniel«, sagte er, nachdem sich eine männliche Stimme gemeldet hatte. »Was ist mit der Lieferung heute Nacht nach Düsseldorf? Gibt es Probleme? … Wunderbar. Ich habe auch die beste Route ausgewählt, unsere Männer wissen alle Bescheid … Morgen? Nein, ich bleibe noch bis mindestens Montag in Frankfurt und könnte das höchstens über mein Notebook machen … Gut, dann geh ich von hier in den Zentralcomputer. Es wird aber eine Weile dauern … Natürlich bekommst du eine Rückmeldung … Vergiss es, mein Passwort bleibt auch mein Passwort … Keine Angst, ich regle das schon … Wie oft soll ich dir noch sagen, dass du eine Rückmeldung bekommst?! … Ja, die Lieferung am Montag von Bialystok nach Frankfurt am Main, zweihundert Schweine und hundert Kälber … Ich werde noch heute den Kontakt herstellen … Okay, bis dann.«

Er drückte die Aus-Taste und lächelte still vor sich hin. Es war eine einmalige Chance, die er nicht ungenutzt verstreichen lassen wollte. Zumindest hatten sie bis jetzt noch nicht herausbekommen, dass er sich vorgestern in den Zentralcomputer eingeloggt hatte. Und wenn er es heute tat, dann war es völlig legal und auch unkompliziert.

Er wendete und fuhr zurück. Wieder in seiner Wohnung, tippte er eine Adresse und seinen Zugangscode ein und drückte auf Enter.

Die Verbindung zum Zentralcomputer war hergestellt. Er suchte schnell nach den betreffenden Kontaktpersonen, schrieb ihre Codenamen auf einen Zettel und wählte anschließend die passende Route aus. Es dauerte einige Sekunden, bis vor ihm auf dem Display die Karte erschien. Er druckte sie aus, gab anschließend die Codes der betreffenden Kontaktpersonen ein, und die Liste der Decknamen erschien auf dem Bildschirm. Er tippte ein paar Buchstaben-Zahlen-Kombinationen ein und stellte innerhalb weniger Minuten die Verbindung her. Es waren acht Personen, die er gleich informieren wollte. Zweihundert Schweine und hundert Kälber von Bialystok nach Berlin. Zweihundert Schweine, die alle mit Heroin gefüllt waren. Der Gesamtwert belief sich auf etwa hundertfünfzig bis zweihundert Millionen Dollar. Und dazu kamen noch die Kälber, die auch einige Millionen wert waren, denn es handelte sich um besondere Kälber. Nachdem er die zuständigen Personen informiert hatte, von denen jeder etwa zehntausend Mark bekam, rief er ein anderes Programm auf und suchte nach einem bestimmten Namen. Es dauerte einige Sekunden, bis dieser Name erschien. Er schrieb alle Daten auf einen Zettel, und steckte ihn ein, schaltete das Notebook aus und lehnte sich zufrieden zurück. Noch wusste er nicht, was er mit den Daten anfangen würde, doch er würde eine Möglichkeit finden, sich mit diesem Mann in Verbindung zu setzen.

Als Daniel Laskin die Tür hinter sich abschloss und ins Freie trat, atmete er tief durch, warf einen Blick zurück zum Haus und begab sich zu seinem Wagen. Er fuhr zu Natascha, die auf der Couch eingeschlafen war. Er beugte sich zu ihr hinunter und gab ihr einen Kuss auf die Stirn. Sie öffnete die Augen und schlang ihre Arme um seinen Hals.

»Ich habe furchtbar geträumt«, sagte sie und kam langsam hoch. »Es war einfach schrecklich.«

»Ist schon gut.« Er setzte sich zu ihr und streichelte ihr übers Gesicht. »Ich bin ja da und passe auf dich auf.«

»Ich habe Angst.«

»Das brauchst du nicht. Es wird alles gut werden.«

»Was hat Frau Durant gesagt? Hast du ihr alles erzählt?«, fragte sie besorgt.

»Nein, das ging noch nicht. Ich werde es aber bald tun. Und jetzt mach dir keine Gedanken mehr. Sobald ich die nötigen Informationen zusammenhabe, werde ich sie ihr geben. Komm, lass uns noch eine Runde spazieren gehen. Die Luft ist gut draußen. Und noch was, du wirst in der nächsten Zeit alle Kunden abwimmeln. Es ist nur zu deiner Sicherheit, glaub mir.«

»Wenn du meinst«, erwiderte sie und sah ihn an. »Ist es wirklich so gefährlich?«

»Sehr gefährlich. Denn ich weiß im Moment noch nicht, wer hinter diesen Morden steckt. Es könnte auch einer deiner Freier sein. Du musst diesen Job nicht mehr machen. Eigentlich möchte ich, dass du ganz damit aufhörst. Aber ich kann dich nicht zwingen.«

Freitag, 16.50 Uhr

Ramona, was willst du von mir?«, fragte Wiesner, der noch immer in die Mündung der 22er Smith & Wesson blickte, unfähig, sich zu bewegen. Das Kaninchen, das auf die Schlange starrte.

»Kannst du dir das nicht denken?«, fragte sie mit hochgezogenen Augenbrauen.

»Um ehrlich zu sein, nein. Und jetzt steck endlich dieses Ding da weg, es macht mich nervös. Du bist durcheinander, das kann ich verstehen, aber ...«

»Ich bin nicht durcheinander, Thomas«, entgegnete sie ruhig, ohne ihre Haltung zu verändern. »Ich war durcheinander, als Andreas ermordet wurde. Aber jetzt bin ich so klar im Kopf wie lange nicht mehr.«

»Andreas ermordet?«, fragte Wiesner scheinbar überrascht und mit unschuldigem Blick. »Ich denke, er hat Selbstmord begangen?«

»Andreas hätte nie im Leben Selbstmord begangen. Und er hätte auch nie etwas mit einer Hure gehabt, das weißt du genau. Ich will jetzt von dir hören, warum Andreas sterben musste. Sag's mir, damit ich endlich wieder ruhig schlafen kann.«

»Ich weiß nicht, wovon du da redest, aber …«

»Schluss jetzt mit dieser verdammten Lügerei!«, herrschte sie ihn an. »Du hast Andreas auf dem Gewissen, und du sagst mir jetzt, warum! Also!?«

»Das ist ein Hirngespinst!«, entgegnete Wiesner und lachte irre auf. »Du bist völlig durchgeknallt! Du gehörst in die Psychiatrie!«

»Noch einmal, warum?« Sie tat, als hätte sie die letzte Bemerkung nicht gehört. Ihre Stimme klang ruhig und dennoch gefährlich.

»Warum was?«, schrie er mit sich überschlagender Stimme. »Du bist verrückt, ja, du bist total übergeschnappt! Ich höre heute zum ersten Mal, dass Andreas ermordet wurde!«

»Thomas, ich frage dich jetzt zum letzten Mal, warum. Trink noch einen Cognac, es ist doch sowieso dein Lieblingsgetränk. Morgens, mittags und vor allem abends. Ich weiß übrigens schon seit Sonntagabend, dass Andreas sich nicht selbst umgebracht hat. Frau Durant hat es mir gesagt, allerdings unter dem Siegel der Verschwiegenheit. Und ich kann verdammt verschwiegen sein. Und beinahe wäre dein Plan tatsächlich aufgegangen, aber du hast etwas ganz Wesentliches nicht bedacht, und darauf wäre ich nie gekommen. Frau Durant hat es erkannt. Oder hast du etwa vergessen, dass Andreas Linkshänder war?«, fragte sie zynisch. »Allerdings würde es mich bei so wenig Kontakt, wie ihr hattet, nicht wundern.«

»Ich habe meinen Bruder nicht umgebracht, glaube mir. Das ist alles ein furchtbares Missverständnis. Ich hätte doch nie meinen eigenen Bruder umbringen lassen.«

Plötzlich merkte Thomas Wiesner, dass er einen fatalen Fehler gemacht hatte.

Ramona sah ihn spöttisch und kopfschüttelnd an. »Da siehst du, wie dumm du bist. Du hättest auf Sophia hören sollen, sie hat immer wieder gesagt, du sollst nicht so viel trinken. Das kommt davon. Irgendwann funktionieren die Gehirnzellen nicht mehr richtig. Ich habe nie behauptet, dass du jemanden beauftragt hast, Andreas umzubringen. Hätte ich mir eigentlich auch denken können, denn im Grunde deiner verkommenen Seele bist du ein erbärmlicher Feigling. Du könntest die Pistole nicht mal gerade halten, es sei denn, du hast genug Promille im Blut. Aber damit wäre das schon mal geklärt. Komm, trink noch einen, du wirst dich gleich besser fühlen. Ich merke doch schon, wie du anfängst zu zittern. Los, trink!«, zischte sie.

»Du willst mich umbringen! Ja, du willst mich tatsächlich umbringen!«, stieß Wiesner hervor und schenkte sich das Glas drei viertel voll. Er kippte die braune Flüssigkeit in einem Zug hinunter und behielt das Glas in der Hand, als wollte er sich daran festhalten. »Das ist Vendetta, Blutrache! Gut, bring mich um, aber sie werden dich dafür in Stücke reißen … Nein, sie werden dich filetieren, und anschließend wirst du in der Hölle schmoren. Und deine Kinder werden Vollwaisen sein. Du hast keine Chance, ihnen zu entkommen. Los, schieß doch«, spie er ihr entgegen und lachte kurz darauf erneut wirr auf.

Ramona Wiesner erhob sich, stellte sich hinter den Sessel und stützte sich auf die Rückenlehne. »Du willst mir Angst machen? Das gelingt dir nicht. Eigentlich würde ich dich lieber der Polizei ausliefern. Aber vorher will ich haarklein von dir wissen, warum Andreas, diese Puschkin und Helena sterben mussten und warum du ihn an den Rand des Ruins getrieben hast. Und wer sind ›sie‹?«

Wiesner wollte sich wieder einschenken, doch Ramona hielt ihn zurück. »Stopp, du hast vorerst genug. Stell die Flasche hin.« Er folgte ihrem Befehl zögernd und wortlos. Sie machte eine Pause, bevor sie sagte: »Weißt du, wann ich das erste Mal misstrauisch wurde? Es war am Dienstag, als du plötzlich vor meiner Tür standst. Angeblich wolltest du dich nach meinem Befinden erkundigen, aber in Wirklichkeit hast du nach Unterlagen gesucht, die dich belasten könnten. *Du* hast sie nicht gefunden, dafür aber ich. Andreas hatte sie sehr gut versteckt. Ein interessanter Gedanke, das mit diesem Collier, aber du kennst mich eben viel zu wenig. Und du kannst dir, glaub ich, nicht mal im Geringsten vorstellen, wozu Frauen fähig sind, wenn sie hassen. Wie waren die Namen gleich noch mal – Galinski, Gauschwitz und Petrenkow. Wer verbirgt sich hinter diesen Namen? Komm, sag schon!«

Schweigen.

Sie überlegte einen Moment, stellte sich gerade hin, setzte sich wieder und lehnte sich zurück. Dann nahm sie die Waffe herunter und sah ihrem Schwager in die Augen. Sie hatte nichts als Verachtung im Blick. »Komm, mein lieber Schwager, sag mir bitte, bitte, wer diese drei Herren sind. Ich will mich doch nur mal mit ihnen unterhalten …«

»Vergiss es! Ich kenne die werten Herren auch bloß unter diesen Namen. In Wirklichkeit heißen sie ganz anders. Mich kennt ebenfalls nur eine Hand voll Leute unter meinem richtigen Namen. Kapiert?!«

»Nein, aber ich akzeptiere dein Schweigen fürs Erste. Tja, und dann war ich am Mittwoch und gestern bei euch, um herauszufinden, ob sich meine Vermutung, die ich anfangs für absurd, geradezu perfide gehalten habe, bestätigen würde. Und leider hat sie sich bestätigt. Du warst gestern Abend ziemlich angetrunken, vielleicht sogar betrunken. Kannst du dich erinnern? Ich habe dich auf Helena Maric angesprochen, die du ja angeblich kaum gekannt hast. Aber gestern hast du auf einmal Dinge über sie gesagt, die mir den endgültigen Beweis geliefert haben, dass du sie sogar sehr gut gekannt haben musst. Und heute Nacht, als ihr alle geschlafen habt, war ich in deinem Arbeitszimmer. Und was glaubst du, was ich da Schönes in deinem kleinen Büchlein gefunden habe? Du kannst es dir denken, nicht?«

Sie sah ihn spöttisch und dennoch kalt an und machte eine lange Pause, um Thomas Wiesner zu beobachten, sein Zittern, wie sich immer mehr Schweiß auf seiner Stirn und unter seinen Achseln bildete, die Angst in seinen Augen, die bebenden Mundwinkel. Dann fuhr sie mit sanfter Stimme fort: »In diesem Büchlein waren ihre Geschäftsnummer, ihre Privatnummer, ihre Handynummer, ihre Privatadresse und ihre E-Mail-Adresse, außerdem ein Eintrag neben ihrem Namen, ein Datum, 20.6., und ein Kreuz daneben. Und bei Andreas das Datum 17.6. und ebenfalls ein Kreuz. Dafür, dass du Helena kaum gekannt hast, ist das ziemlich viel, findest du nicht? Wer ist eigentlich auf die Idee mit dem Uhrendeal gekommen? Ich nehme an, das warst du. Nur kenne ich die Hintergründe nicht. Und deshalb bin ich hier. Ich will alles über die Hintergründe erfahren. Und wenn ich sage alles, dann meine ich das auch so. Jetzt bist du dran. Und glaub mir, ich zögere keinen Moment, dich zu erschießen, solltest du mir nicht die volle Wahrheit sagen.«

Es entstand erneut eine längere Pause, während beide schwiegen. Wiesner überlegte, wie er seine Schwägerin überlisten konnte, doch sie saß zu weit von ihm entfernt, aber gleichzeitig nah genug, um ihn mit einem gezielten Schuss zu töten. Es war aussichtslos, er war ein Gefangener in seinem eigenen Haus.

»Ich kann es dir nicht sagen«, flüsterte Thomas Wiesner. »Ich bin ein toter Mann, wenn ich es sage.«

»Du bist ein toter Mann, wenn du es nicht tust«, entgegnete sie mit kühlem Lächeln.

»Bitte, Ramona, tu es nicht«, winselte er. »Ich gebe dir alles, was du willst. Nur, bitte, lass mich leben. Ich will doch nur leben!«

»Das wollte Andreas auch. Außerdem habe ich genug Geld und würde dein widerlich schmutziges Geld nicht mal anschauen! Was bringt eigentlich einen Mann dazu, seinen eigenen Bruder ermorden zu lassen? Sag es mir. Ist es Neid, Eifersucht oder die blanke Gier? Was hatte Andreas, was du nicht hast, aber immer haben wolltest?«

Thomas Wiesner war schon im Begriff, zur Flasche zu greifen, ließ es dann aber, als er den eisigen Blick von Ramona sah. Er fuhr sich nervös durchs Haar und kaute auf der Unterlippe.

»Andreas hat immer alles bekommen. Er war das Genie in der Familie«, stieß Wiesner bitter hervor. »Alle bewunderten ihn und sein Talent. Vater war stolz, dass Andreas oder Andy, wie er ihn immer genannt hat, genau nach ihm kommen würde. Mich hat kaum einer beachtet, obwohl ich immer gute Zeugnisse nach Hause gebracht habe und obwohl ich der Ältere war. Aber Andreas hat das Geschäft gekriegt, während ich mich weiter in der Bank abschuften musste. Andreas hier und Andreas da, das war schon so, als wir noch Kinder waren. Ich, Thomas, war ein Niemand. Und irgendwann ist es dann so weit, da platzt man förmlich …«

»Oh, mir kommen fast die Tränen«, unterbrach sie ihn höhnisch. »Gleich ersäufst du noch in deinem Schleim und deinem Selbstmitleid. Natürlich, du warst ein Nichts, ein Niemand, wie hätte ich das bloß vergessen können! Mein Gott, was bist du nur für eine jämmerliche, elende Gestalt! Dein Vater hat dich misshandelt, deine böse Mutter hat dich missbraucht, du hattest kein eigenes Zimmer, Moment, mal überlegen, was mir noch so einfällt, ach ja, du durftest nicht mit am Tisch sitzen, wenn gegessen wurde, und du musstest jeden Abend spätestens um acht im Bett sein. Hab ich Recht? Du armer, bedauernswerter Mann«, schleuderte sie ihm die Worte wie Speerspitzen entgegen. »Aber ich muss schon sagen, für einen Niemand hast du es ganz schön weit gebracht. Du sitzt im Vorstand einer der größten Banken, du hast eine schwerreiche Frau und so viel Geld, dass du es niemals im Leben ausgeben könntest. Und gleichzeitig bist du so ein verdammtes Arschloch und so feige dazu. Aber eins kann ich dir sagen, ab jetzt bist du wirklich nur noch ein Nichts und ein Niemand. Wer hat Andreas umgebracht? Ich will den Namen wissen.«

Thomas Wiesner schluckte schwer, ganz in sich zusammengesunken in seinem Sessel sitzend.

»Ich kenne seinen Namen nicht …«

»Du lügst schon wieder. Sein Name!«

»Pierre. Mehr weiß ich nicht, ich schwöre es.«

»Pierre und weiter?«

»Ich sag doch, ich kenne nur seinen Vornamen.«

»Das kauf ich dir nicht ab. Du hast ihn angerufen, also wirst du auch seinen Nachnamen kennen. Ich zähle bis drei, dann werde ich dir ins rechte Knie schießen. Danach kommt das linke Knie dran und so weiter. Du wirst krepieren, das schwöre *ich* dir«, zischte sie. »Eins …«

Sie hob die Pistole, stand auf und zielte auf das rechte Knie. Noch dickere Schweißperlen bildeten sich auf Wiesners Stirn und liefen über sein Gesicht. Seine Hände krallten sich um die Armlehnen, bis die Knöchel weiß hervortraten.

»Zwei …«

»Doux. Pierre Doux.«

»Wo finde ich ihn, und wie schreibt er sich?«

»Er ist nicht mehr in Frankfurt. Und er schreibt sich D-o-u-x. Aber glaub bloß nicht, dass das sein richtiger Name ist. Da könnte er mir genauso gut seine Visitenkarte geben.«

»Wo ist er jetzt?«

»Irgendwo im Ausland.«

»Und wie ist dieser Kontakt zustande gekommen? Dieser Pierre wird dich doch nicht einfach so auf der Straße angesprochen und dir angeboten haben, deinen Bruder umzubringen. Du hast den Kontakt hergestellt, und ich will wissen, wie das passiert ist.«

»Ich kann es dir nicht sagen.«

»Du meinst, du willst es mir nicht sagen. Aber gut, darauf kommen wir später noch einmal zurück. Dieser Pierre Doux kassiert also Geld dafür, dass er unschuldige Menschen tötet, Menschen, die er nicht kennt, zu denen er keine Beziehung hat, die für ihn einfach bloß Objekte sind. Ist es so?«

Wiesner nickte nur.

»Und du hast Pierre engagiert, um Andreas töten zu lassen, so viel habe ich inzwischen verstanden. Aber irgendwie klingt mir das alles nicht plausibel genug, ich meine, diese ach so traurige Geschichte von der schlimmen Kindheit. Da steckt mehr dahinter.« Sie machte eine Pause, die Pistole war wieder genau auf Thomas Wiesner gerichtet. »Ich nehme an, du bist ein Teil des organisierten Verbrechens. Berichtige mich, wenn ich falsch liege. Du arbeitest in einer Bank und hast zahllose Kontakte. Irgendwann hast du angefangen, Gelder zu waschen. Und irgendwann ist dir die teuflische Idee gekommen, Andreas in deine schmutzigen Geschäfte mit reinzuziehen, denn du hast ihn aus den mir inzwischen bekannten Gründen bis aufs Blut gehasst. Nur dass sich Andreas da nicht freiwillig hat reinziehen lassen, nein, du hast das alles so raffiniert eingefädelt, dass er erst merkte, wie man ihn reingelegt hatte, als es schon zu spät war. Und natürlich hatte Andreas keinen Schimmer, dass du hinter allem steckst. Aber warum musste er sterben? Und was für eine Rolle hat Frau Puschkin bei deinem Plan gespielt? Das begreife ich noch nicht.«

»Ich schwöre dir, ich habe Frau Puschkin nie gekannt und nie gesehen.«

»Soll ich dir das tatsächlich glauben?«

»Ich kenne sie wirklich nicht. Ich weiß nicht, warum Doux sie auch umgebracht hat oder welche Rolle sie dabei gespielt hat. Ehrlich.«

»Aber in allem anderen gibst du mir doch Recht, oder?«

Schweigen.

»Ich denke, dein Schweigen ist Antwort genug. Wo könnte ich diesen Pierre denn finden? Gib mir einfach seine Telefonnummer oder eine Adresse. Das reicht mir schon.«

Schweigen.

»Du warst auch schon redseliger, vor allem in den letzten Tagen. Was hast du mir doch gleich erzählt. Du und Andreas, ihr beide hättet in letzter Zeit wieder stärker zueinander gefunden. Das war eine Lüge, die ich sofort durchschaut habe. Andreas hätte es mir irgendwann gesagt, du und Sophia, ihr hättet euch öfter als nur ein- oder zweimal im Jahr bei uns blicken lassen, und ihr hättet den Kindern die Geschenke zum Geburtstag persönlich vorbeigebracht, wie wir das bei euren Kindern gemacht haben. Aber nichts von alledem. Es hat nie ein herzliches Verhältnis zwischen uns gegeben, weder zwischen dir und Andreas noch zwischen mir und deiner lieben Frau. Aber seit Andreas tot ist, seid ihr auf einmal so rührend um mich besorgt. Ramona hier und Ramona da. Du bist jederzeit herzlich willkommen. Wie rührend!« Sie stieß die eingeatmete Luft verächtlich aus und fuhr fort: »Weiß Sophia eigentlich von deinen miesen Geschäften?«

Schweigen.

»Macht nichts, ich werde es schon noch herauskriegen. Um aber noch mal auf diesen Pierre zurückzukommen. Wie hast du den Kontakt zu ihm hergestellt?«

»Finde es doch heraus, du bist ja so unglaublich schlau«, erwiderte er mit plötzlich arrogantem Grinsen.

»Hast du nicht eben gesagt, du willst nicht sterben. Noch eine solche Bemerkung, und du bist tot. Und ich möchte wetten, es wird eine riesige Beerdigung sein, die sie für dich veranstalten. Für dich, den großen Banker. Alle werden um dich weinen, und sie werden beklagen, was für ein großer Verlust dein Tod doch ist. Aber irgendwann wird die Welt erfahren, was für ein Schwein du warst. Also, wie hast du den Kontakt hergestellt?«

»Ich habe ihn angerufen, und er ist gekommen. Ganz einfach.«

»Dann kannst du mir ja sicher auch seine Nummer geben. Ich würde den Mann gerne kennen lernen, der Andreas auf dem Gewissen hat. Und ich glaube fast, diese Frau Puschkin war genauso unschuldig wie Andreas. Aber warum nur musste er sterben? Hm, mir fällt dazu eigentlich nur eines ein – er wollte aussteigen und zur Polizei gehen, aber du bist irgendwie dahinter gekommen. Mit wem steckst du unter einer Decke? Warum habt ihr versucht Andreas zu ruinieren? Es war zugegebenermaßen ein schlauer Plan, aber ich erkenne trotzdem nicht den Grund, warum ausgerechnet Andreas dran glauben musste. Warum?«

»Sie haben mich selbst unter Druck gesetzt«, sagte Wiesner auf einmal und schenkte sich das Glas voll, bis kein Cognac mehr in der Flasche war. Er setzte es an und trank die braune Flüssigkeit, als wäre es Wasser. Er rülpste leise und fuhr sich mit einer Hand über den Mund. Der ganze Raum stank nach Alkohol. Ramona Wiesner sah ihren Schwager angewidert an.

»Warum musste Andreas sterben?«, fragte sie dennoch ruhig.

»Sie haben mich gezwungen, es zu tun«, winselte er. »Ramona, bitte, du musst mir glauben. Hätte ich es nicht getan, hätten sie mich und meine Familie umgebracht, das schwöre ich bei allem, was mir heilig ist.«

»Komm, als ob dir irgendwas heilig wäre. Das ist wirklich eine herzzerreißende Geschichte, nur leider nehm ich sie dir nicht ab. Dein Lügengebilde wird immer größer, ich glaube fast, du kannst Lüge und Wahrheit schon gar nicht mehr voneinander unterscheiden. Außerdem glaube ich einem Säufer wie dir sowieso nichts.«

Er winkte ab und schrie lallend: »Weißt du was, es ist mir scheißegal, ob du es glaubst oder nicht! Es ist mir so was von scheißegal! Mach doch, was du willst, du alte Fotze, du!«

Ramona Wiesner sah ihn nach diesen Worten nur an, hob die Waffe, zielte und drückte ab. Der erste Schuss traf ihn in den Bauch, der zweite in die Brust, der dritte in den Kopf. Sie stand auf und schoss das ganze Magazin leer. Thomas Wiesner lag auf dem Boden, ein paar letzte Zuckungen rasten durch seinen Körper, eine riesige Blutlache begann sich über den Teppich auszubreiten.

Ramona Wiesner steckte die Waffe ein, nahm den Aktenkoffer von Thomas Wiesner, warf einen letzten Blick auf den Toten und wollte gerade das Haus verlassen, als das Telefon klingelte. Sie überlegte einen Moment, ließ es ein paarmal klingeln und nahm dann den Hörer ab, ohne etwas zu sagen. Es war Sophia. Sie legte gleich wieder auf und verließ das Haus.

Ein kühler Westwind fegte übers Land, dunkle Wolken zogen heran und brachten hoffentlich den ersehnten Regen. Sie stieg in ihren Wagen, startete den Motor und wendete. Niemand sah sie, als sie die Straße entlangfuhr und schließlich rechts auf die Schnellstraße abbog. In ihrem Kopf war nichts als Leere. Sie fuhr wie in Trance nach Hause, stellte den BMW in die Garage und ging hinein.

Sie zog sich aus, stopfte die Sachen in die Waschmaschine und stellte sie an. Dann duschte sie zum zweiten Mal an diesem Tag. Anschließend rief sie ihre Eltern an und erkundigte sich nach den Kindern. Sie war innerlich ganz ruhig, sprach fast eine halbe Stunde mit den Kindern. Den Aktenkoffer von Thomas Wiesner deponierte sie im Arbeitszimmer ihres Mannes, die Waffe legte sie an ihren ursprünglichen Platz zurück. Irgendwann später würde sie den Koffer öffnen, nur jetzt noch nicht. Sie setzte sich ans Klavier und ließ ihre Finger einfach über die Tasten gleiten und spielte ein Stück von Chopin. Während sie spielte, dachte sie nach. Noch erschien ihr alles wie ein unwirklicher, surrealer Traum. Aber sie wusste, es würde nicht mehr lange dauern, bis sie daraus erwachte.

Freitag, 18.45 Uhr

Julia Durant hatte noch ein paar Lebensmittel für das Wochenende eingekauft und traf fast zeitgleich mit Dominik Kuhn zu Hause ein.

»Hi«, sagte er und umarmte sie, »du bist ja schon da. Wollen wir heute Abend etwas unternehmen? Ins Kino vielleicht?«

»Nein, heute nicht«, antwortete Durant und löste sich aus seiner Umarmung. »Mir ist heute nicht nach weggehen. Ich möchte lieber mit dir reden.«

»Was ist los mit dir?«, fragte Kuhn.

»Später. Ich brauch jetzt erst mal einen Moment Ruhe.«

»Und ich hab alles dabei, was Peter in seinem PC gespeichert hat. Ich hab das Zeug auf Diskette überspielt und auch seine Diskette aus dem Schreibtisch mitgenommen. Anschließend hab ich alles, was mit dieser Serie zu tun hat, von der Festplatte gelöscht.«

»Und wenn die andern das spitzkriegen?«, fragte Durant und packte die beiden Tüten aus.

»Was sollen sie denn spitzkriegen?«, sagte er grinsend. »Das hat gerade mal zwei Minuten gedauert, und ich hab's gemacht, als fast keiner in der Redaktion war. Und wie war dein Tag?«, fragte er dann, während er sich eine Dose Bier aus dem Kühlschrank holte.

»Lausig«, war die knappe Antwort. Sie knüllte die Tüten zusammen und steckte sie in den Besenschrank zu den andern Tüten. »Ich muss heute mal ein bisschen Ordnung machen. Hilfst du mir dabei?«

»Ich dachte, wenn wir schon hier bleiben, könnten wir vielleicht mal den Bericht von Peter durchschauen«, erwiderte Kuhn.

»Nachher. Ich ertrage das Chaos hier nicht mehr. Die Wäsche muss in die Waschmaschine, es muss gesaugt und staubgewischt und mal wieder ordentlich durchgelüftet werden. Und dabei will ich laut Musik hören.«

»Eben hast du noch gesagt, du würdest ein wenig Ruhe brauchen, und jetzt auf einmal willst du Großreinemachen. Was hast du bloß?«

Julia Durant blieb mit dem Rücken zu Kuhn stehen, atmete ein paarmal tief ein und aus und drehte sich um.

»Du willst also wissen, was ich habe. Gut, ich werde es dir sagen.« Sie setzte sich auf die Couch, die Ellbogen auf die Schenkel gestützt, die Augen geschlossen. »Gebhardt, ich hab dir von ihm erzählt …«

»Der korrupte Bulle?«

»Genau der. Er wurde heute Morgen im Untersuchungsgefängnis umgebracht.«

»Was? Wie kann denn so was passieren?«

»Er wurde in der Dusche erstochen. Aber angeblich gibt es keine Zeugen, niemand hat einen Streit gehört oder gesehen, alles war so friedlich wie auf einem Kindergeburtstag. Toll, was?«

»Und was denkst du, wer es war?«

»Entweder ein Wärter oder ein Häftling. Der Befehl, Gebhardt zu liquidieren, muss auf jeden Fall von außen gekommen sein.«

»Und Gebhardt wäre eure letzte Chance gewesen, stimmt's?«

»Wir fangen jetzt wieder bei null an. Und das ist die große Scheiße. Ich weiß nicht, was hier wirklich abgeht, aber das ist schlimmer als jeder Fall, den ich bisher zu bearbeiten hatte. Bei einem normalen Mord, aus welchen Gründen auch immer er begangen wird, hast du meist recht schnell ein ziemlich klares Motiv in der Hand. Bei Serienmördern dauert es zwar manchmal recht lange, bis du sie geschnappt hast, aber letztendlich macht jeder von ihnen einmal einen

Fehler. Doch das hier ist etwas anderes. Da spielt sich etwas ab, das ich einfach nicht greifen und begreifen kann. Und sollten diese Morde tatsächlich von einem oder mehreren Auftragskillern begangen worden sein, wovon ich ausgehe, dann haben wir es mit organisiertem Verbrechen zu tun, davon bin ich inzwischen auch überzeugt. Und dann scheint es mir fast unmöglich, an die Leute ranzukommen. Die sind immer einen Schritt schneller als wir.«

»Moment«, sagte Kuhn, »wer wusste denn alles, dass Gebhardt in U-Haft ist?«

»Zu viele. Wir haben das alles schon im Präsidium durchgekaut. Gebhardt war auf jeden Fall ein enormer Risikofaktor für bestimmte Personen, und das hätten wir bedenken müssen ...«

»Quatsch«, wurde sie von Kuhn unterbrochen, »was hättet ihr denn schon tun können? Der sicherste Platz ist doch ein Gefängnis, sollte man zumindest annehmen.«

»Das habe ich bisher auch geglaubt ...« Sie wollte gerade noch etwas hinzufügen, als das Telefon läutete. Es war fast halb acht. Sie hob ab.

»Hier Berger. Was machen Sie gerade?«

»So wie Sie klingen, ist das doch kein privater Anruf, oder?«

»Nein. Ich möchte Sie bitten, umgehend mit Hellmer nach Steinfurth zu fahren. Hier ist die Adresse. Ist aber nicht leicht zu finden, weil es etwas außerhalb in einem Waldstück liegt ... Haben Sie's?«

»Ja, und?«

»Thomas Wiesner, der Bruder von Andreas Wiesner, wurde vorhin in seinem Landhaus erschossen. Seine Frau hat ihn gefunden. Ich denke, Sie sollten sich das vor Ort ansehen. Informieren Sie Hellmer, oder soll ich das übernehmen?«

»Übernehmen Sie das bitte. Ich mach mich sofort auf den Weg. Und er soll sich beeilen. Sind schon irgendwelche andere Beamte am Tatort?«

»Ja, aber ich habe denen gleich gesagt, dass das wohl in unseren Zuständigkeitsbereich fällt. Und ich habe ihnen auch Ihren Namen genannt. Außerdem habe ich Anweisung gegeben, den Toten nicht anzufassen, bevor Sie nicht dort sind. Der Arzt wird ebenfalls auf Sie warten.«

»Dann wird es wohl nichts mit meinem ruhigen Abend. Ich hoffe, Sie haben wenigstens einen. Ich melde mich später noch mal bei Ihnen.«

Sie legte auf und sah Kuhn an.

»Was ist denn jetzt schon wieder passiert?«, fragte er.

»Thomas Wiesner wurde eben erschossen in seinem Landhaus aufgefunden.«

»Der Bruder vom andern Wiesner?«

»Genau der. Ich muss sofort hin.«

»Kann ich mitkommen?«

Julia Durant schüttelte den Kopf. »Nein, das geht nicht. Das ist eine reine Polizeisache. Ich würde nur Ärger kriegen. Nicht böse sein.«

»Warum sollte ich. Ich kümmere mich derweil um die Wohnung. Und wenn du nach Hause kommst, wird hier alles blitzen. Ich kann mir nämlich einigermaßen vorstellen, wie's jetzt in dir aussieht.«

»Nein, das kannst du nicht. Aber es ist trotzdem lieb von dir, wenn du das machst, ich meine Ordnung. Ich hoffe, dass ich nicht zu lange unterwegs bin. Jetzt um diese Zeit müsste die Autobahn Richtung Kassel eigentlich wieder frei sein. Bis nachher. Es kann ziemlich spät werden.«

»Schon okay. Hauptsache, du kommst gesund wieder heim.«

Sie nahm ihre Tasche, gab Kuhn einen Kuss und ging. Er sah aus dem Fenster, als sie in ihren Wagen stieg, und winkte ihr nach.

Freitag, 20.15 Uhr

Vor dem Haus von Thomas Wiesner waren zwei Streifenwagen, ein Notarztwagen und fünf Zivilfahrzeuge, darunter ein Porsche und Hellmers BMW. Julia Durant parkte hinter dem Sportwagen und stieg aus. Sie zeigte einem der Streifenbeamten ihren Ausweis und ging mit schnellen Schritten zum Haus. Sophia Wiesner stand mit versteinerter Miene an der offenen Tür. Sie sagte kein Wort, als sie die Kommissarin erblickte.

»Wo ist er?«, fragte Durant einen anderen Beamten, der ihr den Weg zeigte.

Thomas Wiesner lag in unnatürlich verrenkter Stellung auf dem Teppich vor dem Sessel, die Augen weit aufgerissen, die Arme und Beine seltsam verdreht. Er war von einer riesigen Blutlache umgeben. Es roch nach Blut und Alkohol. Zwei Kriminalbeamte in Zivil unterhielten sich leise mit Hellmer. Durant stellte sich zu ihnen.

»Frau Durant?«, fragte einer der beiden, ein älterer Beamter, der, wie es schien, nicht mehr lange bis zu seiner Pensionierung hatte. Er hatte ein offenes, freundliches Gesicht und reichte ihr die Hand. »Wir wurden bereits informiert, dass Sie diesen Fall bearbeiten. Wir haben uns zwar schon mit Ihrem Kollegen unterhalten, sind aber trotzdem etwas verwundert, dass die Kripo Frankfurt hier in der Wetterau ...«

»Haben Sie bereits mit seiner Frau sprechen können?«

»Versucht haben wir's, aber sie redet nur wirres Zeug. Vielleicht haben Sie ja mehr Erfolg.«

»Gleich. Erst will ich mir den Toten genauer anschauen, sobald der Fotograf fertig ist.«

»Wer immer das gemacht hat, er hat eine ganz schöne Sauerei angerichtet. Vermutlich hat er ein ganzes Magazin leer geschossen«, sagte Hellmer.

»Schau'n mer mal.«

Sie hatte es kaum ausgesprochen, als der Fotograf sagte: »So, die Bilder wären im Kasten. In zwei, spätestens drei Stunden liegt alles auf Ihrem Schreibtisch.« Er packte die Fotoapparate und die Videokamera ein und ging zu seinem Wagen. Julia Durant und Frank Hellmer beugten sich zu Wiesner hinunter und betrachteten den toten Körper. Sie zählten acht Einschüsse. Die Kugeln waren vorne ein- und hinten wieder ausgetreten. Wiesners Augen waren zwar weit geöffnet, ihnen fehlte jedoch jeglicher Glanz. Die Dumpfheit des Todes. Ein zerbrochenes Glas lag neben ihm, eine leere Cognac-Flasche stand auf dem Tisch. Das Blut vom Teppich aufgesaugt und mittlerweile geronnen. Der Körper fühlte sich noch warm an. Der Arzt stellte sich neben sie und die schwarze Tasche auf den Dreisitzer.

»Er ist noch nicht lange tot«, sagte die Kommissarin, »er fühlt sich noch warm an.«

»Da muss wohl jemand ein bisschen sauer auf den werten Herrn gewesen sein«, bemerkte Hellmer in seiner typisch trockenen Art. »Was hältst du davon?«

Statt auf die Frage zu antworten, sagte sie: »Hat mal einer 'ne Pinzette?«

»Wenn Sie mich mal lassen, dann kann ich Ihnen gleich sagen, wie lange er in etwa tot ist«, meldete sich der Arzt zu Wort.

»Warten Sie bitte noch einen Moment.«

Ein junger Mann von der Spurensicherung reichte ihr eine Pinzette. Sie holte eine der Kugeln aus der Rückenlehne des Sessels, in dem Wiesner gesessen hatte, und betrachtete sie eingehend.

»Vollmantel. Könnte 'ne 22er sein. Es hat ihn voll erwischt. So wie das aussieht, waren mindestens vier Schüsse tödlich. Der hatte keine Chance. Und jetzt dürfen Sie«, sagte sie zu dem Arzt, der seinen Koffer öffnete und ein Thermometer herausholte. Zwei Männer von der Spurensicherung zogen Wiesner die Hose und die Unterhose aus, der Arzt maß die Temperatur. Nach zwei Minuten sagte er nach einem Blick auf das Thermometer: »33,5 Grad. Der ist nicht länger als drei bis dreieinhalb Stunden tot. Wo soll die Leiche hingebracht werden?«

»In die Rechtsmedizin nach Frankfurt. Ich rufe selbst dort an. Von mir aus kann er abtransportiert werden.« Und an Hellmer gewandt: »Lass uns mal nach draußen gehen und mit Frau Wiesner sprechen.«

Bevor sie das taten, rief Durant in der Rechtsmedizin an und bat, den Autopsiebericht von Wiesner am Samstagvormittag auf dem Tisch zu haben.

Sophia Wiesner saß auf den Stufen und starrte vor sich hin. Sie murmelte etwas auf Italienisch. Julia Durant setzte sich neben sie.

»Frau Wiesner, kann ich Ihnen ein paar Fragen stellen?«

Sophia Wiesner drehte den Kopf zur Kommissarin und sah sie an. »Was wollen Sie?«

»Das ist Ihr Haus, nehme ich an. Wann haben Sie ihn gefunden?«

»Weiß ich nicht mehr. Vor einer Stunde, vielleicht auch vor anderthalb. Welche Rolle spielt das noch?«

»Hat es einen besonderen Grund gegeben, weshalb Sie hierher gefahren sind?«

»Er ist nicht nach Hause gekommen. Er wollte spätestens um halb sechs zu Hause sein. Als er um sechs noch nicht da war, habe ich ihn angerufen. Jemand hat den Hörer abgenommen, aber als ich mich gemeldet habe, hat derjenige gleich wieder aufgelegt. Ich hab es danach noch zweimal versucht, aber dann ist keiner mehr rangegangen. Ich habe es auf seinem Handy probiert, doch da hat er sich auch nicht gemeldet. Ich habe noch ein bisschen gewartet, und als ich es vor Nervosität nicht mehr ausgehalten habe, habe ich mich ins Auto gesetzt und bin hergefahren.«

»Was hat Ihr Mann hier gemacht?«

»Er hat sich oft hierher zurückgezogen, wenn er seine Ruhe haben wollte.«

»Heute Mittag habe ich ihn noch auf der Beerdigung gesehen. Was hat er danach getan?«

»Wir waren mit meiner Schwägerin in Bad Soden essen, dann wollte er hierher fahren.«

»War er oft allein hier?«

»Höchstens einmal in der Woche. Er hatte einen sehr anstrengenden Beruf, und dieses Landhaus war sein Refugium. Hier hörte er Musik, arbeitete im Garten oder ruhte sich einfach bloß aus. Mein Gott, wer hat ihm das nur angetan? Erst Andreas, dann er«, sagte sie verzweifelt und mit theatralischer Geste. »Ich begreife das nicht. Thomas hat doch nie irgendjemandem etwas getan!«

»Hat er sich heute Mittag in irgendeiner Weise auffällig verhalten?«

»Nein. Er war wie immer. Ein Gentleman, wie er im Buche steht.«

»Hatte Ihr Mann Feinde?«

Sophia Wiesner sah die Kommissarin aus glühenden Augen an und schüttelte den Kopf. »Nein, Thomas hatte keine Feinde, das wüsste ich.« Und nach einer kurzen Pause: »Hat er leiden müssen?«

»Wie es aussieht, nicht. Und trotzdem muss ich Ihnen noch einmal die Frage stellen: Hatte er Feinde? Ich meine, seien wir ganz ehrlich, Ihr Mann war im Vorstand einer großen Bank. Da kommt es zwangsläufig hin und wieder zu Auseinandersetzungen. Hat er nie davon gesprochen?«

»Wenn ich es Ihnen doch sage, nein! Thomas war ein liebevoller Ehemann und Vater.«

»Aber manche Menschen verhalten sich im Beruf ganz anders als zu Hause. Entschuldigen Sie, doch das ist nun mal so. Gab es in letzter Zeit irgendwelche besonderen Vorkommnisse, die Sie sich nicht erklären können? Anonyme Anrufe, Anrufe, bei denen sich niemand gemeldet hat, Drohbriefe oder Ähnliches?«

»Tun Sie mir einen Gefallen, hören Sie auf mit diesen dummen Fragen. Finden Sie lieber den Mörder meines Mannes. Finden Sie bitte um Himmels willen den Mörder meines Mannes. Ich flehe Sie an.«

»Wir werden unser Bestes tun. Gut, dann wollen wir es fürs Erste dabei belassen. Sollte Ihnen doch noch etwas einfallen, rufen Sie an. Sie wissen ja, wie Sie uns erreichen können. Wir melden uns auf jeden Fall im Laufe des Wochenendes wieder bei Ihnen. Wir werden sicher noch einige Fragen haben.«

Julia Durant erhob sich und gab Hellmer ein Zeichen. Sie gingen um das Haus herum, wo sie ungestört sprechen konnten.

»Die redet einen Stuss zusammen. Ein Gentleman, wie er im Buche steht. Er hatte keine Feinde, er war ein liebevoller Ehemann und Vater. Die stellt ihn hin, als wäre er der liebe Gott persönlich gewesen. Wer's glaubt!« Julia Durant zündete sich eine Zigarette an.

»Was hältst du überhaupt von diesem Mord?«, fragte Hellmer.

»Das weißt du doch selbst, oder?«, entgegnete sie grinsend.

»Sag du mir, ob ich richtig liege«, forderte Hellmer sie auf.

»Also gut. Erstens glaube ich nicht, dass das hier das Werk eines Auftragskillers war. Hier hat jemand seinen ganz persönlichen Hass an Wiesner ausgelassen. Das war kein Profi, hier waren Emotionen im Spiel. Dazu kommt, dass die andern Morde mit 9-mm-Patronen verübt wurden, hier wurde aber Kaliber .22 verwendet. Das schaut für mich ganz nach einem Racheakt aus. Die Frage ist, wofür hat sich dieser Jemand gerächt?«

»Genauso sehe ich das auch«, pflichtete Hellmer ihr bei. »Emotionen, Hass, Rache … Laskin?«

»Wie kommst du ausgerechnet auf Laskin?«, wollte Durant wissen.

»Angenommen, Wiesner hatte was mit der Puschkin. Laskin hat, nachdem du ihm das Foto von der Maric gezeigt hast, zwei und zwei zusammengezählt, und mit einem Mal ist ihm eingefallen, wo dieser Empfang stattgefunden hat, wo er die Maric gesehen hat. Er ist hergefahren und hat Wiesner kaltgemacht. Denk dran, Laskin ist Israeli und vermutlich heißblütig.«

»Sehr dünn, sehr, sehr dünn, deine Theorie. Aber das lässt sich ganz leicht nachprüfen. Wir fahren beide gemeinsam jetzt gleich zu Natascha und schauen nach, ob Laskin auch dort ist. Und dann frage ich Laskin, seit wann er bei Natascha ist und du stellst Natascha die gleiche Frage. Ich wette, er war's nicht.«

»Und warum bist du dir da so sicher?«

»Weil mein Bauch mir das sagt. Und dem kann ich in der Regel ganz gut vertrauen.«

»Hast du vielleicht jemand anderen in Verdacht?«

»Gegenfrage: Was, wenn ich einen Verdacht hätte?«

»Das ist eine absolut bescheuerte Frage.«

»Finde ich nicht. Ich könnte mir zumindest etwas vorstellen«, entgegnete die Kommissarin mit vielsagendem Blick.

»Komm, rück schon raus mit der Sprache. Wen hast du in Verdacht?«

»Jemanden, der möglicherweise etwas über Wiesner herausgefunden hat, was denjenigen letztlich zu der Tat verleitet hat. Überleg mal ganz scharf, wer würde dir da einfallen? Es muss jemand sein, der dieses Haus kennt, jemand, der wusste, dass Wiesner sich heute hier aufhält, und ...«

»Moment. Du meinst doch nicht etwa jemanden aus dem engeren Verwandtenkreis, oder?«

»Und wenn?«

»Dann müssen wir sie verhaften.«

»Und wenn ich das nicht tun würde?«

»Sag mal, drehst du jetzt völlig durch?! Wenn sie es war, dann müssen wir sie verhaften. Hier handelt es sich nicht um einen lächerlichen Einbruch, sondern um Mord.«

»Sicher ist es Mord. Trotzdem, es wäre viel zu gefährlich, sie zu verhaften. Nehmen wir mal an, Thomas Wiesner war alles andere als ein Unschuldslamm. Er war im Vorstand einer mächtigen Bank. Wir haben es mit organisiertem Verbrechen und, diesen Wiesner hier ausgenommen, mit neun Toten, darunter seinem Bruder, zu tun. Was, wenn er an dem Tod seines Bruders nicht ganz unschuldig ist? Oder im schlimmsten Fall sogar dafür verantwortlich? Was dann? Die Maric hat ihn zum Beispiel angerufen, kurz nachdem wir bei ihr gewesen waren. Und die Wiesner hat möglicherweise rausbekommen, welche Sauereien ihr Schwager auf dem Kerbholz hatte, und ihren ... Gefühlen ... einfach freien Lauf gelassen. Ich zumindest könnte diese Gefühle sehr wohl nachvollziehen.« Sie warf ihre Zigarette auf den Boden und trat sie mit dem Schuh aus. »Aber erstens haben wir noch überhaupt keine Beweise, und zweitens würde ich momentan nicht mal etwas unternehmen, wenn ich Beweise hätte. Und du hältst auch die Klappe, kapiert! Ich werde Ramona Wiesner morgen mal einen Besuch abstatten und dann entscheiden, wie es weitergehen soll. Ich decke hiermit keine Straftat, ich will lediglich verhindern, dass auch sie noch dran glauben muss. Und außerdem ist das bis jetzt alles blanke Theorie. Und wir beide haben nie über diese Theorie gesprochen.«

»Mann o Mann«, sagte Hellmer und steckte sich jetzt auch eine Zigarette an, »du bringst wirklich die tollsten Dinger. Aber gut, du bist der Boss und entscheidest.«

»Du wirst also nichts sagen?«, fragte Durant noch einmal.

»Wovon haben wir eben gesprochen? Ach ja, du hast mich gefragt, wie's Nadine geht. Es geht ihr gut«, sagte Hellmer grinsend.

»Fein, mehr wollte ich auch nicht wissen. Dann lass uns mal Natascha einen kleinen Besuch abstatten.«

Sophia Wiesner saß noch immer auf der Treppe, das Gesicht in den Händen vergraben. Julia Durant ging zu ihr hin und sagte: »Frau Wiesner, hätten Sie vielleicht ein Foto von Ihrem Mann?«

»Wozu brauchen Sie ein Foto von ihm?«

»Um den Täter zu finden, ganz einfach. Haben Sie eins?«

»Im Wohnzimmer auf der Kommode ist ein Familienfoto. Nehmen Sie es von mir aus mit.«

Hellmer nahm das Foto aus dem Rahmen und steckte es ein. Die Spurensicherung würde noch die halbe Nacht hier zu tun haben, der Leichenwagen war mittlerweile vorgefahren. Durant und Hellmer gingen zu ihren Autos. Bevor sie einstiegen, sagte Hellmer: »Schau dir mal diese Gegend hier an. Exklusive Landhäuser, kaum wer da, hier fällt es gar nicht auf, wann jemand kommt und geht. Und die Häuser stehen so weit auseinander. Da kannst du sogar mit einem Granatwerfer feuern, und keiner würde es bemerken.«

»Wiesner wird wohl einen guten Grund gehabt haben, sich dieses Haus ausgerechnet hierhin zu stellen«, entgegnete Durant. »Und jetzt gib mir mal das Foto von Wiesner, ich will es gleich Laskin vorlegen.« Sie stiegen ein, und Durant fuhr hinter Hellmer zurück nach Frankfurt in die Cronstettenstraße. Sie klingelten bei Natascha.

Freitag, 22.15 Uhr

Wer kann das um diese Zeit noch sein?« Natascha sah Laskin ängstlich an.

»Ich sehe nach, und du bleibst hier sitzen.«

Er ging zum Fenster, schob den Vorhang ein wenig zur Seite und schaute auf die Straße, wo sich kaum ein Mensch aufhielt. Er öffnete das Fenster, blickte nach unten, und als er die beiden Kommissare erkannte, begab er sich wortlos zur Tür und drückte auf den Türöffner.

»Frau Durant und Herr Hellmer«, sagte er mit unverbindlichem Lächeln, »was führt Sie so spät noch zu uns?«

»Können wir reinkommen?«, fragte Julia Durant.

»Natürlich. Natascha ist im Wohnzimmer. Darf ich erfahren, worum es geht?«

»Frank, würdest du bitte zu Natascha gehen. – Können wir beide uns einen Moment ungestört unterhalten?«, fragte die Kommissarin.

»Gehen wir doch in die Küche«, sagte Laskin, schloss die Tür hinter sich und deutete auf einen der beiden roten Küchenstühle. Julia Durant setzte sich Laskin gegenüber.

»Also?«

»Wo haben Sie sich heute zwischen sechzehn und achtzehn Uhr aufgehalten?«

»Ich war hier bei Natascha, warum?«

»Sie wird das sicher bestätigen können, oder? Mein Kollege stellt ihr nämlich gerade die gleiche Frage.«

»Das wird sie ganz sicher«, erwiderte Laskin. »Wir waren fast zwei Stunden spazieren.«

»Zwischen vier und sechs?«, fragte Durant noch einmal.

»Du meine Güte, es kann auch zwischen halb fünf und halb sieben gewesen sein. Ich habe nicht so genau auf die Uhr gesehen. Würden Sie mir jetzt vielleicht freundlicherweise verraten, warum Sie das wissen wollen?«

Julia Durant holte das Foto aus ihrer Tasche und legte es auf den Tisch. »Kennen Sie diesen Mann?« Sie deutete auf Thomas Wiesner.

Laskin betrachtete eingehend das Foto. Er ließ sich lange Zeit, doch dann sagte er: »Was ist mit ihm?«

»Bitte, Herr Laskin, beantworten Sie meine Frage nicht mit einer Gegenfrage. Kennen Sie ihn, ja oder nein?«

»Erst möchte ich von Ihnen etwas wissen. Haben Sie sich an unsere Abmachung gehalten und keinem von unserem Gespräch heute Nachmittag erzählt?«

»Natürlich. Was glauben Sie, weshalb ich mit Ihnen allein sprechen möchte? Was ist nun, kennen Sie diesen Mann?«

»Ja, ich kenne ihn.«

»Und woher?«

»Bei ihm habe ich Frau Maric gesehen.«

»Bei ihm oder mit ihm?«

»Interessante Frage. Er war es, der sich zu ihr an die Bar gesetzt hat. Auf jeden Fall hat er sich eine ganze Weile recht angeregt mit Frau Maric unterhalten, bis noch jemand anders zu ihnen gestoßen ist.«

»Wann war das? Vor einem Jahr oder länger?«

»Das habe ich Ihnen doch schon gesagt, ich weiß nicht mehr genau, wann das war. Ich schätze so vor anderthalb Jahren vielleicht.«

»Und warum waren Sie dort?«

Laskin lächelte wieder unergründlich, bevor er antwortete: »Ich war eingeladen und war mit Irina und einem Bekannten dort.«

»Und wer hat Sie eingeladen? Auch ein Unbekannter?«, fragte Durant ironisch.

Laskin fuhr sich mit der Zunge über die Lippen und schüttelte den Kopf. »Nein, es war kein Unbekannter. Er ist sogar sehr bekannt.«

»Wie bekannt?«

»Er ist ein Politiker, dessen Namen ich jetzt noch nicht nennen kann. Sie würden sowieso nicht an ihn herankommen. Aber der Gastgeber war der Mann auf dem Foto. In seinem Haus hat der

Empfang stattgefunden. Ich habe Ihnen gesagt, ich werde Ihnen alle nötigen Informationen zukommen lassen, auch Namen. Aber dafür brauche ich noch ein bisschen Zeit.«

»Und was heißt das, ein bisschen?«

»Höchstens ein paar Tage.«

»Herr Laskin, bitte, so kommen wir doch nicht weiter. Wenn Sie jetzt nicht reden, werde ich Sie mit aufs Präsidium nehmen und dort verhören. Und dann wollen wir mal sehen, ob Sie mir nicht doch etwas mehr zu sagen haben als nur, dass Sie noch ein bisschen Zeit brauchen.«

»Glauben Sie im Ernst, Sie erfahren auf dem Präsidium mehr von mir als hier?« Er lächelte. »Ich bin ein unbescholtener Bürger, habe, wie Sie vermutlich schon wissen, seit einem Jahr einen deutschen Pass und leite ein Softwareunternehmen.«

Julia Durant fuhr sich mit einer Hand über die Stirn und sagte mit eindringlicher Stimme: »Herr Laskin, wenn Sie mir doch nur ein klein wenig entgegenkommen würden.«

»Was dann? Dann hätten Sie ein paar Puzzleteile, mit denen Sie überhaupt nichts anfangen könnten. Aber Sie wollen doch ein komplettes Bild haben, wenn ich das richtig sehe …«

»Das ist richtig«, wurde er von Durant unterbrochen, »aber vielleicht kommen wir schneller voran, wenn ich Ihnen ein paar Fragen stelle, auf die Sie nur mit Ja oder Nein antworten. Wäre das in Ihrem Sinn?«

»Versuchen Sie's.«

»Die Morde an Wiesner, Ihrer Freundin und an Frau Maric und den Andrejews, haben diese Morde etwas mit dem organisierten Verbrechen zu tun?«

»Ja.«

»Wurden diese Morde von einem Auftragskiller verübt?«

»Ja.«

»Kennen Sie selbst einen Auftragskiller?«

»Nein, zumindest nicht bewusst. Aber die wirklich guten Auftragskiller sind allesamt Wölfe im Schafspelz. Man erkennt sie nicht. Es kann jemand sein, der in Jeans und Lederjacke rumläuft oder im Nadelstreifenanzug und weißem Hemd und Krawatte. Ein Versicherungsvertreter, ein ganz normaler Angestellter oder sogar eine unscheinbare Frau. Es kann unter Umständen sogar der beste Freund sein.« Nach dem letzten Satz hielt er inne, überlegte, zog die Stirn in Falten und schüttelte kaum merklich den Kopf. Er wirkte auf einmal sehr nachdenklich, fing sich aber gleich wieder und sah die Kommissarin erneut an. Julia Durant war die kurze Veränderung nicht entgangen, ließ es sich aber nicht anmerken.

»Sie kennen wirklich keinen?«

»Nein.«

»Aber Sie kennen Mitglieder organisierter Banden?«

Laskin lachte leise auf. »Ich weiß zwar nicht, was Sie unter organisierten Banden verstehen, aber ich kenne Menschen, die geradezu teuflisch sind. Sie klopfen Ihnen mit der rechten Hand auf die Schulter, lächeln Sie an und stoßen, ohne dass Sie es merken, Ihnen mit der linken ein Messer in den Bauch. Und es sind Menschen, denen Sie so etwas nie zutrauen würden. Und um noch einmal auf die Banden zurückzukommen. Die Banden, die Sie vielleicht vor Augen haben, stehen ganz unten in der Hierarchie. Sie müssen sich das wie eine Pyramide vorstellen. Wenn von organisiertem Verbrechen gesprochen wird, dann heißt es immer nur die Mafia. Aber was ist die Mafia oder die Yakuza oder die Triaden? Sind es die Geldeintreiber, die Schutzgelderpresser, die Drogenhändler? Für Sie ist das vielleicht die Mafia, doch in Wirklichkeit ist die Mafia mittlerweile etwas ganz anderes. Aber das werde ich Ihnen erzählen, sobald ich alle Informationen zusammen habe. Ich habe Ihnen doch gesagt, die Welt ist nicht so, wie wir sie sehen oder wie sie uns gezeigt wird. Sie ist ganz anders.«

»Und das wissen Sie so genau? Sie müssen ja verdammt gute Kontakte haben.«

»Etwas genau zu wissen bedeutet nicht unbedingt, gute Kontakte zu haben. Manchmal muss man nur die Augen offen halten. Es wird die Zeit kommen, da werde ich Ihnen meine ganz persönliche Geschichte erzählen. Und ich werde Ihnen auch noch eine andere Geschichte erzählen, eine von Lug und Trug und eine davon, dass die Menschen im Prinzip nichts anderes wollen als belogen und betrogen zu werden.«

»Sie scheren alle über einen Kamm, finden Sie das gerecht?«

»Definieren Sie mir das Wort gerecht, und ich werde Ihnen vielleicht eine Antwort darauf geben.«

»Ist es gerecht, wenn ein elfjähriges Mädchen einfach so umgebracht wird? Sie wissen, von wem ich spreche.«

»Es ist die gleiche Gerechtigkeit, die den Juden und Palästinensern, den Ärmsten der Armen in den Favelas oder anderen Elendsvierteln auf dieser verdammten Welt und auch andern Völkern widerfährt. Tag für Tag werden irgendwo auf dieser Erde Kinder und Jugendliche hingemetzelt oder verrecken elend, weil sie nichts zu essen haben. Haben Sie sich schon einmal gefragt, warum das so ist? Wahrscheinlich nicht, denn Sie bekommen die Informationen aus dem Fernsehen, aus dem Radio oder aus der Zeitung. Nur, was sind diese Informationen wirklich wert? Womit ich nicht sagen will, dass ich diese Gerechtigkeit gutheiße.«

Julia Durant ging nicht weiter darauf ein. Es war spät, ihr Kopf war leer, und ihr stand nicht der Sinn nach langen philosophischen Diskussionen. »Sie haben gesagt, Sie würden ein Softwareunternehmen leiten. Was genau tun Sie da?«

»Ich überwache Computersysteme.«

»Ich kann mir darunter nichts vorstellen.«

»Jeden Tag stürzt bei irgendeinem Kunden ein Programm ab, und ich bin dafür verantwortlich, diese Programme wieder zum Laufen zu bringen, ganz einfach. Sie können das gerne überprüfen.«

»Gut, kommen wir noch einmal auf das Foto zurück. Sie sagen also, Sie würden diesen Mann kennen. Wie ist sein Name?«

»Seinen Namen weiß ich nicht. Ich kenne sein Gesicht so wie viele andere Gesichter auch. Wie heißt er?«

»Dieser Mann heißt Thomas Wiesner, und er ist der Bruder von Andreas Wiesner.«

»Interessant«, erwiderte er und zog kurz die Augenbrauen hoch. »Das Gesicht kenne ich, den dazugehörigen Namen jetzt auch. Und warum zeigen Sie mir dieses Foto?«

»Weil Thomas Wiesner heute Nachmittag erschossen wurde.«

Laskin zuckte bei dem letzten Satz nicht einmal zusammen. Er fragte nur: »Und weshalb kommen Sie damit zu mir? Glauben Sie etwa, ich hätte mit diesem Mord etwas zu tun?«

»Eigentlich nicht, denn Sie haben mir ja versprochen, keinen persönlichen Rachefeldzug zu unternehmen. Und dabei bleibt es doch auch, oder?«

»Frau Durant, warum zweifeln Sie eigentlich an meinen Worten? Ich werde Ihnen helfen und verlange als Gegenleistung nur, dass Sie Natascha und mir helfen. Und sollte alles klappen, werde ich Ihnen zumindest den Mörder auf einem Silbertablett servieren. Und was Sie mit den restlichen Informationen machen, überlasse ich ganz Ihnen«, fügte er mit einem undefinierbaren Lächeln hinzu.

»Noch einmal, wann glauben Sie kann ich damit rechnen?«

»Manchmal brauchen Dinge eine gewisse Zeit, manchmal geht aber alles auch sehr schnell. Doch um Sie zu beruhigen, es wird nur ein paar Tage dauern.«

»Also gut, dann beenden wir jetzt dieses Gespräch und gehen rüber zu den andern. Ich bin müde und will endlich nach Hause. Fühlen Sie sich im Augenblick noch sicher hier?«

»Ich denke, Natascha und ich werden nach der Beerdigung für eine Weile in ein Hotel oder eine Pension ziehen. Sobald wir uns entschieden haben, wohin wir gehen, lasse ich Sie das natürlich sofort wissen. Und noch etwas, hüten Sie sich vor den Menschen, von denen Sie meinen, ihnen vertrauen zu können.«

»Herr Laskin, ich weiß sehr wohl, wem ich vertrauen kann und wem nicht. Ich bin durch eine sehr harte Schule gegangen.«

»Ich auch, Frau Durant, vielleicht durch eine härtere als Sie. Und nicht jeder, mit dem Sie es in Ihrem Beruf zu tun haben, ist so, wie er sich nach außen gibt.«

»Wenn Sie vielleicht etwas konkreter werden könnten …«

»Vielleicht schon morgen. Wie heißt es doch, man soll das Fell des Bären nicht verteilen, bevor man ihn erlegt hat.«

»Wenn Sie meinen.«

Sie begaben sich ins Wohnzimmer, wo Hellmer sich mit Natascha unterhielt. Durant wusste, dass Natascha seinem Typ entsprach, doch zum Glück hatte er eine Frau zu Hause, die sogar etwas Ähnlichkeit mit Natascha hatte, nur dass Nadine ein paar Jahre älter war. Sie beschloss auch Natascha das Foto von Wiesner zu zeigen, aber die schüttelte den Kopf und sagte, sie habe diesen Mann nie gesehen.

»Können wir gehen?«, fragte Durant Hellmer.

»Klar. Ich wünsche noch einen schönen Abend und eine gute Nacht«, sagte Hellmer. Laskin begleitete sie zur Tür, machte sie sofort wieder zu und verriegelte sie. Dann setzte er sich neben Natascha und nahm sie in den Arm.

»Was wollte Hellmer von dir?«, fragte Laskin.

»Er wollte wissen, wo du heute zwischen vier und sechs gewesen bist. Ich habe ihm die Wahrheit gesagt.«

»Es ist immer gut, die Wahrheit zu sagen. Und es ist wahr, dass ich dich liebe. Wir sollten vielleicht in ein kleines Hotel außerhalb von Frankfurt ziehen. Nur für eine Weile. Es könnte sein, dass diese Wohnung nicht sicher ist.«

»Du machst mir schon wieder Angst. Warum tust du das?«

»Entschuldigung, es war dumm von mir, das zu sagen. Ich meine nur, wir sollten sehr vorsichtig sein. Komm, lass uns zu Bett gehen, es war ein anstrengender Tag.«

Freitag, 23.15 Uhr

Und, wie ist es bei dir gelaufen?«, fragte Hellmer, als sie sich zu ihren Autos begaben. »Hat er was gesagt?«

»Er kennt Wiesner. Er hat ihn zusammen mit der Maric auf diesem Empfang gesehen …«

»Welchen Wiesner?«

»Thomas Wiesner, wen sonst. Er war der Gastgeber, Laskin wurde allerdings von jemand anderem eingeladen, angeblich ein bekannter Politiker. Das heißt, es gibt definitiv eine Verbindung zwischen der Maric und Wiesner. Welche, hat er mir nicht sagen können oder noch nicht sagen wollen. Und die Puschkin war in Begleitung von Laskin dort. Jetzt müssten wir herausfinden, wer noch auf diesem Empfang war und was da so abgelaufen ist. Ich möchte zu gern wissen, was für ein Spiel hier gespielt wird. Sicher ist jedenfalls, Laskin kann Wiesner nicht umgebracht haben, er hat ein hieb- und stichfestes Alibi. Aber mich würde zu sehr interessieren, was Laskin in Wirklichkeit macht. Dass er ein Softwareunternehmen leitet, mag sein. Doch ist das alles? Der muss mit Sachen zu tun haben, von denen wir bis jetzt keine Ahnung haben. Ich bin fast überzeugt, dass er ein Insider ist. Oder er arbeitet tatsächlich als verdeckter Ermittler und will oder kann oder darf uns noch nichts davon sagen.«

»Und wohin tendierst du?«, wollte Hellmer wissen.

»Er ist Israeli mit deutschem Pass, von daher glaube ich weniger, dass er ein Undercover-Agent ist. Inwieweit er allerdings mit dem organisierten Verbrechen zu tun hat ...« Sie zuckte mit den Schultern und steckte den Schlüssel in die Fahrertür. »Er macht immer nur Andeutungen, lässt sich aber überhaupt nicht in die Karten schauen.«

»Belassen wir's dabei«, sagte Hellmer, fuhr sich mit einer Hand übers Kinn und sah Durant nachdenklich an. »Softwareunternehmen. He, warte mal, heutzutage werden doch viele Geschäfte übers Internet oder per E-Mail abgeschlossen. Ich sehe da zumindest einen vagen Zusammenhang. Egal, ich will nur noch ins Bett. Was ist morgen mit der Wiesner. Fährst du allein zu ihr?«

»Welche Wiesner meinst du denn?«

»Ramona Wiesner.«

»Natürlich. Ich werde in aller Ruhe mit ihr sprechen. Aber du erfährst als Erster, was dabei herausgekommen ist. Die andere Wiesner machen wir zusammen. Es ist schon merkwürdig, eigentlich wollte ich morgen mit ihrem Mann über die Maric reden. Wer hätte schon ahnen können, dass er so schnell den Abgang macht.«

»Denk jetzt nicht mehr darüber nach. Gute Nacht, und komm gut heim«, sagte Hellmer, stieg in seinen BMW und brauste davon.

Julia Durant brauchte kaum eine Viertelstunde, bis sie zu Hause ankam. Erst auf der Heimfahrt merkte sie, wie unendlich müde und vor allem erschöpft sie war. Ihre Beine und Füße schmerzten, ihr Rücken tat weh, sie hatte Hunger, sie fühlte sich wie eine alte, ausgebrannte Frau. Sie sehnte sich nach einem heißen Bad, etwas zu essen und nur noch Ruhe.

»Hi, da bin ich wieder«, sagte sie und ließ ihre Tasche auf den Stuhl fallen. Dominik Kuhn saß vor dem Notebook und machte sich Notizen. Sie blickte sich um, und trotz aller Erschöpfung huschte ein Lächeln über ihr Gesicht. Sie ging zu Kuhn und umarmte ihn von hinten.

»Danke«, sagte sie. »Du bist ein echter Schatz.«

»Wofür?«, fragte er, als wüsste er nicht, was sie meinte.

»Frag doch nicht so. War ’ne Menge Arbeit, was?«

»Das bisschen Haushalt«, erwiderte er grinsend.

»Das blitzt und glänzt vielleicht. Bist du gar nicht müde?« Sie legte ihren Kopf an seine Schulter.

»Nee, wenn ich lese, was Peter so alles aufgeschrieben hat, dann kann ich gar nicht müde werden. Es ist der absolute Hammer. Ich kann mir vorstellen, dass einigen Leuten die Sohlen unter den Füßen gebrannt haben oder immer noch brennen. Willst du mal lesen?«

»Tut mir Leid, aber heute nicht mehr«, antwortete sie und gähnte herzhaft. »Dazu bin ich viel zu müde. Verschieben wir's auf morgen.«

»Na gut. Und ich werde dich jetzt auch nicht fragen, was bei Wiesner war. Du siehst echt kaputt aus.«

»Komm, wir rauchen noch eine, bevor ich ins Bett gehe«, sagte sie und holte die Zigaretten aus ihrer Tasche. Nein, dachte sie, ich bade heute nicht mehr, duschen reicht. Und eine Kleinigkeit essen.

»Und dann will ich mindestens zehn Stunden schlafen. Hast du eigentlich was Neues von Peter gehört? Wie's ihm geht?«

»Er wird durchkommen. Claudia ist fast die ganze Zeit über bei ihm.«

»Wenigstens eine gute Nachricht.« Sie nahm einen langen Zug an der Zigarette.

»Und was liegt morgen bei dir an?«, wollte Kuhn wissen.

»Ich muss kurz ins Präsidium und anschließend noch mal zu Ramona Wiesner. Aber das wird nicht lange dauern.«

Sie rauchten zu Ende, Julia Durant stand auf, machte sich eine Scheibe Brot, aß sie im Stehen, trank eine Dose Bier dazu und ging danach ins Bad. Sie stellte sich fünf Minuten unter die Dusche, trocknete sich ab, putzte die Zähne, zog sich frische Unterwäsche an und legte sich ins Bett. Als Kuhn aus dem Bad kam, schlief sie schon.

Samstag, 0.10 Uhr

Ramona Wiesner hatte lange am Klavier gesessen und gespielt. Es war fast zweiundzwanzig Uhr, als ihre Schwägerin anrief und ihr mitteilte, dass Thomas erschossen worden sei. Ramona Wiesner hatte ihr Beileid ausgedrückt, zu mehr war sie nicht fähig gewesen. Sie sagte, dieser Tag sei über ihre Kräfte gegangen und jetzt auch noch zu hören, dass Thomas tot sei, das sei zu viel für sie. Sie melde sich morgen bei ihr. Nach dem kurzen Telefonat hatte sie sich ein Bad einlaufen lassen und fast eine Stunde im Wasser gelegen und nachgedacht. Über ihren Mann und ihren Schwager. Sie war über sich selbst verwundert. Auch mehrere Stunden nach der Tat fühlte sie weder Reue noch Schuld, im Gegenteil, nur Erleichterung. Sie hätte den Gedanken nicht ertragen, dass der Mann, der Andreas auf dem Gewissen hatte, möglicherweise für den Rest seines Lebens auf freiem Fuß geblieben wäre, weil es keinen gegeben hätte, der ihm etwas hätte nachweisen können. Und aus diesem Grund hatte sie kein schlechtes Gewissen. Sie trocknete sich ab, machte sich zwei Scheiben Brot mit Wurst und Käse und trank dazu Orangensaft. Dann schaltete sie den Fernseher ein, sah sich eine Talkshow an und dachte dabei fortwährend an den Koffer, der oben im Arbeitszimmer stand und den sie seit ihrer Rückkehr nach Hause nicht angerührt hatte. Sie wusste nicht, was sich in dem Koffer befand, sie wusste nur, dass sie noch in der Nacht nachschauen würde.

Um Mitternacht, nach der Talkshow, ging sie in den ersten Stock und betrat das Arbeitszimmer. Der Aktenkoffer stand neben dem Schreibtisch, an fast der gleichen Stelle, an der auch Andreas seinen Koffer immer abstellte. Einen Moment lang blieb sie davor stehen. Sie hatte ein wenig Angst, ihn aufzumachen, warum, vermochte sie nicht zu sagen. Schließlich überwand sie sich, kniete sich hin und ließ die beiden Schlösser aufschnappen. Im Koffer waren zwei Kugelschreiber und ein Füller von Waterman, ein Taschenrechner, ein Terminplaner mit Adress- und Telefonverzeichnis, ein Notizblock und mehrere Klarsichthefter in unterschiedlichen Farben. Als sie in eine der Innentasche schaute, zuckte sie zusammen. Sie holte die Pistole heraus und hielt sie eine Weile in der Hand. Sie war klein und leicht, der Lauf silbrig, sie hatte einen Perlmuttgriff und eine Trommel, in der sich fünf Patronen befanden. Sie legte den Revolver auf den Boden, nahm den obersten Klarsichthefter in die Hand und sah ihn durch. Auf den ersten Blick handelte es sich um reine Geschäftsunterlagen, die Thomas Wiesner aus der Bank mitgebracht hatte – ein Kreditantrag eines Immobilienhändlers, etliche sechs- und siebenstellige Überweisungen, die per Onlinebanking auf Konten im Ausland, vorwiegend Luxemburg, Österreich und die Antilleninsel Aruba Island, gegangen waren. Ramona Wiesner verharrte einige Minuten vor den Computerausdrucken und zuckte dann mit den Schultern, da sie im Moment nichts damit anfangen konnte. Es waren viele Zahlen und ihr unbekannte Banken und ebenso unbekannte Empfänger, ausschließlich Firmen. Sie nahm den nächsten Ordner, auch hier Ähnliches. In sämtlichen Ordnern waren Ausdrucke von Überweisungen, die in den letzten zwei Tagen getätigt worden waren. Auffällig war nur, dass vor allen Summen ein Dollarzeichen stand.

Als Letztes griff sie nach dem Terminplaner und blätterte ihn langsam durch, langsamer als Donnerstagnacht, als sie fürchten musste, jeden Moment ertappt zu werden. Sie wollte auf gar keinen Fall etwas übersehen und brauchte eine ganze Weile, bis sie alle Termine der letzten Wochen durchgegangen war.

Schließlich langte sie am Adress- und Telefonverzeichnis an. Ein paarmal kniff sie die Augen zusammen und schüttelte den Kopf bei einigen Namen, andere tauchten nur als Kürzel auf. Es waren etliche Personen darunter, die sie persönlich kannte. Einige waren mit einem roten Punkt markiert, ein paar mit einem schwarzen. Hinter P.D. war eine ihr unbekannte Handyvorwahl notiert. Thomas Wiesner hatte von einem Pierre Doux gesprochen. Stand P.D. für Pierre Doux, den Auftragskiller? Vermutlich, dachte sie nur und ging die Namen weiter durch. Sie wusste nicht, was die Punkte zu bedeuten hatten, aber sie nahm sich vor, es herauszufinden.

Als sie nach einer Stunde das meiste durchgeblättert hatte, legte sie alles in den Koffer zurück und machte ihn wieder zu. Sie konnte mit dem, was sie in den Akten gelesen hatte, noch nicht viel anfangen, und sagte sich, dass sie vielleicht einfach zu müde und ihre Nerven zu angespannt und sie deshalb nicht in der Lage war zu erkennen, ob das, was sie gelesen hatte, mit illegalen Transaktionen zusammenhing oder tatsächlich mit ganz normalen Bankgeschäften zu tun hatte. Doch sie beschloss, gleich nach dem Aufstehen den Koffer in einem Schließfach in Königstein zu deponieren und den Inhalt jemandem zu zeigen, der ihr weiterhelfen könnte. Und wenn es bei passender Gelegenheit Julia Durant war.

Sie wusste, irgendwann würde die Spur zu ihr führen, sie wusste, es war nur eine Frage der Zeit, bis man sie verhaftete, aber seltsamerweise hatte sie keine Angst davor. Das Einzige, was ihr Sorgen bereitete, war, was mit ihren Kindern geschehen würde, sollte sie ins Gefängnis müssen. Sie richtete für einen Moment den Blick nach oben und sagte leise: »Bitte steh mir bei. Ich habe doch nichts Unrechtes getan.«

Bevor sie zu Bett ging, trank sie noch ein Glas Milch und hörte eine CD mit Klavierstücken von Chopin, interpretiert von Horowitz. Nach zwanzig Minuten schaltete sie den CD-Player aus, löschte das Licht im Wohnzimmer und ging nach oben ins Schlafzimmer. Sie legte sich aufs Bett, konnte aber nicht einschlafen. Nach zehn Minuten stand sie auf und stellte sich ans Fenster. Vor dem Haus parkte ein Auto. Sie sah ein Feuerzeug aufflammen, zuckte mit den Schultern und ging wieder zu Bett. Sie lag auf dem Rücken, den Blick zur Decke gerichtet, die Arme über dem Bauch verschränkt. Irgendwann, sie wusste nicht, wie spät es war, fielen ihr die Augen zu. Sie hatte nicht einmal eine Stunde geschlafen, als es an der Tür Sturm klingelte.

Samstag, 7.25 Uhr

Julia Durant wurde vom Telefon geweckt. Sie griff neben sich, Kuhn war nicht mehr im Bett. Sie hörte das Rauschen von Wasser aus dem Bad, schaute auf die Uhr, stieß einen derben Fluch aus und ging gähnend zum Telefon.

»Berger hier, guten Morgen. Tut mir wirklich Leid, Sie so früh aus dem Bett zu holen, aber es ist ungeheuer wichtig. Es geht um Frau Wiesner, Ramona Wiesner. Sie wurde letzte Nacht verhaftet ...«

Julia Durant war mit einem Mal hellwach. »Was sagen Sie da? Wer hat sie verhaftet?«

»Ich habe keine Ahnung, was da abläuft, aber es waren Kollegen vom KDD. Sie wurde sofort hergebracht, und man hat auch versucht sie zu vernehmen, aber sie hat bisher beharrlich geschwiegen.«

»Was wirft man ihr vor?«

»Angeblich hat sie ihren Schwager erschossen. Ich bin aber auch gerade eben erst ins Büro gekommen und habe es erfahren, weil ein Zettel auf meinem Tisch liegt. Sie möchte unbedingt mit Ihnen reden, mit niemandem sonst.«

»Wie ist man darauf gekommen, dass sie ihren Schwager erschossen haben könnte?«

»Ein anonymer Anrufer. Frau Durant, tun Sie mir einen Gefallen, beeilen Sie sich und kommen Sie her. Lassen Sie uns nicht am Telefon darüber sprechen.«

»Ich mach mich nur schnell fertig. Sagen wir in einer Dreiviertelstunde. Bis gleich.«

Sie legte auf, atmete ein paarmal tief durch und griff automatisch nach den Zigaretten. Mit fahrigen Fingern holte sie eine aus der Schachtel und zündete sie an. Obgleich sie so gut geschlafen hatte wie seit mindestens zwei Wochen nicht, was möglicherweise auch am Wetter lag, denn die Temperaturen waren in den vergangenen beiden Tagen stark gefallen, fühlte sie sich schon jetzt müde und ausgelaugt. Waren es am Mittwoch noch fünfunddreißig Grad gewesen, so wehte nun ein kühler Wind durch das offene Schlafzimmerfenster und blähte die Vorhänge auf. Das Wasser im Bad hörte auf zu rauschen. Sie trat ans Fenster und warf einen Blick nach draußen. Der Himmel war bedeckt, erste Tropfen fielen auf die ausgetrocknete Erde, der Wind war im Gegensatz zu den letzten Tagen fast kalt. Sie zog die Vorhänge ganz auf, ging ins Wohnzimmer und öffnete auch dort das Fenster. In der Wohnung war es noch immer wesentlich wärmer als draußen, und sie hoffte, dass es im Laufe des Tages auch drinnen abkühlte. Nervös wie lange nicht, setzte sie sich auf die Couch und dachte an den vergangenen Abend, an das Gespräch mit Hellmer und daran, dass sie Ramona Wiesner heute einen Besuch abstatten wollte, um sich mit ihr in aller Ruhe zu unterhalten. Zum ersten Mal seit langem pulte sie mit dem Zeigefinger die Haut am Daumen ab, bemerkte es gerade noch rechtzeitig, bevor es zu bluten begann, und schüttelte den Kopf. Sie legte die Beine auf den Tisch und wartete, dass Kuhn endlich aus dem Bad kam.

»Hi, guten Morgen«, sagte er. Nur mit einer Boxershorts bekleidet, ging er zu ihr, beugte sich zu ihr hinunter und gab ihr einen Kuss. »Und, ausgeschlafen?«, fragte er.

»Keine Ahnung, das kann ich jetzt noch nicht sagen«, erwiderte sie und blickte ihn durch den Rauch hindurch an. »Ich muss sofort ins Präsidium. Holst du schnell Brötchen und deckst den Tisch?«

»Was ist passiert?«, fragte er besorgt, setzte sich zu ihr und rubbelte mit dem Handtuch seine Haare.

»Nicht jetzt. Ich muss mich beeilen.« Sie stand auf, doch Kuhns Stimme hielt sie zurück.

»Kannst du mir nicht wenigstens sagen, was los ist?«

»Ramona Wiesner wurde verhaftet. Sie will mich unbedingt sprechen.«

»Warum …«

»Stell keine langen Fragen, hol Brötchen, damit ich wenigstens was im Magen habe, bevor ich das Haus verlasse. Ich geh jetzt ins Bad, um mich einigermaßen menschlich zu gestalten.«

Kuhn zog sich an, bürstete das noch feuchte Haar, nahm sein Portmonee vom Tisch und ging Brötchen holen. Julia Durant duschte, wusch sich die Haare und fühlte sich hinterher leidlich fit für den Tag. Allmählich glättete sich die von der Nacht zerfurchte Haut. Sie legte etwas Make-up auf, zog die Lippen nach und sprühte zuletzt ein wenig Shalimar Eau de Toilette auf den Hals.

Dominik Kuhn hatte vier Brötchen und zwei Croissants geholt und war schon wieder zurück, als sie aus dem Bad kam, hatte die Kaffeemaschine angemacht und war dabei, den Tisch zu decken.

Sie frühstückten und hörten dabei leise Musik, bis um acht die Nachrichten auf HR 3 kamen. Erst Meldungen aus aller Welt, dann sagte die Sprecherin, dass am Freitagnachmittag das Vorstandsmitglied der Deutschen Generalbank, Thomas Wiesner, tot in seinem Landhaus aufgefunden worden sei. Wie aus Polizeikreisen verlautete, sei Wiesner Opfer eines Gewaltverbrechens geworden.

Durant schaute Kuhn an und sagte mit süffisantem Unterton: »Und, hat *Bild* darüber berichtet?«

»Keine Ahnung, aber ich nehm's an. Wenn HR 3 das weiß, dann

wissen wir das erst recht. Wahrscheinlich weiß HR 3 das sogar von uns, und die haben sich dann noch mal extra an die Polizei gewandt.«

»Mir soll's egal sein. Ich ruf jetzt schnell bei Frank an und muss dann los ins Präsidium. Ich weiß nicht, was du heute vorhast, aber bei mir könnte es spät werden.«

»Ich fahre vielleicht ins Krankenhaus und setz mich zu Peter. Und ich muss auch mal dringend in meiner Wohnung nach dem Rechten sehen und ein paar Klamotten holen.«

Die Kommissarin rief bei Hellmer an, erklärte ihm die Situation und fragte ihn, wann er im Präsidium sein könne. Er sagte, er brauche nur ein paar Minuten, um sich fertig zu machen, spätestens in einer halben Stunde. Sie bat ihn, auch Kullmer Bescheid zu geben.

Julia Durant nahm ihre Tasche, gab Kuhn einen Kuss und verließ die Wohnung. Aus den Tropfen war Regen geworden. Sie rannte zu ihrem Auto, stieg ein und startete den Motor. Dann stellte sie das Radio an und hörte laut Musik. Als sie auf den Präsidiumshof fuhr, waren die meisten Parkplätze leer. Das einzige ihr bekannte Auto war das von Berger. Es war eben ein typischer Samstag.

Berger lehnte sich zurück und verschränkte die Arme über dem Bauch, als Durant eintrat.

»Einen schönen guten Morgen«, sagte er. »Hatten Sie eine gute Nacht?«

»Danke, ich kann nicht klagen. Zumindest bis zu Ihrem Anruf«, erwiderte sie bissig, hängte ihre Tasche über den Stuhl und setzte sich. »Gibt's außer der Verhaftung noch irgendwas, das mir die Laune verderben könnte?«

»Unwesentlich. Der Autopsiebericht von Wiesner ist vorhin gekommen. Lesen Sie selbst«, sagte er und schob den Ordner über den Tisch.

»Hab ich doch richtig gezählt, acht Einschüsse, Kaliber .22. Und 2,9 Promille im Blut! Mein Gott, da würde ich schon längst unterm Tisch liegen. Der Mann war Alkoholiker, wenn ich das richtig lese. Extreme Fettleber, Gamma GT 170, Magengeschwür … Wenn der so weitergemacht hätte, wäre er sowieso über kurz oder lang übern Jordan gegangen. Da hat ihm jemand sogar einen langen und qualvollen Tod erspart«, sagte sie sarkastisch.

»Trotzdem bleibt es Mord, selbst wenn er auf dem Sterbebett gelegen hätte«, entgegnete Berger. »Und wie es aussieht, haben wir diesmal den Killer schon.«

»Sind Sie denn sicher, dass sie es war?«

»Man hat in ihrem Haus eine 22er Smith & Wesson gefunden und den Aktenkoffer von Wiesner. Ich denke, das reicht schon. Die Ballistiker sind bereits dabei, die Abgleiche der Kugeln zu machen. Was sagt denn Ihr Bauch zu der ganzen Sache?«

»Mein Bauch verhält sich ziemlich ruhig, auch wenn ich am liebsten kotzen würde«, antwortete sie. »Wurde schon ein Haftbefehl ausgestellt?«

»Nein, Küchler will nachher mit dem Haftrichter sprechen.«

»Wieso ist Küchler schon wieder informiert worden? Gibt's in dieser gottverdammten Stadt keinen andern Staatsanwalt außer ihm?«, fauchte sie wütend und beugte sich nach vorn. »Ist das Zufall, oder was geht hier ab? Dauernd höre ich Küchler. Hat sich bei ihm etwa auch der ominöse Anrufer gemeldet?«

»Frau Durant, seien Sie doch nicht immer gleich so aufbrausend. Nein, der Anruf kam über die Zentrale. Derjenige hat übrigens von einer Telefonzelle aus angerufen.«

»Ein Mann also. Aber er wollte nicht seinen Namen nennen?«

»So scheint's wohl gewesen zu sein.«

»Okay. Ich will gleich mit Frau Wiesner reden, und zwar unter vier Augen. Hat sie inzwischen irgendwas gesagt?«

»Nein, sie schweigt noch immer. Sie möchte mit niemandem außer Ihnen sprechen. Hatten Sie sie eigentlich in Verdacht?«

»Wie kommen Sie denn darauf?« Sie sah Berger mit unschuldigem Blick an und holte eine Gauloise aus der Schachtel.

»Werte Kollegin«, sagte Berger grinsend, »wenn jemand ein ganzes Magazin leer schießt, dann haben wir es hier wohl kaum mit einem Auftragskiller zu tun. Die Frage hat sich doch auch Ihnen zwangsläufig gestellt, wer Wiesner so gehasst haben konnte, oder liege ich da völlig falsch? Hatten Sie nicht wenigstens den Hauch eines Verdachts?«

»Nicht den Hauch«, antwortete sie, inhalierte und blies den Rauch in Bergers Richtung. »Und wenn ich sie in Verdacht gehabt hätte, was dann?«

»Es wäre Ihr Verdacht gewesen und nicht meiner, oder?«, erwiderte Berger ruhig. »Aber gut, belassen wir's dabei. Übrigens, kurz bevor Sie gekommen sind, hat Küchler schon wieder angerufen. Er dringt darauf, dass Sie sich explizit auf den Fall Wiesner konzentrieren.«

»Und warum? Was ist mit den andern Morden?«

Die Tür ging auf, Hellmer kam herein und brummte ein »Guten Morgen«. Er hatte die letzten Worte von Durant mitbekommen und zog sich einen Stuhl heran.

»Kollegen, er will, dass *Sie* diesen Mord aufklären und sich eingehend mit Frau Wiesner beschäftigen.«

Durant sah Berger mit giftigem Blick an. »Seltsam, da wird ein Banker umgebracht, und mit einem Mal wird dem höchste Priorität beigemessen, und die andern Morde …«

Berger unterbrach sie mit einer Handbewegung. »Frau Durant, ich kann Ihren Ärger durchaus nachvollziehen, mir geht das genauso gegen den Strich, aber das ist eine Anweisung von ganz oben.«

»Inwiefern von ganz oben?«, fragte sie hellhörig geworden zurück.

»Blumenthal.«

»Was zum Teufel hat denn Blumenthal mit Wiesner zu tun?! Seit wann mischt sich ein Generalstaatsanwalt überhaupt in irgendwelche laufenden Ermittlungen ein?«

»Fragen Sie ihn doch, wenn Sie sich trauen.«

»Blumenthal will also, dass ich den Mord an Thomas Wiesner bearbeite. Gut, ich werde es tun. Aber der soll bloß nicht glauben, ich würde deshalb nicht auch bei den andern Fällen mitmischen. Sie bestimmen jetzt«, sagte sie und deutete mit einer Hand auf Berger, »wer die Ermittlungen in allen Mordfällen leitet.«

»Ich dachte mir schon, dass Sie genau damit kommen. Und ich habe selbstverständlich nicht vor, Sie in Ihren Ermittlungen zu beschneiden. Das ist doch ganz in Ihrem Sinn, oder?«

»Ich wusste, ich kann mich auf Sie verlassen«, sagte Durant erleichtert.

»Und ich will mich auf Sie verlassen können. Und jetzt kümmern Sie sich um Frau Wiesner.«

»Was ist mit der Soko Ruma?«, fragte Durant, bevor sie sich erhob.

»Die tun ihre Arbeit. Die klappern auch alles ab, was möglich ist, Nachbarn, Freunde, Bekannte, die Viten werden aufgearbeitet und so weiter. Aber bis jetzt gibt es noch keine brauchbaren Ergebnisse. Ich meine, wir haben inzwischen achtzig Mann im Einsatz, von denen sogar am Wochenende fast alle im Dienst sind. Und Müller kann auch noch keine Erfolge vorweisen.«

»Haben Sie was anderes erwartet?«, fragte sie spöttisch.

»Eigentlich nicht. Sagen Sie mir doch bitte, bevor Sie Frau Wiesner holen lassen, noch etwas zu diesem Freund von der Puschkin, Laskin oder wie immer er heißt.«

»Da gibt es nichts zu sagen. Er bleibt hier, bis die Beerdigung am Montag vorbei ist, und wird dann aller Voraussicht nach wieder zurück nach Köln fahren. Doch, beinahe hätte ich es vergessen, es gibt schon noch was. Laskin kannte Wiesner, und zwar den, der gestern ermordet wurde. Ich habe ihm ein Foto von Thomas Wiesner gezeigt. Aber er behauptet, ihn nur vom Sehen zu kennen. Genauer gesagt von einem Empfang, auf dem Laskin mit seiner Freundin Irina Puschkin, aber auch die Maric waren. Und damit wird die Sache immer klarer.«

»Was meinen Sie mit klarer?«

Julia Durant schaute auf die Uhr, überlegte, zuckte mit den Schultern, beugte sich nach vorn und nahm ein leeres Blatt Papier. Mit einem Stift schrieb sie die Namen darauf und zeichnete ein paar Striche. »Gehen wir doch mal ganz logisch vor. Thomas Wiesner im Vorstand einer Großbank, die Maric Juwelierin, die Puschkin Edelnutte und Laskin im Computerbereich tätig. Andreas Wiesner wurde von irgendjemandem reingelegt, vielleicht oder wahrscheinlich sogar von seinem eigenen Bruder. Aber Wiesner wusste nicht, dass sein Bruder ein Schwein war, und hat sich ihm anvertraut und ihm gesagt, dass er von der Mafia erpresst werde und das nicht mehr aushalte und vorhabe, zur Polizei zu gehen. Und wahrscheinlich hat er seinem Bruder auch noch haarklein erzählt, was man alles von ihm verlangte. Dass Andreas Wiesner zur Polizei ging, konnte der andere Wiesner, der auf Grund seiner exponierten Position als Banker geradezu prädestiniert war, Gelder zu waschen, aber unmöglich zulassen. Also hat er jemanden beauftragt, seinen Bruder kaltzumachen, bevor rauskommt, dass er hinter der Sauerei mit seinem Bruder steckt. Das ist natürlich erst mal nur eine Hypothese, die mir zwar schon gestern Abend kurz durch den Kopf geschossen ist, aber … Moment, gleich hab ich's. Wiesner hat die Maric benutzt, um seinen Bruder reinzulegen. Der fingierte Uhrendeal muss über sie gelaufen sein. Nachdem die Maric erfahren hat, dass Andreas Wiesner tot ist, hat sie den fatalen Fehler gemacht, zu Thomas Wiesner zu gehen. Das würde auch ihren Anruf bei Wiesner unmittelbar nach unserem Besuch erklären. Vielleicht hat sie sich mit ihm getroffen, ohne zu wissen, dass Andreas Wiesner umgebracht wurde, weil wir ihr gesagt haben, er habe Selbstmord begangen, ihm aber trotzdem zu verstehen gegeben, dass ihr die ganze Sache zu heiß werde. Und dadurch wurde sie natürlich zu einem Risikofaktor – und somit auch gleich das nächste Opfer. Sollte meine Theorie stimmen, dann hat Thomas Wiesner mindestens drei Menschenleben auf dem Gewissen, unter anderem seinen eigenen Bruder. Nur, welche Rolle Laskin und die Puschkin dabei spielen, ist mir noch schleierhaft. Genauso wenig kann ich sagen, ob Wiesner irgendwas mit dem Tod von Andrejew und dessen Familie zu tun hat …«

»Wie kommen Sie auf einmal darauf, dass der eine Wiesner seinen eigenen Bruder umbringen lässt? Ist das nicht ein bisschen sehr an den Haaren herbeigezogen?«, fragte Berger zweifelnd.

»Das finde ich gar nicht«, meldete sich Hellmer zu Wort. »Da macht sogar zum ersten Mal etwas Sinn.«

»Aber der eigene Bruder?«, sagte Berger noch einmal und schüttelte den Kopf.

»Chef, bitte! Sie kennen doch die uralte Geschichte von Kain und Abel, oder etwa nicht? Brüder verhalten sich eben oftmals alles andere als brüderlich. Ich denke, der Schlüssel zu allem liegt bei Thomas Wiesner. Sobald wir seine Rolle in dem Spiel entschlüsselt haben, kommen wir möglicherweise auch zum Motiv des Täters. Oder in dem Fall zum Motiv von Ramona Wiesner.«

»Oder noch weiter«, sagte Durant. »Was, wenn Wiesner selbst nur ein kleines Rädchen im Getriebe einer riesigen Organisation war? Sagen wir, die Geldwaschanlage Frankfurt am Main? Und Frankfurt ist nun mal das Bankenzentrum in Europa schlechthin.«

»Ich werde in aller Ruhe drüber nachdenken. Ich will Sie jetzt auch nicht länger aufhalten.«

»Kommst du mal kurz mit rüber«, sagte sie zu Hellmer und nahm ihre Tasche. Sie begaben sich in Durants Büro. Dort stellte sie sich ans Fenster und sah hinunter auf die Mainzer Landstraße.

»Was will Blumenthal eigentlich?«, fragte Hellmer, während er sich einen Kaffee einschenkte.

»Wenn ich das wüsste. Das kommt mir alles sehr spanisch vor. Warum will er, dass ich mich speziell auf den Fall Wiesner konzentriere? Ich meine, bei seinem Bruder wurde weiter kein Aufhebens gemacht, aber hier wird auf einmal so getan, als ob unser lieber Kanzler Schröder persönlich umgebracht wurde. Bei Kohl würde ich das ja noch einigermaßen begreifen. Der deckt eine ganze Reihe von Leuten, von denen er Parteispenden entgegengenommen hat, und ich wette, wenn er die Namen preisgeben würde, wäre er innerhalb kürzester Zeit ein toter Mann. Aber hier geht es weder um Schröder noch um Kohl, hier geht es in Anführungsstrichen nur um einen Banker. Steigst du vielleicht dahinter?«, fragte sie und drehte sich um.

»Vielleicht erfahren wir mehr, wenn wir den Täter gefunden haben«, erwiderte Hellmer und verzog die Mundwinkel. Nur seine Augen blitzten auf. Er hatte die Hände in den Hosentaschen und lehnte lässig an der Wand. »Oder bist du überzeugt, dass sie es war?«

»Ich hab dir gestern Abend schon meine Vermutung mitgeteilt. Und ich habe dir auch gesagt, dass ich mit Ramona Wiesner allein sprechen möchte. Dass man sie allerdings schon kurz darauf verhaften würde, daran hätte ich im Traum nicht gedacht.«

»Klar, verstehe ich auch. Aber was ist mit der andern Wiesner und Laskin?«

»Laskin wird sich bei mir melden, da bin ich sicher. Sophia Wiesner nehmen wir uns beide vor. Nicht sauer sein, aber ein paar Sachen muss ich diesmal ganz allein durchziehen. Außerdem gibt es hier noch genug zu erledigen.« Sie holte tief Luft und versuchte zu lächeln, doch es misslang gründlich. »Dann werde ich mich jetzt mal um Ramona Wiesner kümmern. Mich interessiert außerdem, wer der anonyme Anrufer war und woher er wusste, dass Ramona Wiesner die Täterin ist. Und weshalb Blumenthal so sehr darauf erpicht ist, dass ich den Fall bearbeite. Merkst du eigentlich nicht, dass hier was oberfaul ist? Ramona Wiesner, die kaltblütige Mörderin … Das gefundene Fressen für die Herren Staatsanwälte Schrägstrich Richter und die Medien. Und damit sind alle anderen Morde nur noch zweitrangig. Frank, hier wird Politik gemacht, reine, dreckige Politik! Ich bin so stinksauer, das kannst du dir gar nicht vorstellen.«

»Doch, kann ich. Aber wenn sie's war, muss sie hinter Gitter. So ist nun mal das Gesetz.«

»Scheiß auf das Gesetz! Ich will Gerechtigkeit und in keine politischen Machtspielchen verwickelt werden. Und ich schwöre dir, ich kriege alles raus. Und sollte an den Händen von auch nur einem der hohen Herren auch nur ein kleines bisschen Scheiße kleben, dann mach ich ihn fertig, so wahr ich Julia Durant heiße. Und du hilfst mir dabei, klar?«

»Nichts lieber als das. Soll ich die Wiesner jetzt holen lassen?«

»Ja, sag Bescheid, sie sollen sie herbringen. Und du verschwindest nach drüben und machst die Tür hinter dir zu. Die Wiesner vertraut mir, und ich habe nicht vor, dieses Vertrauen zu missbrauchen. Ich erzähl dir nachher, was sie gesagt hat.«

Samstag, 9.25 Uhr

Ramona Wiesner wurde in Handschellen hereingeführt. Julia Durant fuhr den Beamten wütend an: »Würden Sie Frau Wiesner bitte sofort die Handschellen abnehmen!«

»Aber ...«

»Bitte!«

Der Beamte kam ihrer Aufforderung umgehend nach und huschte nach draußen.

Ramona Wiesner trug eine Jeans, eine langärmlige blaue Bluse und Turnschuhe. Sie rieb sich die Handgelenke und sah die Kommissarin dankbar an. Sie schien kaum geschlafen zu haben, die tiefen Augenringe waren noch tiefer und dunkler geworden. Die letzten Tage hatten unübersehbare Spuren in ihrem Gesicht hinterlassen. Sie lächelte etwas verkniffen, als sie Julia Durant die Hand reichte und sich ihr gegenübersetzte. Doch trotz allem, was sie durchgemacht hatte, hatte sie nichts von ihrer Eleganz und Grazie eingebüßt, nichts von ihrem mädchenhaften Charme. Sie schlug dezent die Beine übereinander und faltete die grazilen Hände.

»Guten Tag, Frau Wiesner«, sagte Durant und sah sie an. »Sie wollten mit mir allein sprechen. Ich stehe Ihnen zur Verfügung, doch ich muss das Band mitlaufen lassen, da dies eine offizielle Vernehmung ist.«

»Danke, dass Sie gekommen sind.« Sie stockte und sah die Kommissarin aus ihren grünen Augen an, die so unendlich traurig wirkten. Für einen kurzen Moment kämpfte sie mit den Tränen, rang um Fassung, fing sich schließlich und fragte ein wenig verschämt: »Wäre es vielleicht möglich, etwas zu trinken zu bekommen? Ich verdurste fast.«

»Möchten Sie auch etwas zu essen haben? Ich lasse Ihnen gerne was bringen.«

»Ich will Ihnen keine Umstände machen …«

»Blödsinn, wir sind doch hier nicht in der Ex-DDR oder den USA. Ein Brötchen mit Käse, Salami? Oder irgendetwas anderes?«

»Mit Käse, bitte. Und einen Kaffee.«

Julia Durant stand auf, ging zu Hellmer und bat ihn, für Ramona Wiesner zwei Käsebrötchen, eine Flasche Wasser und einen großen Becher Kaffee zu holen. Sie schloss die Tür wieder, setzte sich hinter den Schreibtisch und drückte auf die Aufnahmetaste des Bandgeräts.

»Um diese Zeit vor einer Woche hat mein Mann noch gelebt. Und ich bin sicher, er hat da noch nicht einmal geahnt, dass er schon wenige Stunden später …« Ramona Wiesner hatte die Hände noch immer gefaltet und schloss kurz die Augen. Ein paar Tränen lösten sich und liefen ihr übers Gesicht. »Es wird wohl noch lange dauern, bis ich das alles verarbeitet habe. Das Haus ist so leer, ich meine, die Kinder sind nicht da, aber auch wenn sie es wären, es würde keinen großen Unterschied machen. Ich bin einfach nur mit den Nerven fertig.« Sie zog ein Papiertaschentuch aus der Jeanstasche und wischte die Tränen ab.

»Frau Wiesner, Sie wurden heute Nacht verhaftet. Meine Frage ist, haben Sie Ihren Schwager Thomas Wiesner erschossen?«

Ramona Wiesner zögerte keine Sekunde mit der Antwort, sah der Kommissarin direkt in die Augen und nickte. »Ja, ich habe ihn erschossen.«

»Warum haben Sie es getan?«

»Weil es keinen anderen Weg gab. Er hat seinen eigenen Bruder, meinen Mann, töten lassen. Und dafür musste er büßen. Und er hat nicht nur meinen Mann, sondern auch Frau Maric und Frau Puschkin auf dem Gewissen. Und wer weiß, wie viele Menschen außerdem noch. Ich empfinde keine Reue, falls Sie das wissen wollen. Wer so kaltblütig ist, hat nichts anderes als den Tod verdient.«

»Wie haben Sie herausgefunden, dass Ihr Schwager hinter den Morden steckt? Oder nein, erzählen Sie mir einfach etwas über Ihren Schwager. Was für ein Mensch er war, etwas über Ihr Verhältnis zu ihm und so weiter.« Durant lehnte sich zurück und beobachtete die ihr gegenübersitzende Frau, für die sie sehr viel, vielleicht sogar zu viel Sympathie empfand, schon seit dem ersten Mal, als sie sie gesehen hatte. Sie ist nie im Leben eine kaltblütige Mörderin, dachte die Kommissarin und betrachtete Ramona Wiesner. Sie ist höchstens verzweifelt oder völlig durcheinander.

»Soweit ich weiß, habe ich Ihnen schon einmal gesagt, dass wir kein sonderlich gutes Verhältnis hatten …«

»Ich erinnere mich daran. Ich würde aber gerne ein paar Details wissen. Weshalb zum Beispiel das Verhältnis getrübt war.«

»Thomas war ein erfolgreicher Banker, er war angesehen, kannte eine Menge einflussreiche Leute, und … Ach, wissen Sie, ich werde ganz ehrlich zu Ihnen sein, ich weiß nicht sonderlich viel von ihm. Wir haben uns nur selten gesehen, auch wenn nach dem Tod von Andreas die verhärteten Fronten etwas aufgebrochen sind. Mit einem Mal hieß es, Ramona, wenn du was brauchst, wir sind immer für dich da. Ich wusste selbst nicht, was ich davon halten sollte. Ich war am Mittwoch und Donnerstag bei ihnen, habe dort übernachtet, aber im Grunde habe ich mich in ihrem Haus nie wohl gefühlt. Es ist eine kalte, unpersönliche Atmosphäre. Deshalb kann ich Ihnen nur sehr wenig über ihn sagen. Aber ich wollte trotzdem herausfinden, ob ihre Anteilnahme echt oder nur gespielt war.« Sie hielt inne und sah Durant aus ihren grünen Augen an, als erwartete sie die nächste Frage.

Die Kommissarin überlegte einen Moment und sagte: »Auch wenn Sie sich nur selten gesehen haben, wie würden Sie Ihren Schwager einschätzen? Ich meine, was seine Persönlichkeit betrifft?«

Ramona Wiesner zuckte mit den Schultern, richtete den Blick zu Boden und antwortete: »Nach außen hart, nach innen eher weich, zumindest habe ich das immer geglaubt. Seit gestern zweifle ich daran. Zu Hause hat jedenfalls Sophia das Sagen, das war immer so und wäre vermutlich auch immer so geblieben. Ihr Wort gilt, auch wenn sie sich in der Öffentlichkeit natürlich anders gegeben hat, die nette Frau an seiner Seite war. Deshalb hat er auch seit Jahren schon übermäßig viel getrunken, hat den Druck nicht ausgehalten. Sie müssen sich vorstellen, meine Schwägerin entstammt einer der besten Familien Italiens. Hinzu kommt ihr südländisches Temperament, mit dem Thomas nie mithalten konnte, und vielleicht noch einige andere Faktoren. Ich weiß bis heute nicht, wie die beiden zueinander gefunden haben. Sie sind eigentlich wie Feuer und Wasser.«

»Aber sie haben drei Kinder.«

»Was will das schon heißen? Wichtig ist der Schein, der nach außen gewahrt wird, was sich hinter den eigenen vier Wänden abspielt, geht keinen etwas an. Der Schein ist doch heutzutage alles, was zählt. Wie viele Männer belügen und betrügen ihre Frauen und umgekehrt, wie viel Elend herrscht in vielen Familien, wovon kein Außenstehender jemals etwas mitbekommt, und wenn doch, dann wird alles heruntergespielt. Glauben Sie mir, bei meinem Mann und mir war das anders. Wir brauchten keine Fassade aufzubauen, weil wir uns zu Hause nicht anders verhalten haben als außerhalb. Vielleicht war das auch ein Grund, weshalb Thomas meinen Mann und mich nicht mochte. Er konnte es vielleicht nicht ertragen, eine so intakte Familie zu sehen.«

»Das ist aber nicht der Hauptgrund, weshalb das Verhältnis zwischen Ihrem Mann und Ihrem Schwager so unterkühlt war? Es muss doch eine andere Ursache dafür geben.«

»Da kann ich nur mutmaßen, aber ich denke, Thomas war seit jeher neidisch auf die künstlerischen Fähigkeiten von Andreas. Er hat es wohl nie verwunden, dass mein Schwiegervater nicht ihm, sondern Andreas das Geschäft übergeben hat. Das ist jetzt immerhin schon zehn Jahre her, und es ist zu einer fürchterlichen Auseinandersetzung zwischen meinem Schwiegervater und Thomas gekommen, bei der Thomas gemeint hat, er habe doch nicht umsonst sechs Jahre lang studiert, um dann irgendwo in einer Bank zu verrotten. Aber meinem Schwiegervater kam es nicht darauf an, welche Schule einer seiner Söhne besucht hat, sondern darauf, wie gut er das Handwerk beherrschte. Und Andreas war ein Meister seines Fachs. Sie können fragen, wen immer Sie wollen, Sie werden stets die gleiche Antwort bekommen, Sophia vielleicht ausgenommen. Thomas mag im kaufmännischen Bereich ein Ass gewesen sein, handwerklich war er eine Niete. Andreas hat den Spagat geschafft, er konnte beides. Und darauf war Thomas natürlich neidisch. Schließlich haben sich Thomas und sein Vater überworfen und bis zum Tod meines Schwiegervaters kein Wort mehr miteinander gewechselt.«

»Und dennoch hat Ihr Schwager Karriere gemacht, ich meine, im Vorstand einer Großbank zu sitzen ist bemerkenswert, wenn ich es so ausdrücken darf«, sagte Durant.

»Sicher, aber das hat Thomas nicht daran gehindert, sich von uns zu distanzieren. Wir haben immer wieder versucht die Wogen zu glätten, doch weder Thomas noch Sophia wollten das. Unsere spärlichen Treffen waren immer frostig …«

»Aber seit dem Tod Ihres Mannes haben sie Ihnen mit einem Mal ihre Hilfe angeboten. Haben Sie jetzt eine Ahnung, warum?«

Ramona Wiesner zuckte mit den Schultern und sah die Kommissarin mit unergründlichem Blick an. »Vielleicht hatten sie ein schlechtes Gewissen, oder es war etwas anderes.«

»Weshalb sollten sie ein schlechtes Gewissen gehabt haben?«, hakte Durant nach.

»Fragen Sie Sophia, ich weiß es nicht.«

»Ich werde sie natürlich darauf ansprechen, doch ich glaube Ihnen nicht, dass Sie es nicht wissen. Sie wollen es mir nur nicht sagen. Aber Sie können mir vertrauen.«

»Was würde es bringen, Frau Durant?«, fragte Ramona Wiesner

traurig lächelnd. »Was würde es bringen, wenn ich sage, dass Sophia vermutlich über die Geschäfte ihres Mannes Bescheid wusste? Nichts, aber auch gar nichts. Sie würde alles abstreiten und vorgeben, all die Jahre hinweg nichts als die treu sorgende und liebende Ehefrau und Mutter gewesen zu sein.«

»Wie kommen Sie denn mit Ihrer Schwägerin zurecht?«

»Ich hab's ja schon mal erwähnt, mehr schlecht als recht. Ich mag einfach ihre Art nicht. Sie kann sehr kalt sein. Und in der Nähe von kalten Menschen fühle ich mich nicht wohl.«

»Sie haben mir vor ein paar Tagen von einem Besuch Ihres Schwagers bei Ihnen erzählt, bei dem es um ein Collier und Unterlagen darüber ging. Und außerdem haben Sie eine, wie Sie es nannten, perfide Vermutung geäußert. Was ist aus dieser Vermutung geworden?«

»Können Sie sich das nicht denken?«, fragte sie zurück und sah Durant direkt an.

»Sie haben zweimal in dieser Woche bei Ihrem Schwager übernachtet. Warum? Haben Sie sich einsam gefühlt, oder hatte das andere Gründe, die Sie mir vielleicht sagen sollten?«

»Natürlich hatte es andere Gründe, das wissen Sie doch ganz genau. Denken Sie denn, ich würde einfach so bei ihnen übernachten?« Sie lachte bitter auf und schüttelte den Kopf. »Ich wäre mit meiner Trauer auch ohne Thomas und seine Frau fertig geworden, glauben Sie mir. Aber ich wollte Gewissheit haben, und die habe ich bekommen.«

Sie hatte den Satz kaum zu Ende gesprochen, als Hellmer mit einem Teller, auf dem zwei Brötchen lagen, einer Flasche Wasser, die er unter den Arm geklemmt hatte, und einem Jumbobecher Kaffee hereinkam. Er stellte den Teller und den Becher vor Ramona Wiesner und die Flasche auf den Boden und verschwand gleich darauf wortlos wieder in seinem Büro. Sie nahm ein Brötchen in die Hand und biss ab. Julia Durant trat ans Fenster und zündete sich eine Gauloise an. Ihr Blick ging hinunter auf die Mainzer Landstraße, wo der Verkehr in die Innenstadt von Minute zu Minute dichter wurde. Es hatte aufgehört zu regnen, doch der Himmel war noch immer von einer dunkelgrauen Wolkenschicht bedeckt. Sie wartete zehn Minuten, bis Ramona Wiesner mit dem Essen fertig war, und setzte sich auf die Tischkante.

»Sie haben eben davon gesprochen, dass Sie Gewissheit haben wollten. Gewissheit worüber?«

»Worüber wohl?! Ich finde einfach keine Worte dafür. Er hat meinen Mann auf dem Gewissen. Ich hätte wirklich alles für möglich gehalten, aber so was ... Nein, nie im Leben. Doch als er am Dienstag bei mir war und sich wegen dieses angeblichen Colliers und dazugehöriger Unterlagen erkundigt hat, haben bei mir auf einmal alle Alarmglocken geschrillt. Und ich wollte einfach herausfinden, ob ich mir da nur etwas eingebildet habe oder ...« Sie zuckte mit den Schultern. »Ich habe es mir leider nicht eingebildet.« Ramona Wiesner schüttelte den Kopf, als könnte sie noch immer nicht fassen, was geschehen war, oder als ob sie sich in einem riesigen, sich immer schneller drehenden Karussell in einem abstrusen Albtraum befinden würde, umgeben von Furcht einflößenden Fratzen, grellen Lichtern, lauter Musik und einer düsteren Atmosphäre.

»Was genau haben Sie denn über Ihren Schwager herausgefunden? Und vor allem, wie? Er wird es Ihnen doch nicht einfach so erzählt haben, oder?«

Ramona Wiesner lachte erneut auf. »Nein, das hat er ganz sicher nicht. Er hat sich nur verplappert, als er wieder einmal zu viel getrunken hat. Er hat etwas über Frau Maric gesagt, woraus ganz klar hervorging, dass die beiden sich doch mehr als nur flüchtig gekannt haben mussten. Sie haben sich sogar sehr gut gekannt! In der Nacht von Donnerstag auf Freitag habe ich gewartet, bis im Haus alles ruhig war, dann bin ich in sein Arbeitszimmer gegangen, habe einfach in seinem Terminkalender nachgeschlagen, und da stand es schwarz auf weiß ...«

»Was stand da?«

»Der Name meines Mannes, das Todesdatum und ein Kreuz dahinter. Und der Name von Helena Maric, ebenfalls das Todesdatum und ebenfalls ein Kreuz dahinter. Dazu ihre sämtlichen Telefonnummern und ihre E-Mail-Adresse. Dieser Idiot hat es nicht mal für nötig empfunden, den Planer zu verstecken.«

»Warum haben Sie mich nicht darüber informiert?«, fragte Durant mit sanfter Stimme. »Wir hätten das doch auf viel elegantere Art lösen können.«

»Wie das denn? Glauben Sie vielleicht, Thomas hätte Ihnen seinen Terminkalender freiwillig gezeigt? Da hätten Sie schon mit einem Durchsuchungsbefehl kommen müssen, und den hätten Sie auf Grund meiner Angaben niemals gekriegt. Ein bisschen kenne ich mich mit den Gesetzen auch aus. Bis Sie den Durchsuchungsbefehl gehabt hätten, hätte er längst die ihn belastenden Seiten verschwinden lassen, glauben Sie mir. Irgendwer hätte ihm vorher mitgeteilt, dass eine Hausdurchsuchung ansteht. Nein, ich musste ihn persönlich zur Rede stellen. Und das habe ich gestern getan.«

»Und bei der Gelegenheit haben Sie ihn mit Ihrer Smith & Wesson, Kaliber .22 erschossen.«

»Was weiß ich, welche Pistole ich genommen habe, es war mir auch ziemlich egal. Hauptsache, sie war geladen.« Ramona Wiesner schaute die Kommissarin an und fragte: »Macht es Ihnen etwas aus, wenn ich für ein paar Minuten aufstehe? Ich kann nicht mehr sitzen.«

»Bitte, ich habe nichts dagegen.«

Sie erhob sich, ging durch das kleine Büro, stellte sich ans Fenster und schaute gedankenverloren nach unten. Eine Weile sprach keiner ein Wort. Der Verkehrslärm drang bis nach oben und war selbst durch das geschlossene Fenster zu hören. Alles war an diesem Samstag zum Einkaufen nach Frankfurt unterwegs. Nach ein paar Minuten drehte sich Ramona Wiesner um und lehnte sich gegen die Fensterbank.

»Muss ich jetzt für den Rest meines Lebens ins Gefängnis?«, fragte sie.

Julia Durant schüttelte den Kopf und antwortete: »Nein, das glaube ich nicht, wenn es stimmt, was Sie mir sagen. Erzählen Sie mir doch von gestern Nachmittag. Ich weiß, dass Sie nach der Beerdigung Ihres Mannes noch mit Ihrem Schwager und Ihrer Schwägerin in Bad Soden essen waren. Das stimmt doch?«

»Ja.«

»Und was haben Sie danach gemacht?«

»Ich bin nach Hause gefahren, weil mich die Beerdigung meines Mannes emotional doch mehr mitgenommen hat, als ich vorher geglaubt hatte. Und das ist die Wahrheit. Es ist schon ein seltsames Gefühl, vor einem Sarg zu stehen und zu wissen, dass darin der Mann liegt, den ich über alles geliebt habe. Nein, das ist falsch, ich liebe ihn noch immer. Es wird in meinem Leben nie wieder einen Mann wie ihn geben, das weiß ich, auch wenn ich noch recht jung bin. Andreas war einfach einmalig.«

»Was haben Sie gemacht, als Sie nach Hause gekommen sind?«

»Ich verstehe Ihre Frage nicht.«

Julia Durant drückte die Stopptaste, stand auf und stellte sich zu ihr. »Das Band läuft jetzt nicht mit, Frau Wiesner. Meine Kollegen und ich waten im Augenblick durch einen riesigen Haufen Scheiße, entschuldigen Sie, aber ich kann es nicht anders ausdrücken. Sagen Sie mir, was Ihr Schwager getan hat, und dann werde ich entscheiden, was zu unternehmen ist. Aber ich verspreche Ihnen, ich werde alles in meiner Macht Stehende tun, um Ihnen zu helfen. Doch dazu müssen auch Sie Ihren Teil beitragen. Ich möchte nicht mit ansehen müssen, wie Ihre Kinder ohne Mutter aufwachsen.« Sie ließ das Band weiterlaufen und sagte: »Wieso verstehen Sie meine Frage nicht? Was haben Sie gemacht, als Sie nach Hause gekommen sind?«

Ramona Wiesner musste unwillkürlich lächeln, als sie die Taktik von Julia Durant erkannte. »Ich habe beim Essen mitgekriegt, dass Thomas sich am Nachmittag noch mit einem Kunden in seinem Landhaus treffen wollte. Also bin ich hingefahren, habe gewartet, bis der Kunde, es waren übrigens zwei ...«

»Waren es zwei Männer?«, wurde sie von Durant unterbrochen.

»Ja ...«

»Haben Sie diese Männer schon mal zuvor gesehen?«

»Nein. Sie kamen in einem dunkelblauen Jaguar mit holländischem Kennzeichen und blieben ungefähr eine Stunde. Ich habe dann noch fünf oder zehn Minuten gewartet und bin zum Haus gefahren.«

»Wo standen Sie denn vorher?«, wollte die Kommissarin wissen.

»In einem kleinen Waldweg, von dem aus ich einen guten Blick auf das Haus hatte.«

»Ein dunkelblauer Jaguar mit holländischem Nummernschild, sagen Sie. An das Kennzeichen können Sie sich aber nicht mehr erinnern, oder?«

»Leider nein.«

»Gut, Sie haben also Ihren Schwager besucht. Erzählen Sie, was sich dann weiter abgespielt hat.«

»Da gibt es nicht viel zu erzählen. Ich habe Thomas zur Rede gestellt. Erst hat er alles abgestritten, aber dann auf einmal, als er es mit der Angst bekam, hat er geredet wie ein Wasserfall. Er hat alles zugegeben. Er hat gewinselt und gejammert, es war einfach ekelhaft.«

»Haben Sie ihm mit der Pistole gedroht?«

»Natürlich, deswegen hatte er ja solche Angst. Er wusste genau, dass es mir sehr ernst war, und ich habe es ihm auch gesagt.«

»Hat er selbst Ihren Mann und Frau Maric getötet?«

Ramona Wiesner lachte kurz und höhnisch auf. »Nein, Thomas hätte sich nie die Hände schmutzig gemacht. Er hat jemanden bestellt, der es für ihn erledigte. Ein gewisser Pierre Doux …«

»Was sagen Sie da, Sie kennen den Namen des Mörders?« Julia Durant war wie elektrisiert. »Wie schreibt er sich genau?«

»Pierre und der Nachname buchstabiert sich D-o-u-x. Mehr weiß ich über diesen Mann nicht. Ich weiß lediglich, dass er gegen Bezahlung Menschen umbringt. Sein Name und seine Telefonnummer stehen übrigens auch in dem Terminplaner. Mein werter Herr Schwager hat seinen eigenen Bruder ermorden lassen. Kaum zu fassen, oder?«

»Und als Sie das erfahren haben, haben Sie ihn getötet.«

»Was hätte ich denn machen sollen? Ihn der Polizei ausliefern? Wissen Sie, was er zu mir gesagt hat? Er hat gesagt, sie würden mich dafür filetieren.«

»Wer, die Polizei?«, fragte Durant zweifelnd.

»Keine Ahnung, wen er damit gemeint hat, aber es scheinen Leute zu sein, mit denen er zusammengearbeitet hat. Wer immer das auch sein mag.«

»Sie haben doch sicher Beweise für das, was Sie hier behaupten?«, fragte Durant.

»Ja, die hab ich, das heißt, jetzt sind sie hier auf dem Präsidium. Sie sind alle in dem Aktenkoffer. Aber soll ich Ihnen noch etwas sagen – ich habe bis heute kein schlechtes Gewissen, ihn in die Hölle geschickt zu haben. Denn dort gehört er hin«, erklärte sie mit verächtlich heruntergezogenen Mundwinkeln. »Wer seinen eigenen Bruder umbringen lässt, der hat es nicht verdient, weiterzuleben. Ich weiß, dass Sie da anderer Meinung sind und auch von Berufs wegen sein müssen, aber es sind nun mal meine Gefühle.«

Julia Durant drückte erneut die Stopptaste und sagte: »Sie können gar nicht wissen, was meine Meinung ist. Ich habe eine persönliche, die mir keiner vorschreiben kann, und ich habe eine berufliche zu haben. Aber manchmal interessiert mich die beruflich vorgeschriebene Meinung herzlich wenig. Verstehen Sie, was ich damit sagen will?«

Ramona Wiesner sah Julia Durant überrascht an, dann überzog ein sanftes, verlegenes Lächeln ihr Gesicht. »Ich denke schon.«

Die Kommissarin ließ das Band weiterlaufen. »Nachdem Sie Ihren Schwager erschossen haben, haben Sie also seinen Aktenkoffer mitgenommen. Haben Sie das bewusst getan, oder war es mehr instinktiv?«

»Ich weiß es nicht mehr. Ich habe den Koffer da stehen sehen und ihn einfach mitgenommen.«

»Und zu Hause haben Sie dann nachgeschaut, was alles in dem Koffer war?«

Ramona Wiesner nickte. »Es hat bis kurz nach Mitternacht gedauert, bis ich mich endlich getraut habe, ihn zu öffnen.«

»Was war alles drin?«

»Ein Taschenrechner, ein Notizblock, ein paar Stifte, Akten, ein Terminplaner und eine Pistole mit Perlmuttgriff.«

Julia Durant hatte mitgeschrieben und lehnte sich zurück, die Hände hinter dem Kopf verschränkt. »Haben Sie die Akten durchgelesen?«

»Ich habe sie überflogen. Es ging hauptsächlich um Überweisungen und Kredit- und Überschreibungsverträge …«

»Überweisungen von wem und wohin?«

»Von wem, weiß ich nicht mehr. Aber die meisten gingen auf Konten im Ausland.«

»Wohin ins Ausland?«

»Luxemburg, Österreich und …« Sie zögerte einen Moment, überlegte und schloss dabei die Augen. »Irgendeine Insel. Fängt mit A an. Ich komm nicht drauf. Doch, warten Sie, ich hab's: Aruba Island.«

»Hm, interessant. Ich werde mir nachher mal die Unterlagen ansehen. Und jetzt zum Terminplaner. Haben Sie dort etwas Auffälliges gefunden, außer den Einträgen über Ihren Mann und Frau Maric?«

»Eine Menge Namen. Hinter einigen war ein roter beziehungsweise ein schwarzer Punkt. Was es damit auf sich hat, kann ich Ihnen allerdings nicht sagen. Bei einigen waren auch nur die Initialen angegeben wie zum Beispiel bei Pierre Doux.«

»Was ist mit Telefonnummern?«

»Ja, aber die habe ich mir nicht behalten können. Bei diesem Doux stand zwar eine Nummer, die jedoch keine hier übliche Vorwahl hatte. Ich nehme an, es ist eine französische Nummer, weil Doux ja auch ein französischer Name ist.«

»Und Sie haben hinterher alles wieder in den Koffer zurückgetan?«

»Natürlich. Eigentlich wollte ich ihn heute Morgen in ein Schließfach bringen, aber da hatte man mich schon verhaftet. C'est la vie! Wie wird es jetzt mit mir weitergehen?«

»Nachher wird sich vermutlich noch der Staatsanwalt mit Ihnen unterhalten wollen, Sie werden dem Haftrichter vorgeführt, und der wird einen vorläufigen Haftbefehl ausstellen. Sie kommen in die JVA Preungesheim, es wird einen Prozess geben, und dann werden wir weitersehen.« Julia Durant drückte die Stopptaste und lehnte sich zurück. »Allerdings glaube ich, dass wir vorher noch einige Überraschungen erleben werden. Ich werde ab jetzt alles Weitere nicht mehr auf Band mitschneiden, ich habe meine Gründe dafür.«

»Wie lange werde ich, ich meine, wie viele Jahre ...«

»Frau Wiesner, das kann ich Ihnen beim besten Willen nicht beantworten. Es kommt zum einen darauf an, wie die Taktik des Staatsanwalts aussieht, vor allem aber auch, wie Ihr Anwalt taktiert. Sie haben doch einen Anwalt, oder?«

»Schon, doch der ist für so was glaube ich nicht geeignet.«

»Gut, dann werde ich jemanden kontaktieren, der mir ohnehin noch einen Gefallen schuldet. Er ist ein erstklassiger Anwalt, vor allem im Strafrecht. Soweit ich weiß, hat er bis jetzt noch keinen Prozess verloren. Bei ihm sind Sie gut aufgehoben. Er kann auch versuchen, dass man Sie vorläufig gegen Kaution bis zum Prozessbeginn auf freien Fuß setzt, damit Sie sich um die Kinder kümmern können. Ich denke, am Geld sollte es nicht scheitern.«

»Nein, das glaube ich auch nicht. Meinen Sie denn, ich hätte eine Chance, erst mal nicht ins Gefängnis zu müssen?«

»Das entscheidet letztendlich der Richter, nachdem Ihr Anwalt und der Staatsanwalt ihre Begründungen vorgebracht haben. Sollten Sie auf Kaution freikommen, müssen Sie Ihren Ausweis, Ihren Pass und Führerschein abgeben und sich regelmäßig melden. Es gibt schon einige Möglichkeiten. Und bis der Prozess beginnt, kann eine ganze Weile vergehen.«

»Wann werden Sie den Anwalt anrufen?«, fragte Ramona Wiesner.

»Jetzt sofort. Ich mach das aber lieber von meinem Handy aus.«

Sie holte es aus ihrer Tasche und tippte eine Nummer ein. »Hallo, Wolfgang, hier ist Julia. Hör zu, ich habe hier eine Mordverdächtige sitzen, die dringend den besten Anwalt benötigt. Wie schnell kannst du hier sein und dich mit ihr unterhalten? … Natürlich weiß ich, dass Wochenende ist, aber es ist wirklich dringend. Sag mir bitte, wann … In einer Stunde. Gut. Ich würde dich aber vorher gerne selbst kurz sprechen. Komm einfach in mein Büro … Nein, nicht am Telefon, es handelt sich um eine etwas delikate Angelegenheit. Deswegen bitte ich dich ja auch um deine Hilfe. Bis nachher und danke.« Sie legte das Handy auf den Tisch. »Sie haben es gehört, in einer Stunde wird er hier sein. Und jetzt mal von Frau zu Frau, aber das bleibt unter uns, ich verlasse mich auf Sie.«

»Natürlich, ich gebe Ihnen mein Wort darauf.«

»Ihnen muss klar sein, dass eine sehr harte Zeit vor Ihnen liegt. Ich rate Ihnen deshalb Folgendes. Sie werden mit Sicherheit schon bald, vermutlich noch heute, vom Staatsanwalt vernommen werden. Ganz gleich, was er Sie fragt, beantworten Sie nur die Fragen, die er Ihnen wirklich stellt. Keine übermäßigen Emotionen zeigen und keine Vermutungen äußern, was die illegalen Geschäfte Ihres Schwagers betrifft. Und wenn er Sie verbal attackiert, bleiben Sie ruhig und gefasst und stellen Sie ihn sich von mir aus in Unterhosen vor. Diese Typen kochen auch nur mit Wasser. Wie gesagt, das Wichtigste ist, dass Sie nicht die Beherrschung verlieren, damit der Staatsanwalt keine belastenden Argumente vor dem Richter gegen Sie vorbringen kann. Wenn alles so läuft, wie ich mir das vorstelle, sind Sie vielleicht schneller wieder auf freiem Fuß, als Sie sich das träumen lassen.«

Ramona Wiesner runzelte die Stirn und sah die Kommissarin fragend an. »Was meinen Sie damit, wenn alles so läuft, wie Sie sich das vorstellen?«

»Wie es aussieht, war Ihr Schwager im organisierten Verbrechen tätig. In welchem Ausmaß, müssen wir natürlich noch klären. Aber wenn wir, in dem Fall Ihr Anwalt, das beweisen können, und vor allem auch beweisen können, dass Ihr Schwager Ihren Mann aus niederen Beweggründen quasi in den psychischen und finanziellen Ruin treiben wollte, dann ist das schon fast so viel wie ein Freifahrtschein in die Freiheit. Ich werde jedenfalls alles mir Mögliche tun, um Ihnen zu helfen.«

»Ich weiß nicht, wie ich Ihnen danken soll, Frau Durant«, sagte Ramona Wiesner mit Tränen in den Augen. »Ich war einfach nur verzweifelt, das müssen Sie mir glauben. Ich bin in den letzten Tagen durch ein Wellenbad der Gefühle gegangen. Erst dachte ich, mein Mann hätte heimlich etwas mit einer Hure gehabt, dann plötzlich stellt sich heraus, dass ich ihn völlig zu Unrecht beschuldigt habe, dann kommt das mit meinem Schwager, dann meine Verdächtigungen, die schließlich zur Gewissheit werden, und irgendwann habe ich die Kontrolle über mich verloren. Auch wenn es vielleicht so aussieht, als ob ich Thomas bewusst erschießen wollte, stimmt das nicht, ich wollte ihn eigentlich nicht erschießen, sondern die Polizei rufen, aber dann hat er etwas zu mir gesagt, das ich nie vergessen werde, und da habe ich geschossen.«

»Was hat er gesagt?«

»Ich möchte das nicht wiedergeben, es war einfach nur vulgär. Vielleicht hat er es auch nur gesagt, weil er schon wieder viel zu viel getrunken hatte. Ich weiß es nicht.«

Julia Durant erhob sich und ging zu Ramona Wiesner. Sie legte einen Arm um sie und sagte: »Es wird alles gut. Ich lasse Sie jetzt in Ihre Zelle zurückbringen, aber der Anwalt wird bald kommen, und dann können Sie sich mit ihm lange unterhalten. Ich verbürge mich für ihn.« Sie wollte gerade zur Tür gehen, um den davor postierten Beamten zu bitten, Ramona Wiesner in die Zelle zurückzubringen, als sie innehielt, die Lippen kurz aufeinander presste und sagte: »Frau Wiesner, es gibt noch etwas, das Sie vielleicht noch gar nicht wissen, denn es wurde erst gestern Nachmittag der Presse mitgeteilt. Sie erinnern sich noch an Donnerstag, als mein Kollege und ich viel später als verabredet zu Ihnen kamen? Das hatte einen Grund. Ich habe Sie doch nach Dr. Andrejew gefragt ...«

»Ja.«

»Dr. Andrejew und seine Familie sind nicht abgereist, wie ich Ihnen erzählt habe. Sie wurden am Mittwochabend getötet.«

Ramona Wiesner sah die Kommissarin aus großen Augen an und stieß ungläubig hervor: »Sagen Sie, dass das nicht wahr ist. Die ganze Familie?! Mein Gott, das ist ja furchtbar. Es ist eine Tragödie, was soll ich dazu jetzt sagen …«

»Gar nichts. Ich dachte nur, Sie sollten es wissen. Seien Sie tapfer.«

»Ich werde es versuchen.«

Sie machte die Tür auf und rief den Beamten herein. »Sie können Frau Wiesner in ihre Zelle zurückbringen. Aber die Handschellen lassen Sie bitte dort, wo sie sind. Frau Wiesner wird Ihnen nicht weglaufen.«

Ramona Wiesner blickte die Kommissarin dankbar an, und Julia Durant lächelte ihr aufmunternd zu. Sie ging wieder in ihr Büro, steckte sich eine Zigarette an und setzte sich einen Moment auf die Schreibtischkante. Ein Blick auf die Uhr – der Anwalt müsste in etwa einer halben Stunde da sein. Sie öffnete die Tür zu Hellmers Büro, der aufschaute und hinter seinem Schreibtisch hervorkam.

»Und, wie ist es gelaufen?«, fragte er.

»Ich an ihrer Stelle hätte ihn wahrscheinlich auch umgelegt. Aber das nur nebenbei. Wir haben einen Namen – Pierre Doux. Er ist der Mann, den wir suchen.«

»Kannst du dich vielleicht mal ein bisschen deutlicher ausdrücken?«

»Der Auftragskiller. Wiesner hat seinen Namen gestern Nachmittag genannt, bevor sie ihn erschossen hat. Außerdem steht er in Wiesners Terminplaner mit Handynummer. Den Kerl kriegen wir am Arsch. Ich geh jetzt rüber zu Berger, und der soll sofort den Koffer herbringen lassen. Den Inhalt will ich mir persönlich anschauen.«

Sie betrat Bergers Büro ohne anzuklopfen und sagte: »Wo befindet sich der Aktenkoffer von Wiesner?«

»Frau Durant, wie war die Vernehmung?«, fragte er zurück.

»Das erzähl ich Ihnen gleich in allen Details. Aber als Erstes brauche ich den Aktenkoffer. Wären Sie bitte so freundlich und würden anrufen und ihn herbringen lassen? Sie wissen doch, wo er gerade ist, oder?«

»Selbstverständlich, Frau Hauptkommissarin Durant, ich werde sofort veranlassen, dass das sichergestellte Beweisstück hergebracht wird«, erwiderte er grinsend, hob den Hörer ab und tippte eine Nummer ein.

»Berger hier. Der Aktenkoffer von Wiesner ist doch bei euch. Wir brauchen ihn mitsamt Inhalt in meinem Büro. Wenn's geht, so schnell wie möglich … Ja, bis gleich.« Er legte auf und nahm einen Schluck von seinem Kaffee. »Sie haben es gehört, er ist schon auf dem Weg hierher.«

Ein junger Beamter kam fünf Minuten nach dem Anruf, reichte den Koffer der Kommissarin und verließ das Zimmer sofort wieder. Julia Durant legte ihn auf den Tisch und ließ das Schloss aufschnappen. Sie holte tief Luft, sah hinein und fluchte: »Verdammte Scheiße, wer will uns hier verarschen?! Wo ist der Terminplaner, und wo sind die Akten? Alles, was hier drin ist, sind ein paar Stifte, ein Notizblock, eine Pistole Marke Derringer und ein Taschenrechner. Wo ist das andere Zeug?«

»Wovon sprechen Sie?«, fragte Berger, der aufgestanden war und ebenfalls einen Blick in den Koffer warf.

»Frau Wiesner hat mir bei der Vernehmung gesagt, dass sie gestern Abend den Koffer aufgemacht hat, und sie hat mir genau beschrieben, was sich alles darin befunden hat. Ich habe es notiert und auf Band mitgeschnitten. Diese Sachen hier, dazu aber noch mehrere Aktenordner und Wiesners persönlicher Terminplaner. Wo ist dieses verdammte Zeug abgeblieben?«

»Die hat jemand rausgenommen«, murmelte Hellmer nachdenklich. »Das würde auch die Aktion von heute Nacht erklären. Irgendwer hat spitzgekriegt, dass die Wiesner ihren Schwager umgenietet hat. Aber wer? Egal, auf jeden Fall war dieser Koffer in Wiesners Landhaus nicht aufzufinden. Also schloss man daraus, dass der

Mörder, oder in unserm Fall die Mörderin, ihn mitgenommen hat … Ach, ich hab keine Ahnung, was dahinter steckt.«

»Aber ich habe eine Vermutung. Ich muss gleich noch mal mit der Wiesner sprechen. Ich brauche von ihr eine Beschreibung der fehlenden Gegenstände. Schau du mal zu, ob im Computer irgendwas über diesen Pierre Doux vermerkt ist. Und wenn du schon dabei bist, dann überprüf auch gleich mal Daniel Laskin.«

»Und wenn sie die Sachen gar nicht in den Koffer zurückgelegt hat?«, fragte Berger.

»Glaub ich nicht. Die würde mich nicht anlügen. Ich glaube vielmehr, dass hier jemand furchtbare Angst davor hat, dass wir die Wahrheit ans Licht bringen, und deshalb die Sachen einfach hat verschwinden lassen. Ich will erstens wissen, wer Frau Wiesner heute Nacht verhaftet hat, und zwar die Namen und den Dienstgrad, und zweitens, wo der Koffer hier im Präsidium zuerst gelandet ist. Frank, übernimm du das bitte …«

»Augenblick mal, ich kann nicht alles auf einmal machen. Also, was jetzt zuerst?«

»Wer die Wiesner verhaftet hat und dann im Computer nachschauen. Recht so? Ich geh noch mal schnell zur Wiesner. Es kommt auch gleich ein Anwalt für sie vorbei, nur damit ihr Bescheid wisst.«

»Wer ist ihr Anwalt?«, fragte Berger.

»Schmitz«, antwortete Durant.

»Der Schmitz?«

»Genau der. Ich habe mir die Freiheit genommen, ihn zu bitten, Ramona Wiesner zu vertreten. Ich denke, Frau Wiesner hat den besten Anwalt verdient«, erklärte sie gelassen. »Sollten Sie anderer Meinung sein, dann sagen Sie es. Wir können ihr auch einen Pflichtverteidiger …«

»Frau Durant, jetzt seien Sie doch um Himmels willen nicht so gereizt.«

»Herr Berger, wissen Sie eigentlich, wie sehr mir das alles hier zum Hals raushängt?! Da ist eine Schweinerei am Laufen, und wir haben jetzt eine Frau einsitzen, die nichts weiter getan hat, als den

Mörder ihres Mannes umzubringen. Welche Gefühle hätten Sie denn gehabt, wenn Sie gewusst hätten, wer …«

Berger hob die Hand und sagte: »Frau Durant, wie Sie wissen, habe ich vor einigen Jahren meine Frau und meinen Sohn verloren. Ich hätte damals am liebsten den Todesfahrer des Lkws mit eigenen Händen umgebracht. Meine Frau und mein Sohn waren tot, weil ein betrunkener Autofahrer mit einem Dreißigtonner bei Rot über eine Ampel gebrettert ist. Und dann sitzt da ein Richter und verurteilt ihn wegen Trunkenheit am Steuer und einem Unfall mit Todesfolge zu zwei Jahren Führerscheinentzug und sechs Monaten Haft auf Bewährung mit der Begründung, man wolle dem jungen Mann, der eine Frau und zwei Kinder habe, nicht die Zukunft verbauen. Nach meiner Zukunft hat damals kein Schwein gefragt. Ich bin durch die Hölle gegangen, ich habe daran gedacht, ihn umzubringen, ich habe aber auch mit dem Gedanken gespielt, mir selbst das Leben zu nehmen. Doch da war noch meine Tochter. Jetzt ist sie aus dem Haus, und ich lebe ganz allein. Ich habe in den letzten Jahren zu viel getrunken, zu viel geraucht und zu viel gefressen, das Resultat sieht man ja«, fügte er mit einem kurzen Lächeln hinzu, um gleich wieder ernst zu werden. »Aber vor etwa einem halben Jahr hat meine Tochter eindringlich mit mir geredet und mir gesagt, wie sehr sie mich immer noch braucht. In diesem Moment habe ich mir gedacht: Wenn das so ist, dann hör ich eben auf mit der Sauferei. Sie wussten es ja sowieso die ganze Zeit über, und ich danke Ihnen auch, dass Sie nie etwas gesagt haben …«

»Chef …«

»Nein, lassen Sie mich bitte ausreden. Wenn wir schon bei diesem Thema sind, ich kann nachvollziehen, was in Frau Wiesner vorgegangen ist, auch wenn die Umstände bei ihr etwas anders liegen. Ich kann mich in ihre Gefühlswelt hineinversetzen. Irgendwann in den letzten Tagen ist alles in ihr kalt geworden, als sie erfahren hat, dass ihr Schwager der Mörder ihres Mannes ist oder den Mord in Auftrag gegeben hat. Und deshalb haben Sie in allem, was Sie ab jetzt tun, meine volle Rückendeckung. Und ich habe ein breites Kreuz. Finden Sie heraus, was für eine Schweinerei hier am Laufen ist, meine Unterstützung ist Ihnen sicher, denn ich bin voll und ganz auf Ihrer Seite. Sind damit alle Unklarheiten beseitigt?«

»Ja, Chef«, sagte sie mit einem entschuldigenden Lächeln. »Und danke.«

»Nein, ich habe zu danken. Denn ohne Sie, Herrn Hellmer und Herrn Kullmer wäre diese Abteilung nur eine unter vielen. Und jetzt können Sie beweisen, wie gut Sie alle wirklich sind. Hauen Sie schon ab und befragen noch mal Frau Wiesner. Herr Hellmer und ich werden in der Zwischenzeit versuchen, etwas über diesen ominösen Herrn Doux und Herrn Laskin in Erfahrung zu bringen und wer den Einsatz heute Nacht geleitet hat und wer alles dabei war.«

»Okay, bis gleich.«

Julia Durant verließ das Büro und ging langsam den Gang entlang. Die Sohlen ihrer neuen Tennisschuhe quietschten bei jedem Schritt. Sie dachte nach. Nie zuvor hatte Berger auch nur ein Detail aus seinem Privatleben preisgegeben. Und auf einmal hatte er geredet wie ein Wasserfall. In diesem Moment schämte sie sich dafür, manchmal so abfällig über ihn gedacht zu haben, denn in Wirklichkeit war Berger in Ordnung. Er war nicht der typische Chef, dem nichts recht gemacht werden konnte, er ließ ihr und den andern Beamten viele Freiheiten. So hatte sie ihn kennen gelernt, und so war er immer noch. Chapeau, dachte sie nur und verbeugte sich in Gedanken vor ihm. Als sie im Zellentrakt anlangte, wo die Festgenommenen maximal sechsunddreißig Stunden festgehalten werden durften, sprach sie den Wärter an und bat ihn, die Zelle von Ramona Wiesner aufzuschließen.

Sie saß auf der schmalen, harten Pritsche, der Boden und die Wände waren gekachelt, das winzige vergitterte Fenster befand sich in unerreichbarer Höhe. Julia Durant hatte Gefangene erlebt, die schon nach wenigen Minuten in einer dieser über vier Meter langen, aber nur knapp einszwanzig breiten Zelle Panikattacken bekommen hatten. Ein etwas älterer Mann, der fälschlicherweise festgenommen worden war, hatte sogar einen Herzanfall erlitten und wäre beinahe gestorben. Die Kommissarin betrat diese Zellen nicht gerne, und sie konnte sich vorstellen, dass niemand, schon gar nicht eine fragile Person wie Ramona Wiesner, hier drin auch nur einen klaren Gedanken zu fassen in der Lage war. Die bedrückende Enge, die Kacheln, die kahle Pritsche, das gleißende Licht von der Decke. Sie bat den Wärter, die Tür zu schließen, und setzte sich neben Ramona Wiesner.

»Frau Wiesner, ich muss Ihnen doch noch ein paar Fragen stellen. Und jetzt brauche ich ganz exakte Antworten.«

»Fragen Sie«, sagte Ramona Wiesner.

»Wie viele Beamte sind heute Nacht bei Ihnen gewesen?«

»Drei.«

»Haben Sie sich die Namen behalten können?«

»Nein, ich war viel zu verschlafen. Außerdem ging alles sehr, sehr schnell. Soweit ich weiß, haben sie sich gar nicht vorgestellt.«

»Haben sie Ihnen ihre Ausweise gezeigt oder nur die Dienstmarken?«

»Ich meine, sie haben mir ihre Ausweise gezeigt, aber bloß ganz kurz.«

»Wissen Sie noch, um welche Zeit genau die Beamten kamen?«

»Allerdings, es war um drei Uhr zehn. Ich habe auf den Wecker geschaut und mich gefragt, wer um diese Zeit bei mir klingelt.«

»Was ist dann passiert? Sind Sie zusammen mit den Beamten in das Arbeitszimmer Ihres Mannes gegangen, um den Koffer und die Pistole zu holen, oder ist es anders abgelaufen?«

»Nein. Zwei Polizisten sind mit mir im Wohnzimmer geblieben, einer ist nach oben gegangen, nachdem er mich gefragt hat, wo sich das Arbeitszimmer befindet.«

»Aha. Und wie lange war der andere oben? Fünf Minuten, zehn, eine halbe Stunde?«

Ramona Wiesner überlegte kurz und antwortete: »Er war höchstens fünf Minuten weg, als er mit dem Koffer und der Pistole wieder runterkam.«

»Fünf Minuten. Haben Sie ihm denn gesagt, wo sich die Pistole und der Koffer befinden?«

»Nein.«

»Und trotzdem ist er schon nach knapp fünf Minuten mit beidem wieder unten erschienen. Was ist dann passiert?«

»Sie haben mir Handschellen angelegt und sind mit mir hierher gefahren.«

»Hat man Ihnen während der Fahrt schon Fragen gestellt?«

»Nein, erst hier. Das heißt, sie haben mir eine Frage gestellt, als wir noch im Haus waren. Sie wollten wissen, ob ich mir die Sachen im Koffer angeschaut und ob ich irgendwas herausgenommen und versteckt habe.«

»Und was haben Sie geantwortet?«

»Dass ich den Koffer noch nicht angerührt hätte. Ich weiß auch nicht, weshalb ich das gesagt habe.« Sie verzog die Mundwinkel und sah die Kommissarin entschuldigend an.

»Vorhin haben Sie mir aber erzählt, und das ist leider auch auf Band, dass Sie den Koffer geöffnet haben. Gut, kann man nichts machen. Als Sie hier verhört wurden, waren es da dieselben Beamten, die Sie auch verhaftet haben?«

»Nein, nur einer von ihnen war dabei und ein Mann, den ich erst hier kennen gelernt habe.«

»Können Sie sich an seinen Namen erinnern?«

»Nein, warum?«, fragte Ramona Wiesner erstaunt. »Er hat sich mir nicht vorgestellt.«

»Wo sind Sie vernommen worden beziehungsweise wo hat man versucht Sie zu vernehmen?«

»In einem Büro.«

»Und da stand kein Namensschild an der Tür oder auf dem Tisch?«

»Ob an der Tür eins war, kann ich nicht sagen, aber auf dem Tisch, nein. Nein, ganz sicher nicht.«

»Doch Sie würden die Männer wiedererkennen, die Sie verhaftet und vernommen haben?«

»Ja.«

»Wie lange hat die Vernehmung gedauert?«

»Keine Ahnung, zehn oder fünfzehn Minuten, dann wurde ich in diese Zelle gebracht.«

»Was hat man Ihnen gesagt?«

»Eigentlich gar nichts weiter, sie wollten nur immer wieder wissen, weshalb ich Thomas umgebracht habe. Ich habe geschwiegen, weil ich mit Ihnen sprechen wollte. Als ich aus dem Zimmer in die Zelle geführt wurde, habe ich nur noch gehört, wie der eine zum andern gesagt hat: ›Dieses kleine Biest würde ich gerne mal durchficken.‹ Und dann: ›Schade, dass man hier nicht alleine ist.‹ Und der andere hat gemeint, er könne sich sogar einen flotten Dreier vorstellen, weil ich es bestimmt nötig hätte, nachdem mein Alter abgemurkst worden sei.«

»Sind Sie sicher, dass sie diese Worte benutzt haben?«

»Ich habe ein sehr gutes Gehör, Frau Durant. Sie haben genau das gesagt.«

»Ah ja. Ich brauche jetzt noch ein paar Details zu dem Terminplaner und den Aktenordnern. Wie sieht der Planer aus? Wie groß, welche Farbe?«

»Ein normal großer Planer mit sechs Ringen. Er ist aus bordeauxrotem Leder, und vorne drauf stehen die Initialen T.W.«

»Und die Aktenordner?«

»Es sind fünf oder sechs Klarsichtordner, alle von unterschiedlicher Farbe. Grün, gelb, blau, rot, weiß, und ich meine, es war auch ein schwarzer dabei. Ja, ich bin ganz sicher, es sind sechs. Warum fragen Sie?«

»Ich brauche so detaillierte Angaben wie möglich. Frau Wiesner, Sie haben nicht nur mir, sondern auch sich sehr geholfen. Danke. Und Kopf hoch, ich kann es nur noch einmal betonen.«

Ramona Wiesner lächelte verkniffen. Julia Durant klopfte an die Stahltür, der Schlüssel wurde umgedreht, und sie wollte bereits die Zelle verlassen, als Ramona Wiesner ihr nachrief: »Frau Durant, mir fällt da noch was ein. Ich weiß nicht, ob es von Belang ist, aber …«

»Warten Sie einen Moment.« Und zu dem Wärter: »Machen Sie noch mal zu.« Sie wartete, bis der Schlüssel umgedreht wurde und setzte sich zu Ramona Wiesner. »Es gibt im Augenblick nichts, was nicht von Belang sein könnte. Also, was ist Ihnen noch eingefallen?«

»Nun, ich habe ein bisschen Musik gehört, nachdem ich im Arbeitszimmer war, und bin dann ins Schlafzimmer gegangen, habe das Licht ausgemacht und mich aufs Bett gelegt. Aber ich konnte nicht einschlafen, weil ich innerlich so aufgewühlt war, und so bin ich nach ein paar Minuten wieder aufgestanden. Ich habe mich ans Fenster gestellt, wie ich das immer mache, wenn ich mal nicht schlafen kann, und habe durch den Vorhang nach draußen geschaut. Einfach so. Auf der andern Straßenseite hat ein Auto gestanden, ich weiß nicht, was für ein Modell, aber ich habe gesehen, wie sich jemand, ich glaube, es war der Fahrer, mit einem Feuerzeug eine Zigarette angezündet hat. Das ist mir wirklich gerade eben erst eingefallen, nachdem Sie mir die Fragen gestellt haben. Es kann natürlich auch ein Liebespaar gewesen sein …«

»Moment, Sie konnten in der Dunkelheit die Automarke nicht erkennen. Aber könnte es dasselbe Auto gewesen sein, mit dem man Sie aufs Präsidium gebracht hat?«

»Ich versuche es mir gerade vorzustellen. Ja, es könnte dasselbe Auto gewesen sein.«

»Als sich der eine die Zigarette angezündet hat, konnten Sie da erkennen, wie viele Personen sich in dem Wagen aufgehalten haben?«

Ramona Wiesner schüttelte den Kopf. »Nein, dazu war es zu dunkel.«

»Um welche Uhrzeit war das in etwa?«

»So gegen Viertel nach zwei.«

»Frau Wiesner, das, was Sie mir jetzt gesagt haben, dürfen Sie unter gar keinen Umständen vor dem Staatsanwalt wiederholen. Sie dürfen mit dem Rechtsanwalt darüber sprechen, denn ich werde ihm schon vorher die wesentlichen Informationen zukommen lassen. Es wird also außer mir, meinen Kollegen und dem Anwalt keiner davon in Kenntnis gesetzt. Abgemacht?«

»Natürlich.«

»Gut, dann werde ich jetzt ein paar Nachforschungen anstellen. Mal sehen, ob ich ins Schwarze treffe.«

Julia Durant begab sich in die Einsatzzentrale, wo mehrere Beamte die eingehenden Notrufe entgegennahmen. Sie bat einen der vor einem Computer sitzenden Beamten, ihr die Liste der in der vergangenen Nacht eingegangenen Notrufe zu zeigen. Er drückte auf eine Taste und ließ die Liste ausdrucken. Sie ging sämtliche Anrufe durch und schnalzte mit der Zunge. Dann bedankte sie sich, begab sich in Bergers Büro und legte wortlos die Liste auf seinen Schreibtisch.

»Was soll ich damit?«, fragte er.

»Was haben Sie gesagt, wer den anonymen Anruf letzte Nacht entgegengenommen hat? Die Einsatzzentrale? Dann schauen Sie sich mal die Liste genau an. Dort ist zwar ein Anruf vermerkt, der wurde allerdings direkt an den KDD weitergeleitet. Daraufhin ist ein Wagen nach Glashütten zu Frau Wiesner geschickt worden. Dieser Anruf ging aber um genau 2.46 Uhr hier ein. Seltsam, nicht?«

Berger sah Durant irritiert an. »Was soll daran seltsam sein?«

»Nun, das Erste ist, dass Frau Wiesner sich ganz genau daran erinnert, dass es um Punkt 3.10 Uhr bei ihr geklingelt hat. Das ist meiner Rechnung nach vierundzwanzig Minuten nach dem Anruf. Die Einsatzzentrale hat den KDD informiert, der, ohne die Bereitschaft der Mordkommission zu verständigen, in dem Fall Hellmer und mich, einfach nach Glashütten gefahren ist, um Frau Wiesner festzunehmen. Aber das nur nebenbei. Im günstigsten Fall vergehen mindestens fünf Minuten vom Anruf bis zur Abfahrt der Männer. Selbst wenn sich kein einziges Auto auf der Straße befindet und ich mit Vollgas von Frankfurt nach Glashütten rase, brauche ich immer noch länger als neunzehn Minuten. Unter fünfundzwanzig Minuten ist selbst nachts überhaupt nichts drin. Soll ich Ihnen sagen, was Frau Wiesner mir außerdem gerade eben erzählt hat? Jetzt halten Sie sich fest.« Sie setzte sich, zündete sich eine Gauloise an und sah Berger durch den Rauch hindurch an. »Sie konnte nicht einschlafen, ist nach ein paar Minuten wieder aufgestanden und hat sich ans Fenster gestellt. Das war gegen Viertel nach zwei. Vor ihrem Haus hat zu dem Zeitpunkt bereits ein Wagen gestanden, in dem sich mehrere Personen aufgehalten haben. Sie hat das gesehen, weil sich einer der Insassen, vermutlich der Fahrer, eine Zigarette angesteckt hat. Sie hat dem weiter keine Bedeutung beigemessen, hat sich wieder hingelegt und ist eingeschlafen, aber kurz darauf ist sie schon wieder geweckt worden.« Sie hielt inne und sah Berger durchdringend an. »Und jetzt frage ich Sie, was hat das zu bedeuten? Oder nein, ich sag's Ihnen. Wir sollen hier nach Strich und Faden verarscht werden. Die Wiesner hat zwar ihren Schwager umgelegt, aber sie soll meiner Meinung nach jetzt als der eigentliche Sündenbock hingestellt werden. Und das werde ich nicht zulassen.«

»Das ist allerdings seltsam«, murmelte Berger vor sich hin. »Jetzt muss ich mich natürlich auch fragen, was das soll …«

Er wollte gerade noch etwas hinzufügen, als die Tür aufging. Küchler. Er murmelte ein »Guten Tag«, stellte seine Tasche auf den Boden und setzte sich auf den freien Stuhl. »Schön, dass ich Sie hier antreffe, Frau Durant. Haben Sie schon mit Frau Wiesner sprechen können?«

»Ja, ich habe mit ihr gesprochen.«

»Und, hat sie gestanden?«

»Sie hat gestanden, aber …«

»Na prima«, wurde sie von Küchler unterbrochen, »Sie werden sich auch weiter im Wesentlichen um Frau Wiesner kümmern, und ich möchte Sie bitten, herauszufinden, inwieweit sie Kontakte zu kriminellen Gruppierungen unterhält. Ihr Haus wird im Übrigen zur Zeit durchsucht.«

»Ach, das ist ja sehr interessant, dass wir das auch mal erfahren. Von wem und weshalb wird es durchsucht?«

»Ich habe Kollegen vom OK damit beauftragt, die ja momentan direkt mit Ihrer Abteilung zusammenarbeiten.«

Julia Durant schlug die Beine übereinander, faltete die Hände und sah Küchler von der Seite an. »Unter Zusammenarbeit stelle ich mir aber etwas anderes vor, Dr. Küchler. Offensichtlich gibt es unterschiedliche Definitionen von Zusammenarbeit. Für mich hat in der Vergangenheit Zusammenarbeit immer bedeutet, dass man kooperiert. Nun, was soll's, die Zeiten ändern sich eben. Und wonach wird in Frau Wiesners Haus gesucht?«

»Frau Durant, das können Sie sich doch denken.«

»Nein, kann ich nicht«, sagte Durant kühl und scharf. »Und vielleicht erklären Sie mir auch einmal, weshalb Frau Wiesner nicht von uns, sprich Herrn Hellmer und mir, die wir ja beide noch Bereitschaft haben, sondern von Kollegen vom KDD verhaftet wurde und warum auch die Hausdurchsuchung durchgeführt wird, ohne dass einer oder zwei Beamte aus unserer Abteilung dabei sind?«

Küchler sah Durant mit stechendem Blick an, zog die Stirn in Falten und antwortete: »Schon mal etwas von Gefahr im Verzug gehört? Wir müssen verhindern, dass jemand vor uns das Haus auf den Kopf stellt und möglicherweise wichtige Unterlagen beiseite schafft. Und die Kollegen vom KDD waren nun mal sofort verfügbar.«

Julia Durant lachte kehlig auf und schüttelte den Kopf. »Augenblick, heißt das etwa, dass Sie Frau Wiesner allen Ernstes verdächtigen, Bestandteil einer kriminellen Vereinigung zu sein? Kommen Sie, das ist geradezu lächerlich.«

»Frau Durant, ich finde die Morde, die in den letzten Tagen geschehen sind, alles andere als lächerlich«, entgegnete er ebenfalls scharf. »Und sollte Frau Wiesner auch nur im Geringsten darin involviert sein, aktiv oder passiv, werde ich mit aller Härte gegen sie vorgehen. Nur damit Sie Bescheid wissen. Und diese Anweisung kommt nicht von mir, sondern von Generalstaatsanwalt Blumenthal, mit dem ich mich übrigens nachher noch treffen werde. Sie erinnern sich an die Pressekonferenz gestern, als er dem organisierten Verbrechen den Kampf angesagt hat? Das ist genau das, was wir jetzt tun werden – kämpfen. Und ich möchte Ihnen dringendst raten, sich kooperativ zu verhalten. Sollte ich merken, dass Sie Ihr eigenes Ding durchziehen und Beweismaterial …«

»Dr. Küchler«, erwiderte Durant noch eine Spur schärfer, »ich habe keine Ahnung, weshalb Sie anfangen, mir Sachen zu unterstellen und mir zu drohen. Ich habe mir in all den Jahren, seit ich in Frankfurt bin, nichts zuschulden kommen lassen. Und wenn Sie tausendmal der Oberstaatsanwalt sind, so möchte ich Sie doch in aller Form bitten, einen gemäßigteren Ton mir gegenüber anzuschlagen. Und wenn wir schon bei Beweismaterial sind, ich erwarte, dass unserer Abteilung Einblick in sämtliches sichergestellte Beweismaterial gewährt wird. Die gleiche Kooperation, die Sie von mir beziehungsweise unserer Abteilung verlangen, verlange ich auch von Ihnen und allen anderen Abteilungen. Ansonsten wird es keine Kooperation geben.«

Küchler lächelte süffisant, wofür Durant ihm am liebsten in das leichenblasse Gesicht geschlagen hätte, bevor er entgegnete: »Selbstverständlich bekommen Sie das Beweismaterial, Frau Durant. Und wir werden natürlich kooperieren, das ist doch in unser aller Sinn. Aber um noch mal auf das eben Gesagte zurückzukommen, Sie kennen meine Meinung und meinen Standpunkt, der im Übrigen völlig deckungsgleich mit dem von Dr. Blumenthal ist. Ich, das heißt wir erwarten lediglich vollen Einsatz, das ist alles. Den erwarte ich von Ihnen genauso wie von allen andern Beamten.«

»Wenn Sie es wünschen«, sagte Durant und konnte sich ein leichtes Grinsen nicht verkneifen.

»Ich weiß zwar nicht, was daran so lustig ist«, sagte Küchler, »aber wir haben hier eine erste ganz heiße Spur. Selbstverständlich darf vorerst nichts davon an die Presse dringen. Ich gebe Ihnen Bescheid, wann wir den Zeitpunkt für angemessen halten, die Öffentlichkeit zu informieren. Das Geständnis von Frau Wiesner haben Sie doch sicherlich auf Band.«

»Wie Ihnen eigentlich bekannt sein sollte, ist es üblich, bei Verhören ein Band mitlaufen zu lassen. Sagen Sie mir doch bitte, Dr.

Küchler, wie Sie so schnell davon erfahren haben, dass Frau Wiesner unter dringendem Tatverdacht steht, ihren Schwager ermordet zu haben?«

»Ich wurde angerufen.«

»Und von wem, wenn die Frage gestattet ist?«

»Frau Durant, ich glaube, das ist nicht der geeignete Zeitpunkt für ein Verhör, denn als solches empfinde ich Ihre Fragen im Moment.«

»Oh, tut mir Leid, wenn ich Ihnen zu nahe getreten bin, ich stehe wahrscheinlich noch immer unter dem Eindruck der eben geführten Vernehmung«, entgegnete sie bissig, woraufhin Berger eine für Küchler nicht sichtbare dämpfende Handbewegung machte und ihr einen eindeutigen Blick zuwarf. Sie mäßigte ihre Stimme, auch wenn es ihr schwer fiel und sie am liebsten Küchler mit ein paar unangenehmen Fragen konfrontiert hätte, auf die er mit Sicherheit keine zufrieden stellenden Antworten parat gehabt hätte, aber sie ließ es sein. Stattdessen sagte sie ruhig und diesmal ohne Spott: »Es ist eine rein informative Frage, die Sie natürlich nicht beantworten müssen.«

»Ich wurde vom KDD informiert und habe daraufhin sofort den zuständigen Richter angerufen. Frau Wiesner wird ihm nachher vorgeführt. Ist damit Ihre Neugier befriedigt?«

»Das ist keine Neugier, Dr. Küchler, es ist nur so, dass in der Einsatzzentrale heute Nacht um 2.46 Uhr zwar ein anonymer Anruf eingegangen ist, der aber sofort an den KDD weitergeleitet wurde. Daraufhin wurde ein Wagen nach Glashütten geschickt. Merkwürdig ist dabei, dass dieser Anruf nur vierundzwanzig Minuten vor der Festnahme von Frau Wiesner erfolgte. Dann hat man Sie angerufen und Sie den Richter. Stimmt das so?«

»Nein, Frau Durant, ich wurde erst heute Morgen gegen sieben informiert.«

»Heute Morgen also. Und von wem? Wir haben es auch nur hintenrum erfahren, obgleich wir die ermittelnde Stelle im Mordfall Wiesner sind. Eigenartig, nicht? Und damit komme ich nicht klar.«

»Frau Durant, in diesem Leben gibt es eine Menge Dinge, mit denen wir und Sie nicht klarkommen«, erwiderte Küchler erneut mit diesem überheblichen Lächeln. »Aber es steht Ihnen selbstverständlich frei, sich beim KDD zu erkundigen, wie alles abgelaufen ist. Vielleicht ist der betreffende Wagen gar nicht von Frankfurt aus losgefahren, sondern hat sich in Königstein oder Umgebung aufgehalten, und Sie sind deshalb von der Aktion nicht in Kenntnis gesetzt worden. Oder Frau Wiesner hat einfach einen falsch gehenden Wecker. Fragen Sie doch nach.«

»Das werde ich ganz sicher tun.«

Hellmer kam herein, hinter ihm Schmitz, der Anwalt. Küchler wandte den Kopf. Sein Gesichtsausdruck versteinerte sich für einen Moment, als er Schmitz erblickte, doch er fing sich sofort wieder.

»Herr Dr. Schmitz, was führt Sie denn in diese geheiligten Hallen?«, fragte er mit jovialem Lächeln, so jovial, dass Durant dachte: Würde er Schmitz jetzt umarmen, dann nur, um ihm ein Messer in den Rücken zu rammen.

»Dr. Küchler, ich hatte nicht vor, Ihnen einen Besuch abzustatten, ich wollte eigentlich zu Frau Durant. Aber wir können ja demnächst mal wieder was trinken gehen.« Und an Durant gewandt: »Haben Sie Zeit?«

»Ich komme sofort«, sagte sie. Und zu Küchler: »Haben Sie noch Fragen an mich, sonst würde ich mich jetzt gerne um Dr. Schmitz kümmern.«

»Ist er der Anwalt von Frau Wiesner?«, erkundigte sich Küchler mit säuerlicher Miene. Er hatte Schmitz schon einige Male vor Gericht als Gegner gehabt und nur einmal knapp nach Punkten gewonnen.

»Dr. Schmitz wird die Verteidigung von Frau Wiesner übernehmen. Und jetzt entschuldigen Sie mich bitte, ich habe zu tun.«

»Frau Durant, ich hoffe, Sie nehmen Ihre Aufgabe ernst, andernfalls würde ich mich gezwungen sehen, einen anderen Beamten oder gar eine andere Abteilung mit dem Fall zu beauftragen.«

»Herr Berger?«, sagte Durant und sah ihn an.

»Ich lege für Frau Durant meine Hände ins Feuer. Sie wird ihr Bestes geben, das verspreche ich Ihnen.«

Durant grinste Berger zu, ohne dass Küchler es sehen konnte, ging in ihr Büro und schloss die Tür hinter sich. Sie lehnte sich gegen die Tür, atmete tief durch und verdrehte die Augen. »Dieses verdammte arrogante Arschloch«, zischte sie leise, reichte Schmitz die Hand und versuchte zu lächeln.

»Hallo, Wolfgang. Dann wollen wir mal. Das könnte der Fall deines Lebens werden.«

»Schieß los, ich bin ganz Ohr.«

Sie erklärte ihm in knappen Worten die Sachlage, er machte sich ein paar Notizen, nickte immer wieder nur und sagte schließlich: »Das klingt sehr verzwickt. Am besten spreche ich gleich mit Frau Wiesner. Mal sehen, was ich für sie tun kann.«

Nachdem er das Zimmer verlassen hatte, sagte sie zu Hellmer: »Ich muss jetzt was essen, auch wenn mir der Appetit total vergangen ist. Kommst du mit?«

»Klar doch. Und was machen wir danach?«

»Noch mal mit Wolfgang sprechen und dann zur andern Wiesner fahren. Hast du eigentlich mitgekriegt, was da abgelaufen ist? Warum hat man uns nicht benachrichtigt? Wir wären zuständig gewesen und nicht der KDD. Hat Berger inzwischen rausbekommen, wer vom KDD die Wiesner verhaftet hat?«

»Keine Ahnung, wir können ihn ja mal fragen. Berger und ich haben uns um diesen Pierre Doux gekümmert. Fehlanzeige. Weder beim BKA noch bei Interpol ist dieser Name bekannt. Das Gleiche bei Laskin. Ich hab jedoch von hier aus ein bisschen mitgehört, was ihr drüben besprochen habt. Sauerei, sag ich da nur. Aber jetzt los, mir hängt der Magen auch schon in den Kniekehlen.«

Sie gingen zum Italiener, der nur zwei Minuten vom Präsidium entfernt war, aßen jeder einen Teller Spaghetti Bolognese und tranken dazu Bier. Sie blieben eine halbe Stunde, sprachen über den Fall und begaben sich zurück ins Büro. Schmitz unterhielt sich noch immer mit Ramona Wiesner. Durant wollte warten, bis er fertig war. Hellmer hatte ihr gegenüber Platz genommen. Sie griff zum Telefonhörer und tippte die Nummer von Natascha ein.

»Hier Durant. Ist Herr Laskin zufällig bei Ihnen?«, fragte sie, nachdem Natascha sich gemeldet hatte.

»Einen Moment, ich rufe ihn. Daniel, für dich. Frau Durant.«

»Frau Durant, welche Überraschung.«

»Herr Laskin, ich würde gerne so in etwa einer Stunde kurz bei Ihnen vorbeischauen. Ich habe nur eine Frage, die ich Ihnen aber nicht am Telefon stellen möchte.«

»Ich werde hier warten.«

Julia Durant legte auf, zündete sich eine Zigarette an, stand auf und lief unruhig im Büro hin und her. Ihre Gedanken kreisten in einem fort um Küchler, aber auch um die Aussage von Ramona Wiesner. Was hatte es mit dem Wagen auf sich, den sie vor dem Schlafengehen vor ihrem Haus gesehen hatte? Waren es die Beamten, von denen sie später festgenommen wurde? Und wo waren die Akten und der Terminplaner von Thomas Wiesner abgeblieben? Wie konnten die Beamten so schnell nach dem Anruf in der Einsatzzentrale in Glashütten sein? Und warum wurde sie erst heute Morgen von Berger über die Verhaftung informiert? Fragen über Fragen, auf die sie keine Antworten hatte. Noch nicht. Aber sie hatte einen Namen – Pierre Doux.

Hellmer, der sie die ganze Zeit über schweigend beobachtet hatte, sagte: »Was geht in deinem Kopf vor?«

Sie winkte ab. »Viel zu viel. Ist Peter schon da?«

»Ich glaube, er ist in seinem Büro. Soll ich ihn holen?«

»Das wäre nett.«

Hellmer kehrte nach wenigen Augenblicken mit Kullmer zurück, der wie immer auf einem Kaugummi herumkaute. Der Duft seines Eau de Toilette verbreitete sich sofort im Raum, was Durant diesmal allerdings nicht weiter störte, da es sich merklich abgekühlt hatte. Julia Durant stand an den Aktenschrank gelehnt, die Finger in die Jeanstaschen gesteckt.

»Was gibt's?«, fragte Kullmer.

»Mach mal die Tür zu«, sagte die Kommissarin. Sie presste die Lippen aufeinander und fuhr fort, nachdem Kullmer die Tür geschlossen hatte: »Hört zu, ich brauche jetzt eure Hilfe. Ich weiß, das klingt vielleicht absurd, aber ich möchte, dass wir mal die Vita von Küchler durchforsten. Die ganze Aktion letzte Nacht war ein abgekartetes Spiel. Fakt ist, dass die Wiesner gestanden hat, ihren Schwager umgelegt zu haben. Fakt ist jedoch auch, dass ihre Verhaftung nicht von ungefähr kam. Ob Küchler dahinter steckt, kann ich nicht sagen, aber ich bin sicher, dass hier etwas nicht mit rechten Dingen zugeht. Ich möchte, dass ihr beide zum KDD geht. Ich muss wissen, wo die fehlenden Unterlagen abgeblieben sind.«

»Moment«, sagte Kullmer, »ich meine, ich kann verstehen, dass du sauer bist. Ich kann auch verstehen, dass du jetzt eine gehörige Wut auf alle möglichen Leute hast, Küchler eingeschlossen, doch ihn gleich zu verdächtigen ...«

»Ich verdächtige ihn nicht, zumindest noch nicht. Aber du kannst nicht bestreiten, dass wir bloß ein paar Figuren in einem Spiel sind, das wir im Augenblick nur verlieren können. Man benutzt uns, das wird mir immer klarer, doch ich komm noch nicht drauf, wofür wir benutzt werden. In einem ganz normalen Mordfall oder einer Serie wären bei einer Hausdurchsuchung einer verdächtigen Person immer auch wir mit dabei. Warum macht das bei der Wiesner allein das OK? Küchler sagt, ich soll mich ausschließlich auf die Wiesner konzentrieren. Na und, ich kann beides gleichzeitig. Oder einer von euch wäre mit hingefahren. Was immer hier gespielt wird, wir werden ausgeschlossen. Und warum? Weil man vielleicht bestimmte Dinge vor uns verbergen will. Keine Ahnung, vielleicht sehe ich auch Gespenster, aber irgendwie sagt mir meine innere Stimme, dass es keine Gespenster sind. Phantome ja, Gespenster nein.«

»Ich stimme dir ja zu, dass Küchler ein Idiot ist, aber er ist immerhin Oberstaatsanwalt, er hat einen Namen und einen Ruf zu verlieren ...«

»Bingo«, wurde er von Durant unterbrochen, »das ist möglicherweise genau der Punkt. Er hat etwas zu verlieren. Gehen wir doch mal davon aus, dass er irgendwie in der Sache mit drinsteckt, genau wie Gebhardt …« Sie zögerte, sah erst Hellmer, dann Kullmer an und fuhr fort: »Wir sind doch zu dem Schluss gekommen, dass Gebhardts Ermordung von außen gesteuert worden sein muss. Von seiner Inhaftierung wussten nur die Polizei, die Staatsanwaltschaft und ein Richter. Niemand sonst. Küchler wollte Gebhardt im Knast besuchen, da war er aber schon tot. Und Küchler hat sich in den ganzen letzten fünf Jahren nicht so oft hier im Präsidium rumgetrieben wie in den letzten Tagen. Das sollte uns doch zu denken geben, oder?«

»Meinst du nicht, dass du zu sehr auf Küchler fixiert bist?«, fragte Hellmer zweifelnd. »Der Befehl, Gebhardt kaltzumachen, könnte genauso gut von einem vom OK gekommen sein. Oder dem Richter oder gar von Blumenthal. Was, wenn seine großen Worte, dem organisierten Verbrechen den Kampf anzusagen, nichts als Worthülsen sind, mit denen er uns und auch die Öffentlichkeit in Sicherheit zu wiegen versucht? Ich will damit Blumenthal nichts unterstellen, aber es gibt so viele Theorien.«

»Dann arbeiten wir eben eine nach der andern ab. Wenn Küchler sauber ist, machen wir einen Haken dahinter. Bei Blumenthal das Gleiche. Und so weiter und so fort. Haben wir was zu verlieren?«

»Also gut«, sagte Kullmer kopfschüttelnd. »Wie soll's weitergehen?«

»Ihr beide geht jetzt zum KDD und holt euch alle Informationen zu letzter Nacht. Und fragt mal so ganz nebenbei nach dem Kofferinhalt. Wenn die sagen, in dem Koffer sei nichts gewesen außer dem, was wir mit eigenen Augen gesehen haben, dann lügen die. Und dann will ich wissen, wer lügt und warum. Und wenn wir denoder diejenigen haben, nehmen wir sie auseinander. Aber nicht wie bei Gebhardt, wir werden sie beschatten und überprüfen.«

»Und wie willst du das anstellen?«, fragte Hellmer. »Wir können doch nicht Tag und Nacht auf der Lauer liegen. Das würden die sofort spitzkriegen.«

»Das machen wir anders. Nennen wir es einen Lauschangriff. Was meint ihr, inwieweit können wir Güttler und Wilhelm in unsern Plan einweihen?«

»Kein Problem«, antwortete Kullmer. »Außerdem würden wir es zu dritt sowieso nicht schaffen. Wir brauchen mindestens zehn Leute.«

»Und wen schlägst du vor?«

»Wir fünf, Berger, Kowalski, Friedrichs, Kanter und Juskowiak. Die sind alle schwer in Ordnung und würden auch den Mund halten.«

»Sicher?«, fragte Durant zweifelnd.

»Was ist schon sicher? Wir müssen es zumindest probieren.«

»Was Küchler betrifft, werde ich mich auch mal mit meiner Freundin Sabine Schneider-Glauka unterhalten. Die ist auf ihn nämlich alles andere als gut zu sprechen. Die könnte uns möglicherweise eine ganz große Hilfe sein.«

»Okay, dann los. Doch mit Fingerspitzengefühl. Ich fahr zu Laskin, komm danach aber wieder zurück. Bis dahin müsstet ihr wenigstens die Infos vom KDD haben.«

Sie nahm ihre Tasche und verließ das Büro. Julia Durant ging zu ihrem Wagen und machte sich auf den Weg zu Daniel Laskin. Es hatte wieder etwas stärker zu regnen angefangen.

Samstag, 14.45 Uhr

Daniel Laskin schaute, nachdem es geklingelt hatte, aus dem Fenster, und als er Julia Durant sah, ging er hin und drückte auf den Türöffner.

»Herr Laskin«, sagte sie, nachdem sie in der Wohnung war, »ich will Sie wirklich nicht lange stören, ich habe auch nur sehr wenig Zeit. Können wir uns einen Moment allein unterhalten?«

»Natürlich«, antwortete er und bat sie in die Küche, bot ihr einen Stuhl an und setzte sich an die andere Seite des Tisches. »Was führt Sie zu mir?«

»Letzte Nacht wurde die Mörderin von Herrn Wiesner verhaftet …«

»Von welchem Wiesner?«, wurde sie von Laskin unterbrochen.

»Thomas Wiesner. Sie hat die Tat bereits gestanden und dabei mir gegenüber einen Namen erwähnt, mit dem wir bisher nichts anfangen können. Sagt Ihnen der Name Pierre Doux etwas?«

Laskin sah die Kommissarin aus seinen dunklen Augen an, in seinem Gesicht war keine Regung zu erkennen. Er schüttelte den Kopf. »Nein. Wer soll das sein?«

»Der Auftragskiller, der unter anderem auch Ihre Freundin getötet hat.«

»Warum wurde Thomas Wiesner umgebracht?«, wollte Laskin wissen.

»Das möchte ich Ihnen nicht sagen, denn Sie selbst halten sich mit Informationen ja auch sehr zurück. Sie haben doch gesagt, eine Hand wäscht die andere. Ich würde es sehr begrüßen, wenn Sie mir gegenüber mit offenen Karten spielen würden. Mit Andeutungen komme ich nicht weiter. Und mit Geheimniskrämerei schon gar nicht. Ich spüre doch, dass Sie etwas vor mir verbergen, und auch, dass Sie Angst haben.«

»Ich habe keine Angst«, entgegnete Laskin emotionslos, »nicht um mein Leben. Höchstens um das von Natascha.« Er machte eine Pause und fragte Durant, ob er eine Zigarette haben könne. Sie hielt ihm die Packung hin, gab ihm Feuer und zündete sich ebenfalls eine an. »Normalerweise rauche ich nicht, nur ganz selten mal in Gesellschaft, aber …« Er zuckte mit den Schultern. »Gut, ich gebe Ihnen eine Information. Und dann werde ich sehen, ob ich Ihnen wirklich vertrauen kann. Am Montagabend kommt gegen dreiundzwanzig Uhr mit drei Trucks eine Ladung mit zweihundert Schweinen und hundert Kälbern in Frankfurt an.«

»Lebende Schweine?«

»Die Schweine sind tot, das andere nicht.«

»Was meinen Sie mit dem anderen?«, fragte Julia Durant mit gerunzelter Stirn.

»Lassen Sie es mich so ausdrücken: Die Schweine sind vollgestopft mit Heroin und Kokain. Der Gesamtwert beläuft sich auf hundertfünfzig bis zweihundert Millionen Dollar. Die Lieferung kommt aus einem polnischen Ort nahe der weißrussischen Grenze mit einer deutschen Spedition. Fünf Zöllner und mehrere andere Beamte werden dafür bezahlt, dass der Transport unbehelligt nach Frankfurt gelangt. Auch die Zollbehörde in Frankfurt wurde geschmiert. Die Papiere sind absolut in Ordnung, mit Stempel und allem, was dazugehört.«

»Sie haben meine Frage nicht beantwortet – was ist mit dem andern gemeint?«

»Die Kälber. Es sind Menschen, genauer gesagt Kinder. Wenn Sie es schaffen, diese Aktion hochgehen zu lassen, bekommen Sie jede Information von mir, die Sie wollen. Das ist mein Angebot.«

»Kinder? Was für Kinder?«

»Kinder aus Russland, aus Weißrussland, aus Polen. In Bialystok kommen sie in die Lkws zu den Schweinen.«

»Was passiert mit den Kindern hier?«

»Was mit ihnen passiert …« Laskin sah die Kommissarin nach einem tiefen Seufzer an und blickte kurz darauf zu Boden. »Sie werden vermarktet. Das ist das Geschäft.«

»Verdammt, Laskin, was für ein stinkendes Geschäft?! Wofür kommen die Kinder nach Deutschland?«, schrie sie ihn an.

»Frau Durant, ich bitte Sie, bleiben Sie ganz ruhig, auch wenn ich weiß, wie sehr es in Ihnen kocht. Ich denke darüber genau wie Sie, glauben Sie mir. Aber wenn Sie jetzt emotional reagieren, sind die andern nur im Vorteil. Und das können Sie nicht wollen.«

Sie mahnte sich zur Ruhe und schloss für einen Moment die Augen. Laskin hatte Recht, in ihr brodelte ein Vulkan, der kurz vor dem Ausbruch stand. Aber sie wusste, damit würde sie nichts erreichen, höchstens dass Laskin sich noch mehr verschloss.

»Wofür kommen die Kinder nach Deutschland?«, fragte sie jetzt ruhiger und zündete sich eine Zigarette an.

»Frankfurt ist am Montag nur der Umschlagplatz. Die Plätze

wechseln ständig. Mal ist es Berlin, dann Hamburg oder München, manchmal auch irgendeine unbedeutende Kleinstadt. Aber Frankfurt ist am beliebtesten. Es ist nun mal der Verkehrsknotenpunkt schlechthin. Von hier kommt man ganz schnell überallhin. Die Kinder werden verteilt – innerhalb Deutschlands, nach Belgien, Frankreich, die Schweiz, Italien.«

»Herr Laskin, die Kinder, was passiert mit ihnen?«

»Denken Sie sich das Schlimmste aus und multiplizieren Sie es mit zehn oder hundert oder tausend. Ihre Fantasie wird dafür jedenfalls nicht ausreichen.«

»Ich bitte Sie, sagen Sie es mir. Ansonsten werde ich Sie von der Stelle weg verhaften.«

»Damit würden Sie überhaupt nichts erreichen, ganz im Gegenteil. Glauben Sie mir, ich möchte Ihnen helfen, aber Sie müssen mir auch die Chance dazu geben. Ich bin kein Verbrecher, falls Sie das denken sollten. Nur so viel, die Kinder bekommen vor ihrer Verladung …«

»Verladung, wie sich das anhört!«, unterbrach sie ihn kopfschüttelnd. »Wie im Dritten Reich, als die Juden in Eisenbahnwaggons verladen wurden, um anschließend vergast zu werden!«

Laskin blieb unbeeindruckt von Durants Wutausbruch und fuhr fort: »Vor ihrer Verladung bekommen die Kinder ein lang anhaltendes Schlafmittel, damit sie nicht schreien. Sie werden in einem separaten Abteil untergebracht, denn die Schweine werden im Kühlabteil transportiert. Sobald sie in Frankfurt sind, geht die Reise weiter. Ein paar bleiben hier, die andern werden in der Regel in ganz normalen Pkws weitertransportiert. Und ich möchte es noch einmal betonen, ich bin kein Verbrecher.«

»Was sind Sie dann? Ein Gutmensch?«, fragte sie zynisch.

»Es gibt keine Gutmenschen, das habe ich vielleicht als Kind einmal gedacht, aber das ist lange her.«

»Woher wissen Sie von dieser Lieferung?«, fragte Durant mit belegter Stimme.

»Das ist etwas, was ich Ihnen erzählen werde, nachdem ich weiß, dass ich Ihnen vertrauen kann. Retten Sie einfach die Kinder. Und denken Sie dran, am Montag zwischen dreiundzwanzig Uhr und Mitternacht am Westhafen. Spedition Kurz & Schneider.«

»Und Pierre Doux?«

»Vielleicht weiß ich am Dienstag schon mehr«, antwortete er mit vielsagendem Lächeln. »Allerdings nur, wenn Sie meinen Namen aus dem Spiel lassen.«

»Wissen Sie denn, wie er sich schreibt?«, fragte sie und konnte sich einen zynischen Unterton nicht verkneifen.

»Nein, Entschuldigung, das habe ich ganz vergessen zu fragen. Wie denn?«

»D-o-u-x. Doux.«

»Ich werde es mir merken.«

»In Ordnung, und ich werde mich um die Lieferung kümmern. Dann vielen Dank. Wie geht es übrigens Natascha?«

»Gut. Aber fragen Sie sie doch selbst.«

Natascha saß vor dem Fernseher und sah sich einen Dokumentarbericht über Löwen an. Sie trug einen roten Hausanzug und hatte die Beine hochgelegt.

»Hallo, Natascha, wie geht's Ihnen?«, fragte Durant.

»So lala. Wenn die Beerdigung am Montag vorüber ist, werde ich mich sicher besser fühlen. Jetzt ist es genau eine Woche her.«

»Ja, die Zeit rast. Was werden Sie in Zukunft machen? Werden Sie weiterhin hier wohnen?«

»Ich weiß es noch nicht. Irgendwas wird sich schon ergeben.«

»Vielleicht sollte ich Ihnen noch kurz sagen, dass Sie vor Gebhardt keine Angst mehr zu haben brauchen. Er ist tot.«

Natascha sah die Kommissarin überrascht an und setzte sich aufrecht hin. Sie steckte sich eine Zigarette an und inhalierte nervös. »Was ist passiert?«

»Er wurde im Gefängnis umgebracht. Erstochen, um genau zu sein.«

»Und wer …«

»Das wissen wir nicht. Ich wollte es Ihnen nur sagen.« Sie war schon im Begriff, sich zu verabschieden, als Natascha sie zurückhielt.

»Frau Durant, ich bin normalerweise kein Mensch, der Rache- oder Hassgefühle hat. Aber das mit Gebhardt tut mir nicht Leid. Ich empfinde sogar Erleichterung.«

»Das kann ich verstehen. Machen Sie's gut.«

Laskin begleitete Julia Durant zur Tür und sagte leise, so dass Natascha es nicht hören konnte: »Dieser Gebhardt hat Natascha erpresst, das habe ich inzwischen in Erfahrung gebracht. Warum wurde er getötet?«

»Wir wissen es wirklich nicht. Wir können nur Vermutungen anstellen. Aber wahrscheinlich werden wir nie eine Antwort darauf bekommen. Auf Wiedersehen. Und halten Sie sich an unsere Abmachung.«

Laskin sah ihr nach, schloss die Tür wieder und machte ein nachdenkliches Gesicht. Er ging zu Natascha ins Wohnzimmer, setzte sich zu ihr auf das Sofa, streichelte ihr übers Haar, sie legte ihren Kopf an seine Schulter.

»Du musst ihnen alles erzählen«, sagte sie und kuschelte sich an ihn wie ein Hilfe suchendes Kätzchen. »Du musst es einfach tun. Frau Durant ist eine gute Frau.«

»Du hast ja Recht. Aber vorher muss ich noch einige Dinge regeln. Ich fahre jetzt gleich in meine Wohnung und komme vermutlich erst am Abend zurück. Wir könnten heute ja mal ins Kino und danach essen gehen. Was hältst du davon?«

Natascha setzte sich aufrecht hin und sah Laskin mit neckischem Blick an. »Ja, gute Idee, dann komm ich endlich mal wieder hier raus.«

»Such schon mal in der Zwischenzeit einen schönen Film aus.« Er nahm ihren Kopf in seine Hände und sah ihr in die Augen. »Ich liebe dich, Natascha. Ich hätte nie für möglich gehalten, dass wir beide eines Tages zusammen sein würden.«

»Sind wir denn zusammen?«, fragte sie mit auf einmal melancholischer Stimme. »Ich sehe es noch nicht, zumindest so lange nicht, bis du nicht die ganze Wahrheit gesagt hast. Du hast nämlich auch mir noch längst nicht alles gesagt. Hab ich Recht?«

»Manchmal ist es besser und auch sicherer zu schweigen. Irgendwann wirst du aber die ganze Wahrheit erfahren. Hab noch ein wenig Geduld. Und denk dran, ich will dich nicht verlieren.«

»Dann sei einfach nur ehrlich zu mir. Bitte.«

Er nickte, stand auf und verließ die Wohnung. Laskin fuhr ins Westend, setzte sich vor sein Notebook, stellte eine Verbindung zum Zentralcomputer her und gab noch einmal den Namen Pierre Doux ein. Nichts. Er war zwar für die Logistik bestimmter Transporte verantwortlich, aber über die andern Aktivitäten wie zum Beispiel Geldwäsche oder Auftragsmorde und vor allem, wie er Zugang zu den Hintermännern bekommen konnte, wusste er nur sehr wenig Bescheid, da sämtliche Aufgabengebiete streng voneinander getrennt waren. Er kannte zwar einige Personen, die die Kontakte zu den Killern herstellen konnten, allerdings wäre es zu riskant gewesen, einen von ihnen zu fragen, denn eine Frage hätte sofort eine Gegenfrage zur Folge gehabt, wie etwa die, wozu er einen »Cleaner«, wie die Auftragskiller hier genannt wurden, brauche. Er musste sich etwas anderes einfallen lassen, um herauszufinden, wer in der vergangenen Woche in Frankfurt Säuberungsaktionen vorgenommen hat. Doch im Augenblick kam nur einer in Frage – Pierre Doux.

Laskin nahm die Liste zur Hand, auf der die Namen derjenigen vermerkt waren, die in den letzten Tagen mehrere Male in Frankfurt waren. Immer wieder stieß er auf den Namen Pierre Doux. Er war am vergangenen Wochenende und von Dienstag bis Donnerstagmorgen in Frankfurt gewesen, also genau an den Tagen, an denen auch Andreas Wiesner und Irina Puschkin sowie Helena Maric und die Andrejews ermordet worden waren. Pierre Doux war der Mann, nach dem ihn die Kommissarin gefragt hatte. Und Pierre Doux war derjenige, den er suchen und auch finden würde.

Er wölbte die Lippen, überlegte, ob er Julia Durant einweihen sollte, stand auf, goss sich ein Glas Wasser ein und stellte sich ans Fenster. Es regnete immer noch, und es war sehr kühl in der Wohnung. Er zog sich eine Jacke über und verwarf den Gedanken, die Kommissarin zu informieren, Stattdessen beschloss er, allein zum Marriott-Hotel zu fahren, um dort ein paar unverfängliche Fragen zu stellen. Vielleicht bekam er auf diesem Weg einiges über Doux heraus. Es war zumindest einen Versuch wert. Wenn nicht anders, würde er den Ausweis, der ihn als Interpolbeamten auswies, vorzeigen. Er nahm rein instinktiv sein Notebook mit, weshalb, konnte er nicht sagen, und legte es auf den Beifahrersitz.

Er brauchte kaum fünf Minuten, bis er an der Senckenberganlage einen Parkplatz fand. Er stieg aus, schloss ab und begab sich durch die jetzt kaum frequentierte Halle zur Rezeption. Ein junger Mann und eine junge Frau standen hinter dem Tresen. Zielstrebig ging er auf die junge Frau in dem dunkelblauen Kostüm zu. Sie war etwas kleiner als er, hatte kurze rotblonde Haare, ein paar Sommersprossen auf der Nase, sehr schlanke Hände und fast fragile Finger, deren Nägel in zartem, unaufdringlichem Rosa lackiert waren. Die harmonisch geschwungenen Lippen waren in dem gleichen Rosa geschminkt, ihre Haut war fast porenlos und sah aus wie feinster Alabaster. Ein Gesicht, das der Eleganz dieses Hotels alle Ehre machte. Ihre grünen Augen blitzten kurz auf. Sie schenkte ihm ein unverbindliches Zahnpastalächeln und fragte mit warmer Stimme: »Guten Tag, kann ich Ihnen behilflich sein?«

»Unter Umständen«, sagte Laskin und stützte sich mit beiden Händen auf den Tresen. »Vergangenes Wochenende und auch von Dienstag bis Donnerstag ist bei Ihnen ein Gast abgestiegen, sein Name ist Monsieur Doux. Pierre Doux. D-o-u-x. Wir hatten geschäftlich miteinander zu tun, und ich versuche ihn seit Donnerstag vergeblich zu erreichen. Wissen Sie vielleicht, ob er in den nächsten Tagen wieder vorhat zu kommen?«

»Herr …«

»Grabowski, David Grabowski. Entschuldigen Sie, dass ich mich nicht vorgestellt habe.«

»Herr Grabowski, ich darf Ihnen über unsere Gäste leider keine Auskunft geben. Es tut mir Leid, aber …«

»Hören Sie, ich weiß, dass Monsieur Doux aus Nizza gekommen ist und dort auch wohnt, und es geht um ein Millionengeschäft. Seine Sekretärin hat mir gesagt, er ist verreist, sie weiß aber nicht, wann er zurückkommt. Es wäre sehr nett, wenn Sie mir weiterhelfen könnten«, entgegnete Laskin und sah die junge Dame mit seinem charmantesten Lächeln an.

»Wie ich Ihnen schon sagte, ich …« Sie warf einen kurzen Blick zu ihrem Mitarbeiter, der gerade mit einem andern Gast beschäftigt war, und fuhr leise fort: »Ich habe in einer halben Stunde Feierabend. Erwarten Sie mich bitte draußen. Ich werde sehen, was ich für Sie tun kann.«

»Danke. Vielen, vielen Dank. Bis nachher.«

Laskin warf ihr noch ein Lächeln zu, und sie lächelte zurück. Sie war jung, sehr hübsch, dezent geschminkt und hatte dennoch diese ganz besondere Art, die ihn sofort spüren ließ, dass sie nicht abgeneigt war, sich auf ein Abenteuer einzulassen. Er hatte Erfahrung und wusste aus eben dieser Erfahrung, dass es kaum eine Frau gab, die seinem Charme, gespielt oder nicht, widerstehen konnte. Auch wenn ihm bei dem Gedanken an Natascha das Herz blutete, aber diese junge Frau war ein Teil seines Plans, und wenn er ihn vollenden wollte, dann musste er wohl oder übel auch unkonventionelle Wege beschreiten. Außerdem, dachte er, hat Natascha in den letzten Jahren so viele Freier gehabt … Nein, keine Schuldgefühle. Nicht jetzt.

Er setzte sich in sein Auto und stellte das Radio an, lehnte den Kopf an die Kopfstütze und trommelte auf dem Lenkrad den Rhythmus von »Smooth« von Santana mit. Als er noch ein kleiner Junge war, wollte er Schlagzeug spielen lernen, aber seine Eltern hatten nicht das Geld, ihm das Instrument zu kaufen oder gar die Stunden dafür zu bezahlen. Doch er träumte noch immer davon.

Der Regen ließ wieder nach, ein paar Sonnenstrahlen bahnten sich einen Weg durch die immer löchriger werdende Wolkendecke, ein Regenbogen spannte sich von Horizont zu Horizont. Er dachte an die Sintflut und den Regenbogen, der nach der großen Flut am

Himmel stand, und an die Verheißung Gottes, dass dieser Regenbogen ein Bundeszeichen zwischen Gott und der Erde sein soll und nie wieder eine derartige Flut über die Erde kommen solle. Wenn der Bogen in den Wolken steht, dann wird Gott auf ihn sehen und des ewigen Bundes gedenken zwischen Ihm und allen lebenden Wesen, allen Wesen aus Fleisch auf der Erde. Laskins Vater hatte ihm die Geschichte von Noah und der Sintflut viele Male erzählt, und seine Stimme war dabei jedes Mal voller Ehrfurcht und Demut gewesen. Als Laskin noch ein kleiner Junge war, hatte er seinen Vater gefragt, warum Gott die Sintflut überhaupt über die Erde geschickt habe, worauf sein Vater antwortete: »Weil die Menschen so schlecht waren.« Und dann hatte er ihm immer wieder, wenn er die Geschichte erzählte, gesagt, dass alle Menschen Kinder Gottes seien und das Vergießen unschuldigen Blutes unrecht sei. Den Regenbogen vor Augen, dessen Farben an Intensität mehr und mehr zunahmen, musste Laskin unwillkürlich an seinen Vater denken, den er zuletzt vor gut zwei Jahren gesehen hatte. Seine Eltern lebten noch, sie hatten ein kleines Haus in Efrata, nicht weit von Jerusalem entfernt. Sein Vater arbeitete noch immer in der Schmiede, die schon seinem Urgroßvater gehört hatte, nur dass man jetzt dort kein Eisen mehr schmiedete, sondern Autos reparierte. Seine Mutter war krank, und es war nur eine Frage der Zeit, bis der Krebs sie besiegt haben würde. Aber sie war eine starke, gottesfürchtige Frau, die keine Angst vor dem Sterben oder dem Tod hatte, denn sie war gewiss, dass dieses Leben nur ein kleiner Abschnitt innerhalb eines riesigen Kreislaufs aus geboren werden und sterben war. Laskin hatte fest vor, seine Eltern noch vor dem Herbst zu besuchen, und diesmal würde er Natascha mitnehmen und sie ihnen als seine zukünftige Frau vorstellen, vorausgesetzt, Natascha wollte ihn überhaupt heiraten. Doch Laskin zweifelte nicht daran. Er zweifelte höchstens an sich selbst, an dem, was er getan hatte und das ihm, je mehr er sich zu Natascha hingezogen fühlte, als unrecht, fast widerwärtig vorkam. Und er schämte sich, wenn er an seinen Vater und seine Mutter dachte, und er schwor sich, ihnen nie die Wahrheit über das Leben zu sagen, das er in den letzten zwölf Jahren geführt hatte. Gleichzeitig aber fragte er sich, ob er denn jemals eine Wahl gehabt hatte, ob er jemals Nein hätte sagen können. Seit er denken konnte, hatte man ihm befohlen – tu dies und tu das, geh in die Schule, du musst zum Militär und von dort zum Mossad. Nein, sagte er sich, ich hätte nie Nein sagen können, zumindest als Erwachsener nicht, denn ein Nein hätte unweigerlich meinen Tod bedeutet. Aber Gott, ich bereue trotzdem, was ich getan habe, und wenn Du mich immer noch als Deinen Sohn ansiehst, dann hilf mir, das alles zu überstehen. Ich möchte nur ein friedliches Leben mit der Frau führen, die ich über alles liebe.

Er hörte nicht mehr auf die Musik, er trommelte nicht mehr auf das Lenkrad, er schaute nur zu, wie der Regenbogen allmählich verblasste und die Sonnenstrahlen das Nass der Straße aufsaugten. Er kurbelte das Fenster herunter, warf einen Blick auf die Uhr und fragte sich, ob dieser Regenbogen ein Zeichen gewesen war. Er hatte keine Angst vor Gott, keine Angst vor Strafe, er fühlte sich auf einmal unerklärlich gut.

Die halbe Stunde war fast um. Er stieg aus, ging mit langsamen Schritten zum Hotel und wartete fünf Minuten, bis sie herauskam. Sie hatte sich der Uniform entledigt und trug jetzt ein kurzes hellblaues Kleid und darüber eine Sommerweste. Sie kam auf ihn zu und sagte: »Wollen wir in ein Café gehen?«

»Gerne. Kennen Sie eins hier in der Nähe?«

»Nicht hier in der Nähe, aber ich wohne nicht weit von hier in Ginnheim, und dort gibt es ein sehr gutes. Haben Sie einen Wagen dabei?«

»Ja.«

»Dann folgen Sie mir einfach. Mein Auto ist auf dem Parkplatz dort.«

Laskin musste unwillkürlich lächeln. Sie stand nur zwei Plätze von seinem Wagen entfernt.

Sie brauchten nicht einmal eine Viertelstunde bis nach Ginnheim. Das Café befand sich in einer schmalen Einbahnstraße. Sie setzten sich an einen der sechs kleinen runden Tische. Außer einem anderen Pärchen waren sie allein. Sie bestellten sich jeder einen Cappuccino und ein Stück Erdbeertorte, sahen sich kurz an und schwiegen einen Moment. Die Kellnerin kam mit der Bestellung und entfernte sich gleich wieder.

Schließlich brach die junge Frau das Schweigen und sagte: »Sie möchten also etwas über Herrn Doux wissen?« Dabei blitzten ihre grünen, warmen Augen spöttisch auf.

»Moment, was meinen Sie damit?«, fragte Laskin zurück. »Ich möchte nichts über Herrn Doux wissen, sondern nur in Erfahrung bringen, ob er vorhat, demnächst wieder nach Frankfurt zu kommen.«

Sie stützte ihre Ellbogen auf den Tisch und faltete die Hände. »Wissen Sie, Herr Grabowski, im Laufe der Jahre, auch wenn es bei mir erst drei sind, lernt man schnell, denn man kommt mit sehr vielen und sehr unterschiedlichen Leuten zusammen. Was ist denn mit diesem Herrn Doux?«

»Ich suche ihn, und das ist die Wahrheit.«

»Und weshalb suchen Sie ihn?«

»Also gut, um ehrlich zu sein, er hat mich bei einem Geschäft übers Ohr gehauen. Und die Polizei tut absolut nichts. Ich will aber mein Geld zurückhaben, er hat mich betrogen. Wenn es mir gelingt, bekommen Sie zehn Prozent von mir, quasi als Wiederbeschaffungslohn.«

»Um wie viel geht es denn?«, fragte sie wie beiläufig und rührte mit dem Löffel in ihrem Cappuccino, ohne Laskin anzusehen.

»Zwölf Millionen«, log Laskin.

»Zwölf Millionen!«, entfuhr es ihr, und sie blickte gleich in die Runde und machte ein entschuldigendes Gesicht.

Laskin entging nicht, wie es in ihr arbeitete, wie sie rechnete, wie die Aussicht auf viel Geld sich auf ihrem Gesicht abzeichnete, obgleich sie versuchte, es sich nicht anmerken zu lassen.

»Das ist eine ganze Menge. Und wie kann ich wissen, dass Sie die Wahrheit sagen?«

Laskin lächelte und antwortete: »Schauen Sie mich an, und sagen Sie mir ins Gesicht, dass ich lüge. Doux ist ein Betrüger.«

»Und was werden Sie tun, wenn Sie ihn haben?«

»Ich überhaupt nichts. Ich werde ihn der Polizei ausliefern, denn ich bin nicht der Einzige, den er betrogen hat.«

»Das wollte ich nur hören«, erwiderte sie und fügte mit einem jetzt gespielt verschämten Lächeln hinzu: »Ich heiße übrigens Doris.«

»Nennen Sie mich David.«

»Also, dieser Herr Doux hat auf mich eigentlich immer einen sehr höflichen Eindruck gemacht. Er war stets sehr unauffällig, hat großzügige Trinkgelder gegeben und, na ja, er war oder ist ein gern gesehener Gast in unserm Hotel. Er kommt in recht unregelmäßigen Abständen nach Frankfurt, aber ich habe seine Adresse.«

»Oh, tatsächlich. Hoffentlich ist es die richtige. Bei einem wie ihm kann man nie wissen.«

Sie holte einen Zettel aus ihrer Handtasche und schob ihn über den Tisch. Dabei berührten ihre Finger wie zufällig seine.

»Nizza«, las Laskin leise. »Komisch, mir hat er gesagt, er komme aus Marseille. Ich werde diese Adresse der Polizei geben, damit die sich um alles Weitere kümmert. Ich weiß gar nicht, wie ich Ihnen danken kann, Doris.«

»Wenn er ein großer Betrüger ist, dann muss er bestraft werden. Darf ich fragen, um was für Geschäfte es ging?«

»Er hat mir Grundstücke und zwei Häuser verkauft, die es gar nicht gibt, wie ich gestern erfahren habe. Zum Glück wusste ich, dass er im Marriott abgestiegen ist. Und noch mehr Glück war, dass Sie heute Dienst hatten«, fügte er mit schmeichlerischer Stimme hinzu und sah ihr direkt in die Augen. »Haben Sie heute noch etwas vor?«

»Nein, bis jetzt nicht«, antwortete sie und zog eine Augenbraue leicht nach oben.

»Hätten Sie Lust, etwas mit mir zu unternehmen?«

»Eigentlich bin ich müde, ich bin seit sechs Uhr heute Morgen auf den Beinen. Aber ich wohne gleich hier um die Ecke.«

»Doris, ich hatte nicht vor, Sie …«

»Das weiß ich. Es war auch dumm von mir, entschuldigen Sie. Aber wir können uns auch duzen, wir sind doch keine kleinen Kinder mehr.«

»Also gut, Doris, wenn du möchtest, dass ich noch auf einen Sprung mit zu dir komme, dann mache ich das gerne.«

Laskin zahlte, sie liefen schweigend zwei Minuten, bis sie vor dem Neubau standen, in dem Doris wohnte. Ihre Wohnung lag im dritten Stock. Sie war sehr modern eingerichtet. Doris stellte ihre Tasche neben die Couch und streifte die Schuhe von den Füßen.

»Mach's dir bequem«, sagte sie, »ich muss nur schnell duschen. Danach fühle ich mich immer wie neugeboren. Wenn du etwas trinken möchtest, im Kühlschrank ist Bier und Cola, aber ich habe auch Wodka und Whisky.«

»Danke, jetzt nicht.«

Als er die Dusche hörte, nahm er das Handy aus seiner Hemdtasche und tippte Nataschas Nummer ein.

»Hi, Liebes, ich bin's. Es wird doch später, als ich geglaubt habe. Aber ich bin auf einer heißen Spur. Warte nicht auf mich … Nein, es ist nicht gefährlich, versprochen. Und mach keinem die Tür auf. Schließ ab, und geh nicht aus dem Haus. Das ist nur zu deiner Sicherheit. Ich bin spätestens um zehn zurück … Natascha, du brauchst dich nicht zu fürchten, im Augenblick kann dir nichts passieren … Ich verstehe deine Sorgen, aber es ist alles in Ordnung … Ja, ich liebe dich auch. Bis nachher.«

Er steckte das Handy wieder in seine Hemdtasche, legte den Kopf in den Nacken und starrte an die Decke. Doris kam aus dem Bad und huschte ins Schlafzimmer. Kurz darauf kehrte sie zurück. Sie trug eine weiße Shorts und ein ebenso weißes, eng anliegendes Oberteil, ihre Brustwarzen waren leicht erigiert. Mit ein wenig zur Seite geneigtem Kopf stellte sie sich vor Laskin und sah ihn erneut mit spöttischem Blick herausfordernd an. Sie beugte sich zu ihm nach unten und gab ihm einen leidenschaftlichen Kuss. Etwas in ihm sträubte sich dagegen, doch er brauchte mehr Informationen als nur eine Adresse, die vermutlich gar nicht stimmte.

Es war ein klassischer One-Night-Stand, auch wenn die Zeiger der Uhr gerade einmal auf kurz nach halb acht standen, als sie fertig waren.

»Du bist ein großartiger Liebhaber«, sagte sie anerkennend. Auf ihrer Stirn und zwischen ihren Brüsten hatten sich Schweißperlen gebildet, ihr Körper war noch heiß.

»Du bist auch großartig. Und deine Sommersprossen sind ganz besonders niedlich«, erwiderte er und fuhr mit einem Finger durch die Vertiefung zwischen ihren Brüsten. Sie roch gut, aber ihr Duft war nicht zu vergleichen mit dem von Natascha. Doris war eine Frau, mit der er eine Nacht verbringen konnte, nicht mehr, doch er ließ es sich nicht anmerken.

»Okay, Doris«, sagte er, nachdem er sich wieder angezogen hatte, während sie noch immer nackt auf dem Sofa lag und er sich zu ihr setzte und seine Hand über ihr rechtes Bein gleiten ließ, »ich habe dir vorhin nicht die ganze Wahrheit erzählt. Ich kenne Doux nicht persönlich, nur seinen Namen. Ich möchte dich nicht erschrecken, aber Doux ist ein gefährlicher Gangster, der für Geld so ziemlich alles tut, was man sich nur vorstellen kann. Ich will jetzt aber nicht zu sehr ins Detail gehen. Wie oft hast du ihn gesehen?«

»Moment mal«, sagte Doris mit entgeistertem Blick und setzte sich auf, die Arme um die Beine geschlungen, als wollte sie sich in Sicherheit bringen, »heißt das, du hast mich die ganze Zeit über belogen?«

»Hör zu, es tut mir Leid, aber es ging nicht anders. Und das Letzte, was ich wollte, war, dir Angst zu machen. Sag mir bitte, wie er aussieht. Die Adresse, die du mir gegeben hast, ist vermutlich falsch. Genau wie sein Name. Deshalb brauche ich eine Beschreibung von ihm, wie er jetzt aussieht.«

»Wer bist du?«, fragte Doris und sah Laskin mit großen Augen an, als wäre er der Leibhaftige persönlich. »Ein Bulle oder ein Privatdetektiv?«

»Ich arbeite als verdeckter Ermittler für Interpol. Wir sind Doux bereits seit mehreren Monaten auf den Fersen, aber jedes Mal, wenn wir zuschnappen wollten, war er schon wieder weg. Er benutzt unterschiedliche Namen und verändert auch sein Aussehen hin und wieder. Und wir haben bis jetzt auch noch keine brauchbare Beschreibung von ihm. Das Einzige, was wir sicher wissen, ist, dass er in letzter Zeit immer häufiger den Namen Doux verwendet …«

»Und wieso hast du das nicht schon vorhin im Hotel gesagt? Wir hätten dir doch helfen können.«

»Je mehr Leute davon wissen, desto wahrscheinlicher ist es, dass irgendwer sich verplappert, wenn Doux das nächste Mal bei euch auftaucht. Ich müsste wissen, wie er momentan aussieht, das heißt, wie groß er ist, seine Augen- und seine Haarfarbe, ob er schlank oder eher etwas dicker ist und so weiter. Wir haben bis jetzt sehr unterschiedliche Beschreibungen von ihm. Kannst du dich erinnern, wann du ihn das erste Mal gesehen hast?«

Doris schüttelte den Kopf, stand auf, begab sich an den Schrank, holte eine Flasche Whisky und zwei Gläser heraus und schenkte ein. Sie reichte eins davon Laskin und trank ihres in einem Zug aus.

»Vor einem halben Jahr vielleicht, kann auch ein drei viertel Jahr her sein. So genau entsinne ich mich nicht …«

»Und hat er seitdem sein Aussehen verändert?«

»Das weiß ich nicht. Wenn ja, dann hat er unter einem andern Namen eingecheckt und vielleicht eine Perücke oder eine Brille getragen, so dass ich ihn nicht erkannt habe.«

»Und wie sah er am Wochenende aus?«

»Knapp einsachtzig groß, auf jeden Fall größer als du, sehr schlank, dunkles, volles Haar, fast schwarz, dunkle Augen, schmale Lippen, hohe Stirn, leicht hervorstehendes Kinn, und er scheint unverheiratet zu sein, zumindest hat er keinen Ring getragen, genau wie du. Mit verheirateten Männern lasse ich mich nämlich grundsätzlich nicht ein.«

Die letzte Bemerkung ignorierend, fragte Laskin weiter: »Und wie alt schätzt du ihn?«

»Mitte bis Ende dreißig. Ich kann mich natürlich auch täuschen. Es erfährt doch keiner, dass ich dir das gesagt habe, oder?«, fragte sie ängstlich, als ob sie erst jetzt begreifen würde, mit wem sie es zu tun hatte.

»Ehrenwort. Wir sind für jeden Hinweis dankbar, und jeder dieser Hinweise wird absolut vertraulich behandelt. Diskretion ist für uns Ehrensache. Dasselbe erwarten wir im Übrigen auch von unseren Informanten. Wenn ich diese Wohnung verlasse, kenne ich deinen Namen nicht einmal mehr.« Laskin stand auf, ging zu Doris und nahm sie in den Arm. »Hör zu, sollte Doux wieder bei euch auftauchen, dann ruf mich sofort an. Ich gebe dir meine Handynummer, unter der ich Tag und Nacht zu erreichen bin. Und pass auf, dass du dir nichts anmerken lässt. Doux ist sehr gefährlich. Behandle ihn wie immer. Sei freundlich und unbefangen …«

»Wie kann ich jetzt noch unbefangen sein, wenn ich weiß, was dieser Kerl alles auf dem Kerbholz hat?! Mein Gott, wenn ich vorher gewusst hätte, auf was ich mich da einlasse, ich …«

»Jetzt beruhig dich wieder, er wird dir nichts tun. Er spielt mit uns schon seit einer ganzen Weile, aber irgendwann wird er das Spiel verlieren. Du hast mir und uns sehr geholfen. Könnten wir unter Umständen auch ein Phantombild anfertigen? Ich habe ein spezielles Programm dafür in meinem Computer.«

»Wir können es versuchen.«

»Okay, dann lass uns das gleich hinter uns bringen. Je schneller, desto besser. Ich habe das Notebook in meinem Wagen. Hast du jemals mit Doux gesprochen, ich meine außer an der Rezeption?«

»Nur, wenn er eingecheckt hat. Ich sag doch, er ist ein sehr ruhiger und unauffälliger Gast.«

»Hat er einen französischen Akzent?«

»Nein, er spricht hervorragend deutsch. Komisch, das ist mir aufgefallen. Ich habe gedacht, dass es sehr seltsam ist, dass ein Franzose so akzentfrei spricht.«

»Spreche ich akzentfrei?«, fragte Laskin.

»Ja, warum?«

»Ich bin auch kein Deutscher, zumindest kein gebürtiger. Ich habe weit mehr als die Hälfte meines Lebens in Israel verbracht. Dort bin ich geboren und aufgewachsen und erst vor einigen Jahren nach Deutschland gekommen.«

Doris sah Laskin an, überlegte und fuhr sich ein paarmal in Gedanken mit der Zunge über die Lippen. »Du sagst, du kommst ursprünglich aus Israel. Doux sieht auch südländisch aus, ihr beide habt irgendwie sogar Ähnlichkeit miteinander. Ich meine nicht, dass ihr wie Brüder ausschaut, aber wenn du sagst, dass du aus Israel stammst, dann könnte das bei Doux auch zutreffen. Auf jeden Fall sieht er südländisch aus. Er könnte ein Italiener, Franzose, Spanier, Grieche, Portugiese oder auch Israeli sein. Dunkle Haare, dunkle Augen, die braune Haut, es wäre durchaus möglich.«

»Ich hol jetzt schnell das Notebook hoch, und dann versuchen wir, ein Bild von ihm zu zeichnen. Einverstanden?«

Doris nickte, sah auf das unangetastete Glas, das sie für Laskin eingeschenkt hatte, und trank es leer. Laskin kehrte nach fünf Minuten zurück und sagte: »Dann lass uns anfangen.«

Sie brauchten etwa eine Dreiviertelstunde, bis sie sagte, das könne in etwa Doux sein. Bei jedem Detail, das Doris einfiel, zuckte er innerlich mehr zusammen. Er kannte das Gesicht, hatte diesen Mann schon viele Male gesehen, aber nie für möglich gehalten, dass er ein Auftragskiller sein könnte. Er speicherte das Bild, fragte: »Sieht Doux wirklich so aus?« und sah Doris dabei forschend an.

»Ja, zumindest hat er so am Wochenende und auch am Dienstag und Mittwoch ausgesehen.«

»Danke, Doris, du hast mir sehr geholfen. Und sollte irgendwas sein, dann ruf mich an. Für dich bin ich immer zu sprechen. Und kein Wort von alldem zu irgendjemandem. Du würdest dich unter Umständen nur selbst in unnötige Gefahr bringen. Und das will ich nicht. Kann ich dich jetzt allein lassen?«

»Ich glaube, ich muss mich erst mal von dem Schock erholen«, sagte sie leise, ihre Stimme zitterte ein wenig. »Irgendwie ist das alles unheimlich.«

»Keine Sorge, er tut dir nichts. Dazu bist du ihm nicht wichtig genug. Er tötet nur auf Bestellung.«

Doris atmete ein paarmal tief durch. »Dein Wort in Gottes Ohr. Werde ich dich wiedersehen?«

»Vielleicht«, antwortete er mit liebevollem Blick und streichelte ihr noch einmal übers Gesicht. »Du bist eine tolle Frau, wirklich. Der Mann, der dich eines Tages bekommt, kann sich glücklich schätzen. Bis dann. Meine Telefonnummer hast du ja.«

»Ich habe übrigens nächste Woche frei. Vielleicht können wir uns dann ja mal treffen«, sagte sie zögernd und verlegen lächelnd.

»Ja, vielleicht. Und nochmals vielen, vielen Dank. Ich hoffe, ich kann mich irgendwann dafür revanchieren.«

Er ging zu seinem Wagen. Doris sah ihm aus dem Fenster nach, bis er um die Ecke gebogen war. Erst allmählich begriff sie, was in den letzten Stunden passiert war. Sie hatte einen gut aussehenden, attraktiven Mann kennen gelernt und war nichts ahnend in eine Sache geschlittert, die ihr Angst machte. Pierre Doux. Ein unauffälliger, höflicher Gast. Jemand, hinter dem sie niemals einen Verbrecher vermutet hätte, sie, die doch immer geglaubt hatte, über eine hervorragende Menschenkenntnis zu verfügen. Und mit einem Mal zweifelte sie an sich selbst und ihr Gespür, was Menschen betraf. Nachdem sie sich noch ein Glas Whisky eingegossen hatte, schüttete sie es in einem Zug hinunter. Sie hoffte und betete, dass wenigstens Laskin ein ehrlicher Mann war. Und sie schalt sich eine Närrin, nicht nach seinem Interpolausweis gefragt zu haben. Was, wenn er selbst ein Gangster war? Sie mochte den Gedanken gar nicht weiterführen, schaltete den Fernseher ein und legte sich auf die Couch. Sie trank noch zwei Gläser Whisky und rauchte fast eine ganze Schachtel Zigaretten, bis sie schließlich, vom Alkohol benebelt, einschlief.

Laskin kam um halb zehn in der Cronstettenstraße an. Natascha war vor dem Fernseher eingeschlafen. Sie lag auf der Seite, eine Hand unter dem Kopf, die andere über dem Bauch. Er blieb vor der Couch stehen und betrachtete sie, ihre Finger, die Art, wie sie dalag, wie ihr Brustkorb sich kaum merklich hob und senkte, die Schönheit, die jetzt, während sie schlief, noch makelloser schien. Nachdem er sie eine Weile, wie lange genau, vermochte er nicht zu sagen, angesehen hatte, beugte er sich zu ihr hinunter und küsste sie auf den Hals. Sie zuckte erschrocken zusammen, fuhr hoch und sah ihn aus verschlafenen Augen an.

»Wie spät ist es?«

»Noch früh.« Er setzte sich zu ihr und nahm sie in den Arm. »Ich liebe dich. Es könnte sein, dass der Albtraum bald vorbei ist.«

»Wie meinst du das?«, fragte sie mit erstauntem Blick.

»So, wie ich es sage. Warte, ich will dir was zeigen.« Er stand auf, schaltete das Notebook ein und rief das Programm auf. Dann klickte er auf einen Dateinamen, und das Phantombild erschien.

»Kennst du diesen Mann?«, fragte Laskin.

Natascha zog die Stirn in Falten und antwortete: »Irgendwoher kommt er mir bekannt vor. Aber woher?« Sie zuckte mit den Schultern. »Keine Ahnung.«

»Überleg mal ganz genau«, forderte Laskin sie auf. »Denk dir einfach die Brille weg und einen Oberlippenbart dazu. Und?«

Natascha zögerte, neigte den Kopf, als könnte sie so besser sehen, und sagte schließlich nach einer Weile mit einem Nicken: »Jetzt fällt's mir ein. Was ist mit ihm? Und woher hast du das?«

»Er war in Frankfurt. Am vergangenen Wochenende und noch einmal von Dienstag bis Donnerstag. Er ist der Mörder von Irina.«

Natascha sah Laskin entsetzt an. »Sag, dass das nicht wahr ist. Los, sag es!«

»Es ist wahr. Ich hätte alles für möglich gehalten, nur das nicht.«

»Du hast meine Frage nicht beantwortet. Woher hast du das Bild?«

»Das spielt keine Rolle. Wichtig ist, dass ich es habe. Ich werde es Frau Durant geben und ihr auch sagen, wer dieser Kerl ist. Ich würde ihn am liebsten selbst umbringen, glaube mir. Aber das werde ich nicht tun. Ich werde mir an ihm nicht die Finger schmutzig machen. Wir werden ihn aber nach Frankfurt locken, und dann wird die Falle zuschnappen. Er wird nie wieder einen Menschen umbringen.«

»Daniel, bitte, sei vorsichtig. Du bist ihm nicht gewachsen, wenn er wirklich so kaltblütig ist.«

»Jeder hat einen Schwachpunkt, und ich kenne zufällig seinen. Er entkommt uns nicht.« Er klappte den Deckel herunter und schaltete das Notebook aus. »So, und was machen wir jetzt? Wollen wir etwas essen gehen?«

»Mir ist der Appetit vergangen. Nun da ich weiß, dass er Irina auf dem Gewissen hat …«

»Natascha, bitte, es ist doch gut, dass wir jetzt endlich wissen, wer es war. Jetzt sind wir im Vorteil, und er hat nicht einmal den Hauch einer Ahnung. Und Frau Durant wird uns helfen. Komm, zieh dir was an, und dann gehen wir zu dem Mexikaner gleich hier um die Ecke. Irgendwie ist mir zum Feiern zumute, aber frag mich nicht, warum. Ich müsste eigentlich platzen vor Zorn, doch komischerweise fühle ich mich richtig erleichtert. Ich möchte essen und tanzen und nur noch das Leben genießen. Und zwar mit dir.«

Samstag, 15.45 Uhr

Julia Durant war kaum eine Stunde weg gewesen. Hellmer kam in ihr Büro, und sein Gesicht drückte mehr aus, als tausend Worte es hätten tun können.

Er setzte sich, schlug die Beine übereinander und sagte: »Peter und ich waren beim KDD. Es waren drei Kollegen bei Frau Wiesner. Zwei von ihnen sind zu Hause, ihr Dienstschluss war um zwölf, der andere könnte unter Umständen noch hier sein. Er sagt, sie hätten die Wiesner heute Nacht um genau drei Uhr zehn verhaftet, wie die Wiesner ja auch bestätigt hat. Die Anordnung kam von Steiner, der Bürodienst hatte. Warum wir nicht verständigt wurden, konnte oder wollte er uns nicht sagen. Und über den Koffer konnte oder wollte er uns erst recht keine Auskunft geben. Er meint nur, dass der Koffer im Büro abgestellt wurde, weiß aber angeblich nicht, was sich darin befunden hat. Als wir ihn gefragt haben, ob es möglich sei, dass aus dem Koffer bestimmte Dinge entfernt wurden, hat er nur gesagt, das könne natürlich sein, aber er hält es für recht unwahrscheinlich, denn in dem Fall müsste es ja jemand aus dem Präsidium sein. Wir haben ihn dann noch gefragt, wann genau unsere werten Kollegen hier losgefahren sind, nachdem die Meldung kam, woraufhin er geantwortet hat, dass dies unmittelbar nach dem Anruf gewesen sei. Sie sind auf jeden Fall sehr schnell gefahren, hat er gemeint. Und genau das Gleiche werden wir auch von den andern beiden zu hören bekommen. Und jetzt steht Aussage gegen Aussage.«

»Habt ihr ihn darauf angesprochen, ob sie längere Zeit vor dem Haus von Ramona Wiesner gestanden haben, bevor der Zugriff erfolgte?«

»Um Himmels willen, nein!«

»Was meint ihr, sollten wir hier genauso vorgehen wie bei Gebhardt?«

»Damit es noch mehr Tote gibt?«, fragte Hellmer zurück und verzog höhnisch den Mund. »Nee, danke, das mit Gebhardt hat mir gereicht. Noch mal mach ich so was nicht mit.«

»Wie heißt der Typ vom KDD?«

»Böhler. Wenn du Glück hast, triffst du ihn noch an.«

»Dann werde ich ihm jetzt gleich einen kleinen Besuch abstatten und mit ihm sprechen. Mal sehen, ob er meinem Charme widerstehen kann.«

»Versuch dein Glück, du wirst aber nicht viel Erfolg haben.«

»Und was ist mit Schmitz? Ist er noch bei Frau Wiesner?«, fragte die Kommissarin.

»Soweit ich weiß, ja.«

»Und Küchler?«

»Der ist irgendwo im Haus unterwegs. Er wartet wohl schon ganz gierig drauf, dass er sich endlich die Wiesner vornehmen oder besser, sie auseinander nehmen darf.«

Auch Kullmer kam jetzt herein. Julia Durant lehnte sich zurück, legte die Beine auf den Tisch und erklärte: »Frau Wiesner lügt nicht, das weiß ich. Sie hat mir vorhin gesagt, dass sie im Aktenkoffer ihres Schwagers Unterlagen gefunden hat, in denen unter anderem Überweisungen aufgeführt sind, die zum größten Teil nach Luxemburg, Österreich und Aruba Island gegangen sind. Und wir alle wissen, dass diese Länder, insbesondere Letzteres, ein Paradies für Schwarzgeldwäsche sind. Dort kann so ziemlich jeder eine Bank gründen, ohne dass ihm die Bankaufsicht in die Quere kommt. Und von Aruba aus können die Gelder dann ungehindert auf den freien Markt fließen. Die hat sich das nicht einfach so aus den Fingern gesogen. Irgendwer will mit allen Mitteln verhindern, dass wir an Informationen gelangen, die uns seiner Meinung nach überhaupt nichts angehen. Aber die haben sich in den Finger geschnitten, wenn sie glauben, die Rechnung ohne uns machen zu können. Die Frage ist nur, wer hat sich die Unterlagen unter den Nagel gerissen?«

Sie kaute auf der Lippe und sah Kullmer und Hellmer an. »Und jetzt zu etwas sehr Unerfreulichem. Ich war eben bei Laskin, wie ihr wisst. Um es kurz zu machen – am Montagabend kommt eine Fuhre mit drei Lkws aus Polen nach Frankfurt. Zweihundert Schweine, angeblich voll gestopft mit Rauschgift. Außerdem sind in den Transportern noch hundert Kälber …«

»Hä? Kälber? Und weiter?« Hellmer sah Durant fragend an.

»Tja, und weiter«, sagte sie und drehte einen Bleistift zwischen ihren Fingern. »Die Kälber sind keine Kälber, sie werden nur so genannt. In Wirklichkeit handelt es sich um Kinder. Er hat gesagt, der Transport kommt zwischen dreiundzwanzig Uhr und Mitternacht am Westhafen an. Spedition Kurz & Schneider. Wir sollen den Transport hochgehen lassen, dann teilt er uns mit, was er weiß.«

»Der hat doch nicht alle Tassen im Schrank, oder?«, entfuhr es Kullmer. »Hundert Kinder? Was machen die mit denen hier? Und woher weiß er das?«

»Das will er mir alles sagen, sobald er sicher ist, dass er uns vertrauen kann.«

»Verdammte Scheiße! Was denkt der Kerl eigentlich, wer er ist?! Und wer wir sind?! Irgendwelche depperten Hampelmänner?!«

»Ganz ruhig. Wie ich schon gesagt habe, kommen zwei Dinge in Frage – entweder arbeitet Laskin undercover, oder er ist Insider und will unter allen Umständen aussteigen. Egal, was oder wer immer er ist, er hat Informationen, an die wir so nie rankommen würden. Wir dürfen jetzt keinen Fehler machen und müssen vor allem cool bleiben und das Spiel mitspielen, auch wenn es uns gegen den Strich geht. Und für die Aktion dürfen nur absolut integre Beamte eingesetzt werden. Weder Küchler noch Blumenthal dürfen davon erfahren, ihr wisst, warum. Ach ja, noch was, er kennt anscheinend diesen Pierre Doux oder weiß zumindest etwas über ihn, auch wenn er sich da noch bedeckt hält. Ich werde aus Laskin im Moment noch nicht schlau, weil er sich einfach nicht in die Karten gucken lässt. Ich kann nur hoffen und beten, dass er kein falsches Spiel mit uns treibt.«

»Wie viele Leute brauchen wir für den Einsatz am Montag?«, fragte Hellmer emotionslos. Sein Blick drückte Unverständnis aus. Wenn es nach ihm gegangen wäre, hätte er Laskin längst aufs Präsidium geschleift, um ihn wie eine Zitrone auszuquetschen. Und obwohl er und Durant sich schon lange kannten, begriff er manchmal noch immer nicht, warum sie bisweilen entgegen sämtlicher Vorschriften handelte.

»Das habe ich mir auf der Fahrt hierher auch überlegt. Wir drei auf jeden Fall, dann noch Güttler, Wilhelm, Kowalski, Friedrichs, Kanter und Juskowiak, und wir sollten Müller vom OK hinzuziehen. Berger und er sind befreundet, und ich kann mir nicht vorstellen, dass Müller korrupt ist. Etwa eine Stunde vor dem Zugriff holen wir uns für alle Fälle noch ein paar Leute vom SEK. Ich würde sagen, dreißig Beamte müssten reichen.« Sie blickte auf die Uhr, sprang auf und sagte: »Das war's jetzt erst mal. Ich schau, ob ich Böhler noch erreiche.«

»Na, dann viel Spaß«, bemerkte Hellmer sarkastisch. »Und zieh dich warm an.«

»Frank, spar dir bitte deinen Sarkasmus oder Zynismus, ich kann im Augenblick alles vertragen, nur das nicht. Mach's mir nicht noch schwerer.«

»Sorry, aber das stinkt doch alles zum Himmel. Wenn ich mir anhören muss, dass hundert Kinder einfach so nach Deutschland gebracht werden, um irgendwelchen geilen Säcken zur Verfügung zu stehen! Ich könnte aus der Haut fahren. Du solltest vielleicht mal an Belgien denken, an einen gewissen Dutroux und seine perversen Machenschaften.«

»Ich denke an nichts anderes, und ich könnte genau wie du aus der Haut fahren«, entgegnete Durant ruhig, »aber Laskin hat gesagt ...«

»Laskin, Laskin! Wenn ich den Namen schon höre, wird mir schlecht.«

»Laskin hat gesagt, und er hat Recht, wir müssen jetzt Ruhe bewahren!«, fuhr Durant ihn an. »Mein Gott, meinst du vielleicht, ich mach das gern! Ich hab auch überlegt, ob ich ihn aufs Präsidium schleppen soll, aber irgendwas sagt mir, dass Laskin der Einzige ist, der uns helfen kann. Lasst uns einfach das Ding am Montagabend durchziehen.« Sie kam um den Schreibtisch herum und boxte Hellmer leicht auf den Oberarm. »He, jetzt mach nicht so 'n Gesicht, als wenn die Welt untergehen würde. Lächeln, auch wenn's noch so schwer fällt.«

Hellmer schaute Julia Durant an, verzog die Mundwinkel zu einem gekünstelten Lächeln und erwiderte: »Schon gut, wir halten uns ganz an deine Anweisungen.«

»Frank, das sind keine Anweisungen. Du kannst von mir aus auch zu Küchler gehen und ihm von Laskin erzählen, dann bin ich dran, dann kann ich für alle Zeit meinen Job an den Nagel hängen. Aber ich sehe in Laskin nun mal unsere einzige Chance. Vertraut mir bitte nur dieses eine Mal noch.«

»Ist schon gut«, sagte Hellmer und erhob sich. »Mich kotzt das alles nur dermaßen an, dass ... Ach, mir fällt eigentlich gar nichts mehr dazu ein. Wir stehen jedenfalls hinter dir.«

Kullmer pflichtete ihm kopfnickend bei.

»Danke. So, und jetzt knöpfe ich mir Böhler vor.«

Julia Durant kannte Böhler nur vom Sehen, vermochte sich an sein Gesicht aber nicht zu erinnern. Sie trat ein, ohne anzuklopfen. Böhler war allein in dem Vier-Mann-Büro, saß hinter dem Schreibtisch und arbeitete gerade am Computer. Er war ein noch junger Beamter, sie schätzte ihn auf maximal Ende zwanzig. Als sie sich dann auch noch einfach einen Stuhl nahm und sich neben Böhler setzte, sah dieser sie verärgert aus müden Augen an.

»Was gibt's?«, fragte er, überrascht über die Forschheit, mit der Durant zu Werke ging.

»Durant, Mordkommission. Wir beide sind uns irgendwann schon mal begegnet. Meine Kollegen waren vorhin hier und haben Sie wegen letzter Nacht befragt. Einige Sachen sind mir da aber noch unklar.«

»Hören Sie, ich weiß nicht, was da noch unklar sein soll«, erwiderte er genervt. »Wir haben eine Frau festgenommen, sie hat gestanden ...«

»Wem gegenüber hat sie gestanden? Ihnen?«

»Ich habe alles gesagt, was ich weiß. Sollten Sie irgendwelche Probleme damit haben, wenden Sie sich bitte an meine Kollegen oder an Hauptkommissar Steiner. Ich habe keine Lust und auch keine Zeit, mit Ihnen zu sprechen. Außerdem bin ich hundemüde und will nur noch in mein Bett.«

»Und jetzt hören Sie mir mal gut zu, Herr Böhler«, sagte Durant mit schneidender Stimme und beugte sich nach vorn. »Ich erwarte von Ihnen umgehend klare und zufrieden stellende Antworten auf meine Fragen, sonst werde ich sehr ungemütlich. Erstens, wann genau haben Sie den Einsatzbefehl bekommen?«

»Tun Sie mir einen Gefallen und verschwinden Sie!«

»Wenn ich hier rausgehe, ohne dass Sie meine Fragen beantwortet haben, werde ich Ihnen und Ihren Kollegen ein Verfahren an den Hals hängen, das sich gewaschen hat. Und Sie wissen, es gibt Leute, die in solchen Fällen keinen Spaß verstehen. Also, entweder Sie beantworten jetzt meine Fragen, oder Sie tun das im Beisein meiner Kollegen und eines Staatsanwalts. Und ich garantiere Ihnen, es wird dann für Sie um einiges unangenehmer. Und ich sage Ihnen, mein Tag war mindestens so beschissen wie Ihrer, und Sie haben überhaupt keine Ahnung, wie übel gelaunt ich bin. Was ist nun?«

Böhler überlegte, lachte gequält auf und schüttelte den Kopf. »Also gut, ich gebe Ihnen fünf Minuten, dann will ich, dass Sie wieder verschwunden sind.«

»Einsatzbefehl, wann genau?«

»Was weiß ich, halb drei, Viertel vor drei, um den Dreh rum. Schauen Sie doch in den Unterlagen nach«, antwortete er patzig.

Durant ging nicht darauf ein, sondern schoss gleich ihre nächste Frage ab. »Was haben Sie und Ihre Kollegen gemacht, als Sie das Haus von Frau Wiesner betreten haben?«

»Wir haben ihr die Rechte vorgelesen und ihr gesagt, dass sie vorläufig festgenommen ist.«

»Aber da war doch noch was mit einem Aktenkoffer …«

»Was soll damit gewesen sein? Wir haben ihn und die Pistole sichergestellt.«

»Ah so, Sie haben die Sachen sichergestellt. Geschah das im Beisein von Frau Wiesner?«

Er zögerte einen Moment mit der Antwort und sagte schließlich: »Ja, warum?«

»Das heißt, Sie sind mit Frau Wiesner nach oben in das Arbeitszimmer ihres Mannes gegangen und haben vor ihren Augen den Koffer und die Pistole an sich genommen. Das ist doch richtig so, oder?«

»Worauf zum Teufel wollen Sie hinaus?«

»Beantworten Sie nur meine Frage.«

»Ja, verdammt noch mal!«

»Und haben Sie den Koffer vor den Augen von Frau Wiesner geöffnet und den Inhalt überprüft?«

»Nein, das war nicht nötig.«

»So, das war nicht nötig. Sie wollten also nicht wissen, was sich in dem Koffer befand? Es hätte ja im Prinzip auch irgendein x-beliebiger Koffer sein können, der für Sie völlig wertlos gewesen wäre. Aber Sie haben exakt den erstbesten Koffer genommen …«

»Es war nur ein Aktenkoffer in dem Zimmer!«

»Ach so. Und wo ist der Koffer dann gelandet? Ich meine hier auf dem Präsidium?«

»Im Büro nebenan.«

»Und er stand die ganze Zeit über unter Bewachung?«

»Ich nehme es an, ich war nicht dabei.«

»Sie nehmen es also an. Und wo waren Sie?«

»Hier in diesem Büro, mit meinem Kollegen Kreuzer.«

»Und Frau Wiesner?«

»Sie war drüben, mit den andern Kollegen.«

Schweiß hatte sich auf der Stirn von Böhler gebildet, und es wurde immer mehr, was Durant nicht entging.

»Wo drüben? In dem Zimmer, wo der Koffer stand?«

»Nein, im andern Büro.«

»Interessant. Was haben Sie in der Zeit vor dem Einsatzbefehl gemacht?«

»Wir waren hier im Büro.«

»Und wann sind Sie losgefahren?«

»Sofort nach dem Anruf.«

»Und welche Strecke haben Sie genommen?«

»Über die A66, Main-Taunus-Zentrum ab, Bad Soden, Königstein, Glashütten.«

»Und dafür haben Sie so um die zwanzig Minuten gebraucht?«

»Warum wollen Sie mir eigentlich ans Bein pinkeln? Hab ich irgendwas verbrochen?«

»Das wird sich noch rausstellen. Was rauchen Sie eigentlich für eine Marke?« sagte sie und deutete auf den halb vollen Aschenbecher.

»Gitanes, warum?«

»Interessant. Das ist keine sehr übliche Marke.«

»Worauf wollen Sie hinaus?«, fragte Böhler, der nicht in der Lage war, die Kommissarin direkt anzusehen, in dessen Augen aber die nackte Angst stand.

»Sie haben doch den Wagen letzte Nacht gefahren?«, fragte sie einem Instinkt folgend.

»Ja, aber ...«

»Gut, wir sind ja jetzt ganz allein in diesem Büro, und keiner kann hören, was wir besprechen. Sie haben sich letzte Nacht um kurz nach zwei eine Gitanes angezündet, und zwar vor dem Haus von Frau Wiesner. Sie sind dabei beobachtet worden.«

»Bitte was, das kann nicht sein, das ...« Der Schweiß lief jetzt über sein Gesicht, seine Stimme hatte ein verdächtiges Vibrato.

»Das kann sogar sehr wohl sein. So, und jetzt mal raus mit der Sprache, wie hat sich die Aktion letzte Nacht wirklich abgespielt? Ich will Ihnen nicht ans Bein pinkeln, ich will nur die Wahrheit hören.«

»Ich komm in Teufels Küche.«

»Das kommen Sie erst recht, wenn Sie mir nicht endlich die Wahrheit sagen.«

»Wenn die andern das erfahren.«

»Von mir erfährt keiner ein Wort. Ich mache Sie auch gar nicht verantwortlich für das, was heute Nacht passiert ist. Ich werde Ihnen sagen, wie es gewesen ist. Sie sind hier nicht erst um zehn vor drei losgefahren, Sie haben sich ab etwa zwei Uhr vor dem Haus von Frau Wiesner aufgehalten. Sie haben gewartet, bis das Licht ausging, und vor allem auf den Befehl, zuzugreifen. War es so?«

Böhler nickte nur, holte mit zittrigen Fingern die Schachtel Gitanes aus der Schublade und zündete sich eine Zigarette an.

»Der Befehl zum Zugriff kam um 3.10 Uhr. Daraufhin sind Sie zu dritt ins Haus gegangen, zwei Mann sind bei Frau Wiesner im Wohnzimmer geblieben, während einer allein nach oben ist und den Koffer und die Pistole geholt hat. Richtig?«

»Ja.«

»Wer ist nach oben gegangen?«

»Was tut das zur Sache?«, fragte Böhler nervös.

»Eine ganze Menge. Also wer?«

»Kreuzer.«

»Also Ihr Kollege Kreuzer. Nachdem Sie den Koffer und die Pistole hatten, sind Sie dann direkt mit Frau Wiesner aufs Präsidium gefahren?«

»Ja, natürlich.«

»Und Sie haben den Koffer, wie Sie sagen, nebenan abgestellt, und zwar in einem Zimmer, in dem sich kein Mensch aufgehalten hat. Was ist dann mit dem Koffer passiert?«

»Woher soll ich das denn wissen?! Wir haben nur einen Befehl ausgeführt.« Böhler wurde immer nervöser, rutschte auf seinem Stuhl unruhig hin und her. Durant wusste, wie anfällig jemand war, der vor Müdigkeit kaum noch geradeaus blicken konnte, der sich nichts sehnlicher als sein Bett wünschte. Es war ein Leichtes für sie, ihm auch den letzten Rest Elan zu nehmen und ihn zum Reden zu bringen.

»Warum sollten Sie das Haus von Frau Wiesner observieren?«

»Keine Ahnung, das ist uns nicht gesagt worden. Es hieß nur, es bestehe akute Fluchtgefahr, und außerdem sollten wir beobachten, ob jemand das Haus betritt oder verlässt.«

»Wissen Sie, von wem die Anweisung kam?«

»Nein. Ich schwöre es. Offiziell von Steiner, aber ihm können so viele ebenfalls Weisungen erteilen, dass … Wir sind um kurz nach eins instruiert worden und zwanzig Minuten später losgefahren. Ich glaube, nicht einmal Steiner weiß, wer letztendlich die Anordnung gegeben hat.«

»Ihnen ist aber bekannt, dass wesentliche Dinge aus dem Koffer fehlen, oder?«

»Nein, doch ich kann es mir denken, wenn Sie mich so fragen. Was wird jetzt aus mir?«, wollte er wissen, und obwohl er versuchte seine Angst zu verbergen, gelang es ihm nicht.

»Gar nichts. Lassen Sie sich einfach nichts anmerken. Ich brauchte nur eine Bestätigung für meine Vermutung. Einer Ihrer beiden Kollegen muss aber wissen, wer die Sachen aus dem Koffer entwendet hat. Und jetzt kommen Sie ins Spiel. Finden Sie heraus, wer es war und was damit passiert ist.«

»Das kann ich nicht! Wie soll ich das denn anstellen? Die schöpfen doch sofort Verdacht! Außerdem ist uns dreien gesagt worden, dass wir den Koffer im Büro nebenan abstellen sollten. Wer denkt denn schon, dass wir damit irgendwas decken würden? Ich glaube, Kreuzer und Maier wissen so wenig wie ich oder Steiner, was da wirklich abgelaufen ist.«

»Das heißt, der Koffer war tatsächlich für eine Weile unbewacht.«

»Ich nehme es an«, gab Böhler kleinlaut zu und wand sich dabei wie ein Aal.

»War er's, oder war er's nicht? Ich möchte bitte eine klare Antwort haben.«

»Ja.«

»War das auch ein Befehl?«

»Ja, verdammt noch mal! Aber woher hätten wir denn wissen sollen, dass …«

»Herr Böhler, normalerweise hätten ich und mein Kollege die Verhaftung vornehmen müssen, da wir den Fall bearbeiten. Ist es Ihnen nicht seltsam vorgekommen, dass der KDD mit einem Mal eine Verhaftung vornimmt, die in den Zuständigkeitsbereich der Mordkommission fällt?«, sagte Durant mit plötzlich sanfter Stimme.

»Schon, aber … Ach, ich weiß nicht, ich kann im Augenblick gar nicht klar denken. Wenn irgendwer rauskriegt, dass ich geplaudert habe – die machen mich fertig.«

»Keiner bekommt irgendwas raus, versprochen. Und jetzt gehen Sie nach Hause und schlafen sich aus. Ach ja, da fällt mir noch was ein. Wieso sollten Sie eigentlich den Aktenkoffer beschlagnahmen?«

»Was weiß ich. Es ist uns einfach gesagt worden. Was wird jetzt aus mir?«, fragte er mit gequältem Gesichtsausdruck.

»Was soll schon werden?«, sagte sie grinsend. »Dieses Gespräch hat nie stattgefunden. Ist doch so, oder? Ich bin einfach im falschen Büro gelandet.«

Böhler nickte und versuchte ein Lächeln, was ihm gründlich misslang. Julia Durant wusste, dass Böhler nie etwas sagen würde, dazu saß ihm die Angst zu sehr im Nacken. Sie begab sich zurück in ihr Büro und informierte Hellmer und Kullmer über das Gespräch. Es war klar, dass sie, wen immer sie zu letzter Nacht befragen würden, keine klaren Antworten bekämen. Aber sie wussten jetzt, dass der verschwundene Kofferinhalt überaus brisant und gefährlich für einige Leute war.

Die Kommissarin setzte sich anschließend zu Berger und erzählte ihm von ihrem Gespräch mit Laskin und dem Drogen- und Kindertransport. Ihre Unterredung mit Böhler vom KDD erwähnte sie nicht. Entgegen aller Erwartungen reagierte er recht gelassen. Abschließend meinte er nur, er setze sich umgehend mit Müller in Verbindung, um sich mit ihm zu besprechen und mit ihm zusammen den Einsatz am Montagabend zu planen.

Es war fast siebzehn Uhr, als Julia Durant und Frank Hellmer sich auf den Weg zu Sophia Wiesner machten. Sie waren bereits auf dem Gang, als Küchler ihnen entgegenkam. Er hatte wieder jenen überheblichen Gesichtsausdruck, für den Durant ihm am liebsten eine reingehauen hätte.

»Ah, Frau Durant. Ich komme gerade von Frau Wiesner. Ich wollte Ihnen nur mitteilen, dass sie gleich dem Haftrichter vorgeführt werden wird. Sie wird in die JVA Preungesheim verlegt, der Prozess wird aller Voraussicht nach bereits nächste Woche stattfinden.«

»Bitte was? Nächste Woche schon? Seit wann arbeiten die Mühlen der Justiz so schnell?«, fragte sie sarkastisch.

»Hier geht es nicht nur um einen einfachen Mord, sondern um ein äußerst delikates Tötungsdelikt an einem bislang unbescholtenen Banker. Frau Wiesner leidet offensichtlich unter der Wahnvorstellung, ihr Schwager könnte etwas mit dem Tod ihres Mannes zu tun gehabt haben. Eine wahrhaft absurde Idee. Ich habe mich im Übrigen auch schon mit Dr. Schmitz unterhalten, der ja gerne möchte, dass Frau Wiesner gegen Kaution vorläufig auf freien Fuß kommt. Ich werde diesem Gesuch selbstverständlich nicht zustimmen. Das nur zu Ihrer Information.«

»Wenn Frau Wiesner, wie Sie sagen, unter einer Wahnvorstellung leidet, dann könnte man ja auch ein psychologisches Gutachten über sie erstellen lassen. Das ist doch in solchen Fällen gang und gäbe.«

Küchler schaute kurz auf die Uhr und erwiderte in fast eisigem Ton: »Ich weiß genau, worauf Sie hinauswollen. Aber diese Frau ist meiner Meinung nach nicht unzurechnungsfähig. Sie wusste ganz genau, was sie tat. Und dafür wird sie ihre gerechte Strafe bekommen. Wenn Sie mich jetzt bitte entschuldigen wollen, ich muss den Haftrichter informieren. Sie hören von mir.«

Nachdem Küchler entschwunden war, sagte Durant: »Bei diesem Typ wird mir einfach nur speiübel. Der will die Wiesner fertig machen, aber das werde ich nicht zulassen.«

»Julia, du hast gegen Küchler nicht den Hauch einer Chance. Wir sollten uns besser auf unsere Sachen konzentrieren und jetzt zur andern Wiesner fahren.«

»Schon gut, doch allein der Gedanke …« Sie winkte ab, zündete sich eine Gauloise an und sagte: »Komm, fahren wir.«

Samstag, 17.35 Uhr

Sophia Wiesner trug ein langes, schwarzes Kleid und durchsichtige schwarze Handschuhe. Sie machte ein leidendes Gesicht, als sie die Kommissare ins Haus bat.

»Entschuldigen Sie, Frau Wiesner, es ist etwas später geworden, aber …«

»Das macht nichts«, sagte sie mit ebenso leidensvoller Stimme, »treten Sie bitte ein.« Sie bot ihnen einen Platz an, Hellmer und Durant setzten sich.

»Frau Wiesner, Sie wurden ja sicherlich bereits unterrichtet, dass Ihre Schwägerin wegen Mordverdachts festgenommen wurde.«

Sie lachte schrill auf und stieß mit funkelndem Blick hervor: »Allerdings. Und wenn sie es war, dann soll sie in der Hölle schmoren. Sie hat mir nicht nur meinen Mann, sondern den Kindern auch den Vater gestohlen. Das werde ich ihr nie vergeben!«

»Das kann ich verstehen«, sagte Durant. »Nichtsdestotrotz benötigen wir noch einige Informationen von Ihnen …«

»Von mir, warum?«

»Es gibt ein paar Ungereimtheiten, die wir gerne geklärt hätten. Sie haben doch einen Chauffeur, oder?«

»Ja, natürlich. Und?«

»Der war aber gestern nicht mit in dem Landhaus und auch nicht auf der Beerdigung Ihres Schwagers. Warum nicht?«

»Weil die Beerdigung eine Familienangelegenheit war. Und ins Landhaus ist mein Mann grundsätzlich allein gefahren.«

»Können Sie sich vorstellen, weshalb Ihre Schwägerin Ihren Mann getötet hat?«

»Fragen Sie sie doch. Sie muss wissen, warum sie dieses wahnsinnige Verbrechen begangen hat. Sie muss verrückt sein, etwas anderes fällt mir dazu nicht ein«, sagte sie mit abfällig heruntergezogenen Mundwinkeln.

»Sie haben also keine Ahnung, welches Motiv Ihre Schwägerin gehabt haben könnte?«, fragte Durant noch einmal.

»Nein, ich habe absolut keine Ahnung. Mein Mann hat nie einem andern Menschen etwas getan. Ich weiß nicht, was in ihrem kranken, verkommenen Hirn vorgegangen ist.«

Julia Durant ging auf die letzte Bemerkung nicht ein, sondern fragte stattdessen: »Hat Ihr Mann jemals mit Ihnen über die Bank gesprochen?«

»Ich weiß nicht, was Sie meinen. Wenn Sie sich vielleicht etwas deutlicher ausdrücken könnten.«

»Nein, das kann ich nicht. Hat er mit Ihnen über seinen Beruf gesprochen oder nicht?«

»Nein. Es hätte sowieso nicht viel gebracht, denn ich kenne mich mit Bankgeschäften nicht aus. Warum interessiert Sie das so?«

»Routine«, antwortete Durant nur. »Wie war denn das Verhältnis zwischen Ihrem Mann und seinem Bruder?«

»Sie waren Brüder, ganz normale Brüder«, erwiderte Sophia Wiesner mit einem Mal kühl und reserviert und dennoch mit diesem Feuer in den Augen, das Durant nicht zu deuten wusste.

»Und das Verhältnis zwischen Ihrer Familie und der Familie Ihres Schwagers?«

»Auch normal. Aber würden Sie mir bitte endlich verraten, was Sie mit diesen Fragen bezwecken?«

»Wir würden gerne die Hintergründe aufklären, die Ihre Schwägerin zu dieser Tat veranlasst haben …«

»Wir haben uns seit dem Tod von Andreas um Ramona gekümmert. Sie war einige Male danach bei uns und hat sogar bei uns übernachtet. Ich kann einfach nicht begreifen, was in ihr vorgegangen ist. Ich werde es wohl auch nie begreifen. Ich hoffe nur, sie wird für den Rest ihres Lebens im Gefängnis schmoren. Was soll ich bloß ohne Thomas machen?!« Sie griff zu einem Taschentuch und tat, als würde sie sich ein paar Tränen von den Augen tupfen, obwohl Julia Durant keine Tränen sehen konnte. Sie registrierte es und packte es in eine der vielen kleinen Schubladen in ihrem Kopf.

»Frau Wiesner, wir wollen Sie nicht unnötig aufregen, und deshalb gehen wir auch besser wieder. Vielen Dank und alles Gute. Wann soll die Beerdigung sein?«

»Am Donnerstag. Thomas und ich haben an einem Donnerstag geheiratet. Mamma mia, siebzehn Jahre waren wir verheiratet, siebzehn wunderschöne, glückliche Jahre. Er war ein so wunderbarer Mann. Wenn Sie mich jetzt bitte entschuldigen wollen, ich muss mich hinlegen, das ist alles zu viel für mich.«

»Wir finden allein hinaus«, sagte die Kommissarin.

»Die Frau hätte Schauspielerin werden sollen«, meinte Hellmer lapidar, als sie aus Echzell Richtung Bad Nauheim fuhren. »Wenn diese Trauer echt war, dann hänge ich sofort meinen Job an den Nagel.«

»Ich weiß auch nicht, was ich von ihr halten soll«, sagte Durant. »Sie ist Italienerin, die haben das Theatralische besonders gut drauf, aber trotzdem ... Sie spricht perfekt Deutsch, sie lebt seit mindestens siebzehn Jahren hier ... Ich werde einfach nicht schlau aus ihr. Du kannst mich jetzt für verrückt erklären, doch wenn ich ganz ehrlich bin, sie kommt mir eiskalt vor. Sie trauert für die Öffentlichkeit, aber nicht, weil sie wirklich traurig ist. Meiner Meinung nach ist ihr der Tod ihres Mannes scheißegal. Ich frage mich nur, ob sie was von seinen dreckigen Geschäften gewusst hat.«

»Die hat was gewusst, garantiert.«

»Ich ruf mal schnell im Präsidium an, vielleicht ist unser Big Boss ja noch da. Ich will nur fragen, ob Frau Wiesner schon in der JVA ist.«

Das Telefonat dauerte kaum eine Minute. »Sie ist gerade hingebracht worden. Lass uns doch kurz dort vorbeischauen, ich will noch was von ihr wissen.«

»Muss das sein? Ich hatte eigentlich vor, auch irgendwann mal Feierabend zu machen. Was willst du von ihr so Dringendes wissen?«, fragte Hellmer ärgerlich.

»Beruhig dich wieder, dauert auch nicht lange. Es betrifft Sophia Wiesner. Sie behauptet, die beiden Familien hätten ein ganz normales Verhältnis zueinander gehabt. Ramona Wiesner hingegen stellt Sophia als kalt und dominant hin. Sie hat mir gesagt, dass sie sich in ihrer Gegenwart nie wohl gefühlt hat. Das Gleiche gilt übrigens auch für Thomas Wiesner. Die beiden Brüder waren sich jahrelang spinnefeind, und dann behauptet nach dem Tod von Andreas Wiesner Thomas mit einem Mal, sie hätten in der letzten Zeit wieder zusammengefunden. Welche Version stimmt jetzt? Berger will übrigens, dass wir danach noch ins Präsidium kommen, er hat was mit uns zu besprechen. Dein Feierabend muss also so oder so noch warten.«

»Scheiße!«, fluchte Hellmer und gab Gas.

Samstag, 18.40 Uhr 

JVA Preungesheim. Sie wiesen sich aus und füllten ein Formular aus. Ramona Wiesner wurde in den Verhörraum gebracht. Julia Durant und Frank Hellmer setzten sich Ramona Wiesner gegenüber, ein Wachmann blieb in einer Ecke stehen, die Arme vor dem Bauch verschränkt.

»Frau Wiesner, erzählen Sie uns doch bitte noch etwas über Ihre Schwägerin. Sie haben gesagt, sie stamme aus einer der besten italienischen Familien. Was wissen Sie über diese Familie?«

Ramona Wiesner sah die Kommissarin erstaunt an und fragte zurück: »Habe ich Ihnen das noch nicht erzählt?«

»Nein, nicht dass ich wüsste.«

Sie legte die Finger aneinander und dachte nach. »Sophia. Sie stammt tatsächlich aus einer der reichsten und wohl auch einflussreichsten Familien Italiens. Ihr Vater war von '90 bis '92 sogar Innenminister, bis man ihm Beziehungen zur Mafia unterstellte. Natürlich gab es keine Beweise dafür, aber '92 ist Salvatore Muti von seinem Posten zurückgetreten. Seitdem lebt er mit seiner Familie zurückgezogen in der Nähe von Neapel. Er hat zwar stets vehement bestritten, jemals auch nur das Geringste mit der Mafia zu tun gehabt zu haben, aber die Gerüchte sind nie verstummt. Ob was dran ist, kann ich nicht sagen. Aber jetzt, nachdem das mit Andreas passiert ist und ich weiß, was Thomas so alles getrieben hat, könnte ich mir schon vorstellen, dass …« Sie stockte, schaute zur Seite und zog die Augenbrauen hoch. Dann beugte sie sich nach vorn und sagte leise: »Natürlich! Thomas ist über Sophia in die Mafia gelangt. Das würde zumindest einiges erklären. Andreas hat sich immer gewundert, wie Thomas es geschafft hat, in den Vorstand der Bank zu kommen. Oftmals geschieht das ja nur, indem man jemanden hat, der einen nach oben zieht. Und Salvatore Muti ist mächtig, sehr mächtig sogar. Möglicherweise hat er Thomas diesen rasanten Aufstieg ermöglicht.«

»Wir werden es überprüfen. Und jetzt kann ich Ihnen nur viel

Glück wünschen. Der Prozess wird vermutlich schon sehr bald sein. Was hat übrigens Ihre Unterredung mit dem Staatsanwalt ergeben? Hat er Sie nach dem Koffer gefragt?«

»Ja. Er hat gefragt, ob ich ihn aufgemacht und etwas entnommen hätte. Aufgemacht ja, entnommen nein, was ja auch stimmt.«

»Sonst hat er nichts weiter gesagt?«

»Nein. Er hat nur gemeint, er habe erfahren, dass ich angeblich einmal ein Verhältnis mit Thomas gehabt hätte. Ich habe keine Ahnung, woher er das hat, aber das ist absolut aus der Luft gegriffen. Er wollte mir auch nicht verraten, wie er auf diese absurde Idee kommt.«

»Sie hatten also kein Verhältnis mit Ihrem Schwager?«

»Frau Durant, ich bitte Sie! Seit ich Andreas kannte, wollte ich mit keinem andern Mann zusammen sein, und das ist die Wahrheit. Versucht haben es einige, aber ich war Andreas immer treu.«

»Und bevor Sie Ihren Mann kannten?«

Ramona Wiesner zögerte mit der Antwort, schließlich sagte sie: »Ich habe Andreas auf einem Gartenfest kennen gelernt, das Thomas gegeben hat. Obwohl Thomas da schon verheiratet war und ein Kind hatte, hat er sich an mich rangemacht. Ich habe ihn jedoch zurückgewiesen und ihm deutlich zu verstehen gegeben, dass ich mit einem verheirateten Mann nichts zu tun haben will. Er hat es daraufhin noch ein paarmal versucht, sogar als ich bereits verheiratet war. Andreas wusste davon und hat seinen Bruder einmal gehörig in die Schranken verwiesen. Seitdem hat Thomas Ruhe gegeben.«

»Das ist sehr interessant. Die Frage ist nur, woher weiß Küchler davon? Gibt es in Ihrem Haus irgendwelche Unterlagen wie Briefe oder andere Dinge, die zumindest darauf hindeuten, dass Thomas Ihnen Avancen gemacht hat?«

»Nein. Er hätte sich auch schwer gehütet, mir zu schreiben, weil er es dann so richtig mit Andreas zu tun bekommen hätte.«

»Sprechen Sie mit Ihrem Anwalt darüber, was Küchler angedeutet hat. Der bringt es nämlich fertig und lässt Sie vor Gericht ins offene Messer laufen. Und denken Sie noch einmal genau darüber nach, ob er nicht doch vielleicht irgendetwas in der Hand hat, das er gegen Sie verwenden könnte.«

»Ich bin sicher, es gibt nichts. Und wenn doch, dann hat man es mir untergeschoben. Wenn ich nur wüsste, was mich im Gericht erwartet«, sagte sie mit verzweifeltem Blick.

Julia Durant legte eine Hand auf die von Ramona Wiesner und versuchte sie zu beruhigen. »Sie haben den besten Anwalt, den Sie sich vorstellen können. Bleiben Sie einfach stark, auch wenn sich das aus meinem Mund vielleicht dumm anhört.«

»Ich werde mein Bestes geben.«

Als sie wieder draußen waren, sagte Hellmer: »Also wenn das stimmt, dass der alte Muti ein Mafioso ist, dann würde das einiges erklären. Ich kann mich jetzt sogar an den Fall erinnern, das hat damals für ziemlichen Wirbel gesorgt. Aber beweisen konnte man ihm nie etwas. Genau wie bei, wie hieß er doch gleich ...«

»Andreotti«, half ihm Durant auf die Sprünge. »Und jetzt verstehe ich auch das Verhalten seiner Tochter. Ich könnte mir sogar vorstellen, dass die den Wiesner nicht aus Liebe geheiratet hat, sondern vor allem, weil er bei dieser ganz speziellen Bank beschäftigt war. Lassen wir uns überraschen, was die nächsten Tage bringen.«

Auf der Fahrt ins Präsidium sah Julia Durant die ganze Zeit über aus dem Seitenfenster. Sie versuchte krampfhaft einen Zusammenhang zwischen all den Informationen, die in den letzten Tagen auf sie eingestürmt waren, zu finden.

Samstag, 19.15 Uhr

Polizeipräsidium. Berger und Müller saßen allein im Büro und unterhielten sich, unterbrachen das Gespräch aber sofort, als Durant und Hellmer hereinkamen.

»Wir haben uns bereits wegen Montag unterhalten«, wurden sie von Berger begrüßt. Dann richtete er seinen Blick wieder auf Müller und fragte. »Willst du was dazu sagen?«

Müller hatte die Beine übereinander geschlagen und sah die Kommissarin an. »Frau Durant, wie sicher ist Ihre Quelle?«

»Ziemlich sicher«, antwortete sie und hängte ihre Tasche über die Stuhllehne. »Mein Informant hat sehr detaillierte Angaben gemacht. Ich kann mir auch nicht vorstellen, dass er uns an der Nase rumführt. Aber wie Herr Berger Ihnen bestimmt schon gesagt hat, brauchen wir für die Aktion Leute, auf die hundertprozentig Verlass ist. Wenn bei einem auch nur der Hauch eines Verdachts besteht, dass er nicht sauber ist oder den Mund nicht halten kann, dann sollte er auch nicht mit einbezogen werden. Außerdem schlage ich vor, die Aktion bis eine Stunde vor Beginn geheim zu halten. Auch die Staatsanwaltschaft sollte bis dahin nicht informiert werden.«

»Haben Sie einen triftigen Grund dafür?«, wollte Müller wissen.

»Ja, den hab ich«, antwortete Durant und zündete sich eine Zigarette an. »Ich gehe davon aus, dass entweder hier im Präsidium oder weiter oben ein Maulwurf sitzt. Ich kann mich natürlich auch täuschen, aber im Moment deutet alles darauf hin. Wenn wir nur einen Anhaltspunkt hätten, wer dieser Maulwurf sein könnte.«

»Das ist eine sehr gewagte Hypothese, Frau Kollegin«, sagte Müller grinsend. »Aber wenn Sie meinen.«

»Lassen Sie's uns doch einfach so machen, wie ich es vorgeschlagen habe. Was können wir schon verlieren? Wenn wir allerdings drei Lkws hochgehen lassen und Heroin im Wert von mehreren hundert Millionen Dollar beschlagnahmen und gleichzeitig hundert Kinder befreien können, die auch ein paar Millionen wert sind, dann wäre das ein ziemlicher Schlag gegen das organisierte Verbrechen, das müssen Sie doch zugeben. Und damit könnten wir vielleicht sogar den einen oder andern nervös machen und aus seinem Versteck locken. Ich bin gespannt, wie die Staatsanwaltschaft reagiert. Und wenn von dort blöde Fragen kommen, sagen wir, wir hätten von der Lieferung erst kurz zuvor erfahren. Doch dafür brauchen wir die besten Leute. Jetzt weiß ich natürlich nicht, auf welcher Route sie kommen, ob über die A5 von Kassel oder die A3 von Nürnberg. Wenn sie von Berlin kommen, was ist da günstiger?«

»Die A5 ist auf jeden Fall schneller, auch wenn die Kasseler Berge dazwischenliegen«, antwortete Müller. »Aber an einem Montagabend ist dort sowieso nicht viel los, die große Reisewelle Richtung Süden dürfte morgen so weit zu Ende sein. Ich tippe auf die A5.«

»Gut. Die Frage ist nur, wo wir unsere Leute postieren, ohne dass es auffällt«, sagte Durant. »Es dürfen auf keinen Fall Streifenwagen zu sehen sein. Und die Aktion wird erst gestartet, nachdem alle drei Trucks auf den Hof gefahren sind.«

»Wir machen uns am besten übers Wochenende Gedanken und bringen die Montag früh hier auf den Tisch. Wie wollen wir die Aktion nennen?«, fragte Müller.

»Schweinepest«, sagte Hellmer lakonisch. »Was anderes fällt mir dazu einfach nicht ein.«

»Gutc Idcc«, stimmtc Berger zu. »Aktion Schweinepest hört sich gut an.«

»Ach ja, und wenn wir uns über Funk verständigen, dann nur über den abhörsicheren Kanal. Dabei können wir gleich mal testen, wie gut unsere neuen Geräte funktionieren«, meinte Durant mit entschlossenem Blick.

Müller erhob sich und reichte Durant die Hand. Sein Händedruck war fest und angenehm. »Frau Kollegin, meine Hochachtung. Wenn wir am Montagabend Erfolg haben, lade ich Sie und Ihre Kollegen zu einer Gartenparty ein. Meine Frau macht das beste Barbecue der Welt, besser als jeder Ami. Es freut mich, mit Ihnen zusammenzuarbeiten. Aber jetzt will ich wenigstens noch ein bisschen was von diesem Abend haben. Wir sehen uns.«

»Nur noch eine Frage«, sagte Durant, woraufhin Müller sich umdrehte und die Kommissarin ansah. »Sie haben doch heute bei Frau Wiesner eine Hausdurchsuchung durchgeführt. Ist dabei irgendetwas gefunden worden?«

Müller kam zurück und fragte stirnrunzelnd: »Meinen Sie etwas Spezielles?«

»Ganz allgemein …«

»Nein, nicht dass ich wüsste. Allerdings bin ich selbst erst am Mittag davon in Kenntnis gesetzt worden, was mich schon sehr verwundert hat. Und genauso verwundert war ich, und das habe ich vorhin schon Herrn Berger gesagt, dass Ihre Abteilung nicht hinzugezogen wurde. Was meinen Sie denn, wonach gesucht wurde?«

»Das möchte ich auch zu gerne wissen. Küchler hält sich jedenfalls sehr bedeckt, und das gibt mir zu denken.«

»Inwiefern? Glauben Sie etwa, dass Küchler ...«

Durant machte eine abwehrende Handbewegung und unterbrach ihn: »Im Augenblick glaube ich noch überhaupt nichts. Ich werde nur das Gefühl nicht los, dass man bestimmte Leute für die Durchsuchung ausgewählt und uns bewusst außen vor gelassen hat. Kommt Ihnen das alles nicht auch spanisch vor? Der Aktenkoffer von Wiesner, der letzte Nacht beschlagnahmt wurde, scheint bestimmten Personen besonders wichtig gewesen zu sein, sonst würden einige Dinge nicht fehlen.«

»Damit haben Sie wohl Recht. Von unserer Abteilung waren jedenfalls drei dabei, zwei kamen, so weit mir bekannt ist, vom LKA.«

»Sie machen Spaß, oder?«, entfuhr es Durant. »Was hat das LKA mit der Hausdurchsuchung bei Wiesner zu tun? Kann mir das mal bitte einer erklären?«

»Fragen Sie Küchler oder von mir aus auch Blumenthal, einer von den beiden wird's schon wissen. Aber ich glaube kaum, dass Sie eine Antwort darauf bekommen werden.«

»Heute Nachmittag hat Küchler gesagt, nur das OK würde die Hausdurchsuchung vornehmen. Hat sich sonst irgendwer vom LKA schon bei Ihnen gemeldet?«

»Nein, bis jetzt nicht.«

»Und Ihre Leute, was haben die gesagt?«

»Es wurde angeblich nichts gefunden.«

»Wissen Sie, wie die Aufteilung war? Ich meine, wer wo gesucht hat?«

»Das weiß ich nicht, aber ich kann es in Erfahrung bringen.

Sie machen mich richtig neugierig, Frau Durant. Was ist Ihre Vermutung?«

»Wenn ich Ihnen die sagen würde, würden Sie mich für verrückt erklären, und deshalb behalte ich es lieber für mich.«

»Wie Sie wollen. Schönen Abend noch.« Müller verabschiedete sich endgültig und ging nach draußen.

»Und«, sagte Berger, »immer noch Zweifel, was Müller angeht?«

»Nein«, erwiderte Durant. »Aber nach Gebhardt hatte ich so ziemlich jeden im Verdacht, korrupt zu sein.« Sie machte eine Pause, kaute auf der Unterlippe und sah Berger an, als würde sie sich von ihm Hilfe erhoffen. »Wir schaffen's, nicht?«

»Wollen Sie jetzt eine Bestätigung von mir?«, fragte Berger mit hochgezogenen Augenbrauen, wobei ein kaum merkliches Lächeln seine Lippen umspielte. »Sie haben doch bisher immer alles geschafft, was Sie sich in den Kopf gesetzt haben. Da ist das ja wohl ein Klacks dagegen.«

»Ein Klacks«, sagte sie und seufzte auf. »Wenn Sie meinen. Mir stößt nur das mit dem LKA ziemlich sauer auf. Was hat Küchler vor? Will er uns reinlegen oder nur die Wiesner? Glaubt der eigentlich, wir sind total bescheuert?!«

»Jetzt beruhigen Sie sich, vielleicht gibt es für alles eine ganz simple Erklärung«, antwortete Berger.

»Es fällt mir schwer, mich zu beruhigen. Trotzdem, ich werd's versuchen. Ist noch irgendwas, oder können wir jetzt auch nach Hause gehen und die Beine hochlegen?«

»Sehen Sie bloß zu, dass Sie hier rauskommen. Ich habe noch eine Kleinigkeit zu erledigen.«

Durant blickte ihn neugierig an. »Höre ich da einen Unterton aus Ihrer Stimme? Was haben Sie denn noch zu erledigen? Oder ist das streng geheim?«

»Ich habe von Herrn Kullmer erfahren, dass Sie vorhin beim KDD waren, wovon Sie mir natürlich wieder einmal nichts erzählt haben. Ich will mal mit Steiner sprechen. Möchte nur zu gerne wissen, wer seine Finger in diesen verdammten Koffer gesteckt hat.«

»Viel Spaß dabei«, sagte Durant und nickte Berger zu. »Ich bin weg. Zwölf Stunden Stress pur reichen mir.«

Auf dem Weg zu ihren Autos sagte Hellmer: »Ich traue Müller. Er ist außer uns bis jetzt der Einzige, der von der Aktion weiß, und könnte sich gar nicht erlauben, etwas nach außen dringen zu lassen.«

»Hm, das Gleiche denke ich auch. Aber weißt du was, ich möchte heute nicht mehr über diese Sache reden. Und morgen bringen mich keine zehn Pferde ins Präsidium. Irgendwann brauch ich auch mal 'ne Pause. Bis dann und grüß Nadine von mir.«

Samstag, 20.10 Uhr

Dominik Kuhn hatte es sich vor dem Fernseher gemütlich gemacht, eine Flasche Bier stand auf dem Tisch, eine Tüte Chips hielt er in der Hand. Sie streifte ihre Schuhe ab und stellte die Tasche auf den Stuhl.

»Na, auch schon da?«, sagte er und sah sie mitleidig an. »Harter Tag, was?«

»Wenn du wüsstest. Ich brauche ein heißes Bad und etwas zu essen. Und dann nur noch schlafen, schlafen, schlafen.«

»Neuigkeiten?«

»Später vielleicht. Ich muss das alles erst mal selbst in die Reihe kriegen.«

»Was soll ich dir denn zu essen machen?«, fragte er, stand auf und schlang seine Arme um sie, was sie sich gerne gefallen ließ.

»Egal. Irgendwas.« Sie löste sich aus seiner Umarmung, ging an den Kühlschrank, griff nach einer Dose Bier, öffnete sie und nahm einen langen Schluck. Danach wischte sie sich mit der Hand über den Mund und holte tief Luft. »Ich lass mir Wasser ein, nachher können wir ein bisschen reden. Warst du bei Peter?«

»Zwei Stunden. Er ist wach und ansprechbar, doch es wird noch eine ganze Weile dauern, bis er wieder der Alte ist. Ich habe auf jeden Fall lange überlegt, ob ich die Serie bringen soll, und habe mich letztlich dafür entschieden. Aber erst, wenn alles vorbei ist.«

»Was meinst du mit vorbei?«

»Wenn ihr den Fall gelöst habt.«

»Davon sind wir, wie es aussieht, noch weit entfernt«, sagte Durant, trank die Dose leer und warf sie in den Müllbeutel. »Bis gleich, ich bin im Bad.«

Sie ließ Wasser einlaufen, gab Badeschaum dazu und betrachtete ihr Gesicht im Spiegel – die tiefen Ringe unter den Augen, die Falten um die Mundwinkel und die Nase. Sie sagte zu sich selbst: »Du wirst alt, Julia«, drehte sich um, zog sich aus, warf alles in den Wäschekorb und setzte sich in die Wanne. Sie stellte das Wasser ab und schloss die Augen. Allmählich merkte sie, wie sehr der Tag ihre Nerven beansprucht hatte, wie alles in ihr vibrierte, die Gedanken nicht zum Stillstand kommen wollten. Sie dachte an Laskin und seine geheimnisvollen Andeutungen, aber auch an den Transport und die ahnungslosen Kinder, die im Westen willenlose Opfer einiger Perverser werden sollten. Doch sie würden ihnen einen Strich durch die Rechnung machen. Sie war in ihrer Laufbahn nicht nur einmal mit Kindesmissbrauch und Kinderpornografie konfrontiert worden, aber sie wusste bis jetzt noch nicht, wo das Ende der Spirale war. Vor allem aber wusste sie nicht, wer die eigentlichen Drahtzieher waren und wo sie sich versteckten. Und sie hatte wenig Hoffnung, auch nur einmal wenigstens einen von ihnen zu Gesicht zu bekommen. Aktion Schweinepest, dachte sie und musste Hellmer Recht geben, denn wenn es einen passenden Namen dafür gab, dann diesen.

Sie blieb eine halbe Stunde im Wasser liegen und hörte aus dem Nebenraum den Fernseher und wie Kuhn in der Küche hantierte. Sie stieg aus der Wanne, trocknete sich ab und rieb sich anschließend mit einer kühlenden Bodylotion ein. Dann zog sie frische Unterwäsche, eine Jogginghose und ein Sweatshirt an. Sie würde heute nicht alt werden, sie fühlte eine bleierne Müdigkeit in sich aufsteigen, die immer stärker Besitz von ihr ergriff.

Nachdem sie das Wasser hatte ablaufen lassen und die Badewanne ausgespült hatte, besah sie sich ein weiteres Mal im Spiegel und ging ins Wohnzimmer. Kuhn hatte den Tisch gedeckt, eine Tomatensuppe gekocht und Brote gemacht.

»Du bist ein Schatz«, sagte sie und legte für einen Moment ihren Kopf an seine Schulter. »Ich merke erst jetzt, wie sehr mich dieser Tag geschlaucht hat. Bist du böse, wenn wir jetzt essen und ich danach gleich ins Bett gehe? Ich falle fast um vor Müdigkeit.«

»Schon in Ordnung«, erwiderte Kuhn und streichelte ihr übers Haar. »Schlaf dich aus. Ich mach dann eben heute eine lange Videonacht.«

»Bist du gar nicht müde?«

»Wovon denn? Komm, Essen ist fertig.«

Sie begannen zu essen. Plötzlich fragte sie: »Kennst du eigentlich Oberstaatsanwalt Küchler?«

»Bloß vom Namen her. Warum?«

»Nur so. Und Blumenthal? Ich meine, außer von der Pressekonferenz gestern.«

»Wer kennt den nicht?! Und mir ist bisher kein Kollege begegnet, der ihn mag. Ich hatte einmal das Vergnügen, ihn interviewen zu dürfen, und dabei ist mir die Galle hochgekommen. Dieser Typ ist zwar Jurist, aber dass er's zum Generalstaatsanwalt geschafft hat, dafür gibt's mehrere Gründe – zum einen die Knete seiner Familie im Rücken, dazu unglaubliche Beziehungen, von denen unsereins nur träumen kann und …« Er stockte. Julia Durant sah ihn an und forderte ihn auf, weiterzusprechen.

»Und was?«

»Nee, vergiss es, sonst denkst du gleich wer weiß was.«

»Was soll ich denken?«

»Mein Gott, Blumenthal ist Jude, und es gibt nun mal in unserm Land ein ungeschriebenes Gesetz, nach dem man über Juden nichts Negatives zu sagen hat. Ich will eins gleich vorwegschicken, ich habe nichts gegen Juden, ich hatte nie etwas gegen sie und werde auch nie was gegen sie haben, damit das klar ist. Das Problem ist nur, es gibt ein paar äußerst einflussreiche Geschäftsleute, Immobilienhaie und -spekulanten, Finanziers und so weiter, die Juden sind. Ob sie ihren Glauben auch leben oder ausüben, kann ich nicht sagen. Aber das ist nicht anders als bei den Katholiken oder Protestanten oder Moslems, bei denen die ethische und moralische Latte angeblich sehr hoch liegt. In Wirklichkeit haben sie diese Latte höchstens in ihrer Hose. Es wird überall auf Teufel komm raus rumgehurt, gelogen und betrogen und sogar gemordet. Und wenn du erfährst, dass die katholische Kirche im Dritten Reich Hitler praktisch unterstützt hat, dann wird es wohl auch unter den Juden ein paar geben …«

Durant unterbrach ihn mit einer Handbewegung. »Ich muss jetzt mal ganz ehrlich sagen, dass du dich nicht viel anders anhörst als so manche Rechten. Die erklären auch immer: Ich hab ja eigentlich nichts gegen Ausländer oder gegen Schwarze oder Juden …«

»Julia, bitte, ich bin alles andere als rechts!«, fuhr Kuhn sie sauer an. »Und das weißt du genau …«

»Und was sollen dann deine Sprüche über Blumenthal und die Juden?«, erwiderte sie spöttisch.

»Komisch, du gehst genauso auf die Palme wie alle andern, wenn man über die Juden redet. Wenn man mal ein paar Sprüche über die Moslems oder irgendjemand anders ablässt, ist das alles okay, das sind ja sowieso die Bösen. Aber wehe, man nimmt in Deutschland das Wort Jude in den Mund, schon wird man in die rechte Ecke geschoben. Hör zu, ich hab keine Lust, mit dir darüber zu diskutieren, denn du kapierst offensichtlich nicht, was ich zu sagen versuche, oder du willst es nicht kapieren.«

»Dann erklär's mir. Und ich verspreche auch, dich nicht zu unterbrechen.« Als Kuhn keine Anstalten machte zu reden, sah sie ihn mit treuherzigem Blick an und legte ihre Hand auf seine. »Komm, sei nicht eingeschnappt, war nicht so gemeint.«

»Okay. Was ich sagen will, es geht um eine Hand voll Juden. Und es geht auch nur um eine Hand voll Deutsche oder Italiener oder Türken oder was auch immer. Es sind stets nur wenige. Und bei den

Juden ist es eben so, dass einige wenige – Betonung auf wenige! – seit dem Zweiten Weltkrieg meinen, bei uns so was wie einen Freifahrtschein zu haben, egal, worum es sich handelt. Sie, und damit meine ich ausschließlich diese Hand voll Gauner, dürfen tun und lassen, was sie wollen. Es sind aber gerade und fast ausschließlich diejenigen, die sich auf der andern Seite über Rechtsradikalismus und Antisemitismus beklagen, wobei ich es selbst zum Kotzen finde, wenn heute noch Nazisprüche geklopft werden. Was mich nur verwundert, ist, dass wir ihnen das Geld praktisch in den Hintern stecken als Wiedergutmachung und sie nur noch mit Samthandschuhen anfassen, denn jede Äußerung über ihre manchmal sehr dubiosen Geschäftsmethoden könnte üble Folgen haben. Von den einfachen jüdischen Mitbürgern hörst du fast gar nichts, sie leben mitten unter uns, sie sind ein Teil von uns, und für die meisten von ihnen ist die Vergangenheit eben Vergangenheit und damit basta. Und dann gibt es welche, die nutzen die Vergangenheit zu ihrem Vorteil aus.«

»Das hört sich aber ganz schön hart an.«

»Mag sein, doch wir sind jetzt ganz allein, nur du und ich. Ich weiß zumindest von einem, der ist nach dem Krieg nach Frankfurt gekommen, nur mit einem Koffer in der Hand. Er hatte nichts, aber auch rein gar nichts als das, was im Koffer war. Und ein paar Jahre später war er Multimillionär. Er hat mit Immobilien spekuliert und ist dabei ganz sicher nicht immer legal vorgegangen. Sogar die Gerichte haben sich zeitweise mit ihm beschäftigt. Und was ist letztendlich dabei herausgekommen?« Kuhn zuckte mit den Schultern und lehnte sich zurück. »Nach seinem Tod ist er so was wie ein Heiliger. Er war ja so koscher, weil er sich angeblich so sehr für sein Volk eingesetzt hat. Aber wenn du mal einen Blick hinter die Fassade wirfst, wirst du schnell erkennen, dass sein angeblich so toller Einsatz für sein Volk letztendlich sein Einsatz für sich selbst war. Und Blumenthal ...« Kuhn zuckte erneut mit den Schultern. »Die Eltern so unglaublich reich, dass keiner weiß, wie viel sie wirklich besitzen, und dazu gesellt sich ganz zwangsläufig eine gewisse politische Macht. Da kommt einfach eins zum andern, Finanzmacht und die Macht des Gesetzes. Für mich ist Blumenthal einfach nur ein Ekelpaket, und das sage ich, weil ich ihn kennen gelernt habe. Wenn du mit ihm unter vier Augen sprichst, gibt er sich ganz anders als bei seinen öffentlichen Auftritten. Und so was kotzt mich an. Ich weiß von einigen, die ihn interviewt haben, wie sie von ihm in geradezu arroganter Weise abgekanzelt wurden. Solange du ihm nach dem Mund redest, ist alles okay.«

»Ist das nicht ein bisschen sehr übertrieben? Ich meine, ich kenne die Geschichte von dem andern nicht, aber Blumenthal kenne ich wenigstens einigermaßen, und so schlimm, wie du ihn hinstellst, ist er nun auch wieder nicht.«

»Ich kann nur sagen, wie *ich* Blumenthal erlebt habe. Ich hatte einen Interviewtermin mit ihm, als er gerade zum Generalstaatsanwalt ernannt wurde. Ich habe ihm keine verfänglichen Fragen gestellt, habe nur wissen wollen, ob er glaube, dass der in Deutschland angeblich noch immer herrschende Antisemitismus nicht zu sehr von den jüdischen Gemeinden hochgespielt werde. Da hättest du ihn mal erleben sollen, wie er mich angegiftet hat. Damit war das Interview natürlich beendet. Du kannst darüber denken, wie du willst, wir haben zum Glück Meinungsfreiheit, und ich habe mir meine Meinung gebildet. Vielleicht war aber auch meine Frage nur blöd gestellt, ich weiß es nicht.« Kuhn sah Durant an, die seinen Blick nur kurz erwiderte.

»Ich kann dazu überhaupt nichts sagen, sorry. Und so ein schlechter Generalstaatsanwalt ist er nun auch wieder nicht.«

»Aber seine Phrasen von gestern oder den ganzen Quatsch, den er manchmal so von sich gibt, kannst du getrost vergessen. Das ist leeres Politikergeschwätz. Schön die Öffentlichkeit in Sicherheit wiegen, sagen, wie toll die Polizei doch ist, was alles getan wird, um gegen das organisierte Verbrechen vorzugehen und so weiter und so fort. Der redet kein Stück anders als unsere werten Herrn Politiker – Phrasen, Phrasen, Phrasen. Er macht's genau wie die meisten unserer Politiker, denen das Wohl des Volks am Arsch vorbeigeht,

Hauptsache sie können sich die Taschen füllen. Aber das ist meine ganz persönliche Einschätzung von ihm.«

»Würdest du ihm denn zutrauen, in unlautere Geschäfte verwickelt zu sein?«, fragte Durant, nachdem sie den letzten Bissen von ihrem Brot runtergeschluckt hatte.

»Ach komm, das ist eine unfaire Frage. Dazu muss man nicht Blumenthal heißen. Jeder kann in unlautere Geschäfte verwickelt sein. Keine Ahnung, die Frage ist jedenfalls nicht fair.«

»'tschuldigung, ich bin nur etwas durcheinander.«

»Nee, tut mir auch Leid, was ich alles gesagt habe. Vergessen wir das Thema. Bei dem Namen Blumenthal seh ich nun mal nur rot. Vielleicht ist er ja wirklich ganz anders …«

»Willst du nicht doch mit ins Bett kommen? Ich rauch jetzt noch eine, und dann geh ich rüber, ich kann nicht mehr.«

»Noch 'n bisschen kuscheln?«

»Kuscheln ja, aber nur kuscheln.«

»Klar.«

Noch vor den Tagesthemen gingen sie zu Bett. Julia Durant schmiegte sich in Kuhns Arm. Sie sprachen nicht, nur vereinzelt drangen Geräusche von der Straße nach oben. Sie schlief in seinem Arm ein, er stand um halb elf wieder auf und machte den Fernseher an. Ein Psychothriller. Genau das Richtige für ihn. Zum Abreagieren.

Sonntag, 14.30 Uhr

Julia Durant hatte fast zwölf Stunden geschlafen und danach mit Kuhn ausgiebig gefrühstückt. Sie waren eine Stunde spazieren gegangen und hatten dabei über alles Mögliche geredet, nur nicht über den Fall, den sie gerade bearbeitete. Doch so sehr sie sich auch bemühte, es gelang ihr nicht, völlig abzuschalten. Nach dem Spaziergang setzten sie sich auf die Couch. Sie nahm das Buch von Patricia Cornwell, das sie schon vor zwei Wochen zu lesen begonnen hatte, zur Hand, las, wusste aber bereits nach wenigen Zeilen nicht mehr, was sie eigentlich gerade gelesen hatte. Sie legte es wieder auf den Tisch und sah Kuhn an, der die *Bild am Sonntag* studierte und ihren Blick nicht bemerkte. Sie stand auf, ging zum Telefon und tippte die Nummer von Natascha ein. Kuhn sah kurz auf, sagte aber nichts, sondern vertiefte sich gleich wieder in die Zeitung.

»Tag, Natascha, hier Durant. Könnte ich bitte Herrn Laskin sprechen?«

»Einen Moment, ich hole ihn.«

Julia Durant hörte Flüstern, dann Schritte, die näher kamen.

»Hallo, was kann ich für Sie tun?«, fragte er.

»Guten Tag, Herr Laskin. Ich wollte Sie nur kurz informieren, dass die Aktion morgen Abend wie geplant durchgeführt wird. Und Sie sind auch ganz sicher, dass …«

»Rufen Sie von zu Hause aus an?«, wurde sie von Laskin rasch unterbrochen.

»Ja, warum?«

»Können wir uns treffen? Am besten heute noch?«

»Ich verstehe nicht ganz …«

»Ich werde es Ihnen erklären. Können Sie in einer halben Stunde hier sein?«

»Natürlich. Ich mach mich sofort auf den Weg, wenn Sie möchten.«

»Das wäre gut, ich habe Ihnen nämlich noch etwas zu sagen. Bis gleich.«

Er legte auf, ohne eine Erwiderung der Kommissarin abzuwarten. Kuhn hatte die Zeitung sinken lassen.

»Von was für einer Aktion hast du eben gesprochen?«, fragte er neugierig.

»Morgen Nacht werde ich es dir sagen. Bis dahin musst du dich leider noch gedulden.«

»Ach komm, jetzt mach nicht so ein Geheimnis daraus«, entgegnete er mit beleidigter Miene. »Du weißt genau, dass von mir niemand auch nur ein Wort erfährt.«

»Ich muss jetzt los. Vielleicht nachher.« Sie zog sich an, ging zu Kuhn, kniete sich vor ihn, legte ihre Arme auf seine Schenkel und sah ihn an. »Hör zu, wir haben beide einen Scheißjob. Doch du solltest verstehen, dass ich manche Dinge einfach nicht sagen darf. Und ich frage dich auch nicht immer, an welcher Story du gerade schreibst.«

»Aber das hier ist etwas anderes«, sagte Kuhn. »Du hast ein paar sehr heiße Informationen von Peter bekommen, der jetzt im Krankenhaus liegt und mit dem Tod gerungen hat. Irgendwie sitzen wir doch beide im selben Boot, oder?«

»Nein, wir sitzen nicht im selben Boot. Ich sitze in einem Boot, das vielleicht bald untergeht, wenn wir nicht aufpassen. Und allmählich bekomme ich es mit der Angst zu tun. Und ich will dich nicht mit etwas belasten, das am Ende nur mich und ein paar meiner Kollegen was angeht. Fass das bitte nicht persönlich auf, aber ich kann im Moment nicht darüber sprechen.«

»Wie soll ich es denn sonst auffassen, wenn nicht persönlich? Julia, was für eine Aktion läuft da morgen ab? Und wenn schon du von Angst sprichst, dann muss es sehr gefährlich sein. Und dann habe *ich* Angst um dich. Du kannst doch mit mir über alles reden, und du weißt auch, dass meine Lippen, wenn's drauf ankommt, versiegelt sind.«

Julia Durant zuckte mit den Schultern und wandte den Blick ab. »Das weiß ich ja, ich bin nur furchtbar durcheinander. Ich muss jetzt zu Laskin. Und was morgen angeht, wir tun alles, um das Risiko so gering wie möglich zu halten, doch es gibt immer ein paar Unwägbarkeiten.«

»Morgen Abend also. Und du willst mir wirklich nicht verraten, um was es geht?«, drängte er noch einmal.

Sie sah ihn lange und schweigend an und antwortete schließlich: »Ich sag doch, vielleicht nachher. Außerdem wartet Laskin auf mich. Ich bin in spätestens zwei Stunden wieder hier. Ciao und denk dran, ich liebe dich, auch wenn das für dich manchmal sicher schwer zu glauben ist.«

»Das ist es allerdings. Aber du bist die Polizistin und musst wissen, was du tust. Komm gesund wieder nach Hause.«

»Ich fahr doch nur kurz zu Laskin, Dominik.« Sie erhob sich, nahm ihre Tasche und wandte sich in der Tür noch einmal um. »Dominik?«

»Was ist?«

»Du weißt glaub ich gar nicht, was du mir bedeutest.«

Ohne eine Erwiderung abzuwarten, zog sie die Tür ins Schloss und ging nach unten. Während der Fahrt in die Cronstettenstraße drehte sie die Lautstärke des Radios hoch. Sie konnte die Gefühle von Kuhn gut nachvollziehen und rang mit sich, ob sie mit ihm später über alles sprechen sollte. Am liebsten aber hätte sie ihren Vater angerufen, um sich von ihm Rat zu holen. »Julia«, sagte sie zu sich selbst, »du wirst wohl nie erwachsen.«

Sonntag, 15.10 Uhr

Gehen wir ins Wohnzimmer«, sagte Laskin, »Natascha weiß inzwischen über alles Bescheid.«

»Was haben Sie ihr erzählt?«

»Alles. Vieles schon vor ein paar Tagen, den Rest gestern Abend.«

Natascha war aufgestanden, reichte der Kommissarin die Hand und deutete auf einen der beiden Sessel. Nachdem Julia Durant Platz genommen und Laskin sich zu Natascha gesetzt hatte, wollte sie als Erstes wissen: »Warum haben Sie mich gefragt, ob ich von zu Hause aus anrufe?«

»Frau Durant, ich habe Ihnen eine Information gegeben, die ich Ihnen eigentlich nie hätte geben dürfen. Wir müssen jetzt sehr, sehr vorsichtig sein. Natascha und ich werden morgen Abend, sobald die Beerdigung vorüber ist, in eine Pension ziehen, denn ich möchte nicht, dass ihr etwas zustößt. Ich werde mich trotzdem immer wieder einmal hier oder in meiner Wohnung in der Schubertstraße aufhalten, denn ich will herausfinden, ob man mir noch vertraut oder inzwischen weiß, dass ich Ihr geheimer Informant war.«

»Was meinen Sie mit vorsichtig?«

Laskin beugte sich nach vorn, die Ellbogen auf die Knie gestützt, die Hände gefaltet. »Frau Durant, ich weiß nicht, ob Sie es noch nicht begriffen haben, aber die Leute, mit denen wir es hier zu tun haben, kennen alle Tricks. Und wenn ich alle sage, dann heißt das wirklich alle. Sie wissen zum Beispiel, wie man ein Telefongespräch abhört, ohne dass Sie auch nur das Geringste davon mitbekommen. Und wenn sich Ihre Leute auch noch so anstrengen, sie wären nicht einmal in der Lage, eine Ortung vorzunehmen, denn die Polizei verfügt längst nicht über die technischen Mittel, mit denen die ausgerüstet sind. Deshalb bitte, telefonieren Sie ab sofort nie wieder von Ihrer Wohnung aus mit mir.«

»Herr Laskin, ich glaube nicht, dass meine Wohnung abgehört wird. Aber um Sie zu beruhigen, werde ich Sie in Zukunft entweder von meinem Handy oder von einer Telefonzelle aus anrufen. Einverstanden?«

Ohne darauf einzugehen, sagte Laskin: »Wie viele Personen wissen von morgen Abend?«

»Ein paar Leute aus meiner Abteilung und der Chef von der Abteilung für Organisierte Kriminalität. Sonst ist noch keiner informiert. Die andern erfahren es erst kurz vor dem Einsatz.«

»Was ist mit Staatsanwälten und Richtern?«

»Die wissen bis jetzt noch nichts.«

»Das ist gut. Und den andern können Sie bedingungslos vertrauen?«

»Ich würde im Moment für niemanden die Hand ins Feuer legen, aber ganz allein kann ich überhaupt nichts machen. Ein Restrisiko wird immer bleiben, das wissen Sie so gut wie ich. Ich weiß ja nicht einmal, ob ich Ihnen vertrauen kann.«

Laskin nickte. »Natürlich, das kann ich sogar verstehen. Sie bekommen alles von mir, wenn das morgen Abend reibungslos über die Bühne geht. Versprochen.«

»Warum haben Sie eben nach der Staatsanwaltschaft und nach Richtern gefragt?«

»Können Sie sich das nicht denken? Die großen Tiere sitzen nicht in Ihrem Präsidium, falls Sie das glauben sollten, die großen Tiere sitzen ganz woanders. Aber herauszufinden, wer es ist und wo der- oder diejenige sitzt, überlasse ich Ihnen.«

»Was meinen Sie mit großen Tieren?«

»Diejenigen, die den Kontakt nach oben halten. Diejenigen, die Verbrechen decken, aber auch begehen. Ich habe Ihnen von der Hierarchie erzählt, und diese Hierarchie werde ich Ihnen irgendwann aufzeichnen, wenn alles vorüber ist.«

Natascha hatte die ganze Zeit über kein Wort von sich gegeben, immer wieder nur die Kommissarin und ein paarmal auch Laskin angeschaut.

»Und Sie wollen mir noch immer nicht verraten, welche Rolle Sie in dem Spiel spielen?«

»Alles zu seiner Zeit. Ich kann Ihnen nur so viel sagen – morgen wird Irina beigesetzt, und mit ihrem Tod sollte möglicherweise auch ich getroffen werden. Ganz sicher bin ich mir da noch nicht, aber ich werde es sehr bald wissen. Irina war unschuldig, ich meine, sie hat kein Verbrechen begangen, sie ist einfach in eine Falle getappt. Und derjenige, der ihr die Falle gestellt hat, wollte wahrscheinlich auch mich treffen.«

»Das heißt, Sie kennen diese Person«, konstatierte Durant und sah Laskin mit prüfendem Blick an. »Wer ist es?«

»Es könnte sein, dass ich die Person kenne, die Irina auf dem Gewissen hat. Ich habe mir in den letzten Tagen allerlei Gedanken gemacht, warum Irina sterben musste, und vermag erst allmählich ein paar Zusammenhänge zu erkennen. Wie erwähnt, sie war ein völlig unschuldiges Opfer. Mehr kann ich dazu jetzt noch nicht sagen, weil ich das Warum noch nicht kenne.«

»Wenn Natascha alles weiß, dann können wir ja auch ganz offen reden. Wie werden die Kinder morgen Abend vom Westhafen abtransportiert?«

»In einem Containerschiff, drei Kleinbussen und vier Pkws.«

»Und wohin soll die Reise dann gehen?«

»Sie werden innerhalb der EU verteilt.«

»Mit wie viel Gegenwehr müssen wir rechnen?«

»Wenn Sie clever sind, mit gar keiner. Ich gebe Ihnen aber noch einen Tipp, falls Sie nicht schon selbst darauf gekommen sind. Von der Spedition aus wird die umliegende Gegend mit ziemlicher Sicherheit mit Nachtsichtgeräten beobachtet. Das heißt, Ihre Leute sollten sich am besten bis zum Eintreffen der Lastwagen dem Speditionsgelände nicht nähern. Verhalten Sie sich so unauffällig wie möglich. Nie mehr als zwei Leute in einem Wagen oder zusammen auf der Straße. Es gibt sicher Mittel und Wege, die Spedition zu beobachten, ohne bemerkt zu werden. Sie sollten vor allem erst dann zuschlagen, sobald sie auf den Hof gefahren sind. Eine weitere Möglichkeit besteht im Zugriff vom Wasser aus. Sollten Sie allerdings vorhaben, den Transport schon vorher zu stoppen, werden Sie keine Möglichkeit haben, die eigentlichen Täter zu schnappen, denn Sie haben dann keine Beweise gegen sie in der Hand. Und die Anwälte dieser Typen sind mit allen Wassern gewaschen.«

In Julia Durant kochte es, sie war wütend über das, was Laskin ihr sagte, vor allem, wie er ihr fast vorschrieb, wie sie vorzugehen hatten. Doch noch wütender war sie darüber, nicht selbst darauf gekommen zu sein. Natürlich, dachte sie, diese Organisationen sind technisch immer besser bestückt als die Polizei, was nicht zuletzt damit zusammenhängt, dass angeblich nie Geld für bestimmte Geräte vorhanden ist. Sparmaßnahmen, die zu Lasten der öffentlichen Sicherheit gehen, Gelder, die stattdessen in sinnlose Projekte gesteckt werden. Sie musste unwillkürlich an ihr Gespräch mit Kuhn von gestern Abend denken und seine Aussagen über die Politiker. Sie unterdrückte jedoch ihre Gefühle und fragte: »Was ist mit den Kleinbussen und Pkws? Werden die schon vorher da sein?«

Laskin nickte. »Ja, denn die Verladung muss so zügig und reibungslos wie möglich vonstatten gehen. In der Regel ist es nur eine

Frage von wenigen Minuten, bis alles vorüber ist. Das Schiff wird am Montagvormittag anlegen. Die Kinder haben übrigens alle gültige Ausweise bei sich, nur zu Ihrer Information. Aber ich garantiere Ihnen, wenn Sie Erfolg haben, gehen Ihnen einige kapitale Fische ins Netz.«

Julia Durant erhob sich und sagte: »Herr Laskin, wir sprechen uns spätestens übermorgen. Und lassen Sie mich wissen, in welche Pension Sie ziehen werden. Einen schönen Tag noch.«

»Den wünsche ich Ihnen auch«, erwiderte Laskin und begleitete die Kommissarin zum Ausgang. Bevor er die Tür aufmachte, meinte er noch: »Und vielen Dank für Ihre Hilfe. Ich werde mich revanchieren. Ich wusste anfangs nicht, ob ich Ihnen vertrauen kann. Inzwischen glaube ich es zu wissen.«

»Was wissen Sie?«

Laskin lächelte nur und sagte: »Rufen Sie mich morgen von einer Telefonzelle aus auf meinem Handy an, das ist am sichersten. Ich werde Ihnen dann vermutlich schon sagen können, wo Natascha und ich uns in den nächsten Tagen aufhalten werden.«

»Eine Frage noch. Warum wird Irina eigentlich hier beigesetzt und nicht in ihrer Heimat?«

»Sie hätte es so gewollt. Natascha hat diese Woche ein paarmal lange mit Irinas Eltern telefoniert, die gerne gekommen wären, aber sie sind beide sehr krank und können die weite Reise nicht antreten. Es wäre in ihrem Zustand auch nicht gut, vor allem ihr Vater würde es nicht verkraften, da sein Herz das nicht mitmachen würde. Es wird eine sehr kleine Trauergemeinde sein«, fügte er mit bitterer Stimme hinzu. »Dabei hätte sie es verdient, eine große, ihr würdige Beerdigung zu haben, denn Irina war eine ganz besondere Frau. Wenn Sie möchten, Sie sind herzlich eingeladen zu kommen.«

»Wenn ich Zeit habe, gerne. Bis dann.«

Julia Durant ging zu ihrem Wagen, zündete sich eine Zigarette an und startete den Motor. Ein mulmiges Gefühl beschlich sie, wenn sie an den morgigen Abend dachte. Sie hatte in ihrer Zeit bei der Polizei schon einiges miterlebt, aber diesmal wusste sie nicht, was sie erwartete. Lass es einfach auf dich zukommen und sei vorbereitet, dachte sie und fuhr nach Hause.

Als sie die Wohnungstür öffnete, war niemand da, nur ein Zettel lag auf dem Wohnzimmertisch. »Bin kurz in meiner Wohnung und danach in der Redaktion. Es könnte später werden. Dominik.«

Mist! Sie knüllte den Zettel zusammen und warf ihn in den Mülleimer. Das war nicht Kuhns Art, sich auf diese Weise zu verabschieden. So kühl und distanziert hatte sie ihn bisher nicht erlebt. Sie stellte ihre Tasche ab, ging zum Telefon und tippte die Privatnummer von Berger ein. Ausnahmsweise war er mal zu Hause und nicht im Präsidium. Sie berichtete ihm in kurzen Worten von dem Gespräch mit Laskin. Berger stellte keine großen Fragen, zum Beispiel, woher Laskin all diese Insiderinformationen hatte. Er wusste, er würde von Durant vorerst keine Antwort darauf bekommen. Er wünschte ihr noch einen guten Abend, doch bevor er auflegen konnte, erkundigte sich Durant: »Was hat eigentlich ihr Gespräch mit Steiner gestern ergeben?«

»Nichts, absolut nichts. Steiner weiß zwar von dem Koffer, hat aber angeblich nur gehört, dass etwas verschwunden sein soll. Wir laufen hier gegen eine Gummiwand. Aber unter uns, ich habe das Gefühl, dass beim KDD die Angst umgeht. Mehr möchte ich dazu nicht sagen. Ich fürchte, wir werden nie erfahren, was aus den Unterlagen geworden ist.«

»Was glauben Sie denn, wo sie gelandet sein könnten?«, fragte Durant.

»Keine Ahnung.«

»Würden Sie Küchler oder Blumenthal zutrauen, etwas damit zu tun zu haben? Ich weiß, ich habe diese Vermutung schon einmal geäußert, aber ich will einfach Ihre ganz persönliche Meinung dazu hören.«

»Mein Gott, Sie stellen Fragen! Ich traue mittlerweile jedem alles und nichts zu. Sie könnten mich genauso gut fragen, ob Jesus jemals gelebt hat oder ob er nur eine Erfindung von ein paar Spinnern ist. Ich habe wirklich keine Ahnung.«

»Wenn wir diese Unterlagen hätten, würden vermutlich einige Köpfe rollen. Aber jetzt haben wir nichts als die Aussage von Frau Wiesner, die zwar recht detailliert ist, aber vor Gericht keinerlei Beweiskraft hat. Die vom KDD werden eidesstattlich versichern, den Koffer nicht angerührt zu haben, und Frau Wiesner wird behaupten, sie habe sowohl den Terminplaner als auch die Akten durchgesehen. Die Angaben, die sie gemacht hat, sind einfach zu detailliert, um erfunden zu sein. Aber was soll's, konzentrieren wir uns auf morgen Abend und sehen dann weiter. Einen schönen Tag noch.«

Sie legte auf, nahm den Hörer aber gleich wieder in die Hand und rief bei ihrem Vater an. Er meldete sich schon nach dem ersten Läuten, als hätte er ihren Anruf erwartet.

»Hallo, Paps, ich bin's. Ich wollte nur mal hören, wie's dir geht.«

»Mir geht's gut wie immer«, sagte er, »aber dir geht's nicht gut, das höre ich an deiner Stimme. Was ist los? Immer noch das Gleiche?«

»Es ist einfach zum Heulen. Ich habe Sachen erfahren, da stellen sich sogar mir die Nackenhaare hoch. Und wir sind praktisch machtlos.«

»Erzähl.«

»Es gibt nicht viel zu erzählen. Ich wollte einfach nur anrufen und deine Stimme hören. Am liebsten würde ich mich ins Auto setzen und nach Hause kommen.«

»Das höre ich gerne. Ich meine, dass du dein Zuhause noch immer hier siehst. Komm einfach, wann du willst, ich habe nicht vor, in der nächsten Zeit wegzufahren. Und ich bin immer für dich da. Und lass mich dir noch etwas sagen: Es gibt jemanden, der auch für dich da ist, du weißt, von wem ich spreche.«

»Ja, ich weiß. Aber sag mir, wo ist dein Gott?«

»Es ist nicht mein Gott, sondern unser Gott, Julia«, unterbrach er sie. »Er hat alles erschaffen und kann selbst Unmögliches möglich machen. Manchmal wünschte ich, du könntest nur ein ganz klein wenig glauben und dich nicht immer nur auf deinen eigenen Verstand verlassen. Kennst du eigentlich das Gedicht ›Spuren im

Sand‹? Ich meine es dir einmal aufgesagt zu haben, als deine Mutter im Sterben lag.«

»Ich kann mich nicht erinnern, aber …«

»Nichts aber. Pass auf, ich lese es dir vor, es liegt immer auf meinem Schreibtisch. Moment, hier hab ich's. Hörst du zu?«

»Ja.«

Er begann:

»›Eines Nachts hatte ich einen Traum:
Ich ging am Meer entlang mit meinem Herrn.
Vor dem dunklen Nachthimmel
erstrahlten, Streiflichtern gleich,
Bilder aus meinem Leben.
Und jedesmal
sah ich zwei Fußspuren im Sand,
meine eigene und die meines Herrn.
Als das letzte Bild an meinen Augen
vorübergezogen war, blickte ich zurück.
Ich erschrak, als ich entdeckte,
daß an vielen Stellen meines Lebensweges
nur eine Spur zu sehen war.
Und das waren gerade die schwersten
Zeiten meines Lebens.
Besorgt fragte ich den Herrn.
»Herr, als ich anfing dir nachzufolgen,
da hast du mir versprochen,
auf allen Wegen bei mir zu sein.
Aber jetzt entdecke ich,
dass in den schwersten Zeiten meines Lebens
nur eine Spur im Sand zu sehen ist.
Warum hast du mich allein gelassen,
als ich dich am meisten brauchte?«
Da antwortete er: »Mein liebes Kind,
ich liebe dich und werde dich nie allein lassen,
erst recht nicht in Nöten und Schwierigkeiten.

Dort, wo du nur eine Spur gesehen hast,
da habe ich dich getragen.«‹

Das, Julia, ist eine Geschichte, die nur zu treffend die Beziehung zwischen Gott und den Menschen widerspiegelt. Solange du einzig mit deinem eigenen Verstand versuchst, Dinge zu ergründen oder Lösungen zu finden, so lange wirst du nur mäßigen Erfolg haben. Wenn du aber Ihm von deinen Problemen, Sorgen und Nöten erzählst, wird Er dich nicht zurückweisen. Und das weiß ich aus eigener Erfahrung.«

»Paps, das Gedicht ist wunderschön, wirklich, aber sag mir, wo ist Gott, wenn kleine Kinder missbraucht oder misshandelt werden? Wo ist Er, wenn junge Menschen, die gerade angefangen haben zu leben, zu seelenlosen Wesen gemacht werden? Wo ist Er, wenn eine ganze Familie von einem Auftragskiller ausgelöscht wird? Sag's mir.«

»Was ist dein Problem, Julia?«

»Das genau ist mein Problem. Warum lässt Er solche schrecklichen Dinge zu, ohne einzugreifen?«

»Was würde geschehen, wenn Er eingreifen würde? Er hat uns, dir, mir und allen andern Menschen, die Entscheidungsfreiheit gegeben, und wenn wir diese Entscheidungsfreiheit missbrauchen, dann werden wir dafür eines Tages Rechenschaft ablegen müssen, nicht diejenigen, denen Leid oder Unrecht zugefügt wurde, ganz gleich, ob es sich um Kinder oder Erwachsene handelt. Gott kann nicht eingreifen, und Er wird es auch niemals tun. Aber Er vermag dir inneren Frieden zu schenken und deine Augen zu öffnen und dir zu helfen, wenn du in Not bist. Du hast dir einen Beruf ausgesucht, der sehr schwer ist, und ich weiß, wie sehr du manchmal unter dieser Bürde leidest. Aber Gott könnte dir diese Bürde leichter machen. Glaub mir, ich weiß, wovon ich spreche. Damals, als deine Mutter gestorben ist, war ich sehr verzweifelt. Selbst ich als gestandener Priester habe mit Ihm gehadert, warum Er sie mir so früh entrissen hat, und dann kam mir dieses Gedicht in den Sinn. Es hat mir neben vielen anderen Dingen geholfen, über den Verlust hinwegzukommen. Soll ich dir mal eine Kopie davon machen und sie dir zuschicken?«

»Wenn du willst.«

»Gut, ich steck's gleich morgen in den Kasten. Und ich möchte dir noch eines sagen: Ich habe dich sehr, sehr lieb, und ich weiß, dass du dein Bestes gibst. Aber haushalte mit deinen Kräften, teile sie ein, sonst wirst du eines Tages unter all der Last zusammenbrechen, und das will ich nicht. Und denk immer dran, ich bin jederzeit für dich da. Ich habe ganz vergessen dir mitzuteilen, dass ich mir sogar ein Handy gekauft habe, damit ich immer für dich erreichbar bin. Ich muss zwar noch rausfinden, wie das Ding genau funktioniert, aber ich kann zumindest schon anrufen und Gespräche entgegennehmen. Ich geb dir mal schnell die Nummer durch ... Hast du mitgeschrieben?«

»Ja. Und danke für alles. Ich hab dich lieb, und sobald ich kann, komme ich runter.«

»Ich würde mich sehr freuen. Bis dann und Kopf hoch.«

»Tschüs.«

Sie legte auf und kämpfte mit den Tränen, wie so oft nach einem Telefonat mit ihrem Vater. Fast jedes Mal wünschte sie sich danach zurück in ihre Heimat, denn Frankfurt war nie die Stadt gewesen, in der sie sich wohl gefühlt hatte. Hier hatte sie ihre Arbeit, ein paar Bekannte, aber Frankfurt selbst war eine kalte, unpersönliche Stadt, die nie ihre Heimat werden würde. Riesige Glas- und Betonbauten, fast wie in Amerika, enge Straßenschluchten und eine Verbrechensrate, die nirgendwo in Deutschland höher war. Hier gab es zwar keinen extremen Rechtsradikalismus wie in vielen anderen Teilen der Republik, vor allem im Osten, dafür eine unüberschaubare und nicht einmal einzuschätzende Wirtschafts- und Gewaltkriminalität und ein organisiertes Verbrechen, wie es in dieser Form nur noch in Berlin zu finden war, einer Stadt, die sechsmal so groß war wie Frankfurt. Wobei selbst bei den Polizeiobersten die Meinung auseinander ging, welche dieser beiden Städte denn nun der eigentliche Mittelpunkt der mafiosen Aktivitäten war, aber auf Grund der extrem günstigen Verkehrslage, größter Bahnhof Deutschlands, einer der größten Flughäfen der Welt, das Frankfurter Kreuz, wo sich die wichtigsten Autobahnen trafen, und nicht zuletzt noch die Containerschiffe, die nur wenige Kilometer zu fahren brauchten, bis sie die Mündung des Mains in den Rhein erreichten, von wo aus man direkt zur Nordsee gelangte, neigte man immer mehr dazu, Frankfurt als Deutschlands Hauptstadt des Verbrechens schlechthin anzusehen. Und was sie selbst in den letzten Jahren hier erlebt hatte, Mord- und Totschlag, aber auch Serienmorde, bestätigte sie nur in dieser Ansicht.

Sie ging zum Kühlschrank und holte sich eine Dose Bier, schaltete den Fernseher ein und legte die Beine hoch. Sie trank in kleinen Schlucken, rauchte eine Zigarette und lachte in sich hinein, als sie daran dachte, wie sie sich vorgenommen hatte, mit dem Rauchen aufzuhören, und es auch für ein paar Tage geschafft hatte, den Konsum auf ein erträgliches Maß zu reduzieren. Aber die letzten Tage hatten derart an ihren Nerven gezerrt, dass sie wieder bei mindestens einer Schachtel pro Tag angelangt war. Sie zuckte mit den Schultern. Was soll's, wen kümmert's schon.

Obwohl sie lange und gut geschlafen hatte, war sie müde, ihre Glieder schmerzten, und sie spürte leichte Stiche in der linken Schläfe. Und Kuhn war auch nicht da, aber sie hatte nicht vor, ihn anzurufen und zu fragen, wann er komme. Sie leerte die Dose, stellte sie auf den Tisch und drückte die Zigarette aus. Dann legte sie sich hin, sah zum Fernseher, und allmählich fielen ihr die Augen zu. Es war fast Mitternacht, als Dominik Kuhn zur Tür hereinkam und sie mit einem Kuss auf die Stirn weckte. Er lächelte verlegen und sagte: »Sorry, dass ich einfach so abgehauen bin, aber ich musste mal raus. Bist du jetzt sauer auf mich?«

Julia Durant setzte sich auf und lächelte ihn an. »Quatschkopf, warum sollte ich sauer sein. Ich kann's ja verstehen.« Sie warf einen Blick auf die Uhr. »Was, schon Mitternacht?! Du meine Güte, da hab ich ja fast fünf Stunden geschlafen.«

»Dann wirst du es nötig gehabt haben. Und jetzt?«

»Ich muss mal, und zwar ganz dringend. Und du?«

»Ich geh ins Bett, ich muss morgen früh um acht in der Redaktion sein.«

»Ich denk, da warst du gerade«, erwiderte sie, als sie aufstand und sich ins Bad begab.

»Nee, ich war kurz bei mir und danach noch mit einem Freund in einer Kneipe. Frustsaufen.«

»Sei froh, dass man dich nicht erwischt hat«, sagte sie, ohne näher auf die letzte Bemerkung einzugehen. Sie kannte den Grund für seine Frustration, hatte jedoch weder Lust noch den Nerv jetzt mit ihm darüber zu diskutieren.

»Ich bin nicht betrunken, falls du das denkst«, rief er ihr nach. »Ich habe den ganzen Abend über nur drei Bier getrunken und außerdem ein großes Wiener Schnitzel mit Pommes verdrückt.«

»Ja, ja, wer's glaubt«, rief sie lachend zurück. Sie wusch sich nur oberflächlich, wollte erst morgen früh vor der Arbeit duschen. Obgleich sie so lange geschlafen hatte, fühlte sie sich immer noch müde. Sie ging ins Bett und rollte sich auf die Seite.

Kuhn kam kurz darauf zu ihr, legte sich auf den Rücken, beide Arme hinter dem Kopf verschränkt. »Julia, ich glaube, es wäre im Moment besser, wenn ich wieder bei mir schlafen würde.«

Ohne sich umzudrehen fragte sie: »Und warum?«

»Das weißt du doch genau. Du bist derzeit mehr mit deinem Job beschäftigt als mit irgendwas sonst, und deine Gedanken sind überall, nur nicht bei uns. Ich habe einfach das Gefühl, ich stehe dir im Weg.«

Durant rollte sich auf die andere Seite, den Kopf auf eine Hand gestützt. Im schwachen Licht des Zimmers sah sie Kuhn an. »Du stehst mir nicht im Weg, ich komme nur mit einigen Dingen nicht zurecht. Aber wenn du meinst, es wäre besser für dich, dann ...«

»Ich habe nicht gesagt, es wäre besser für mich, und sei bitte jetzt nicht gleich eingeschnappt, aber du bist nicht in der Lage, Arbeit und Privatleben voneinander zu trennen. Egal, was wir in den letzten Tagen auch gemacht haben, du warst mit deinen Gedanken immer woanders. Und jetzt sag nicht, ich würde mir das nur einbilden.«

»Du hast Recht, das geb ich ja zu. Doch du kennst mich jetzt schon eine ganze Weile und solltest eigentlich auch meine Macken mitgekriegt haben.« Sie hielt inne, und Kuhn wandte seinen Kopf in ihre Richtung. »Willst du dich von mir trennen? Ich könnte es dir nicht einmal verübeln.«

»Quatsch, das hab ich doch gar nicht gesagt. Und siehst du, du spielst schon wieder die beleidigte Leberwurst. Ich würde einfach nur gerne mal an deinen Gedanken teilhaben. Aber wenn's deinen Job betrifft, dann machst du ein riesiges Geheimnis daraus, als ginge es um wer weiß was. Ich erzähl dir doch auch, was bei uns so abläuft. Warum kannst du das nicht? Ich will ja gar nicht alle Einzelheiten wissen, ich würde gerne nur das Gefühl haben, dass du mich irgendwie mit einbeziehst. Kannst du das denn überhaupt nicht verstehen?«

»Schon. Doch das meiste sind Denkspiele. Ich denke und denke und denke ...«

»Und genau das ist es. Du denkst zu viel. Bist du eigentlich schon mal auf die Idee gekommen, dass ich dir vielleicht dabei helfen könnte? Oder bist du die Allwissende oder Allweise in Person?«

»Jetzt sei nicht so ironisch«, sagte sie und strich ihm über die Brust. »Ich bin weder allwissend noch allweise. Bleib hier, ich versprech dir auch, mich zu bessern.«

»Das hat doch nichts mit Bessern zu tun«, erwiderte Kuhn sanft und streichelte ihr übers Haar.

»Womit dann? Ich hasse mich ja selbst manchmal für meine Art. Bleibst du hier?«

»Du bist bescheuert, weißt du das. Wie kann ich denn Nein sagen, wenn du diesen Hundeblick drauf hast.« Er nahm sie in den Arm und zog sie an sich. Sie legte ihren Kopf auf seine Brust und hörte seinen gleichmäßigen Herzschlag. Sie ließ ihre Hand tiefer gleiten und sagte leise: »Wollen wir eine Runde ...?«

»Gegen eine Runde hätte ich nichts einzuwenden«, meinte er grinsend. »Dann mal los!«

Es war halb zwei durch, sie war müde, konnte jetzt aber nicht mehr einschlafen. Da waren wieder diese nicht enden wollenden Gedanken, die wie in einem Labyrinth gefangen waren. Irgendwann, Kuhn schlief schon längst und die Morgendämmerung brach herein, kam doch der ersehnte Schlaf. Noch bevor der Wecker klingelte, wurde sie von einem unerklärlichen Albtraum geweckt. Sie schoss hoch, ihr Herz raste in ihrem Brustkorb, sie hatte Mühe, Luft zu kriegen. Sie war auf einem kleinen Bahnhof in einer ihr unbekannten Stadt, der Zug kam, und sie wollte einsteigen, aber ihre Beine waren wie festgeklebt auf dem Bahnsteig. Sie sah ein paar bekannte Gesichter, die in den Zug stiegen, Berger, Hellmer, aber auch Küchler, Blumenthal und Gebhardt. Nur sie schaffte es nicht, auf diesen Zug aufzuspringen, und als es ihr endlich gelang, loszulaufen, wurden die Türen geschlossen, und der Zug fuhr an. Sie versuchte hinterherzurennen, aber so sehr sie sich auch anstrengte, sie schaffte es nicht mehr. Sie hatte geschrien, man möge sie mitnehmen, doch keiner hatte sie gehört.

Sie nahm die Flasche Wasser, die neben ihrem Bett stand, und trank einen kräftigen Schluck. Ihre Kehle war wie ausgetrocknet, als hätte sie tatsächlich geschrien, aber Kuhn lag neben ihr und atmete ruhig und gleichmäßig. Sie legte sich wieder hin, auf den Rücken, die Arme über der Brust verschränkt, den Blick zur Decke gerichtet. Es war noch nicht einmal halb sieben.

Montag, 8.00 Uhr

Dienstbesprechung.

Julia Durant erschien fünf Minuten vor acht im Büro, und sie hatte das Gefühl, als würden alle andern nur auf sie warten. Sie hängte wie immer ihre Tasche über die Stuhllehne und setzte sich. Es war ein trüber, kühler Tag, die Temperatur betrug kaum fünfzehn Grad. Sie hatte leichte Kopfschmerzen, die sie schon nach dem Aufstehen mit einer Aspirin zu bekämpfen versucht hatte, allerdings erfolglos.

»Frau Durant«, Berger beugte sich nach vorn, die Arme auf den Schreibtisch gestützt, die Hände gefaltet, »wir warten jetzt noch auf Müller, Kullmer und Frau Güttler, um dann zur Tat zu schreiten. Haben Sie noch irgendetwas, was Sie mir vorher sagen sollten?«

»Ich weiß nicht, was Sie meinen«, erwiderte Durant irritiert.

»Nichts weiter. Manchmal gibt es ja Dinge, von denen Sie nicht wollen, dass außerhalb dieses Büros jemand davon erfährt.«

»Nein, es gibt nichts. Das meiste habe ich Ihnen gestern Abend schon gesagt.«

Kullmer stieß zu ihnen. Durant fragte: »Hast du dich eigentlich schon um die Viten von Küchler und Blumenthal gekümmert?«

Berger machte ein erstauntes Gesicht, enthielt sich aber eines Kommentars.

»Hab ich, zum Teil zumindest. Ich habe dafür das ganze Wochenende geopfert, habe sogar eine ganze Weile in der Nähe von Küchlers Haus gestanden. Aber leider Fehlanzeige. Seine Vita liest sich wie die eines normalen Staatsanwalts. Abitur mit neunzehn, Jurastudium, zwei Jahre in einer Anwaltskanzlei, danach bei der Staatsanwaltschaft. Promotion vor zwei Jahren, seitdem Oberstaatsanwalt. Jetzt frag mich aber bloß nicht, woher ich diese Informationen am Wochenende bekommen habe. Er wohnt mit seiner Frau und den Kindern in einer stinknormalen Doppelhaushälfte in Bergen-Enkheim, fährt einen Mercedes 190, und auch sonst habe ich nichts Auffälliges feststellen können. Irgendwie lebt er sehr bieder. Sorry, aber ich fürchte, wir werden auch nicht mehr über ihn rauskriegen. Und wenn du meine ganz ehrliche Meinung hören willst, Küchler mag zwar manchmal unausstehlich sein, aber er ist kein Gangster.«

»Du meinst, nur weil er ein nach außen hin biederes Leben führt? Das tun andere auch, und in Wahrheit haben sie's faustdick hinter den Ohren. Und Blumenthal?«

»An seine Vita ranzukommen ist praktisch unmöglich. Ich glaube kaum, dass ich da Zugriff kriege. Wir können ihn höchstens beschatten lassen, aber wir sollten dabei immer die Relation zwischen

Aufwand und möglichem Ergebnis im Auge behalten. Und ich sage dir, das Ergebnis wird kaum anders ausfallen als bei Küchler. Meiner Meinung nach sitzt der Maulwurf woanders. Vielleicht ist es ein ganz normaler Staatsanwalt oder ein Richter oder ein Kommissar aus einem andern Dezernat. Was weiß ich«, sagte Kullmer, hob die Schultern und breitete die Arme aus. »Schlag dir das mit Küchler und Blumenthal am besten aus dem Kopf. Und noch was – sollte Blumenthal auch nur im Entferntesten mitbekommen, dass wir ihn durchleuchten, macht er uns alle fertig, und zwar auf verschiedenen Ebenen. Erstens beruflich, und zweitens wird er uns vorwerfen, wir würden das nur tun, weil er Jude ist. Und dann haben wir gleich die ganze Meute und vielleicht auch noch die Presse am Hals. Nee, das ist mir zu heiß, und ich hab auch keine Lust, mir meine Beamtenlaufbahn durch so was zu ruinieren. Dafür bin ich inzwischen zu lange bei dem Verein.«

»Herr Kullmer, ich bin ganz Ihrer Meinung«, meldete sich jetzt auch Berger zu Wort. Und an Durant gewandt, deren Miene sich versteinert hatte: »Frau Durant, fassen Sie das jetzt nicht als Kritik auf, aber Sie sollten sich nicht in etwas verrennen, was am Ende nur zu Ihrem und möglicherweise auch zum Schaden der gesamten Abteilung sein könnte. Warten wir doch einfach ab, was der heutige Abend bringt. Vielleicht ziehen wir ja ein paar ganz dicke Fische an Land, die, um ihren Kopf zu retten, wie ein Wasserfall plaudern. Wir dürfen nichts überstürzen. Außerdem haben wir alle, vor allem aber Sie, in der vergangenen Woche schon mehr erreicht, als wir überhaupt für möglich gehalten hätten. Und Ihr Informant, dieser Laskin, hat Ihnen doch auch versprochen, dass er, wenn heute Abend alles glatt über die Bühne geht, auspacken würde, oder?«

»Schon … Und Sie haben ja beide Recht«, gab Durant zu und steckte sich eine Zigarette an. »Ich glaube inzwischen auch, dass das mit Küchler und Blumenthal eine verrückte Idee war.«

Müller und Christine Güttler sowie der Einsatzleiter vom SEK kamen fast zeitgleich ins Büro. Berger sagte, es sei besser, sich ins Besprechungszimmer zurückzuziehen, da man dort ungestörter sei. Die Besprechung dauerte über eine Stunde. Man beschloss, den Einsatz mit vierzig Mann durchzuführen, davon allein dreißig vom SEK. Die Zivilfahrzeuge und die vier unauffälligen Transporter mit jeweils unterschiedlichen Firmenlogos wollte man auf der Gutleutstraße und in drei Seitenstraßen postieren, von einem Schiff aus würde man ab einundzwanzig Uhr von der andern Mainseite aus den Hof der Spedition beobachten. Die Beamten vom SEK wollte man aus Sicherheitsgründen erst kurz vor dem Start der Aktion vom eigentlichen Auftrag informieren, etwa zur gleichen Zeit wie auch die Staatsanwaltschaft. Da man nicht genau wusste, welche Route die Trucks nahmen, würden ab zwanzig Uhr an der A5 in Höhe des Nordwestkreuzes und der A3 zwischen Frankfurt-Süd und dem Frankfurter Kreuz je ein Wagen stehen, die, sobald die Trucks der Spedition gesichtet wurden, eine Meldung mit dem Wortlaut »Fließender Verkehr« durchgaben. Man war sich einig, dass bis zum Eintreffen der Trucks absolute Funkstille herrschen sollte, auch wenn man über angeblich abhörsichere Funkgeräte verfügte, die heute erstmals zum Einsatz kommen sollten. Durant hatte den Kollegen klar gemacht, dass die Gegenseite über technisch äußerst hochwertige Geräte verfügte, die vermutlich auch geeignet waren, die auf einem nur wenigen bekannten neuen Kanal geführten verschlüsselten Gespräche der Polizei doch abzuhören. Sobald die Trucks auf den Hof fuhren, würde man zusätzlich einen Bus anfordern, der die Kinder in Sicherheit bringen sollte. Man hoffte den Einsatz ohne viel Blutvergießen zu beenden, wobei diese Hoffnung sich darauf stützte, dass der Angriff für die Verbrecher völlig überraschend geführt werden würde.

Nach der Einsatzplanung begaben sich alle in ihre Büros, Berger, Müller und der Leiter des SEK besprachen sich noch eine Weile unter sechs Augen.

Hellmer kam auf Durant zu und fragte: »Und wie ist dein Gefühl für heute Abend?«

Sie schien mit den Gedanken weit weg, zuckte dann mit den

Schultern und ließ sich mit der Antwort lange Zeit. »Wenn ich das nur selbst wüsste. Ich war noch nie bei einem solchen Einsatz dabei. Hast du bei so was schon mal mitgemacht?«

»Einmal, aber das war kein Vergleich zu dem hier. Das war vor ein paar Jahren, als du noch gar nicht in Frankfurt warst, da haben wir ein illegales Bordell hochgehen lassen. Ein paar Nutten und ein paar Halbweltler haben wir verhaftet. Passiert ist denen aber nichts weiter, ein Jugoslawe wurde abgeschoben, weil er schon seit längerem auf der Fahndungsliste stand, die andern sind, so weit ich mich erinnern kann, gleich wieder freigekommen. Ansonsten kenne ich das auch nicht. Lassen wir uns einfach überraschen.« Er hielt inne, zündete sich eine Zigarette an, setzte sich auf die Schreibtischkante und fuhr fort, während Durant am Fenster stand und hinunter auf die Straße sah: »Hast du eigentlich Angst?«

»Keine Ahnung. Ich denke nicht.«

»Komm, du kannst mir nicht erzählen, du hättest keine Angst. Ich stell mir nur vor, wir haben's hier vielleicht mit Typen zu tun, denen ihr eigenes Leben scheißegal ist und die wie wild um sich ballern. Ich habe Angst, und das gebe ich ganz offen zu.«

Julia Durant drehte sich um, die Hände auf die Fensterbank gestützt. »Kann sein, dass ich auch welche habe. Aber mir schwirren im Moment so viele Dinge durch den Kopf, dass ich nicht einmal Zeit habe, richtig darüber nachzudenken.«

»Und was?«

»Was, und was?«

»Was schwirrt dir im Kopf rum?«

»Die ganze letzte Woche. Was da alles passiert ist.« Sie fasste sich mit einer Hand ans Kinn, den Blick zu Boden gerichtet. »Hast du schon jemals über eine Weltverschwörung nachgedacht?«

»Bitte was?«, fragte Hellmer und sah Durant an, als wäre sie gerade eben durchgedreht. »Weltverschwörung? Was soll das denn bitte schön sein?«

Julia Durant zuckte mit den Schultern und blickte nachdenklich drein. »Letzten Montag war der Freund von Dominik bei uns, du weißt schon, der, der die Serie über das organisierte Verbrechen geschrieben hat und jetzt im Krankenhaus liegt. Er hat an dem Abend einiges gesagt, was mir absolut verständlich erschien, aber dann hat er mit einem Mal von einer Weltverschwörung gesprochen. Ich habe das als Spinnerei abgetan, doch je mehr ich darüber nachdenke, desto plausibler erscheint mir diese Theorie. Ich weiß, du denkst bestimmt, ich bin total übergeschnappt, doch …«

»Das denke ich allerdings. Hör zu, Julia, es mag kleine grüne Männchen geben, die ab und zu die Erde besuchen, es mag Leute geben, die von Außerirdischen entführt wurden und …«

»Frank, du verstehst nicht, was ich eigentlich sagen will. Es geht hier nicht um irgendwelche Außerirdischen, die die Weltherrschaft übernehmen wollen, es geht um Menschen. Schulze hat versucht mir das zu erklären, doch ich hab auch gedacht, der ist durchgeknallt. Aber was, wenn da wirklich was dran ist? Ich meine, was, wenn es eine Gruppe von Menschen gibt, die uns, ohne dass wir etwas davon merken, steuern? Dich, mich, vor allem aber Politiker? Leute, die einen solch unglaublichen Einfluss haben und die wir gar nicht kennen? Was dann?«

Hellmer wirkte verstört und sah Durant ratlos an. »Ich weiß zwar immer noch nicht, worauf du hinauswillst, aber ehrlich gesagt interessiert mich das nicht die Bohne. Mich interessiert nämlich, wer die Morde begangen hat, wo die verschwundenen Akten abgeblieben sind und wer der Auftraggeber ist, die graue Eminenz im Hintergrund. Und außerdem würde ich zu gerne wissen, was es mit diesem Laskin auf sich hat. Mich interessieren Fakten und keine weit hergeholten Hypothesen. Bitte versteh mich nicht falsch, das ist auch nicht gegen dich gerichtet, aber ich kann mit einer Weltverschwörungstheorie nichts anfangen.«

»Ist schon gut, war auch dumm von mir, überhaupt davon zu sprechen. Wir sollten uns wirklich ausschließlich auf die Fakten konzentrieren. Vergiss, was ich gesagt habe. Und jetzt an die Arbeit, es liegt ein langer Tag vor uns.«

Montag, 11.30 Uhr

Julia Durant fuhr zum Hauptfriedhof, wo die Beisetzung von Irina Puschkin stattfinden sollte. Sie hielt sich im Hintergrund, wollte nur sehen, wer alles von der Ermordeten Abschied nahm. Es waren insgesamt sieben Personen, Daniel Laskin, Natascha Olpitz und fünf Frauen, die sie nicht kannte. Obgleich sie etwa fünfzig Meter entfernt neben einem Baum stand, wurde sie von Laskin doch erblickt, der auf sie zukam, ihr die Hand reichte und sagte: »Frau Durant, ich freue mich sehr, dass Sie gekommen sind. Sie brauchen nicht hier stehen zu bleiben, die Damen sind Freundinnen und Bekannte von Irina. Natascha hat sie eingeladen. Haben Sie Zeit?«

»Ja.«

»Dann tun Sie mir den Gefallen und nehmen Sie Abschied von Irina, auch wenn Sie sie nicht gekannt haben. Wo immer sie jetzt auch ist, sie wird uns sehen. Kommen Sie.«

Daniel Laskin selbst hielt die Rede. Er wirkte ruhig, sprach mit eindringlicher Stimme und sagte zum Abschluss noch etwas auf Hebräisch, blickte kurz zur Decke, die Arme ausgebreitet, ging dann zu dem weißen Sarg, der über und über mit Blumen geschmückt war, berührte ihn mit beiden Händen und begann ein hebräisches Lied zu singen. Julia Durant fuhren bei Laskins Gesang eiskalte Schauer der Ergriffenheit über den Rücken, Natascha heulte sich die Seele aus dem Leib, und auch die andern fünf Frauen fingen an zu weinen. Nachdem Laskin geendet hatte, nickte er Natascha nur zu, setzte sich neben sie und wartete, dass der Sarg aus der Kapelle gefahren wurde. Durant entging nicht, dass Laskin seine Hand auf die von Natascha legte und ihre Hand auch nicht losließ, als sie hinter dem Sarg zu dem ausgehobenen Grab gingen. Am Grab sprach er noch ein paar Worte, der Sarg wurde in die Tiefe gelassen und Blumen hinterher geworfen. Nach nicht einmal einer halben Stunde war alles vorüber. Natascha und die fünf anderen jungen Frauen umarmten sich. Schließlich kam sie auf die Kommissarin zu und reichte ihr die Hand. »Vielen Dank für alles. Daniel und ich werden jetzt gleich in ein Hotel ziehen. Nur für ein paar Tage. Wir melden uns aber bei Ihnen.«

»Passen Sie gut auf sich auf«, sagte Durant und konnte plötzlich nicht mehr an sich halten. Sie umarmte Natascha ebenfalls, und obwohl sie sich vorgenommen hatte, nicht zu weinen, schaffte sie es nicht, die Tränen zu unterdrücken.

»Das werde ich tun. Wir sehen uns ja noch.«

Während die andern am Grab standen und sich unterhielten, ging Julia Durant zurück zu ihrem Wagen. Auf dem Weg dorthin wischte sie sich die Tränen weg. Sie nahm keine Notiz von dem Mann, der in Jeans, einem blauen Hemd, einer Lederjacke und einer Sonnenbrille an einem andern Grab vielleicht dreißig oder vierzig Meter entfernt stand, verdeckt von einigen Büschen und Sträuchern, durch die er hindurchsehen konnte, ohne von den andern bemerkt zu werden. In den Händen hielt er einen Strauß roter Rosen. Immer wieder wanderte sein Blick kurz zu Laskin und Natascha. Als Durant sich ihm näherte, bückte er sich, stellte die Blumen in eine Vase und sortierte sie. Sobald die Kommissarin an ihm vorbeigegangen war, sah er ihr nach, und seine schmalen Lippen bewegten sich kaum merklich. Als auch Laskin und Natascha sich auf den Heimweg machten, drehte er sich um und ging in die entgegengesetzte Richtung. Er wartete, bis sie außer Sichtweite waren, kehrte zurück, nahm die Blumen aus der Vase und begab sich zu Irinas Grab, wo zwei Arbeiter gerade damit beschäftigt waren, mit einem Bagger Erde auf den Sarg zu schütten.

Pierre Doux machte den Männern mit einer Handbewegung ein Zeichen, kurz ihre Arbeit zu unterbrechen, blieb einen Moment vor dem Grab stehen, warf die Rosen hinein und sagte so leise, dass nur er selbst es hören konnte: »Du hast es nicht anders gewollt.« Danach begab er sich gemäßigten Schrittes zum Ausgang, vergewisserte sich, dass auch alle weggefahren waren, und setzte sich in den Mercedes, den er am Morgen am Flughafen gemietet hatte. Seine Fahrt führte ihn ins Sheraton-Hotel, wo er ein Zimmer unter dem Namen

George W. Baker aus Boston gebucht hatte. Er aß im Hotelrestaurant ein Steak mit Salat und trank dazu Orangensaft. Anschließend ging er auf sein Zimmer, legte sich aufs Bett und schaltete den Fernseher an. Er wartete auf einen Anruf. Das Telefon klingelte, kaum dass er sich hingelegt hatte. Er nahm ab und meldete sich mit einem knappen »Hallo«. Das Gespräch dauerte nur wenige Sekunden. Sie würden sich am frühen Abend in einer kleinen Kneipe in Sachsenhausen treffen. Dort würde er erste Instruktionen erhalten. Er beschloss noch eine Stunde zu schlafen, danach seine Übungen zu machen und zu duschen. Noch wusste er nicht, wie sein Auftrag lautete, aber es konnte sich nur um eine sehr wichtige Person handeln. Ihm war es egal. Solange die Bezahlung stimmte, übernahm er jeden Job. Der einsame Wolf war vorbereitet.

Bevor Julia Durant zurück ins Präsidium fuhr, machte sie an einer Imbissbude Halt, aß eine Currywurst mit Pommes frites und trank ein kleines Bier. Sie hatte schon viele Beerdigungen miterlebt, aber diese war zweifellos die mit den wenigsten Trauergästen gewesen. Mit ihr zusammen hatten sich nur acht Personen in der großen Halle befunden, doch Laskins Worte über Irina, über das Leben und den Tod würde sie nie vergessen, ebenso wenig wie sein Lied. Den Text hatte sie zwar nicht verstanden, aber sie wusste, es war ein Lied, das er in diesem Moment nur für Irina gesungen hatte.

Von unterwegs rief sie bei Kuhn in der Redaktion an, berichtete ihm von der Beerdigung und sagte ihm noch, wie sehr sie ihn liebe. Sie legte auf, bevor er etwas erwidern konnte.

Montag, 20.30 Uhr

Die Beamten besprachen sich ein letztes Mal, die Männer vom SEK waren bereit. Um Viertel vor neun machten sich die Wagen auf den kurzen Weg vom Präsidium zur Gutleutstraße. Die

Transporter mit dem Firmenlogo eines Maler- und Lackierbetriebs, einer Autoreparaturwerkstatt, einer Delikatessenfirma und eines Teppichgroßhandels parkten in der Gutleutstraße und zwei Seitenstraßen zwischen fünfzig und zweihundert Meter von der Einfahrt zur Spedition entfernt, die anderen Fahrzeuge, zwei Lancia, ein BMW, zwei Opel und drei VW Golf ebenfalls in der Gutleutstraße und drei Seitenstraßen. Julia Durant und Frank Hellmer saßen wie immer im Lancia und warteten. Am Abend hatte es aufgeklart, nachdem den ganzen Tag über eine dichte Wolkendecke über der Stadt gehangen hatte und auch ein paar Schauer niedergegangen waren. Sie unterhielten sich über Belanglosigkeiten, doch die Anspannung war jedem von ihnen anzumerken, auch wenn keiner zugegeben hätte, unter welch enormem Druck er stand. Julia Durant rauchte eine halbe Schachtel Zigaretten innerhalb von zwei Stunden, bis um kurz vor dreiundzwanzig Uhr, die Nacht war über die Stadt hereingebrochen, der Himmel sternenklar, mehrere Fahrzeuge mit unterschiedlichen Kennzeichen durch das jetzt offene Tor der Spedition fuhren.

»Laskin hat uns also doch nicht reingelegt«, sagte Durant zu Hellmer. »Das Abholkommando ist schon vor Ort. Mal sehen, wann's losgeht.«

Sie warteten eine weitere Stunde, bis der an der A5 postierte Wagen über Funk die Meldung »Fließender Verkehr« durchgab.

»Jetzt ist es nur noch eine Frage von ein paar Minuten«, sagte Hellmer, der noch einmal seine Pistole überprüfte und tief Luft holte.

Um null Uhr siebzehn kam der Konvoi durch den Hafentunnel, überquerte die Kreuzung, und nacheinander fuhren alle drei Trucks auf den Hof. Bevor der letzte von ihnen hineinfuhr, gab Müller den Einsatzbefehl. Ein Mitarbeiter der Spedition wollte gerade das hohe Tor schließen, als die Polizeiwagen kurz hintereinander auf das Gelände fuhren. Die als Transporter getarnten Mannschaftswagen rasten, gefolgt von sechs Zivilfahrzeugen, hinter dem letzten Truck auf den Hof, wo sie sich verteilten, die beiden andern Polizeiautos stellten sich quer vor das Tor, so dass keiner das Gelände verlassen konnte. Die Männer vom SEK sprangen aus ihren Wagen, die Gewehre im Anschlag, die Kollegen von der Mordkommission und dem OK verschanzten sich hinter den geöffneten Wagentüren, die Pistolen auf die bis eben noch ahnungslos wartenden Männer und Frauen gerichtet.

»Alles auf den Boden, die Arme ausgestreckt!«, brüllte einer der Männer vom SEK. Einer widersetzte sich dem Befehl und wollte wegrennen, wurde aber von einem gezielten Beinschuss niedergestreckt. Er schrie auf und wälzte sich vor Schmerzen auf dem Beton. Innerhalb von zwei Minuten hatten sich alle ergeben. Einige andere Beamte strömten aus, rannten in die riesige Lagerhalle, wo ihnen ein junger Arbeiter mit pickligem Gesicht, verstörtem Blick und erhobenen Armen entgegenkam.

»Wo ist der Boss?«, wurde er angeschrien.

»D-d-d-draußen«, stammelte er nur.

»Festnehmen.« Dem jungen Mann wurden Handschellen angelegt, und er wurde aus der Halle geführt.

Ein untersetzter Mittvierziger hob den Kopf vom Boden und sagte: »Was ist hier eigentlich los?«

Müller, Durant und Hellmer gingen auf ihn zu. Müller fragte: »Gehört Ihnen der Laden hier?«

»Ja, warum? Was wollen Sie eigentlich?«

»Aufstehen und aufmachen«, herrschte Müller ihn barsch an und deutete auf die Trucks.

»He, he, ganz sachte. Um was geht's denn?«

Müller gab ihm einen kräftigen Schubs und rief noch einmal: »Aufmachen!«

Der Mann öffnete die Plombe des ersten Trucks und machte die Tür auf. »Da sind nur Schweine drin«, sagte er mit unschuldiger Miene. »Wenn Sie mir verraten könnten, was …«

Müller stieß ihn einfach zur Seite und stieg in den Kühlwagen, gefolgt von Hellmer. »Schweine. Dann wollen wir doch mal sehen, was für einen Marktwert Schweinefleisch zurzeit hat.« Er zog sich

Handschuhe über, riss die Schnauze des ersten Schweins auf, holte ein Päckchen heraus und grinste Hellmer an. »Na, wer sagt's denn. Dann wollen wir mal zum wesentlichen Teil kommen.«

Sie sprangen wieder aus dem Kühlwagen. Müller hielt dem Mann das Päckchen vor die Nase und sagte: »Schön, was? Ihr Name?«

»Hans Schneider. Ich weiß gar nicht, was Sie wollen. Was ist das?«, fragte er mit Unschuldsmiene.

»Das wissen Sie ganz genau. Und jetzt sagen Sie uns, wo die Kinder sind, aber dalli!«

Schneider wurde mit einem Mal kreidebleich, was Hellmer trotz der Dunkelheit nicht entging.

»Was für Kinder?«

»Hören Sie gut zu, wir beide können jetzt in aller Ruhe in eine stille Ecke gehen, und ich bin ganz sicher, dass ich innerhalb weniger Minuten weiß, wo die Kinder sind. Ich habe keine Lust, hier groß rumzusuchen. Also noch mal, wo sind die Kinder?«

Schneider atmete hastig. Er schaute Müller mit weit aufgerissenen Augen an, ging zum vorderen Teil des Hängers und entriegelte eine Tür des Anhängers, die sich direkt hinter der Fahrerkabine befand und erst beim zweiten Hinschauen als Tür zu erkennen war. Julia Durant hatte sich zu ihnen gestellt und wartete, bis Schneider wieder herunterkam. Er trat etwa zwei Meter zurück, als er den funkelnden Blick von Müller sah.

»Lassen Sie mich hochgehen«, bat Durant.

Müller zögerte einen Moment, dann sagte er: »Von mir aus«, und half ihr hoch.

Durant hielt die Taschenlampe in der Hand und leuchtete in die kleine Kabine, in der sich zirka dreißig Kinder drängten. Der bestialische Gestank von Urin und Kot schlug ihr entgegen. Ein paar wenige schliefen noch, die meisten waren bereits wach, aber zum größten Teil sehr benommen. Die wachen Kinder hielten sich, geblendet vom Strahl der Taschenlampe, die Hände vors Gesicht. Julia Durant leuchtete an die Decke. Es war, als würde ihr etwas die Kehle zuschnüren. Sie schluckte schwer und sagte nur mit belegter Stimme:

»Fordert ein paar Krankenwagen an, und die sollen sich beeilen. Und kommt mal her und helft mir, die Kinder runterzuholen.«

Sie trat näher heran, die Kabine war kaum größer als vier Quadratmeter. Dreißig Kinder auf diesem engen Raum, dachte sie und ballte die Fäuste. Die Kinder saßen dicht an dicht, einige hatten ihren Kopf auf der Schulter eines anderen liegen, manche hatten sich bei den Händen gefasst. Es war totenstill in der Kabine, dem Verschlag, dem Käfig. Die Kleinen hatten seit mindestens vierundzwanzig Stunden weder zu essen noch zu trinken bekommen. Die Enge und vor allem die stickige, sauerstoffarme Luft machte das Atmen zu einer Qual. Noch ein paar Stunden länger, dachte Durant, und keines dieser Kinder wäre lebend dieser Hölle entronnen.

»Kommt raus«, sagte sie mit sanfter Stimme, nachdem sie sich einigermaßen gefangen hatte, und machte eine winkende Handbewegung. Als die Kinder zögerten, leuchtete sie sich mit der Taschenlampe selbst an, um ihnen die Angst zu nehmen, um ihnen zu zeigen, dass sie es gut mit ihnen meinte. »Ihr braucht keine Angst zu haben«, sagte sie weiter und wusste doch, dass die Kinder sie nicht verstanden. Sie kamen ja aus Polen oder Russland, wie Laskin berichtet hatte.

Als Erstes fasste ein blondes, sehr zierliches Mädchen, nicht älter als sechs oder sieben Jahre, Mut. Sie rang nach Luft, ihr Atem ging ziehend. Sie reichte der Kommissarin die kalte Hand, Hellmer nahm sie in Empfang. Das älteste Kind war Durants Schätzung nach höchstens zehn, das jüngste vielleicht drei.

Nach fünf Minuten waren alle Kinder draußen bis auf zwei. Sie lehnten mit geschlossenen Augen an der Wand und rührten sich nicht. Julia Durant ging hinein, ihr verschlug es fast den Atem. Es waren zwei Mädchen. Sie schüttelte sie leicht an den Schultern, sprach auf sie ein, doch statt die Augen aufzumachen, fielen sie bei der Berührung zur Seite und schlugen mit dem Kopf auf den kalten Boden. Sie griff mit zittrigen Fingern nach den Handgelenken, um den Puls zu fühlen. Die Haut war kalt, kein Herzschlag.

»Frank, schnell, komm hoch!«, schrie sie. »Hier stimmt was

nicht!« Und als Hellmer neben ihr stand und sich wegen des Gestanks eine Hand vor die Nase hielt, rief sie mit Tränen der Wut und der Verzweiflung: »Die sind tot. Kein Lebenszeichen mehr … Diese verdammten Drecksäue! Die holen die Kinder aus Russland oder wo immer her und lassen sie einfach wie Vieh verrecken! Die beiden sind doch höchstens fünf oder sechs! Weißt du, was ich am liebsten machen würde … Ich würde diese verdammten Kreaturen da draußen am liebsten alle abknallen! Die zwei hier sind tot, wie viele tote Kinder werden wir noch finden?«

»Komm«, sagte Hellmer ruhig und legte eine Hand auf Durants Schulter. »Du kannst hier nichts mehr machen.«

»Lass mich los, verdammt noch mal! Da draußen stehen Männer und Frauen, die … Ach, Scheiße! Das sind keine Menschen, das sind Bestien! Gottverdammte Bestien!«

»Komm raus hier, bitte, Julia. Glaubst du, mir geht es anders, wenn ich das hier sehe?«

Julia Durant zögerte erst, dann erhob sie sich und folgte Hellmer nach draußen, nicht ohne noch einmal einen Blick in das Loch zu werfen, in dem die Kinder fast einen Tag lang eingesperrt waren. Sie sprang auf den Boden und ging schnurstracks auf Schneider zu. Ihr Gesicht war nur wenige Zentimeter von seinem entfernt, sie spürte seinen Atem. Sie tippte ihm mit einem Finger kräftig an eine Stelle direkt unter dem Schlüsselbein, wo es besonders wehtat. Er zuckte zusammen, ohne jedoch etwas zu sagen.

»Sie werden in Ihrem ganzen gottverdammten Leben nie wieder einen Schritt aus dem Zuchthaus machen. Und jetzt öffnen Sie die andern Kabinen, aber schnell, sonst reiß ich Ihnen persönlich die Eier raus!«, zischte sie.

»Ich will meinen Anwalt sprechen«, sagte Schneider mit überheblicher Miene.

»Sie wollen Ihren Anwalt sprechen?« Julia Durant lachte höhnisch auf und stieß ihn erneut gegen die Brust, diesmal noch etwas stärker. Er fiel fast zu Boden. »Wissen Sie, wann Sie Ihren Anwalt sprechen können? Wissen Sie das?! Irgendwann morgen, nachdem wir Sie auf dem Präsidium auseinander genommen haben! Und ich schwöre Ihnen, auch der beste Anwalt der Welt wird Ihnen nicht mehr helfen können, Sie verkommenes Stück Dreck! Und jetzt aufmachen!«

Im zweiten und dritten Truck das gleiche Bild, der gleiche fast unerträgliche Gestank, die gleichen ängstlichen Gesichter, bleich und noch benommen von dem Schlafmittel, das man ihnen vor der Reise gegeben hatte. Insgesamt wurden einundneunzig Kinder befreit, neun waren tot, ob erstickt oder an einer Überdosis Barbituraten gestorben, das würde erst die Obduktion ergeben.

Sechsundzwanzig Personen, zwanzig Männer und sechs Frauen, wurden verhaftet und in Handschellen aufs Präsidium gebracht. Die Autos, die Trucks und das Containerschiff wurden beschlagnahmt, die Lagerhalle versiegelt und von schwer bewaffneten SEK-Beamten bewacht. Vier der neun Autos kamen aus der Schweiz, aus Belgien, Luxemburg und Frankreich, die andern aus Frankfurt beziehungsweise der näheren Umgebung. Das Schiff war in Holland registriert und sollte laut Papieren eine Ladung elektronischer Geräte nach Rotterdam bringen. Im Laufe der folgenden zwei Stunden wurden außerdem mehrere Zöllner und Polizisten an der deutsch-polnischen Grenze sowie einige Beamte der Zollbehörde Frankfurt festgenommen, wobei zwei von ihnen in Schlafanzügen aufs Revier gebracht wurden.

Um drei Uhr morgens hatte man zweihundert Kilo reines Heroin und Kokain beschlagnahmt. Der Gesamtwert belief sich nach ersten Schätzungen auf hundertfünfzig bis zweihundert Millionen Dollar, genau wie Laskin gesagt hatte.

Julia Durant war müde, die Festgenommenen wurden in die kleinen engen Zellen im Präsidium gesteckt, die Vernehmung würde man am Vormittag durchführen. Sie zitterte noch immer, zündete sich mit fahrigen Fingern eine Gauloise an und setzte sich hinter ihren Schreibtisch. Sie legte den Kopf in den Nacken, ihre Gedanken kreisten unaufhörlich um das, was sie gesehen und erlebt hatte, als die Tür aufging und Küchler hereinkam.

»Frau Durant, ich wollte Ihnen nur herzlich zu diesem großen Fang gratulieren. Ich war bereits bei Herrn Berger und Herrn Müller, die mir jedoch sagten, dass Sie im Wesentlichen dafür verantwortlich sind, dass wir endlich einmal einen wirklich großen Erfolg zu verzeichnen haben. Meine Hochachtung.«

»Danke«, erwiderte sie mit einem gequälten Lächeln. »Was führt Sie denn so spät noch in diese heiligen Hallen?«

»Ich bin wie Sie immer im Dienst. Woher wussten Sie von diesem Transport?«, fragte Küchler und nahm ihr gegenüber Platz.

»Ein Informant.«

»Darf ich erfahren, wer es ist?«

»Es war ein anonymer Anruf«, log sie und sah Küchler direkt an. Er grinste nur, und sie wusste nicht, was sie davon halten sollte.

»So, ein anonymer Informant also. Aber eigentlich ist es egal, ob anonym oder nicht, Hauptsache ist doch, dass wenigstens die Kinder in Freiheit sind.«

Julia Durant lachte kurz und trocken auf und schüttelte den Kopf. »Neun Kinder sind tot, wie können Sie da von Freiheit sprechen. Und ob die andern Kinder wirklich frei sind … Was passiert mit ihnen? Sie werden zurück in ihre Heimat geschickt und landen irgendwann wieder hier im Westen, um irgendwelchen geilen Säcken zu Diensten zu sein. Sie werden gezwungen, anschaffen zu gehen, sie werden missbraucht, man dreht widerliche Pornos mit ihnen. Was uns heute Nacht gelungen ist, darüber lachen sich die großen Bosse nur krumm. Wenn Sie ehrlich sind, wissen Sie genau, dass wir machtlos sind. Wahrscheinlich kommt morgen schon ein anderer Transport in einer anderen Stadt an.«

»Trotzdem, Frau Durant«, erwiderte Küchler mit einer Stimme, die sie von ihm nicht gewohnt war, die nichts Arrogantes oder Zynisches hatte, »jeder noch so kleine Sieg ist ein Sieg. Denken Sie nicht darüber nach, was morgen sein könnte. Und ich möchte Ihnen noch eines sagen: Ich habe Sie unterschätzt, was Ihre Fähigkeiten angeht. Ich wünschte, es gäbe mehr von Ihrer Sorte bei der Polizei. Und jetzt gehen Sie bitte nach Hause und versuchen Sie wenigstens ein bisschen zu schlafen. Ich wollte Ihnen das nur sagen.« In der Tür drehte er sich noch einmal um und fragte: »Würde es Ihnen etwas ausmachen, wenn ich bei den Vernehmungen dabei bin?«

»Dr. Küchler, Sie sind der Oberstaatsanwalt. Sie entscheiden, ob Sie dabei sind oder nicht.«

»Sollte ich Zeit haben, schau ich im Laufe des Vormittags mal rein. Nur noch eine Frage: Weshalb wurde die Staatsanwaltschaft erst so spät davon in Kenntnis gesetzt?«

»Weil wir die Information selbst erst sehr spät bekommen haben.«

»Ach so«, war alles, was er darauf erwiderte.

Julia Durant sah ihm verwundert nach, und sie fragte sich, ob das auch nur zu seinem Spiel gehörte oder ob er es tatsächlich ernst gemeint hatte. Doch sie war zu müde, um darüber nachzudenken. Sie stand auf, nahm ihre Tasche, verabschiedete sich von Berger, der sich noch mit Müller unterhielt, und sagte, sie sei frühestens um zehn wieder im Präsidium.

Die Morgendämmerung war bereits angebrochen, als sie sich ins Bett legte. Kuhn wachte auf, zog sie zu sich heran und sagte: »Ich bin froh, dass du gesund wieder da bist. Schlaf gut.«

Sie rollte sich auf die Seite, und Tränen flossen ihr über die Wangen, als noch einmal die Bilder der letzten Stunden wie ein Film vor ihren Augen abliefen.

Dienstag, 10.30 Uhr

Julia Durant hatte fünf Stunden geschlafen, eine Schale Cornflakes gegessen und zwei Tassen Kaffee getrunken, bevor sie sich auf den Weg ins Büro machte. Kuhn war längst in der Redaktion, sie würde ihn im Laufe des Tages von dem Schlag gegen das organisierte Verbrechen unterrichten, wenn der Polizeisprecher nicht schon vorher die Presse umfassend von dem grandiosen Erfolg informierte. Sie wusste, es standen lange und harte Vernehmungen bevor, und alles, was sie hatte, war die Hoffnung, dass wenigstens einer der Beschuldigten ein Geständnis ablegte und vielleicht sogar Namen von Drahtziehern nannte. Bevor sie ins Präsidium ging, hielt sie an einer Telefonzelle, tippte die Nummer von Natascha ein, und als dort niemand abhob, die Handynummer von Laskin. Sie wollte bereits auflegen, als er sich doch meldete.

»Hier Durant. Ich will nicht viele Worte machen, sondern Ihnen nur sagen, dass die Operation erfolgreich verlaufen ist. Jetzt sind Sie am Zug.«

»Gratuliere. Ich habe es Ihnen versprochen, und ich werde mein Versprechen selbstverständlich einlösen. Sie müssen mir nur sagen, wann Sie Zeit haben.«

»Heute wird es sehr schlecht sein, aber morgen vielleicht.«

»Mein Handy ist immer eingeschaltet. Ich rufe Sie heute Nachmittag auf Ihrem Handy an und sage Ihnen, wo Natascha und ich uns aufhalten. Dann gebe ich Ihnen auch meine neue Handynummer durch, denn dieses Handy werde ich gleich nach unserem Gespräch in den Main werfen.«

»Wieso das?«

»Das erkläre ich Ihnen dann. Wir sehen uns, und viel Glück.«

Als Durant ins Büro kam, waren einige ihrer Kollegen bereits mit den Verhören beschäftigt. Berger bat sie zu sich und meinte: »Das wird eine harte Nuss, oder besser gesagt, das werden einige harte Nüsse für uns. Keiner von denen will den Mund aufmachen. Da herrscht die blanke Angst. Übrigens ist unter den Festgenommenen ein Diplomatensöhnchen aus Brasilien. Angeblich will er von nichts gewusst haben. Er behauptet, die Kinder, die er holen wollte, sollten adoptiert werden.«

»Scheiße, wer's glaubt! Adoptiert von wem? Von 'ner Puffmutter? Was ist mit Schneider?«

»Den wollten wir Ihnen ganz persönlich überlassen«, antwortete Berger grinsend. »Ich glaube, er erwartet Sie schon sehnsüchtig.«

»Dann mal los. Man soll ihn mir bringen.« Sie stellte das Aufnahmegerät an und wartete zwei Minuten.

Schneider wurde von einem Sicherheitsbeamten in ihr Büro geführt. Er streckte ihr die Hände entgegen und sagte: »Können Sie mir die Dinger nicht endlich abnehmen?«

»Nein«, antwortete Durant gelassen, »die bleiben dran. Das hier ist kein Kaffeekränzchen, und wir spielen auch nicht Monopoly. Und je eher Sie den Mund aufmachen, umso eher können Sie ohne Handschellen im Gefängnis auf und ab gehen.«

»Ich habe nichts verbrochen«, erwiderte Schneider und ließ sich auf einem Stuhl nieder. »Was wollen Sie mir eigentlich anhängen?«, fragte er mit unverfrorenem Grinsen.

Julia Durant setzte sich auf die Schreibtischkante, zündete sich in aller Ruhe eine Zigarette an, inhalierte und blies den Rauch Schneider genau ins Gesicht.

»Menschenschmuggel, Menschenhandel, Drogenschmuggel und -handel, Mord. Ich würde sagen, in den USA oder besser noch in Saudi-Arabien oder dem Iran würde man sie gleich heute vor Gericht stellen und ganz kurzen Prozess mit Ihnen machen. Manchmal bedauere ich richtig, dass wir nicht in den USA oder einem islamischen Land sind, sondern ein Rechtssystem haben, das Leute wie Sie am Leben lässt. Wirklich schade, denn Sie kosten den Steuerzahler unnötig Geld.«

»Sie können sich Ihren Spott sparen, aus mir kriegen Sie nichts raus.«

»Das werden wir ja sehen. Wer sind die Hintermänner?«

»Ich weiß nicht, wovon Sie sprechen. Die Kinder wurden von ihren Eltern verkauft, weil sie im Westen eine bessere Zukunft gehabt hätten. Die haben Sie ihnen mit Ihrer Aktion letzte Nacht verbaut«, sagte Schneider höhnisch. »Wissen Sie eigentlich, wie die da drüben leben? Die sind froh über jedes Stück Brot, das sie bekommen. Hier würden sie genug zu essen und zu trinken haben, sie hätten ein sauberes Bett und …«

Die Kommissarin fuhr sich kurz über die Stirn und sagte: »Wie ist das eigentlich, wenn man seinen Schwanz in ein kleines Mädchen steckt, das noch gar nicht weiß, was Sex ist? Oder stehen Sie eher auf kleine Jungs?«

»Ich muss mir doch diese Unverschämtheiten nicht anhören! Ich bin verheiratet und habe selbst drei Kinder, ich würde nie …«

Durant unterbrach ihn mit einer energischen Handbewegung. »Die meisten perversen Schweine sind verheiratet und haben Kinder. Zu Hause hat in der Regel die Frau die Hosen an, und an den eigenen Kindern würde einer wie Sie sich nie vergreifen. Ist es bei Ihnen genauso?«

Schweigen.

»Nun, Herr Schneider, ich habe keine Lust und auch nur wenig Zeit, mich lange mit Ihnen aufzuhalten, ich habe Wichtigeres zu tun, deshalb ein Angebot von mir. Sie nennen mir Namen, und ich werde sehen, was ich für Sie tun kann. Ansonsten ist die Sachlage dermaßen klar, dass Sie auch ohne eine Aussage für den Rest Ihres Lebens hinter Gittern verschwinden. Aber der Vollständigkeit halber sollte ich Ihnen vielleicht noch mitteilen, was man dort mit Ihnen machen wird«, sagte sie immer noch ruhig, setzte sich hinter ihren Schreibtisch, lehnte sich zurück und spielte mit einem Bleistift, den sie zwischen ihren Fingern rollte. »Kinderschänder sind selbst für die abgebrühtesten und härtesten Knackis der Abschaum schlechthin. Ich kann mich da an einen Fall erinnern … Ach was, ich möchte Sie nicht mit Details langweilen.«

Schneider verengte die Augen zu Schlitzen. »Sie wollen mir drohen, was? Das schaffen Sie nie im Leben! Sie schon gar nicht!«

Durant zuckte mit den Schultern und entgegnete emotionslos: »Warum sollte ich Ihnen drohen, ich werde ja nicht dabei sein. Aber ich erzähle Ihnen trotzdem, was man mit Ihnen aller Wahrscheinlichkeit nach im Knast macht. Schon lange bevor Sie in den Knast kommen, erfahren die Knackis, was Sie auf dem Kerbholz haben. Erst wird man Sie meiden, aber das ist noch harmlos im Gegensatz zu dem, was dann kommt. Irgendwann nach einer kurzen Zeit wird man in Ihr Essen spucken, vielleicht sogar in kleine Teile zersägte Rasierklingen oder winzige Glasscherben druntermischen. Und Sie werden es erst merken, wenn das Blut aus Ihrem Mund rausquillt und Sie vor Schmerzen fast wahnsinnig werden. Und natürlich werden Sie duschen gehen, das ist nun mal Pflicht, und dann kommen ein paar sehr große und sehr kräftige Jungs und zeigen Ihnen, wie es ist, wenn man einen dicken, fetten Schwanz in den Arsch geschoben kriegt. Wenn Sie Glück haben, sind es nur zwei oder drei, meist erscheinen aber gleich zehn oder zwanzig auf einmal. Die stellen sich richtig an, wie an der Kasse beim Aldi. Die Jungs dort drin sind nämlich mächtig heiß und stehen gewaltig unter Druck. Sie werden sich wünschen, tot zu sein, aber das werden die nicht zulassen. Und glauben Sie bloß nicht, dass es dabei bleibt. Die Jungs stehen nämlich auch auf Gewalt und kennen mehr Tricks, als Sie sich träumen lassen. Und ich schwöre Ihnen, es dauert keine zwei Wochen, da werden Sie sich im Spiegel nicht wiedererkennen. Sie werden vor Schmerzen schreien, aber keiner wird Sie hören, im Gegenteil, man wird Sie nur auslachen. Das macht man nun mal mit Kinderschändern im Knast, denn es gibt dort ein ungeschriebenes Gesetz, nach dem Kinderschänder von allen Verbrechern der größte Abschaum sind. Und glauben Sie bloß nicht, dass Sie von den Wärtern irgendwelche Hilfe erwarten können. Sie werden sich die Kehle aus dem Leib schreien, aber die Wärter sind, was das angeht, taub. Und unter Umständen ist sogar der eine oder andere drunter, der mitmacht. Tja, es gibt eben für nichts eine Garantie.« Sie legte den Bleistift auf den Tisch und erhob sich wieder. »Aber gut, ich wollte Sie nur darauf vorbereiten, damit Sie in etwa wissen, was auf Sie zukommt. Wenn Sie sonst nichts weiter zu sagen haben, werde ich Sie jetzt in Ihre Zelle zurückbringen lassen. Ich nehme an, der Prozess wird sehr bald sein und auch nicht lange dauern, denn die Beweislage ist geradezu erdrückend, und das wissen Sie auch. Und nach dem Prozess werden Sie den Löwen zum Fraß vorgeworfen.«

Sie schaltete das Tonbandgerät aus, ging zur Tür und wollte gerade den davor postierten Beamten hereinrufen, als Schneider mit Schweiß auf der Stirn und kehliger Stimme fragte: »Was ist, wenn ich Namen nenne?«

Julia Durant zuckte mit den Schultern und sah Schneider kühl an. Sie schaltete das Tonband wieder ein und setzte sich auf die

Schreibtischkante, die Arme auf die Platte gelegt. »Keine Ahnung. Es gäbe sicherlich Mittel und Wege, Sie zu schützen, aber das hängt ganz von Ihnen ab und inwieweit Ihre Aussage verwertbar ist. Und vielleicht sollte ich noch hinzufügen, dass einige Ihrer Komplizen bereits gestanden haben. Es kommt darauf an, ob Ihre Aussage deckungsgleich mit denen der andern ist.«

»Was haben die andern gesagt?«

»Herr Schneider, wollen Sie mich für dumm verkaufen? Ich will aus Ihrem Mund hören, wie sich alles abgespielt hat, danach werden wir Ihre Aussage mit den andern vergleichen, und dann sehen wir weiter. Es liegt jetzt ganz allein in Ihrer Hand, was aus Ihnen wird.«

Schneider überlegte einen Moment. Er zitterte und bat die Kommissarin um eine Zigarette. Sie steckte ihm eine in den Mund und gab ihm Feuer.

Schneider legte ein volles Geständnis ab, betonte aber immer wieder, nie selbst Kinder missbraucht zu haben. Er sagte, er sei zu diesen Transporten gezwungen worden, und nannte auch Namen von entsprechenden Personen, darunter den seines Partners, Gerhard Kurz, der angeblich der eigentliche Chef sei. Er sprach eine volle Stunde und gab Orte preis, wohin die Kinder gebracht werden sollten. Als er geendet hatte, fragte er: »Und, reicht Ihnen das?«

»Das werden wir sehen. Ich habe Ihre Aussage auf Band, wir werden alles überprüfen, und sollten Sie die Wahrheit gesagt haben, könnten wir mildernde Umstände geltend machen. Sollten Sie mich allerdings angelogen haben, kann ich Ihnen nur viel Glück wünschen. Aber das werden Sie nicht haben, sondern stattdessen die Hölle auf Erden. Sie werden heute Nachmittag jedenfalls dem Haftrichter vorgeführt.«

»Und dann?«

»Dann kommen Sie erst einmal nach Weiterstadt. So, und jetzt habe ich zu tun.« Sie bat den Beamten, Schneider in seine Zelle zurückzubringen, und begab sich danach in Bergers Büro.

»Ich weiß zwar nicht, welche Probleme die andern bei den Verhören haben, aber Schneider hat geredet wie ein Wasserfall. Wir haben

Namen und Adressen. Ist alles auf Band. Die Kollegen sollen sich drum kümmern.«

»Wie haben Sie das geschafft?«, fragte Berger verwundert.

»Sie kennen doch meine überzeugenden Argumente und vor allem meinen unwiderstehlichen Charme. Oder etwa nicht?«, erwiderte sie grinsend und mit diesem ihr eigenen mädchenhaft-unschuldigen Blick. »Dem kann doch keiner widerstehen. Aber wenn Sie's genau wissen wollen, ich hab ihm recht plastisch geschildert, was man im Knast so alles mit Kinderschändern anstellt.«

»Was haben Sie ihm denn erzählt?«, fragte Berger mit breitem Grinsen.

»Och, das Übliche. Ist übrigens auch auf Band.« Sie blickte auf die Uhr, halb zwei. »Ich habe Hunger und geh was essen. Hat sich schon irgendwas mit den Kindern ergeben?«

»Nein. Ein paar sind noch im Krankenhaus, die andern sind vorerst auf ein paar Heime verteilt. Was genau mit ihnen passiert, kann ich nicht sagen.«

»Und die andern Vernehmungen?«

»Eine der festgenommenen Frauen fängt gerade an auszupacken. Leider ist uns aber der Mitinhaber der Spedition, dieser Kurz, durch die Lappen gegangen. Er ist seit gestern Nacht wie vom Erdboden verschluckt.«

»Wundert mich nicht, denn Schneider hat auch seinen Namen erwähnt. Angeblich soll er der eigentliche Chef sein. Aber wenn diese Typen die Hosen voll haben, hat jeder andere mehr auf dem Kerbholz. Ach ja, vielleicht treffe ich mich nachher noch mit Laskin, ich wollte es nur sagen.«

»Allein?«

»Natürlich. Er vertraut mir schließlich. War Küchler eigentlich heute Morgen schon hier?«

»Nein, bis jetzt noch nicht. Warum?«

»Nur so. Er hat heute Nacht Andeutungen gemacht, dass er bei den Vernehmungen dabei sein wollte. Wird wohl was dazwischengekommen sein.«

Sie nahm ihre Tasche, verließ das Büro und ging zu ihrem Italiener, wo sie eine Pizza aß und ein Glas Rotwein dazu trank. Sie bezahlte und wollte gerade aufstehen, als ihr Handy klingelte.

»Ja.«

Es war Laskin. »Frau Durant, hier ist meine neue Nummer …«

Sie schrieb sie auf eine Serviette und steckte sie ein.

»Können wir uns heute noch sehen?«, fragte sie.

»Ja. Hotel Steinbruch in Eddersheim. Sie kommen allein?«

»Natürlich. Würde es Ihnen in einer Stunde passen?«

»Ich werde vor der Tür auf Sie warten.«

Auf dem Weg ins Präsidium klingelte ihr Handy ein weiteres Mal. Berger war dran und teilte ihr mit, Küchler sei gerade bei ihm im Büro und würde gerne mit ihr reden. Sie versprach, in fünf Minuten da zu sein.

Dienstag, 14.45 Uhr

Küchler wartete auf dem Gang. Er kam auf Durant zu und fragte sie, ob er unter vier Augen mit ihr sprechen könne.

»Gehen wir in mein Büro, dort sind wir ungestört«, sagte sie. Sie machte die Verbindungstüren zu und setzte sich.

»Frau Durant, ich habe mich eben mit Herrn Berger unterhalten und erfahren, dass Sie aus Schneider wertvolle Informationen rausgeholt haben. Das ist aber nicht der Grund, weshalb ich hier bin. Ich habe vorhin mit Dr. Schmitz gesprochen und auch noch einmal mit Frau Wiesner. Es wird morgen eine Vorverhandlung unter Ausschluss der Öffentlichkeit geben. Ich möchte Sie bitten, bei dieser Verhandlung anwesend zu sein.«

»Warum?«

»Das möchte ich jetzt nicht sagen, aber Ihre Anwesenheit wäre wichtig. Die Verhandlung beginnt um neun, und es werden nur Richter Henkel, Dr. Schmitz, Frau Wiesner, Sie und ich dort sein.«

»Ich verstehe nicht ganz …?«

»Morgen früh um neun«, erwiderte er lächelnd, ohne auf ihre Frage einzugehen. »Ich erwarte Sie dann. Ach ja, noch etwas, die Presse wird heute noch von dem Schlag gegen das organisierte Verbrechen unterrichtet. Dr. Blumenthal wird das diesmal persönlich übernehmen. Das nur zu Ihrer Information.«

Nachdem er die Tür hinter sich zugemacht hatte, schüttelte sie den Kopf und dachte: Was führst du jetzt wieder im Schilde? Da ist doch ein Haken an der Sache. Mein lieber Freund, wenn du mich reinlegen willst, dann kommst du genau zum richtigen Zeitpunkt.

Sie stand auf, ging zu Berger und teilte ihm mit, dass sie zu Laskin fahre. Sie sagte, sie wisse nicht, ob sie noch einmal ins Büro komme. Wenn nicht, würden sie sich morgen Vormittag sehen, nachdem sie aus dem Gericht zurück sei. Sie erklärte kurz, um was es ging, Berger nickte nur und meinte, das sei in Ordnung, und vertiefte sich gleich wieder in seine Akten.

Dienstag, 15.35 Uhr

Der Verkehr war fließend, sie brauchte kaum eine halbe Stunde bis nach Eddersheim. Als Laskin sie kommen sah, trat er aus der Eingangstür des Hotels und bat sie, ihm ins Haus zu folgen. Sie begaben sich in den zweiten Stock in ein mittelgroßes, sauberes Zimmer mit einem Doppelbett, einem Fernseher und einer kleinen Duschkabine. Natascha lag auf dem Bett, die Arme hinter dem Kopf verschränkt, und sah sich eine Talkshow auf RTL an.

»Hallo, Natascha«, sagte die Kommissarin und reichte ihr die Hand.

»Hallo. Soll ich euch allein lassen?«, fragte sie mit einem Blick auf Laskin.

»Nein, du bleibst hier«, erwiderte Laskin mit Bestimmtheit und bot Durant gleichzeitig mit einer Handbewegung einen Stuhl an.

»Du verlässt das Zimmer vorläufig nicht ohne Begleitung, das hatten wir so ausgemacht.«

»Also, Herr Laskin, dann schießen Sie mal los, ich bin sehr gespannt.«

»Möchten Sie etwas trinken? Bier, Wasser, ich habe alles da.«

»Ich nehme ein Bier.«

»Du auch?«, fragte er Natascha.

»Ja, bitte.«

Laskin holte drei Flaschen Bier und Gläser. Mit einem Flaschenöffner hob er die Deckel ab und schenkte ein. Er reichte ein Glas Natascha und prostete den beiden Frauen zu, nahm einen langen Schluck und stellte das Glas auf den Tisch. Er lehnte sich zurück, zog eine Schachtel Zigaretten aus der Hemdtasche, lächelte und meinte: »Ich weiß, ich habe gesagt, ich würde sonst nur in Gesellschaft rauchen, was im Prinzip auch stimmt, aber glauben Sie mir, die letzten Tage sind nicht spurlos an mir vorübergegangen. Doch jetzt will ich Sie nicht länger auf die Folter spannen.«

Er zündete die Zigarette an, schlug die Beine übereinander, warf einen kurzen Blick auf Natascha, die die Lautstärke des Fernsehers mit der Fernbedienung runtergedreht hatte – ein liebevoller Blick, wie Durant überrascht feststellte –, und begann: »Ich wurde am 15. Juli 1963 Ihrer Zeitrechnung in Efrata, einem kleinen Ort in der Nähe von Jerusalem, geboren. Meine Kindheit und meine Jugend sind nicht weiter von Bedeutung, außer vielleicht, dass lange Zeit mein bester Freund ein Palästinenserjunge war, worauf ich später noch einmal zu sprechen komme. Ich habe die Schule absolviert, bin zum Militär gegangen und dachte, nach drei Jahren wäre alles vorbei und ich könnte einen ganz normalen Beruf ausüben.

Aber dazu kam es nicht. Ich war knapp über zwanzig, als man feststellte, dass ich besonders gut mit Computern umgehen kann. Eines Tages kamen zwei Männer vom Mossad zu mir und sagten, sie könnten jemanden wie mich gebrauchen.« Er schüttelte kaum merklich den Kopf, lächelte mit heruntergezogenen Mundwinkeln und fuhr fort: »Natürlich kannte ich den Mossad. Er ist für viele Israelis das Beste, was das Land zu bieten hat, er sorgt dafür, dass Israel ein freies Land bleibt, glauben zumindest die meisten. Nun, mein Bruder wurde im Kampf für Israel von Palästinensern getötet. Meinen Eltern und mir sagte man, sie hätten ihn verschleppt, gefoltert und schließlich umgebracht. In Wirklichkeit ist er bei einem ganz normalen Freitagseinsatz im Sinai gegen palästinensische Demonstranten durch einen Querschläger umgekommen, aber das habe ich erst sehr viel später erfahren. Mein Bruder war gerade einmal vierundzwanzig. Natürlich hatte ich ab da einen Hass auf die Palästinenser, und diesen Hass haben die vom Mossad ausgenutzt. Ich erhielt eine exzellente Ausbildung zum Computerexperten und war schon kurze Zeit später in der Lage, auch die schwierigsten Codes zu knacken. Ich hackte mich in die Computersysteme fast aller Regierungen ein, von großen Unternehmen, aber auch bei prominenten Persönlichkeiten, von denen wir gewisse Daten brauchten.

Nun, ich weiß nicht, inwieweit Sie über den Mossad Bescheid wissen, aber er ist viel mächtiger, als weithin bekannt ist. Jeder denkt, der CIA sei der mächtigste Geheimdienst, doch das stimmt nur bedingt. Die am besten ausgebildeten und auch abgebrühtesten Leute arbeiten beim Mossad. Aber das nur nebenbei.«

Er schenkte sich nach, trank einen Schluck und wischte sich den Schaum mit dem Handrücken vom Mund.

»Jedenfalls habe ich eine Menge gelernt, auch wenn die Ausbildung teilweise sehr hart war, denn der Mossad will nur die besten Leute haben, und dafür muss man quasi durchs Feuer gehen. Ich habe mehrere Sprachen gelernt, darunter Deutsch, Französisch und Englisch, die ich alle recht gut beherrsche …«

»Wenn ich Sie unterbrechen darf«, sagte Durant lächelnd, »Sie beherrschen unsere Sprache nicht nur recht gut. Wenn ich nicht wüsste, dass Sie Israeli sind, würde ich denken, dass Sie in Deutschland geboren wurden.«

»Danke«, erwiderte Laskin höflich und fuhr fort: »Mit knapp dreiundzwanzig leitete ich bereits eine Spezialabteilung beim Mossad, die dafür zuständig ist, geheime Informationen aus den Computernetzen der Feinde Israels zu holen. Für mich war das kein Problem, damals war es noch relativ einfach, über bestimmte Datenautobahnen in streng geheime Systeme zu gelangen, und bis der Feind das merkte, hatten wir längst die Informationen, die wir benötigten.«

Er holte tief Luft und zündete sich eine weitere Zigarette an, während Durant ihm aufmerksam zuhörte.

»Als ich fünfundzwanzig war, ist ein internationales Unternehmen an mich herangetreten und hat mich gefragt, ob ich nicht Lust hätte, für sie im Logistikbereich tätig zu sein. Sie müssen wissen, der Mossad lässt normalerweise seine Leute, in die er so viel investiert hat, nicht so einfach gehen, aber komischerweise haben die sofort ihre Zustimmung gegeben. Ich habe mir zu dem Zeitpunkt natürlich weiter keine Gedanken darüber gemacht und das Angebot angenommen. Die Firma hatte und hat immer noch eine große Filiale in Tel Aviv, ich konnte meine Eltern und meine Schwester oft sehen, und ich bekam für israelische Verhältnisse ein geradezu sensationelles Gehalt. Meine Arbeit bestand darin, einfach die günstigsten Zeiten und Routen für bestimmte Transporte zu ermitteln, mich mit den Transporteuren und Spediteuren in Verbindung zu setzen und überhaupt alles zu machen, was im Logistikbereich so anfällt …«

»Wenn ich Sie kurz unterbrechen darf, um was für Güter handelte es sich dabei?«

»Ganz normale Güter. Elektronische Geräte oder Bauteile wie Computerchips oder Prozessoren, Rohstoffe, die für die Herstellung von bestimmten Produkten notwendig sind, aber auch so lapidare Dinge wie Schnaps oder Zigaretten.«

»Was für eine Firma ist das, die derart unterschiedliche Produkte transportiert? Und vor allem, wie heißt sie?«

»Das will ich Ihnen ja alles erzählen, aber dazu müssen Sie die Vorgeschichte kennen.« Er hielt inne und sortierte seine Gedanken, stand auf und holte noch drei Flaschen Bier.

»Ich war nur etwa ein halbes Jahr in Tel Aviv, als man mich beauftragte, die neu gegründete Filiale in Moskau mit aufzubauen. Ich sollte mich um die Einrichtung des Computersystems kümmern, Mitarbeiter anleiten und so weiter. Es dauerte wieder nur ein halbes Jahr, bis alles stand. Ich wurde zum Leiter der Logistikabteilung ernannt, und anfangs war alles wie gehabt, ich machte im Prinzip das Gleiche wie vorher in Tel Aviv. Hm, vielleicht sollte ich noch erwähnen, dass ich mich über sämtliche Aktivitäten zu absolutem Stillschweigen verpflichten musste. Es war nicht anders als beim Mossad, aber ich fragte mich schon, warum alles so geheim gehalten wurde, wenn es sich doch um ganz normale Güter handelte.«

Er schwieg für einen Moment und sah Natascha an, doch sein Blick schien durch sie hindurchzugehen. Nachdem er einen Schluck aus seinem Glas genommen hatte, fuhr er fort.

»Dann kam aber mit einem Mal ein Auftrag, der anders war als alle bisherigen Aufträge. Es handelte sich um eine sehr kleine Lieferung, die von Moskau nach Budapest gehen sollte. Die Ware bestand aus zwei Kilo hochgiftigem Osmium. Ich will jetzt nicht zu sehr ins Detail gehen, aber der Handel mit Osmium ist in Russland verboten. Ich wusste, dass diese Lieferung jenseits der Legalität war, doch was hätte ich machen sollen? Ich überlegte hin und her, kam aber zu keinem Schluss, weshalb man Osmium nach Budapest liefern wollte und vor allem, was man damit vorhatte. Noch ehe ich mich an diesen Auftrag machte, kam der Moskauer Firmenchef zusammen mit zwei anderen leitenden Mitarbeitern zu mir, und sie wiesen mich noch einmal sehr nachdrücklich darauf hin, dass ich kein Wort über diese Transaktion nach außen dringen lassen dürfe. Es war die Art, wie man es mir sagte, die mich stutzig machte. Aber es ging noch weiter. Ich bekam eine Liste mit Namen, die ich kontaktieren sollte, hauptsächlich Polizisten und Zollbeamte, und man gab mir vor, welche Route ich zu nehmen hatte. Ab da war mir klar, dass etwas nicht koscher ist. Und ich wusste auch, dass dies der erste ernsthafte Test war, dem sie mich unterzogen. Sie wollten wissen, wie loyal und vertrauenswürdig ich war.«

Er schaute zu Boden, veränderte seine Haltung ein wenig und schenkte sich ein weiteres Glas Bier ein.

»Danach ging alles sehr schnell. Aus den vorher ganz normalen Transporten, für deren Logistik ich zuständig war, wurden immer mehr illegale, in etwa vergleichbar mit dem, was Sie gestern erlebt haben. Schweine oder Rinder oder Schafe, voll gestopft mit Rauschgift, Kinder, Frauen, Waffen aller Art, Plutonium, Uran, Osmium, Gold, Diamanten und andere sehr hochwertige und sehr teure Rohstoffe und Bauteile, die unter anderem auch für die Herstellung von chemischen, biologischen oder atomaren Waffensystemen benutzt werden.

Anfangs kam ich mir wie eine Figur in einem seltsamen Traum vor. Es war wie ein Agententhriller, aber es war keine Fiktion, sondern brutale Realität, und ich hatte keine Ahnung, wie ich damit umzugehen hatte. Nach und nach wurde mir immer bewusster, dass ich für eine riesige Verbrecherorganisation tätig war. Und es gab keine Chance für mich, auszusteigen, das habe ich sehr schnell kapiert. Ich wurde praktisch rund um die Uhr bewacht. Ich habe herausgefunden, dass mein Telefon abgehört wurde, dass man Wanzen in meiner Wohnung versteckt hatte, dass ich zum einen ein Geheimnisträger höchsten Grades war, zum andern eben dadurch natürlich auch ein Risikofaktor für die Firma war. Hätte ich versucht dem allen zu entkommen, wäre ich schon längst nicht mehr am Leben. Also spielte ich gezwungenermaßen mit. Und auch wenn es mir unglaublich schwer fiel, die Fassade aufrechtzuerhalten, irgendwie schaffte ich es, dass man mir bedingungslos vertraute.«

Er schüttelte den Kopf, als würde ihm erst jetzt richtig bewusst, was in den letzten Jahren mit ihm geschehen war, und fuhr sich übers Kinn.

»Ich gebe ganz offen zu, es kam der Moment, ab dem ich gar nicht mehr darüber nachdenken wollte, was ich da tat, ich tat nur, was man mir auftrug. Es war wie ein permanenter Trancezustand, in dem ich mich befand. Ich erledigte die Aufträge, fragte nicht nach, ich war einfach nur präsent. Und ich machte meine Arbeit sogar so gut, dass ich letztendlich das volle Vertrauen meiner Vorgesetzten genoss.

Vor knapp zehn Jahren bin ich dann nach Deutschland versetzt worden, zum eigentlichen Firmensitz in Köln. Hier ging es, wie man so schön sagt, so richtig zur Sache. Hier hatte ich ungehinderten Zugang zum Zentralcomputer, der besser geschützt ist als die Computersysteme der US-Regierung, weil wir unzählige Sicherheitsschleusen eingebaut haben, und ich bekam ein eigenes Passwort, das neben mir nur noch die Firmenleitung und zwei weitere Angestellte kennen. Allerdings habe ich es geschafft, mir noch ein weiteres Passwort zuzulegen, von dem keiner der Oberen etwas weiß, zumindest vermute ich es. Aber seit gestern bekomme ich keine Verbindung mehr zum Zentralcomputer, was nichts anderes heißt, als dass ich auf der Abschussliste stehe. Nun, ich habe damit gerechnet.

Die Geschäfte waren in etwa die gleichen wie in Moskau. Offiziell betreibe ich in Köln ein Softwareunternehmen unter dem Namen Miltec GmbH, aber dort arbeiten ausschließlich ganz normale Menschen, die keine Ahnung davon haben, was ich in Wirklichkeit mache. Ich habe im Laufe der Zeit eine Menge Geld verdient, wovon ich das meiste auf zwei Konten im Ausland transferiert habe, und hoffe, dass ich irgendwann noch die Gelegenheit habe, dieses Geld auch auszugeben.«

Laskin sah Durant an, die nichts sagte, nur an ihrer Zigarette zog und zu begreifen versuchte, was Laskin ihr erzählte.

»Tja, und irgendwann habe ich auch sehr hochrangige Persönlichkeiten kennen gelernt – Politiker, Wirtschaftsbosse, Bankiers, Künstler und so weiter. Ich habe manch einem von ihnen die Hand geschüttelt, auch wenn ich sie ihm am liebsten abgehackt hätte«, stieß er voller Verachtung hervor. »Aber ich durfte mir ja nichts anmerken lassen. Hohe Damen und Herren, die in der Öffentlichkeit so sauber dastehen, aber die in Wahrheit so verkommen sind, dass es einem ganz schlecht wird. Ich kann Ihnen gerne Namen nennen, aber Sie würden damit nichts anfangen können, denn diese Leute sind unantastbar und werden es auch immer sein.« Er hielt inne, zündete sich eine Zigarette an und ließ eine Weile verstreichen, bis er fortfuhr: »Ich habe Ihnen am Freitag gesagt, ich würde Ihnen von der Hölle und den Menschen erzählen. Und das werde ich jetzt tun.«

Er beugte sich nach vorn, stützte die Arme auf den Tisch und schloss kurz die Augen. Es war, als müsste er seine Gedanken sortieren. Für einen Moment faltete er die Hände und krampfte die Finger ineinander, dass die Knöchel weiß hervortraten. Schließlich lehnte er sich wieder zurück und sah die Kommissarin eine Weile schweigend an, bis er sagte: »Nichts, Frau Durant, aber auch gar nichts ist, wie es scheint. Wenn Sie die Nachrichten sehen oder hören oder die Zeitung aufschlagen, was hören oder lesen Sie dann? Sie werden mit manipulierten Informationen überschüttet, weil die Journalisten keine anderen Informationen haben. Schlagen Sie den Wirtschaftsteil einer großen Zeitung auf, und streichen Sie mindestens die Hälfte aller Meldungen, denn sie sind manipuliert. Ganz gleich, wie die Zeitungen auch heißen, *Frankfurter Allgemeine, Spiegel, Time, Newsweek, Le Monde,* die Journalisten schreiben meist nur das, was man ihnen zum Fraß vorwirft. Es gibt in der westlichen Welt zwar keine Zensur mehr, aber das, was sie heute sehen und lesen, ist nichts anderes als manipulierte Berichterstattung, und die Journalisten wissen zum größten Teil nicht einmal, wie sehr sie manipuliert werden. Nur ein Beispiel: Ein Unternehmen teilt in einer Ad-hoc-Meldung mit, dass zwei oder drei andere große Unternehmen einsteigen wollen. Man sagt den Aktionären, dass auf Grund dieser erfreulichen Entwicklung der Aktienkurs bald um vier- oder fünfhundert Prozent steigen wird. Irgendwelche dubiosen Börsengurus präsentieren sich im Fernsehen oder in einschlägigen Magazinen, die Leute kaufen im guten Glauben die Aktien, ohne zu wissen, dass diese Ad-hoc-Meldung nur fingiert ist. Für zwei oder drei Tage steigt der Aktienkurs tatsächlich enorm an, und sobald er die Spitze erreicht hat, verkaufen ein paar Insider, die diese Meldung rausgegeben haben, ihre riesigen Aktienpakete. Danach teilt man den gutgläubigen Aktionären mit, dass die Unternehmen nun doch nicht einsteigen, und der Kurs fällt natürlich ins Bodenlose, und die Kleinaktionäre stehen mit leeren Händen da. Das ist ein Beispiel für groß angelegte Betrügereien, die auch ein Teil des organisierten Verbrechens sind. Der Börsenpolizei sind diese Betrüger oftmals bekannt, doch der Polizei sind die Hände gebunden, denn es gibt unzählige Tricks, wie diese Typen sich vor dem Zugriff schützen können. Aber das sind Kleinigkeiten im Gegensatz zu den großen Verbrechen. Ich wollte eigentlich nur erzählen, wie die Öffentlichkeit mit manipulierten Meldungen reingelegt wird.

Heutzutage ist alles manipuliert, es gibt meines Wissens keinen Staat auf der Welt, in dem das organisierte Verbrechen nicht seine Leute sitzen hat, auch hier in Deutschland. Die meisten Politiker sind ohnehin nur Marionetten, die wie von Geisterhand gesteuert werden, und die wenigen Aufrichtigen werden schnell kaltgestellt von den eigenen Leuten, von Wirtschaftsbossen, von den Vorständen von Großbanken oder Großunternehmen, deren Transaktionen selbst für die gewieftesten Analysten undurchschaubar sind.«

Er machte diesmal eine noch längere Pause und zündete sich die mittlerweile vierte Zigarette an. Ganz schön viel für einen Nichtraucher, dachte Durant und enthielt sich noch eines Kommentars zu dem von Laskin Gesagten. Nachdem eine Weile verstrichen war, erklärte er mit eindringlicher Stimme: »Es ist ein Spiel mit dem Teufel, das manche Menschen eingehen. Reichen Sie ihm den kleinen Finger, und er wird sofort die ganze Hand nehmen und Sie in die Hölle ziehen. Man darf mit dem Teufel nicht spielen, denn er ist immer der Sieger. Und wenn man einmal in der Hölle ist, gibt es kaum noch eine Chance, jemals wieder rauszukommen. Ich weiß, wovon ich spreche und ... Nein, das tut jetzt nichts zur Sache.

Aber das Wesentliche kommt noch. Ich spreche vom großen Geld. Es wird nicht, wie jedermann glaubt, durch den normalen Wirtschaftskreislauf verdient, sondern durch illegale Geschäfte. Seit der Eiserne Vorhang gefallen ist, gibt es keine Grenzen mehr. Wenn es vor fünfzehn oder zwanzig Jahren noch recht mühselig und gefährlich war, zum Beispiel Rauschgift ungehindert nach Europa zu schmuggeln, so ist es heute eine der leichtesten Aufgaben. Nehmen wir einfach Kokain. Es wird per Schiff oder Flugzeug von Südamerika an die Pazifikküste von Russland gebracht und von dort weiter nach Westeuropa transportiert. Ich habe die Verhältnisse in Russland gesehen, ich weiß, wie viel ein Polizist im Durchschnitt verdient. Es ist geradezu lächerlich und reicht kaum aus, um eine Familie zu ernähren. Sie sind für jeden Dollar dankbar, den man ihnen zusteckt, und dafür sind sie bereit, nicht nur ein, sondern beide Augen zuzudrücken. Ihnen ist es völlig egal, was da in ihr Land kommt beziehungsweise ausgeführt wird, Hauptsache, sie und ihre Familien haben genug zu essen. Und glauben Sie mir, es gibt in ganz Russland und den angrenzenden Staaten, die alle vor dem wirtschaftlichen und finanziellen Kollaps stehen, kaum einen Polizisten oder Zollbeamten, der nicht bestechlich wäre. Und hier komme ich zu einem weiteren, ganz wesentlichen Punkt. Warum stehen diese Länder vor dem finanziellen Kollaps?«

Er sah Durant an, die nur die Schultern zuckte, da sie noch immer viel zu fasziniert war von dem, was Laskin sagte, als dass sie eine Antwort hätte geben können.

»Weil die Industrienationen es so wollen. Russland hat so unermesslich viele Rohstoffe, das Land könnte so reich sein, aber bestimmte Leute lassen es nicht zu. Die Drogenbosse, die Mafiagrößen, alle sind mächtiger als der Staat, der eigentlich gar keiner mehr ist. Die Rohstoffe werden zwar abgebaut und auch ausgeführt, die russische Bevölkerung selbst aber hat nichts davon. Fragen Sie in Russland einen normalen Bürger, warum es ihm so schlecht geht, und er wird Ihnen sagen, dass es an der Regierung liegt. Aber wer ist die Regierung? Jelzin oder Putin und seine Minister? Um Himmels willen, nein! Sie gehorchen nur, denn wenn sie es nicht tun, sind sie tot oder werden einfach abgesetzt. Das Gleiche gilt für die Ukraine, Georgien, Weißrussland, Kasachstan und so weiter. Die eigentliche Macht in all diesen und vielen anderen Ländern ist die so genannte Mafia. Die Russenmafia, die Tschetschenenmafia, die Yakuza, die

Triaden, das Drogenkartell, die italienische Mafia, die diversen amerikanischen Mafiaorganisationen.

Und das Schlimmste ist, all diese Mafiaorganisationen arbeiten seit dem Zusammenbruch der Sowjetunion zusammen, nicht unbedingt an der Basis, aber auf jeden Fall an der Spitze. Die einen kontrollieren den Rohstoffhandel, die andern das Drogengeschäft, wieder andere sind für Schutzgelderpressungen, Menschen- und Waffenhandel, Prostitution und Pornographie, Handel mit Luxusgütern und nicht zuletzt für das Waschen der aus diesen Geschäften gewonnenen schmutzigen Gelder verantwortlich. Man investiert in Immobilien, in kleine, mittlere und große Unternehmen ganz gleich welcher Art, man kauft große Aktienpakete renommierter Unternehmen, kleine, bislang unbedeutende Unternehmen werden praktisch über Nacht zu bedeutenden Firmen, und keiner weiß, wie das kommt. Gelder werden hin und her geschoben, und schließlich wird aus schmutzigem Geld sauberes.«

Er griff nach seinem Glas, trank es leer, behielt es aber in der Hand.

»Soll ich Ihnen sagen, wie viel Geld jährlich allein mit Drogen, Menschenhandel, Prostitution und Kinderpornographie weltweit verdient wird? Es sind mehrere Billionen Dollar – Billionen! –, das ist mehr, als der Staatshaushalt fast der gesamten Dritten Welt ausmacht. Menschen werden wie Vieh gehandelt, jedes Jahr kommen ungefähr eine halbe Million Frauen aus dem Osten in den goldenen Westen, weil sie es hier angeblich viel besser haben. Dabei wissen die wenigsten, auf was für ein Risiko sie sich einlassen. Ich kenne Prostituierte, die haben einen Hochschulabschluss, sind Lehrerinnen, Ärztinnen, Professorinnen und so weiter, und sie kommen her, weil sie in ihrem Land entweder keine Arbeit haben oder so schlecht bezahlt werden, dass sie bereit sind, alles hinter sich zu lassen, um hier ein neues, besseres Leben zu beginnen …« Ein Blick zu Natascha, ein Verziehen der Mundwinkel. »Natascha weiß nur zu genau, wovon ich spreche.

Die Größenordnung kann keiner genau beziffern, aber tagtäglich wird mit Summen jongliert, die Sie sich in Ihren kühnsten Träumen nicht vorzustellen vermögen. Und was besonders erschreckend ist, die führenden Köpfe der Russenmafia und der mafiosen Organisationen der ehemaligen Sowjetunion bestehen zu einem Großteil aus russischen Juden. Aber diese Juden leben ihren Glauben nicht, sie geben es höchstens vor. In Wirklichkeit sind sie von Gott so weit weg, wie sie dem Teufel nahe sind. Ein wahrer Jude würde niemals gegen die Thora oder den Talmud handeln. Und bevor Sie jetzt einwenden, dass ich doch selbst Jude bin, kann ich nur sagen: Ja, ich bin Jude, aber ich mache nicht einen auf heilig. Ich habe seit Jahren keine Synagoge mehr besucht, ich habe schon so viel Schuld auf mich geladen, dass ich … Ach, lassen wir das. Diese Leute jedenfalls, von denen ich spreche, besuchen die Synagoge, geben vor, an Gott zu glauben, aber sobald sie die Synagoge verlassen haben, kehren sie wieder in ihr normales Leben zurück. Sie morden und führen Kriege, die Russen bombardieren mit ihrer lächerlichen, maroden Armee tschetschenische Städte, und die, die am meisten darunter zu leiden haben, sind die Kinder, die Alten, die Frauen. Und von der Zivilbevölkerung weiß keiner wirklich, weshalb dieser Krieg überhaupt geführt wird. Die Russen sagen, es sei wegen der tschetschenischen Rebellen, die die Unabhängigkeit wollen, doch der wahre Grund ist, weil die Tschetschenenmafia den größten Teil Moskaus kontrolliert. Der Krieg zwischen Israel und den Palästinensern ist in etwa vergleichbar damit, auch wenn die Wurzeln dieses Konflikts viel weiter zurückliegen. Würden die Palästinenser von uns das erhalten, worauf sie Anspruch haben, würde es diesen Krieg nicht geben. Ich habe längst keinen Hass mehr auf die Palästinenser. Sie leiden und kämpfen und wissen sich oftmals nicht anders zu helfen, als durch furchtbare Attentate auf sich aufmerksam zu machen. Die Frage ist, wer schürt diesen Konflikt? Sind es die palästinensischen Terrorgruppen Hamaz oder wie immer sie heißen? Nein«, sagte er kopfschüttelnd, »es sind Länder wie Deutschland, Frankreich, vor allem aber die USA, die bewusst dieses Feuer am Brennen halten.

Was wäre, wenn mit einem Mal Frieden im Nahen Osten herrschen würde? Nehmen wir an, Israel gäbe den Palästinensern das, was sie beanspruchen, dann bestünde kein Grund mehr für einen Krieg. Die andern arabischen Staaten würden Israel mit ziemlicher Sicherheit nicht mehr feindlich gesinnt sein, alles wäre in Butter, wie es so schön heißt. Die USA und ihre Verbündeten aber wollen genau das verhindern, sie wollen keinen Frieden im Nahen Osten. Es bleibt alles beim Alten, hier die Guten, dort die Bösen. Und die Bösen werden der Welt tagtäglich vor Augen geführt – Libyen, Irak, Syrien, Iran, die so genannten Schurkenstaaten.

Damals, als Begin und Sadat sich die Hand gereicht haben, da wäre ein Frieden möglich gewesen. Aber ein langer Krieg bedeutet auch einen langen Friedensprozess. Doch Sadat hat danach nur noch kurze Zeit gelebt. Und der, der nach ihm gekommen ist, ist ein Niemand auf der politischen Bühne. Ein Frieden im Nahen Osten hätte fatale Konsequenzen für die westlichen Länder, aber warum, kann ich Ihnen nicht einmal genau sagen. Der einzige Grund, der mir einfällt, ist, dass es sich auch hier ausschließlich um wirtschaftliche Interessen handelt. Solange der Westen die Unruhe im Nahen Osten aufrechterhält, so lange hat er auch die Kontrolle. Die heutzutage geführten Kriege sind nur noch in den seltensten Fällen ethnischer Natur. Es geht bloß noch um Geld.

Glauben Sie mir, Frau Durant, ich habe einen Blick in die Hölle werfen dürfen, und ich habe Menschen gesehen, die es nicht wert sind, Menschen genannt zu werden. Ich glaube, selbst der Begriff Bestien ist noch zu harmlos. Ich weiß von so genannten honorigen und äußerst angesehenen Bürgern, die eine Familie haben, die im Mittelpunkt des öffentlichen und politischen Lebens stehen, die so verkommen sind, dass ich nur noch Abscheu für sie empfinde. Diese Welt ist eine kaputte, degenerierte Welt.«

»Und warum haben Sie trotzdem mitgemacht?«, fragte Durant ruhig.

»Weil ich Angst hatte und weil es sehr lange gedauert hat, bis ich allmählich hinter all das gestiegen bin. Ich habe Angst, nicht nur um mich, sondern auch um die Menschen, die mir etwas bedeuten. Und wahrscheinlich glauben Sie es mir nicht, aber das, was ich in den letzten Jahren getan habe, habe ich nicht getan, weil ich es so wollte. Irgendwie erscheint es mir immer noch wie ein Albtraum, aber wenn ich zurückblicke, dann sehe ich einfach, dass ich keine andere Wahl hatte. Erst war es der Mossad, der mich haben wollte und mir eine exzellente Ausbildung gab, um die mich viele beneiden würden. Dann kam die Firma, die mir immer verantwortungsvollere Aufgaben zugeteilt hat. Ich fühlte mich fast wie ein König mit all den Befugnissen, mit denen ich ausgestattet war. Und als ich erkannte, wofür man mich wirklich benutzte, war es längst zu spät. Wäre ich ausgestiegen, hätten sie mich umgebracht. Jeder ist ersetzbar, ganz gleich, welchen Posten er einnimmt. Und wenn ich jeder sage, dann meine ich es auch so. Ich habe nie einen Menschen umgebracht, ich habe niemals einen Menschen geschlagen oder missbraucht, ich wurde damals eingestellt, weil man mir sagte, ich sei ein mathematisches und organisatorisches Genie, und jemanden wie mich brauche die Firma dringend. Ich wusste wirklich eine ganze Weile nicht, wofür sie meine Fähigkeiten benötigten. Und als ich die Wahrheit erfuhr, glauben Sie mir, da ist eine Welt für mich zusammengebrochen. Und es gab niemanden, mit dem ich darüber hätte sprechen können. Ich war ja in Anführungsstrichen nur für die Logistik zuständig.« Er holte tief Luft, sah die Kommissarin traurig an und fragte mit bitterer Stimme: »Sagen Sie mir, was hätte mein Ausstieg geändert? Wäre irgendetwas besser geworden? Hätten dann Eltern aufgehört, ihre Kinder zu verkaufen, damit sie ein hungriges Maul weniger zu stopfen haben? Sie haben gestern die Kinder gesehen. Sagen Sie mir, was Sie empfunden haben? Wie haben die Kinder ausgeschaut? Ich habe es noch nie mit eigenen Augen sehen müssen. Sagen Sie es mir, bitte.«

»Es war eines der schrecklichsten Erlebnisse, das ich je hatte. Neun Kinder waren tot, einige liegen noch im Krankenhaus, die andern sind vorläufig in Heimen untergebracht …«

»Aber Sie wissen, wofür die Kinder benutzt werden sollten, oder?«

Julia Durant nickte, schwieg aber.

»Und das, was Sie letzte Nacht erlebt haben, ist nur ein Bruchteil dessen, was sich tagtäglich abspielt. Tag für Tag werden Kinder und Frauen verkauft oder verschleppt, missbraucht, zur Prostitution gezwungen und misshandelt. Kinder werden von ihren Eltern verkauft, weil man ihnen sagt, sie würden in Deutschland oder Frankreich oder irgendeinem anderen Land in eine gute Familie kommen, eine gute Schule besuchen, und man verspricht ihnen auch, dass sie eines Tages ihre Kinder wiedersehen würden. Kinderprostitution, Kinderpornographie sind schrecklich, aber viele dieser Kinder überleben schon die ersten Tage nicht«, sagte er mit noch ernsterer Miene als zuvor. »Man braucht sie nämlich für noch etwas ganz anderes.« Er sah kurz die Kommissarin und dann Natascha an und schüttelte den Kopf.

»Wofür braucht man sie?«, fragte Julia Durant, als sie merkte, dass Laskin Mühe hatte, weiterzusprechen. Auch Natascha blickte ihn erwartungsvoll an. Sie schien selbst noch nicht zu wissen, was gleich folgen sollte.

Er schluckte schwer, schenkte sich noch ein Glas Bier ein und trank. »Können Sie sich das nicht denken?«

»Nein.«

»Als ich zum ersten Mal davon hörte, habe ich es nicht glauben wollen. Ich dachte, das kann nicht sein, aber es ist so. Diese Kinder … Man braucht ihre Organe. Für eine gesunde Leber oder eine Niere werden zum Teil sechsstellige Summen bezahlt von Leuten, die sich die Leber kaputtgesoffen haben und jetzt dringend ein Spenderorgan benötigen, aber auf normalem Weg keines bekommen, weil ein Alkoholiker nur sehr, sehr selten auf die Empfängerliste gesetzt wird. Das wissen die wenigsten Menschen. Und da diese Kinder offiziell nicht registriert sind, werden sie auch nicht vermisst. Nachdem man sie ausgeschlachtet hat, werden sie entsorgt. Ich habe aber auch schon von Männern und Frauen gehört, denen das gleiche Schicksal widerfahren ist. Man lockt sie in den Westen und damit in den Tod. Und es gibt nicht unbedeutende Kliniken, die dieses Geschäft mitmachen und eine Menge daran verdienen.

Und im Prinzip kümmert auch das kaum jemanden. Man liest ab und zu in der Zeitung davon, dass ein Kinderhändlerring aufgeflogen ist, oder sieht es in den Nachrichten, man sieht und hört von Kinderpornos und sagt, oh, wie schrecklich, macht die Zeitung zu oder schaltet den Fernseher ab, trinkt seinen Kaffee aus und hat schon wieder vergessen, was man eben gesehen oder gelesen hat. Man denkt: Mensch, ich muss ja unbedingt noch meine Kleider in die Reinigung bringen. Oder: Ich bin spät dran, ich wollte ja schon um zehn mit meinem Einkaufsbummel beginnen.

So ist es nun mal, wir hören, sehen, lesen und vergessen gleich wieder.« Laskin schüttelte erneut den Kopf, fuhr sich mit der Zunge über die Lippen und fuhr fort: »Weder ich noch Sie können etwas ändern. Die Würfel sind längst gefallen, die Karten längst verteilt, und es gibt nur ein paar wenige, die die Asse in der Hand halten, der große Rest aber hat nur wertlose Karten. Deswegen habe ich Ihnen gesagt, vergessen Sie alles, was Sie bisher über die Welt zu wissen glaubten. Die Welt ist ganz anders.«

Er stoppte an diesem Punkt und sah erst die Kommissarin, dann Natascha an, die seinen Blick mit einem Lächeln erwiderte und ihn mit einem kaum merklichen Nicken ermunterte, weiterzureden.

Doch bevor er etwas sagen konnte, fragte Durant: »Und warum erzählen Sie mir diese Geschichte jetzt? Weil Irina tot ist? Oder haben Sie plötzlich keine Angst mehr?« Sie konnte sich einen leicht ironischen Unterton nicht verkneifen, auf den Laskin jedoch nicht einging.

Er lächelte versonnen und antwortete: »Es hat mehrere Gründe. Einer ist sicherlich der Tod von Irina. Nein«, korrigierte er sich, »Irinas Tod ist der Hauptgrund. Ich habe mich von Anfang an gefragt, warum sie sterben musste. Ich habe erst keine Antwort darauf gefunden, habe aber angefangen zu recherchieren. Die Einzelheiten will ich Ihnen ersparen, nur so viel, ich habe herausgefunden, dass ein gewisser Pierre Doux – den Namen kennen Sie ja – an den Tagen, an denen Herr Wiesner, Irina, Frau Maric und die Familie Andrejew ermordet wurden, sich in Frankfurt aufgehalten hat.«

»Wie haben Sie das herausgefunden?«, hakte Durant neugierig und gespannt nach.

Laskin lächelte wieder und zuckte mit den Schultern. »Ich habe mich in die Computer der verschiedenen Fluglinien und Hotels in Frankfurt eingeloggt und … Jedenfalls habe ich am Samstag mit einer Angestellten eines großen Hotels gesprochen und sie über diesen Pierre Doux ausgefragt. Sie hat ihn mir beschrieben, aber die Beschreibung könnte auf tausende von Männern zutreffen. Deshalb habe ich mit ihrer Hilfe ein Phantombild von ihm angefertigt, das ich kurz darauf Natascha gezeigt habe.«

Er öffnete die dritte Flasche Bier, schenkte sich aber noch nicht ein.

»Doch ich muss noch einmal ein paar Jahre zurückgehen. Als ich fünfzehn war, hatte ich einen Freund in Israel, und unsere Wege haben sich erst getrennt, als ich zum Mossad kam. Ich habe viele Jahre nichts von ihm gehört, ich wusste nicht einmal, wo er sich aufhält.

Vor gut fünf Jahren habe ich dann Irina und Natascha kennen gelernt, wobei sich die ganze Sache etwas unglücklich entwickelt hat. Irina hat sich in mich verliebt, Natascha hatte keine Lust auf eine feste Beziehung, zumindest habe ich das vermutet, obgleich sie von jemand anderem umworben wurde, und ich wollte Irina nicht enttäuschen, obwohl ich von Anfang an mehr für Natascha als für Irina empfunden habe. Aber ich habe es Irina nie gezeigt, denn ich mochte sie nicht verletzen. Eines Tages ist mein Freund aus der Jugendzeit aufgetaucht und hat angefangen, Irina zu umwerben, aber sie hat ihn abblitzen lassen. Er hat es fast ein Jahr lang immer wieder probiert, hat Irina sogar einmal für ein ganzes Wochenende gebucht, ohne dass sie Ahnung davon hatte, dass der Kunde, der im Voraus bezahlt hatte, eben mein Freund und ihr leidenschaftlicher Verehrer war. Irina ist zu ihm ins Hotel gefahren, hat sich eine Weile mit ihm unterhalten und ihm zu erklären versucht, dass er sich keine Hoffnungen zu machen brauche, und ist wieder nach Hause gekommen, denn zu dem Zeitpunkt waren Irina und ich schon zusammen. Nun ja, er muss wohl gemerkt haben, wie ernst es Irina war, und irgendwann war er weg. Ich weiß bis heute nicht, wo er lebt. Aber ich weiß jetzt, dass er der Mörder von Irina und den andern ist und dass er sich unter anderem Pierre Doux nennt, doch sein richtiger Name ist Rachmiel Jakobi, mein alter Freund. Ein Freund, der jetzt als Auftragskiller vermutlich für verschiedene Organisationen arbeitet.«

»Und Sie meinen wirklich, Ihr Freund Jakobi ist Doux? Ich denke, er hat Irina geliebt. Warum sollte er sie dann umgebracht haben?«, fragte Durant zweifelnd. »Warum hätte er das tun sollen?«

»Weil sie seine Liebe nicht erwidert hat, und das hat er offensichtlich nie verwunden. Einen Rachmiel Jakobi weist man nicht zurück. Und ich weiß noch von früher, wie jähzornig Rachmiel werden konnte, wenn etwas nicht nach seinem Kopf ging. Einmal hat er einen andern Jungen krankenhausreif geschlagen, weil der sein Mädchen nur angeguckt hatte. Rachmiel war ein guter Freund, aber er verfügte schon damals über ein sehr hohes Gewaltpotenzial. Vermutlich hat er es mittlerweile kanalisiert und setzt dieses Potenzial sehr gezielt ein.

Und ich habe auch eine Hypothese, wie sich der Mord an Wiesner und Irina abgespielt haben könnte. Wiesner sollte sowieso umgebracht werden, vermutlich, weil er aussteigen wollte. Also hat man einen Auftragskiller angeheuert, der sich aber nie als solcher zu erkennen gibt. Da ich eine Ahnung davon habe, wie diese Auftragskiller häufig vorgehen, nehme ich an, dass Jakobi bei Irina angerufen und sie gebeten hat, für einen Nachmittag seine Frau zu spielen, denn manche Geschäftsunterredungen wirken einfach seriöser, wenn die Ehefrau dabei ist. Rachmiel wird sich Irina wahrscheinlich erst unmittelbar vor dem Treffen zu erkennen gegeben haben. Und nach dem, was ich weiß, könnte ich mir vorstellen, dass Wiesner einen ganz offiziellen Termin mit Rachmiel alias Monsieur Doux hatte, der vielleicht vorgab, seiner Frau ein besonderes Geschenk machen zu wollen. Also hat Rachmiel Irina als seine Frau vorgestellt. Irina hat Wiesner mit Sicherheit noch nie zuvor gesehen. Außerdem war sie, obgleich sie einem nicht sehr ehrenwerten Gewerbe nachging, sehr gutgläubig und hat sich wahrscheinlich gar nichts weiter dabei gedacht, als sie plötzlich Rachmiel gegenübergestanden hat. Aber als sie beide bei Wiesner waren, hat Rachmiel mit einem Mal sein wahres Gesicht gezeigt und beide umgebracht. Ich mag natürlich falsch liegen, es kann sich auch ganz anders abgespielt haben, aber ich weiß, dass Rachmiel Jakobi der Mörder ist. Er hat sich meiner Meinung nach fünf Jahre später für die Abfuhr, die ihm Irina erteilt hat, gerächt. Sie war nur Mittel zum Zweck, nicht mehr und nicht weniger. Und mit ihrem Tod wollte er ganz sicher auch mich treffen. Mehr kann ich dazu nicht sagen.«

»Haben Sie ein Bild von Jakobi?«, fragte die Kommissarin.

»Nein, es gibt kein Bild von ihm. Ich kann mich bloß an einmal erinnern, dass wir fotografiert wurden, und da waren wir noch sehr jung. Danach weiß ich von keinem Foto. Ich kann Ihnen nur ein Phantombild geben, mit dem werden Sie aber nicht viel anfangen können, denn er verändert ständig sein Aussehen.«

»Und wo finde ich diesen Jakobi jetzt?«

»Keine Ahnung, wirklich. Doch wir werden ihm eine Falle stellen«, antwortete Laskin ruhig.

»Und wie?«

»Ich werde den Köder spielen, ganz einfach, denn man weiß in der Firma längst, wer den Transport gestern verraten hat. Und ich könnte mir denken, dass sie Jakobi auf mich ansetzen. Aber ich hoffe inständig, dass Sie dann rechtzeitig zur Stelle sind.«

»Und weshalb wollen Sie das Risiko eingehen? Ihren Schilderungen nach scheint Jakobi extrem gefährlich zu sein.«

»Frau Durant, das lassen Sie bitte meine Sorge sein. Ich habe nicht nur Irina und Natascha, sondern ebenfalls mir und meinen Eltern gegenüber etwas gutzumachen, auch wenn das, was ich in den letzten Jahren getan habe, durch nichts wieder gutzumachen ist. Dennoch möchte ich Ihnen helfen, Jakobi zu stellen. Es ist mein Risiko, und ich möchte es eingehen. Ich könnte auch so verschwinden, ich hätte schon längst meine Sachen packen und abhauen können, aber ich will vorher noch die Rechnung mit Rachmiel beglichen wissen. Erst dann werde ich gehen.«

»Also gut. Und wie kommen wir an Jakobi ran? Das dürfte doch sicher nicht ganz einfach sein.«

»Wir werden einen Weg finden. Lassen Sie mich überlegen. Im Augenblick fühle ich mich mit Natascha relativ sicher hier.«

»Und Ihre Konten im Ausland?«

»Was meinen Sie?«

»Kennt irgendwer außer Ihnen die Kontonummern?«

»Nein«, antwortete Laskin lächelnd, »ich habe die Konten auf einen fiktiven Namen eingerichtet, von dem keiner weiß, wer sich wirklich dahinter verbirgt, und außerdem sind es Nummernkonten. Ich kann an das Geld heran, und sowie ich es habe, werde ich versuchen, mir woanders ein neues Leben aufzubauen. Vielleicht gibt es auf dieser Welt ja doch einen Ort, wo uns keiner findet.«

»Uns? Heißt das, Sie und Natascha …? Sind Sie jetzt zusammen?«

»Wir möchten es zumindest probieren. Dazu brauchen wir aber Ihren Schutz.«

»Und wie stellen Sie sich diesen Schutz vor? Dazu müsste ich den Staatsanwalt einschalten, doch ich glaube kaum, dass der Ihnen helfen wird. Sie haben sich mehrerer schwerer Verbrechen schuldig gemacht und …«

»Frau Durant, Sie wissen so gut wie ich, dass ich bei Verbrechen mitgeholfen habe, aber Sie haben doch auch meine Geschichte gehört.«

»Herr Laskin, Sie haben mir eben eine Menge erzählt, das ich selbst erst verdauen muss. Und wenn Sie überhaupt jemand versteht, dann bin ich es. Aber ein Staatsanwalt oder ein Richter denkt da ganz anders. Und was ist, wenn Sie ins Gefängnis müssen? Sie würden dort vermutlich keinen Tag überleben, das wissen Sie genau. Trotzdem werde ich versuchen Ihnen zu helfen, Sie müssen mir nur etwas Zeit geben. Wie lange wollen Sie hier bleiben?«

»Keine Ahnung, doch höchstens ein paar Tage, dann wechseln wir das Hotel. Ich habe aber noch eine Frage an Sie. Gibt es jemanden in Ihrem Umfeld, dem Sie bedingungslos vertrauen?«

»Ja, es gibt sogar einige Leute. Warum fragen Sie?«

»Nennen Sie mir Namen.«

»Mein Kollege Hellmer, den Sie ja bereits kennen gelernt haben, mein Boss, ein weiterer Kollege ...«

»Und was ist mit den höheren Tieren, Staatsanwälte, Richter?«

»Darauf kann ich Ihnen keine Antwort geben, weil ich nicht weiß, wer integer ist und wer nicht.«

»Können Sie es herausfinden?«

»Möglicherweise, aber das kann dauern.«

»Das macht nichts. Ich habe übrigens etwas vergessen zu erwähnen. Thomas Wiesner – er war zumindest in Deutschland einer der führenden Köpfe im Bereich der Geldwäsche. Ich habe Ihnen ja erzählt, dass ich Wiesner und Frau Maric zusammen gesehen habe. Daraufhin habe ich vergangene Woche Nachforschungen über unseren Zentralcomputer in Köln angestellt und bin dabei über ein paar so genannte Schleichwege auf seinen Namen gestoßen. Wiesner hat allein im letzten Jahr geholfen, mehrere hundert Milliarden Mark zu waschen. Wie gesagt, ich habe mir nur seinen Status vom vergangenen Jahr angesehen, und es ist beachtlich, was er geleistet hat. Das wollte ich Sie noch wissen lassen.«

»Das mit der Geldwäsche war mir bekannt. Wiesner wurde von seiner Schwägerin getötet, nachdem sie erfahren hat, dass er für den Tod ihres Mannes verantwortlich war. Sie hat einen Aktenkoffer mitgenommen, in dem Wiesner unvorsichtigerweise einige sehr eindeutige Unterlagen und auch seinen Timer hatte. Leider sind diese Unterlagen und der Timer auf recht dubiose Weise aus dem Präsidium verschwunden. Frau Wiesner hat mir zwar alles erzählt, aber uns fehlen die Beweise. Wie es aussieht, wird sie für den Mord lange ins Gefängnis müssen.«

Laskin lachte zynisch auf und sagte: »Das ist typisch. Die Kleinen hängt man, die Großen lässt man laufen. Die einzige Chance ist jetzt wirklich nur noch, Rachmiel zu finden. Wenn wir ihn haben, könnte Frau Wiesner unter Umständen entlastet werden. Wir brauchen sein Geständnis, dass er im Auftrag von Thomas Wiesner den Mord an ihrem Mann verübt hat. Ich sage Ihnen aber, es kann eine sehr gefährliche Angelegenheit werden, sowohl für Sie als auch für mich. Fühlen Sie sich dem gewachsen?«

»Herr Laskin, ich bin seit über zehn Jahren bei der Kripo, und ich habe schon so einiges erlebt. Ein bisschen müssen Sie mir schon zutrauen.«

»Entschuldigen Sie, ich wollte Sie nicht beleidigen. Ich weiß, Sie geben Ihr Bestes. Um eines möchte ich Sie noch bitten, nämlich, mich nicht mehr anzurufen. Ich werde mich bei Ihnen melden. Ich muss einfach auf Nummer sicher gehen. Ist Ihnen das recht?«

»Ja, natürlich. Aber was ist, wenn ich Sie dringend sprechen muss?«

Laskin überlegte, sah dabei Natascha und anschließend Durant an und sagte: »Rufen Sie von einer Telefonzelle aus hier bei der Rezeption an und hinterlassen Sie eine Nachricht für Herrn Schwarz, Zimmer 23. Ich melde mich dann sofort bei Ihnen.«

»In Ordnung. Ich denke, ich sollte jetzt besser gehen, ich muss das alles erst mal in die Reihe kriegen. Eine Frage habe ich aber trotzdem noch. Sie haben mir eine ganze Menge erzählt, darunter vieles, von dem ich bisher noch keine Ahnung hatte. Ein Freund hat letzte Woche eine Theorie auf den Tisch gebracht, wobei er den Begriff Weltverschwörung verwendete. Glauben Sie, dass es tatsächlich so etwas gibt?«

Laskin blickte Durant mit dem ihm eigenen Ernst nachdenklich an und antwortete: »Es gibt wohl viele Begriffe dafür, aber Ihr Freund hat sicher nicht ganz Unrecht. Wenn man es genau betrachtet, handelt es sich um eine weltweit angelegte Verschwörung. Ich sehe es wie ein riesiges Spinnennetz, das mittlerweile um die ganze Welt gespannt wurde und in dem wir alle gefangen sind. Nur die Spinnen, die das Netz gewebt haben und immer noch weben, haben die Kontrolle. Es hört sich düster an, doch es ist die Realität. Und solange die Menschen die Augen vor der Realität verschließen, so lange werden die Spinnen immer weiterweben, bis das Netz so dicht ist, dass es tatsächlich kein Entrinnen mehr gibt. Aber das ist mir erst vor ein paar Tagen so richtig klar geworden. Die Welt verkommt, die Natur verkommt, wir leben auf einem riesigen Pulverfass, das jeden Moment explodieren kann. Und das nur, weil die Menschen, die das Sagen haben, immer wieder Entscheidungen treffen, die gegen die Menschheit gerichtet sind. Wenn Sie noch einen Augenblick Zeit haben, werde ich Ihnen kurz die Hierarchie der Firma, wie ich sie nenne, erklären. Ich zeichne sie Ihnen am besten auf einem Blatt Papier auf.«

Laskin erhob sich, holte aus seinem Aktenkoffer ein Blatt Papier und einen Stift und legte das Blatt auf den Tisch.

»Fangen wir unten an«, sagte er. »Hier sind die kleinen kriminellen Zellen, die zum Beispiel für die Verteilung von Drogen, Waffen oder Menschen verantwortlich sind. Sie spielen nur eine untergeordnete Rolle. Da finden auch die meisten Auseinandersetzungen und Kleinkriege statt, über die so häufig berichtet wird. Ein Zuhälter ersticht einen andern, ein kleiner Drogenring fliegt auf und so weiter. Das interessiert aber ganz oben keinen, das gehört einfach dazu. Diese Verluste werden abgeschrieben, wie man ein Geschäftsauto abschreiben kann.

Darüber stehen die unteren Bosse, vergleichbar vielleicht mit einem Abteilungsleiter in einem kleinen Betrieb, der vier oder fünf Angestellte unter sich hat. Diese kleinen Bosse bleiben meist im Hintergrund, sind aber oftmals der Polizei nicht unbekannt, und ab und zu geht einer von ihnen ins Netz. Aber auch diese kleinen Bosse sind für die ganz oben nur von untergeordneter Bedeutung, denn sie sind jederzeit ersetzbar.

Noch weiter darüber finden wir die wichtigen Mafiabosse, die zwar oftmals namentlich bekannt sind, aber so gesichert leben, dass die Polizei kaum an sie herankommt.

So, und jetzt wird es interessant. Denn direkt neben den großen Mafiabossen finden wir die Justiz oder die Polizei, die jedoch, gerade was das organisierte Verbrechen angeht, meist machtlos ist oder leider häufig auch mit den Bossen kooperiert. Sie müssen sich das wie ein Spiel vorstellen, mal gewinnen die Guten, mal die Bösen. Aber so richtig wehtun will man sich nicht, denn irgendwie ist man ja aufeinander angewiesen. Kommen wir zur nächsten Stufe. Dort finden wir die Politiker, über die ich jetzt nichts weiter sagen will, außer dass sie fast noch stärker als die Polizei korrumpierbar sind, denn je höher das Einkommen, desto leichter ist jemand geneigt, sich bestechen zu lassen. Und dabei geht es nicht um ein paar tausend Dollar, sondern um fünf-, sechs- oder gar siebenstellige Beträge.

Und über den Politikern stehen die wahrhaft mächtigen Wirtschaftsbosse, die zum großen Teil diktieren, in welche Richtung ein Land steuert. Sie bestimmen den Kurs, und das können Sie getrost wörtlich nehmen, die großen Unternehmen bestimmen heutzutage den Lauf der Welt. Und diese Wirtschaftsbosse sind ebenfalls zu einem beträchtlichen Teil in den mafiosen Apparat eingebunden.

Und dann gibt es darüber noch eine ganz kleine Gruppe von so genannten Übermächtigen, deren wahre Identität fast keinem bekannt ist. Diese Leute bilden die Spitze der Pyramide und stehen noch eine Stufe über den Wirtschaftsbossen. Sie regieren die Welt. Zusammen mit den Paten, einigen Politikern und Wirtschaftsbossen sind sie die riesigen Spinnen, die allmählich das Netz immer dichter weben. An sie kommt keiner heran, weil keiner ihre wirkliche Stellung kennt. Es kann ein Staatsmann darunter sein, ein Börsenprofi, ein Großunternehmer, wer weiß das schon. Auf jeden Fall weben diese riesigen Spinnen gemeinsam das Netz, in dem wir gefangen sind.

Wenn Sie mich fragen, ich habe keine Hoffnung mehr, dass sich jemals etwas ändern wird. Die Kleinen haben längst verloren, sie haben es nur noch nicht gemerkt. Und es wird auch nie jemanden geben, der Ihnen die volle Wahrheit mitteilt, denn die Menschen wollen belogen werden. Mehr habe ich dazu nicht mehr zu sagen. Dieses Blatt dürfen Sie ruhig mitnehmen, schauen Sie es sich in aller Ruhe noch einmal zu Hause an.«

Julia Durant erhob sich und reichte Laskin die Hand. »Danke für Ihre Auskünfte. Ich werde Ihren Namen niemandem gegenüber erwähnen, und ich werde vorerst auch nichts von unserem Gespräch berichten. Jetzt geht es nur noch darum, Ihren ehemaligen Freund Jakobi ausfindig zu machen und zu stellen. Denn Frau Wiesner hat es nicht verdient, ins Gefängnis zu gehen. Sollte ich es schaffen, einen Staatsanwalt oder Richter zu finden, dem ich voll vertraue, würden Sie dann eine Aussage machen, die Frau Wiesner entlastet?«

»Und was ist mit mir?«

»Ich würde natürlich dafür sorgen, dass Sie unbehelligt das Land verlassen können. Darauf gebe ich Ihnen mein Wort.«

»Unter diesen Umständen wäre ich bereit.«

Julia Durant ging zu Natascha, die aufgestanden war, und umarmte sie. »Viel Glück. Und das meine ich auch so.«

»Danke. Es war gut, dass Daniel mit Ihnen gesprochen hat. Ich freue mich, dass das alles bald zu Ende ist.«

»Herr Laskin, Sie haben mir eine Frage nicht beantwortet. Wie heißt die Firma in Köln, ich meine der Hauptsitz?«

»Es ist die Sientek AG.«

»Bitte, habe ich das richtig verstanden? *Die* Sientek AG, der Elektronikkonzern? Dort ist die Zentrale?«

»Die mittel- und osteuropäische Zentrale einschließlich Russland. Es gibt viele Zentralen, in Asien allein sechs, sieben in Nord- und Südamerika, zwei in Afrika, eine in Australien und drei in Europa. Aber alle Zentralen sind miteinander vernetzt. Versuchen Sie gar nicht erst, etwas gegen die zu unternehmen, sie laufen gegen Gummiwände. Die sind so gut geschützt, sowohl von innen als auch von außen, dass es unmöglich ist, an sie ranzukommen. Machen Sie sich keine Hoffnungen.«

»Sie kommen doch ran …«

»Frau Durant, ich bin bis gestern rangekommen, aber seit gestern Nacht ist für mich ein Zutritt ins Datennetz nicht mehr möglich. Nein, das ist vorbei.«

»Schade. Na dann, machen Sie's gut.«

Die Kommissarin ging zu ihrem Wagen, startete den Motor und fuhr los. Sie stellte das Radio an und die Lautstärke hoch, denn sie wollte jetzt nicht über das Gespräch mit Laskin nachdenken, sie musste abschalten. Es würde noch eine ganze Weile dauern, bis sie alles verarbeitet haben würde. Sie freute sich auf zu Hause, aber sie hatte einen schalen Geschmack im Mund. Wahrscheinlich würde ihr erst nach und nach bewusst werden, was Laskin alles gesagt hatte. Peter Schulze ist also doch kein Spinner, dachte sie und musste unwillkürlich lachen, denn im gleichen Moment musste sie an die Spinnen denken, von denen Laskin gesprochen hatte. Sie befand sich also in einem Spinnennetz, wie er sagte. Und sie hasste Spinnen.

Dienstag, 19.30 Uhr

Als Kuhn nach Hause kam, hatte Julia Durant schon geduscht, den Abendbrottisch gedeckt und hörte leise Musik dabei. Sie sprachen nicht viel, es waren Belanglosigkeiten. Kuhn spürte, dass seine Freundin etwas bedrückte, traute sich aber nicht, nachzufragen, was es war. Nach dem Essen sahen sie ein wenig fern, tranken jeder ein Bier und gingen zu Bett. Ohne ein Wort zu sagen, kuschelte sie sich in seinen Arm und ließ sich von ihm streicheln.

»Was ist los?«, fragte er vorsichtig.

»Nichts weiter. Lass uns einfach nicht darüber reden, okay. Ich will nur in deinem Arm liegen und nicht nachdenken.«

»Und ich kann dir nicht helfen?«

»Nein. Außerdem gibt es nichts, wobei ich Hilfe brauche. Und bitte, bohr nicht weiter nach, ich möchte nur abschalten. Was macht eigentlich Peter?«

»Er wird wieder auf die Beine kommen. Es wird zwar noch eine ganze Weile dauern, aber ich denke, in einem halben Jahr dürfte er einigermaßen hergestellt sein.«

»Das freut mich. Habe ich dir eigentlich heute schon gesagt, dass ich dich liebe?«

»Nein.«

»Es ist aber so. Liebst du mich auch?«

»Wie könnte ich dich nicht lieben«, erwiderte er.

»Dann lass uns endgültig zusammenziehen. Ich möchte nicht mehr allein sein.«

»Nichts lieber als das. Aber dann müssen wir hier in der Wohnung noch einiges machen, das ist dir klar.«

»Wenn's weiter nichts ist. Meinst du, wir schaffen es?«

»Warum nicht? Wir haben beide eine gescheiterte Beziehung hinter uns und werden wohl nicht mehr die gleichen Fehler begehen. Wir können es schaffen.«

»Dann probieren wir es einfach.«

»An mir soll's nicht liegen«, sagte er.

»Und jetzt will ich nur noch schlafen. Ich habe morgen einen sehr anstrengenden Tag vor mir. Gute Nacht.«

Mittwoch, 9.00 Uhr

Julia Durant fand unerwarteterweise einen Parkplatz direkt vor dem Gericht. Das beherrschende Thema in den Nachrichten war der Schlag gegen das organisierte Verbrechen. Die *Bild*-Zeitung hatte eine riesige Schlagzeile, und selbst die eher als seriös eingestuften Blätter hielten sich kaum zurück. Sie hatte so gut wie lange nicht geschlafen, keine Albträume, kein Aufwachen, bevor der Wecker klingelte. Obwohl die Sonne schien, hielt sich die Temperatur wegen des kühlen Nordostwindes in erträglichen Grenzen. Küchler, Dr. Schmitz, der Anwalt von Ramona Wiesner, sowie Ramona Wiesner saßen auf einer Bank vor dem kleinen Saal, in dem die Vorverhandlung stattfinden sollte. Zwei Polizisten standen an der Tür, und als Küchler die Kommissarin erblickte, erhob er sich und kam auf sie zu. Er lächelte, reichte ihr die Hand und sagte: »Guten Morgen, Frau Durant. Ich freue mich, dass Sie gekommen sind. Es wird in wenigen Augenblicken beginnen.«

Sie war irritiert von Küchlers Art, kannte sie ihn sonst doch nur als sehr distanziert, kurz angebunden und bestimmend. Seit vorgestern Nacht allerdings verhielt er sich ihr gegenüber wie umgewandelt. Wahrscheinlich, dachte sie, hat ihn der Einsatz am Montag beeindruckt, und er hat seine Meinung, was die Polizeiarbeit betrifft, revidiert. Mir soll's nur recht sein.

Sie erwiderte seinen Gruß und ging mit ihm zu den andern.

»Hallo, Frau Wiesner«, sagte sie und schüttelte ihr die Hand. Ramona Wiesner machte ein freundliches und doch leicht gequältes Gesicht. Die Anspannung war ihr deutlich anzumerken, was nicht verwunderlich war in Anbetracht der Situation, in der sie sich befand. Die Kommissarin wollte noch Dr. Schmitz begrüßen, als die Tür aufging und sie in den Saal gerufen wurden. Richter Henkel saß allein auf dem Podium, sortierte noch einmal die Akten und blickte auf, als die Angeklagte, ihr Verteidiger, Küchler und Durant hereinkamen.

Henkel war ein klein gewachsener, hagerer Mann Ende fünfzig, den so leicht nichts mehr aus der Ruhe brachte. Durant kannte ihn, seit sie in Frankfurt war, und er gehörte für sie zu jenen wenigen Richtern, die auch mal Züge von Menschlichkeit zeigten. Seine wachen Augen blitzten auf, und er deutete auf die Stühle, die links und rechts vom Gang hinter den Tischen standen. Küchler nahm auf der rechten Seite Platz, Schmitz und Ramona Wiesner auf der linken. Julia Durant setzte sich auf die erste Bank.

»Also gut«, begann Henkel. Er hatte die Hände gefaltet und blickte in die Runde. »Sind alle anwesend?«

»Ja, Euer Ehren«, antwortete Küchler und erhob sich.

»Bleiben Sie bitte sitzen«, sagte Henkel, machte ein leicht unwirsches Gesicht sowie eine entsprechende Handbewegung und fuhr mit seiner typisch trockenen und doch nicht humorlosen Art fort: »Wie Sie wissen, ist dies nur eine Art Vorverhandlung, die laut Dr. Küchler dazu dienen soll, den Tathergang und das Tatmotiv, was den

Mord an Thomas Wiesner betrifft, mir etwas näher zu bringen. Die Hauptverhandlung wird in drei Wochen stattfinden, und zwar am Mittwoch, den 19. Juli 2000, und die Verhandlungsdauer ist vorläufig auf drei Tage angesetzt. Die Schuldfrage scheint, so weit ich das aus den Akten entnehmen kann, geklärt, aber da Dr. Küchler mich gestern so dringend um diesen Termin heute gebeten hat, habe ich mich bereit erklärt, Ihnen eine halbe Stunde lang mein Ohr zu leihen. Deshalb möchte ich Sie sehr darum bitten, sich in Ihren Ausführungen so kurz und prägnant wie möglich zu halten. Jetzt überlasse ich es Ihnen, wer beginnt.«

Schmitz erhob sich, knöpfte sein Jackett zu und sagte: »Dr. Henkel, ich habe selbst erst gestern Nachmittag von diesem Termin erfahren und kann gar nichts weiter dazu sagen. Ich denke, Dr. Küchler wird einen triftigen Grund haben, weshalb wir uns hier und heute eingefunden haben.«

Nachdem Schmitz sich wieder gesetzt hatte, stand Küchler auf und sagte: »Dass ich um diesen Termin gebeten habe, hat allerdings einen sehr triftigen Grund. Über den Tathergang möchte ich eigentlich nichts weiter bemerken, denn er ist eindeutig. Ich habe mich am Samstag mit der angeklagten Frau Wiesner länger unterhalten können, wobei in mir der Eindruck entstand, dass sie fest überzeugt ist, ihr Schwager sei für den Tod ihres Mannes verantwortlich.« Küchler hielt inne, sah erst den Richter, dann Ramona Wiesner an und fuhr fort, nachdem er sich geräuspert hatte: »Anfangs hielt ich diesen Vorwurf für absolut unhaltbar und machte auch gegenüber Hauptkommissarin Durant deutlich, dass ich keinen Anlass sehe, nachgiebig mit Frau Wiesner zu verfahren. Allerdings habe ich zwischenzeitlich herausgefunden, dass es in der Tat einen Grund für Frau Wiesners Verhalten geben könnte, und den möchte ich hier kurz erläutern.«

Er machte erneut eine kurze Pause, holte ein Blatt Papier aus einem Ordner und legte es auf den Tisch. Schmitz drehte sich zu Durant um und sah sie fragend an, doch sie zuckte nur mit den Schultern und zog die Mundwinkel nach unten.

»Frau Wiesners Mann, Andreas Wiesner, wurde am 17. Juni dieses Jahres zusammen mit Frau Irina Puschkin ermordet. Die Tat sollte wie Mord und Selbstmord aussehen, doch es ist ausschließlich Hauptkommissarin Durant zu verdanken, dass diese Darstellungsweise widerlegt werden konnte. Auf Grund ihrer beharrlichen Ermittlungen gelang es ihr zu bestätigen, dass sowohl Andreas Wiesner als auch Irina Puschkin einem Kapitalverbrechen zum Opfer gefallen sind. Wie mir weiterhin bekannt ist, wurde Andreas Wiesner seit längerem von der Mafia erpresst, wovon seine Frau angeblich erst durch Hauptkommissarin Durant erfahren hat. Ich betone angeblich, weil es nicht erwiesen ist, ob Frau Wiesner nicht doch schon vorher davon gewusst hat. Es ist auf jeden Fall ihre Aussage.«

Er räusperte sich noch einmal, ging um den Tisch herum und setzte sich darauf.

»Doch lassen Sie mich ein paar Ausführungen zu Thomas Wiesner, dem Schwager der Angeklagten, machen. Thomas Wiesner war fast siebzehn Jahre mit Sophia Muti verheiratet, die aus einer sehr angesehenen italienischen Familie stammt. Ihr Vater, Salvatore Muti, hatte sogar Anfang der neunziger Jahre ein Ministeramt inne, bis ihm Verbindungen zur Mafia nachgesagt wurden. Er trat daraufhin von seinem Amt zurück, hat aber immer wieder beteuert, nichts mit der Mafia zu tun zu haben. Es gibt zwar keine handfesten Beweise gegen ihn, aber es spricht noch immer einiges für diese Theorie, wie ich aus zuverlässiger Quelle erfahren habe. Nun nehme ich an, dass die Angeklagte davon ausgegangen ist, dass, nachdem sie nach dem Tod ihres Mannes einiges über ihren Schwager herausgefunden hat, dieser mitschuldig am Tod von Andreas Wiesner ist. Ob und inwieweit dies der Wahrheit entspricht, entzieht sich meiner Kenntnis, doch gibt es einen Hinweis darauf, den ich im Augenblick allerdings noch vertraulich behandeln möchte, da die Ermittlungen in dieser Richtung noch nicht abgeschlossen sind, dass Thomas Wiesner tatsächlich in kriminelle Machenschaften verwickelt war, insbesondere was den Bereich der Schwarzgeldwäsche betrifft.

Wenn wir nun zwei und zwei zusammenzählen, die Erpressung von Andreas Wiesner, sein Bruder Thomas Wiesner im Vorstand einer der größten Banken, dazu verheiratet mit der Tochter von Salvatore Muti, dem eine Verbindung zur Mafia nachgesagt wird, eine seit Jahren bestehende unterschwellige Abneigung oder sogar Feindschaft zwischen den Brüdern, wie aus dem Vernehmungsprotokoll hervorgeht, muss Frau Wiesner einfach davon ausgegangen sein, dass Thomas Wiesner für den Tod ihres Mannes verantwortlich ist. Aus diesem Grund bin ich zu dem Schluss gelangt, dass Frau Wiesner vor der Verhandlung einer eingehenden psychologischen Begutachtung unterzogen wird, und zwar von einem vom Gericht bestellten Gutachter, wobei ich der Verteidigung freistellen möchte, einen weiteren Gutachter hinzuzuziehen. Im Übrigen gehe ich inzwischen davon aus, dass die Tat nicht vorsätzlich geplant war, sondern aus einem Affekt heraus geschah, auch wenn Frau Wiesner möglicherweise schon einige Tage vor der Tat mit dem Gedanken gespielt hat, ihren Schwager zu töten. Ich werde in jedem Fall auf mildernde Umstände plädieren, und sollten die psychologischen Gutachten meine These untermauern, werde ich die Anklage auf Totschlag im Affekt reduzieren. So weit meine Ausführungen. Ich würde jetzt gerne Frau Hauptkommissarin Durant ein paar Fragen stellen. Wenn Sie bitte nach vorne kommen.«

Julia Durant erhob sich, sah Küchler verwundert an und setzte sich. Richter Henkel hatte bisher nichts gesagt, und auch Schmitz hatte die Ausführungen von Küchler aufmerksam und nicht ohne Staunen verfolgt.

»Frau Durant, ich möchte Sie bitten, mir ein paar Fragen zu Frau Wiesner zu beantworten. Sind Sie bereit?«

»Ja.«

»Wann haben Sie Frau Wiesner zum ersten Mal gesehen?«

»Das war am Sonntag, den 18. Juni, einen Tag nach dem Mord an ihrem Mann.«

»Wie sind Sie darauf gekommen, dass Herr Wiesner und Frau Puschkin ermordet wurden und nicht, wie es anfangs hieß, Herr

Wiesner erst Frau Puschkin und anschließend sich selbst getötet hat?«

»Das kann ich nicht einmal genau sagen, es war einfach ein Gefühl. Ich verlasse mich bei meinen Ermittlungen häufig auf mein Gefühl.«

»Gut, wir wollen jetzt nicht zu sehr über Ihre Ermittlungsmethoden sprechen, sondern über den Sonntag bei Frau Wiesner. In welchem Zustand haben Sie sie vorgefunden?«

»Sie wirkte sehr niedergeschlagen und verwirrt, was verständlich ist.«

»Hatten Sie danach noch Kontakt zu Frau Wiesner?«

»Ja, ich war mit meinem Kollegen, Hauptkommissar Hellmer, noch zweimal bei Frau Wiesner.«

»Kommen wir zu einem wesentlichen Punkt, nämlich dem Verhör, das Sie mit Frau Wiesner am vergangenen Samstag geführt haben. Ich habe mir das Band mehrere Male angehört, und dabei ist ein Name gefallen, Pierre Doux. Was können Sie dazu sagen?«

»Vielleicht sollten Sie da besser Frau Wiesner selbst befragen«, antwortete Durant.

»Ich frage aber Sie.«

»Als Frau Wiesner am Freitag ihren Schwager aufgesucht hat, hat sie ihn auf den Tod ihres Mannes angesprochen. Sie hat ihm klar zu verstehen gegeben, dass sie Thomas Wiesner die Mitschuld daran gibt. Anfangs hat Thomas Wiesner geleugnet, irgendetwas damit zu tun zu haben, doch schließlich legte er ein Geständnis ab. Und er nannte auch den Namen Pierre Doux, den er Frau Wiesner sogar buchstabiert hat. Pierre Doux ist laut ihrer Aussage ein Auftragskiller, der auf ihren Mann angesetzt worden war.«

»Gut. Eine letzte Frage. Wie ist Ihr persönlicher Eindruck von Frau Wiesner? Macht sie auf Sie einen Vertrauen erweckenden Eindruck, oder würden Sie eher meinen, sie saugt sich das alles aus den Fingern?«

»Ich habe mich einige Male mit ihr unterhalten und kann nur sagen, dass sie auf mich einen sehr ehrlichen Eindruck macht. Und sie hat laut eigener Aussage ihren Schwager erst erschossen, als er ihr gegenüber sehr vulgär wurde, denn eigentlich wollte sie ihn der Polizei ausliefern.«

»Ich habe doch noch eine Frage. Es geht um einen Aktenkoffer, der bei Frau Wiesner in der Nacht von Freitag auf Samstag beschlagnahmt wurde. Angeblich sind aus diesem Koffer gewisse Unterlagen auf ... mysteriöse Weise verschwunden. Haben Sie eine Erklärung dafür, wo die Sachen gelandet sein könnten?«

»Nein, aber Frau Wiesner hat diese Dinge so exakt beschrieben, dass für mich kein Zweifel an der Glaubhaftigkeit ihrer Aussage besteht.«

»Vielen Dank, Frau Durant.« Und an den Richter gewandt: »Wenn ich jetzt noch kurz Frau Wiesner ein paar Fragen stellen dürfte.«

»Bitte, die Zeit gehört Ihnen.«

Küchler trat vor den Tisch und sagte: »Frau Wiesner, wenn demnächst die Verhandlung ist, werden Sie dann beeiden, dass sich in dem Aktenkoffer Unterlagen befunden haben, die nicht nur Ihren Schwager, sondern auch andere Personen schwer belastet hätten?«

Ramona Wiesner antwortete nach kurzem Überlegen: »Ich weiß nicht, ob diese Unterlagen jemand anderen belastet hätten, ich hatte gar keine Zeit, mir alles genau anzuschauen. Ich weiß nur, dass in dem Terminplaner, in den ich kurz hineingesehen habe, die Anfangsbuchstaben P.D. gestanden haben, was für mich gleichbedeutend mit Pierre Doux ist. Dazu eine Telefonnummer mit einer Vorwahl, die nicht zu Deutschland gehört.«

»Und Sie würden das beeiden?«

»Ja.«

»Was hat sich außer dem Terminplaner im Koffer befunden?«

»Akten, eine Pistole, ein Taschenrechner, Stifte, ein Block ...« Sie überlegte und schüttelte dann den Kopf. »Ich glaube, das war alles. Aber nachdem wir auf dem Präsidium waren, muss irgendjemand den Planer und die Akten aus dem Koffer genommen haben.«

»Das lassen wir erst mal dahingestellt. Ich habe im Moment keine weiteren Fragen.«

Küchler setzte sich wieder, und eine Weile herrschte Schweigen im Saal. Schließlich meinte der Richter: »Also gut, wenn sonst keiner von Ihnen etwas zu sagen hat, erkläre ich die Sitzung für beendet.«

»Einen Moment«, meldete sich Schmitz zu Wort und stand auf. »Ich hätte da doch noch etwas. Nach den Ausführungen von Dr. Küchler möchte ich im Namen meiner Mandantin darum ersuchen, sie gegen Kaution vorläufig auf freien Fuß zu setzen.«

Der Richter sah Schmitz mit einem undefinierbaren Blick über den Brillenrand hinweg an und fragte Küchler: »Haben Sie irgendwelche Einwände dagegen, Herr Oberstaatsanwalt?«

»Nein, Euer Ehren, ich habe keine Einwände. Ich glaube auch nicht, dass bei Frau Wiesner Fluchtgefahr besteht.«

Richter Henkel ließ, in den Unterlagen blätternd, eine Weile verstreichen, bis er sagte: »Dem Antrag stimme ich zu, da es keinen Einwand seitens der Staatsanwaltschaft gibt. Die Höhe der Kaution wird auf zweihunderttausend Mark festgesetzt. Die Kaution ist sofort zahlbar. Die Angeklagte darf sich in der Zeit bis zum Prozessbeginn ausschließlich im Raum Glashütten/Frankfurt aufhalten. Bei Zuwiderhandlung erfolgt eine sofortige Einweisung in die Justizvollzugsanstalt Preungesheim.«

»Danke, Euer Ehren«, sagte Schmitz und setzte sich wieder.

Henkel blickte auf die Uhr und erhob sich. »Damit hätten wir das fürs Erste hinter uns gebracht. Ich möchte Sie beide, Dr. Küchler und Dr. Schmitz, bitten, mich in zehn Minuten in meinem Büro aufzusuchen. Frau Wiesner kann vorläufig nach Hause zurückkehren.«

Sie begaben sich auf den Gang, wo Durant Küchler fragte: »Was hat auf einmal diesen Meinungsumschwung bei Ihnen bewirkt? Am Samstag …«

»Frau Durant«, erwiderte er lächelnd, »Samstag ist Vergangenheit. Wir alle machen Fehler, das sollten Sie wissen. Ich sehe ein, dass ich mich geirrt habe, zumindest in einigen wesentlichen Punkten. Und ich werde Ihnen demnächst auch noch genauer erklären, weshalb ich das heute gemacht habe. Hätten Sie vielleicht heute Nachmittag eine halbe oder drei viertel Stunde Zeit, damit wir uns in aller Ruhe über den Fall unterhalten können?«

»Ja, sicher.«

»Sagen wir um halb drei in meinem Büro?«

»Ich werde da sein.«

»Fein, dann bis nachher. Ich muss jetzt rüber zum Richter.«

Julia Durant sah ihm nach und ging zu Ramona Wiesner, die an der Treppe stand und mit ihrem Anwalt redete.

»Was ist denn auf einmal in Küchler gefahren?«, fragte Schmitz leise.

»Woher soll ich das wissen«, erwiderte die Kommissarin schulterzuckend. »Ich nehme jedenfalls alles zurück, was ich bisher über ihn gedacht und gesagt habe.«

»Ich muss los«, meinte Schmitz, »Henkel wartet nicht gerne. Wir sehen uns.«

Julia Durant blickte Schmitz nach, wie er auf Henkels Büro zuging, anklopfte, kurz darauf die Tür aufmachte und gleich wieder hinter sich schloss. Sie wandte sich Ramona Wiesner zu und sagte: »Gratuliere.«

»Wozu?«, erwiderte diese. »Das ist alles wie ein Traum, und ich glaube immer noch, dass es ein böses Erwachen gibt.«

»Seien Sie nicht so pessimistisch. Der Staatsanwalt hat sich für Sie stark gemacht, und das will etwas heißen.«

»Aber warum? Am Samstag hat er sich mir gegenüber noch sehr kühl und distanziert gezeigt und heute … Ich begreife das alles nicht.«

»Fahren Sie nach Hause, und lassen Sie es sich bis zum Prozessbeginn gut gehen.«

»Hoffentlich muss ich nicht zu lange ins Gefängnis.«

»Nach dem, was ich heute gehört habe, glaube ich kaum, dass Sie überhaupt ins Gefängnis müssen. Wahrscheinlich wird die Strafe zur Bewährung ausgesetzt.«

»Meinen Sie wirklich?«

»Ja. Küchler scheint etwas in der Hand zu haben, das Sie entlastet. Ich möchte nur zu gerne wissen, was es ist. Vielleicht bin ich heute Nachmittag schon klüger.«

»Wie meinen Sie das?«

»Ich treffe mich nachher mit ihm. Ich muss jetzt aber dringend los, denn es wartet eine Menge Arbeit auf mich. Wir bleiben auf jeden Fall in Kontakt, Frau Wiesner. Bis dann.«

»Danke für alles«, sagte Ramona Wiesner und nahm die Hand von Julia Durant. »Ohne Sie …« Sie schüttelte den Kopf, drehte sich um und ging die Treppe hinunter. Die Kommissarin sah ihr hinterher und verließ ebenfalls das Gebäude. Sie setzte sich in ihren Wagen und fuhr ins Präsidium. Ramona Wiesner hatte vielleicht gar nicht einmal so Unrecht, es war tatsächlich alles wie ein Traum.

Mittwoch, 9.45 Uhr

Richter Henkel stand am Fenster und Küchler an der Bücherwand, als Schmitz hereinkam. Henkel hatte eine Zigarre in der Hand, setzte sich und sah erst Schmitz, dann Küchler mit hochgezogenen Augenbrauen an.

»Dr. Küchler, was sollte das eben im Gerichtssaal? Seit wann setzen Sie sich für jemanden ein, der einen Mord begangen hat? Wären Sie vielleicht so freundlich, mir zu verraten, was Sie dazu bewogen hat, mit einem Mal vom Ankläger zum Verteidiger zu werden?«

»Ich glaube, Sie haben da etwas falsch verstanden, Dr. Henkel. Ich habe nicht die Seiten gewechselt, ich habe nur Tatsachen vorgebracht. Mord bleibt für mich immer noch Mord, aber jeder Mord ist anders. Und nachdem ich mir sowohl das Vernehmungsprotokoll angesehen als auch das Band angehört habe, gehe ich einfach davon aus, dass Frau Wiesner die Wahrheit sagt, was ihren Schwager betrifft. Ich bin, und das sollten Sie eigentlich wissen, für Gerechtigkeit.«

»So, Sie gehen also davon aus, dass Herr Wiesner in unlautere Machenschaften verwickelt war und für den Tod seines Bruders verantwortlich zeichnet. Können Sie mir das näher erläutern? Ich habe nämlich keine Lust, wie ein Idiot dazusitzen und von nichts eine Ahnung zu haben, wenn der Prozess beginnt.«

Küchler kniff die Lippen zusammen, lächelte in sich hinein und sagte: »Ich werde Sie in den nächsten Tagen eingehend über alles informieren, was ich weiß.«

»Ich würde es aber gerne jetzt hören«, erklärte Henkel mit Nachdruck und paffte an seiner Zigarre.

»Es tut mir Leid, das geht noch nicht. Der Prozess ist in drei Wochen, und ich garantiere Ihnen, Sie werden nicht unvorbereitet sein. Ich muss aber erst noch einige Dinge auf ihren Wahrheitsgehalt hin abklären. Ich bitte Sie, sich noch ein paar Tage zu gedulden.«

»Sie machen es mir nicht einfach«, entgegnete Henkel und lehnte sich zurück. »Aber gut, ich gebe Ihnen genau eine Woche, dann will ich Beweise auf dem Tisch liegen haben.«

»Und ich auch«, meldete sich Schmitz zu Wort. »Ich meine, ich vertrete zwar Frau Wiesner, aber ich möchte trotzdem gerne Einblick in Material haben, das sie entlastet, denn auch ich muss meine Verteidigung entsprechend ausrichten.«

»In spätestens einer Woche, versprochen«, versicherte Küchler.

»Also gut, dann will ich Sie nicht länger aufhalten«, sagte Henkel, machte einen letzten Zug an seiner etwa zur Hälfte gerauchten Zigarre, bevor er die Asche abstreifte, die Spitze abschnitt und die andere Hälfte neben den Aschenbecher legte.

Küchler und Schmitz nahmen ihre Aktenkoffer und verließen gemeinsam das Büro.

»Gehen wir einen trinken?«, fragte Schmitz.

»Warum nicht, obwohl es eigentlich noch recht früh ist«, erwiderte Küchler. »Diesmal auf meine Rechnung.«

Sie gingen in ein kleines Lokal gleich um die Ecke, setzten sich an die Bar und bestellten sich jeder einen Whisky auf Eis. Sie unterhielten sich eine halbe Stunde, bevor sich ihre Wege trennten.

Mittwoch, 10.10 Uhr

Wieder im Präsidium, erzählte Julia Durant sofort Berger und den andern Kollegen von dem, was sie eben erlebt hatte.

»Das gibt's doch nicht!«, entfuhr es Kullmer. »Küchler hat sich für die Wiesner stark gemacht? Du spinnst, oder?«

»Wenn ich's sage. Küchler hat fast ein Plädoyer für Frau Wiesner gehalten. Ich treffe mich nachher mit ihm zu einem kleinen Plausch.«

»Das haut mich um«, sagte Hellmer. »Tja, man täuscht sich eben immer wieder in den Menschen. Und da hättest du doch beinahe Küchler verdächtigt, in die Sache verstrickt zu sein.«

»Tut mir auch Leid, da ist wohl die Fantasie mit mir durchgegangen. Vergesst es einfach ... Wie ist der Stand der Vernehmungen?«

»Zwei schweigen noch immer beharrlich, das Diplomatenbürschchen mussten wir allerdings rauslassen. Er konnte sogar beglaubigte Adoptionsurkunden vorlegen.«

»Hätte ich mir denken können. Diese verdammten Diplomatenarschlöcher mit ihrer Immunität! Die können sich so ziemlich alles erlauben, ohne jemals dafür belangt zu werden. Als ob ein Diplomat ein Kind adoptieren würde!«

»Nicht ein Kind, acht«, sagte Kullmer lakonisch.

»Na gut, dann eben acht. Was ist schon der Unterschied zwischen einem und acht Kindern«, entgegnete die Kommissarin bissig. »Sehen wir's mal andersrum – in Russland wären sie verhungert, hier irgendwann am Suff oder an Drogen verreckt. Ist doch sowieso egal. Aber ist schon komisch, da adoptiert jemand acht Kinder und lässt sie in einem Viehtransport nach Frankfurt bringen. Die hätten genauso gut in einem Erste-Klasse-Abteil der Lufthansa fliegen können.«

»Du weißt, Julia«, sagte Hellmer, »dass wir nichts machen können. Das sind Dreckschweine, und an einen Diplomaten kommst du sowieso nicht ran.«

»Und was ist mit den Kindern, die er angeblich adoptiert hat? Hat er sie mitgenommen?«

Betroffenheit machte sich für einen Moment im Büro breit. Berger zuckte mit den Schultern. »Die Papiere waren in Ordnung, uns sind die Hände gebunden.«

»Und keiner von euch hätte es verhindern können?!«, schrie sie in die Runde. »Kommt, erzählt mir nicht so einen Mist! Wisst ihr, was ich gemacht hätte, wenn er mir diese Papiere gezeigt hätte? Ich hätte sie genommen und in tausend kleine Fetzen zerrissen. Von mir hätte er die Kinder nicht bekommen.« Sie zündete sich eine Gauloise an und schloss kurz die Augen. »Aber gut, Schwamm drüber. Ich verabschiede mich jetzt aus diesem Büro und werde in aller Ruhe etwas essen gehen. Und was ich danach mache, weiß ich noch nicht. Das mit den Kindern überlasse ich euch. Ich hab jedenfalls die Nase voll. Aber eins will ich euch doch noch mitteilen: Laskin hat mir gestern verraten, in welcher Firma sich der Hauptsitz befindet – es ist die Sientek AG in Köln. Ja, schaut mich nicht so an, er muss es schließlich wissen. Und jetzt wünsch ich euch was.« Sie stand auf, nahm ihre Tasche und wollte gerade grußlos das Büro verlassen, als Bergers Stimme sie zurückhielt.

»Frau Durant, nur noch eine Sache. Die Kinder sind hier. Wir haben diesem Diplomatensohn gesagt, wir wüssten nicht, wo sie sich im Moment aufhalten. Und er wird sie auch nicht bekommen. Sind Sie jetzt etwas zufriedener?«

»Und warum sagen Sie mir das erst jetzt?«

»Ich wollte nur mal Ihre Reaktion testen. Test bestanden.«

»Idioten!«, fauchte sie und knallte die Tür hinter sich zu. Berger, Hellmer und Kullmer sahen sich an und grinsten.

Mittwoch, 12.30 Uhr

Pierre Doux alias George W. Baker alias Rachmiel Jakobi war in seinem Hotelzimmer, als das Telefon klingelte. Er ließ es dreimal läuten und nahm den Hörer ab. Das Gespräch am Montagabend hatte nicht viel gebracht, er musste noch warten. Er kannte die Person, auf die er angesetzt war, aber diese Person war im Augenblick nicht zu fassen.

Er hörte einen Moment zu und sagte: »Heute Abend ab halb neun. Und wo? … Ich habe es notiert. Bis heute Abend.«

Er legte auf, stellte sich ans Fenster, sah hinaus und dachte an Irina Puschkin. Nach einer Weile drehte er sich um, zog sich eine Jacke über und ging hinunter ins Restaurant. Dort bestellte er sich ein Steak und einen Salatteller sowie ein Glas Orangensaft. Bis die Bestellung eintraf, las er den *Herald Tribune.* Er hatte ein merkwürdiges Gefühl in der Magengegend, konnte aber nicht erklären, was es mit diesem Gefühl auf sich hatte.

Er aß, ließ das Essen auf seine Rechnung setzen und fuhr anschließend mit dem Aufzug in den neunten Stock. In seinem Zimmer legte er sich aufs Bett, die Arme hinter dem Kopf verschränkt, und starrte an die Decke.

Mittwoch, 14.30 Uhr 

Julia Durant hatte in einem kleinen italienischen Restaurant in der Innenstadt zu Mittag gegessen und sich um zwei auf den Weg zu Küchler gemacht. Sie wurde bereits von ihm erwartet. Er bat sie mit einem ungewohnt freundlichen Lächeln, Platz zu nehmen.

»Darf ich Ihnen etwas zu trinken anbieten?«, fragte er.

»Nein, danke.«

»Sie haben aber nichts dagegen, wenn ich mir etwas nehme«, sagte er und schenkte sich ein Glas Wasser ein. Er setzte sich ihr gegenüber hinter den aufgeräumten Schreibtisch, drückte den Knopf der Gegensprechanlage und teilte seiner Sekretärin mit, dass er vorläufig nicht gestört werden wolle und dass auch keine Anrufe durchgestellt werden sollten. Danach wandte er sich Durant zu.

»Sie werden sich fragen, weshalb ich mit Ihnen sprechen möchte. Eigentlich wollte ich, dass Dr. Blumenthal bei unserem Gespräch zugegen ist, aber seine Sekretärin sagte mir, dass er heute einen Termin außerhalb hat. Nun, dann machen wir es ohne ihn, was vielleicht auch besser so ist.«

Er hielt inne, sah die Kommissarin an und holte tief Luft, bevor er fortfuhr. »Mein Auftritt heute Morgen hatte einen Grund, wie Sie sich denken können. Ich habe in der letzten Zeit sehr viele Nachforschungen angestellt und auch anstellen lassen, was bestimmte Personen betrifft. Ich weiß, dass ich manchmal einen sehr negativen Eindruck bei Ihnen und Ihren Kollegen hinterlassen habe, aber das gehörte zum Plan. Ich musste einfach wissen, wem ich vertrauen kann und wem nicht. Nach Ihrer grandiosen Aktion am Montag und auch wie Sie das Verhör mit Frau Wiesner gestaltet haben, bin ich zu der Ansicht gelangt, dass ich Ihnen vertrauen kann. Ich weiß zum Beispiel schon seit längerem, dass Thomas Wiesner in groß angelegtem Stil Gelder gewaschen hat und eine führende Größe im organisierten Verbrechen nicht nur in Frankfurt, sondern in Deutschland und zum Teil darüber hinaus war. Ich bin außerdem felsenfest überzeugt, dass er für den Tod seines Bruders verantwortlich ist. Aber es gibt Männer, die noch mächtiger sind als Wiesner. Und einem von ihnen bin ich auf der Spur. Ich werde Sie zu gegebener Zeit wissen lassen, um wen es sich dabei handelt. Tatsache ist, dass wir kurz davor stehen, die Tarnung einiger der ganz Großen auffliegen zu lassen. Dazu benötigen wir aber auch Ihre Hilfe.« Er machte erneut eine Pause und sah die Kommissarin lange an.

»Was heißt wir, und wieso brauchen Sie meine Hilfe dazu?«

»Die erste Frage kann und darf ich Ihnen leider nicht beantworten, da diese Aktion unter höchster Geheimhaltungsstufe steht. Die zweite Frage kann ich schon eher beantworten. Ich möchte, dass wir zusammenarbeiten. Sie bekommen Informationen von mir, und ich würde mich freuen, im Gegenzug welche von Ihnen zu erhalten. Sie wissen so gut wie ich, dass wir jeder für sich allein keine Chance haben. Aber gemeinsam können wir es schaffen. Um es auf den Punkt zu bringen, gibt es irgendetwas, was ich noch nicht weiß, was uns aber helfen könnte, diesen kriminellen Dreck aus unserer Stadt oder sogar unserem Land zu vertreiben?«

Sie hatte diese Worte so ähnlich schon einmal gehört – von Blumenthal auf einer Pressekonferenz.

»Ich weiß nicht, was Sie wissen, aber vielleicht könnten Sie deutlicher werden?«

»Entschuldigen Sie. Lassen Sie es mich so ausdrücken: Wir haben einige Kontaktpersonen in der Szene, die uns hier und da mit Informationen füttern. Aber leider kommen wir damit bisher nicht viel weiter. Wir brauchen jemanden, der über mehr als nur Basiswissen verfügt. Kleine Drogendealer oder Menschenhändler bringen uns nicht weiter. Sie sind Befehlsempfänger, nicht mehr und nicht weniger.

Sollten Sie oder einer Ihrer Kollegen jedoch jemanden kennen, der uns zu den großen Bossen führen kann, oder jemanden kennen lernen, so lassen Sie mich das wissen. Der- beziehungsweise diejenige würde selbstverständlich unter Polizeischutz gestellt und von Beamten bewacht, die mein volles Vertrauen genießen. Was ist zum Beispiel mit den Männern und Frauen, die Montagnacht verhaftet wurden? Ist Ihrer Ansicht nach über die etwas zu machen? Ich meine, Sie haben doch auch Verhöre durchgeführt.«

»Natürlich haben wir die Leute verhört. Aber Hintermänner … Nein. Da scheint alles derart straff durchorganisiert zu sein, dass selbst Schneider oder sein Kompagnon Kurz, der ja wie vom Erdboden verschluckt ist, nicht wissen, wer ganz oben sitzt. Sie können sich die Protokolle ja mal durchlesen.«

»Das habe ich bereits zum Teil getan, aber … Sie werden wohl Recht haben, an die, die an der Spitze stehen, kommt man nicht ran. Schade. Tut mir Leid, wenn ich Ihre Zeit unnötig in Anspruch genommen habe. Ich habe mich da wohl in eine verrückte Idee verrannt.«

Julia Durant überlegte, sah Küchler prüfend an und sagte schließlich: »Ich hätte doch gerne ein Glas Wasser.«

Küchler stand auf, holte ein Glas Wasser und stellte es vor die Kommissarin. »Bitte schön.«

Sie trank einen Schluck und dachte dabei an Laskin und Natascha. Sie erinnerte sich an ihr Gespräch mit ihm und daran, dass er sagte, wenn es einen Staatsanwalt oder Richter gäbe, dem sie bedingungslos vertraue, dann … Sie musste es einfach wagen, auch wenn ihr nicht ganz geheuer dabei war. Doch Küchler zeigte seit Montagnacht ein Gesicht, das ihn in einem völlig anderen Licht dastehen ließ.

»In Ordnung, Dr. Küchler«, sagte sie und stellte das Glas auf den Tisch. »Bei den Verhören ist in der Tat nichts herausgekommen, was von großer Bedeutung für Sie sein könnte. Aber ich habe jemanden an der Hand, der Ihnen unter Umständen weiterhelfen kann. Er stellt natürlich Bedingungen, die ich ihm auch zugesichert habe. Er will nicht als Verbrecher behandelt werden, er verlangt eine neue Identität und möchte sich danach eine neue Existenz aufbauen.«

»Interessant.« Küchler nickte anerkennend. »Und wie sind Sie an denjenigen rangekommen?«

»Nennen wir es Zufall. Er kennt auf jeden Fall Namen.«

»Zufall?«, fragte Küchler zweifelnd. »Hat er etwas mit unseren aktuellen Fällen zu tun? Ich meine, ist er in irgendeiner Form direkt oder indirekt involviert?«

»Indirekt.«

»Ich sehe schon, Sie trauen mir nicht ganz, aber das kann ich Ihnen nicht verdenken, ich wäre an Ihrer Stelle vermutlich ebenso vorsichtig, nach dem, was in den letzten Tagen so passiert ist. Dennoch möchte ich Sie fragen, ich meine, glauben Sie, er würde mit mir sprechen? Andersrum gesagt, könnten Sie ein Treffen zwischen ihm und mir arrangieren?«

»Er stellt Bedingungen.«

»Was für welche? Ich bin zu Konzessionen bereit.«

»Eine Bedingung ist, dass er nicht vor Gericht gestellt wird. Ich habe mich sehr ausführlich mit ihm unterhalten und weiß, dass er nicht freiwillig in diese Organisation eingetreten ist, bei der es sich nach außen hin um ein äußerst seriöses und angesehenes Unternehmen handelt.«

»Sie sprechen in Rätseln. Aber gut, um was für eine Organisation handelt es sich, und um was für Geschäfte geht es dabei?«

»Es ist ein riesiges, global operierendes Unternehmen, genauer gesagt die Sientek AG …«

»Bitte was, die *Sientek AG*? Sie nehmen mich jetzt nicht auf den Arm, oder?«, fragte Küchler zweifelnd und neigte den Kopf ein wenig zur Seite.

»Nein, ich nehme Sie nicht auf den Arm, ganz im Gegenteil. Und die Geschäfte … Was Sie sich nur vorstellen können, Drogen, Menschen, Waffen, Rohmaterial und so weiter. Im Prinzip wird die gesamte Palette abgedeckt. Er ist für die Logistik zuständig.«

»Wo finde ich ihn?«

»Ich müsste ihn erst fragen, ob er bereit ist, sich mit Ihnen zu treffen. Er hat Angst, das müssen Sie verstehen.«

»Und sein Name?«

»Kein Kommentar.«

»Frau Durant, ich könnte Sie auch zwingen, Ihren geheimen Informanten … Sie verstehen schon«, sagte Küchler mit süffisantem Lächeln. »Aber ich will jetzt nicht unfair erscheinen …«

»Dr. Küchler, Sie können mich natürlich zwingen, Ihnen den Aufenthaltsort meines Informanten zu nennen, aber ich fürchte, ich werde dann plötzlich alles vergessen haben«, erwiderte sie kühl zurücklächelnd.

Küchler überlegte und strich sich mit einer Hand über die weiße Haut seines Gesichts. »In Ordnung, dann machen wir jetzt Nägel mit Köpfen«, sagte er und beugte sich nach vorn. »Ich werde offen zu Ihnen sein und erwarte dafür eine Gegenleistung. Sind Sie damit einverstanden?«

»Bitte.«

»Also gut. Ich habe Ihnen doch gesagt, dass wir hinter einem ganz Großen her sind. Wie Sie wissen, arbeite ich seit einigen Jahren recht eng mit Generalstaatsanwalt Blumenthal zusammen. Er ist derjenige, der immer davon spricht, dass das organisierte Verbrechen ausgemerzt werden muss. Was würden Sie sagen, wenn Sie erführen, dass ausgerechnet er mit der Mafia kooperiert und die Arbeit der Polizei boykottiert?«

Küchler wartete auf die Reaktion von Julia Durant, die die Augen zusammenkniff und Küchler zweifelnd ansah.

»Ist das jetzt eine Hypothese oder Fakt?«

»Was glauben Sie denn?«, fragte Küchler mit hochgezogenen Augenbrauen.

»Fakt?«

»Erraten. Wir warten nur auf eine Bestätigung einer anderen Person, bevor wir zuschlagen. Im Moment reichen unsere Beweise noch nicht aus, gegen ihn vorzugehen, aber wenn wir jemanden hätten, der belastendes Material gegen Blumenthal in der Hand hat, dann, ja dann sähe es sehr düster für ihn aus. Wir wissen bis jetzt lediglich, dass er über ausgezeichnete Kontakte zu Mafiagrößen verfügt, unter anderem zu einem gewissen Salvatore Muti, der Ihnen ja sicher nicht ganz unbekannt ist.«

»Natürlich kenne ich Muti, seine Tochter war schließlich mit Wiesner verheiratet. Aber vorhin wollten Sie Blumenthal doch noch bei unserem Gespräch dabei haben«, sagte Durant misstrauisch.

»Nein, das war gelogen. Ich wollte Sie nur in Sicherheit wiegen und sehen, inwieweit wir auf einer Wellenlänge sind. Ich hätte Ihnen das auch nie gesagt, wenn ich nicht von Ihren Fähigkeiten und vor allem Ihrer Verschwiegenheit überzeugt wäre. Aber um auf Blumenthal zurückzukommen, ich würde liebend gerne eine Büro- und Hausdurchsuchung bei ihm durchführen, doch solange mir die Beweise fehlen, kann ich das unmöglich tun. Blumenthal ist quasi unantastbar, und sobald er auch nur den Hauch eines Verdachts hätte, dass wir ihn im Visier haben, würde er mich ganz schnell kaltstellen und sämtliche Beweise vernichten, die ihn belasten könnten. Wodurch er andererseits weiter schalten und walten könnte, wie er wollte. Ihn können wir erst greifen, wenn wir wirklich schlagkräftige Beweise gegen ihn in der Hand haben. Und dazu könnte die

Aussage Ihres Informanten beitragen. Ich nehme doch an, er will aussteigen?«

»Ja, natürlich.«

»Umso besser. Hier ist meine Garantie, die ich Ihnen gerne schriftlich gebe: Er wird nicht vor Gericht gestellt, sein Name wird nicht genannt, seine Zeugenaussage wird auf Band mitgeschnitten und dem Gericht vorgespielt, und seine Stimme wird verzerrt, so dass ihn keiner erkennt. Was halten Sie von meinem Angebot?«

Julia Durant überlegte. Sie kämpfte einen inneren Kampf, denn sie war sich noch immer nicht sicher, ob sie eine solche Entscheidung über Laskins Kopf hinweg treffen konnte. Schließlich sagte sie: »Es geht nicht darum, was ich davon halte, sondern was er davon hält. Ich werde mich mit ihm in Verbindung setzen und Sie so schnell wie möglich von seiner Entscheidung unterrichten.«

»Heute noch?«, fragte Küchler.

»Heute noch.«

»Einverstanden. Sie erreichen mich den ganzen Tag über. Hier ist meine Handynummer, falls ich nicht zu Hause oder in meinem Büro sein sollte. Noch etwas, bevor Sie gehen – ich hatte die ganze Zeit über das Gefühl, dass ich mich auf Sie verlassen kann.«

Julia Durant erhob sich, und Küchler begleitete sie zur Tür.

»Frau Durant, ich bewundere Ihre Arbeit schon seit langem. Und ich hoffe, Sie bleiben uns noch recht lange erhalten. Rufen Sie mich an, damit wir das alles so schnell wie möglich hinter uns bringen.«

Julia Durant schloss die bereits geöffnete Tür wieder. Sie überlegte einen Moment und sagte dann: »Dr. Küchler, Sie wissen ja von dem Aktenkoffer, der bei Frau Wiesner beschlagnahmt wurde.«

»Ja, aber nur das, was beim Verhör protokolliert wurde«, erwiderte er. »Geht es um die verschwundenen Unterlagen?«

»Ja. Wie Sie wissen, hat Frau Wiesner ihn mitgenommen, nachdem sie ihren Schwager getötet hat. Darin muss sich äußerst brisantes Material befunden haben, doch bevor sie sich näher damit beschäftigen konnte, wurde sie verhaftet. Sie schwört Stein und Bein, alles in den Koffer zurückgelegt zu haben, sie hat mir sogar die Sachen im Detail beschrieben. Das steht allerdings nicht im Protokoll, weil sie diese Aussage in der Zelle gemacht hat. Wir fragen uns die ganze Zeit schon, wo das Material abgeblieben sein könnte.«

Küchler verengte die Augen zu Schlitzen und sagte: »Moment mal, Sie haben Frau Wiesner verhört und nicht alles auf Band mitgeschnitten? Das ist gegen jede Regel, das ist Ihnen doch klar?«

»Ich konnte es nicht mitschneiden, weil ich ihr die Fragen nach dem Kofferinhalt in der Zelle gestellt habe.«

»Und was wollen Sie mir jetzt genau damit sagen?«, fragte Küchler mit auf einmal etwas angehobener Stimme.

»Dr. Küchler, es tut mir Leid, wenn ich mich nicht ganz an die Vorschriften gehalten habe, aber … Nein, lassen wir das. Die Frage ist doch: Warum existiert jetzt nur noch ein halb voller Aktenkoffer. Wo sind die Unterlagen und der Terminplaner von Wiesner gelandet? Wir haben die Männer vom KDD verhört, die Frau Wiesner verhaftet haben, aber sie beteuern, den Koffer nicht angerührt zu haben. Alle bestätigen zudem, dass der Koffer allerdings auch eine ganze Weile unbeaufsichtigt war. Aber nach dem, was Sie mir von Dr. Blumenthal erzählt haben, könnte ich mir vorstellen, dass …«

»Moment, allmählich kann ich Ihnen folgen. Sie meinen also, es könnte sein, dass Blumenthal jetzt im Besitz der Unterlagen ist. Habe ich Sie da recht verstanden?«

»Es ist immerhin eine Möglichkeit«, erwiderte Durant vorsichtig.

Küchler kaute auf der Unterlippe und blickte zu Boden.

»Und da ist noch etwas«, sagte Durant, »und das habe ich bereits am Samstag angesprochen. Der Anruf ging bei der Einsatzzentrale um zwei Uhr sechsundvierzig ein. Aber bereits um drei Uhr zehn wurde Frau Wiesner verhaftet. Es ist unmöglich, in der kurzen Zeit von Frankfurt nach Glashütten zu fahren.« Küchler wollte sie unterbrechen, doch Durant hob die Hand und fuhr fort: »Frau Wiesner hat mir bei unserem Gespräch in der Zelle gesagt, dass sie bereits um etwa Viertel nach zwei einen Wagen auf der gegenüberliegenden Straßenseite parken sah. Es haben sich mehrere Personen in dem Wagen aufgehalten. Das hat sie gesehen, als sich einer von ihnen eine Zigarette angezündet hat. Es waren die Männer, die sie dann später verhaftet haben, einer von ihnen hat es mir gegenüber zugegeben. Doch weder er noch sein Vorgesetzter weiß, von wem genau die Anweisung kam.«

Küchler fasste sich an die Nase und schüttelte den Kopf. Er ging zum Fenster und sah hinaus, die Hände in den Hosentaschen vergraben. Nach einer Weile des Nachdenkens drehte er sich um und sagte: »Also gut, gehen wir davon aus, dass Blumenthal die Unterlagen hat, dass die ganze Aktion von Blumenthal in Szene gesetzt wurde. Er hätte es doch auch einfacher haben können, indem er jemanden zu Frau Wiesner schickt, der sich als Beamter ausgibt, sie umbringt und die Sachen mitgehen lässt …«

»Das wäre viel zu auffällig. Dann hätte er die Medien am Hals, und die würden sich so in die Sache verbeißen … Nein, das könnte ein Mann wie Blumenthal nicht vertragen. Die cleverste Methode ist doch, Frau Wiesner als Sündenbock zu nehmen, sie in den Mittelpunkt des Interesses zu stellen, und die Morde und alles Weitere wären damit nur noch nebensächlich. Und die Anweisung, dass ich mich ausschließlich auf Frau Wiesner konzentrieren soll, kommt doch auch von Dr. Blumenthal.«

»Ja, das stimmt allerdings. Allmählich werden mir jetzt einige Dinge immer klarer.«

»Das Einzige«, sagte Durant, »was bei der Verhaftung von Frau Wiesner nicht stimmte, war das Timing. Wahrscheinlich hat der anonyme Anrufer sich in der Zeit vertan oder geglaubt, wir würden nicht darauf kommen, dass es praktisch unmöglich ist, in knapp fünfundzwanzig Minuten von Frankfurt nach Glashütten zu fahren, nicht eingerechnet die Toleranz von etwa fünf Minuten, die mindestens vergehen, bis die Leute vom Hof gefahren sind …«

»Blumenthal.« Küchler nickte und ging im Büro auf und ab, die Hände hinter dem Rücken verschränkt, den Blick zu Boden gerichtet. Ohne aufzusehen, sagte er: »Er wollte unbedingt, dass Sie den Fall Wiesner weiter bearbeiten, aus welchem Grund auch immer, vielleicht weil er so herausfinden will, was Frau Wiesner weiß. Und es stimmt, die Anweisung kam direkt von ihm zu mir auf den Tisch. Das erste Mal, dass ich stutzig wurde, was Blumenthal angeht, war vor etwa zwei Jahren, als er eine Anweisung gab, bei der ich mich wunderte, dass ein Generalstaatsanwalt, der sich normalerweise nie in laufende Ermittlungen einmischt, dies in dem Fall getan hat. Ab da kamen hin und wieder solche Anweisungen, BKA-Beamte wurden plötzlich der Polizei zur Seite gestellt, wobei ich herausfand, dass diese Beamten nur dazu dienen sollten, die Arbeit der Polizei zu – boykottieren. Nun, ich habe mir dann erlaubt, ein bisschen in seinem Leben rumzustochern.« Er blickte die Kommissarin an und schüttelte leicht den Kopf. »Ich sehe im Moment keine andere Möglichkeit, als dass er die Unterlagen hat. Aber wo? Das ist das Malheur an unserem Beruf, dass man zwar immer eine Vermutung hat, aber selten hieb- und stichfeste Beweise. Wo würden Sie denn an seiner Stelle die Sachen aufbewahren?«

»Ein Schließfach ist in der Regel am sichersten. Ich kenne zwar sein Büro nicht, aber es könnte doch immerhin sein, dass er dort …«

»Ich kenne sein Büro«, sagte Küchler und legte einen Finger auf die Lippen. »Da kommt so leicht keiner rein. Im Vorzimmer sitzt die Sekretärin, die selbst keinen Zutritt zu seinem Büro hat, wenn er das Haus verlässt. Und auch sonst schottet er sich ziemlich ab. Außerdem hat er drei Leibwächter. Es könnte durchaus sein, dass er das Zeug in seinem Büro hat, allerdings wäre das ziemlich amateurhaft. Aber es gibt viele große Gangster, die durch geradezu dilettantische Fehler der Polizei ins Netz gehen. Es wäre zumindest einen Versuch wert. Aber wie kommen wir in Blumenthals Büro? Vor allem brauchen wir vorher hieb- und stichfeste Beweise, damit der Richter überhaupt den Durchsuchungsbefehl ausstellt.«

»Ich denke, Sie sollten erst einmal mit meinem Informanten sprechen«, sagte Julia Durant. »Vielleicht ergibt sich alles andere ja wie von selbst. Ich werde ihn gleich anrufen.«

»Da mögen Sie Recht haben. Ich will Sie jetzt auch nicht länger aufhalten.«

Die Kommissarin begab sich zu ihrem Auto, setzte sich hinein, startete den Motor, steckte sich eine Zigarette an und fuhr los. Blumenthal, dachte sie, du bist also das Schwein. Na gut, dann wollen wir dich mal bei den Eiern packen.

Mittwoch, 15.45 Uhr

Julia Durant hielt an einer Telefonzelle und tippte die Nummer des Hotels ein, in dem Laskin wohnte. Sie hinterließ an der Rezeption eine Nachricht für Herrn Schwarz, der bitte Frau Durant zurückrufen solle. Nur zwei Minuten später klingelte ihr Handy.

»Laskin hier. Sie wollten mich sprechen.«

»Ja. Es gibt eine neue Entwicklung. Ich komme gerade von Oberstaatsanwalt Küchler. Wir hatten ein sehr offenes Gespräch, und er wäre äußerst interessiert, sich mit Ihnen zu treffen. Wie sieht es aus?«

»Küchler? Der Name sagt mir nichts.«

»Und Blumenthal?«

»Nein. Was will Küchler von mir?«

»Er braucht Informationen, um einige Leute hochgehen zu lassen. Er ist auf unserer Seite.«

»Ganz sicher?«

»Ganz sicher.«

»Gut, wenn Sie ihm vertrauen, dann tue ich das auch. Kennt er meinen Namen oder sonstige Details aus meinem Leben?«

»Nein, Sie sind für ihn noch völlig anonym. Und was soll ich Küchler jetzt sagen?«

»Sagen Sie ihm, dass ich mich mit ihm in Frankfurt-Höchst in der Cafeteria im Kaufhaus Hertie treffen werde, und zwar heute um achtzehn Uhr. Und ich brauche die Zusage, dass ich nicht vor Gericht komme. Er soll eine *FAZ* unter dem Arm tragen, damit ich ihn erkenne.«

»Das mit dem Gericht weiß er schon und ist damit einverstanden.

Alles andere werde ich ihm ausrichten. Ich ruf Sie gleich noch mal an. Und danke.«

Sie hängte ein, holte die Karte mit der Nummer von Küchler aus ihrer Tasche, setzte sich in ihren Wagen und rief ihn an. Sie wurde von seiner Sekretärin durchgestellt.

»Er ist bereit, mit Ihnen zu sprechen«, sagte Durant.

»Das ging ja schneller, als ich erwartet hatte. Wann und wo?«

»In der Cafeteria im Hertie in Frankfurt-Höchst heute um achtzehn Uhr. Sie sollen eine *FAZ* unter dem Arm tragen.«

»Gut, ich werde dort sein, wenn Sie ihm das bitte mitteilen würden. Ich mach mich auch bald auf den Weg, denn wir haben ja immerhin schon nach vier.«

Nachdem sie noch einmal kurz mit Laskin telefoniert hatte, fuhr sie ins Präsidium, wo Berger sie mit ernstem Gesicht empfing und sagte: »Einer der Festgenommenen hat sich vorhin in seiner Zelle erhängt.«

»Selbst schuld«, erwiderte sie nur. »Und sonst?«

»Nichts weiter. Aber Sie haben mir doch sicher einiges zu berichten, oder?«

»Ich war bei Küchler. Blumenthal ist unser Mann. Er wird schon seit längerem observiert, aber man kommt nicht an ihn ran, dazu ist sein Einfluss zu groß, und er ist wohl auch sehr vorsichtig. Und ich habe die ganze Zeit gedacht, Küchler wäre .... Tja, keiner ist unfehlbar«, seufzte sie und zündete sich eine Zigarette an.

»Frau Durant, nehmen Sie's nicht so schwer. Sie hatten doch beide irgendwie im Verdacht, und jetzt scheint sich einer zu bestätigen. Seien Sie doch froh.«

»Ich weiß nicht, ob ich darüber froh sein soll. Wenn wir Blumenthal hochgehen lassen, wird es gleich wieder heißen, wir wären Antisemiten. Das stimmt aber nicht, denn ich habe nie was gegen Blumenthal gehabt, auch wenn er mir nicht sonderlich sympathisch ist. Trotzdem habe ich einen Kloß im Hals, wenn ich daran denke, dass wir ausgerechnet Blumenthal ... Mein Gott, mir wird ganz schlecht bei dem Gedanken.«

»Jetzt beruhigen Sie sich erst mal und trinken eine Tasse Kaffee. Und dann erzählen Sie mir in aller Ruhe, wie Küchler darauf kommt, dass Blumenthal kriminell ist. Warten Sie, ich hole Ihnen den Kaffee«, sagte Berger, stand auf, ging zur Kaffeemaschine und schenkte ihren Becher voll. Durant sah ihn ganz verwundert an.

»So, bitte schön.« Er stellte den Becher auf den Tisch und begab sich wieder hinter seinen Schreibtisch.

»Ganz schlau bin ich auch nicht daraus geworden, aber Küchler hat mir ein paar Dinge gesagt, die mich schon zum Nachdenken bringen. Zum Beispiel, dass Blumenthal Kontakt zu Salvatore Muti pflegt, dem Schwiegervater von Thomas Wiesner. Und Muti ist wegen seiner angeblichen Mafiazugehörigkeit als Minister in Ungnade gefallen und musste seinen Hut nehmen. Auf jeden Fall steht Blumenthal unter Beobachtung.«

»Und wer beobachtet ihn?«

»Das wollte mir Küchler nicht verraten.«

»Und warum nicht?«

Durant zuckte mit den Schultern. »Er behauptet, das alles laufe unter streng geheim.«

»Komisch, ich muss ganz ehrlich sagen, Blumenthal wäre der Letzte gewesen, den ich im Verdacht gehabt hätte. Er mag zwar seine Macken haben, aber er hat es doch eigentlich gar nicht nötig, ich meine, der hat so viel Geld, da braucht er nicht auch noch krumme Geschäfte zu machen …«

»Das ist ja offensichtlich das Problem. Je mehr die Leute haben, desto gieriger werden sie. Und Blumenthal scheint da keine Ausnahme zu sein. Vielleicht geht es ihm auch nur um Macht.«

»Und was hat Küchler jetzt vor?«

»Er trifft sich um sechs mit Laskin. Und danach will er weitersehen.«

»Sie haben Küchler von Laskin erzählt?«, fragte Berger.

»Ja. Irgendwann musste ich doch jemandem von Laskin erzählen. Laskin will nur eins, er will den Mörder von Irina Puschkin ans Messer geliefert sehen, und dafür ist er bereit, ein hohes Risiko einzugehen. Ich habe ihm allerdings zugesichert, dass er ungehindert das Land verlassen kann, sobald er seine Aussage gemacht hat. Und nach dem, was Küchler gesagt hat, scheint hier das Risiko sehr gering zu sein, denn Küchler hat mir außerdem seinerseits zugesichert, dass Laskin vollen Schutz bekommt. Und noch was, ich habe Küchler nicht verraten, wie mein Informant heißt.«

»Aber Laskin hätte doch schon längst abhauen können, oder etwa nicht?«

»Natürlich. Doch er will endgültig Schluss machen, vorher aber noch ein paar Leute hochgehen lassen.«

»Soll ich Ihnen was sagen, Frau Durant, das ist mir alles ein klein bisschen zu kompliziert. Sie haben einen Informanten, Laskin, der aber erst richtig auspacken will, wenn der Mörder seiner Freundin gefunden wurde. Dafür soll er angeblich bereit sein, sein Leben aufs Spiel zu setzen. Dann noch …«

»Wenn ich Sie unterbrechen darf, aber das ist gar nicht so kompliziert. Natürlich hätte Laskin abhauen können, aber wenn Sie ihn kennen würden, dann wüssten Sie, dass er ein sehr stolzer Mann ist, dem sein eigenes Leben nicht unbedingt alles bedeutet. Er macht sich viel mehr Sorgen um Natascha. Lassen Sie uns doch einfach abwarten, was die Unterhaltung zwischen Laskin und Küchler ergibt, und dann entsprechend vorgehen.«

»Es ist Ihr Fall, und ich werde mich hüten, Ihnen da reinzureden. Und doch rate ich Ihnen zu äußerster Vorsicht.«

»Es wird alles gut gehen, glauben Sie mir. Wo sind eigentlich die andern?«

»Zum Teil unterwegs, zum Teil im Haus. Ich habe aber vorhin die Zwischentür zugemacht, weil ich ungestört telefonieren wollte. Sie können sie wieder öffnen, wenn Sie möchten.«

»Ich geh mal kurz rüber und dann nach Hause. Sollte irgendwas sein …«

»Schon gut, verschwinden Sie.«

Durant ging zu Hellmer und erzählte ihm von ihrem Gespräch mit Küchler. Er reagierte recht gelassen auf die Nachricht über Blumenthal. Noch ein paar Belanglosigkeiten, Hellmer solle seiner Frau Nadine schöne Grüße bestellen, und vielleicht könne man ja irgendwann mal wieder etwas gemeinsam unternehmen. Es war kurz vor halb sechs, als sie sich auf den Weg nach Hause machte. Sie fühlte sich nicht besonders gut, vermochte jedoch nicht zu sagen, warum. Sie hatte weder ihre Periode noch Kopfschmerzen, noch irgendwelche anderen körperlichen Beschwerden. Sie stellte einfach das Radio lauter.

Mittwoch, 18.00

Laskin saß an einem Tisch am Fenster, vor sich eine Tasse Kaffee. Von hier hatte er einen guten Blick auf den Eingang, und als er den Mann allein hereinkommen sah, der die *FAZ* unter dem Arm hielt, kniff er die Augen zusammen, zögerte einen Moment, stand auf und ging zu ihm hin.

»Dr. Küchler?«

»Ja. Und mit wem habe ich das Vergnügen?«

»Setzen wir uns da hinten hin, dort sind wir ungestört«, erwiderte Laskin, ohne die Frage von Küchler nach seiner Identität zu beantworten.

Nachdem sie sich gesetzt hatten, sagte Küchler leise, so dass keiner sonst etwas mitbekam: »Wie Sie wissen, habe ich heute Nachmittag ein längeres Gespräch mit Frau Durant geführt. Mich interessiert nicht, wer Sie sind oder was Sie bisher gemacht haben, ich will nur Namen. Und angeblich können Sie mir helfen.«

»Ich werde Ihnen helfen. Mein Name ist Daniel Laskin, ich bin Israeli mit deutscher Staatsangehörigkeit. Reicht Ihnen das vorerst?«

»Sicher, Herr Laskin. Mich interessiert aber viel mehr, was Sie über bestimmte Leute innerhalb des organisierten Verbrechens wissen. Die Absprache, die Sie mit Frau Durant getroffen haben, gilt selbstverständlich. Sie bekommen rund um die Uhr Schutz, Ihr

Name wird nirgends erwähnt, und sobald wir alle Fakten gesammelt haben, können Sie gehen, wohin immer Sie wollen. Ich denke, das ist ein fairer Deal.«

»Das sehe ich auch so«, sagte Laskin nickend, trank seine Tasse aus und bestellte sich noch einen Kaffee.

Sie unterhielten sich fast eine Stunde, bis die Lautsprecherdurchsage kam, dass das Kaufhaus in fünf Minuten schließen würde. Laskin hatte Küchler eine Menge Informationen zukommen lassen, und auch das Phantombild von Rachmiel Jakobi gegeben, und Küchler hatte eifrig mitgeschrieben.

»Also gut, ich schlage Ihnen jetzt Folgendes vor: Sie sind ja bereit, sich als Köder zur Verfügung zu stellen. Sie gehen zurück in Ihre Wohnung, das Haus wird jedoch ab sofort keine Minute mehr aus den Augen gelassen. Und sollte Doux alias Jakobi tatsächlich bei Ihnen auftauchen, wird die Falle zuschnappen, bevor Jakobi auch nur nach seiner Waffe greifen kann. Sie haben mein Wort darauf. Die Leute, die Sie bewachen, sind keine Beamten der Frankfurter Kripo, sondern speziell für solche Aufgaben ausgebildete Männer des BKA. Um allen möglichen Problemen aus dem Weg zu gehen, möchte ich Sie dringendst bitten, die Kripo, ganz gleich, um wen es sich auch handelt, in den nächsten Tagen nicht zu kontaktieren, weder telefonisch noch anderweitig, denn wir wissen noch immer nicht, wo die undichten Stellen sind. Selbst Frau Durant, zu der Sie einen sehr guten Kontakt haben, sollte vorerst nicht davon in Kenntnis gesetzt werden. Ich weiß, dass Sie ihr vertrauen, doch wir müssen im Moment jedes Risiko ausschließen. Ein falsches Wort von ihr einem Kollegen gegenüber, und die ganze Aktion könnte zum Scheitern verurteilt sein. Herr Laskin, ich garantiere Ihnen, Sie bekommen allen erdenklichen Schutz von uns, darauf gebe ich Ihnen mein Wort als leitender Oberstaatsanwalt. Es gibt immer und überall undichte Stellen, das wissen Sie so gut wie ich, aber für meine Leute lege ich die Hand ins Feuer. Und jetzt machen Sie's gut. Und bis bald hoffentlich.«

»Ja, bis bald«, erwiderte Laskin.

Küchler reichte Laskin die Hand und schüttelte sie. Laskin nickte nur und sah Küchler mit diesem undefinierbaren Lächeln an. Während Küchler den Aufzug nahm, fuhr Laskin mit der Rolltreppe hinunter, ging mit schnellen Schritten zu seinem in der Dalbergstraße in der Nähe des Bahnhofs abgestellten Wagen, wobei er sorgfältig darauf achtete, dass ihm niemand folgte, startete den Motor und fuhr los.

Mittwoch, 19.15 Uhr

Julia Durant war seit einer guten Stunde zu Hause. Sie war noch tanken gewesen und hatte ein paar Sachen in der Drogerie eingekauft und war gerade beim Geschirrspülen, als ihr Handy, das am Ladegerät hing, läutete. Sie zog verwundert die Stirn in Falten und fragte sich, wer sie um diese Zeit auf dem Handy anrief. Sie trocknete ihre Hände ab, nahm das Gerät vom Tisch und meldete sich.

»Ach so, Sie sind's. Ich hab mich schon gewundert, wer mich jetzt noch auf dem Handy anruft … Augenblick … Was sagen Sie da? Nein, oder? … Sind Sie da ganz sicher? … Entschuldigung, dass ich nachfrage, aber … Okay, wann? … Hm, das ist allerdings rätselhaft. Gibt es einen Hintereingang, durch den man unbemerkt ins Haus gelangen kann? … Abgeschlossen. Haben Sie einen Schlüssel? Ja, ich warte … Gut, dann machen Sie die Tür von innen auf. Hellmer, Kullmer und ich werden in einer halben, spätestens drei viertel Stunde dort sein … In einer Stunde, sagen Sie. Okay, dann in einer Stunde … Nein, nein, keine Sorge, wir werden sehr vorsichtig sein. Wir wissen ja jetzt Bescheid … Ich werde sofort die andern informieren. Bis nachher.«

Sie drückte die Aus-Taste und atmete ein paarmal tief durch. In ihrem Kopf war ein wildes Durcheinander. Sie mahnte sich zur Ruhe und wählte Hellmers Nummer.

»Frank, komm bitte sofort in die Cronstettenstraße. Ist Kullmer noch im Büro?«

»Keine Ahnung, aber ich kann's herausfinden.«

»Informier ihn und sag ihm, dass er seinen Wagen genau wie du und ich in irgendeiner Seitenstraße parken soll. Wir treffen uns um zehn nach acht an der Ecke Eysseneck-/Kleebergstraße. Und nur wir drei ziehen das durch. Ich erklär euch alles nachher.«

Sie legte auf, dachte für einen Moment an Laskins Mahnung, dass ihr Telefon abgehört werden könnte, zuckte mit den Schultern und sagte sich, dass es jetzt eh zu spät wäre, daran etwas zu ändern. Sie rief schnell noch bei Kuhn an und teilte ihm mit, dass sie dringend weg müsse und er nicht auf sie warten solle. Für den Fall, dass jemand für sie anrufe, solle er sagen, sie sei bei einer Freundin. Und sie fügte noch hinzu, dass sie sich freuen würde, wenn er zu Hause sei, wenn sie zurückkomme.

Julia Durant zog sich wieder ihre Jeans an, schlüpfte in die Tennisschuhe, überprüfte ihre Waffe und legte zum ersten Mal seit ewigen Zeiten ihr Schulterhalfter um, während sie sonst ihre Pistole immer in der Handtasche mit sich führte, obgleich die Dienstvorschrift etwas anderes besagte. Sie war nur im ersten Moment nervös gewesen, doch die Nervosität legte sich mit jeder Minute mehr. Sie kämmte sich rasch die Haare, betrachtete ihr Gesicht ein letztes Mal im Spiegel, nahm ihre Tasche und zog die Tür hinter sich ins Schloss. Mit schnellen Schritten begab sie sich zum Auto und fuhr los. Es war kurz vor acht, als sie einen Parkplatz in der Kleebergstraße fand. Sie blieb noch einige Minuten sitzen, das Radio hatte sie ausgeschaltet, und wartete auf ihre Kollegen. Sie war vorbereitet.

Mittwoch, 20.10 Uhr

Hellmer und Kullmer kamen zum vereinbarten Treffpunkt, Durant instruierte sie in knappen Worten.

»Wir müssen von hinten an das Haus, Laskin hat die Kellertür aufgeschlossen. Könnte sein, dass wir ein bisschen dreckig werden.«

»Ich hab schon als Kind gerne im Matsch gespielt«, sagte Kullmer mit entschlossener Miene. »Auf geht's.«

Es war einfacher, als sie gedacht hatten. Sie konnten leicht von der Kleebergstraße unbemerkt bis zum Haus gehen, bis sie vor der Kellertür standen. Hellmer drückte die Klinke herunter, die Tür ging auf. Sie stiegen die Treppe hinauf, die Hand an der Waffe, und vergewisserten sich, dass niemand sie beobachtete, bis sie vor der Tür standen. Julia Durant klopfte dreimal kurz hintereinander leise gegen das Holz, und sogleich hörte sie Schritte näher kommen. Sie atmete erleichtert auf, als Laskin die Tür öffnete. Ohne einen Ton zu sagen, traten sie ein. Laskin legte einen Finger auf die Lippen als Zeichen, dass sie nicht sprechen sollten.

Julia Durant sah ihn an. Er wirkte ruhig und gefasst, während Natascha die Angst deutlich ins Gesicht geschrieben stand. Sie rauchte hastig, und immer wieder ging ihr Blick unruhig zu Laskin und den Beamten. Die Kommissarin deutete auf den Fernseher und gab Laskin ein Zeichen, ihn anzumachen. Er drückte auf die Fernbedienung und schaltete auf SAT1, wo gerade eine Serie begann. Sie nickte, zeigte auf das Zimmer von Irina Puschkin, wo sich Hellmer verstecken sollte, und auf das Zimmer von Natascha, wohin Kullmer sich begab. Sie selbst ging in die Küche, Laskin folgte ihr. Er nahm ein DIN-A4-Blatt und einen Stift und schrieb: »Ich weiß nicht, ob die Wohnung verwanzt ist, aber draußen steht ein Wagen mit zwei Männern drin. Angeblich sollen sie auf mich aufpassen. Ich bin sicher, Jakobi kommt noch heute.«

Julia Durant schrieb: »Und was macht Sie da so sicher?«

Laskin: »Ich spüre es einfach. Er ist wahrscheinlich schon hier in der Gegend.«

Durant: »Haben Sie Angst?«

Laskin: »Nein. Ich verlasse mich auf Sie.«

Durant: »Wir werden unser Bestes tun. Gehen Sie wieder zu Natascha, und unterhalten Sie sich mit ihr. Tun Sie so, als würden Sie sich absolut sicher fühlen. Ich bleibe hier in der Küche. Und wenn es klingelt, dann soll Natascha an die Tür gehen.«

Laskin nickte nur, erhob sich und begab sich zu Natascha ins Wohnzimmer. Durant zündete sich eine Zigarette an und pulte in Gedanken versunken und vor Nervosität mit dem Zeigefinger die Haut am Daumen ab. Sie bemerkte es, schüttelte den Kopf und nahm einen tiefen Zug. Während sie den Rauch durch die Nase ausblies, fragte sie sich, was wohl wäre, wenn sie bei einem Einsatz ihr Leben verlieren würde. Sie hatte noch nie ernsthaft darüber nachgedacht, aber jetzt zum ersten Mal verspürte sie so etwas wie Unbehagen. In den letzten beiden Jahren hatte sie nur einmal die Waffe ziehen müssen, als zwei gesuchte Vergewaltiger und Mörder ihr auflauerten, aber nicht wussten, dass sie von der Polizei war. Einen von ihnen hatte sie mit einem gezielten Schuss verwundet, der andere hatte nur gejammert und gewinselt. Das war aber nicht zu vergleichen mit der Situation, in der sie sich nun befand. Jakobi war ein anderes Kaliber, einer, der eine ganz besondere Ausbildung genossen hatte, einer, der kaltblütig und menschenverachtend handelte und dabei äußerst geplant und unauffällig zu Werke ging. Einer, der sogar seinen besten Freund für Geld umbringen würde. Und einer, der die gesamte Klaviatur des Tötens beherrschte, einer, von dem selbst die meisten in seinem Umfeld nicht einmal im Traum ahnen würden, dass er ein Auftragskiller war. Und das bereitete Durant ein mulmiges Gefühl, denn sie wusste ja nicht, was wirklich in den nächsten Minuten oder Stunden passieren würde.

Es war inzwischen nach neun, die Sonne, die seit ihrem Aufgang den ganzen Tag geschienen hatte, verabschiedete sich und begann sich allmählich hinter dem Taunus zur Ruhe zu setzen. Die Temperatur hatte trotz des Sonnenscheins die Zwanzig-Grad-Marke kaum überschritten, ein kühler Nordostwind hatte die große Hitze vertrieben. Durant drückte die Zigarette aus, ging zur Toilette, wusch sich die Hände und das Gesicht, überprüfte ein weiteres Mal ihre Pistole und begab sich zurück in die Küche. Sie vermutete, dass Jakobi, wenn er denn überhaupt kommen sollte, erst mit Einbruch der Dunkelheit erscheinen würde. Allerdings konnte auch nicht ausgeschlossen werden, dass er schon vorher auftauchte, sich als jovialer und Mitleid zeigender Freund gab, um dann Laskin und Natascha den Gnadenschuss zu geben. Aber auch Freunde kamen selten mitten in der Nacht, weshalb sie den Gedanken wieder verwarf, Jakobi könnte erst um halb elf oder später erscheinen.

Sie setzte sich, legte die entsicherte Pistole vor sich auf den Tisch und zündete sich eine Gauloise an. Sie merkte erst jetzt, dass sie Hunger hatte, denn sie hatte nicht zu Abend gegessen. Eigentlich hatte sie vorgehabt, den Tisch schön zu decken und alles fertig zu haben, wenn Kuhn nach Hause kam. Und sie konnte ihn nicht einmal anrufen und ihm ihr Herz ausschütten. Ein weiterer Blick auf die Uhr, zwanzig nach neun, eine weitere Zigarette, es befanden sich noch elf in der Packung. Halb zehn, zwanzig vor zehn, zehn. Sie wurde immer unruhiger. Aus dem Wohnzimmer, wo sich Laskin und Natascha unterhielten, hörte sie Stimmen. Die Dämmerung war angebrochen, in der Küche herrschte diffuses Licht.

Plötzlich zuckte sie zusammen, als die Türglocke anschlug. Sie nahm die Pistole in die Hand und hörte, wie Natascha zur Tür ging und den Knopf der Sprechanlage betätigte.

»Ja, bitte?«, sagte sie mit leichtem Vibrato in der Stimme.

»Hallo, Natascha, ich bin's, Rachmiel. Kannst du dich noch an mich erinnern?«

»Rachmiel?« Natascha tat erstaunt. »Rachmiel Jakobi?«

»Ja, genau der. Darf ich hochkommen? Ich habe das von Irina gehört und ... Na ja, ich weiß, es ist schon spät, aber ich dachte, ich könnte vielleicht mal kurz bei dir vorbeischauen ...«

»Komm hoch.«

Natascha drückte den Türöffner. Julia Durant schloss kurz die Augen, atmete noch einmal tief durch und ermahnte sich, jetzt ruhig zu bleiben, nicht in Hektik zu verfallen. Du bist eine gute Polizistin, du bist eine gute Polizistin, sagte sie in Gedanken zu sich selbst und stellte sich so an die geöffnete Küchentür, dass Jakobi sie unmöglich sehen konnte. Sie hörte Schritte auf der Treppe, die immer näher kamen. Jede Sehne ihres Körpers war angespannt. Klar denken, ganz klar denken, befahl sie sich. Die Schritte verstummten, Natascha hatte die Tür aufgemacht.

»Hallo, Rachmiel«, sagte sie erstaunlich ruhig, obwohl die Kommissarin die Befürchtung hatte, dass Natascha sich vielleicht durch ihre Angst verraten könnte. »Wir haben uns lange nicht gesehen. Aber komm doch rein, Daniel ist auch da.«

»Daniel ist auch da?«, sagte Jakobi lachend und tat überrascht. »Das freut mich, meinen alten Freund wiederzusehen. Es ist eine lange Zeit vergangen. Wie viele Jahre ist es her? Fünf, sechs?«

Laskin war aufgestanden und zu Jakobi gegangen. »Komm, lass dich umarmen«, sagte Laskin. »Was machst du in Frankfurt?«

»Ich habe geschäftlich hier zu tun und zufällig mitbekommen, was da mit Irina passiert ist. Es ist einfach schrecklich.«

»Allerdings. Setz dich. Möchtest du etwas trinken?«

»Nein, nein, mach dir keine Umstände. Ich wollte wirklich nur auf einen Sprung vorbeischauen. Ich habe auch gar nicht lange Zeit. Wie konnte das mit Irina bloß passieren?«

»Sie wurde erschossen, und dann hat der Typ sich selbst umgebracht. Mehr kann ich nicht sagen.«

»Tragisch. Sie hätte diesen Beruf nie ausüben sollen. Es ist stets ein Risiko. Und du, was treibst du so? Immer noch mit Computern beschäftigt?«

»Klar. Und du?«

»Ich mache in Immobilien. Ständig unterwegs für die Reichen und Superreichen. Manche Leute haben Geld, davon kann unsereins nur träumen. Aber es lässt sich von meinem Verdienst gut leben. Ich kann dir mal ein paar Prospekte von Häusern zeigen, die ich so verkaufe. Einen Moment, ich habe sie in meinem Aktenkoffer.«

Julia Durant wusste, dass jetzt der Moment der Entscheidung gekommen war. Jakobi würde mit Sicherheit alles andere aus seinem Koffer holen, nur keine Prospekte. Eine Waffe mit Schalldämpfer vermutlich. Sie hörte das Aufschnappen der Schlösser und betete zu Gott, ihr jetzt beizustehen. Sie wusste nicht, wo Jakobi saß, ob sie ihn, wenn sie aus der Küche kam, von hinten oder von vorne sah.

»Hier«, sagte Jakobi und legte die Prospekte auf den Tisch, »das sind nur ein paar der Häuser. Hübsch, was?«

»Hm, ganz nett«, erwiderte Laskin. »Und wie teuer ist so ein Palast? Der hier zum Beispiel?«

»Der kostet knapp fünfzehn Millionen, Dollar, versteht sich. Ist aber schon verkauft, falls du Interesse haben solltest.«

»Fünfzehn Millionen, woher sollte ich so viel Geld haben?«, fragte Laskin lachend.

»Ich zeig dir noch was«, sagte Jakobi und langte wieder in seinen Koffer. »Wie viel hast du auf die Seite geschafft?«, fragte er mit plötzlich scharfer Stimme. »Wie viele Millionen?«

»He, Rachmiel, was soll das?«, stieß Laskin hervor. Natascha schrie kurz und schrill auf. »Nimm das Ding da runter.«

»Nein, Freund, das werde ich nicht. Du bist zu blöd, weißt du das. Du bist in eine Falle getappt, genau wie Irina. Es tut mir Leid, aber das Geschäft geht vor. Und du bist zu einem Risikofaktor geworden. Sag adieu, liebe Welt ...«

Julia Durant und ihre beiden Kollegen stürmten mit gezückten Waffen aus den Zimmern. Durant schrie: »Waffe runter, Jakobi!«

Er reagierte im Bruchteil einer Sekunde, feuerte zuerst auf Kullmer, der sofort wieder hinter der Tür verschwand, dann auf Hellmer, der kurz darauf mit einem Schrei zusammensackte. Anschließend ließ Jakobi sich zu Boden fallen, rollte sich ab und feuerte blitzschnell mehrere Schüsse aus seiner Automatik ab, bevor Durant ihn mit zwei gezielten Schüssen etwas unterhalb des rechten Schultergelenks und in den Arm traf. Jakobi entglitt die Waffe mit dem Schalldämpfer. Er sah Julia Durant ungläubig an. Sie trat zu ihm, kickte die Pistole zur Seite und sagte leise: »Das Spiel ist aus, Herr Jakobi oder Doux oder wie immer Sie sich auch nennen mögen. Und Sie leben noch, das ist für mich das Schönste«, fuhr sie mit zynischem Lächeln fort.

»Mein Bein, verdammt, mein Bein!« Hellmer hielt sich eine Hand auf die blutende Wunde, doch Durant warf ihm nur einen kurzen Blick zu.

»Peter, du gehst jetzt ganz schnell nach unten zu den beiden Typen im Wagen«, sagte sie zu Kullmer. »Die dürfen gar nicht erst mitkriegen, was hier passiert ist. Halt einem von ihnen die Knarre an den Schädel, und bring sie hoch. Unbewaffnet, und sie sollen sich selbst die Handschellen anlegen. Und dann wollen wir doch mal sehen, ob die Vöglein singen werden. Geh durch den Hintereingang und überrasch sie einfach.«

»Bin schon unterwegs.«

Und an Jakobi, der am Boden lag und die Kommissarin mit funkelndem Blick ansah, gewandt, die Pistole immer noch auf ihn gerichtet: »Ist diese Wohnung verwanzt?«

»Schauen Sie doch nach, dann wissen Sie's.«

»Noch so eine Antwort, und ich blas Ihnen die Eier weg, kapiert? Ist diese Wohnung verwanzt?«

»Nein, verdammt noch mal! Ich weiß zumindest nichts davon. Ich bin verletzt und brauche einen Arzt!« Er hielt sich mit der Hand die getroffene Schulter.

»Den kriegen Sie, sobald Sie mir noch eine Frage beantwortet haben. Wer hat Ihnen den Auftrag erteilt, Herrn Laskin und Frau Olpitz umzubringen?«

Obgleich Jakobi höllische Schmerzen haben musste, lächelte er mit abfällig heruntergezogenen Mundwinkeln und schüttelte den Kopf. »Kein Kommentar, hören Sie. Und wenn Sie mich umbringen, aus mir kriegen Sie nichts heraus!«

»Okay, dann werde ich Sie jetzt töten …«

»Julia, hör auf!«, schrie Hellmer sie an. »Das bringt doch nichts! Irgendwann wird er reden.«

»Meinst du wirklich, ich bin so blöd und bring diesen Abschaum um? Für den ist jede Kugel zu schade. Vorläufig erfährt keiner, was hier abgelaufen ist, denn uns fehlt noch jemand, und bevor wir den nicht haben, bleibt das alles hier geheim.«

Laskin stand jetzt vor Jakobi, blickte ihn nur mitleidig an und sagte: »Seit wann wusstest du, dass ich für die Organisation arbeite?«

»Schon lange, schon sehr, sehr lange. Aber bis jetzt gab es keinen Grund, dich zu töten, alter Freund.«

»Und warum gibt es auf einmal einen Grund?«

»Das weißt du doch genau, du Verräter!«, spie Jakobi ihm entgegen und verzog im nächsten Moment das Gesicht vor Schmerzen, als Laskin ihm einen kräftigen Tritt in die Nierengegend verpasste.

»Ich bin also ein Verräter. Wieso denn das? Komm, sag es mir.«

»Du warst der Einzige, der am Montag den Transport hochgehen lassen konnte, denn du warst für die Logistik zuständig, das hat mir …« Jakobi hielt inne und sah Laskin grinsend an.

»Das hat dir was … Oder wer?«

»Leck mich am Arsch. Ja, Daniel, wir waren einmal Freunde, aber irgendwann haben sich unsere Wege getrennt, und jetzt haben sie sich wieder gekreuzt. Nur dumm für mich, dass es so gelaufen ist.«

»Warum, Rachmiel, bist du zum Killer geworden? Sag mir, was der Grund dafür ist.« Laskin ging in die Hocke. »Warum tötest du unschuldige Menschen? Nur wegen des Geldes?«

»Ach komm, hör doch auf mit diesem dummen Geschwafel. Unschuldige Menschen? Dass ich nicht lache! Es gibt keine unschuldigen Menschen, nicht einen einzigen auf der ganzen Welt …«

»Was ist mit den Kindern von Andrejew? Was haben sie dir oder andern getan? Und Irina, warum musste sie sterben? Hast du sie nur getötet, weil sie dich abgewiesen hat?«

»Denk doch, was du willst, Daniel, du ach so sauberer Freund! Es ist mir so was von egal. Irina war eine Schlampe, eine gottverdammte Hure, und ich habe ihr das Angebot gemacht, nicht länger eine Hure sein zu müssen. Aber sie wollte ja nicht. Sie wollte lieber weiter ihren Körper verkaufen, und du hast es auch noch zugelassen, obwohl du ihr Geliebter warst! Sie war genauso erbärmlich wie du. Was hast du denn in den letzten zehn Jahren so getrieben?! Du bist in Wirklichkeit noch viel schlimmer als ich, in dir drin ist nichts als Schmutz und Aas. Du stinkst, weil du innerlich verfaulst wie ein Stück Fleisch, das zu lange in der Sonne liegt.«

»Rachmiel, was ist nur aus dir geworden«, entgegnete Laskin kopfschüttelnd. »Ich weiß selbst, was ich falsch gemacht habe, aber der Mossad …«

Jakobi lachte hämisch auf, hustete und hielt sich die verwundete Schulter. »Der Mossad! O Scheiße! Du bist auch bei ihnen gewesen? Das wusste ich nicht, ich schwöre es. Als sie mich nicht mehr brauchten, haben sie mich einfach verkauft. Und was ich dann gemacht habe, weißt du. Komm, Daniel, sei nicht mein Feind, ich bitte dich.«

»Ich bin nicht dein Feind, ich empfinde nicht einmal Hass. Sag mir, warum du heute Abend zu mir gekommen bist, um mich zu töten. Wer ist dein Auftraggeber? Küchler?«

»Das weißt du doch genau.« Und nach einer Pause: »Nun, ich habe mich wohl zu sicher gefühlt. Aber so ist das nun mal, irgendwann macht jeder einen Fehler. Die Frage ist nur: Wer führt jetzt meine Restaurants weiter?«

»Deine Restaurants?«

»Das hättest du wohl nicht von mir gedacht, oder? Ich habe zwei sehr edle Restaurants in Nizza und Monaco. Dort kommt nicht jeder rein. Willst du sie haben? Ich schenke sie dir, sozusagen als kleine Wiedergutmachung für das, was ich dir angetan habe. Was hältst du davon?«

»Nein. Erstens bin ich nicht der Typ für so was, und zweitens, und das weißt du ganz genau, würde man schon bald einen anderen Killer auf mich und Natascha ansetzen.«

»Du hast Recht, das habe ich nicht bedacht. Du musst sehr vorsichtig sein, denn sie werden dich jagen. Und vergiss, was ich eben über dich gesagt habe, du bist nicht verfault. Du warst eigentlich der einzige richtige Freund, den ich je hatte. Kannst du dich noch erinnern, was wir alles gemacht haben? Wir waren die verrücktesten Kerle, die man sich nur vorstellen kann. Und dann ist auf einmal alles ganz anders gekommen. Warum ist das so?«

»Ich weiß es nicht, Rachmiel. Ich weiß nur, dass das, was wir getan haben, nicht recht war.«

»Nein, das war es nicht. Aber bei diesem verdammten Krieg zwischen uns und den Palästinensern wurde meine ganze Familie ausgelöscht, sie wurden durch eine Autobombe zerfetzt, und irgendwas ist da in mir zerbrochen.«

»Was? Das wusste ich nicht.«

»Wie auch! Das war vor zwölf Jahren, da hatten wir uns längst aus den Augen verloren. Vielleicht hätte ich es dir erzählen sollen, als wir uns vor ein paar Jahren wiedergetroffen haben. Aber ich konnte nicht, weil ich da schon … Ach, was soll's auch. Tja, und die einzige Frau, die ich je geliebt habe, war Irina, aber sie wollte mich nicht haben, sie hatte immer nur Augen für dich. Ich habe euch beide gehasst dafür, dass ihr zusammen wart. Seitdem bin ich ruhelos durch die Welt gestreift. Wie ein einsamer Wolf, den es nirgendwo lange hält. Es war kein Leben, das ich geführt habe, es war …« Er stöhnte erneut auf, schloss die Augen und fuhr fort: »Hör zu, Daniel. Hör gut zu. Ich soll mich mit Küchler in Verbindung setzen, und zwar übers Handy. Ich soll ihm eine SMS schicken. Die Meldung lautet ›Der Flieger ist gelandet‹. Er erwartet die Meldung in diesen Minuten. Hast du das? Das Telefon ist in meiner linken Jackentasche, ich hoffe, es ist noch ganz. Hol es raus, ich kann nicht, und schick ihm die Meldung. Seine Nummer steht im Adressbuch unter Oberst.«

»Und das ist auch kein Trick«, fragte Laskin vorsichtshalber nach.

»Nein, mit den Tricks ist es vorbei.«

»Okay.« Laskin holte das Handy aus der Innentasche der Jacke. Es war eingeschaltet, er drückte ein paar Tasten, schickte die SMS ab, nickte und sah die Kommissarin und dann Jakobi an. »Noch etwas. Mailt er zurück?«

»Nein, damit ist der Auftrag erledigt. Ich habe übrigens ein Zimmer im Steigenberger-Hotel unter dem Namen George W. Baker. Dort ist mein Notebook. Hol es dir, es sind ein paar sehr interessante Informationen drauf.« Jakobi setzte sich mit schmerzverzerrtem Gesicht auf, sah die Kommissarin und anschließend Laskin an, streichelte ihm mit der blutverschmierten Hand kurz übers Gesicht, lächelte und sagte: »Wir machen alle Fehler, und wir müssen dafür geradestehen. Ach Daniel, alter Freund. Verzeih mir.«

Es geschah so rasch, dass Durant nicht einmal die Gelegenheit hatte, etwas zu unternehmen, obgleich sie die Waffe noch in der Hand hielt. Jakobi holte blitzschnell mit der linken Hand eine kaum handtellergroße, silbrig glänzende Pistole heraus, hielt sie sich in den Mund und drückte ab. Die Kugel drang am Hinterkopf aus und blieb in der Wand stecken. Blut spritzte, sein Körper fiel nach hinten, eine Blutlache bildete sich um seinen Kopf.

»Verdammte Scheiße!«, entfuhr es Hellmer. Alle Farbe war aus Julia Durants Gesicht gewichen. Sie wollte sich zu Jakobi hinunterbeugen, aber Laskin hielt sie zurück.

»Lassen Sie ihn, bitte. Er hat das getan, was für ihn am besten war. Sie dürfen nicht vergessen, er war einmal mein Freund.«

»Schon gut«, sagte die Kommissarin und setzte sich in den Sessel. Natascha schluchzte vor sich hin, das Gesicht in den Händen vergraben. Ihr ganzer Körper bebte, sie war mit ihren Nerven am Ende. Hellmer saß an die Wand gelehnt und hielt sich das verwundete Bein. Laskin streichelte kurz über Jakobis Gesicht und murmelte ein paar hebräische Worte. Durant hatte sich eine Zigarette angezündet. Für eine schier unendliche Zeit schwiegen alle – bis es klingelte und Kullmer mit den beiden Gefangenen vor der Tür stand.

Kullmer war durch den Hintereingang nach draußen gehuscht, um zwei Häuser herum, hatte einen Moment gewartet, die Pistole in der Jackentasche, den Griff fest umklammert. Es war fast dunkel geworden, die Straßenbeleuchtung war bereits eingeschaltet. Er bewegte sich wie ein abendlicher Spaziergänger von hinten auf den roten Opel Omega zu. Sein Herz schlug in ruhigem Takt, er hatte keine Angst vor den nächsten Sekunden. Er verspürte nur noch Wut und Zorn, aber es waren eine kontrollierte Wut und ein ebenso kontrollierter Zorn. Auf der andern Straßenseite kam ihm ein junges Pärchen mit einem Golden Retriever entgegen, doch sie waren so in ihr Gespräch vertieft, dass sie ihn nicht bemerkten, und wenn, ihn einfach ignorierten. Noch zehn Meter, noch fünf, seine Schritte waren fest und gleichmäßig. Als er neben dem Wagen war, riss er plötzlich die Beifahrertür auf und hielt dem Mann die Waffe an den Kopf.

»Und jetzt«, zischte er leise, »zieht ihr beide ganz langsam eure Kanonen raus und legt sie unter den Sitz. Eine falsche Bewegung, und ich puste euch das Lebenslicht aus, kapiert?! Also, wird's bald.«

»He, Mann, ganz cool bleiben, okay. Was willst du von uns?«

»Macht einfach, was ich euch gesagt habe, und keine Fisimatenten. Ich kann sehr ungemütlich werden.«

»Schon gut, schon gut«, sagte der Beifahrer, ein vielleicht dreißigjähriger strohblonder Mann mit extrem kurz geschnittenen Haaren, der Turnschuhe, eine Jeans, ein T-Shirt und eine Lederjacke trug und mit Sicherheit jeden Tag ein paar Stunden in einem Fitness-Studio verbrachte. Er griff mit der rechten Hand in die linke Tasche, holte seine Waffe heraus und ließ sie zu Boden fallen. Das Gleiche machte auch der Fahrer, den Kullmer auf Anfang bis Mitte vierzig schätzte.

»Und jetzt ganz langsam aussteigen und die Hände aufs Dach und die Beine gespreizt. Und du«, sagte er und meinte damit den Fahrer, »kommst hier rüber zu deinem Kumpel.«

Kullmer hielt einen angemessenen Abstand zu den beiden, die ihm jetzt ihre Rücken zugekehrt hatten, die Hände auf dem Wagendach. Kullmer holte die Handschellen aus seiner Tasche und warf sie aufs Dach.

»Macht euch damit fest!«, befahl er. Die Handschellen schnappten ein. »Und jetzt rüber zum Haus, die andere Hand hinter den Kopf. Ihr wisst ja, wer da drüben wohnt. Und ein bisschen Beeilung bitte, ich hab keine Lust, den ganzen Abend mit euch zu vertrödeln.«

Als sie oben anlangten, drückte Kullmer auf den Klingelknopf. Laskin öffnete, Kullmer gab den beiden Männern einen kräftigen Schubs.

»So, da wären wir. Hat zwar ein bisschen länger gedauert, aber …«

»Oh, Shit«, stieß er hervor, als er den toten Rachmiel Jakobi sah. »Wie konnte das denn passieren?«

»Selbstmord«, bemerkte Hellmer nur.

»Verdammter Mist! Aber nicht zu ändern. Ich hab jedenfalls die beiden Kerle. Und jetzt auf den Boden mit euch. Die Hände ausgestreckt, die Beine gespreizt. Für wen arbeitet ihr?«

»Leck mich, du Arschloch!«, sagte der Blonde und schrie im nächsten Moment auf, als Kullmers Schuhspitze genau zwischen seine Beine traf.

»Für wen?«

»Ihr habt keine Chance«, sagte sein Kollege. »Die machen euch fertig.«

Kullmer ging in die Hocke, packte den andern bei den Haaren und riss seinen Kopf nach oben. »Hör zu, keiner hätte geglaubt, dass wir das hier schaffen. Aber meine Kollegen und ich sind ein verschworenes Team. Besser als diese ganzen Supertypen im Fernsehen. Und jetzt noch mal: Gegen wen haben wir keine Chance? Na, wird's bald?!«

»Küchler.«

»Hm, das wussten wir schon, wir wollten eigentlich nur eine Bestätigung von euch haben. Und was sollt ihr machen, wenn die Aktion beendet ist? Ich meine, erfolgreich beendet worden wäre?«

»Wir sollen ihn anrufen.«

»Halt's Maul!«, zischte der Blonde.

»Halt's selber«, sagte Kullmer und versetzte ihm einen weiteren Tritt. »Und was sollt ihr ihm sagen.«

»Der Flieger ist gelandet.«

»Okay, dann ruf ihn an. Und wehe, du verplapperst dich.«

»Mein Handy ist in meiner rechten Jackentasche.«

Kullmer gab Laskin ein Zeichen, näher zu kommen, und hielt gleichzeitig dem Älteren die Pistole in den Nacken.

»Holen Sie das Handy raus.«

Laskin griff vorsichtig in die Innentasche und reichte Kullmer das Telefon.

»Okay, ihr beide, ihr könnt euch jetzt aufsetzen. Rutscht an die Wand, und ab jetzt will ich keinen Ton mehr hören. Wenn Frau Olpitz weiterheulen will, soll sie das in einem andern Raum machen. Du wählst jetzt Küchlers Nummer und gibst ihm die Nachricht durch. Und du«, sagte er zu dem Blonden, »machst den Mund schön weit auf. Schön weit aufmachen. Gut so.« Er steckte ihm den Lauf der Pistole in den Mund. »Ein Ton von dir, und ich blas dir das Hirn aus dem Schädel. Kapiert?«

Der Blonde nickte nur mit weit aufgerissenen Augen. Der andere tippte die Nummer ein und sagte kurz darauf: »Der Flieger ist gelandet.« Er drückte die Aus-Taste und ließ das Handy auf den Boden fallen.

Kullmer stand auf, sah die beiden an und sagte: »Und was hat euer Boss jetzt vor?«

»Keine Ahnung«, antwortete der Ältere. »Wir sollten nur dafür sorgen, dass das hier reibungslos über die Bühne geht.«

»Und was meinst du?«, fragte er Durant.

Sie zuckte mit den Schultern, aber plötzlich verengten sich ihre Augen, und sie sagte: »Doch, ich kann mir denken, was Küchler jetzt vorhat. Er glaubt, dass Herr Laskin tot ist, und damit hat er, wie er meint, freie Fahrt. Und er muss Blumenthal loswerden. Wir müssen die nächsten Stunden abwarten. Ich schätze, Küchler wird noch heute Nacht zuschlagen. Und dann bin ich auf sein Gesicht gespannt, wenn Herr Laskin vor ihm steht.« Und an Hellmer gewandt: »Was macht dein Bein? Hältst du noch durch?«

»Nicht so schlimm, ist nur 'ne Fleischwunde. Ich brauch aber trotzdem einen Arzt.«

»Okay, dann werden wir jetzt mal Berger und Müller informieren, die sollen herkommen. Und danach fahren wir zu Blumenthal ins Büro, das heißt, wir warten, was Küchler unternimmt. Herr Laskin, Sie kommen mit, ich will Küchlers Gesicht sehen, wenn er Sie sieht«, meinte sie grinsend. »Und unsere beiden Kollegen werden erst mal an einen sicheren Ort gebracht. Ihr habt uns doch bestimmt noch eine Menge zu sagen, oder? Zum Beispiel, wie ihr heißt und was ihr macht.«

»Leck mich!«, stieß der Blonde aus und warf der Kommissarin einen hasserfüllten Blick zu.

»Kein Bedarf«, erwiderte sie ruhig. »Peter, sie gehören dir. Nimm einfach ihre Personalien auf und so weiter. Ich ruf bei Berger an.«

Sie holte ihr Handy aus der Tasche und tippte Bergers Nummer ein. Er meldete sich nach dem sechsten oder siebten Läuten. Es war Viertel vor elf.

»Berger«, brummte er in den Hörer.

»Hier Durant. Wir sind bei Laskin in der Cronstettenstraße …«

»Bitte was? Was heißt hier wir?«

»Hellmer, Kullmer und ich. Ich erkläre Ihnen das alles später. Pierre Doux oder Rachmiel Jakobi ist tot. Sonst sind alle in Ordnung, bis auf Hellmer, der einen Beinschuss abgekriegt hat. Setzen Sie sich bitte schnellstens mit Müller in Verbindung, der soll auch noch ein paar zuverlässige Leute mit in die Cronstettenstraße bringen. Und beeilen Sie sich, weil wir heute Nacht vermutlich noch einen Einsatz haben. Ach ja, rufen Sie doch bitte den Polizeiarzt an, damit er sich um Hellmers Bein kümmert. Und die Gnadenlosen sollen auch kommen, um Jakobi abzutransportieren. Und keine Streifenwagen.«

»In Ordnung, bin schon unterwegs.«

Julia Durant steckte ihr Handy wieder in die Tasche und sah in die Runde. Hellmer hatte sich ein Handtuch um den verwundeten Oberschenkel gewickelt und rauchte eine Zigarette, Kullmer war gerade dabei, die Personalien der Verhafteten aufzunehmen.

»Ah, ihr seid also vom LKA«, sagte Kullmer grinsend. »Wer hätte das gedacht. Aber ich kenn euch gar nicht, von welcher Abteilung seid ihr denn?«

»Find's doch raus, Schlaumeier«, antwortete der Blonde nur.

»Das werde ich schon. Könnte allerdings auch sein, dass eure

Ausweise gefälscht sind. Ich nehme an, sie sind gefälscht, stimmt's? Na ja, mal sehen, auf dem Präsidium seid ihr bestimmt gesprächiger als hier.«

Während der nächsten Minuten wurde kaum ein Wort gewechselt. Berger, Müller und drei weitere Beamte sowie ein Arzt trafen fünfunddreißig Minuten nach Durants Anruf ein.

»Was um alles in der Welt geht hier vor?«, fragte Berger.

»Das würde ich allerdings auch zu gerne wissen«, sagte Müller.

»Herr Laskin hat mich vorhin zu Hause angerufen, nachdem er sich mit Dr. Küchler unterhalten hat. Nun, nicht Blumenthal ist der gesuchte Mann, sondern Küchler.«

»Und wie kommen Sie darauf, Herr Laskin?«

Durant unterbrach ihn. »Das tut im Moment nichts zur Sache. Wir sollten uns jetzt schleunigst auf den Weg zu Blumenthals Büro machen. Ich schätze, wir werden entweder dort oder bei ihm zu Hause eine kleine Überraschung erleben. Zwei Beamte bleiben hier, bis die Bestatter Jakobi abtransportiert haben, und bringen danach die beiden dort aufs Präsidium. Ich würde sagen, wir fahren los. Frank, mach's gut.«

»Stopp, stopp!«, rief er. »Nicht so schnell, ich komme mit. Mit mir ist schon alles in Ordnung, stimmt doch, Doktor?«

»Nichts Gravierendes«, bestätigte der Arzt. »Eine simple Fleischwunde. Ich habe nichts dagegen, wenn Herr Hellmer mitgeht.«

»Dann mal los«, sagte Durant. »Und kein Funkverkehr während der Fahrt.«

Mittwoch, 23.45 Uhr

Auf der Fahrt zu Blumenthals Büro klingelte das Handy von Durant. Sie kniff die Augen zusammen, sah Laskin fragend an, der neben ihr saß, und schaute dann auf das Display. Die Nummer sagte ihr nichts. Sie meldete sich, es war Küchler.

»Entschuldigen Sie, Frau Durant, dass ich so spät noch störe, aber ich wollte Ihnen nur mitteilen, dass wir jetzt gleich die Büroräume und das Haus von Dr. Blumenthal durchsuchen werden.«

»Haben Sie einen richterlichen Durchsuchungsbefehl?«

»Nein. Wenn Gefahr im Verzug ist, brauchen wir den nicht. Blumenthal ist schon auf dem Weg hierher, er weiß allerdings noch nicht, was auf ihn zukommt. Ich habe ihm nur gesagt, es sei sehr dringend. Nach dem, was ich von Herrn Laskin erfahren habe, bin ich überzeugt, die fehlenden Beweise zu finden. Und noch was, Ihr Informant ist tatsächlich Gold wert.«

»Was meinen Sie damit?«, fragte sie scheinheilig.

»Nun, er hat mir den entscheidenden Tipp gegeben. Damit haben wir möglicherweise einen großen Sieg errungen. Herr Laskin wird übrigens unter Polizeischutz gestellt. Zu gegebener Zeit kann er in seine Wohnung zurückkehren, er muss sich nur vorher mit mir in Verbindung setzen. Er wollte mir vorhin nicht verraten, wo er sich aufhält.«

»Das hört sich gut an. Soll ich zu Blumenthals Büro kommen?«

»Ja, aber es ist nicht unbedingt nötig. Ich meine, nur wenn es Ihnen nichts ausmacht.«

»Ich komme gerade von einer Freundin. Ich könnte so in zehn Minuten da sein. Und ich informiere schnell noch zwei Kollegen von mir, die ich gerne dabeihätte. Wenn Sie damit einverstanden sind.«

»Natürlich, ich erwarte Sie dann.«

Nach dem Telefonat sah sie Laskin an und sagte: »Der Fisch hat angebissen.«

Sie parkten ihre Autos in einer Seitenstraße etwa hundert Meter von dem Gebäude entfernt, in dem sich das Büro von Blumenthal befand, und stiegen aus.

»Ich möchte erst mal allein zu Küchler gehen. Bin gespannt, wen er als Verstärkung mitgebracht hat …«

»Kommt gar nicht in Frage, Frau Durant«, wurde sie von Berger unterbrochen. »Das könnte auch eine Falle sein. Sie nehmen mindestens Herrn Kullmer mit«, fuhr er mit keinen Widerspruch duldender Stimme fort.

»In Ordnung«, gab Durant nach. »Ich habe Küchler gegenüber ja bereits angedeutet, dass ich zwei Kollegen mitbringe. Peter, bereit?«

»Aber sicher doch, Boss.«

»Und Sie halten hier die Stellung. Ich werde mir, sobald wir die Unterlagen gefunden haben, irgendwas einfallen lassen, um Sie anzurufen. Sie kommen dann mit Laskin rauf. Und jetzt auf in den Kampf.«

Julia Durant und Peter Kullmer gingen um die Ecke. Küchler wartete mit Blumenthal am Eingang. Zwei Männer, die Durant nicht kannte, waren bei ihm.

»Kennst du die Typen bei Küchler?«, fragte sie leise.

»Nee, nie gesehen. Wir müssen jedenfalls verdammt vorsichtig sein.«

»Sie haben tatsächlich Verstärkung mitgebracht. Nun gut, dann geht es vielleicht schneller«, sagte Küchler, als Durant und Kullmer vor ihm standen.

»Ich dachte mir, wir sollten das nicht allein durchziehen. Man weiß ja nie, wenn Sie verstehen ...«

»Was heißt hier Verstärkung?«, fragte Blumenthal, der zugleich irritiert und aufgebracht war. »Wenn mir vielleicht einmal jemand verraten würde, um was es eigentlich geht.«

»Gleich, Dr. Blumenthal. Gehen wir doch erst mal nach oben in Ihr Büro.«

»Was um alles in der Welt wollen Sie in meinem Büro? Und dazu noch mitten in der Nacht?«, fragte er ungehalten.

»Das werde ich Ihnen gleich erklären. Können wir jetzt hochgehen?«

»Ich verstehe zwar nicht, was das soll, aber bitte.«

Er schloss die Eingangstür auf, sie begaben sich in den zweiten Stock, wo sich Blumenthals Büro befand. Seine Bürotür war abgeschlossen, er öffnete sie, drückte auf den Lichtschalter, die Neonröhren flackerten auf, sie betraten das Vorzimmer.

»Und jetzt?«, fragte Blumenthal.

»In Ihrem Büro sind wir noch ungestörter«, sagte Küchler nur.

»Also gut, aber ich hoffe, Sie haben eine plausible Erklärung dafür, dass Sie mich zum einen mitten in der Nacht hierher holen und zum andern in mein Büro wollen.«

»Die haben wir«, entgegnete Küchler kühl lächelnd. »Dr. Blumenthal, Sie stehen unter dem dringenden Verdacht, Bestandteil des organisierten Verbrechens zu sein. Ihr Büro und auch das Sekretariat werden jetzt durchsucht. Ich möchte Sie bitten, dort drüben Platz zu nehmen und sich ruhig zu verhalten.«

Blumenthal sah Küchler wie einen Mann von einem andern Stern an. Er schien Küchlers Worte erst allmählich zu begreifen, dann platzte es aus ihm heraus: »Sagen Sie mal, sind Sie jetzt total durchgedreht?! Wie kommen Sie darauf, dass ich mit Verbrechern zusammenarbeite? Bitte, suchen Sie, aber Sie werden nichts finden. Ganz gleich, wo Sie auch suchen, ob hier oder bei mir zu Hause oder in einem unserer anderen Häuser. Meine Familie und ich, wir haben nie in unserm ganzen Leben auch nur einmal etwas getan, was gegen das Gesetz verstoßen hätte. Und ich sage Ihnen noch etwas: Besorgen Sie sich einen guten Anwalt, von mir aus den besten, den es gibt, aber auch der wird Ihnen nicht mehr helfen können. Sie sind erledigt, Dr. Küchler!«

»Schon gut, schon gut«, winkte Küchler ab. »Fangen wir an. Und Sie setzen sich jetzt schön brav in den Sessel. Bitte!«

Küchler erteilte Instruktionen, bis nach kaum zehn Minuten Kullmer, der sich einen unscheinbaren Aktenschrank vorgenommen hatte, sagte: »Schaut mal her, was ich hier Schönes habe.« Er wedelte mit sechs Klarsichtordnern, die alle von unterschiedlicher Farbe waren. »Thomas Wiesner, Thomas Wiesner, Thomas Wiesner, Cayman Islands, Aruba Islands, Luxemburg et cetera pp. Das sind doch die Akten, die aus dem Koffer verschwunden sind, oder?« Kullmer grinste Julia Durant an. »Ich denke, damit ist Dr. Blumenthal geliefert. Aber warum sind hier die wesentlichen Teile geschwärzt, zum Beispiel die Kontonummern? Verstehe ich nicht.«

»Macht nichts, es gibt Experten, die werden schon Mittel und

Wege finden, dass das Geschwärzte wieder lesbar wird. Fehlt nur noch der Terminplaner.«

»Das kann nicht sein!«, schrie Blumenthal mit hochrotem Kopf und sprang auf, doch einer der Beamten, die Küchler mitgebracht hatte, hielt ihm die Hand vor die Brust und hinderte ihn daran, auf Küchler loszugehen. »Ich kenne diese Unterlagen nicht! Das schwöre ich bei Gott!«

»Zeigen Sie her«, sagte Küchler, Blumenthals Worte ignorierend, und stellte sich neben Kullmer. Er schüttelte den Kopf und sah Blumenthal an. »Es ist also tatsächlich wahr. Ich hätte es wirklich nicht für möglich gehalten. Warum haben Sie das getan? Manche Leute können den Hals anscheinend nicht voll genug kriegen. Es ist spät, und ich denke, das reicht fürs Erste. Und vielleicht finden wir in Ihrem Haus ja noch mehr.«

»Und was ist mit dem Terminplaner?«, fragte Durant, die sich eine Zigarette angezündet und sich neben Küchler gestellt hatte, noch einmal leise. »Der müsste doch eigentlich auch hier sein. Sie haben mir doch heute Nachmittag gesagt, dass im Prinzip nur Dr. Blumenthal selbst Zutritt zu diesem Büro hat. Wieso sollte er ausgerechnet den Planer woanders verstecken?«

»Da haben Sie wohl Recht. Also suchen wir weiter.«

Nach einer halben Stunde Suche gaben sie auf. Küchler ging zu Blumenthal und sagte: »Dr. Blumenthal, Sie sind vorläufig festgenommen. Wenn Sie uns bitte folgen wollen. Dieses Beweismaterial reicht vorerst für eine Verhaftung aus. Sie haben Ihr Amt missbraucht, Dr. Blumenthal. Wie sehr man sich doch in einem Menschen täuschen kann.«

»Küchler, ich habe keine Ahnung, was für ein Spiel hier gespielt wird, aber ich falle nicht darauf rein. Ich werde es herausfinden, und wenn ich dafür Himmel und Hölle in Bewegung setzen muss.« Und an Durant und Kullmer gewandt: »Ich schwöre Ihnen, ich habe nichts damit zu tun.«

Julia Durant ging zu Küchler und flüsterte ihm etwas ins Ohr. Küchler nickte lächelnd. »Einverstanden.«

»Dr. Blumenthal«, sagte Durant, »ich würde gerne einen Moment unter vier Augen mit Ihnen sprechen. Gehen wir rüber ins Sekretariat. Bitte.«

»Ich weiß zwar nicht, was Sie sich davon erhoffen, aber …«

»Kommen Sie mit, es ist besser für Sie.«

Blumenthal fügte sich notgedrungen der Bitte und folgte der Kommissarin nach drüben. Sie machte die Tür hinter sich zu, legte einen Finger auf die Lippen, setzte sich auf die Schreibtischkante und bat Blumenthal mit einer Handbewegung, auf dem Schreibtischstuhl Platz zu nehmen.

»Dr. Blumenthal«, sagte sie im Flüsterton, »meine Kollegen und ich wissen, dass Sie unschuldig sind. Sie sind von Küchler reingelegt worden, wir haben auch eindeutige Beweise dafür.«

»Was für Beweise?«, fragte Blumenthal mit erhobener Stimme.

»Pssst, nicht so laut. Unten warten Herr Berger, Herr Müller und noch ein paar Beamte nur auf mein Kommando, hochzukommen. Ich werde jetzt anrufen und sie heraufbitten. Und dann habe ich noch eine Überraschung für Küchler. Sobald ich mit dem Telefonieren fertig bin, gehen wir wieder rein, und Sie machen mir zuliebe ein zerknirschtes Gesicht. Spielen Sie mit?«

»Ich verstehe zwar immer noch nicht, aber …«

»Es dauert nur noch ein paar Minuten, dann werden Sie alles verstanden haben. Machen Sie einfach mit, auch wenn's schwer fällt.«

Julia Durant rief über Handy bei Berger an. »Sie können jetzt hochkommen und Laskin mitbringen.«

Anschließend ging sie mit Blumenthal wieder in sein Büro, wo Küchler hinter dem Schreibtisch saß. »Und, waren Sie erfolgreich?«

»Ich denke schon.«

»Also gut, dann können wir ja jetzt gehen.« Er stand auf und gab das Zeichen zum Aufbruch, doch Durant hielt ihn zurück, indem sie eine Hand hob und den Kopf schüttelte.

»Ich glaube, wir haben etwas übersehen. Auf die fünf Minuten kommt es doch auch nicht mehr an. Der Planer muss irgendwo hier sein. Es ist ein sehr großes Büro.«

»Frau Durant, Ihr Spürsinn in allen Ehren, aber die Beweislage ist doch jetzt schon eindeutig. Diesen Terminplaner werden wir schon noch finden, das heißt, Dr. Blumenthal wird uns sagen, wo er ist. Das stimmt doch, oder? Einem harten Verhör sind auch Sie nicht gewachsen, Herr Generalstaatsanwalt!«

Er hatte es kaum ausgesprochen, als erst Berger und dann Müller den Raum betraten. Küchler zog die Stirn in Falten und sah die beiden überrascht an.

»Was führt Sie denn hierher?«

»Wir wollten uns nur mal ein bisschen umsehen. Frau Durant hat uns vorhin angerufen, und da dachten wir, wir könnten vielleicht ein wenig behilflich sein. Ach ja, wir haben auch jemanden mitgebracht, der unter Umständen etwas mehr Licht in das Dunkel bringen kann. Darf ich bitten«, sagte Berger und wandte sich zur Tür. Mittlerweile hatten sich Hellmer und Müller zu den beiden Männern gestellt, die mit Küchler gekommen waren.

Laskin trat durch die Tür. Das ohnehin schon weiße Gesicht von Küchler wurde mit einem Mal noch weißer, seine Augen waren zu Schlitzen verengt. Er schluckte schwer, was Durant nicht entging.

»Herr Laskin, wieso sind Sie denn hier? Sind Sie etwa von der Polizei?«, fragte er und schien dabei sichtlich bemüht, die Fassung zu wahren.

»Nein, Herr Küchler«, antwortete Durant an Laskins Stelle, »er ist weder von der Polizei, noch ist er tot, wie Sie das geplant hatten. Sie haben ausgespielt. Sie können vielleicht andere täuschen, aber nicht Herrn Laskin. Als Sie sich vorhin getroffen haben, hat er Sie sofort erkannt, aber Sie ihn nicht, und das war Ihr großer Fehler. Ein Gesicht wie das Ihrige vergisst man nicht, und Herr Laskin hat eine Art fotografisches Gedächtnis. Und Pierre Doux oder George W. Baker ist tot. Und Ihre beiden Gorillas, die angeblich zu seinem Schutz vor dem Haus in der Cronstettenstraße postiert waren, wurden verhaftet. Sie haben sich alles sehr gut ausgedacht, fast perfekt. Sie haben sogar mich getäuscht, und das will schon was heißen. Das ist das einzige Kompliment, das ich Ihnen machen kann. Aber die Beweise gegen Sie sind geradezu erdrückend. Sie kommen da nicht mehr raus.«

»Augenblick, Augenblick«, rief Küchler mit Schweiß auf der Stirn. »Ich weiß überhaupt nicht, wovon Sie da reden. Wer ist dieser Pierre Doux? Sie sprechen in Rätseln. Das ist alles ein Komplott oder ein Missverständnis. Eins von beidem. Ja, das muss es sein! Sie stecken alle unter einer Decke! Wir sind hier in dem Büro von Dr. Blumenthal, und Sie haben doch selbst gesehen, dass die verschwundenen Unterlagen ...«

»Sparen Sie sich Ihre Worte für den Richter«, wurde Küchlers Redefluss von Durant unterbrochen. »Sie sind verhaftet. Legt ihm Handschellen an und seinen beiden Mitstreitern auch. Sie haben hoch gepokert und verloren. So ist das nun mal, das Spiel des Lebens. Der eine gewinnt, der andere verliert. Sie haben uns lange genug zum Narren gehalten.«

»Aber Laskin darf weiter frei rumlaufen, was?!«, schrie Küchler, während ihm Kullmer die Handschellen anlegte. »Er ist ein Verbrecher!«

»Er ist Kronzeuge. Und zwar ein anonymer, so wie Sie ihm das selbst zugesagt haben. Und jetzt hätte ich gerne Ihr Handy und den Schlüssel zu Ihrem Büro und Ihrem Haus.«

»Was wollen Sie mit meinem Handy?«

»Nur etwas kontrollieren. Sie haben doch nichts dagegen, oder etwa doch?«, fragte sie spöttisch.

»Sie haben nichts gegen mich in der Hand!«, stieß er mit kehliger Stimme hervor. »Nichts, aber auch rein gar nichts! Das ist ein Komplott!!! Blumenthal ist der Schuldige, Blumenthal, dieser verdammte Jude, ganz allein!«

»Warum denn gleich so ausfällig, Herr Küchler?«, sagte sie sanft und streckte die Hand aus. »Ihr Handy.« Als er keine Anstalten machte, es ihr zu geben, griff Kullmer ungefragt in die Innentaschen seines Jacketts, bis er es gefunden hatte, und holte es heraus. Es war eingeschaltet.

»Schauen wir doch mal, was heute Abend so an SMS-Nachrichten eingegangen ist«, sagte Kullmer und drückte ein paar Tasten. »Hm, nur eine –, ›Der Flieger ist gelandet‹. Kommt mir irgendwie bekannt vor. Diese Meldung ist von Jakobi beziehungsweise George W. Baker abgeschickt worden, kurz bevor er sich selbst ins Jenseits befördert hat. Vorher hat er uns aber noch verraten, dass er im Steigenberger abgestiegen ist, und hat uns außerdem seine Zimmernummer genannt. Und einer Ihrer beiden Bluthunde hat ebenfalls bei Ihnen angerufen, um Ihnen zu sagen, dass der Flieger gelandet ist. Die Nummer müsste ja auch noch hier im Speicher sein. Egal, auf der Chipkarte sind sowieso alle Gespräche und SMS-Nachrichten aufgeführt, die Sie in der letzten Zeit getätigt haben.«

Jetzt wollten die beiden Begleiter von Küchler eingreifen, doch Müller und Hellmer hielten sie zurück, indem sie die Pistolen auf sie richteten.

»Keine Mätzchen. Ihr wollt doch nicht für Küchler ins Gras beißen, oder?«, sagte Müller mit der stoischen Ruhe eines Polizisten, der im Laufe von über dreißig Dienstjahren schon einiges miterlebt hatte und den so leicht nichts mehr aus der Fassung brachte. »Und jetzt ganz vorsichtig die Waffen auf den Boden legen.«

Er wartete, bis sie seiner Aufforderung nachgekommen waren, dann verpassten er und Hellmer ihnen ebenfalls Handschellen.

»Wie ich das sehe, ist hier alles getan. Fahren wir aufs Präsidium«, sagte Berger. »Aber um ehrlich zu sein, zu langen Verhören habe ich heute keine Lust mehr. Den Haftbefehl besorgen wir uns morgen Vormittag. Oder hat einer etwas dagegen?«

Kopfschütteln.

Blumenthal trat zu Küchler, blieb etwa einen Meter vor ihm stehen und sagte: »Und ich habe Sie immer wie einen Sohn behandelt. Warum haben Sie das getan? Warum haben Sie einen solchen Hass auf mich? Was habe *ich* Ihnen getan? Sagen Sie es mir, damit ich es verstehen kann.«

Küchler kniff die Augen zusammen und verzog den Mund zu einem verächtlichen Lächeln. »Sie werden nie etwas verstehen. Leute wie Sie sind gefährlich, sehr gefährlich. Und das werden alle hier irgendwann noch einsehen. Ihr seid alle so verblendet, dass ihr nicht einmal merkt, was hier gespielt wird. Und jetzt gehen Sie mir aus dem Weg, ich kann Ihre Visage nicht mehr sehen.«

»Wie Sie wünschen. Von mir haben Sie jedenfalls keine Hilfe zu erwarten.«

»Scheren Sie sich zum Teufel.«

Als die Beamten gingen, sagte Blumenthal zu Durant: »Hätten Sie noch kurz Zeit für mich?«

Sie drehte sich zu ihm um. »Ja.«

»Frau Durant, ich weiß nicht, wie ich Ihnen danken soll. Ich würde mich gerne dafür revanchieren, aber mir fehlen im Moment die Worte. Wenn ich etwas für Sie tun kann, dann lassen Sie es mich wissen.«

»Dr. Blumenthal, Sie brauchen sich nicht zu revanchieren, ich habe nur meine Pflicht erfüllt. Aber mir fällt da schon etwas ein. Tun Sie mir einen Gefallen und machen Sie kein Politikum aus der Sache.«

»Ich kann Ihnen nicht ganz folgen.«

»Ich will Ihnen nicht zu nahe treten«, sie blickte für einen Moment zu Boden, »aber Küchler hat vorhin etwas zu Ihnen gesagt, das seine Gesinnung widerspiegelt, Sie wissen, wovon ich spreche …«

»Sie meinen, als er mich einen verdammten Juden nannte?«

»Genau das. Das Einzige, worum ich Sie bitte, ist, dass Sie nichts davon öffentlich erwähnen. Es würde nur wieder unnötigen Hass schüren.«

»In Ordnung, Sie haben mein Wort«, versprach Blumenthal lächelnd und reichte ihr die Hand. »Ich danke Ihnen für alles.«

»Gute Nacht, Dr. Blumenthal.«

»Gute Nacht. Moment, eine Frage hätte ich noch. Was ist mit diesem Laskin? Ich meine, was passiert mit ihm?«

»Er wird eine Aussage machen und dann irgendwohin gehen. Wohin, das werden wir nie erfahren.«

»Ist er ein Verbrecher?«

»Lassen Sie es mich so ausdrücken: Manche Menschen werden zu Verbrechern, weil sie es so wollen. Sie wollen andern wehtun, sie wollen andere töten. Und manche geraten durch unglückliche Umstände in die Klauen irgendwelcher Gangster und kommen da nie wieder raus. War Andreas Wiesner ein Verbrecher?«

Noch bevor er etwas erwidern konnte, ging sie hinaus, wo Hellmer auf sie wartete, während die andern schon losgefahren waren. Sie sah nur noch die Rücklichter um die Ecke verschwinden.

»Das war der heißeste Abend, den ich je erlebt habe«, sagte er. »Und wenn Jakobi besser gezielt hätte, wer weiß, vielleicht wäre ich dann gar nicht mehr am Leben.«

»Ach komm, Frank, wir haben's hinter uns, das allein zählt. Und ich muss mich erst mal von dem Schock erholen, von Küchler dermaßen an der Nase herumgeführt worden zu sein. Aber es klang alles so verdammt glaubhaft, dass ich am Ende keinen Zweifel mehr an seinen Worten hatte. Du siehst, keiner ist unfehlbar. Und jetzt lass uns heimfahren, ich bin hundemüde. Und schone dein Bein. Vielleicht kann dich ja Nadine ein bisschen trösten«, fügte sie mit zweideutigem Grinsen hinzu.

»Mal schauen, was sich machen lässt. Wir sehen uns morgen.« Er blickte auf die Uhr und verbesserte sich. »Ich meine natürlich heute. Ich muss gleich mal bei Nadine anrufen, sie wird sich schon große Sorgen machen.«

»Was wirst du ihr sagen?«

»Die Wahrheit natürlich. Und sie wird einmal mehr verlangen, dass ich endlich den Dienst quittiere. Aber wenn ich ihr auch jeden Gefallen tue, diesen Wunsch kann ich ihr nicht erfüllen. Nicht nach heute Abend. Ich habe einfach das Gefühl, ich werde noch gebraucht. Und du auch. Bis dann.«

»Bis dann.«

Julia Durant setzte sich in ihren Corsa und fuhr nach Hause. Es war fast zwei Uhr morgens, als sie ihre Wohnung betrat. Der Fernseher lief, Kuhn war auf der Couch eingeschlafen und wachte erst auf, als Durant ihm einen Kuss auf die Stirn gab.

»Hi, da bin ich wieder. Es ist später geworden, als ich gedacht habe«, sagte sie, setzte sich zu ihm auf die Couch und legte ihren Kopf an seine Schulter.

»Wo hast du gesteckt?«

»Morgen, okay?«

»Nein, jetzt. Bitte«, bettelte Kuhn. »Nicht immer morgen, morgen, morgen. Jetzt.«

»Du hast ja Recht. Wir haben die Bande zerschlagen.«

»Kannst du mir das vielleicht ein bisschen näher erklären?«

»Kurz und knapp: Jakobi, der Auftragskiller, ist tot. Küchler wollte Blumenthal reinlegen, aber der Schuss ging nach hinten los. Und jetzt sitzt Küchler ein.«

»Und Blumenthal?«

»Blumenthal ist in Ordnung, auch wenn du ihn nicht leiden kannst. Aber er steht auf der Seite des Gesetzes. Und das ist nun einmal das Wichtige. Und jetzt möchte ich nur noch ins Bett.«

»Wann erfährt die Presse davon?«

Durant setzte sich auf und zuckte mit den Schultern. »Keine Ahnung. Könnte sein, dass er noch heute eine Pressekonferenz abhält. Aber das liegt jetzt allein in Blumenthals Ermessen.« Sie stand auf und ging ins Bad, zog sich aus, wusch sich und putzte sich die Zähne. Anschließend zog sie frische Unterwäsche an und legte sich ins Bett, wo Kuhn bereits auf sie wartete. Sie drehte sich auf die Seite, schloss die Augen und schlief sofort ein.

Donnerstag, 10.15 Uhr

Julia Durant hatte tief und traumlos geschlafen. Um halb neun war sie aufgestanden, hatte geduscht und mit Kuhn gefrühstückt. Sie hatten sich über den vergangenen Abend unterhalten, gemeinsam den Tisch abgedeckt und das Geschirr gespült. Danach fuhr er in die Redaktion, sie ins Präsidium.

Als sie die Tür zu ihrem Büro öffnete, stand ein großer Strauß gelber Rosen auf ihrem Schreibtisch. Sie ging zu Berger und fragte: »Von wem sind die denn?«

»Was?«

»Fragen Sie doch nicht so. Die Blumen.«

»Ach so, Sie meinen die Rosen«, sagte Berger und lehnte sich zurück. »Die hat vorhin ein Bote für Sie abgegeben. In der Vase.«

»Gelbe Rosen? Wer schickt mir gelbe Rosen?«

»Tja,«, meinte Berger grinsend, »finden Sie's doch heraus, Sie Superhirn.«

»Warum gelb?«

»Oh, Sie wissen nicht, was gelbe Rosen bedeuten? Frau Durant, das ist eine echte Bildungslücke. Gelbe Rosen schickt man jemandem, dem man Respekt zollt, den man achtet und verehrt. Wer könnte das denn sein?«

»Laskin?«

Berger zuckte nur mit den Schultern und grinste noch breiter.

»Ach kommen Sie, rücken Sie schon raus mit der Sprache. Wer war's?«

»Sie werden im Leben nicht darauf kommen. Blumenthal. Es ist seine Art, danke zu sagen. Außerdem brauchen Sie sich den Strauß nur mal genauer anschauen, da ist auch eine Karte dabei.«

»Blumenthal schickt mir Rosen?« Sie setzte sich Berger gegenüber und zündete sich eine Gauloise an. »Das hätte ich allerdings nicht erwartet. Aber ich freue mich. Wie war das gleich noch mal, gelbe Rosen stehen für Respekt und Achtung?«

»So kann man's ausdrücken. Sie haben bei ihm seit gestern Nacht einen riesigen Stein im Brett. Und darauf können Sie sich was einbilden.«

»Nee, darauf bilde ich mir nichts ein, ich freue mich aber drüber.«

»Und ich bin stolz auf Sie. Diese Abteilung wäre ohne Sie nur halb so viel wert. Wenn ich bloß daran denke, wie alles angefangen hat. Hätten Sie bei Andreas Wiesner nicht den richtigen Riecher gehabt, wir wären nie dahinter gekommen, was wirklich passiert ist. So haben wir einen großen Schlag gegen das organisierte Verbrechen in Frankfurt, vielleicht sogar in Deutschland landen können. Und das verdanken wir hauptsächlich Ihnen.«

»Chef, ich habe vielleicht den Stein ins Rollen gebracht, weil mir das alles zu einfach erschien …«

»Genau das ist es, Frau Durant. Für alle anderen war es einfach, für Sie nicht. Und das zeichnet Sie aus. Sie haben eine Gabe, die nur wenigen gegeben ist.«

»Aber Hellmer, Kullmer und all die andern, Sie eingeschlossen … Nein, ohne Sie alle wäre das nichts geworden. Wir sind ein großartiges Team, und darauf können wir stolz sein. Und Sie sollten auch nicht vergessen, dass ich mich von Küchler habe einlullen lassen. Er hat mich im wahrsten Sinne des Wortes hinters Licht geführt, und beinahe hätte er sogar Erfolg damit gehabt.«

»Jeder von uns macht mal Fehler. Sie können nur von Glück reden, dass Laskin Ihnen trotz allem vertraut hat. Er hätte genauso gut nach seinem Gespräch mit Küchler auf Nimmerwiedersehen abhauen können. Er hat es nicht getan, was für Sie spricht. Darüber sollten Sie auch einmal nachdenken.«

Durant stand auf. Sie wollte nicht mehr darüber sprechen, doch Bergers Worte erfüllten sie mit großem Stolz, den sie sich aber nicht anmerken ließ. Sie ging in ihr Büro, wo sie von Hellmer und Kullmer empfangen wurde, die beide an der Wand lehnten und sie breit angrinsten.

»Na, da hast du ja jetzt einen neuen Verehrer«, sagte Hellmer.

»Ha, ha, ha. Aber es ist ein schöner Strauß, das gebe ich zu.« Sie hielt ihre Nase an eine Blüte, schnupperte daran und entdeckte dabei die Karte, die zwischen dem Strauß steckte. Sie nahm sie heraus und las: »Werte Frau Durant, nur eine kleine Anerkennung für Ihre hervorragende Arbeit. Herzlichst, Michael Blumenthal.«

Sie legte die Karte auf den Tisch und fragte: »Seit wann seid ihr da?«

»Noch nicht lange. Wer kümmert sich um Küchler?«

»Das überlasse ich gerne euch beiden. Nehmt ihr ihn auseinander. Ich stehe nur zur Verfügung, wenn ihr nicht weiterkommt. Einverstanden? Und Thomas Wiesners Büro muss auf den Kopf gestellt werden. Und zwar heute noch. Nur die besten Beamten werden dafür eingeteilt. Setzt euch deswegen mit Müller in Verbindung. Alles wird beschlagnahmt, PC, Akten, einfach alles. Was ist mit dem Zeug aus Jakobis Zimmer?«

»Wird gerade untersucht. Vor allem sein Notebook scheint sehr interessante Hinweise zu enthalten, so viel habe ich schon erfahren.«

»Na super. Und jetzt viel Spaß mit Küchler.«

»Logisch. Wir klopfen Küchler so richtig schön weich, und das mit der Durchsuchung geht auch klar. Und was hast du heute vor?«

»Ich mache mir einen schönen Tag. Erst gemütlich essen, dann zu einer Beerdigung ...«

»Hä? Zu 'ner Beerdigung? Wer ist denn gestorben?«

Die Kommissarin grinste Hellmer an und entgegnete: »Thomas Wiesner. Ich werde seiner Witwe mein Beileid aussprechen. Einem so angesehenen Mann muss man einfach eine gute Reise wünschen.«

»Dein Sarkasmus ist heute auch nicht zu toppen. Aber mal ehrlich, was willst du denn dort? Wiesner ist tot und damit basta.«

»Einfach mal schauen. Außerdem gibt es jetzt genügend Beweise, dass Wiesner eine Größe im organisierten Verbrechen war, und mich würde zu sehr interessieren, wer so alles zu seiner Beisetzung kommt. Übrigens, sein Haus muss auch durchsucht werden.«

»Seine Frau wird ausflippen, die wird einen Höllenzirkus veranstalten.«

»Mir egal. Wir brauchen den roten Schein fürs Haus. Ich denke, Henkel wird uns den ohne weiteres ausstellen. Hat Küchler eigentlich einen Anwalt?«

»Nee, der meint, er braucht keinen.«

»Auch gut. Blumenthal«, sagte sie mit einem weiteren Blick auf die Rosen, »wer hätte das gedacht. Er ist doch kein Arschloch.«

»Hat das etwa jemals jemand behauptet?«, fragte Kullmer mit frechem Grinsen.

»Ach komm, keiner kann ihn besonders leiden. Aber wir wissen jetzt wenigstens, dass wir uns auf ihn verlassen können. Und das ist das Wichtigste.«

»Amen«, sagte Kullmer.

»Ja, ja, macht ruhig eure Witze. Ich überlass euch das Feld. Bis später oder morgen.«

Donnerstag, 14.00 Uhr

Julia Durant hatte zu Mittag gegessen, bei Kuhn angerufen und es danach bei Laskin versucht, doch weder in der Cronstettenstraße noch auf seinem Handy war er zu erreichen. Sie würde es später noch einmal probieren. Anschließend machte sie sich auf den Weg nach Echzell. Kurz bevor sie gegen Viertel nach eins in den Ort fuhr, sah sie einen Privatjet auf den kleinen Flugplatz in Reichelsheim zusteuern und zur Landung ansetzen. Sie hielt am Straßenrand, kniff die Augen zusammen und schüttelte ungläubig den Kopf. Dann suchte sie nach dem Weg zum Flugplatz, sah die Beschilderung und folgte ihr. Sie hielt vor dem flachen weißen Gebäude, stieg aus und betrat den kleinen Raum, von wo aus man links die Treppe hinauf in das Restaurant gelangte. Rechts befand sich der Tresen, hinter dem eine junge Frau und ein älterer, sehr korpulenter Mann in einer dunkelblauen Hose und einem weißen Hemd mit Schulterklappen saßen. Die Frau erhob sich und trat zu Durant, die noch immer die Sonnenbrille aufhatte.

»Ja, bitte?«

»Ich hätte nur eine Frage. Ist dieser Flugplatz auch für kleine Düsenflugzeuge ausgerüstet?«

Noch bevor die Frau die Frage beantworten konnte, kam der Mann hinter seinem Schreibtisch hervor und musterte die Kommissarin mit kritischem Blick. »Um was geht's denn?«, fragte er barsch.

»Nichts weiter. Ich habe nur gesehen, wie eben einer gelandet ist und … Na ja, wir haben demnächst eine große Familienfeier, und einige meiner Verwandten und Bekannten wollen ebenfalls mit Learjets anreisen.«

»Von wo kommen die denn?«

»New York, Boston, Palermo und … So genau kann ich das jetzt gar nicht sagen. Wenn ich vorher gewusst hätte, dass die hier landen können, dann …«

»Es geht schon, sie dürfen nur nicht zu viel Sprit im Tank haben wegen des Starts.«

»Wieso wegen des Starts?«

»Die Rollbahn ist eigentlich nur für kleinere Motorflugzeuge gedacht, aber wenn der Tank nicht zu voll ist, können natürlich auch Learjets hier landen und vor allem starten. Aber kommen Sie doch bitte mit nach hinten, dort können wir uns ungestört unterhalten.«

Sie ging mit ihm nach hinten, er schloss die Tür hinter sich und deutete auf einen Stuhl.

»Wie viele Jets sollen denn kommen?«

»Zwischen drei und sechs, nehme ich an. Mein Mann wird das alles planen. Wir wohnen ja gleich um die Ecke, und da wäre es für unsere Gäste natürlich einfacher, wenn wir sie von hier abholen lassen könnten. Und der Tank ist mit Sicherheit nicht mehr voll, wenn sie aus New York oder Boston kommen«, fügte sie mit einem undefinierbaren Lächeln hinzu.

»Da haben Sie Recht. Aber eigentlich ist das nur eine Ausnahme heute. Wann genau findet denn Ihre Feier statt?«

»Im August.«

»Hm.« Er überlegte und kratzte sich am Kinn. »Ich muss schon froh sein, wenn wir wegen heute keinen Ärger kriegen.«

»Liegt's am Geld?«, fragte Durant geradeheraus. »Mein Gott, Sie brauchen das doch nur zu sagen. Was kostet es?«

»Fünftausend pro Maschine.«

»Und wo ist das Problem?«

»Ich wollte es Ihnen ja nur sagen. Es müssen schließlich etliche Formalitäten erledigt werden, wenn Sie verstehen«, antwortete er mit einem bemühten Grinsen.

»Ja, ja, ich kenne den Ärger mit diesen leidigen Formalitäten und hasse diesen ganzen Kram auch. Ich werde mit meinem Mann sprechen, und der wird sich in den nächsten Tagen mit Ihnen in Verbindung setzen. Wegen des Geldes brauchen Sie sich keine Gedanken zu machen. Sagen wir siebentausend pro Maschine, und es gibt keinen Ärger. Einverstanden?«

»Wir sind im Geschäft, Frau …«

»Durant. Gräfin Sophie Mathilde Durant.« Sie erhob sich, nickte ihm zu und sagte im Hinausgehen: »Was findet eigentlich heute hier statt, wenn ich fragen darf?«

»Eine Beerdigung, aber …«

Julia Durant fasste sich an die Stirn. »Natürlich, wie konnte ich das nur vergessen. Herr Wiesner, der Bankier. Wir sind fast Nachbarn, obwohl wir uns sehr selten sehen. Entschuldigung, gesehen haben, wollte ich sagen.«

Sie verabschiedete sich, und als sie wieder an ihrem Wagen war, grinste sie nur noch. Ein Blick auf die Uhr, Viertel vor zwei. Sie fuhr zum Friedhof, wo mehrere Mercedes 600, Stretchlimousinen, Rolls-Royce und andere Luxuskarossen parkten. Wow, dachte sie, da ist ja ganz schön was aufgefahren. Sie stellte ihren Corsa etwa zweihundert Meter entfernt ab und ging zum Portal, wo zwei in schwarze Anzüge gekleidete Muskelmänner sie kritisch musterten. Sie wollte gerade an ihnen vorbeigehen, als einer von ihnen sie ansprach: »Sind Sie eingeladen?«

»Wozu soll ich eingeladen sein?«, fragte sie. »Ich will zum Grab meines Mannes. Oder ist dieser Friedhof etwa gesperrt? Was ist hier eigentlich los?«

»Hier findet eine Beerdigung im engsten Familienkreis statt. Wir möchten Sie bitten, in einer Stunde wiederzukommen.«

»Hören Sie, meine Zeit ist sehr begrenzt, und ich habe nicht vor, dieser Beerdigung im engsten Familienkreis beizuwohnen«, sagte sie ebenso bestimmt. »Muss ja eine ganz schön große Familie sein. Was ist jetzt, darf ich auf den Friedhof?«

Sie schauten sich kurz an. »Sie sind auch nicht von der Presse?«

»Wie kommen Sie denn darauf?«, fragte sie gespielt entrüstet.
»Dürften wir einen Blick in Ihre Handtasche werfen?«
»Was soll dieser Zirkus, junger Mann?! Meine Handtasche geht Sie überhaupt nichts an, kapiert? Und jetzt lassen Sie mich bitte durch, ich habe nicht unendlich Zeit! Oder soll ich die Polizei rufen?«
»Gehen Sie rein, aber halten Sie sich von der Beerdigung fern.«
Julia Durant betrat den Friedhof, sah die vielen Männer und Frauen, die sich leise unterhielten, entdeckte aber nirgendwo Sophia Wiesner. Eigentlich wollte sie ihr ins Gesicht blicken und ihr ein geheucheltes Beileid ausdrücken, aber in Anbetracht der vielen Menschen ließ sie es lieber bleiben. Einige kamen ihr bekannt vor, doch sie konnte sie im ersten Moment nicht einordnen. Erst nach einer Weile kam sie bei manchen drauf und spitzte die Lippen, als wollte sie pfeifen. Zwei bekannte Politiker, ein Schauspieler, ein Rockstar, der seit Jahren in den internationalen Hitparaden vertreten war, der Vorstandsvorsitzende eines großen süddeutschen Automobilkonzerns, dessen Autobiografie sie erst vor kurzem gelesen hatte, eine Frau, die ihr aus den einschlägigen Frauenmagazinen bekannt vorkam, irgendeine Prinzessin oder eine andere Adlige. Sie blieb etwa fünf Minuten hinter einem Busch stehen, bis auch die letzten der geladenen Trauergäste in der Kapelle waren, und begab sich wieder zu ihrem Wagen, ohne weiter Notiz von den beiden Muskelpaketen zu nehmen, deren Blicke sie im Rücken spürte. Sie setzte sich hinein und rief Hellmer an.
»Frank, wie schnell kannst du mit Peter hier sein?«
»Warum?«
»Frag nicht so blöd. Ihr müsst euch einfach angucken, was hier los ist. Ich schätze, das Ganze dauert nicht länger als eine Dreiviertelstunde. Schafft ihr es bis dahin? Und bringt am besten zwei Ferngläser und auch einen oder zwei Fotoapparate mit Teleobjektiven mit. Was ist mit dem Durchsuchungsbefehl?«
»Liegt vor mir auf dem Tisch.«
»Gut, zehn Leute sollen sich so gegen fünf auf den Weg machen,

damit sie spätestens um sechs bei Wiesner sind. Und ihr beeilt euch.«

»Schon unterwegs.«

Sie startete den Motor, wendete und parkte unweit des Friedhofs auf einem Feldweg. Sie hoffte, ihre Kollegen würden da sein, bevor alle verschwunden waren. Sie schaute auf die Uhr – zehn Minuten, zwanzig, fünfundzwanzig, dreißig. Kurz darauf sah sie den dunklen Lancia die Straße heraufkommen. Sie stellte sich so hin, dass sie sie sehen konnten.

»Sind alle noch drin«, sagte sie und setzte sich auf den Rücksitz. »Schaut euch mal diesen Fuhrpark an. Und was glaubt ihr, wen ich schon alles gesehen habe. Die Crème de la Crème der High Society. Ich sag euch, alles was Rang und Namen hat, ist hier vertreten. Und auf dem Flugplatz in Reichelsheim stehen fünf Learjets. Was machen die wohl alle hier?«

Kullmer drehte sich um und antwortete lakonisch: »Das schaut nach einem Gipfeltreffen aus. Das, was du manchmal in irgendwelchen Mafiafilmen siehst, wenn sich alle Paten zur Beerdigung einer andern Mafiagröße eingefunden haben. Entspricht durchaus der Realität. Und nachdem nicht nur Wiesner, sondern auch Jakobi und vor allem Küchler aus dem Verkehr gezogen wurden und auch Laskin sich abgesetzt hat, wird es nachher ziemlich heiß werden. Da werden Positionen neu besetzt, Schuldige gesucht und möglicherweise demnächst liquidiert, wovon wir natürlich nichts mitbekommen, weil man sie einfach als Betonklotz im Meer versenkt oder sie anderweitig verschwinden lässt, und es werden Grundsatzthemen diskutiert. Ganz wie in der Politik. Im Grunde genommen ist es auch nichts anderes. Und der alte Muti wird voraussichtlich den Vorsitz haben. Bin echt gespannt, ob die werten Herrschaften sich nachher bei Wiesners treffen. Fahren wir mal ein bisschen weiter nach vorne.« Und nach einer kurzen Pause: »Ach ja, Blumenthal gibt um sechs eine Pressekonferenz. Er wollte uns aber nicht verraten, was genau er sagen wird.«

Die Beerdigung dauerte eine Stunde. Kullmer und Hellmer machten aus sicherer Distanz Fotos der Trauergäste. Anschließend fuhren sie noch einmal zum Flugplatz. Diesmal gingen sie zu dritt in das Gebäude und zeigten ihre Ausweise. Der Mann, mit dem Julia Durant geredet hatte, wurde mit einem Mal sehr nervös. Die nackte Angst stand ihm ins Gesicht geschrieben, er fing an zu schwitzen, und gleichzeitig wurde er sehr gesprächig. Die fünf Learjets waren aus den USA, Italien, Russland, Spanien und Großbritannien gekommen.

Wieder im Präsidium, brachte Hellmer die Filme ins Labor und bat um sofortige Entwicklung der Bilder. Nach gut einer halben Stunde lagen die Fotos auf dem Tisch.

»Schau an, schau an, wen wir da alles haben«, sagte Hellmer kopfschüttelnd. »Da denkt man, man hat die Organisation zumindest einigermaßen zerschlagen, und dann siehst du plötzlich Leute, von denen du nie erwartet hättest, dass sie so engen Kontakt zu Wiesner pflegten, und von denen du jetzt genau weißt, dass sie ihre Finger genauso in dem schmutzigen Geschäft drinhaben. Tja, das war wohl ein Satz mit x.« Hellmer warf einen Blick auf die Uhr. »Wir sollten jetzt allmählich wieder nach Echzell fahren, um sechs fängt die Hausdurchsuchung an. Und die will ich mir nicht entgehen lassen. Mal sehen, vielleicht macht Küchler ja danach das Maul auf. Was ist eigentlich mit Laskin?«

Durant zuckte mit den Schultern und zündete sich eine Gauloise an. »Ich hab vorhin versucht ihn zu erreichen, aber er hat sich nicht gemeldet. Ich kann's ja gleich noch mal probieren.«

Sie tippte wie schon am Mittag die Nummer von Natascha ein, und nachdem sich dort niemand meldete, versuchte sie es auf Laskins Handy. Es kam nur die Meldung »Der gewünschte Teilnehmer ist zurzeit leider nicht zu erreichen«.

»Ich krieg ihn nicht.« Sie sah ihre beiden Kollegen fragend und mit geschürzten Lippen an. »Denkt ihr das Gleiche, was ich denke?«

»Könnte sein. Er hat die Fliege gemacht. Aber er hat dir doch versprochen, auszupacken.«

»Hat er auch, dieser Scheißkerl … Er hat mich reingelegt. Dieser verdammte Drecksack hat mich reingelegt! Und den finden wir nicht. Der macht sich jetzt mit Natascha irgendwo ein schönes Leben. Wetten?«

»Wir hätten ihn letzte Nacht mitnehmen sollen, damit er seine Aussage gleich macht. Oder zumindest hätten wir ihn observieren müssen. Doch bei all dem Trubel haben wir ihn völlig vergessen.«

»Aber wer hätte denn auch gedacht, dass er sein Wort bricht?«, stieß Julia Durant wütend hervor und haute auf den Schreibtisch. »Scheiße, Scheiße, Scheiße!! Ohne seine Aussage ist der Prozess gegen Küchler und all die andern fast nichts wert. Wir brauchen diese Aussage, und zwar schriftlich.« Sie drückte die Zigarette aus, zündete sich gleich eine neue an und sah hinunter auf die Mainzer Landstraße. In ihr war nur noch Leere.

»Ich fahr heim und schalte ab. Und ich will nichts von euch hören, ich will nicht hören, ich hätte besser auf ihn aufpassen sollen. Ihr hättet auch mal an so was denken können. Und zu der Hausdurchsuchung komm ich nicht mit, ich hab nämlich die Schnauze voll.«

Sie nahm ihre Tasche und verließ grußlos das Büro. An dem Supermarkt unweit ihrer Wohnung hielt sie an, kaufte ein paar Lebensmittel und je fünf Dosen und fünf Flaschen Bier und Zigaretten. Sie stellte die beiden Tüten auf den Küchentisch und riss die Fenster auf, um die frische Luft hereinzulassen. Da fiel ihr ein, dass sie vergessen hatte, nach Post zu sehen, und ging wieder nach unten. Im Briefkasten steckte das neue GEO, ein Brief von ihrer Freundin Susanne Tomlin und ein unfrankierter dicker DIN-A4-Umschlag, auf dem lediglich ihr Name stand. Oben nahm sie sich eine Dose Bier und machte den großen Umschlag auf. Sie holte den Inhalt heraus, das Deckblatt war ein handgeschriebener Brief von Daniel Laskin.

»Liebe Frau Durant,
Sie werden sich wundern, weshalb ich Ihnen diesen Brief schreibe, aber ich sehe keine andere Möglich-

keit, mich mit Ihnen ein letztes Mal in Verbindung zu setzen. In der Anlage finden Sie Unterlagen, die für Sie von großem Wert sein dürften. Ich habe sie noch in der Nacht ausgedruckt. Würde ich in Frankfurt bleiben und als Kronzeuge aussagen, wäre ich mit Sicherheit innerhalb kürzester Zeit ein toter Mann. Und Natascha würden sie auch umbringen. Ich habe jedoch versprochen, Ihnen zu helfen, auch wenn ich weiß, dass die Organisation bzw. die Organisationen inzwischen viel zu mächtig sind, um sie wirklich erfolgreich bekämpfen zu können. Dennoch wünsche ich Ihnen viel Glück weiterhin und hoffe, Sie sind mir nicht böse, dass ich mich so klammheimlich mit Natascha aus dem Staub gemacht habe. Ich weiß, man wird mich jagen, aber zum Glück gibt es ein paar Möglichkeiten, auch ihnen zu entkommen.

Küchler und Thomas Wiesner standen übrigens in der Hierarchie in der Mitte – Sie erinnern sich an die Zeichnung, die ich für Sie angefertigt habe. Ich gehe davon aus, dass schon in den nächsten Tagen die Posten neu besetzt werden, und ich vermute, dass Sophia Wiesner eine wesentliche Rolle dabei spielen wird, denn sie wusste zu jeder Zeit, was ihr Mann gemacht hat. Allerdings wird es sehr schwer werden, ihr etwas nachzuweisen. Außerdem rate ich Ihnen dringend, sehr gut auf sich aufzupassen, denn die Organisation lässt nicht mit sich spaßen.

Ich danke Ihnen jedenfalls für alles, was Sie für Natascha und mich getan haben, und wünsche Ihnen für die Zukunft alles erdenklich Gute. Ich soll Sie auch von Natascha recht herzlich grüßen. Sie hat gesagt, sie wünsche sich eine Freundin wie Sie. Richten Sie auch Ihren Kollegen meine Grüße aus, vor allem Generalstaatsanwalt Blumenthal, von dem ich zwar

nicht weiß, aber annehme, dass er eine saubere Weste hat.
Vielleicht melde ich mich irgendwann in der nächsten Zeit einmal kurz bei Ihnen, um zu hören, wie der Prozess und alles andere gelaufen ist.
Nochmals danke für alles. Ohne Sie und Ihre Kollegen wären wir nicht mehr am Leben. Und seien Sie nicht allzu enttäuscht, dass Sie von einem Mann, dem Sie eigentlich vertraut haben, so hintergangen wurden, ich meine damit Küchler. Ich selbst habe ähnliche Erfahrungen zur Genüge gemacht. Und seien Sie auch in Zukunft sehr vorsichtig, wem Sie Ihr Vertrauen schenken. Ich meine es nur gut mit Ihnen.

Alles, alles Gute wünschen Ihnen
Daniel und Natascha

PS: Ich hoffe, dieses Schreiben genügt vor Gericht. Dennoch möchte ich kurz sagen, dass alles, was ich Ihnen an Unterlagen habe zukommen lassen, echt ist und der Wahrheit, nichts als der reinen Wahrheit entspricht. Ich schwöre es bei Gott.«

Julia Durant legte den Brief beiseite und nahm die Papiere in die Hand, die Laskin für sie ausgedruckt hatte. Sie überflog alles, es waren viele Namen aufgeführt, die ihr ein Begriff waren, unter anderem Salvatore Muti und seine Tochter Sophia. Sie beschloss, sich nicht länger damit zu beschäftigen, griff zum Telefon und tippte die Nummer von Hellmers Handy ein.

»Frank, Laskin ist tatsächlich verschwunden. Aber er hat mir einen dicken Umschlag in den Briefkasten gesteckt, in dem er eine Menge Informationen für uns hat. Inwieweit wir die verwerten können, wird die Zukunft zeigen. Ich wollte es dir nur sagen.«

»Aber er hat nicht geschrieben, wo er ist?«

»Nein. Und ich kann ihn sogar verstehen. Ich an seiner Stelle hätte wahrscheinlich genauso gehandelt. Wir machen Kopien und geben eine davon an Blumenthal weiter. Das war's schon. Bis morgen. Oder ruf mich kurz an, nachdem ihr bei Wiesner fertig seid.«

Julia Durant ließ sich Badewasser ein und legte eine CD von den Eagles ein, ein Live-Konzert, das sie schon viele Male gehört hatte und das sie jetzt brauchte.

Nach dem Baden rief sie Kuhn an, der gerade von der Pressekonferenz kam und versprach, in spätestens zwei Stunden zu Hause zu sein. Dann machte sie es sich auf der Couch bequem, schaltete mit der Fernbedienung die Anlage aus und rief bei ihrem Vater an. Sie redeten über eine Stunde. Sie erzählte ihm fast alles, was in den letzten Tagen vorgefallen war. Nach dem Gespräch fühlte sie sich erleichtert wie immer, wenn sie mit ihrem Vater telefoniert hatte. Sie stand auf, machte ein paar belegte Brote und eine Tomatensuppe, stellte zwei Gläser und zwei Flaschen Bier auf den Tisch und wartete auf Dominik Kuhn.

Er kam um halb neun mit strahlendem Lächeln herein, einen Strauß roter Rosen in der Hand.

»Hallo, meine Liebe«, sagte er und überreichte ihr die Blumen. »Für dich, weil du eine so tolle Frau bist.«

»Das ist schon der zweite Strauß Rosen heute«, erwiderte sie mit neckischem Augenaufschlag.

»Was? Wer hat dir denn noch Rosen geschenkt? Hab ich da irgendwas verpasst?«, fragte er mit strengem Blick.

»Och, nö, nur ein Verehrer. Unwichtig.«

»He, he, ich will sofort wissen, was da abläuft«, sagte er und sah sie mit gespieltem Ernst an. »Wer ist der Schweinehund, der dir Rosen schenkt? Ich fordere ihn zum Duell!«

»Du kennst ihn nicht, oder nein, du kennst ihn schon, du hast ihn sogar heute gesehen.«

»Was?«

»Blumenthal. Er hat mir einen wunderschönen Strauß gelber Rosen ins Büro stellen lassen. Was sagst du jetzt?«

»Blumenthal?«

»Blumenthal. Genau der Blumenthal, den du nicht leiden kannst. Doch nicht jeder, den man nicht leiden kann, muss automatisch ein Arschloch sein. Jemanden leiden können oder nicht ist immer subjektiv. Objektiv betrachtet ist Blumenthal zwar schwierig, aber sehr gesetzestreu. Und das ist doch schon was wert.«

»Okay, okay, ich nehm ja auch alles zurück, was ich bisher über ihn gedacht und gesagt habe. Die Pressekonferenz war jedenfalls super.«

»Hat er irgendwas von gestern Nacht erwähnt?«, fragte sie neugierig.

»Nur dass ein paar führende Köpfe des organisierten Verbrechens verhaftet wurden und jetzt einsitzen. Sonst kein Wort. Der Name Küchler ist jedenfalls nicht gefallen.«

»Er hat Küchler nicht einmal erwähnt?«, fragte Julia Durant ungläubig. »Wieso das denn nicht?«

»Frag mich was Leichteres. Warum interessiert dich das?«

»Nur so.«

»Jetzt sag schon, warum du mich das fragst«, drängte Kuhn.

»Küchler hat ihn einen verdammten Juden genannt, und ich habe Blumenthal gebeten, kein Politikum daraus zu machen. Er hat es mir versprochen und sich offensichtlich daran gehalten. Er steht jedenfalls zu seinem Wort. Aber dass er nicht einmal Küchlers Namen erwähnt hat, wundert mich schon, denn Küchler war schließlich derjenige, der die Arbeit der Polizei in den letzten Jahren immer wieder boykottiert und untergraben hat. Er, Gebhardt und einige andere haben unter einer Decke gesteckt, und derjenige, der ihnen jetzt noch im Weg war, war Blumenthal. Und natürlich Laskin, der über Informationen verfügt, da sträuben sich dir die Nackenhaare. Sobald Blumenthal hinter Gittern gesessen hätte, hätte man den Posten mit einer sagen wir Marionette besetzen können, und damit hätte Küchler endgültig freie Bahn gehabt. Aber wenn ich's mir genau überlege, er war am Ende strunzdumm. Sich mit Laskin zu treffen und ihm zu raten, in seine Wohnung zurückzukehren und vorläufig keinen Kontakt mit der Polizei zu haben, na ja … Und natürlich seinen Tod dann auch noch Blumenthal in die Schuhe zu schieben. Ich kann mir nicht erklären, weshalb er so übereilt gehandelt hat. Als ob Laskin nicht spätestens dann Lunte gerochen hätte. Egal, es ist vorbei. Jetzt können wir nur hoffen, dass sich einiges zum Guten wendet.«

»Glaubst du das wirklich? Ich meine …«

»Nein, um ehrlich zu sein, das war nur ein Scherz. Wie hat Laskin so schön gesagt, jeder ist austauschbar oder ersetzbar. Auch ein Küchler oder Wiesner. Dadurch, dass der eine tot ist und der andere im Knast sitzt, geht die Organisation nicht den Bach runter. Die sind einfach zu stark. Und vielleicht stimmt das ja tatsächlich, dass wir es mit einer Weltverschwörung zu tun haben.« Sie beschnitt die Rosen am Stiel und stellte sie in einer passenden Vase auf den Tisch. »Und jetzt will ich nicht mehr darüber reden, sondern nur noch einen schönen Abend mit dir verbringen. Und ich habe einen Bärenhunger. Und was wir danach machen, überlasse ich ganz deiner Fantasie.«

»Ich bin ausgepowert«, jammerte Kuhn. »Meine Fantasie ist heute sehr begrenzt.«

»Macht nichts. Morgen ist auch noch ein Tag.«

»He, war nur 'n Gag. Meine Fantasie ist grenzenlos, das solltest du inzwischen wissen. Aber erst essen wir was, damit der große, starke Mann wieder zu Kräften kommt.«

»Sellerie?«, sagte Durant schelmisch grinsend. »Aber mal was anderes: Wann hast du eigentlich Urlaub?«

»Warum fragst du das jetzt?«

»Ich möchte wegfahren. Du solltest unbedingt meine beste Freundin kennen lernen. Wir können umsonst bei ihr wohnen, das Klima ist herrlich … Was hältst du davon?«

»Ich bin sehr gespannt auf Susanne. Wann möchtest du denn fahren?«

»Ich nehme an, ich werde noch drei oder vier Wochen mit dem üblichen Aktenkram zu tun haben. Anfang August?«

»Mal sehen, was sich machen lässt. Aber ich denke, ich kriege meinen Boss schon rum. Und wie lange?«

»Ich dachte an vier Wochen. Susanne hat mir geschrieben und lädt uns herzlich ein. Soll ich ihr sagen, dass wir kommen?«

»Klar doch. Ich werde gleich morgen meinen Urlaub einreichen. Und dann ab nach Südfrankreich.«

»Es wird dir gefallen, das verspreche ich dir. Ich freu mich riesig, mit dir zu verreisen. Aber wehe, ich merke, dass da irgendwas zwischen dir und Susanne läuft …«

»Ist sie wirklich so hübsch?«

»Noch hübscher.«

»Na, mal sehen. An deiner Stelle würde ich die Hand nicht für mich ins Feuer legen. Du kennst mich noch nicht gut genug«, erwiderte er grinsend.

»Aber du wirst mich kennen lernen, wenn ich rauskriege, dass …«

»Lassen wir's darauf ankommen, Liebling«, sagte Kuhn und nahm Julia Durant in den Arm. »Doch du brauchst dir keine Sorgen zu machen, ich will gar keine andere als dich. Auch wenn du manchmal unausstehlich bist.«

»So, ich bin also unausstehlich. Dann wär's vielleicht klüger, wenn ich alleine fahr. Ist sowieso besser, wenn zwei Frauen unter sich sind. Du wärst ohnehin nur ein Klotz am Bein. Ich überleg's mir noch.«

»Alte Zicke«, sagte Kuhn und streichelte ihr übers Haar. »Ich reiche morgen meinen Urlaub ein, und ich verspreche, ganz artig zu sein. Reicht dir das?«

»Quod erat demonstrandum«, erwiderte sie grinsend.

»Komm mir jetzt nicht mit diesem lateinischen Quark. Was heißt das denn?«

»Liest du etwa nie Asterix? Das heißt ›was zu beweisen war‹. Also gut, ich lasse es darauf ankommen. Anfang August fliegen wir. Und dann kann uns diese Stadt mal kreuzweise. Jawohl, das kann sie.«

Julia Durant und Dominik Kuhn waren gerade im Begriff, mit dem Essen zu beginnen, als das Telefon klingelte. Es war Hellmer.

»He, ich wollte nur kurz berichten, was bei Wiesner los war. Wir haben sämtliche Personalien der Anwesenden aufgenommen, und ich kann dir sagen, es haut dich vom Hocker, wenn du die Namen liest. Die Wiesner ist natürlich stinksauer geworden und hat rumgeschrien wie eine Furie, sie werde sich bei Blumenthal beschweren, aber ihr Alter hat sie beruhigt. Das ist ein knallharter Typ, der dir sagt, er sei dein bester Freund und dir dabei lächelnd eine Kugel in den Kopf jagt. Und jetzt die schlechte Nachricht: Die Durchsuchung hat nichts ergeben. Absolute Fehlanzeige. Jetzt müssen wir nur noch abwarten, was bei der Durchsuchung in seinem Büro rausgekommen ist. Aber die Auswertung wird wohl noch eine Weile in Anspruch nehmen. Das war's schon. Schönen Abend noch.«

Sie legte auf, sah Kuhn an und sagte: »Diese Typen kriegst du einfach nicht am Arsch. Da haben die vier Stunden lang das Haus von Wiesner auf den Kopf gestellt, und was ist dabei herausgekommen – nichts. Und jetzt Schluss für heute, ich habe einfach keine Lust mehr, mich damit zu beschäftigen. Gehen wir ins Bett, ich bin müde.«

»Und was ist mit dem Essen?«

»Oh, natürlich, wir wollen doch nicht, dass du gleich schlapp machst, damit meine ich natürlich euch beide.«

Epilog

Die Vernehmung von Küchler gestaltete sich schwieriger als erwartet. Eine Woche lang leugnete er jegliche Beteiligung an irgendwelchen Verbrechen oder Mitglied einer kriminellen Organisation zu sein. Stattdessen behauptete er immer wieder, hereingelegt worden zu sein. Schließlich, nach sechs Tagen zermürbender Verhöre, bei denen auch Beamte des BKA anwesend waren, legte er ein Teilgeständnis ab, in dem er sagte, zwar Mitglieder des organisierten Verbrechens zu kennen, allerdings nie mit ihnen kooperiert zu haben. Und er behauptete, an keinem einzigen Mord beteiligt gewesen zu sein, nicht einmal indirekt. Später bat er Durant unter vier Augen sprechen zu dürfen und sagte, Thomas Wiesner trage die ganze Schuld, er habe eine Lawine losgetreten, die nicht mehr aufzuhalten gewesen sei. Allerdings wurde dieses Gespräch nicht protokolliert, da Küchler dieses Geständnis im Vernehmungsraum des Untersuchungsgefängnisses Weiterstadt ablegte. Hätte Wiesner seinen Bruder nicht von Jakobi töten lassen, so Küchler, wären auch Helena Maric und die Andrejews mit großer Wahrscheinlichkeit noch am Leben. Er, Küchler, habe nie ein Verbrechen begangen, aber weshalb er so und nicht anders gehandelt habe, verstehe sowieso nie jemand. Auf die Frage, was der Mord an Andrejew mit dem an Wiesner und Maric zu tun hatte, sagte er nur, dass er vermute, dass die Tschetschenenmafia dahinter stecke. Doch beweisen werde man das nie können, da sowohl die Tschetschenen als auch die Russen verdeckter und unauffälliger als alle anderen Mafiaorganisationen arbeiten würden, die Yakuza und die Triaden ausgenommen. Nach und nach verdichteten sich jedoch die Anzeichen, dass Küchler in Blumenthal seinen größten Feind sah, vor dem er Angst hatte, dass er ihm über kurz oder lang auf die Schliche kommen würde. Aber er behauptete, keinen Hass auf die Juden zu haben, schließlich sei er selbst mit einer Jüdin verheiratet. Was er zu Blumenthal gesagt habe, sei im Affekt geschehen.

Nach allem, was Küchler von sich gegeben hatte, wurde Durant immer sicherer, dass Küchlers hauptsächliches Motiv Machtgier war. Er wollte es so schnell wie möglich zum Generalstaatsanwalt bringen und von dort aus die Fäden ziehen. Aber was ist schon sicher?

Es konnte bis heute nicht geklärt werden, ob es eine Verbindung zwischen den Morden an Andreas Wiesner, Irina Puschkin, Helena Maric und den Andrejews gab. Die Polizei geht inzwischen davon aus, dass Jakobi zwar alle Morde begangen hat, aber der Auftrag, die Familie Andrejew zu eliminieren, von anderer Seite gesteuert wurde, wobei immer wieder der Name Gebhardt fällt. Auch konnte bislang nicht bewiesen werden, ob Küchler und Gebhardt zusammengearbeitet haben, da Küchler diesbezüglich jegliche Aussage verweigerte. Deshalb ist auch der Mord an Oberkommissar Gebhardt in der JVA Weiterstadt bisher ungeklärt und wird es vermutlich auf alle Zeit bleiben. Dennoch sind Julia Durant und ihre Kollegen überzeugt, dass Küchler und Gebhardt kooperiert haben und Küchler den Auftrag gab, Gebhardt umzubringen.

In einem schnell einberufenen, kurzen Verfahren, das Anfang Juli unter Ausschluss der Öffentlichkeit stattfand, wurde Küchler schließlich in einem Indizienprozess lediglich der Mitgliedschaft in einer kriminellen Vereinigung für schuldig befunden und erhielt eine Gefängnisstrafe von zwei Jahren auf Bewährung, was großes Entsetzen bei einigen der Anwesenden, unter anderem Julia Durant und ihren Kollegen, auslöste, die ein wesentlich höheres Strafmaß erwartet hatten. Und obwohl der Polizei eindeutige Beweise vorlagen, dass Küchler zumindest Laskin töten lassen wollte, wurde der Tatbestand der Anstiftung zum Mord vor Gericht nicht verhandelt, da auf mysteriöse Weise belastendes Beweismaterial wie das Notebook von Jakobi, mehrere Handys und noch einiges andere verschwanden. Küchler verließ den Gerichtssaal mit einem Lächeln auf den Lippen, bevor er nach Hause fuhr. Wer die Hand schützend über Küchler hielt, bleibt nach wie vor im Dunkeln, aber es gibt Gerüchte, die nicht verstummen wollen, in denen immer wieder ein Name genannt wird … Nein, dieser Name tut nichts zur Sache, ihm wird nie etwas nachzuweisen sein, denn ein Minister ist unantastbar. In einer Pressekonferenz wurde mitgeteilt, dass Oberstaatsanwalt Küchler aus gesundheitlichen Gründen von seinem Posten zurückgetreten sei. Die Öffentlichkeit erfuhr nie etwas von seinen kriminellen Machenschaften und dem Prozess.

Ramona Wiesner wurde auf Drängen von Julia Durant, die eine lange Unterredung mit Blumenthal hatte, wegen Totschlags im Affekt zu einer Freiheitsstrafe von achtzehn Monaten auf Bewährung verurteilt, da erwiesen war, dass Thomas Wiesner ihren Mann hatte töten lassen und sie zum Zeitpunkt des Mordes an ihrem Schwager nicht voll zurechnungsfähig war und noch unter dem Eindruck der Beerdigung stand.

Der Terminplaner von Thomas Wiesner wurde nie gefunden, obgleich das Haus von Küchler und sein Büro mehrere Tage lang durchsucht worden waren. Die in Wiesners Büro beschlagnahmten Gegenstände und Unterlagen brachten keine neuen Erkenntnisse, ob und inwieweit er und Küchler zusammengearbeitet haben. Die Sekretärin von Wiesner sagte zwar Durant gegenüber aus, Wiesner habe ein Notebook besessen, doch dieses wurde nie gefunden, und wenn doch …

Die Informationen, die Laskin geliefert hatte, konnten nur zu einem geringen Teil verwertet werden, da viele der von ihm aufgeführten Namen zu prominenten Persönlichkeiten gehörten, denen jedoch nichts Konkretes nachgewiesen werden konnte. Allerdings werden einige von ihnen seitdem observiert. Aber ein Zugriff war bislang nicht möglich, da sie sich stets unauffällig verhalten.

Sowohl Julia Durant als auch ihre Kollegen von der Mordkommission und von der Abteilung für Organisiertes Verbrechen sowie Blumenthal (zumindest behauptet er es) sind nach wie vor fest überzeugt, dass dem organisierten Verbrechen (oder wie Laskin es ausdrückte, dem globalen Spinnennetz) zwar ein Schaden zugefügt wurde, dieser Schaden aber derart gering war, dass er nach Ansicht aller sehr schnell behoben werden konnte.

Ob und inwieweit Sophia Wiesner eine Rolle beim Neuaufbau der Organisation im Rhein-Main-Gebiet spielte oder immer noch spielt, bleibt bislang ebenfalls im Dunkeln.

Alle Beamten im Präsidium und bei der Staatsanwaltschaft sind sich im Klaren, dass es unmöglich ist, jemals Herr über das organisierte Verbrechen zu werden, da es längst sämtliche Bereiche des gesellschaftlichen, politischen, wirtschaftlichen und kulturellen Lebens kontrolliert. Es ist ein Kampf gegen Windmühlen, der nie zu gewinnen sein wird.

Peter Schulze, der bei einem schweren Autounfall, welcher durch eine Manipulation an seinem Wagen verursacht wurde, lebensgefährlich verletzt worden war, konnte nach zwei Monaten das Krankenhaus verlassen und musste anschließend drei Monate in eine Reha-Klinik. Seit dem Unfall leidet er unter starken Kopf- und Rückenschmerzen und außerdem an immer wiederkehrenden Depressionen.

Die Serie über das organisierte Verbrechen ist bisher nicht erschienen und wird auch in Zukunft nicht zu lesen sein.

Anfang August, nachdem die gröbste Arbeit hinter ihr lag, flog Julia Durant mit Dominik Kuhn nach Südfrankreich, um Susanne Tomlin zu besuchen. Als sie in den Flieger stiegen und abhoben und die Stadt allmählich immer kleiner unter ihnen wurde, sahen sie sich nur an, fassten sich bei den Händen und freuten sich auf die vor ihnen liegenden Wochen. Und sie verdrängten jeden Gedanken an das, was danach kommen würde. Vielleicht ein Mord an einer alten Frau oder einem alten Mann, an einem Kind oder … Nein, sie wollte nicht darüber nachdenken, sondern nur genießen.

PS: Wie am 11. Juli verlautete, wurde Dr. Küchler am Morgen tot in seinem Haus aufgefunden. Als Todesursache wurde akutes Herzversagen angegeben, da er, wie es hieß, seit längerem unter Herzproblemen litt. Die daraufhin durchgeführte Obduktion bestätigte diese Todesursache. Jedoch hat Professor Morbs, der eigentlich zu strengstem Stillschweigen verpflichtet wurde, Durant gegenüber in einem kurzen, vertraulichen Gespräch angedeutet, dass dieses Ergebnis nur die offizielle Version ist, denn es gibt auch ein zweites Ergebnis, eines, das unter Verschluss gehalten wird und nach dem Küchler keines natürlichen Todes starb, sondern vergiftet wurde. Wie Durant und ihre Kollegen vermuten, ist die Spinne Küchler im eigenen Netz umgekommen, wahrscheinlich wurde er sogar von den andern Spinnen gefressen. Und obgleich von vielen Personen bekannt ist, dass sie direkt oder indirekt Bestandteil des organisierten Verbrechens sind, sind der Polizei die Hände gebunden. Man geht sogar davon aus, dass selbst Blumenthal, wie schon Küchler, seine Anweisungen von noch höherer Ebene erhält. Ob er gezwungen wird, diesen Anweisungen zu folgen, oder ob er es freiwillig tut, entzieht sich jeglicher Kenntnis. Somit schließt sich der Kreis, und Durant, Hellmer, Kullmer, Berger und Co. werden sich in Zukunft wieder ihren »normalen« Routinefällen widmen.

Es ist eben nichts, wie es scheint, und der Weg zur Wahrheit führt durch ein dichtes und immer dichter und dichter werdendes Gestrüpp von Lügen. Und ob die Wahrheit jemals siegen wird … Wer weiß das schon. Aber vielleicht interessiert die Wahrheit auch niemanden. Denn wie hat Laskin doch gleich gesagt – die Menschen wollen belogen und betrogen werden.

Nachwort

Dieses Buch behandelt ein Thema, das den meisten Menschen nur aus den Medien oder vom Hörensagen bekannt ist – das organisierte Verbrechen. Wir hören von Schießereien russischer oder albanischer Mafiosi in Hamburg, Berlin oder Frankfurt und denken, dies sei das organisierte Verbrechen. Doch in Wirklichkeit ist es nur ein verschwindend kleiner Bereich innerhalb eines riesigen Apparats, in dem es unter anderem um Drogen-, Menschen- und Waffenhandel geht, um Geldwäsche, Auftragsmorde, vor allem aber um politische und wirtschaftliche Herrschaft. Manch einer mag das, was ich geschrieben habe, als etwas abtun, bei dem ich meine Fantasie zu sehr angestrengt habe. Doch leider ist dem nicht so. Für viele ist das organisierte Verbrechen noch immer gleichbedeutend mit Mafia, wobei man meist die italienische Mafia vor Augen hat. Aber das organisierte Verbrechen oder auch die organisierte Kriminalität, kurz OK, ist mittlerweile weit mehr als nur die in etlichen Romanen und Filmen dargestellte Mafia mit ihren teils glorifizierten Paten – es ist eine weltumspannende und vor allem weltbeherrschende Macht, eine Macht, die fast völlig unbemerkt von der Öffentlichkeit arbeitet, aber vielleicht gerade deshalb umso effektiver ist. Dem organisierten Verbrechen geht es nicht um ein paar tausend oder Millionen Mark, hier spielen Summen von geradezu gigantischem Ausmaß eine Rolle, es geht um Billionenbeträge! Wie diese Summen zusammenkommen und was damit gemacht wird, habe ich in diesem Buch versucht darzulegen. Die genannten Zahlen sowie die Strukturen und Arbeitsweisen der global operierenden Verbrecherbanden sind nicht erfunden, sondern basieren auf Tatsachen. Bei meinen Recherchen bekam ich nicht nur Unterstützung von der Polizei, sondern nahm ebenfalls einschlägige Literatur zu dem Thema zu Hilfe sowie das Internet, wo auch die Gewerkschaft der Polizei (GdP) eine eigene Homepage hat.

Natürlich ist vieles in dem Roman Fiktion, aber ich überlasse es dem Leser, herauszufinden, was real und was fiktiv ist. Selbstverständlich fiktiv sind die Namen der beteiligten Personen, bis auf den von Dominik Kuhn, der nicht nur ein guter Freund von mir ist, sondern auch bis August 2000 als Redakteur bei der *Bild*-Zeitung tätig war, bevor er zu einem Rundfunksender wechselte, und der sich damit einverstanden erklärte, dass ich seinen Namen verwendete, wobei die Dialoge, die er in dem Buch führt, frei erfunden sind. Danke, Dominik. Ebenso danke ich allen, die mir bei meinen Recherchen geholfen haben, besonders aber meiner Frau, die so viel Geduld aufbrachte, während ich nächtelang vor dem Computer saß, um diesen Roman zu schreiben.

Andreas Franz, Mai 2001

Das Gedicht »Spuren im Sand« wurde dem gleichnamigen Buch von Margaret Fishback Powers entnommen, Gießen 1996.